长篇小说

# 汉朝那条牂牁江

HAN CHAO NA TIAO ZANG KE JIANG

许雯丽◎著

金城出版社
GOLD WALL PRESS

# 序

厨房水龙头坏了，透明的水滴掉进桶里，发出玉石敲击玉石的美妙声，让我仿佛住进清凉幽冥的山洞。滴水声的静与幻觉，与正在撰写的书稿中山洞呼应着穿越两千年，恍恍惚惚到了汉朝。因忙着赶写书稿，没有时间请人来修理水龙头。一个通知我交水费的电话，让我从汉朝赶回来，到自来水公司交费，水费高涨，驱使我赶紧找人将水龙头修好，夜里听不到滴水声竟然睡不着，我才悟到假如一个人适应了坏事，很难接受好事。

小说写出来是给人看的，我将姓名隐去，将部分章节发到群里，一位小美女看了几集《汉朝那条牂牁江》惊叫道，哎哟，好东西，就像我看莫言，鲁迅的东西一样，连讽带嘲；一位小帅哥说，文风好深奥；一位自由撰稿人说，这作品像小鲜肉，可是我像秃鹫喜欢吃腐肉哦，要像《人民的名义》，开篇用两亿元的贪腐来吸引人，看到两亿的人民币墙，用俗气的方式数钱来吸引观众，就算如此，我看到里面的陈岩石老人说历史，也快进不看跳过去；一位专业写手说，我自己就是被金钱腐蚀的一类，我必须适应市场，数钱是我最快乐的事，好的文学不受人喜欢，我一直对您这种坚持本心写作的作家很敬佩，这么好的作品走网络可惜了。

如今人们习惯了嘻哈文学就像我习惯了水龙头漏水，我淡定地回敬道："香烟习惯了烟盒上说吸烟有害健康，一样有人抽烟，你们说好的文学没人喜欢、没有市场，却有人频频盗版我的作品。"嘿嘿，一帮家伙以为用嘻哈想灭掉我的文化自信，难呢，哈！

## 土　人

《汉朝那条牂牁江》是一本土得掉渣儿的小说。之所以坚持，是因为土的东西太诱惑了，就像腐肉吸引秃鹫那样的快感，土味能让忧郁的情绪早死，让疾病滚蛋。

除了喜欢写土猫文学，我还喜欢吃土鸡蛋，喜欢品世界上独一无二的茅台酒。每逢星期日，我居住的城市凉都，就会有十几个村姑进城来躲在一个如缝隙的小巷里卖土鸡蛋，从两角一个到现在的一元六角一个。一些小商小贩发现土鸡蛋受人喜欢，常用泥巴将六角一个的洋鸡蛋刷黑冒充土鸡蛋，很多人真假难辨，怀疑土鸡蛋不是土鸡蛋后放弃了买土鸡蛋，真正的土鸡蛋队伍受到假冒商贩的冲击，就像好的文学受到地摊冲击一样。卖土鸡蛋的队伍，从二十年前十几人到如今只有一个人坚持卖土鸡蛋了。好作品就像土鸡蛋，需要坚守与明辨。土的东西朴实无华。我小说中的汉武帝，体貌高大，仪表堂堂，不怒自威，如虎出山，已经是九五至尊了，却是很土，在后花园亲自栽种张骞从西域带回来的胡萝卜。他用人不问出生只看才能，海纳百川听取各方治国方略。汉武帝颁布禁酒令，一些文人写诗讽刺，有人建议将文人抓起来治罪，汉武帝说，让人说话天不会塌下来。汉武帝气宇轩昂，万物顺服，但就在他威仪刚猛的外表之下，依然带着人间烟火的情怀，种植蔬菜瓜果。在得知夜郎人修路饥饿反叛时，他没有派兵镇压而是派遣巴蜀人司马相如带上丰厚的物资出使夜郎安抚。汉武帝其实像普通人一样，虽身为帝王也有七情六欲，装扮成平民偷偷溜出宫打猎，在桑园对豆叶一见钟情，得知豆叶钟情安国少季，心生妒忌，将他们拆散。但同时他心思细腻，得知与南越国太子联姻的汉家女子豆叶在丈夫赵婴齐死后，治国方面孤掌难鸣，便派豆叶的青梅竹马安国少季去接应。

我很土，所以读到历史上的边缘人物卜式牧羊的故事，喜爱，把他写进书里。卜式有一个弟弟长大后独占家产，卜式独自带了百只羊离家出走，风餐露宿辛苦牧羊，后来羊生了羊发展到千余只，卜式成了腰缠万贯富可敌国的富翁。娇生惯养的弟弟把家产挥霍败光，又来找老土哥卜式要钱，卜式不计前嫌拿钱让弟弟做点小生意。旁人劝卜式纳妾，他直率地说纳妾谁不想，只是要做弟弟的表率，弟弟不学我劳动致富，一旦纳妾，弟弟就会效仿。卜式举止中正，温顺和气，雍容大方，心地宽阔，稳若泰山。卜式得知汉朝到夜郎国修路消耗国库随即又要平定南越国吕嘉的叛乱，便给朝廷捐款，汉武帝鉴于卜式的爱国行为封他齐国丞相。卜式做了丞相后依然继续放羊，平易近人，太可爱了，这才是真正的贵族。

汉朝离我们很近，像卜式这样通过劳动撑起家国的土人很多，像卜式弟弟不劳而获拖累家国的人也不少。

小说主人公安国少季也很土气，体貌俊秀，神情自若，举止轻捷，沉稳平静，却也仁义刚烈，得知青梅竹马的情人豆叶姑娘被汉武帝赐婚嫁南越国太子联姻，九死一生，苦等，太土了。

## 风　俗

我与一个发过誓言的男人在暴雨中分手后，哗啦啦，大脑混沌初开，清气上升，浊气下降，天清地白，脱胎换骨，终于明白酒香是在黑暗中窖出来的，美味是烈火炒出来的，甜萝卜是寒霜冻出来的，春天是在冬天里熬出来的，人生的快乐是历经万劫修炼出来的。

潜水二十年，在如梦似幻的时光里完成了长篇历史小说《汉朝那条牂牁江》，好似冰山开出一朵雪莲，悲喜交加。在千年神秘汉朝古夜郎之门向全世界reader徐徐开启之时，我要对帮助过我的朋友说声I love you。同时我也相信You love Me。品味夜郎自大的结果就是这里有太多好吃的东西，有世界上独一无二的土鸡蛋、茅台酒、老干妈。小说中汉武帝用王权也酿制不出的茅台酒，我品尝着完成小说。美酒万千，我只品茅台一杯。

朋友们问，为什么要写这么遥远的小说，太虚无了。我说，可能就像每个人搞不清楚为什么要买一束没用的鲜花放在亲人的墓碑前是一样的道理吧。

写什么样的小说完全是身不由己，心灵的驱使。一九九九年我的处女作《冰冷的火焰》问世，获中国当代散文奖，里面莫名其妙预言了我的人生。五年后，也就是二〇〇三年我的人生进入极冷的冬天，因为发过誓的男人走了。本来我照顾好自己就很成功了，但丢不下有心脏病的父母，坐火车回家用了一周时间给父母杀鸡卖肉备好年饭，卖好棉衣热水袋日用品。遗憾的是，按照出嫁女儿不能在娘家过年的习俗，我独自一人坐火车回到了我的屋子，只能称屋子不能称家。按照大孙子要到奶奶家去过年的风俗，儿子也懵懵懂懂地走了。我因为太安静了，没人想起我，在万家团聚嘻哈杯酒鞭炮声里，屋里就只有我一个人过年，熬一锅粥从初一喝到十五，有土鸡蛋也有茅台酒还有老干妈。一次到习水讲座一位文学爱好者说用茅台酒换我的散文集《冰冷的火焰》，一瓶茅台酒我品了十几年，一个人对我来说不是悲剧而是喜剧，我可以天马行空地创作，因为等过完节，父母孩子朋友就要想起我了，我又得忙碌。这样的风俗让我读懂了汉朝羊倌卜式的故事，真好。

寂静地等到了屋檐上冰柱融化，一只冬眠的苍蝇虚弱地从角落爬出来，在墙壁上晕头转向找水喝，灰头土脸翅膀没有光泽。我放弃了打死苍蝇的风俗，给苍蝇一条活命，一只弱小的苍蝇像我一样熬过冬季是多么的不容易。春天来了，苍蝇飞走了，屋子暖和起来，花瓶里的富贵竹长出很多须根，生机盎然。每天都依靠喝粥度日的我也开始能吃一点猪肉了，我终于熬过了人生重大转折的第一个冬天。几十年来，我坚持在风俗中照顾着父母和孩子，创作陪伴我走过恍兮惚兮的岁月。

我在小说中写到夜郎国用活人祭祀的风俗，唐蒙苦口婆心地劝说竹王，收到效果。这可不是虚构，现在的人都能上月球了，但在民间深处，还有用活人祭祀祖先的事。只不过不要命，而是花点钱雇一个人在额上轻轻画个口，冒出一点血用来祭祀祖先，汉朝离我们并不远。

# 踩雷

文学创作是需要与万物心电感应力的，当我完成《贵州女人》的出版后，一些挥之不去的场景又刺激我完成《汉朝那条牂牁江》，奇怪，就如同踩雷，东边踩西边炸，本来是写贵州女人的，却又炸出一个《汉朝那条牂牁江》。

按照哲学中的因果论，今天的事与很久很久以前的事有关，当初《女子文学》杂志社主编刘毅策划在全国出版一套女性呼吸系列文学丛书，一个省出一本，约我写贵州女人，我觉着这个选题可不是网络小说坐在家里就可编写的，回绝了。不久又收到刘总编的邀请，尽是鼓励之词。刘总编在信中说："您的作品生活气息浓郁，一事一物的关照、审视都融进哲思、真情，是很有阅读价值的品种，希望锲而不舍，坚持数年，终成大家！"我被这几句话弄得头脑发热，冒险接受了写贵州女人这个没有把握的任务，二〇〇三年非典期间我行走贵州各地采写贵州女人。很戏剧，我拿着《女子文学》杂志社的介绍信，到处跑，深入到了很多隐秘之地，等书稿完成后，刘总编调河北电视台了，加上其他省的很多女作家无法完成书稿，系列丛书泡汤，我翻山越岭采写的书稿也跟着泡汤。

记得那些深入秘境的岁月，特别是走在刻着马蹄凹槽的古驿道上，见到出土的汉朝编钟，就如同走进汉朝。二〇〇三年，我到一苗寨采访，见一个乡民用绳子栓着一只白面狸带回家，在竹子上刻一痕，然后准备杀白面狸下酒。这是我亲眼见到刻竹记事的苗寨，感觉自己穿越到了远古，当时白面狸乞求我救它的表情十分神秘娇柔，让我久久不能忘怀，我想买下白面狸放生，乡民说白面狸是坏动物爱吃竹根，不能放了它。后来，白面狸走进我的小说中果然成为迷惑竹王的妖女。离开苗寨，我又到了一个十分隐秘的仡佬族村寨，那天坐了三个小时的汽车，走十里路，一条打靶河横在眼前，没有桥，在老乡的带领下摸着石头过了河，然后七扭八拐走过山路，再爬一个要命的陡坡才进到村寨。村里竹子很多，真是夜郎国再现。女主人杨秀英穿着简单的仡佬族上衣，她爱人给我们做了一个炒鸡蛋，一碗炸土豆，一碗腊肉，一碗清水煮野芹菜就隐退了。杨大姐很大气，见过世面，十几岁就参加过大型历史歌剧《东方红》的演出。演出结束后，回到仡佬村寨与心上人结婚过着隐居的生活，她给我讲了很多仡佬族的传奇故事。这样的采访花了两年的时间才完成，让我真正理解了"不知民情难为相，不知地形难为将"的奥妙。

我在小说中写了很多蛇的场景，黔地的蛇太多，有几十种，记得小时候，一条大蟒钻进我家隔壁蒋老太被窝，她一早发现后不但不恐惧，还自豪地对围观的邻居说，这是她死了的丈夫变成蛇来看她了，然后一脸的自豪，淡定地提着蛇到竹林里放生。自从蛇到过她家，没人再歧视她了，背地里有人议论，怕她的蛇丈夫回来。我到山野采摘野菜见到的蛇很多，乌梢蛇，蟒蛇，银环蛇，草蛇，还有叫不出名的。我给儿子讲这些故事，他说是神话传说，让我感到无奈。现实生活的多彩与神秘，为我小说的创作提供了无限想象的空间。这里有一个让我自己也无法解释的谜。写历史小说，主要人物是不能虚构，但一些没有记载的配角要虚构才能完成故事的逻辑。小说中我轻松地虚构了一个南越国女巫，她喜欢将蛇当宠物挂在脖子上玩耍，并用蛇来占卜，蛇告诉她在珠江上游有一个夜郎国和女儿国。奇怪的是，这个虚构的女巫与云南昭通出土的汉朝女巫惊人地相似。二〇一五年，我带本地青年作家去云南昭通交流学习，参观了昭通博物馆，一个出土的泥塑让我惊叫起来，哦，天哪，这个泥塑怎么与我小说中虚构的鱼妃一样，手里也拿着一条蛇，这样的巧合让我很自信，同时我也很迷茫，无法解释这样的巧合，可能物理学中的量子纠缠有一种超越时空超越生命的神秘电磁波存在吧。

之前，我写的长篇小说《夜郎素女》也虚构了一个叫马河图的人物，历史学家批评我乱虚构人物，结果几年后我在牂牁江岸的贞丰县志里找到这个回族起义领袖。我无法解释我的大脑里为什么会凭空跳出这样一些不知道的真实人物，又是巧合。种种迹象表明，我是为文学创作而生的。

几乎每一位读者都要问同样的问题，小说中的故事是真的吗？我说，史料就如同一把干面条，把干面条煮熟了再添油加醋，就是小说。历史小说必须以真实的史实、民间传说以及人生哲理作为灵魂，选择写历史小说题材必然是长篇。因为中国的历史小说从开始就是长篇。写奇幻历史小说并不是依靠史料就可以完成的，恰恰需要很多民间故事养分。

许雯丽

2018年3月1日

# 目录

CONTENTS


001 引 子

001 第一章 女鬼酒娘
006 第二章 兔牙戏豆叶
014 第三章 游戏立鸡蛋
020 第四章 杀人越货
025 第五章 道门险
031 第六章 担水做饭
037 第七章 伤疤是男人的勋章
042 第八章 万岁瓦当
047 第九章 刺 客
051 第十章 南越王喜听鸡叫
055 第十一章 汉武帝出题招儒生
061 第十二章 墨泼书呆子
067 第十三章 裤带面系亲情
072 第十四章 赵佗王寻江
077 第十五章 唐蒙醉槟榔
082 第十六章 皇帝不自由
087 第十七章 夜宿达柏谷
091 第十八章 因祸得福

098 第 十 九 章 唐蒙进夜郎
102 第 二 十 章 异国之恋
107 第二十一章 竹王钻木取火
113 第二十二章 夺命雄黄酒
117 第二十三章 夜郎蚊子拇指大
122 第二十四章 夜郎悬棺
127 第二十五章 唐蒙难逃阿女国
135 第二十六章 董偃献宝
140 第二十七章 情人踏雪
145 第二十八章 安国少季惨失踪
150 第二十九章 天降无字大印
156 第 三 十 章 赵婴齐进汉
162 第三十一章 羊肉泡馍
165 第三十二章 蒙心布
173 第三十三章 六合台
177 第三十四章 唐蒙离开夜郎国
182 第三十五章 蛇精复仇
188 第三十六章 武帝问道崆峒山
193 第三十七章 做不出饭就自杀
199 第三十八章 货币贬值
205 第三十九章 唐蒙带宝归汉
212 第 四 十 章 不要金银要仙山
220 第四十一章 仇人相见
227 第四十二章 灵犀编钟
236 第四十三章 奇遇菊花妖
243 第四十四章 司马相如出轨
248 第四十五章 葡萄宴上卜式捐款
254 第四十六章 竹王遭遇蛊情花
259 第四十七章 赵昧离世儿归国
262 第四十八章 阿纳血浇蛊情花
267 第四十九章 隐居仙山

274 第 五 十 章 豆叶风波
278 第五十一章 唐蒙南越寻钩吻
283 第五十二章 怪兽喝酒传感应
287 第五十三章 祭拜太阳神树说心愿
292 第五十四章 唐蒙智换盐
297 第五十五章 灵魂移植难修改
301 第五十六章 钩吻降妖
305 第五十七章 九月酒醉茅台
310 第五十八章 豆叶梦见龙生鼠
318 第五十九章 音乐治奇痒
326 第 六 十 章 唐蒙献宝汉武帝
332 第六十一章 吃人肉见怪不怪
338 第六十二章 汲黯难过梅岭关
344 第六十三章 丞相有权最快感
351 第六十四章 武帝征收黄金祭
358 第六十五章 青青子衿为谁来
362 第六十六章 梅岭边关知进退
366 第六十七章 吕嘉海吃鸿门宴
371 第六十八章 有情人终成眷属
376 第六十九章 武帝大赦
380 第 七 十 章 开疆终成大一统

389 后 记

# 引子

牂牁江岸的绝壁上有一洞府，突然传出诡秘琴声，在山野飘荡。琴声随风碰醒了来自地狱的勾魂醉心花，瞬间争相开放，烂漫山野，百般娇柔，血红艳丽，散发出奇异怪香。几个采药孩童被花香引诱，爆炸性的快感麻醉全身，一道闪电，恍然进入到另一个世界，肉体与灵魂分裂成碎片，飘飘欲仙，疲惫顿消，身不由己，张牙舞爪，在诡秘的琴声与花香中跳起鬼步舞，难以自拔。眨眼工夫，他们就跳成青年，痴迷不停，在通向幽冥之途从白天跳到晚上，摇头晃脑，跳成了白发苍苍的老翁，舞步蹒跚了。快乐之后的身心俱疲，绝望至极，生命仿佛被掏空，像一头发狂的狮子，吼叫乱抓乱撞，只想死。一个个被醉心花香毒害的顽童向一棵棵拐树撞去，稀里哗啦散成一堆白骨。

修道千年的黑面狸经过这片山间坝子，弯腰捡起白骨，谴责道："白面狸趁我外出与神仙聚会的空当，又弹《散骨曲》害人了，这样下去什么时候才修炼成人啊！唉，我得去劝阻她！"黑面狸原本是一个喜欢啃食竹根的雄面狸，现在修炼成了一个英俊伟岸的美男子，仪表堂堂，风度翩翩，修道之余，还学会了耕种粮食。他的心上人白面狸却不诚心修炼，三天打鱼两天晒网，与情人黑面狸离开一会儿就感到空虚无聊，一秒也不想离开男人，无法战胜孤独，修道千年了，尾巴还在屁股后面一摇一晃。什么时候甩掉尾巴变成人，自己稀里糊涂也不知道，这让她的灵魂变得更加扭曲。她抱怨黑面狸不带她去参加神妖聚会，在绝壁洞府弹奏《散骨曲》害人寻开心，以报复黑面狸。白面狸陶醉在《散骨曲》的快乐中，时而妖艳，时而青面獠牙，然后在照妖镜里看跳鬼步舞的人把骨头跳散架，狰狞大笑。

黑面狸来到孤立宽阔的青石板上，提高嗓门向牂牁江对面的洞府喊："狸子，狸子，给我出来！"琴声继续飘荡，没有回应。黑面狸踩一片木叶吹起《还魂调》，悠扬的声调扰乱白面狸的琴律。受到干扰的白面狸停止弹奏，离开琴台，怒气冲冲走到窗子洞骂道："是哪个混蛋打扰我的好事？"白面狸见外面雨过初晴，山野开满了妖艳的醉心花，得意洋洋道："只要我的《散骨曲》响起，没有不开的醉心花。"白面狸见黑面狸在吹木叶，裤裙在风中飞舞，束腰对襟短衣露着宽阔的胸膛，她杀气顿消："死鬼黑面狸，你终于回来了！"她欣喜万分来到洞门，俯身采了一朵醉心花轻轻一吹，化作一朵云，乘云朵飘到黑面狸面前。她叉着腰，妖里妖气地说道："黑面狸，你回来了？不到洞府来请安，在这里瞎捣什么乱？"

黑面狸气愤地质问："狸子，你为什么要弹《散骨曲》害人？"

白面狸："你撇下我独自去逍遥，我思君不见君，无聊弹《散骨曲》解解闷，这也值得你大惊小怪？"

黑面狸："你已经修道千年，再不为人间造福，身后的尾巴总也甩不掉，看你什么时候才变成人？"白面狸妩媚一笑："你不也没有甩掉尾巴吗？不想跟你啰唆。"说完转身欲走。黑面狸急说道："狸子，看我给你带什么来了？"黑面狸慢慢走近白面狸，将宝物递给她。白面狸接过宝物一看，惊叫道："是竹节虫！太美味了！"白面狸拿着像蚕一样大的白色的竹节虫吃下，顿感身轻如燕，像蝴蝶一样翩翩起飞，然后飞进黑面狸的怀中。

黑面狸见到妖娆的白面狸，穿着一身用蝶羽做的衣裙，细腰翘臀，狐媚鬼脸，半人半妖的样子，被她勾魂，刚才心中升起的正气胆气豪气勇气就散了，赔笑着说："宝贝，想你了，我带你去看稻子扬花。"白面狸看看天空说："少说话，别惊动雷公！"说完两人心有灵犀，相视一笑，只听得"嗖"的一声，两人化作一股青烟，溜了。黑面狸眼看就要修炼成人，又被白面狸拉下水了。

农历七月，是人间稻谷扬花的时节，天庭却寂寞缥缈。雷公坐在宫殿整天喝闷酒，猴脸通红，总想发无名火。闪电娘娘害怕雷公发脾气打雷下雨伤了稻谷，打扮得花枝招展走进门说道："雷公，别整天喝酒，带我到人间去赏花！"雷公不理闪电娘娘："不想去！"闪电娘娘知道雷公嫌弃自己又老又胖又丑，就悄悄在雷公酒杯里放了情蛊毒，说道："雷公，我敬你一杯酒！"雷公喝下酒，顿觉柔肠寸断，温情道："美娇娘，我陪你去。"两人出天宫，雷公袒胸露腹，背插双翅，闪电娘娘虽然穿着霓裳羽衣，但依然很肥，刚踏上了云朵就踏空坠落。雷公吹了一口气变成一顶草帽飞碟，两人站在草帽上卿卿我我。雷公说："美娇娘，凡间真热闹，那楼台亭阁密集的地方是长安，歌舞绕梁，鼓乐声声。酒香之邑是夜郎，下去美美喝上几壶火棘酒，比我在天宫做神仙快活。"闪电娘娘："我不喜欢喝酒，还是沿牂牁江到南越国番禺采鲜花好。那里鲜花如海，海风拂面，比喝酒快活。"雷公："你喜欢什么我就陪你做什么。"

两人来到牂牁江畔，快活地走在田埂上，闻着阵阵稻花香。闪电娘娘说："稻花真香！"这时，迎面走来了两个人，与他们狭路相逢：一个是白面狸，另一个是黑面狸。白面狸以貌取人，见雷公矮小黑瘦，尖嘴猴腮，对着雷公傲慢地吼道："老狗，让路！"声音尖细刺耳。雷公被激怒了，额上青筋暴起。在一旁的黑面狸急忙劝道："狸子，你已修道千年，应懂得尊重人！"

白面狸眉毛一挑："滚一边去，休管闲事。我只修武功，不修德行！"

雷公："好大口气，是哪方小妖，不知天高地厚！"

白面狸："凭我是千年的狸仙！你这猴精古怪的老东西，人不像人，猴不像猴的，竟然挡我路。"

闪电娘娘："你要知道他是谁？准会吓死你！"

白面狸："看你们不就是两个小妖，难不成是玉皇大帝？给我让开，否则休怪我不客气！"说完用弩弓对着雷公、闪电娘娘。

闪电娘娘："对人要谦和，以貌取人要吃亏的！"

白面狸："狭路相逢勇者胜！"雷公忍无可忍，与白面狸打起来，打了几个回合不分胜负。雷公停止打斗说道："好男不跟女斗！"闪电娘娘说："雷公，此地不留人，自有留人处，咱们走。"白面狸："算了吧，你是什么雷公，别拿雷公来做虎皮，雷公在天上，怎会走在这田埂上？"

闪电娘娘："他就是雷公！"

白面狸："就算是雷公也得给我让路！"雷公和闪电娘娘让路了。

白面狸："哼，这才做得对！"

雷公与闪电娘娘两位神仙，无心再观光风景，回到天庭。闪电娘娘生气道："我扯了一个月的火闪让稻谷灌浆，本想观赏一下田园，没想到惹得一肚子气。"雷公说："我要拿出点颜色给白面狸这小妖看看。"说完暴脾气大发，天空顿时乌云滚滚，雷声震震，电闪雷鸣。雷公要降罪不懂礼貌的白面狸。

白面狸正在牂牁江岸竹林里啃竹子，忽然一阵电闪雷鸣。狂风裹着暴雨把白面狸的洞府藤帘吹断，将石桌上的杯盘掀翻。田园里正在扬花的稻谷全被狂风折断，腐烂在了暴雨中。江岸茂密的森林，树木、古藤疯长并互相纠缠一起，遮天蔽日，透不进阳光，草木绿色褪去渐渐变得惨白。人们白天也要点油灯。让人恐惧的是，虎狼成群结队，伤害人畜，惨不忍睹。通向外界的路也被荒草淹没找不见，民众恐慌。饥寒交迫，天灾人祸，黎民遭殃。雷公只顾发泄愤怒，惩罚白面狸，却不知道殃及了无辜。

分管夜郎的九天石母神来找雷公、闪电娘娘说情。石母神来到雷公府邸说："石母拜见雷公、闪电娘娘！"雷公不说话，闪电娘娘道："石母神请坐！"石母神坐下说道："我知道你们是为了正义教训白面狸，让人间知道以后要懂礼仪，但教训一下就行了，过分了就会殃及无辜。"

闪电娘娘："雷公发脾气就无法控制，非得搅得天翻地覆才肯罢休。"雷公高声说道："我必须履行我的诺言，我要下足七七四十九天的暴雨，少一天也不行。"闪电娘娘在一旁解释道："石母神，雷公如果听人劝，就不叫雷公了，不用跟他废话。"

石母神："唉，我是看到夜郎民众遭殃啊！两位天神保重，石母告辞！"说完转身走了。

石母神回到宫殿招见三太子。三太子英俊潇洒，魁梧高大，气宇轩昂地走进神殿："拜见母后！"

石母神见到三太子动摇了一下，随即又狠狠心说道："三太子，你别整天东游西逛，无所事事。现在，白面狸得罪了雷公和闪电娘娘，夜郎国连降暴雨，稻谷腐烂在了田里，白虎伤人，草木遮天蔽日。为救众生，我派你下凡拯救众生于苦海，恢复被毁坏的家园。"

三太子："孩儿不想离开天庭！"

石母神："你想干什么？"

三太子："孩儿想在天上习游戏。"

石母神："习游戏浪费光阴，一个男儿汉如果不能拯救黎民百姓，活着有什么意义？整天吃了睡，睡了吃，与朝生暮死的虫子有什么区别？"

三太子："母后言之有理！孩儿惭愧！"

石母神："你是母后的骄傲，三太子，你将投生到一根竹筒里转世。你离开仙界降生到人间，要善待苍生。"

三太子再三推迟，刚开口就被石母神阻止道："这可由不得你。"石母神忍痛割爱，轻轻吹一口气，三太子化作一朵云气，降到夜郎国的一根竹筒子里。

# 第一章　女鬼酒娘

雨，在夜郎国下了七七四十九天，没有阳光，暗无天日。女儿国美女，退去了往日的光鲜生动。没阳光，皮肤白得像坟头上的纸钱，走路飘忽，像女鬼。生动的脸开始长霉斑，像烂桃子，人人惊恐万状。只有女儿国的女王依然美丽，因为她每天都要在酒作坊品酒，晚上便和情人幽会。

女王酒娘明白，酒具有阳光一样的温暖与魔力。她见女儿国的美人发霉了，命女鬼们拿着土碗寻着酒香来到酒作坊，让每人喝下一碗火棘酒，美人们身上的霉斑渐渐退去，身子也温暖起来，潮湿的霉气被驱除身体，一个个女鬼又变成美人。等酒劲一过，美女又变成飘忽忽的女鬼。女鬼们也都把女王叫作女鬼酒娘，在没有阳光的日子里，女鬼们每天把酒当水喝，直喝到七七四十九天，暴雨终于停止，美人们可以不喝酒了。女儿国云雾散去，太阳终于出来，惨白的草木见到阳光，瞬间又变成了绿色。但田野元气大伤，一片狼藉，随处可见的动物尸体散发着难闻的腐臭，逼人窒息。酒娘带人架起篝火焚烧因没有阳光而死掉的动物尸体，浓烟滚滚。

女儿国的女人们失去了阳光的沐浴，变成了鬼，这才知道是太阳赋予生命的魂魄与能量。酒娘来到夜郎国与国王协商，共同规定把每年农历的三月初三作为对太阳的祭日。

女鬼们很久没有出门了，在酒娘的带领下，来到江边浣纱。酒娘举目四望，祥云在寒冬的崇山峻岭间缠绕，升腾。洪水退去，牂牁江北岸，突然崛起一座圆形的高山，四处绝壁，山峰起伏如一顶王冠。女鬼们吃惊地看着王冠山闪着金光，一个个女鬼披着长发，眼神里闪着纯洁好奇的光芒。酒娘说："这王冠山真是怪美！"身边的女鬼们惊叹："神山！"流经老王山前的牂牁江渡口，浣纱女倒映着妩媚倩影，竹筏往来，柔情荡漾。酒娘说："要是哪天绝壁洞里没有琴声就好了。"女鬼们："是呀，琴声一起，害人的醉心花就要开放，害得那些孩子白白浪费光阴。"酒娘："里面不知道有什么怪物，为什么会发出琴声。"

绝壁洞内，白面狸坐圆木墩上，摇着身后的尾巴半人半狸照着铜镜，在脸上涂胭脂。黑面狸转一圈化作一股青烟飘进洞中，又还原成人样，急匆匆走进洞府对白面狸说："狸子，你还有心思在这里收拾打扮。"白面狸："什么事让你如此慌张？”

黑面狸：“今天我在山顶打坐，听两个下围棋的老道议论，说天宫的三太子要降临夜郎惩恶扬善，到时候我们的日子就不好过了。”

白面狸疑问道：“真有此事？”

黑面狸：“宁可信其有，不可信其无。”

白面狸：“三太子转世到什么人家？”

黑面狸：“听说转世到一棵方竹里。”白面狸大吃一惊，放下化妆盒，涂得脸一半白一半黑，成了花面狸，花脸让黑面狸暗自傻笑。白面狸说：“还有心傻笑，赶紧到竹林里去，啃完所有的方竹，晚了就来不及了。”两只花面狸说完，由人样恢复成花面狸原形。他们，与家猫一样大，嘴像猪，眼像鼠，脸像狐，黑白毛相间，人们叫他们花面狸。两只花面狸修炼千年，虽然武功高强，但因为人生观出了偏差，以致甩不掉身后的尾巴。他们在竹林里找到了方竹，正在啃食竹根。黑面狸累了倒在一旁睡去。白面狸尖叫道：“黑面狸，快起来啃竹根，晚了就来不及了。”两只花面狸用力啃完了竹根，碗口粗的竹子倒下，坠入江中。白面狸看着竹子坠入江中，哈哈大笑：“三太子，没等你出生，就让牂牁江淹死你。”

在牂牁江边浣纱的酒娘，忽见碗口粗的竹筒在平静的牂牁江上浮游，等游到身边，她用兰花纤指将竹子推开，突然听到竹筒中传来婴儿的啼哭。不一会儿，竹筒又游回到酒娘身边，再推却推不动，只听得哭声越来越急促清晰。酒娘将竹子捞上岸，刚放在草地上，只听“砰”的一声，竹筒裂开，慢慢裂开成两半。酒娘定眼一看，一个婴儿躺在里面，方头圆脑，手足如藕，白白胖胖。酒娘想要抱起婴儿，一阵清风吹过，婴儿站了起来，翻了一个筋斗，长成了儿童，站在地上哈哈直笑，然后好奇地看着眼前的酒娘，喊道：“娘！”酒娘措手不及，吃惊地看着眼前的男孩说：“我不是你娘！”男孩翻着筋斗来到酒娘的跟前说道：“我睁开眼睛第一个见到的人就是我的娘！”酒娘微笑着说：“孩子，你从竹筒里蹦出来，就叫多筒吧。”多筒听到自己的名字又翻了几个筋斗：“我有名字喽！我有名字喽！”他跪在酒娘的面前：“谢谢娘！”酒娘从自己的筒裙下方撕了一块布下来，给多筒围在身上。多筒眨着天真的大眼睛：“谢谢娘！”这时，多筒摸摸自己的肚皮感觉到有些饥渴，到牂牁江里喝了很多的江水，喝着喝着就长成了英俊的少年。酒娘十分开心地说：“孩子，我们回家吧。”多筒见酒娘头发全白内疚地说：“娘，对不起，是我把您喊老了！”酒娘说：“娘高兴！什么都不在意。”多筒刚一转身，见百姓赶来，跪在多筒面前高呼：“竹王永生！竹王永生！”

酒娘指着为首的男人说：“竹王，这是你的舅舅金枪王。他老了，把王位传给你！”竹王：“娘，父老乡亲，你们请起！”金枪王：“昨日领神旨意，天宫三太子降临人间，除妖降魔，命我等来牂牁江前来迎候。”竹王：“谢舅舅金枪王！”又转身对酒娘说，“娘，我住老王山洞，等完成天命，再回家侍奉亲娘！”

酒娘："孩子，去吧！"竹王一路披荆斩棘，走进老王山半山腰的洞中，沉睡而去，静静吸取地气作为生命的能量。

酒娘回到女儿国，在神树下，举行女王封冠仪式。酒娘对满十六岁的女儿阿纳说："阿纳，娘老了，带领百姓的重任就交给你了！"阿纳油黑的长发像瀑布一样垂在高挑的身后，面如桃花，眼如清泉，纯真善良，她点点头。酒娘将花环戴在阿纳的头上，幼童端了一杯酒递给阿纳喝下，她感到很辣，头晕目眩，面飞云霞。见臣民都跪在地上称自己"女王万岁"！阿纳感到了受众托的责任，说道："各位快快请起！"酒娘将王位传给女儿后化作一股青烟升天成仙了。任凭年轻女王阿纳千呼万唤，泪流满面，酒娘再也不见了。阿纳悲伤地向自己的王宫三棵古椰榆树走去，树巢上的杆栏木屋在凌晨安静神秘。公鸡的第一声啼叫惊醒了阿纳，她懵懵懂懂地走出宫殿，扶在栏杆上，见昨夜关在楼下的母鸡、公鸡，全都钻出笼子，蹲在了院落前的构皮树上。因为寒冷，鸡群拥挤在一起取暖，羽毛上落满了春雪。阿纳十分心疼，自言自语："登高处，是鸡的本性啊！"然后用"咯咯咯"声呼唤鸡群，在三十只母鸡当中，只有十二只鸡被驯化，听懂了她的叫唤，飞下了树，跑到她身边。阿纳就用绳子打了十二个结，表示驯化了十二只鸡。结绳记事后，她将结绳挂在自己的脖子上，抓了一把稻谷放在手心上，走下木梯来到院子中央，树上的鸡飞下来啄她手中的米，小心翼翼地靠近她。阿纳抚摸着公鸡美丽的羽毛，十分幸福快乐。这时，女巫痴草急匆匆走进篱笆竹院禀报："女王，昨晚黄昏有十几个陶女被白虎吃了。"阿纳站起身来，感到震惊，十六岁的女王尽管内心很恐惧但却有王者的担当。她将手中的稻谷撒出去，鸡群正在抢稻谷，她和痴草离开王宫，来到制陶作坊，见尸横遍野，一片狼藉。废陶罐和泥巴垒的墙，四处堆放着陶坯，陶器旁一堆血淋淋的骨头，令人毛骨悚然。围观人群见女王阿纳到来，闪开一条路。阿纳呼出雾气走近，见制陶女死后怀中依然抱着的女儿只剩下了几根骨头。阿纳如万箭穿心，狠狠地说："让我带人前去杀尽虎狼！"

痴草："女王，你一个弱女子，怎能杀尽虎狼。我们何不去找竹王，他力大无穷。"

阿纳："他现在何处？"

痴草："在刚刚崛起的老王山洞里，可请他出山。"

阿纳和女巫痴草披着长发，身穿兽皮连衣筒裙，外套兽皮背心，光脚板向老王山走去，身后的雪地上留下两人的脚印。江岸只有竹子在白雪中冒出一些绿色，鸟儿蹲在光秃秃的树枝上，像肉做的果实。阿纳举箭对着鸟儿，痴草说："女王，我们刚受到白虎袭击，就别再袭击鸟儿了！"阿纳说："你说得对！"说话间，两人来到老王山前，但找不到上山的路。四周绝壁，而且绝壁呈弧形如皇冠。阿纳很着急，两人围着老王山走了一圈，仍然没有找到上山的路。

阿纳："冬雪中的老王山，上大下小，根本无法攀爬。"

痴草："王者，就是住在这高不可攀的地方，很难见到的。有时候，有德行的人才能见到王者。"阿纳有些不高兴，看着高不可攀的老王山说："见不到竹王，你认为我没有德行？"痴草讨好地解释道："我没有讽刺女王，我是说这老王山只是一种正义的象征。真正的王者说不定像个叫花子，就在你身边。如果你欺负叫花子，当然也就见不到王者了！"

阿纳："痴草，你的意思是说竹王化装成贫民在民间游走？"

痴草："是的，机缘不到，修炼不够，是见不到神仙贵人的。什么事都得先自己拯救自己，我们先回去建围墙，哪天机缘到了就见到竹王了。"

阿纳："竹王是怎么走进洞里的？而且进去就没有出来过，奇怪！"

痴草："这里以前没有老王山，突然崛起一座山，这肯定是一座仙山，不是谁想进去就能进去的。九天母石为了三太子竹王的安全赐了这座老王山。"

女儿国的春天来了，鲜花盛开，白虎伤人的忧伤渐渐淡去。阿纳走出寝宫扶栏远眺，目光越过木栅栏，见牂牁江岸桃红柳绿，美得惊心动魄，她的情怀被桃花点燃，坐不住了，带着随从，来到牂牁江边梳妆。年轻女王阿纳春心萌动，草木散发的气息，让她幻觉一个王子对她笑容。

牂牁江落满粉红的花瓣，鱼儿在苔藓里游来游去，透明的虾在阿纳和姑娘们身旁蹦跶，她们陶醉在清澈的江水中梳妆打扮。一个清瘦高个儿的货郎牵着一匹瘦马，风尘仆仆，但又激情满怀地沿牂牁江驿道走来。他听到清甜的嬉笑声，躲在树后循声偷看姑娘们洗澡，远远见到姑娘半裸的长发背影，心狂跳。货郎的目光惊动痴草敏感的神经，她绕到货郎的身后说道："我要把你的眼珠挖掉！"说完用尖刀对着货郎。货郎被吓半死，仰坐在草地上："别，别，我错了，姑娘饶命！"痴草将货郎抓来，对阿纳禀报说："女王，他偷看姑娘们洗澡，刺瞎他的眼睛吧！"货郎："姑娘饶命，我什么都没有看见。"痴草："狡辩！"说完准备用针刺瞎他的眼睛。货郎："姑娘饶我一命，我将送你们世上最美最美的东西！"阿纳见货郎牵着的那匹瘦马眨了眨善良的眼睛，再看看风尘仆仆的货郎，说道："什么东西？"货郎："拿出来你们就知道了。"女王阿纳挥挥手："放了他！"货郎顿时目光闪亮，满脸堆笑，双手颤抖拱手道："女王大人大量大福报！"

货郎拿出货物，姑娘们惊喜异常，忘记刚才的不愉快。他说："姑娘们，快来看，这是长安丝绸、巴蜀纱布、胭脂花粉、针头线脑。要买的就抓紧时间，过了这一村就没那个店了啊！我来这一回要等上十年几十年，如果被白虎吃了，永远不来了。"姑娘们听到货郎伶牙俐齿的鼓动，一哄而上，拿着胭脂花粉、针头线脑，左看右看，挑选喜欢的。货郎拿出一段丝绸，慢慢展开放在草地上。丝绸上绣的桃花，竟然开了，绣的喜鹊飞了出来，绕着阿纳转一圈又飞回到了丝绸上。阿纳惊喜异常，笑容灿若桃花。阿纳："天哪，世间竟然有这样的稀罕之物，这是哪个仙女织的丝绸？如此神奇？”货郎受宠若惊：“这是家住长安达柏谷一个叫豆叶的姑娘纺织的。”阿纳爱不释手。

阿纳：“织女豆叶？长什么样子？”

货郎：“她不仅美貌如花，还心灵手巧！”

阿纳：“她绣出这样的丝绸是天仙吧。”货郎用巴蜀口音说道：“穿上这丝绸做的衣裙，能找到如意郎君哦！”听到这话，一群姑娘笑声如铃，上去将货物一抢而光。阿纳更是心神荡漾：“这段丝绸要多少银子？”

货郎：“姑娘可别嫌贵，要五十两银子。”痴草在一旁惊叫道：“五十两，不行，太贵了！”痴草：“你不是说送姑娘们礼物想免一死？”货郎：“针头线脑送给姑娘们，这丝绸送不起。”

阿纳冷静地说道：“痴草，拿五十两银子给货郎。”痴草嫌贵，站在原地半天不动。阿纳：“你嫌贵？”

痴草：“女王，是很贵！”

货郎看着如花似玉的女王说：“女王别再犹豫，我回到长安也许就再也不来了！”阿纳于是下狠心买下豆叶织的丝绸。

# 第二章　兔牙戏豆叶

仲春时节，长安达柏谷乡野，杨柳依依，绿肥红瘦。豆叶姑娘带着宠物狗天眼提篮去采桑叶，穿过屋后的小树林，小道旁野花点点，阳光融融。天眼叼一朵花在嘴里，摇着尾巴送给豆叶。豆叶接过野花闻着，对天眼说："茜草兮香艳兮！悠悠我心兮！"天眼见主人高兴，忧郁的眼神放出讨好的光芒。

豆叶走在小山丘上，眼前是一望无际的桑园。来到垄上，桑园女羡慕豆叶迷人的姿色，停下手中的活欣赏她的美丽。绿衣姑娘对蓝衣姑娘说："快看，豆叶来了。唉，要是我有这样漂亮有多好，丰乳细腰，长发垂腰，粉红的丝裙，飘飘欲仙。"矮胖的蓝衣姑娘不屑一顾地说："我才不羡慕呢，招惹是非。"

绿衣姑娘："你是妒忌吧。"

蓝衣姑娘："我怎么会妒忌她，我是可怜她。"

绿衣姑娘："豆叶长得天仙一般还用得着你可怜，你可怜一下自己吧，大肥猫。"

蓝衣姑娘："别看我肥猫，嫁个男人安安稳稳过一辈子。她美，嫁个男人整天被怀疑，被揍。自古红颜多祸水，像妲己，祸国殃民。"

绿衣姑娘："妲己是被九尾狐附体才变恶毒的。豆叶可没有用自己的美貌去祸国殃民，她多勤劳善良，她养的蚕吐丝又白又细又长，织出的丝绸像云朵。"

蓝衣姑娘："这可说不定，哪天被九尾狐附体就糟糕了，还是别理她。"

豆叶走进桑林，她不知道自己的美丽伤害了别人，对两位姑娘笑笑："姐姐们早！"矮胖的蓝衣姑娘装作没有听见，豆叶的美貌让她冷一阵热一阵，爱一阵恨一阵。难以控制的妒忌让她眉头一皱，她"哼"了一声，转身愤愤离去。绿衣姑娘也跟了蓝衣姑娘身后说："我恨不得把她杀了！"蓝衣姑娘："对，这世上要是没有美女多好，我们就不会痛苦了。等我哪天当上女王，我要下令将天下的美女斩尽杀绝。"

绿衣姑娘说："你现在就用舌头在杀害美女！"

豆叶的友善被冷落，纯善之心弄不懂两个姑娘的古怪行为，对天眼说："我做错什么了？让她们不理睬我？"天眼知道两个女孩妒忌自己的主人，但天眼狗不会说话，愤怒地追上去对着两个外表丑心灵也丑的姑娘汪汪大叫，把蓝衣姑娘的裤裙撕破，露出一个肥胖的大屁股，吓得她们哭爹叫娘地跑了。天眼看着伤心的豆叶，摇着尾巴，立起来用前爪搭在豆叶胸前，吻她。豆叶感到温暖无比。她摸着天眼的皮毛说："天眼，你为何这样善解人意，你要是人多好啊。"天眼就撒娇地发出"嗯嗯"声，跳起来，用嘴帮助豆叶采桑叶。不一会儿，竹篮装满了桑叶。豆叶提着桑叶走在垄上，少女寂寞时光想到刚才的委屈，突然想起善良的翩翩公子安国少季，唱起《诗经》里的歌谣：

青青子衿，悠悠我心。纵我不往，子宁不嗣音？青青子佩，悠悠我思，纵我不往，子宁不来？挑兮达兮，在城阙兮。一日不见，如三月兮。

豆叶甜美的歌声穿越在密密麻麻的桑林间，想见到的心上人没有来，心里好空虚，不想见的男人却来了。这时，一个叫兔牙的男人提着鸟笼，游手好闲地路过桑园，听到歌声停下脚步，拐了弯，来到垄上，高声叫道："姑娘，你的歌声真好听！"说完用淫光在豆叶身上乱扫。豆叶纯真地回道："是兔牙大叔啊！"兔牙一听柔声细语，激动万分，伸手去摸豆叶的手，豆叶退避躲闪。兔牙油腻腻地想靠近豆叶，豆叶给天眼递了一个眼神，天眼心领神会，扑上去咬住兔牙的手。兔牙慌忙缩回了手，嬉皮笑脸说道："姑娘，我喜欢你，逗你玩的！别认真！"豆叶不愿说话，提着桑叶欲走，被兔牙挡住去路。

兔牙："刚才是你的歌声把我引来的，你是为我唱的，是吧？"豆叶："不是！"兔牙："我认为是，让我抱抱，才能走！"豆叶："无情搂抱，堕落！"兔牙："你小小年纪就懂这些，我更要抱抱。"豆叶："这是我娘对一个客官说的话。"兔牙："你娘还说了什么话？"豆叶："我娘说，被男人摸手生出孩子，丢人！"兔牙："我喜欢你，这就是有情感，不叫堕落！"豆叶："可是我不喜欢你！"兔牙："你今天得应我。"

豆叶："为何？"

兔牙："除非皇帝看上你，否则我只要到十里八村说你的乳房上有胎记，哪个敢要你？或者我说你被人强奸过，让你永远嫁不出去，到时候名声坏了，求我要你我都不想要，还是现在跟我走吧。"豆叶又羞又恼，眼前这个人太恶心，为了自己的淫欲不惜毁灭少女的名声，她怒火万丈，用意念对天眼说道："天眼，上！"天眼心领神会，扑上去将兔牙按倒在地，把他的耳朵咬了一个缺口。豆叶又用意念示意天眼，天眼咬住兔牙喉咙。"姑娘饶命，饶命啊！"兔牙求饶。豆叶用意念阻止道："慢，别咬死他。"天眼用嘴假装咬住喉咙，等待主人下达最后的命令。豆叶笑着说道："大叔，那你就别自讨苦吃了，回去和大娘好好过日子吧，她做好饭正等着你哪。以后别四处伤害姑娘。"

兔牙："姑娘饶命，我一定痛改恶习。"

豆叶用意念对天眼说："天眼，咱走！"天眼放开兔牙，跟着豆叶走了。兔牙从地上爬起来，一边哭一边骂道："我哪天非宰了你们两个狗东西不可！"

春雷滚滚，天下起了雨。兔牙躲进路旁的蚕神庙避雨，饥饿难忍。他对着蚕神说道：“嫘祖娘娘，对不起，你大慈大悲，别怪我，送我一点供果充饥！”说完，兔牙看看门外电闪雷鸣的天空：“嫘祖娘娘，打雷就说明你同意了！”说完，拿起蚕神庙里的供果狼吞虎咽。羊倌卜式进庙来躲雨，遇见兔牙偷吃供果。兔牙感到十分难堪，没来得及咽下供果，“嘿嘿”傻笑道：“是卜式兄弟啊？”卜式擦擦脸上的雨水说：“不影响，接着吃。”兔牙：“卜式兄弟，你也吃点。”说完狼吞虎咽吃完供果，又“嘿嘿”嬉笑。卜式：“神吃的东西我不能吃。你知道这嫘祖娘娘是什么神？”兔牙咽下馒头说道：“我怎么不知道，不就是一尊泥巴雕塑。”

卜式一边拧衣服上的雨水一边说：“这嫘祖娘娘是黄帝的妻子，是她发明养蚕的。有了她我们才有衣服穿。”兔牙：“管她是谁呢，我只知道吃了神的东西，我就是神。”卜式看着眼前这个无知者，心痛万分地说道：“你既然是神，就要救助众生。”

兔牙：“请兄弟说说，怎样救助？”

卜式：“先要学会劳动，别游手好闲，跟我去放羊。”兔牙吃到嘴里的馒头还没有咽完，大声说道：“放羊这事不是我干的。”又吞咽一下馒头，接着说：“我一表人才，怎么能干这样的粗活，我要做大事，做体面的事。”

卜式：“什么事是你要做的大事？放羊就不体面？你真是走邪了。做大事要从小事做起。我看你不是一表人才，而是一表人渣。”

兔牙：“大哥说话别这样刻薄，我要当将军，做为国出征这样的大事。”

卜式：“你有远大的理想是可贵的，但必须脚踏实地，从小事做起。这样吧，我送你一只公羊和一只母羊，你从明天开始放羊，它们会一代代为你繁衍出几百只羊，到时你就有钱养活你和家人。你看，你在这里吃供果，老婆在等你买粮回家，老婆和老娘正饥饿呢，快回去吧。”

兔牙：“谢卜式兄弟！我发誓，一定放好羊，让它们生一大群羊，到时候请兄弟上咱家喝酒。”兔牙牵着羊满心欢喜地离开了寺庙。

兔牙的老婆卫姬，年轻貌美，她正在竹篱院子里的井旁打水上来洗衣服，见兔牙牵羊进来。迎了上去：“官人买羊回来了？”兔牙本想如实告诉老婆，这羊是卜式送的，但不知道怎么了，一股虚荣蹿上心头，马上改口：“我在朝廷做官，这羊是本月俸禄买的。”卫姬面露喜色，高兴之余用诉苦的口气说：“官人真好，我已经几个月没有肉吃了，官人杀一只羊给我吃吧。”

兔牙遮遮掩掩：“这，那，其实我也想吃羊肉了，但还是养着它们生小羊。”这时卫姬发现兔牙的耳朵有血迹，仔细一看，还缺了一个口，她面露焦急的神情：“官人，怎么受伤了？”

兔牙：“没有事的，回家的路上，不小心被路旁的刺藤刮了一块肉。痛死我了。”卫姬找来草药给他一边敷一边说：“以后小心点。”兔牙不耐烦：“少啰唆。”

卫姬：“现在嫌我啰唆。你利用表哥的身份，甜言蜜语欺骗我。我不同意，你与算命先生串通说我要嫁给穷人才能活命，无奈就嫁给了你，谁知吃了上顿无下顿。”

兔牙：“老婆，那都是过去的事了，再说了，哪家的老婆不是靠骗来的？不会骗女人，就等着打光棍。别说废话了，女人就是用来出嫁的。”卫姬：“嫁给你我一顿肉都吃不上。”兔牙：“快说，是杀公羊还是杀母羊？”

卫姬：“当然是先杀公羊。”

兔牙：“为啥？”

卫姬：“公羊不护家，整天只会吃，吃了就跑得无影无踪，母羊会生小羊。”

兔牙：“杀了公羊，母羊怎会生小羊？”

卫姬：“这不用担心，她会自己出去找公羊的。”

兔牙：“就听老婆的。”这时候，婆婆拄着拐杖从屋里出来，气势汹汹地说：“别以为我的耳朵聋，听不见，你们说什么我都听得一清二楚。得听我的，先杀母羊。”

兔牙：“为啥？”

婆婆：“母羊总想夺走我儿子的爱。”

兔牙：“娘，你说话含沙射影干啥？”

婆婆：“我含沙射影？”她用拐杖指着兔牙接着说，“你是不是娶了媳妇忘了娘？”

兔牙：“没有啊。”

婆婆：“如果没有忘记我，就听我的，杀母羊。”兔牙看看卫姬，见卫姬没有说话，说道：“百善孝为先，就听娘的。”兔牙杀了母羊。春天来了，公羊为了寻伴侣，就偷偷跑了，跑回到卜式的羊群里。兔牙整天无所事事，每天借口在朝廷做官很忙，再也不回家了，他在街头流浪，饿了就到庙里或者坟地偷吃供品。母亲被气死了，卫姬把婆婆埋葬后，赌气离家出走了。兔牙没有找到大事做，披麻布四处乞讨，见前面有一小院，举手敲门。

篱笆小院的古槐树下，十六岁少年安国少季坐在石桌旁背诵《大学》：“知止而后能定，定而后能静，静而后能安。”一阵敲门声惊扰了安国少季。听到有人敲响了门，安国少季放下竹简，打开院门，见一乞丐蓬头垢面。这乞丐就是兔牙：“小兄弟，行行好，给点吃的。”安国少季转身将家里米饭舀了一碗送给他。兔牙点头哈腰说道：“谢谢小兄弟，愿你走好运。”然后转身离去。安国少季关上院门，回到石桌前，刚坐下，无意看见南方的天空出现了朱雀星宿，他高声对着屋叫喊：“娘，快出来看，朱雀星宿现了！”安氏在草屋内听到安国少季的叫喊声，正在织丝绸的她放下手中的梭子，起身出屋。安国少季指着朱雀星宿兴奋地说："娘，快看！朱雀星宿！"安国少季只有在这个时候才能看到娘发自内心喜悦的微笑，此刻的安氏最美："春分终于到了！"说完她沉浸在幸福的回忆中："记得你刚出牙的时候，我指着天上的朱雀星告诉你，宝贝，看，那就是朱雀星宿，你穿着红色小棉袄在娘的腿上腾空欢跳。每年这个时候，你看到朱雀星宿，就会笑眯眼，口水滴在胸前的口水兜上。"安国少季最喜欢听娘讲自己小时候的故事，每当这时安国少季就会感到无比幸福："我最喜欢听娘讲我小时候的故事。"

安氏："我想，你刚出牙的时候一定是看懂了南方的朱雀星宿。要不，你怎么会在每年春分的时候都见到朱雀星宿的出现？"

安国少季："娘，春分这天见到朱雀星我特高兴，从今天开始，天气变暖了，娘就不会再受寒冷。"

安氏："孩子，明天不念书了，带上布币，到豆叶家去换蚕种。"

安国少季："娘，为什么非要到豆叶家换蚕种，其他人家不行吗？"安国少季最想见到豆叶，内心喜悦，却故意问。

安氏:"豆叶心眼儿好,人又安静,她养的蚕吐丝长,别人家喂的蚕吐丝三百丈,豆叶养的蚕吐丝九百丈，丝不易断，又有光泽。"

安国少季："我听娘的，明天到豆叶家去换蚕。"

在离安国少季家十几里的地方，有一个村庄叫达柏谷，林木葱茏，野花芬芳，小丘南面，有一栋坐北朝南的客栈，西面是马圈，东面是主人的房舍。客栈是通往西北、西南丝绸之路的必经之地，南来北往的商人在此换马、更衣、住宿。夜晚的客栈，香草提着灯笼，跟在老板娘的身后，走在客栈大红灯笼的暗光里，灯笼在风中一摇一晃，人影忽高忽矮，忽胖忽瘦。到了堂屋，老板娘对香草说："掌柜回来没有？"

香草："没有！"

老板娘："掌柜很久都没回家了，借口到长安谈丝绸生意，一去不回。"

香草："老板娘累了一天，好好休息，掌柜忙完事会回来的！"

老板娘："掌柜真狠心，把客栈的烦心事留给我，出去找女人逍遥！"这时候从几十米远的西客栈传来疲惫的呼噜声、马吃草和放屁的声音，老板娘看看香草，香草看看老板娘，都回避着让人心烦的声音。

香草："老板娘，你累了好好休息！

老板娘："你让我休息，怕是你困了吧！"

香草："是，老板娘，我的确很困了！"

老板娘："那你去睡吧！"

香草："是！"老板娘看着香草睡去了，光阴突然变得落寞无趣，黑夜中只好上床睡觉了。但她神不安定，翻来翻去睡不着。她感觉到自己被丈夫欺骗后反而厌恶起自己来。老板娘厌恶自己的肉体是从丈夫厌恶自己开始的。老板娘厌恶自己的肉体为什么要有欲望，为什么肉体要让她去想恶心的男人，烦躁让她干脆坐起来自残，拿绣花剪刀在自己的乳房上划了几道口子，鲜血染红白色面料内衣，厌恶自己的厌恶随血一起流出来。她轻松一些地说："乳房，如果你再让我想男人，我就每天用剪刀对付你。"乳房鲜血淋漓地认错了。老板娘捂住伤口站在窗前，窗外的夜幕下大红灯笼疲惫地摇晃着，突然见一个人挑着货担，在门外高声大喊："住宿！住宿！"没人应，仆人们白天太累了，死睡过去人事不知。老板娘下楼，穿过院子，打开院门见货郎蓬头垢面地站在眼前，身上散发着令人难闻的酸臭："是货郎？请进！"

货郎给老板娘一个耿直的微笑说："老板娘还没休息？"便挑着担子进到院门。这时管事才急匆匆进来："老板娘，您回屋休息，我来招呼客人。"老板娘依然站在原地不动，管事说："客官住单房还是通铺？"

货郎："单房！"管事做吃惊的样子："再说一遍！"

货郎："单房！"

管事喜上眉梢躬身问道："货郎这次到夜郎国赚到钱了？"货郎面带微笑，印堂发亮，答非所问："先来一碗裤带面。"

管事："老板娘，你回屋休息去吧！"

老板娘干脆在石桌旁坐下："我想听听货郎讲讲遥远夜郎国的故事。"月亮高照，红灯笼飘摇，客栈餐厅，货郎大口吃着裤带面。老板娘跷着二郎腿问道："货郎，豆叶的丝绸拿到夜郎国可出手？"货郎狼吞虎咽地只顾吃，半天才从美味中挣扎过来说："老板娘，别提了，看都没人看！"然后又低头大口吃面。老板娘被激怒地说："你敢对天发誓你没有撒谎？"

货郎鬼怪地笑笑："老板娘，我是逗你开心！在中原，一批丝绸值十两银子，在夜郎牂牁江旁的女儿国，女王阿纳用五十两银子买了豆叶的一匹丝绸。"

老板娘："有这样的好事，我家豆叶的丝绸能卖五十两银子？"

货郎："当然！不过，这样的好事也不多。我是因为遇到了女儿国的女王，她开银矿才这样大方。"货郎吃完了裤带面，没吃饱，伸出舌头舔碗，老板娘招呼："免费给货郎再上一碗面。"货郎感动："谢老板娘！"

货郎："我也只是赚一点辛苦钱。虽然偶尔发一点小财，若遇到一次山间匪盗，我不仅要赔货，还得赔上小命一条。"免费裤带面上来了。老板娘说："货郎，吃了早些休息！"老板娘离去，两个男人顿时轻松下来，准备谈女人的话题。管事说："老板娘整天孤独寂寞，你怎么不好好陪她说话？"

货郎："我不仅愿意和她说话，我还想和她上床呢？人家金枝玉叶，能看上我吗？"

管事："当然看不上。老板娘原本是长安大户人家的小姐，祖上在秦始皇焚书坑儒中没落，母亲早逝，在她七岁的时候父亲又不幸染上天花，很有经商头脑的樛光帮助她安葬了父亲，樛光便收养了她。"

货郎："樛光也不是什么东西，整天泡在长安街的春楼里，家也不回。"

管事："樛光等到三十岁，老板娘正好十六岁，便嫁给了樛光，做了客栈的老板娘。老板娘不仅貌美，还聪明善良。十里八村的男人为了能看到老板娘的美貌风韵，常常借口到客栈喝酒，让不安的心灵平静下来。"

货郎："话又说回来，夫妻再恩爱，也有厌倦的时候。"

老板娘回到房间，心情烦躁，心神不安，乳房上的伤口真正疼痛起来，她高声叫道："香草，香草！"已经进入梦乡的香草，被老板娘叫醒，睡眼惺忪地起床进屋来："老板娘，何事？"

老板娘："香草，给我拿止痛药来！"

香草："老板娘怎么了？"这时香草才见到老板娘胸前的伤口，急忙问道："老板娘，你怎么了？"香草转身去取药。香草将药粉撒在老板娘的乳房上："老板娘，你何苦呢？像我一样什么也不想，一觉睡到天亮多好！"

老板娘："但我感觉不到肉体的疼痛，因为精神的痛苦远远超过了肉体的疼痛。"

香草："精神是什么东西，幸好我没有精神，我吃饱了就快乐。"

老板娘："香草，跟我去豆叶房中一趟。"

香草："是，老板娘！"香草提着灯笼，打开后门，老板娘跨过高高的门槛，香草举着高灯笼照明，穿过长长的过道。但老板娘变形的影子让路依然不明，香草从侧面高举灯笼，老板娘的影子就跑到了左面，石板路清晰起来。

香草："老板娘，豆叶可能睡了。"

老板娘："睡了，也得把她揪起来！"豆叶在绣楼正在织丝绸，"唧唧"声清晰传来。两层绣楼，上下各三间，雕花窗廊，三面高墙，封闭的房中接连传来织丝绸声。香草敲响门："小姐，老板娘看你来了！"然后退到一旁。

豆叶打开门："娘，这么晚了你还没休息？"

老板娘："豆叶，听说你痴迷织丝绸到天亮？这样伤害身体。"

豆叶："娘，我没有。"

老板娘："我是来告诉你一个好消息！"

豆叶："有什么好消息？"老板娘在八仙桌前坐下："刚才货郎说，你织的丝绸在夜郎牂牁江河畔的女儿国很受欢迎。"

豆叶："这算什么好消息？受不受欢迎我都这样，该做什么就做什么。"

老板娘："我让你背诵《黄帝四经》《道德经》，你可完成？"

豆叶："娘，为何要诵经？枯燥！"

老板娘：“当今皇宫里的窦太后，原来也只是一个贫民女子，但她从小喜欢跟父亲读黄老经典，知书达理，选入皇宫，成为相夫教子辅佐国政的太后，多风光。你是一个孝顺女儿，听娘的话，不要再痴迷织丝绸，好好读经典。”豆叶坐回到织布机上说：“娘，读典可以，但我学不了窦太后，你别怨我。”老板娘：“你不能走娘的老路，你一定要离开这闹哄哄的鬼地方，远走高飞！”

豆叶一边织布一边说：“心静无喧嚣，这里挺好的，我喜欢！”

老板娘：“好什么好！整天与南来北往的人打交道，不行，你得离开此地！”

豆叶：“一个女人，如果像一块玉石，不管遇到什么酸碱，都不会变质。刀尖伤害不了玉石，污水污染不了玉石。”但豆叶从母亲流泪的表情中看到她的可怜，心生善意：“我听娘的话，读典就是！”

老板娘：“唉，娘走了！”

豆叶一个人坐在织布机前自我甜蜜道：“安国少季明天就要来换蚕种了，真好！”然后甜蜜地低头一笑。

# 第三章　游戏立鸡蛋

安国少季早起，伸伸懒腰，睡眼惺忪地走出茅草屋，一群鸡围着他“咯咯”叫个不停。安国少季撒了一把高粱给鸡群，然后提着木桶进厨房舀猪食，再送到猪圈，将猪食一瓢一瓢舀进槽里，猪们闻到香味蠕动着无比兴奋的鼻子。五只黑猪故意“啪嗒啪嗒”吃出响声，还扇着耳朵，表达对安国少季的报恩。安国少季看着它们的憨态，情不自禁地笑起来：“吃慢点，别烫着，傻样！”

安国少季见一只瘦小的猪被其他猪挤到一旁，在其他猪屁股后面跑来跑去，焦急地嘶叫，吃不着食。在安国少季听来，小瘦猪不是在叫是在哭，他很同情弱猪，单独找来一个木盆，把猪食舀在小木盆里，让小黑猪单独吃到食。小黑猪快乐地摇起尾巴，哭叫声也停止了。安国少季对猪们说：“我一会儿要去豆叶家换蚕种，你们别互相伤害，要懂得‘为人忠信烈，交友仁义真’，等我回来再带你们出去散步。”

“它们是猪，听不懂你说的话。”安国少季转身，见母亲安氏端着麦粒走到石磨旁准备磨面。他走过去说：“娘，它们虽然听不懂话，但能感觉得到我的善意，多听几遍就听懂了。娘，你怎么不多休息会儿？”安氏：“年纪大了，瞌睡少！你对猪说话它们听不懂的，以后别费精神。”

安国少季：“娘，众生是平等的，与一草一木都可以对话的，不孤独。”

安氏：“你又爱劳动又喜欢读书，有你这样的孩子，是娘的福分。”

安国少季：“娘，我准备去豆叶家了！”

安氏：“好，带上太阳糕，对豆叶她娘说，这是我的一点心意。”安氏一边说话一边往竹篮里装礼物。

安国少季接过竹篮：“娘，我走了！”

安氏：“路上小心。”

春分，真是一个迷人的时节。安国少季一走出门，穿过一片拔节的麦田，又是菜花的金黄，一群情窦初开的少女在花海中窃窃私语。见安国少季帅气但傻里傻气，女孩们唱起挑逗的情歌。安国少季装作听不懂，因为他心里只有豆叶姑娘。安国少季穿过桑林，见十余户人家炊烟袅袅，激动又兴奋，加快了步伐。山丘南的达柏谷客栈前，客栈旗子迎风招展。安国少季上前把院门敲响。正在打扫庭院的香草放下扫帚，打开院门，惊喜地叫道："是安公子？请进，我去禀报老板娘。"安国少季进到院子，一切都很亲切，和去年一样，竹篱上爬满了蔷薇。与去年不同的是，今年蔷薇花开得早，花蕾挂满枝头，数朵点缀其间，像安国少季的心情，好像隐藏着很多羞涩的秘密。安国少季见海棠树下宽大的石桌石礅，走过去将竹篮放在桌上，见一枝海棠断了，还有一半丝连，便在篱下采了几根鸡爪草捆海棠断枝。老板娘微笑着走来："哎呀，是安公子？一年不见又长高了。"安国少季急忙转过身来，鞠躬回道："伯母好！我娘让我来换蚕种！"

老板娘："安公子，你真勤快，邻居小孩喜欢海棠花，趁人不备，从竹篱爬进来摘花，总是经常伤害花枝。"安国少季一边捆绑受伤的花枝一边回话："这花枝捆绑好，还能接上，伤口完全能愈合的。"豆叶和香草像两只蝴蝶飞来，豆叶无拘无束："安公子！"安国少季将枝条绑好，转过身来："姑娘好！"安国少季拿出丝绸帕包好的太阳糕："我娘做的太阳糕。"豆叶接过太阳糕，打开丝绸包装，露出圆圆的糯米糕，糕中间印有圆圆的红太阳。豆叶用竹片切成小块，每人发了一块，然后自己也吃起来，柔绵香甜的太阳糕，令人愉快。

豆叶："谢谢伯母，太阳糕真好吃。"

老板娘："野丫头！叫花子放不了隔夜食，不怕安公子笑话你。"

豆叶："大家在一起吃，来年运气好。"豆叶递了一块送给安国少季。安国少季接过太阳糕，放在石桌上，又拿出春菜说道："伯母，这是我在路旁采摘的春菜。"老板娘很开心接过春菜说："今天春分，吃了春菜除百病。"转身将春菜递给香草，"香草，把这春菜送到厨房去。"老板娘转过身来道："公子请坐！我去给你拿蚕种。"然后进屋去了。安国少季见豆叶身穿中国红丝绸衣裙，窈窕婀娜，头饰简单，清雅靓丽，突然萌发出一种别样的感觉，看着豆叶浮想联翩。

安国少季："姑娘貌美，令我心动！"

豆叶用双手捂住脸说："公子真坏，拿我开心！"安国少季拉住豆叶的手说："看着我的眼睛，你就不会认为我很坏。"两人相视傻笑，这笑隐藏着两人的秘密与无知的懵懂。香草走来，将黄色丝绸包递给豆叶，豆叶接过包裹递给安国少季："给！"安国少季展开丝绸，见蚕种像黑芝麻一样密密麻麻粘沾满丝绸，心中喜悦，又小心翼翼将丝绸叠好，放进怀中。安国少季又将布币递给豆叶，豆叶没有接，身边的香草上前接过布币，香草数也没数，拿着布币转身进屋。

老板娘坐在堂屋中喝茶。香草进屋来："老板娘，给！"

老板娘："多少？"

香草："十文。"老板娘没有说话，继续喝茶。香草接着说："老板娘，是不是少了！"

老板娘："少就少了，安国少季的家境这样，还能要多少呢。只是，你要多打岔，不要让豆叶与安国少季走得太近。"

香草："老板娘，我明白！"

老板娘："明白就好！你先将钱送到账房先生那里。"

香草："是！老板娘！"

竹篱院中，安国少季心想多停留一会儿，却脱口说出违心的话："姑娘，事情办完，我该走了！"豆叶希望安国少季多留一会儿，羞涩让她违心地点头。就在这时候，香草带了村里的一群伙伴，每人手里拿着鸡蛋找安国少季玩立蛋的游戏："公子别走，我们来玩立鸡蛋的游戏！"

豆叶暗自高兴，乘机说道："安公子，你今天要将鸡蛋立起来才能走。"然后对着进到院子中的七八个小孩说，"你们说对不对？"

孩子们说："对，立起鸡蛋才能走！立起鸡蛋才能走！立起鸡蛋才能走！"

喝彩，鼓掌，一阵欢呼后，伙伴们在海棠树下的石桌上立鸡蛋。

春分到，蛋儿俏。春分这天白天和晚上的时间相等，最容易把鸡蛋立起来，庆贺春天的到来。一个时辰的立蛋游戏，紧张又兴奋，安国少季将蛋立起来，又倒下去，倒下去，又立起来，大概已经重复百次，依然没有立起来。旁边玩伴一边起哄，围观者不停地说童谣，凭他们的声音，呼出的气息，可以让立起的鸡蛋又倒下："春分到，蛋儿俏，立得好，幸福到。"安国少季一边立鸡蛋，一边担心娘在家等急了，心越慌越立不起。他对自己说："娘在家一定等急了！"安国少季的担忧有道理，他娘安氏已经在家做好了中饭等他回家。左等右等不见安国少季回家，她纳闷地自言自语："儿大不由娘了，玩心也大喽！"安氏怕浪费了光阴，在院子架起柴火煮蚕茧。蚕茧煮好后，安氏将多余的乱丝剪掉，开始抽丝，将丝缠绕在木棒上。细细的蚕丝，像蜘蛛吐的丝，不同的是，蛛网靠吃腐肉吐出的丝不堪一击，而蚕吃桑叶吐出的丝，比铁丝还坚韧。安氏专注地抽丝然后不停地缠绕。这时，门外响起敲钹的声音，随即听到敲门声。安氏从专注中回过神来，以为儿子安国少季回家了，急忙放下抽丝茧，欣喜地去打开院门。却见一壮年道士，身着青衣，手持铜钹一扇，身背刻有神像的木牌说道："贫道行游，从崆峒山远道而来，孤零奔波，饥肠辘辘，望施主恩泽有缘人。"安氏见道人风尘仆仆，心生怜悯："道长请坐！"让他进到院子在石墩坐下，将饭菜端出来送给道人吃。道士在一旁吃饭，安氏继续绕蚕丝。道士吃饱后心情愉悦起来，走到安氏身旁道："贫道谢施主恩泽。"

安氏："道长不必客气，救人济世，人之本然。"行游这才发现安氏虽然不戴头饰，不施脂粉，不穿丝绸，但依旧很美，明眸皓齿，鼻梁如峰。道士行游透过她的素色识破隐蔽之美。但行游突然眼神惊恐，看到了安氏生命危在旦夕："为报答施主，我可否为施主诊脉？

安氏摇摇头："谢道长，不必了。"

行游："施主宽厚慈悲，性情温和。但是，施主也才年方三十有余，可您近来神思恍惚。”

安氏暗自吃惊：“道长怎知？”

行游：“施主应为孩子多加保重身体。”

安氏：“既然要为孩子活着，请问道长，如何除病？”

行游：“待贫道诊脉后，方可下药。”安氏这才同意诊脉。行游诊脉后说道：“施主脉象细弱，阳气不足，仙气飘忽。”安氏一边操蚕丝一边说：“请问道长，阳为何物？”行游：“阳气来自上天，具有能量，但阳气不断地在动，只有被阴气吸收后阳气才稳定下来。”

安氏：“道长但说无妨。”

行游：“施主单身，阴阳失衡，所以很难抓住阳气。”

安氏：“道长之言玄妙，难理解！”

行游：“纵欲可消耗元气导致早亡。但是，一阴一阳两相平衡，是自然法则。阳气住在心里，阴气住在肾里，是情爱让心火下降，肾水上升，也就是阳气和阴气结合，才能产生精气。有精气，才能有正常的睡眠，维持生命的健康。欲遭禁绝，阴阳二气互相争斗，久而久之精气衰竭。说话无力，魂飞魄散。”

安氏：“这太不切实际的话怎么让人相信？”

行游：“阴阳互相转化，只有从男人那里得到阳气，身体才能吸收五谷杂粮转化成阴气，施主需要改嫁。”

安氏十分惊恐：“不可，女人改嫁后多半为奴，我也知道自己因为阳气空绝，不久于人世。”

行游：“孔子之妇道，不知道害死了多少女人的生命。因此，当今太皇太后一直崇尚黄老学说，老子的《道德经》讲天人合一，男女平等，无尊无卑，无贵无贱。所以窦太后辅佐了文帝和景帝，使国库充实，国家富强，男尊女卑将导致国运衰落。”

安氏：“道长，这可说不得。”

行游：“施主既然有自己的打算，贫道也不好多劝阻。我这里有调节阴阳的药物，往后多吃天冬、熟地、何首乌，用来守住阳气。”行游道长将这些药送给安氏：“施主保重，贫道告辞！”

安氏接过药：“谢道长！慢走！”行游走出院子，安氏关上院门，自言自语道：“这孩子，怎么还没有回家？”然后坐下抽丝，等儿子安国少季回家。安国少季正在处心积虑地立鸡蛋，立起来又倒下，倒下又立起。豆叶手中的鸡蛋立稳了，赢得阵阵喝彩声。天眼狗高兴得在院子里狂奔，抱着豆叶的腿亲来亲去。豆叶看看安国少季，心里充满矛盾，希望安国少季立起鸡蛋，又希望他立不起，让他多待一会儿。安国少季看了豆叶立起的蛋，心发慌。他告诉自己保持安静，排除杂念，终于把鸡蛋立了起来。周围一阵起哄。豆叶慢慢过来查看，刚低下头准备查看，安国少季：“豆叶，你真美！”

安国少季用甜言蜜语贿赂了豆叶，豆叶一听到赞美，头晕目眩，心跳脸红，变得更加温柔妩媚起来，低下的头微微抬起：“真的吗？”安国少季：“如海棠花。”安国少季眼睛一直看着站立的鸡蛋在说话。

豆叶：“安公子立得好稳当！”这时豆叶的父亲樛光回来了。安国少季上前拱手鞠躬：“伯父好！”樛光理都不理安国少季，直接往堂屋走。豆叶难为情的时候，安国少季神情自若道：“豆叶，告辞！”

豆叶：“我送你。”天眼狗跟在他们身后出了院门。

老板娘生气，拿着戒尺往香草身上打。香草双手抱着头不停地求饶：“老板娘饶命！”

樛光：“夫人，别打了，他们还是孩子嘛，哪个孩子不贪玩？”

老板娘：“你也贪玩，玩了几个月才回家，我教育孩子你就护着。”

樛光：“我怎么是玩呢？我是出门做生意嘛。”

老板娘：“香草这个死丫头转过身就把我的话忘记了。我让她打岔豆叶与安国少季接触的机会，她倒好，到村里带了一帮野孩子玩立蛋的游戏。现在豆叶送安国少季去了，你去给我把豆叶找回来。”

豆叶送安国少季到村口。太阳偏西。豆叶的中国红丝绸衣裙，像一团火焰，在安国少季眼里燃烧，火焰般的红色点燃了安国少季懵懂的心。安国少季在路旁采摘一束无名小花送给豆叶：“给！喜欢吗？”

豆叶：“喜欢！”

安国少季：“你把它放进罐子里，等明年的今天，打开罐子，它就变成了云朵。”

豆叶：“真话？”

安国少季：“你试一试。”

豆叶：“好吧！”

安国少季：“那我走了，明年的今天再见。”

豆叶：“公子慢走！”安国少季向前走了几步，回过头来看到豆叶背影有些孤独：“姑娘，我送你回去。”

豆叶：“不，你回去吧。”安国少季执意要送，豆叶也没有拒绝。

安国少季又将豆叶送到家门口：“你进屋吧。”

豆叶：“好的！”豆叶转身看到安国少季的背影，怕他孤独，豆叶对安国少季说道：“公子，我还是送你到村口。”

安国少季：“不了，这样送来送去，我俩何时才能回到家。”

豆叶：“我送你到村口。”就这样，豆叶又送安国少季到村口。两人依依惜别，难分难舍。

安国少季："姑娘，你快回去吧。"

豆叶："好的！"便一步三回头地离去。

安国少季突然转身喊道："姑娘！"这时，香草急匆匆跑来："姑娘，我找你好久，老板娘让姑娘速速回去。"

# 第四章　杀人越货

天上的星星出来，安国少季才回到家门口，人还没有进院子，便大声叫唤：“娘，我回来了！”安氏坐在饭桌前，看着饭菜，坐立不安的样子，老往窗外看。听到儿子的声音，她欣喜地走出屋。“娘，我回来了！”

安氏：“怎么才回来啊，真是人大心也大，把娘急死了。”

安国少季内疚的样子：“娘！我也急死了！今天春分玩立蛋的游戏耽误了。”

安氏：“没有把换蚕种的事忘记了吧？”

安国少季：“娘，换到了！”安国少季拿出蚕种递给母亲。安氏接过蚕种打开丝绸，用手量了量丝绸布，惊喜道：“太好了，这里约有二十万只蚕种。”

安国少季：“娘，养这么多蚕你太辛苦，以后我来帮你，不读书了。”

安氏：“孩子，说傻话，读书知礼，怎能不读书，快进屋吃饭吧。”

安国少季：“娘，我真的好饿。”说着在铜盆里洗净手，在四方桌旁坐下。安国少季揭开砂锅盖子：“好香！”

安氏：“快吃吧，这是蘑菇汤！”安国少季舀了一碗递给安氏：“娘，你先吃！”

安氏：“我已经吃过了，你吃。”

安国少季：“娘，从今往后我来采桑叶。”

安氏十分内疚的表情：“儿子，这丝绸不织不行，但丝绸织出来容易，卖出去很难。最近丝绸竞争大，不好卖，丝绸积压太多，我越来越没有精力出远门了。”

安国少季：“娘，你应该早对我说，我去帮你销售。”

安氏：“我怕影响你念书。”

安国少季：“明天一早我就到长安街去卖积压的丝绸。”

安国少季见娘去休息了，自己又悄悄到书房看书，读到鸡叫两遍才躺下入睡。天一亮，鸡叫头遍，安国少季起来，春天早晨的寒气让他打了个寒战。天蒙蒙亮，安国少季用竹篓背着母亲织的几匹丝绸到长安街去售。长安街热闹繁华，东、西二市酒肆林立。安国少季抱着丝绸走了几家店铺，见掌柜的面孔不和善，悄悄离开了，最后在一家商铺前停下：“掌柜的，请看看这丝绸可合你意？”

掌柜说：“小伙子，不是我不帮你，现在的丝绸主要是销售给南越人，他们越来越挑剔，丝绸要薄，色彩要艳丽。你这些丝绸色调不鲜，每匹丝绸最多只值二两银子。”安国少季像挨了当头一棒，挣扎着回过神来。安国少季不知道商人杀价就是你死我活的残酷，用书呆子的真诚和乳臭未干的稚嫩说：“掌柜的，我看这些丝绸比你柜台上的色彩还鲜艳，丝绸质地更柔韧，怎么会说不好呢？”掌柜傲慢地说道：“你说你的好，你到别处去售，别烦我。”

安国少季：“俺娘说了，一匹丝绸值十两银子。”

掌柜：“你娘说了顶屁用，市场说了算。要十两银子？那我就帮不了你了。”掌柜傲慢地将丝绸扔给安国少季：“小子，滚吧！”安国少季第一次出道就碰一鼻子灰。他用儒家的眼光看了看凶神恶煞的掌柜，明白了卑贱的含义：一个卑贱的人，不是没有钱，也不是没有权，而是没有文化修养，不懂得尊重他人，连好好说话的素养都没有，这就是卑贱。安国少季想用自己的修养感动掌柜，温文尔雅地说：“掌柜，行行好，再添一点！五两银子可行？”

安国少季的修养激怒了掌柜：“拿走吧，拿走吧，别耽误我做生意，拿去别处售五两银子去吧。”安国少季面色依然似玉那样洁白光彩，仪态安详，举止缓慢稳重。安国少季用冷静沉着融化掌柜的凶神恶煞，背着卖不掉的丝绸，在繁华的长安大街走来走去，疲惫与饥饿正在悄悄袭击生命。安国少季自言自语：“我不怕死，就是怕母亲受委屈。”他心都碎了，欲哭无泪。已经到了中午，他将丝绸放在地摊上卖，也是无人问津。一个个冷漠的人从丝绸地摊前走过，好像他不存在。他想母亲一定等急了。

茅屋中，安氏在家焦急等米下锅。她望望天色，见太阳正午，估计安国少季该卖掉丝绸换米回家了。她点燃柴火烧水，铁锅中的水烧开了又干了，安氏又往锅里冲水，不一会儿，水又烧干了。太阳偏西，还不见安国少季回来。安氏又往快烧干的锅里舀进两瓢水，水又烧干了，还不见安国少季回家。等米下锅的凄凉，让安氏焦虑不安，世上最具杀伤力的东西就是紧张与焦虑。安氏不知道儿子安国少季现在又饥又渴，身无分文。

太阳偏西，长安街冷清下来。安国少季路过包子店，香味扑鼻。包子在蒸笼里白白胖胖，冒着热气，散发着葱花和鲜肉的味道。饥肠辘辘的安国少季，摸摸兜，身无分文，他吞咽着口水，全身摸遍，依然身无分文，只得无声地离开。饥饿意味着的不仅仅是饥饿，而是尊严扫地，一个人病死情有可原，如果被饿死那就比畜生不如。他想到了杀人越货，仁义礼智信在饥饿中变得不堪一击，道德的底线奔溃，善良的目光开始险恶起来，扫射着一个个从他身边走过的人。他盯上了一个刚卖完菜挎着空篮子回家女人耳朵上的银耳环，想找个僻静的地方下手。这是他第一次无法控制地想到抢人。追到了一片马尾树林深处，他见一个男人出现在女人面前，搂着女人走进了更深的林中，开始热烈地拥抱。安国少季想不到这样丑的女人也有男人和她约会，他们躺在落叶上翻滚不一会儿就开始号叫。被饿得头晕目眩的安国少季看到这一切忘记了饥饿，被眼前这对男女号春的本能渲染着，发现一个男人和一个女人相爱是那么美好。他感到生命温暖起来，他幻想与心爱的豆叶姑娘也一定会有这么美丽的时刻，在一起也是这般的美好，多好啊，可是自己已经邪恶了，怎么对得起豆叶姑娘。他突然觉得自己很恶心，不想活下去了，便解下裤带准备上吊自杀，结果树枝断了，安国少季摔在了地上。一阵晕眩后他看见不远处一只兔子正在天真地吃草，得到启示，安国少季采摘在春天里长出的娇嫩干净的新叶生吃，生野菜的甜香出乎安国少季预料，野草也这般的清香美味。

这时，几个身穿粗布衣的商人路过此地，其中一位问道："这位公子一表人才，怎么在路边吞吃野菜？"

"吃生野菜的味道很好，苦中有甜，甜中有苦。"安国少季吞下野菜然后才慢慢转过身来，"客官，说来羞愧，丝绸卖不出去，无脸回家见亲娘。身无分文，只得采野菜充饥。"

粗布商人："难道你这样就不怕伤害母亲的心吗？"

安国少季："宁忍自己气，莫伤母亲心，我暂时吃野菜，等明天把这些丝绸卖了，再回家。"

粗布衣商人："等你混出样子来，你的母亲怕是要饿死在家了！"

安国少季："兄长所言极是，那我速速回家。"

商人："在附近你没有亲戚朋友吗？"

安国少季："有！"

商人："为什么不去请求他们帮助？"

安国少季："四书五经说过，无钱休入众，无势不寻亲。"

粗布衣商人："小小年纪做人就有骨气，有勇气面对挫折和困难，小兄弟，我很敬佩你的气节。但是，这样想是书呆子的所为。"

安国少季："这是遵守先贤教导。"

商人："儒学固然好，但不能被它禁锢。有些时候，儒学只适用于吃俸禄的人，已经解决温饱的人。你要相信，虽然人情似纸张张薄，但还有雪中送炭之人。你的丝绸我全部买下了。"

安国少季喜出望外："感谢兄长的救命之恩。"

粗布衣商人："饥饿中最能看出人品，你宁可吃野菜，也不乞讨，不攀亲戚，更不偷不抢，才十五六岁就这样有骨气，今后必有大作为。"

安国少季愧疚道："感谢兄长的侠义相助，小弟惭愧。"商人皮肤油黑发亮，额头后脑略凸，中等个子，突眉凹眼，牙齿洁白，自我介绍："我来自南越国，这些丝绸对我们南越人来说，已经非常优质了，每匹按十两银子给你。"安国少季接过一百两银子，拱手行礼："小生万分感激！请问兄长尊姓大名？"

粗布衣商人：“我祖籍中原，秦始皇派兵征服南越，祖父跟随南越王赵佗平定南越，本人名叫董偃。”

安国少季：“董偃兄长请受小弟一拜！”

董偃：“免礼！我们一时半会儿不回南越国，想在这繁华的长安城多住一段时间。我住在南越驿馆，有事找我。南越王赵佗百岁大寿，他要宴请天下，需要很多丝绸。”

安国少季：“为什么需要这样多的丝绸？”

董偃：“我们南越人有丰富的航海经验和冒险精神，从番禺港口出发，带着中国的丝绸可到达太平洋、印度洋、夏威夷岛、新西兰，他们非常非常喜欢中国丝绸。南越王生日那天，诸国大使要到南越国祝贺，需要带走很多的丝绸。”安国少季表情迷离：“太好了，我娘每年要织几十匹丝绸。”

董偃：“是的，以后有丝绸就直接送到南越驿馆，不必四处奔波，后会有期。”

安国少季：“谢董偃兄长救命之恩！”安国少季用手掌攥紧丝绸换来的银币袋子，到米店买了一袋小米，他抓了一把生米放进嘴里吞咽下肚，幸福万分。他兴奋地背米回家，想到母亲一定会惊喜异常，浑身充满力量和喜悦。让母亲高兴，是做儿子的最大心愿，但这次销售丝绸的恐惧深深植入他的灵魂。从今天开始，恐惧与生存的危机，是生活送给他的见面礼。安氏很久都没有吃饱过，昨天晚上没有吃饭，现在已经因饥饿晕倒在床，奄奄一息。安国少季在黑夜里背着一袋粮食，只是一个移动的黑影，成功的快乐战胜黑夜的恐惧，战胜了鬼怪故事中的道路鬼。摸黑走了一晚上的夜路，他终于在天亮的时候到了家门口。安国少季背着小米大声喊：“娘，娘，我回来了。”他感到奇怪，娘没有像往天那样出来迎接他，他有些失落。他进到院子放下米，四处寻找。娘躺在床上，他以为娘没有睡醒，自己退出来赶紧将米下锅，点燃柴火做好饭。安国少季端上香喷喷的小米饭放到桌子上，高声叫道：“娘，娘，起来吃饭了！”

没有回声，安国少季走到母亲床边，轻轻摇着母亲，发现母亲已经没有了呼吸。安国少季受了刺激，全身发抖，语无伦次。这是怎么回事，他大脑一片空白地跑出院子。这是怎么回事，我的亲娘呢？她怎么了？我的亲娘呢，瞬间的精神失常被一束暴烈的白光抛回现实。安国少季跑回屋，不停地摇晃着母亲僵硬的身子哭道：“娘，醒醒！娘，孩儿不孝啊，娘，我不读书了，你快醒来吧！”他捶胸顿足，痛不欲生，一切都无法挽回。安国少季感觉家里突然遭到窃贼，这个看不见的窃贼偷走了母亲的生命。安国少季的生命深处开始电闪雷鸣，五雷轰顶。是的，是时间和饥饿窃走了母亲的生命，尽管他哭声震天，已经惊醒不了母亲，母亲已经永远地离开了人间。但同时他感觉到了母亲的无情，她平时那么疼爱他，今天却变得这般的冷酷无情，对他的哭声和撕心裂肺视而不见，对他推销丝绸的失败与成功毫无知觉。安国少季号啕大哭引来了邻居，友善的邻里都来帮助他。

安国少季披麻戴孝，无比自责悔恨地跪在娘的灵堂前烧纸钱："娘，我还有很多话没有跟你说完，你怎么就走了。我没有让你享一天福，你就无情地离开了。"邻里来劝安国少季："你娘是到天堂享福，想开些，起来吧。"安葬了母亲，安国少季回到家中，这房子里没有了母爱，突然像一座坟墓。刚出壳的春蚕像一只只黑蚂蚁，没有人喂养，全饿死了。眼前的光景，让安国少季感到头晕，神经有点失常，脚下有些飘浮。他对自己说："我要去找豆叶姑娘。"他走到门口左思右想，不能，人在不走运的时候，一定不能去投靠别人，就算豆叶不嫌弃自己，她的父母也会把自己轰出家门的。母亲常说："世人结交须黄金，黄金不多交不深。不信但看筵中酒，杯杯先敬有钱人。"泪水打湿了衣襟，几天几夜没有睡眠的安国少季趴在桌上昏昏睡去。

突然，安国少寄被一阵嘈杂声惊醒，见哥嫂冲进院子，大哥在身后追劝："死婆娘，给我回来！"

大嫂："你别管！"两人进到院子，安国少季的嫂子提高嗓子："傻子，你听着，如今娘死了，你赶快拿走你的东西，我要来收房子了。"

安国少季只顾悲痛，无言以对，呆呆地看着他们不可思议的行为。

大哥："兄弟，别急，你先住着，别听她的。"围观的邻居说："太不像话了，他娘才死就这样冷酷无情，不讲兄弟情分了。"邻居议论纷纷："是呀，竟然没有一点手足之情，猪狗不如。"看到势头不对，大嫂转话题："不走也行，就搬到柴房去住吧。"安国少季小心翼翼地将铺盖卷起，搬到了杂乱无章的柴房里，身后传来大嫂的声音："睡柴房也只能睡几天，得给我快走。"

天亮了，安国少季起来走出柴房，见大哥喝醉了酒东倒西歪躺在地上。安国少季看到躺在地上的大哥像一具尸体，他把大哥拖进堂屋，出屋光着胳臂劈柴，用柴烧饭。等饭熟的时间，他看竹简上的《尚书》，饭烧糊了。大嫂冲出屋骂道："你这个傻子，饭烧糊了都不知道，今天别吃饭了。从明天起，你给我每天去放羊。你这个傻子。"

# 第五章　道门险

安国少季赶着羊群，恍恍惚惚来到达柏谷西村牧场。看着母羊哺乳小羊，引起安国少季思念母亲。他咬紧牙关不让心碎，但眼泪却无法控制，“噼里啪啦”夺眶而出。他的悲伤感天动地，天空顿时乌云滚滚，电闪雷鸣。片刻大雨倾盆，雨水泪水汇成滔天巨浪，一股热血直冲头顶，安国少季晕倒在地。

羊群乱跑，乱叫。这时，雨中走来行游道长，将安国少季扶到草亭。行游道长给安国少季点穴，渐渐苏醒过来的安国少季睁眼问道长：“我这是在哪儿？”行游：“你刚才晕倒在暴雨中！”安国少季欲起身谢拜，行游劝道：“别动，休息会儿！”安国少季：“谢道长救命之恩！”被雨淋成落汤鸡的行游感觉到雨水让衣服显得太重，一边拧衣服上的雨水一边说：“这夏天的雨说下就下，这会儿又晴了！”说完行游慢慢转动身体，转着转着像陀螺，只见一阵旋风。旋风一停，道士现身，道袍甩干了。安国少季见识了行游的功夫，站了起来：“道长好功夫呀！”

行游：“想学吗？”

安国少季：“想！请问道长从何而来？”

行游：“我从平凉崆峒山而来，名为行游，准备到长安购一些油盐。”

安国少季：“母亲常给我讲行游道长救世济民的故事。今日得见行游道长三生有幸，请受小生一拜！”

行游：“小兄弟请起！”

安国少季：“谢道长！”

行游：“恕我直言，小兄弟无双亲何不远走他乡，学一身武功，有看家本领方显男人本色。”安国少季：“道长何出此言？”

行游：“天机不可泄露，我四处游方，有责任点醒有缘人，你是一个可塑少年，到我崆峒山学武，日后必有大成。”

安国少季：“我还有兄长，他们不懂礼仪很难在社会上生存，我要用仁义感化他们。”

道士：“就算你把柴房睡穿，把天下的柴劈尽，把母羊牧成公羊都不会感化他们的。”安国少季吃惊，眼前的道长怎么会知道他所做的一切和家中的一切？

行游：“我看你心底仁慈，可入我道门学习功夫。”

安国少季："可是……"

道士："现在不必勉强，等时机成熟的时候，你上崆峒山来找我。"

安国少季："谢行游道长！"

西村草屋。天色渐晚，安国少季赶羊群回到家，将羊群赶回圈里，进到院子见哥嫂还有他们的儿子正在吃饭。安国少季明显感到哥嫂散发出的敌意，刺激着他善良的神经，有些心痛。哥嫂没有仁爱的冷漠像一把剑刺进他的心脏，有一种要爆炸的感觉。嫂子说："回来了，去吃饭。"安国少季去舀饭，锅里是空的，桌上的菜也没有了。"小灶上有。"嫂子说。安国少季没有说话，默默走到小灶前揭开木锅盖，一股别样的气味让他定眼一看，是猪食，里面是菜叶加些麦麸，安国少季舀了一碗正准备吃。大嫂走过来，恶狠狠地说："你活没有干多少，吃这样多,一会儿猪还吃不吃了？"安国少季又赶紧将半碗倒回锅里。大嫂更不高兴，走出屋对大哥说："你看你兄弟，我说他一下就不高兴了，把吃过的猪食倒回锅里。"大哥冲进厨房："你活得不耐烦了，整天没见你一张笑脸，不想吃放下碗给老子喂猪去。"大哥大嫂在虐待安国少季中获得无比快感。大哥说着打翻了安国少季手中的碗。溅落一地的碗片，安国少季心碎了，接着他又被打了几记耳光。

大哥："喂猪去！"

大嫂在一旁抱手说道："呆子，你别觉得你吃猪食委屈，我给你说，平时你妈宠你，什么事也不让你干，只知道读那几简破书，可是读书不能当饭吃。我们没有责任养你，明天由你侄儿去放羊。你妈还留下十几匹丝绸缎子，明天你去集市上卖了，把银子交给我做你的伙食费。不然的话，你就天天和猪一起吃猪食。"安国少季不是没有反击能力，他高挑挺拔，但他被儒学禁锢了。他不想用暴力反击暴力，而是想用自己的言行感化两个不懂仁义礼智信的人。

安国少季提着猪食去喂猪，这时饥饿难忍，他手捧猪食狼吞虎咽，然后对猪说："他们不如你，你懂得感恩，对我嗯嗯地叫。他们可怜，他们不懂仁义礼数。"猪吃了两口食回道："嗯，嗯，嗯嗯！"大哥一家吃饱了，刚才又在安国少季的身上发泄了怨气，感到舒坦多了，回屋吹灯都睡觉了。

夜，很安静。安国少季躺在狭小脏乱的柴房地铺上，听着蝈蝈的叫声，内心却无法平静。安国少季看着窗外的月亮说："娘，我知道你的灵魂在天上看着我，你常对我说凡事要忍耐，要孝敬父母，友善兄弟。可是，兄嫂不仁不义，自私贪婪，如道长所说，就算我把公羊放成母羊也无法感化他们。我不能再听从你老人家的意愿了，请原谅。"安国少季在柴房全无睡意，索性起来，天不亮就离开了冷酷的家。安国少季背着十几匹丝绸直接来到南越国驿馆找丝绸商人董偃。

清晨，长安街宁静冷清，商铺还没有开，有人在孤寂地扫着街道。安国少季走着走着，商铺全都开了。铺面的包子馒头热气腾腾，香味扑鼻，店主先开口招呼他："这位小兄弟请坐！"安国少季没有打算坐就被店主按坐在凳子上，闪念就送上一碗小米粥。店主："再来一笼包子。"安国少季怕店家要黑钱，拒绝道："不，不要！"安国少季喝了两口粥，神清气爽，他忐忑地问："多少钱一碗？"

店主："放心喝，一文钱喝个饱。"

安国少季摸摸口袋："掌柜的，我身无分文。"说完这话满脸憋得通红。

店主爽快："没关系，每个人都会有难处，没什么，小兄弟什么时候路过小店再付钱不迟。"安国少季听了店家的话，感到阵阵温暖。虽然店家客气，安国少季也不能不仁不义，就说："掌柜的，我就用丝绸来抵押。"

店主："一碗粥换一匹丝绸，价值相差万里，使不得。如果这样，我就成了不仁不义之人。这样，我看小兄弟为人实诚，有难处，这丝绸我就买下了，给你最高价十两银子一匹。"旁人见到此举都夸赞老板。

客人："小兄弟，你是遇到贵人了，福气！福气！这位掌柜是远近闻名的大善人，外号江大侠。"安国少季："谢江掌柜，谢各位父老乡亲！"

安国少季离开茶馆找到南越驿馆。驿役见安国少季，上前殷勤地迎候："小兄弟要住宿吗？"

安国少季："我是来找南越国的董偃先生。"

驿役："你来晚了，董偃掌柜昨天就离开了驿馆，说是回南越国了。他收购了上千匹丝绸，五十匹马驮着货物，走了。"

安国少季眉头紧皱，头感到有些疼："走了？走了？"

驿役："是的，走了，的确走了！"安国少季慢慢转身，无力地离开驿馆，绝望的感觉很要命，他又背着丝绸走在举目无亲的长安街上。长安大街灯火辉煌，酒楼不时传出嬉笑声。天黑了，长安的灯亮了，满眼的繁华。路过春楼，几个浓妆艳抹的女子上前来连推带拉地把他就往春楼里拽。安国少季："放开我！放开我！"春女："装什么正经，你又不是没有来过？"安国少季："我从没有来过！"春女："没来过正好！"安国少季一边企图挣脱一边用手护着兜里的十两银子，眼看就要被女人们拖进春楼，他突然全身瘫软，捂住肚子瘫坐地上："哎哟哟，哎哟哟！"

春女："你怎么了？"安国少季："我拉肚子了！"说完放了一个臭屁，熏得春女晕头转向一哄而散，把他放了。

夜深，长安大街人稀少。安国少季找了一家小店，倒下睡得不省人事。第二天醒来，感觉到有些不对，摸摸兜，瘪瘪的，江大侠买丝绸的银子不见了。他像突然被马蜂锥了一口，刺痛火辣，却叫不出声，"嗖"地翻身下铺，一看放在方桌上的丝绸也不见了，他像从悬崖上摔下，骨头都焦急痛了。安国少季冲出房门，也没什么响声，安静得如同坟墓，店里没有人。他走到一楼不见掌柜，走出屋，院子里有一个披着头发、穿长衫的人。安国少季走近，见是一个八十岁的老头，青面獠牙。安国少季说："我的银子和丝绸不见了，看见没有？"老头听不懂安国少季说的什么话，冷漠地摇头。他又本能地摸摸口袋，兜依然是瘪瘪的。安国少季见几个光着身子的人站在西厢房扶着栏杆奸笑，他过去问道：“看见我的银子没有？”光身子人拿出银子在安国少季眼前晃来晃去：“是这个吗？”

安国少季：“是！”安国少季眼睛一亮，伸手欲取。光身子人：“你凭什么说这银子是你的？”安国少季哑口无言，只感觉到恶势力的张狂。几个光身子人哄笑，笑得面孔扭曲，他们从安国少季焦急的神态中获得无比奸邪的快感。其中一个像乞丐的家伙披头散发故意走到安国少季身边，手里拿着银子，从头到脚看安国少季，像猫戏老鼠：“银子人人都有，你说呢？”安国少季说：“兄弟，这两锭银子的确是我的。”乞丐小盗面目狰狞，把对社会的仇恨，化作低俗凶恶肮脏的目光看着安国少季清秀而仁慈的眼睛说道：“我没有拿你的东西，你竟敢诬陷老子？找死啊！”

安国少季：“这银子是昨天江大侠买我一匹丝绸得到的。”说完他见小盗走到院子中央，便追到院子中。小盗凶相毕露，猛扑过来：“你这傻子自己的钱袋都管不住，还有脸问我？”说完用左手抓住安国少季的胸前衣服，举起右手准备一拳，安国少季情急之中，热血冲脑，忘记了母亲“忍得一时之气，免得百日之忧”的训导，正义的能量一旦爆发，邪恶是无力抵挡的。安国少季用右手握住小偷左手，左手握小偷左肘向内向上猛推，小偷后仰下跪。安国少季用右脚踩在小偷的肚皮上，围观者阵阵喝彩。后面两个小盗扑上来帮忙，安国少季左脚向后两踹，小盗仰面倒地。三个盗贼回过神来，跪地求饶：“公子饶命！小人有眼不识泰山！”

安国少季终于发现了自己的勇猛，他无比英勇地问道：“我的银子是不是你们拿的？”

小盗内心恐慌，不堪一击求饶道：“是，是，但都被老板拿走了。”

安国少季：“你去让他给我拿回来，否则我要你的命！”说完，安国少季用力踩小偷肚皮。

小盗：“公子饶命，我去给你找银子。”

安国少季：“原来你们开的是黑店。这里用黑店谋财害命，今天我定要为民除害。”

小盗：“公子饶命，我家中上有八十岁的老母，下有几岁的儿子，你杀了我就等于杀了他们。”在暗中幸灾乐祸的老板，抱着银子早跑得无影无踪了。

安国少季：“但我今天要让你知道，必须依靠劳动奉养老人和儿女，不得谋财害命。”说完，只听咔嚓一声，安国少季用力断了小盗一根小手指。

安国少季：“我不发怒，好好跟你们说话，你以为我是病猫。饶你一命，给我滚！”

小盗：“谢公子不杀之恩。”从地上爬起来就跑。安国少季突然发现了自己竟然会打架。之前，他只知道自己会读书，会放羊，会喂猪养鸡。竟然会打架，他很高兴。反复无常的生活，让安国少季明白了，眼前的世界才是真实的，母亲给他灌输的东西只是文字编织的美梦。安国少季刚走进江湖，一夜之间又变成了身无分文的穷光蛋，好人让他有钱，坏人夺走他钱财，这才是一个真实的世界。他对天空傻笑的时候，感觉有一把刀削掉了心灵的蒙昧，有一颗金子般的心灵在黑暗中闪闪发光。他对着天空说："娘，我喜欢这个真实的世界，刺激，它来得太晚。娘，你应该早些告诉我，其实我一点也不恐惧现实，只有在这黑暗的时候我才看见自己。"安国少季今天开了杀戒，发现了自己不只是母亲身边的孝子，还是一条能面对挫折的男子汉。人只有在一无所有的时候，才能发现自己是个什么东西，沉睡在心灵深处的野兽才会奔跑出来，对邪恶吼叫。安国少季感觉自己像一头雄狮，突然力大无穷，有一种脱胎换骨的感觉。他喜欢这种被刺激后的兴奋。一无所有的快感，让他走出繁华的城市，一路上无牵挂地跋山涉水，他准备上崆峒山拜见行游道长习武。

安国少季一人独自走在荒野，天黑了，他走进路边一个山洞，太累了，便躺下呼呼大睡。安国少季第二天醒来，睁开眼睛，见山洞顶上的钟乳石，从模糊到清晰，才翻身站起来，见地灰上尽是狼的脚印，还有狼毛。安国少季大吃一惊，自言自语："狼为何没有吃掉我？奇怪，奇怪！"他走出山洞，继续赶路。山间安静，安国少季走在石板铺的官道上，只能听到心脏跳动的声音。突然，路旁灌木深处有女子哭声远远传来，安国少季循声望去，见一个美貌的女子正准备在一棵歪脖子树枝上吊。安国少季急忙跑到树下将其救下，扶着姑娘靠在一棵松树上劝道："姑娘美妙年华，为何如此践踏生命？"姑娘痛哭流涕："我一心向善，却嫁错了男人，不如一死而后快。"

安国少季："姑娘，生命是父母的血脉，你这样做是不忠不孝。敢问姑娘姓名？"

姑娘："我叫卫姬，我被迫嫁给比我大十几岁的表哥兔牙。他家里很穷，我不嫌弃。但是，丈夫反过来说我瓜子脸，白皮肤，柳眉，腰细，说我薄命不能旺夫，让他当不了官。丈夫游手好闲，怎能当官？他整天对我挖苦折磨，我成了他发泄贫穷和怨恨的工具。我逃出家门，漫无目的地走到这里，荒郊野外，豺狼出没，饥寒交迫，只得了却此生。"

安国少季："是的，我哥我嫂也这样对我，所以我出来闯荡。"

卫姬："穷，并不可怕，可怕的是在贫穷中没有道德和爱心，更可怕的是丈夫不爱读书，不知礼数，懒惰，脾气暴躁，自私，狭隘，还不讲卫生。"

安国少季："姑娘，你还是回去吧，好好和他谈谈，男人都是女人慢慢调教成人的。"

卫姬："我不能回去了，先生，你救人救到底，带我走吧。"

安国少季："我准备到崆峒山学武功，以后为国效力。无力收留姑娘，抱歉！你可以到长安去，那里需要很多的织女，有文化的人也很多。如果你运气好，遇到一个好心人，命运就有转机了。"

卫姬站了起来："大哥的话让我幡然醒悟。"

安国少季："我现在总算明白，人生吃苦就如同吃饭一样正常。"

卫姬鞠躬："谢大哥救命之恩！"

安国少季："祝你好运。"卫姬含泪离去。安国少季走着走着，看到白虎七宿中的昴星出现在了南方，冬至到了。走在白雪皑皑的冬天，安国少季自言自语："冬至到了，崆峒山还要走多久啊？"天空下着漫天的鹅毛大雪。他衣衫单薄，饥寒交迫，力不从心，晕倒在了雪地里。行游提着酱油瓶，独自走在雪地里，见躺在雪地上的安国少季，救他上山。

崆峒山道观内，躺在床上的安国少季渐渐苏醒。他右嘴角向上微微一翘，用右手摸了摸头，做了一个头很疼的表情，然后起了床，感觉天旋地转。安国少季向窗户前走去，见天空飘着白雪，山下蓝色的湖水冒着蒸气。他自言自语："我这是在哪里？"行游师父走进来："这是在崆峒山，你昨天昏倒在雪地里，生命垂危，很危险！"安国少季十分惊喜，急忙下跪："谢道长救命之恩！"行游："起来，起来！"扶他上床休息。

安国少季："道长，我什么事也没有，现在好多了！"他起来坐在床边。

行游："我知道你会来的！"安国少季："道长怎知？"行游："天意不可违！很多人说命运掌握在自己的手中，这是愚昧狂言。人更多的时候是无法主宰自己命运的，就如同一片树叶，到了冬季就枯萎是一样的。"

安国少季："谢道长指点迷津。"

行游："道家讲究无为虚静，辅国安邦，赐你道号无忧子，希望天下平安无忧。"安国少季跪下："谢道长！"行游："弟子请起！练功不要急于求成，先从砍柴生火洗衣做饭做起。"安国少季："道长，我在家一边读书，一边劳动，早都学会了。"行游："在这里和在家不一样，得从头学起。"安国少季："道长，练功之前为什么要担水洗衣？"行游："是为了磨炼耐力，练定力。男人学会自己照顾自己，可以摆脱对女人的依赖。很多男人功夫半途而废，就是因为依赖女人生活，身体和精神被女人引诱控制，精气神被女人吸走，萎靡不振，没有精力练功。"安国少季："道家不是讲究阴阳平衡，怎么要摆脱女人呢？"行游："阴阳学说深奥玄妙，现在还不是你需要了解的话题，等你有了功夫，我再给你讲如何运用男女阴阳学。"

行游高声道："弟子们，都进来！"弟子们一哄而进。安国少季不再叫安国少季，道长赐名无忧子。无忧子抬头一看，目光与兔牙相遇，大为吃惊，当年到我家乞讨的兔牙怎么会在这里？

# 第六章 担水做饭

凌晨六点，崆峒山缥缈的钟声敲响，睡在道观通铺上的道士们听到钟声全都蠕动起来。安国少季睁开睡意蒙眬的眼睛，见师兄师弟都在无声地穿戴起床，自己也赶紧起来跟他身边的小道士学穿戴。

兔牙不怀好意地走过来："哎，无忧子，你的帽子戴反了！"安国少季一听到兔牙的话，将帽子挪动一圈，反而将戴正的帽子挪反了，惹得小道士们哈哈大笑，安国少季这才将帽子取下来确定好正反再戴上头。安国少季在道观的生活就从虎落平川遭犬欺的无奈开始。兔牙道名叫懒云子，他试探无忧子当年施舍饭给他的事，还记不记得。他歪着头耷拉着肩，用左手臂托着右手臂，右手拇指和无名指托着下巴问道："无忧子，好眼熟，我好像在什么地方见过你？"无忧子装作记不得兔牙到他家乞讨这事，一边穿道服一边回道："师兄记错了吧，我从没有见过你。"懒云子突然放松下来："哦，可能是我记错了！"他们穿好衣服走出了院子，懒云子提了两只尖底水桶递给无忧子，指着山下的湖水说："师弟，水缸没水了，你到山下去提水。"无忧子见师兄的两颗牙齿像兔牙一样担在下嘴唇上，像两把利剑；三角眼像两口陷阱，颧骨像两把鼓槌。无忧子赶紧将目光移开，看着木桶的尖底，接过水桶，不慌不忙走出院门，穿过平台，走出山门，走下堆满积雪的石阶。快下完千级石阶，无忧子返身抬头，见道观是在一座孤峰上，太阳照在皑皑白雪上，石阶一级挨着一级，神秘壮美。无忧子不小心脚下一滑，顺梯子滚下，桶也在雪地里滚到一旁。无忧子看着热气腾腾的湖水，心情顿觉空明无尘。他微笑着走近湖水，心中涌起干净柔情的思恋："豆叶，你在做什么？要是在一起享受眼前的美景多好啊。"无忧子想起豆叶，无穷力量让他提两桶水上到山顶，尽管腿像被扒皮抽筋，但心中有爱，天下无敌。无忧子提水来到平台，见行游道长在给弟子传授功夫。他扶着水桶装歇气，远远观看，一招一式被无忧子记在心中。然后，他提着水桶进到厨房，将水倒进石缸里。无忧子转身出院，准备再下山提水。听见道长给弟子传道，放慢脚步，偷师学艺。

崆峒山道观春暖花开。无忧子提了一个冬季的水，身体健壮结实起来。春天来了，他上山拾柴。某日黄昏，无忧子背着柴进了山门，见几个师兄弟在练武功，他忍耐不住，放下柴，将平时偷学到的功夫在师兄师弟们面前展演了一番。无忧子身捷步灵，随走随变，起伏拧转，形如游龙，视若猿守，坐如虎踞，转似鹰盘。这一切正好被道长行游见到，他怒气顿生："大胆，劳动期还没有满，才看点皮毛，就在这里卖弄。从明天开始，进伙房做饭。"

无忧子："道长，我不是故意的。"

行游："你这是破坏我道观的规矩。什么叫一步一个脚印？什么叫基本功？你是真不知道还是装糊涂？"

无忧子："道长，徒儿不明白，几个月学会的东西为什么要学几年？"

行游："这是祖师爷传下来的规矩，必须遵守。"

无忧子："道长的斥责让徒儿如梦初醒。"围观师兄师弟们幸灾乐祸的表情让无忧子十分难堪，特别是兔牙懒云子用邪恶的表情看着安国少季无忧子。懒云子只要见行游道长对谁不满，就会无比快感地落井下石。懒云子在一旁小声说："有好戏看啦！"但是道长并不喜欢懒云子的火上浇油，道长批评无忧子是希望他脚踏实地地学习，并不是整人。但懒云子借机公报私仇，用此机会宣泄人性的阴暗残暴，以此残暴掩盖自己系列的无知无能无爱无法无天无道。懒云子必须要依靠整人来活着，否则他就要回到乞丐的时光。懒云子不像卜式喜欢放羊，也不像无忧子能推销丝绸，唯一活着的本事就是整人害人。道长发完话就走了，潜心研究道法去了，研究人道主义去了。但是，道长的善念将被懒云子演绎成一场空前的政治运动。他可以利用在道观当一个管事的身份上传下达，他可以给道长说无忧子目中无人忘恩负义自恃清高。他希望无忧子滚蛋。

在道观厨房，无忧子取柴生火，不知道谁在柴上撒了几泡尿，生火的时候，湿柴点不燃，烟熏得无忧子流泪。这时，懒云子带着几个人躲在一旁偷偷发笑。懒云子坏笑着走进厨房："师弟，道长说了，中午做不熟饭，可能就要让你离开道观了。谁让你要小聪明，违反道规，偷师学艺。以后老实点，学功夫没有十年八年怎么能行。如果功夫被你看懂了，以后这道观的人怎么混，那就该关门了。"无忧子没有说话，将厨房的凳子用手掰成几块，扔进火塘，故意用木棍敲了懒云子的头。懒云子正要发作，无忧子又敲了他一闷棍。无忧子要在沉默中爆发了："师兄，离远一点，小心木棍不长眼睛。"懒云子正要还击，无忧子用柴棍在手中飞转，然后放在了懒云子的喉咙上，用眼睛瞪着他。懒云子赔笑脸："兄弟，你能看懂功夫，令本人敬佩。"无忧子依然像雕塑一样盯着他。懒云子补充道："敬佩！敬佩！"

无忧子："习武之人讲仁义，但也讲惩恶扬善。"

懒云子："是，是，要讲仁义。"

斋房中，大家无声地吃着斋饭。道长行游突然说："无忧子，明天你不要做饭了，上山砍木材来做凳子。"

无忧子："道长，是有人在柴上撒尿，有尿的东西怎能用来做饭，因为这饭还要用来敬神。怕大家没饭吃，我只有拆凳子来做饭了。”

行游：“无忧子，你不要狡辩，要想想在雪地里是谁救了你？”

无忧子：“我知道是道长救了我，所以我才尽心劳作。”

行游：“你尽心了吗？我看你不仅仅是心浮气躁，还想打人是不是？”

无忧子：“道长，我不明白，难道伸张正义也不行吗？”

行游：“你打懒云子也是想伸张正义吗？”

无忧子：“道长，我不明白，道家遵循大道，可是懒云子在柴上撒尿这符合大道吗？撒尿的大道是在厕所。”

行游：“你别冤枉懒云子，更不得狡辩，明日给我上山砍树来做凳子！”

崆峒山间，云遮雾绕。无忧子举起斧头砍红豆杉，山间传出孤独寂寞的砍伐声。水桶粗的红豆杉砍到一半，无忧子放下斧头，一发功，红豆杉倒下。无忧子扛着树木下山。黄昏，无忧子坐在路边休息，抬头见朱雀七宿出现在了南方，本能地叫道：“娘，娘，朱雀星出现了！”当他回过神来，只有孤峰、道观，没有见到娘，他泪流满面，然后又突然想起了豆叶。往年在这个时候，他就要到豆叶家去换蚕种了。

无忧子对着空山喊：“豆叶姑娘！豆叶姑娘！”此刻，豆叶在达柏谷客栈绣楼，冥冥之中听到了安国少季的声音，她推开窗户看了看窗外，转身来到梳妆台前，对着铜镜穿戴丝绸衣裙。短襦上衣只到腰间，裙长垂地，曲裾围在裙外。豆叶试着美丽的衣裳，激动、兴奋，明天安国少季就要来换蚕种，豆叶唱起歌谣：

青青子衿，悠悠我心。纵我不往，子宁不嗣音？青青子佩，悠悠我思。纵我不往，子宁不来？挑兮达兮，在城阙兮。一日不见，如三月兮。

唱着唱着，她就趴在织布机上睡着了。

豆叶早早起床，精心梳妆好，没有心思织布，在楼上倚窗左顾右盼，头顶上绕个髻，身后长发垂腰。可是到了中午，依然只有满目的桑叶在春风里摇动，不见安国少季的身影。豆叶下楼来，走出院子的后门，穿过松林，来到村口，等到牛羊牧归仍然不见安国少季，她忧伤地唱起歌谣：

青青子衿，悠悠我心。纵我不往，子宁不嗣音？青青子佩，悠悠我思。纵我不往，子宁不来？挑兮达兮，在城阙兮。一日不见，如三月兮。

羊倌卜式赶着羊群走来：“姑娘，你的歌声真好听。等心上人哪？”豆叶心思恍恍惚惚，无心听卜式说话，答非所问：“卜式大哥的羊肥啊。”卜式：“我不忍心看着姑娘这样愁苦，我告诉你，你的心上人安国少季失踪了，他哥嫂四处寻找不得结果。”

豆叶：“为什么失踪？”

卜式：“听说他的母亲去世后，他到长安城去卖丝绸，就再也没有回到家，杳无音信。”豆叶：“他一定是遇到难处了。”卜式：“有人说他跟着丝绸商人到南越国去了。”豆叶：“他一定会回来的。”卜式：“是的，如果他心中有你，一定会回来的。姑娘，天色不早了，回去吧。”豆叶：“卜式大哥，有他的消息你一定要告诉我。”卜式：“当然会告诉你的。”

春分，崆峒山天气变暖。憋了一个冬季没有洗澡的无忧子和师兄师弟一大早起来就到山下的湖边抚琴、沐浴。无忧子的古筝让山水空灵优雅，师兄弟们裸身在岸上随美妙琴声习武。懒云子让小师弟将无忧子拉到湖水中，懒云子见到安国少季的肌肉，伸出鹰爪欲划破无忧子脊背。无忧子感觉到身后一股杀气，用闪电般的速度转身拧住懒云子的鹰爪。懒云子“嘿嘿”一笑：“师弟，我是想帮你擦背，别认真。”无忧子：“如果师兄都会想到要帮助别人擦背，太阳打西边出来了。”懒云子：“师弟，别小瞧人。”无忧子：“我小瞧你，你肚子里有几根花花肠子我不知道。我经常装傻，是为了给你留面子，让你有改错的机会，可你还以为我真傻。我忍耐，是留时间给你醒悟，好好做人，可你以为我窝囊。”懒云子讨好的口气：“师弟，你这身段要是被山妖看见，非把你的血吸光。”

无忧子：“这世上没有山妖，如果真有，也比你善良厚道。唉，我算明白了，在这个世上，好人总是被你这样的人暗算。我怀疑，以后人类将会越来越丑，因为英俊帅气的男人会被你陷害绝种。”懒云子的灵魂被安国少季撕破，歇斯底里：“无忧子，我警告你，别太得意。你以为你长得帅，你以为你功夫高，我迟早会用道规灭掉你，你信不信？”无忧子无欲则刚地说：“我信，我还相信以后人类都会被像你这样的人毁灭干净的！以后天下的英雄都灭亡了，就留下你这类人！你整天不把心思用在修炼功夫上，整天钩心斗角陷害忠良，你以为杀灭仁义之士，就没有人和你竞争，没人让你妒忌，你就成为崆峒山的传人了？但是，人在做，天在看，你的不仁不义迟早会让你寸步难行。”懒云子：“师弟，你也太轻狂自大了，我要和你比武！”无忧子：“太极的功夫在功法之外，在做人，在于劳动，在抚琴。”说完提桶离去。懒云子小声对小师弟说：“我们得想办法把他赶出道观，他多待一天我们就难过一天。”他们猛追无忧子。

上崆峒山的石阶旁，无忧子将尖底水桶插进道旁的泥地里，桶里的水平静不溢。无忧子坐在道旁的石头上高声道：“懒云子，我等你，比武就比武！”懒云子一听无忧子真要和自己比武，心虚退缩。两人在荆棘丛生的乱石上比武，真是惊心动魄。无忧子用轻功飞到石峰上，如一只雄鹰。懒云子飞到另一石峰上，摇摇晃晃。两人在空中打了几个回合，懒云子就败下阵来。懒云子为了强撑面子，说道：“君子报仇，十年不晚！”

无忧子：“你是君子吗？”

懒云子给身边的两个师弟使了一个眼神，两人会意，快速上石阶在小道两旁埋伏起来，拉好草绳。无忧子只顾说话，没有注意脚下的绊绳，等他走近，那两人一拉绳子，将他绊倒在石阶上，手里的两个水桶被摔成几块，清水四处流去，他摔得鼻青脸肿。懒云子幸灾乐祸地问道：“师弟，水桶摔坏了可是要被道长惩罚的。唉，你怎么不小心点。”懒云子比武败阵，便用如此小人手段暗算！

无忧子：“无可救药。”

回到道观，无忧子被行游道长召见：“无忧子，你练功为何心不在焉？”

无忧子：“师傅，我很专注，所以没有看到脚下的绊绳。”行游：“什么绊绳？”

无忧子：“有人在路上拉绊绳让我摔倒。”行游：“谁拉的绊绳？”无忧子：“我摔晕了没见到人！”行游：“你们谁看见了拉绊绳的人？”师兄师弟们看看懒云子不敢说真话，都摇头。行游：“不能毫无凭据地乱说，辜负我对你的厚望。花无重开日，人无常少年，不要虚度光阴。无忧子，为了让你长记性，罚你砍十天的柴，提十天的水。”

无忧子：“是，道长。”无忧子下山提水，一路如飞，来到弹筝湖畔，无忧子已经大彻大悟，有了内功，不把懒云子的陷害当作陷害，而是当作练功夫的动力。他放下水桶，开始练崆峒功夫。“我和他们不一样，我砍柴提水都是在练功。”无忧子打水上山，见行游道长带着弟子练功，气势威震河山。无忧子被罚提水，就躲在灌木中偷看招式。

行游：“我常说，练功的功夫在功外，这个外就是要保持心灵纯正，心在先，而身在后。”

懒云子：“道长，什么叫纯正？”

行游：“不怨，不恨，不妒，不贪。”懒云子心惊肉跳。

行游：“现在随我练功：起势，要含而不露，朴实自然。心、息、身协调运动。动则分，静则合。鱼沉水底，拳势如行云流水，风摇杨柳，轻盈自然，恰是春蚕吐丝，连绵不断。”无忧子上山不是学武功，是看武功。

道观寝殿的夜晚，寂静无声，无忧子做起了噩梦：自己抱着丝绸在繁华的长安街上销售，一张张冷漠的面孔，让他恐惧和焦虑，他羞愧、饥饿。南越国的商人董偃买下他所有的丝绸。他扛着钱袋回家，门开了，不是娘，是凶恶的嫂子。懒云子见安国少季在梦中哭泣，摇道：“醒醒，无忧子，醒醒，你怎么啦？”怎么摇也没有醒来。懒云子对围过来的师弟们说：“我们是不是对无忧子做得太过分了。”

弟子们：“是有点过分了。”

小师弟：“是过分了，白天他可以凭借信念坚强起来装快乐。到了晚上，真实情感便不可抑制。”

另一位小师弟：“其实，我娘也不在人世了，我也想我娘。我们每个人都是娘的心肝宝贝，要是死去的娘知道我们互相伤害，娘在九泉下多心疼啊。”小师弟：“无忧子可是没有伤害过我们的，他很厚道。快叫醒他，别让他在梦中伤心了。”懒云子：“其实，我也不想伤害他，谁叫他做得这样优秀，我无法抑制我的妒忌，他的优秀也伤害了我！”小师弟：“所以我们只有修炼，才能向优秀的人学习，而不是伤害他们。”懒云子：“是的，我只是外表像人，但灵魂还没有变成人，我还是畜生。”小师弟：“师兄，你可以妒忌无忧子，但你别伤害他，别到道长那里去黑无忧子。他可能会在梦中伤心过度死去，赶紧去采些菊花来。”

另一位小师弟：“现在是春分，菊花还没有开。”懒云子：“到厨房拿灵芝来。”小师弟不一会儿将灵芝拿来，递给懒云子。懒云子用灵芝放在无忧子的额头上，一会儿，无忧子醒来了。懒云子：“你在梦中哭什么？”无忧子：“我梦见我的恩人董偃不见了，我娘也死了。”懒云子：“人生最伤心的莫过生离死别。”无忧子：“人也只有经历了生离死别，才会真正感悟人生。”懒云子：“你悟出了什么？”无忧子：“我感悟到，人不能为了名利做伤害他人的事情。”懒云子惭愧地低下头，然后又抬起头来，对无忧子说：“我不仅没有娘，连老婆也跑了。”无忧子：“你老婆叫什么？”懒云子：“叫卫姬。”

无忧子大吃一惊：“卫姬？”懒云子：“怎么，你知道她在哪里？”无忧子回忆起来崆峒山的路上，遇见卫姬上吊的事。但他转念一想，人要守信誉，不能出卖别人的秘密，摇摇头：“不知道！我倒是在荒野救了一个上吊的女子，不知道是不是你老婆！”

懒云子：“我老婆小巧玲珑，肌肤白如玉，眼睛水灵灵，高鼻子。”无忧子：“那就不是。师兄，斩断红尘，随她去吧，女人一旦心死，十匹马也拉不回。”懒云子：“我是自作自受！大家睡觉吧，天快亮了！”

懒云子不知道卫姬女扮男装，正在长安街乞讨，蓬头垢面。豆叶牵着马从卫姬身旁走过，扔了几枚硬币在卫姬的缺口土碗里。卫姬：“谢谢公子！”豆叶不见安国少季来换蚕种，也女扮男装，背着家人骑马到长安街四处寻找安国少季，没有结果，便骑马到安国少季家的西村打探消息。豆叶离开长安，来到安国少季的村庄，家家清一色的瓦房，一根梁上四面瓦，家家竹篱小院，篱笆下开满蔷薇花。一位大姐端着木盆准备到河边浣纱。

豆叶上前问道：“大姐，请问安国少季家住在哪儿？”

大姐：“往南走到岔路口向北拐三十丈就到了。”豆叶找到一个荒废的院落，茅屋破败一把锁锁在两扇木门上。豆叶推门，从门缝里看去，庭院荒草丛生。羊倌卜式赶羊群路过，豆叶问：“请问卜式大哥，这家人上哪儿去了？”

卜式：“安国少季他哥嫂把他赶出家后，安国少季就再没有回来过，杳无音讯。后来，屋子里经常闹鬼，他哥嫂也不知道搬到什么地方去了。唉，好端端的一家人，被私心毁了！”

豆叶：“谢大哥！”豆叶骑马再次回到长安南越国驿馆寻找安国少季。

# 第七章　伤疤是男人的勋章

豆叶身穿男儿装，骑马来到长安城的南越驿馆前，翻身下马。

驿役殷勤上前问道："请问客官要住宿吗？"豆叶见驿役个子不高，蒜头鼻，矮鼻梁，大嘴巴，厚嘴唇，高颧骨，皮肤黑黝粗糙，但却很干净，善意满满，回道："我想打探一个人！"

驿役："请客官进屋慢慢说！"豆叶带香草进了驿馆。豆叶走进驿馆，在八仙桌旁坐下，驿役喊："上茶！"豆叶喝了一口茶问："请问，这里有没有一位叫安国少季的公子在此住宿过？"驿役殷勤地回道："公子，大约一年前安公子来找过董老板，但听说董老板回南越国后，就走了。"豆叶惊喜："到哪儿去了？"驿役："不知道！"豆叶失望而又焦虑地问："不知道？"驿役："这里南来北往的人很多，的确不知道。"豆叶站起身从后门走到池塘边，在美人靠坐下，跷着二郎腿问："谁是董偃？"驿役微微弓着身子回答："董偃是南越国最富有的商人。他到长安来购丝绸，运到南越国，通过番禺港口，商船将丝绸销往东南亚、身毒等国销售。"

豆叶："我什么时候能见到董先生？"

驿役："不知道！"

豆叶："今晚我在这儿住，有董偃的消息，你一定告诉我！"

驿役："遵命！客官！"

豆叶并不知道，丝绸商人董偃现在已经到南越国了。董偃带着马帮历经千山万水，第二年的仲夏回到南越国番禺。董偃往右看了看珠江驿站，向左看着溪水蜿蜒流过田园，岸上鲜花倒映溪中，他翻身下马："兄弟们，辛苦了，马上就要进番禺城，大伙洗个澡，先休息休息，好好吃一顿，睡个好觉，明天一早风风光光进城。"风尘仆仆的伙计们欢呼雀跃。年轻的家伙们将衣服脱下扔在沙滩上，向河里跑去。年长者将马背上的货物卸下，牵马来到河边。马儿悠然地甩着尾巴饮水，伙计们跳进河里洗澡，江河水被捧起抛向空中。

马帮来到珠江驿站，店主笑着迎上来："客官请坐！请问用什么酒菜？"

董偃："好酒好菜尽管上。"

店主笑盈盈："客观请用茶，好酒好菜马上来！"一杯茶的工夫，酒菜上齐。董偃见到一盘叫"三吱"的肉菜，垂涎三尺，盘中有几十只没有睁眼没有长毛的老鼠儿。董偃兴奋地伸筷子去夹，鼠儿"吱"的叫一声，娇嫩的声音让董偃的心柔滑。他夹住鼠儿蘸作料，鼠儿"吱"的一声，董偃对鼠儿的爱心分泌出毒液，然后迫不及待放进嘴里一咬，鼠儿"吱"的一声。三吱菜的鲜美嫩肉让董偃享受，丝绸商人尽情地吃喝一阵，一个个男人与花枝招展的女人展开鱼水之欢。这几天董偃的心火一直往上升，火气让他的头脑混混沌沌，健忘，经常流鼻血，嘴唇起疱，一路上拼命喝清热解毒的药茶也不管用。他的心田干枯得开裂了。董偃在驿馆正宽衣解带，一个矮矮小小黑黑胖胖的女人，端药茶进来："掌柜请喝茶。"喝茶只是一个幌子，漫长的旅途让董偃饥不择食。董偃穿着白色的内裤，光着上身接过药茶放在桌上，把女人拉进怀中，抱着女人，那饱满的乳房令他心神荡漾。董偃将女人推倒在床上，油灯下的乳房和胸膛像圣洁的天堂，像沙漠中的一汪泉水。董偃贪婪地饮这泉水，当他在释放中获得快感的瞬间，心火渐渐下降，肾水慢慢上升，心火与肾水相交平衡，混沌燥热的头脑瞬间清醒过来恢复了灵气。他大汗淋漓，麻醉地喘息。女人拿着银子走了，董偃一会儿满足地呼呼大睡。

翌日，番禺大街上，董偃光彩照人地穿着粗布斜襟短衫，腰上系着腰带骑在马上，五十四健壮的马在董偃的身后，一匹跟着一匹。壮观的队伍引来无数围观的人，小孩妇女特别多。有几个美貌女子在挑逗马帮伙计："掌柜的，从哪儿来？"董偃骑在马上故意一颠一颠的样子，虚荣地炫耀着满载而归的财富："从汉朝来！"出国回来的样子得意洋洋，不可一世。矮胖女子："出国真是好啊！"在小女子眼中，出国意味着见过世面，胸襟更豁达，运回来的物品更新奇。玲珑女子："掌柜的，这马匹驮的是些什么好东西？"董偃："这些除了汉朝的丝绸，还有中亚的香料和胭脂花粉，明天就上市，想要的到大碑街去。"

高挑女子故意逗董偃："董掌柜，你就送给我们好了，要什么银子嘛。"

董偃也开玩笑道："送给你可以呀，但要做我的老婆。"女人们就开心地大笑，笑声成了马帮远道而来的欢迎仪式。女人们羡慕好奇的目光让董偃的虚荣心得到最大限度的满足。董偃走过丝绸集散地大碑街，见这里运送货物的人像蚂蚁搬粮食，来来往往，甚是热闹。董偃来到久别的商铺，看门人高喊："掌柜的回来了！"家中十几号人放下手中的活围了上来，点头哈腰特别高兴。管事上前迎候。

管事："掌柜回来了，辛苦！辛苦！"管事陪同董偃进到堂屋坐下，丫鬟将茶水端了进来，董偃迫不及待喝了几口，发出满意的赞叹声。放下茶杯，董偃很快就进入贸易的状态。他二郎腿一跷，开始发话，嘱咐管事说："赵佗王百岁生日，要留二十四上等丝绸作为贡品。"

管事吃惊："二十四？"

董偃："怎么？少了？"

管事：“多了。”话音刚落，守门高喊：“杨将军到！”

董偃吃惊：“杨将军怎么这么快就来了！”杨一将军来到董偃家门前翻身下马。侍卫快速守在丝绸铺大门前。杨一握剑看了一眼大门上方高挂的“和气生财”巨匾，十分霸气地走进董府，走过头堂，穿过一豪华大宅院，上了几级石阶，到了中堂，神龛前八仙桌一张，桌的左右两边放着雕花木椅。

董偃站起来：“杨将军请坐！”杨一不客气地坐在右侧椅子坐下。董偃吩咐：“给杨将军上茶！”茶端上来，杨一看都不看一眼，直奔主题，十分杀气：“大王得知你们丝绸马帮已到，派我传达旨意，明日可直接将丝绸装船，不必进库浪费时间。”

董偃：“大人，可暂缓两天？”

杨一：“不行，赵佗王有令，船必须在他生日第二天一早出海。”

董偃：“这是为什么？”

杨一：“赵佗王说他年事已高，活着的时间按时辰计算，这次他要求官船必须穿过印度洋到达马达加斯加。他听信一些商人说，那边很热，那里的人喜欢清凉的丝绸，他想用丝绸交换他们的铁器。”

董偃：“杨将军，赵佗王的旨意我定要服从，但这些货物需要清点后才能装船，总得让我喘口气吧！”

杨一：“我知道你的心思，商人嘛，利润就是生命。赵佗王不会让你吃亏，他说了你每匹丝绸收购为十两银子，除去你们的路途食宿，时间、体力，赵佗王给你每匹丝绸按二十五两银子收购。”董偃听说皇家只出二十五两银子，心都凉了一半。董偃沉闷地回道：“大人，这些丝绸可是我九死一生、千里风雨冒险从中原运购而来的。兄弟们和我出生入死，能不能价格高一点让他们养家糊口。”

杨一不可一世地说道：“不必多言！”董偃冒着被杀头的危险说道：“听说上次官船出海通过马六甲海峡，到了身毒国，每批丝绸卖到百两黄金的天价，只有他们的达官贵人才能穿上。”

杨一：“你竟然敢与官方讲价还价？”

董偃：“大人，我需要生存。还有，跟着我运丝绸的兄弟们需要养家糊口。”

杨一：“你们的命都是南越国的，我把你们全毙了又怎样？丝绸照样是我们的。本人奉大王的命令，就是考虑你们的生存才给二十五两银子。大王就是一文不给，你们的丝绸也得拿出来，服从才有活路。就这样，告辞！”杨一傲慢地出去了。

番禺码头，商船来来往往，人声鼎沸，董偃看着劳苦的搬运工将丝绸装进木箱，一箱一箱抬到珠江上摇晃的船上，心在滴血，他问管事：“二十匹贡品留下没有？”

管事：“留下了！”董偃：“卖给当地女人的五十匹丝绸留下没有？”

管事："留下了，都是色彩鲜艳的。"董偃："现在上船的是多少匹？"管事："余下的一千二百匹丝绸全部装船。这些丝绸能得到三万五千两银子，除掉本钱，获利二万二千五百两银子。"董偃听到后表情兴奋起来，但随即又暗淡下去。细心的管事问道："掌柜的在忧虑什么？"董偃："唉，把本钱除了也没赚多少。即使这样，我还担心杨一赖账啊！"管事："我看，赵佗王不是赖账的人。"董偃："赵佗王当然不会赖账。但是，我担心他年纪大了镇不住邪，他身边的那些人乘机兴风作浪！我倒无所谓，哪天身无分文乞讨我也能做，关键是跟着我跋山涉水的兄弟们，家有妻儿老小，他们要吃穿。如果跟我白干了，我就成了不仁不义的人，在社会上我如何立足？"

管事突然惊叫道："掌柜的，昨天闽越国的郢王派人来订五十匹丝绸，银子都预付了。"董偃："你怎么不早说？"两人看着商船手握宝剑的侍卫，董偃说："现在一切都晚了，有理也说不清了！"管事："事情多，给忘了。"董偃："你知道的，诚信就是经商之人的生命。"管事："大人，仓库里倒是有一些积压的旧货。"董偃："不行，那些都是你不负责任瞎眼睛收购进来的本地货，有很多瑕疵，是次品。"管事："赵家倒是有些刚从汉朝运来的货。"董偃："郢王每匹丝绸的价格给了我们多少？"管事："每匹二十五两银子。"董偃："赵家出售的市场零售价是多少？"管事："每匹三十两银。"

董偃咬咬牙："贴一千两银赶紧进货。"管事："掌柜的，这实在太亏了！"

董偃："快到赵家取货，做生意有亏有赚，仁义第一。"

管事："郢王从闽越国出发，明日到南越国来参加南越国赵佗王百岁生日后，就来取货。"

闽越国的王宫建在离海滩两公里的小岛上，全是用珊瑚石犬牙交错砌的墙，用竹片和芭蕉叶搭建的屋顶。郢王一早起来，推开竹门，见子民跪在门前流着泪。年长者站起来手里捧着通透的玉髓说："大王，你要去参加赵佗王的生日宴，天遥路远，子民给您送来绿玉髓，保佑您平安，早点归来！"说完，将绿玉髓挂在闽越王郢的脖颈上。郢王："我爱你们！"长者跪下与子民们一起跪拜："大王安康，平安归来！"

郢王："本王前往南越国给赵佗王祝百岁大寿，我走后，你们不要与邻邦发生争斗，即使有部落来挑逗你们，不要轻易出动，要保持冷静。"子民异口同声："是大王！"郢王："我会平安回来的！"郢王与子民难舍难分：船缓缓启动，郢王雄壮的矮个儿，五个脚趾扣在甲板上，就像蛙抓在树梢上，任凭风浪颠簸仍稳稳当当。他上身赤裸，围着麻布站在船头，海风吹着他的披肩短发，太阳晒着他胸膛上的文身图腾眼镜蛇，让他像海上的龙卷风，前往南越国。

南越国的国王名叫赵佗，在公元前 219 年，受秦始皇委派，屠睢为主将，二十二岁的赵佗为副将，率五十万大军平定岭南。公元前214年，岭南划入秦朝版图。公元前195年，汉高祖刘邦赐南越王赵佗绶印。吕后当朝，扒了赵佗家的祖坟，赵佗与汉朝断交。汉武帝亲政，汉南恢复友好关系。为了与土著人和睦友好相处，赵佗王入乡随俗，与土著人一起吃蜘蛛，吃蚂蚱，吃竹节虫，吃老鼠，披头发，穿短裙。百岁生日这天，他在土服的外面穿上了汉服，他要求丞相吕嘉让来参加宴会的各国国王、部落首领、酋长、使节们都换上汉朝服饰。他要在生日宴上展示汉风的儒雅文明，检验一下这么多年来他从中原带来的汉文化有什么样的效果。容纳千余人的城楼，张灯结彩，声乐缥缈。南越国为一百岁的国王赵佗庆祝生日，这年是公元前140年九月，四方宾朋和大臣们都带着奇珍异宝来给赵佗王过生日。

番禺的傍晚，姹紫嫣红，在荔枝香中变得祥和热闹。南越国赵佗王与贝妃站在城楼上，看着柔情的珠江在月光下闪烁。赵佗王拉着贝妃问："贝妃，今天是本王一百岁的生日，你看我是不是很老？"十六岁的贝妃低头含情道："大王看上去三十岁的样子。"赵佗王："爱妃，我知道你是在安慰我。其实没有必要撒谎，老就是老。"贝妃："大王就像珠江岸上的那棵千年古榕树，根深叶茂，虽然年久，但并不老。"赵佗王："贝妃真会说话！"贝妃轻轻依靠在赵佗王身边的时候，赵佗王闻到了贝妃头上的花环散发出迷人的香味："贝妃，真香！"贝妃暗自吃惊："一百岁的大王还能闻到芳香，真是奇人！"赵佗王："我是用眼睛闻出的香味！"赵佗王在胳臂上文了两条龙，他看着贝妃露在短袖外的胳臂说："我老了，你喜欢我吗？不准撒谎，本王喜欢听真话。"

贝妃用手摸着赵佗王胸膛上的疤痕说："这是英雄的图腾，我喜欢。"贝妃将手放在赵佗王的疤痕上，赵佗王将手放在贝妃的手背上说："这是征战时留下的记忆，但我自己不喜欢。我喜欢笑脸，像你这样迷人的笑脸。"

贝妃："大王额头上的刀痕会让您看上去永远永远年轻，永远永远充满英雄的活力，您配拥有这样英雄的疤痕。"贝妃喜欢英雄的疤痕，这是赵佗王征服南越时，刀剑刻在皮肤上的徽章。女人只有和用疤痕做徽章的男人在一起，才能激发出女人的魅力。

# 第八章　万岁瓦当

赵佗王搂着贝妃站在城楼上，将四面来朝的热闹场面尽收眼底。南越国番禺码头上拥挤着进贡者来来往往的船只，热闹非凡，进贡者们成群结队。

闽越国的郢王经过半天的海上航行，午时，终于来到南越国番禺码头。郢王带着十几个随从下了船，上了岸，街道两旁商品琳琅满目，郢王眼花缭乱。南越国汉宫雄伟高大，城门像一条大鲸鱼的嘴巴，城墙像一条大鱼摇摆的身子。南越国的繁华让郢王羡慕嫉妒恨。郢王见到南越国宫殿屋檐的瓦当上刻着万岁两个篆体汉字，看不懂，问身边的随从刻竹郎："瓦当上面的字怎么念？"文身披发的刻竹郎道："上面刻着万岁！"郢王："万岁？什么意思？"刻竹郎："南越王赵佗要活到一万岁才会死掉的意思。"郢王露出惊色："一万有多大？"刻竹郎指指天空："和天一样大！"郢王露出迷茫的表情："一万岁是多少？"刻竹郎指指江水："和珠江里的鱼一样多。"郢王依然迷茫："江水里有多少条鱼？"刻竹郎："和天上的星星一样多！"

郢王有些烦躁："天上有多少星星？"刻竹郎："一碗芝麻那样多。"郢王听不懂，心里烦躁，发了脾气，扇了刻竹郎一耳光："一碗芝麻是多少？"刻竹郎："一碗芝麻一万颗！"话没有说完，郢王又给刻竹郎一耳光："傻子，一个万岁都说不清楚！"就在这时，随从牵着的一头准备进贡给南越王的野猪，没有完全驯化，被汉宫的繁华惊吓后，四处狂奔，吓得宾客东躲西藏，鸡飞狗跳，连南越王宫侍卫都被野猪撞倒。赵佗王在城楼上见到野猪乱跑，十分开心。他本想多看看野猪的表演，但被撞倒的侍卫从地上爬起来，当机立断，用箭将野猪击毙，然后抬到礼门。赵佗王和贝妃站在楼上，观赏刚才的鸡飞狗跳，野猪狂叫，开心得哈哈大笑。

一场虚惊平息。董偃带着二十四丝绸，还有诗书、翡翠，出现在人群中，很气派，令人敬慕。不一会儿，身毒国使臣以及很多南海的小国使者都来了，很热闹。汉武帝派来的大使庄助带着三十只公羊前来祝贺。赵佗王虽然一百岁，但耳聪目明，在城楼上见到庄助身后跟着的全是带角的公羊，高兴的心情突然暗淡下来，忧伤地对贝妃说道："汉朝对我们依然不友好，限制越来越多，不准铜器、铁器流进南越国。从吕后开始，从不让母畜进南越国，今天送我国的礼物依然是公羊。”

贝妃：“是呀，让一个家庭富足的是女人，让一个国家富足的是母畜。”

赵佗王：“受大汉限制，尽管南越国的人民再怎么努力也很难强大起来！”贝妃：“汉朝恐惧我南越国强盛起来威胁他们。”赵佗王：“我们的商人带了很多母畜，在关卡经常被汉朝人扣押。”贝妃：“今天是大王的生日，应该说高兴的话题。我国公畜多母畜少，以后可以用丝绸从南海一些国家换进来。”赵佗王：“海上运输伤亡很大。”公公前来提醒：“大王，不能久站于风中，请大王回宫。”宾客被侍卫先带到了礼门，有人正在将送给南越国的贡品登记。有人带男人到男浴池沐浴更衣，女人送到女浴池更衣，都换上薄薄的丝绸汉服。郢王对这次出访南越国感到非常快乐，他对刻竹郎说：“这次出国，我总算开阔了眼界，发现自己的国家太贫穷，我要改变。”刻竹郎：“把南越国灭了，这一切不就是咱们的了？”他们见到南越国繁华富有，起了歹念，侵略南越国的念头就这样在郢王心中萌发了。

从四面八方来进贡的国王、首领、酋长集中在朱雀广场，都穿上汉服，颇有汉朝风韵，儒雅而彬彬有礼。城楼钟声敲了三声后，宾客们排队由侍卫统一带着走过一里的前台，上到很高的台阶。郢王走进宫门，眼前灯笼高挂，流光溢彩，刺得郢王眼睛睁不开，他感觉眼前的繁华让他头脑一片空白。在上台阶时，郢王不小心踩了汉朝使者庄助拖地的丝绸宽袍，庄助不能走动，险些摔了一跤。郢王不懂得道歉，庄助被踩衣角没有表示愤怒，反而主动说了一句：“没有关系！”这句礼貌用语助长了郢王粗鲁的自大。郢王不懂礼，把汉朝大使庄助的礼貌看作是软弱，他傲慢地走到了庄助的前面，还嘲笑道：“汉朝人原来也像缩头乌龟。”

庄助小声问道：“这位酋长，您见过汉朝天子没有？”郢王：“没有？”

庄助：“如果您见到当今汉朝天子，就不敢踩我的袍子了。”郢王：“哼，汉朝天子算个屁，我哪天自称天子，让您见识见识。”庄助：“笑话！等您称天子那天，真正的汉朝天子就灭了您！信不信？”庄助和郢王结了怨恨，为日后煽动汉武帝消灭郢王埋下祸根。

此时的汉武帝，在长安带着刚登基不久的朝气蓬勃与雄才大略，放眼家国的版图。汉武帝来看祖母窦太后，想听听窦太后对南越国的看法。祖母窦太后可是辅佐了文帝、景帝的有功之臣。汉武帝进到窦太后寝宫，不自觉行君臣的礼仪：“刘彻拜见太皇太后！”窦太后见孙子汉武帝到来，高兴地走来扶起汉武帝：“皇上，免礼！”拉着汉武帝坐在自己的身边。

汉武帝：“祖母身体可好！”窦太后：“托皇上的福，好！皇上今天怎么有空来看哀家？”汉武帝：“汉朝如何与南越国相处，我想听听皇祖母的意见。”窦太后十分高兴皇孙看得起自己：“皇上，南越国与汉朝关系时好时坏。203 年，南越国赵佗王向高祖称臣，相安无事。可是到了吕后执政，怀疑南越国独立导致交恶，南越国趁机封关绝道。短短十几年，赵佗称帝，闽越、同师等国皆臣属于南越国，南越国势力范围扩张，直接威胁着汉朝。”

汉武帝：“皇祖母不必担心，一个小国成不了气候。”窦太后：“皇上不能藐视南越国。南越国北靠梅岭，南临广阔海域，东到达闽越，西达象郡，如任其发展，虎大必然伤人。加上北方匈奴侵扰，汉朝处于南北夹击之势，境况十分危险，不能小瞧南越国。”汉武帝：“今后我大汉国将如何与南越国相处？”窦太后：“与这些小国相处，最好采用怀柔政策，不必轻易动武，以免消耗国家的元气。小国就像一只蚊虫，等它来咬你才随手打死它。如果没有来咬你，就相安无事。听说南越国王赵佗将百岁生日，我们应尽到礼仪。”汉武帝：“孙儿与皇祖母想到一块，如今，孙儿派往南越的大使庄助可能已经到达南越国了。”窦太后：“孙儿怎不与我商量？”

汉武帝：“我是不想打扰皇祖母，让您老人家静养。”窦太后管闲事习惯了，如今认为汉武帝是听信大臣的蛊惑，排挤自己。窦太后很不高兴：“不与我商量国事，恐怕这不是孙儿的主意吧？准又是那个赵绾出的主意。”汉武帝：“皇祖母，他的主意不也是祖母您的意思吗？”窦太后被说得哑口无言，然后从国事转到家事：“皇上说得对。你回去吧，阿娇等着你呢。你们赶紧生个皇子，别让我天天盼重孙。”汉武帝：“谢皇祖母恩典，孙儿告辞！”

汉朝长乐宫内，阿娇披着长发，穿着洁白的丝绸睡衣，拿着已经干瘪的半个橘子在灯下看来看去，最后扔在地上。橘子滚到侍女的脚边，正在刺绣的侍女真儿见到橘子，走过来捡起橘子：“这橘子可珍贵了，都是商人从南方运来的，不能扔了。”

阿娇：“这是留给陛下的，橘子坏了都见不到他的面，留它何用。”真儿安慰道：“皇后娘娘，不早了，睡吧！”阿娇：“真儿，皇上自从登基一年来，很难见到他的踪影。”真儿：“当上皇帝的感觉比找女人的感觉好多了，等过了这把瘾，皇上会来找皇后娘娘的，要有耐心。皇上是个有抱负的人，刚登基，他在操心社稷之事。”阿娇又将橘子扔了说道：“什么理想抱负，他一定是厌烦我了。”说完，阿娇照了照铜镜，发现自己消瘦了很多。真儿：“皇后娘娘，请容许我说句真话。”阿娇：“你从小我和一起长大，亲如姐妹，有什么你就说吧。”真儿：“你是皇上的表姐，皇上小时候是为了母爱的补充才对你好，所以说金屋藏娇。但他现在是皇帝，加上他的这个皇帝位置是你的母亲和你的外祖母为他争来的，俗话说情重如山难回报，为了逃避帮助他的人，他便以各种借口远离。”阿娇：“为什么会这样？”真儿：“因为世上最还不清的是人情债，他需要的是爱情不是人情。”阿娇：“那我该怎么办？”真儿：“你必须转变角色，从渴望得到皇上的爱，转为不断取悦皇上。”阿娇：“怎么取悦？”真儿：“首先丰满乳房，其次是每天对着镜子训练微笑。”阿娇：“练微笑好办，可是丰胸很难办到。”

真儿：“不难，我有办法。”话音刚落，公公突然喊道：“皇上驾到！”

阿娇：“皇上驾到？”阿娇和真儿惊呆了。阿娇惊喜若狂，突然叫道：“快，真儿，快给我梳妆。”真儿：“皇后娘娘，来不及了。”阿娇：“快，快，拿我的粉红丝绸睡衣来。”刚一转身，汉武帝已经像一团火焰站在了阿娇的面前。汉武帝：“皇后，慌什么？我就喜欢你自自然然的样子。”阿娇：“皇上，您怎么突然来了？”汉武帝：“我突然而来是想给你一个惊喜。”汉武帝想上前拥抱阿娇，但又止步。

汉武帝想用长时间的分离来挽回他与皇后充满危机的感情，但是真见到了皇后阿娇，感觉到阿娇像姐姐一样，心中只有尊敬没有爱情。阿娇心里也只有感动，没有恋人的柔情，转为冷冷的注目。汉武帝并没有找到久别胜新婚的兴奋，两人之间不知道有什么隔着，武帝看着做了皇后的表姐，拘谨难耐。

阿娇：“有什么惊喜的？”汉武帝：“我，就是你的惊喜。”阿娇：“您自从登基那天，就再也没有来看过我。”阿娇不懂得经营男欢女爱之事，她太年轻了，没有经验。特别是在有权力的男人面前抱怨，就等于自杀。阿娇不懂，其实男人宽宏大量表面的背后，隐藏的是小肚鸡肠。汉武帝：“我当初不想当皇帝，只想整天打猎喝酒，然后就是陪着你过普普通通的日子。但是，我们共同的皇祖母和你的母亲废掉太子，非得让我当这个皇帝。你们都很怪，我现在真当上皇帝了，你又念念叨叨不开心。”

阿娇：“您以为您真的就是皇帝了，我的母亲让您坐上这个位置，同样可以废掉您。”这句话像一盆冰水，浇灭了汉武帝努力点燃起来的脆弱的爱情之火。汉武帝强忍怒火，继续维持和平的谈话，重新点燃“金屋藏娇”的浓情蜜意：“阿娇别闹了，我现在才发现，做一个皇帝并不是史学家写的整天沉迷女色那么好玩。其实，我更多的心思不得不放在江山社稷大小琐事上。我也许处理了一百件国家大事没人看见，但我就休闲一次，就被那些所谓的史学家们恶意放大成骄奢淫逸。”阿娇推开汉武帝：“那您就爱江山社稷去吧，我不需要你的怜悯。”说完就哭起来。汉武帝：“阿娇，别哭了，其实你内心不仅需要我，还想天天见到我，因为我忙才生我气的。别生气了，我每天有很多新奇的想法要去实现。”阿娇破涕而笑：“您说说您的新奇想法，让我看算不算新奇。”

汉武帝兴奋起来：“治国要有好身体，所以我准备派使臣到南越国去找长生不老药。”阿娇：“你才十七岁，就开始找长生不老药，这是过度成熟。”

汉武帝：“听说南越王赵佗炼仙丹，现在已经活到一百多岁，他从年轻时候就开始注意养生的。”阿娇：“真有活这么长的国王？”汉武帝：“这个活得很长的南越王自恃天高皇帝远，封关绝道，成为独立王国。一旦长大，他与北方的匈奴南北夹击，我大汉王朝将岌岌可危，我要考虑怎样让他臣服。一个国家的强盛，需要君臣心往一处想，劲儿才能往一处使，对不对？”阿娇：“对啊，这太简单了，你下个诏书就办到了。”汉武帝：“这个问题不简单，我的诏书只能让人们表面顺从，我要让人心聚成一股力量，就是让心往一处想就难了。”

阿娇：“皇上如何使南越臣服？”汉武帝：“治国不是朕一人之事，需要有很多治国良才。我已经下诏，让大臣们推荐具有治国才能的人参加考试，选举有管理国家才能的人参与国政。一根柴燃不久，无数人的智能像无数根柴架在一起，燃烧的火焰可以照亮整个国家。”阿娇听完大失所望，大叫一声：“天哪，这算什么新奇的想法。再说了，什么叫人才？我看个个都一样。”汉武帝：“作为一个皇帝，什么都可以不知道，但真的需要知道什么是人才。不同的皇帝，对人才的理解是不一样的。夏桀、商纣王把女人当大臣用，采用酷刑打击人才，所以亡国。周文王用了姜子牙，八百年江山稳固。秦始皇焚书坑儒，不需要人才，所以江山只有十五年。我不能围着你转只听你的，我要用人才治国。”阿娇失望痛苦之极：“我活着就是忍受孤独，还有什么意义。”说完，用剪刀扎进手腕昏迷过去。

汉武帝叫道：“阿娇，阿娇，醒醒。来人！”公公叫来御医抢救。阿娇慢慢睁开眼睛：“别救我！”汉武帝：“醒来了。”御医退去。阿娇的任性是来自她从小生活在宫中，见识少，目光短浅。女人不爱学习，不关心国家大事，就把注意力集中在一个男人身上。而且这个男人是皇帝，也注定她人生的悲剧开始了。汉武帝说：“等你好起来，我带你去打猎。”阿娇：“我不想去打猎，我要让你带我去赏花。”汉武帝：“好，但我先要把国家的人才找到后才能带你去。这些人里面将要出现比宝石还要珍贵的人物，他们将要成为我的一千只手，一万只脚，为汉朝寻找世间的稀世珍宝，同时将汉文化传播到天下。”阿娇用手捂住耳朵：“我不想听，不想再听，我要崩溃了。”汉武帝：“你到底要让我怎样？好，我走，我这就走。皇后保重。”

真儿追出去：“陛下，别走！”汉武帝头都不回地走了。真儿看着阿娇皇后生气的样子说道：“皇上真的被你气走了，走了，一场蓄谋已久的久别胜新婚的约会，就这样散场了。”阿娇：“走了就走了，有什么了不起。”

真儿：“皇后娘娘，其实您放不下，您很难过的，以后别再要皇后娘娘的脾气了。”汉武帝回到未央宫，感觉到刚才兴奋的血液，滞留在了心脏里，没有流动，隐隐作痛，脸色发青。斩不断理还乱的愤怒萦绕在两人心头，挥之不去。此时，窗外月亮圆圆，在同一个月亮下面，派出的大使已经到了南越国，百岁的国王赵佗正在庆祝自己的生日。

# 第九章 刺 客

南越国赵佗王，从秦始皇时代活到汉武帝时代，他是怎样创造长寿奇迹的，吃了什么美食，始终是个谜，也让汉武帝着迷。

赵佗王家祖坟在河北真定，他自己的坟墓将来只能在南越国了，而且已经由丞相吕嘉安排人造好，至于在什么地方，谁也不知道。赵佗王因为对自己坟墓太满意了，一不小心就活到了百岁。老百姓都怕死，担心死无葬身之地，赵佗王不用担心，他悠然坐在王座上嚼槟榔，一群文身的嫔妃像麻雀一样叽叽喳喳跑过来，围在赵佗王身边：“大王生日快乐！”赵佗王：“谢谢！”继续嚼槟榔，一副爱而无欲的样子。

鱼妃夸张地叫：“大王！大王！”这声音带着原始部落的沙哑与赤裸的性感。全场安静下来，大家循声望去，见土著鱼妃颈上挂了一条蝮蛇走来，宫女们赶紧给她让路。甲妃不服气，站在原地不让路，乙妃赶紧拉她到一旁，悄声说道：“鱼妃可是闽越国郢王的妹妹，别理她。”又道，“鱼妃入宫，南越王才发现她喜欢把蝮蛇当作宠物，她聪明过人，知道天地的很多秘密，什么时候下雨，什么时候地震，什么时候干旱，她都知道，别人问她是怎么知道天地秘密的，她说都是蛇告诉她的。”鱼妃目中无人地对蛇说：“宝贝，吻吻大王，祝他活万岁，万万岁。”赵佗王听鱼妃的话，十分乐意地接受了蝮蛇的亲吻，然后得到阵阵掌声。甲妃妒忌地说：“大王怎么能这样宠爱鱼妃？”乙妃：“今天可是大王的百岁生日，少说话。”

前来祝贺生日的宾客们上了石阶，步步升高，又走过了弯弯绕绕的回廊，终于满头大汗地走进未央宫。汉朝庄助、闽越国郢王、商人董偃一一走进未央宫。丞相吕嘉带着侍卫走过来：“大王，一切准备就绪，请！”吕嘉眼神透着幽冷的光，颧骨如丘，额头和下巴突然变窄，头型像织丝绸的梭子，脸皮粗糙，披肩短发，身穿褐色丝绸汉服，精明干练。南越国王宫的夜晚灯火通明。宾客、大臣一百余人站在宫中，一齐举手高呼：“大王万岁！万岁！万万岁！”按土俗站着行礼。一百岁的赵佗王坐在红木宝座上，发出让人惊奇的洪亮声音：“和乐！和乐！和乐！赐坐！”

客人们或坐或跪在地毯上，身前是矮矮的茶几，南越国的水果在茶几上散发着奇香，汉朝大使庄助见到菠萝、荔枝、香蕉、桂圆就像见到奇珍异宝。他很想吃，但看看左邻右舍，没人动手，便将唾液咽下，强忍着欲望。公母铜鼓响起，伴着石编钟与竹筒打击乐，由低音到高音，如春雷，如流泉，如蛙鸣，奏响天地和谐之音。这时，光着胳臂腿的十几个土著人，男女混合边吹姊妹箫边舞，两三个调子反反复复地吹，调子表达男女阴阳和谐的兴奋与忧伤、单纯与复杂。曲谱让赵佗王昏昏睡去，他还打起了呼噜。在百岁生日宴上打呼噜的王者，怎么会不活到百岁。

身旁的丞相吕嘉发现后悄悄对赵佗王说："大王，醒醒！"赵佗王依然没有醒来。吕嘉剥了一个荔枝递给赵佗王："大王，请用！"赵佗王这才惊醒过来："啊？我这是在哪儿？怎么这么多人啊？"吕嘉："大王在未央宫，大家都在给您祝生日。"赵佗王："我怎么听到从门缝里吹进来的风声。"

吕嘉："大王，这不是风，是乐曲。您看，下面的人都穿上汉服，是不是有华夏人的儒雅？"这时，南越王彻底醒过来："我在热闹的场合才睡得香，一个人在寝宫里太安静，反而睡不着。"赵佗王看着参加宴会的客人，统一穿汉服，十分开心。他仔细观看起来：有的客人具有华夏风采，身正、平视，两手相合掩在袖子里，自然放到腹前，汉服顺势铺成柔和的曲线，展示出华夏之美；原始部落的客人，穿着汉服，两只手笔挺在身侧，僵直得像木头人。有的看看旁人，发现自己的不足，赶快纠正；有的不自在，把汉服脱下挂在脖子上。雅座，让土著人简直觉得受罪，很痛苦，他们双膝跪地，膝盖并紧，臀部坐在脚跟上，脚背贴地，双手放在膝盖上，目视前方。原始部落来者，平时不穿衣服，这下穿上礼服，热得直冒汗，加上番禺气候潮湿炎热，屁股上的汗粘在臭脚跟上，这样坐简直是一种刑罚。有的客人皮肤黝黑，穿上丝绸礼服，就像大猩猩穿马褂。赵佗王见状，控制不住，露出返老还童的笑颜，最后像孩子一般地笑出声，全场都在这样庄重的生日宴会上被赵佗王逗笑了，各路大使也跟着赵佗王嘻嘻哈哈地发笑。人们惊奇地发现，赵佗王笑的时候，竟然还有齐刷刷的大白牙。这时，有一个原始部落的大使才七十岁，就只剩下一颗门牙，没承想在笑的时候竟然笑掉了唯一一颗大牙。他四处找，找呀找，有人问他找啥，他说找大牙。赵佗王问吕嘉："那人在干啥？"吕嘉问侍卫，侍卫回答："他在找大牙。"赵佗王听说有人在找牙，又开怀大笑，笑得他的长寿眉抖动起来。客人们都跟着笑，有的笑得肚皮颤动，有的笑得两眼发黑，眼冒金星。有一个小国王笑得昏死过去。有的仰面大笑；有的笑得流出眼泪；有的笑得肚子痛，趴在地上接着笑。赵佗王身边美丽的妃子们用衣袖遮住脸笑，前仰后合。

庄助笑得尿急，上厕所去了。只有丞相吕嘉像木头人一样站在南越王身边不笑。就在大家笑得丧失理智的时候，人群中飞出一支竹箭，侍卫们都没有发现，吕嘉从从容容伸手举起盾牌，挡住竹箭。侍卫惊叫道："有刺客。"全场一片混乱，吕嘉让侍卫护着赵佗王和妃子们离开了现场。吕嘉情急之中下命令："给我放箭！"吕嘉下令将前来参加宴会的一百多客人全部杀死。吕嘉在查看尸体后发现没有郢王和汉朝大使庄助的尸体。

吕嘉："这肯定是郢王和庄助干的，追！"话音刚落，庄助上厕所回来，见到眼前的一切惊呆了，问吕嘉："丞相，这是怎么回事？"吕嘉："刚才有刺客！你回来了，说明是郢王的人干的，他们跑了。追！"

南越王宫城外，一片树林中。郢王一人逃到郊外，刻竹郎从树丛中钻出来："大王！"郢王很愤怒，"啪啪"扇了刻竹郎两个耳光："谁让你干的？你这个满脑子欲望的蠢猪，你殃及了这么多无辜者。"刻竹郎："我是为大王好，杀了赵佗，我等出兵，拿下南越国，眼前的这一切就是郢王你的了。"

郢王："你这个蠢猪脑，想得简单。就算你杀了赵佗王，还有他孙子，还有那个狡猾的丞相吕嘉呢，别忘了，吕嘉可是土著人。"

吕嘉看看庄助对手下说："给我把庄助关起来！"庄助："你们滥杀无辜，以后谁敢与你们交往？"

这时，赵佗王的孙子赵眜匆匆赶来，对吕嘉说："丞相，放了庄助，两国交战不斩来使。"吕嘉："心慈手软，必有后患。"赵眜毫不犹豫地说："来人，送汉使庄助出南越边境。"侍卫："是，太孙！"庄助心存感激道："谢太孙，后会有期！"赵眜："恕不远送！"

南越王宫城楼上，侍卫正在抬一具具尸体往城楼下抛。赵眜看着眼前的情景不满地说道："丞相，不能将南越国置于不仁不义之地。"吕嘉个子不高，颧骨高耸，嘴大前包，眼凹眉骨高突，个子矮小，但脾气倨傲，很难沟通："宁可错杀，也决不放走刺客。"这时，受伤没有死的人苏醒过来。其中丝绸商人董偃胳臂中了一箭，带着血污站起来。吕嘉用剑对着他，赵眜用剑对着吕嘉："丞相，如果你杀了董偃我立即就杀了你！"董偃用右手捂着伤口："丞相，我家中上有老下有小，都要靠我过日子，请丞相放我一条生路，下辈子当牛做马报答您。"

吕嘉："你目睹了这一切，还能活吗？"说完，举起弓箭准备刺向董偃。赵眜放箭将吕嘉的剑击落："丞相住手！"吕嘉杀红眼，拔出剑再度刺向董偃。董偃情急之下跳下城楼，神奇的是，连他自己也不相信，手脚完好。吕嘉命令士兵追击，赵眜说道："今天是我皇爷爷的生日，活下来的生命是天意，不能追击。"

董偃逃回家，惊魂未定。他将手臂里的箭拔出来，疼痛非常，直冒冷汗。董偃的老婆一边给他包扎伤口、上药，一边道："以后在家安安稳稳过日子，别再四处奔波了，要是有个三长两短，我们这一家人怎么活啊。"董偃："我不奔波，你们吃啥？我不奔波，你怎么穿金戴银？净说些废话。"老婆将药水涂在伤口上，董偃叫起来："哎哟，疼死我了。"董偃老婆："你能活着回来，这点儿痛算什么。还有，你能死里逃生，这都是你平时积德。"董偃："生死由命，富贵在天。这与积德没有什么关系。”董偃不知道自己是怎样从王宫逃出来的。董偃当然不知道，上次他救了安国少季，安国少季心怀感恩。他上了崆峒山改道名无忧子，无忧子每天一早起来，就要对着南方默念心语：“感谢恩人董偃，祝您永远平安。”人世间的事，谁也说不清楚。

太孙赵眛在府内坐立不安，来到书房，拿起竹简静看，想安静下来，但依然烦躁，扔下《易经》竹简，换了《孙子兵法》竹简，刚坐下，侍卫进书房禀道：“太孙，丞相前来拜访。”赵眛放下竹简：“有请！”

吕嘉进屋拱手行礼：“参见太孙！”赵眛站起离开举案，指着桌椅：“丞相坐！”吕嘉：“谢太孙！”两人坐下，一会儿茶就上到桌上。赵眛：“我请丞相前来商议如何安置死者家属？”

吕嘉：“我会对他们的亲人说，在半道遇到强盗，并给予重金安抚，厚葬死者。”赵眛：“丞相，天气炎热不宜送回，将他们合葬郊外，追认英烈。”吕嘉：“不行。刺客怎么能成为英烈，合葬可以，不得立碑。”赵眛：“刺客只有一人，其余的人都是无辜者。”吕嘉：“情急之中没有办法识别刺客，只得殃及无辜，谁都可以理解。”赵眛：“丞相，我无法理解，皇爷爷一向施行仁政，怎么还会有刺客？”吕嘉：“这就是权力和物质的引诱，连动物也会为了权力而战争。你皇爷爷施行仁政才只有一支箭射向他，如果像秦始皇施行暴政，早有千万支箭射向他了。”赵眛：“如果人们热爱仁政超过热爱权力，天下就太平了。”吕嘉：“治国之难就在于人心难测。”赵眛说：“我皇爷爷都这么大年纪了，遭遇刺客真是吓着他了。”这时追兵来报：“禀报太孙，没有追上郢王，跑了！”

南越国荒郊野外，郢王在逃跑的路上对刻竹郎说：“你这个愚蠢的家伙，你怎么能刺杀赵佗王。你不想想，我妹妹鱼妃还在南越国呢，要是她有个三长两短，我杀了你。”刻竹郎：“南越王不会杀鱼妃的，她很聪明，南越王需要她测天气。”郢王气得眼睛通红愤怒道：“吕嘉那家伙不昏庸，他为人多疑奸诈。只要吕嘉发现死人堆中没有我俩，就必然怀疑我等，你真是一头只喜欢钱财而没有思考力的蠢猪。要是两国交战，人民必受其害。现在我就杀了你，提着你的人头去给赵佗王请罪。”郢王举起宝剑准备杀刻竹郎，其他随从跪下求情：“大王饶了他吧！”

刻竹郎：“大王，我知道我错了，但一切无法挽回，看在我对您一片忠心耿耿的分上，就饶我一次。”郢王放下宝刀，接着说：“那你现在跟我回到南越国去请罪！只有你死了，我妹妹鱼妃才能活。即使你不去，丞相吕嘉也会知道的。”

正如郢王说的，吕嘉对赵眛说：“刺杀大王，郢王嫌疑最大。”吕嘉回到府中，就接到赵佗王召见的指令，他匆匆赶到长乐宫。现实情况与吕嘉估计的正好相反，赵佗王经过这场刺杀风波的惊吓后，智商突然增高，人也年轻了十几岁，走路昂首挺胸，脚下生风，英俊潇洒，全无睡意，他要召见丞相吕嘉。

# 第十章　南越王喜听鸡叫

南越国长乐宫的夜晚，十分安静，蛐蛐的叫声，从庭院的缝隙中传出来，让赵佗王感到孤独凄凉，他想听公鸡叫。赵佗王充满爱意地拍拍贝妃："贝妃，你乖乖先睡，我要召见丞相。"贝妃撒娇："大王，我害怕。"赵佗王："宝贝，别怕，让宫女陪着你。"

南越国金殿的夜晚，夜来香的味道弥漫宫中，侍卫宫女都在门外候着。赵佗王和丞相吕嘉亲密无间，单独相处的时候，已经没有烦琐的礼仪。赵佗王直言不讳地说："丞相，你不想让我知道今天你将宾客们全部杀死的事，但我已经知道了，一切已经无法挽回。但是，这小小的失误，将会引起动荡。"吕嘉吃惊道："大王过虑了。"赵佗王："土著人大多心地纯真，重感情，我们需要用王道来慢慢教化他们，而不是杀戮。听说你想发布错误的告示来为自己的错误解脱，说他们是被强盗杀害的，这会错上加错。"

吕嘉："大王，这是我错了，情急之中没有多思考。如果大王不能谅解我，可以杀了我给死者赔罪。"赵佗王："你应该公布真相，就说是在追杀刺客的同时连累了无辜。"吕嘉："这，不太适合吧，要维护国威。"赵佗王："欺骗百姓，是治理国家的大忌。不要让土著百姓想到我们经常撒谎，以后颁布国家的法令就不灵验了。"

吕嘉三角眼一抬，看着南越王说道："治国不能讲仁道，让他们畏惧割鼻子的刑罚就足够了。"赵佗王："本王喜欢驯养鸡，每次我手里拿着菜叶，鸡就会高兴地向我跑来。只要我欺骗它们三次，以后我即使手里拿着灵芝，它们也不再理睬我。生命是有尊严的，不容许欺骗。"吕嘉认为赵佗王老糊涂了，在说胡话，就应付道："大王，我会按照您的想法办事的，您就安心休养吧。"赵佗王："不要让土著想到我们就寒心，要让他们感觉我们是他们的依靠。国威是依靠情感维系的，不是暴力。我们要居安思危。南越国远离中原，经济脆弱，人员稀少。北面有汉朝天子的威胁，东面有闽越国郢王的经常骚扰，西面有长沙国的暗伤，南有海盗出没。我们看似强大，但真正强大的是人心的稳固，弄不好我们会四面受敌。"吕嘉："大王，您平时对小国部落都乐善好施，施行仁政，但怎么还会遭遇刺客？"

赵佗王："这更说明，人的欲望就像水往低处流一样无法控制。所以，我们不能用像沙子一样的暴力阻止水，而要用像堤坝一样的仁义礼智信去推行教化。王者有多大的气度，王朝就有多少年气数。"

吕嘉无法理解赵佗王的良苦用心："何以见得？"

赵佗王："周文王拉姜子牙八百七十三步，姜子牙保文王的子孙坐江山八百七十三年。这八百七十三步是一个统治者的仁慈和胸襟，王者有多大的气度，国家就治理到什么气数。"

吕嘉一知半解说道："大王，我明白了您的良苦用心，大王不必操心，一切我会按您的意志去办。大王，快天亮了，您休息吧。"

赵佗王："本王无睡意，天亮我要亲自看丝绸商船起航，我兴奋睡不着。"赵佗王喝下一口药茶接着说："丞相，我这段时间怎没有听到公鸡清晨打鸣？"

吕嘉："大王，为了宫廷的威严，已经将禽类牵到宫外五里地去了。"

赵佗王："听到公鸡打鸣，我这心里才踏实，还像小时候生活在乡里乡亲们的身边；听不到公鸡打鸣，我就像被百姓抛弃一样，感到无比空虚，必须给我把公鸡请回来。"吕嘉："大王，有军队还需要什么百姓？"平时不爱生气的赵佗王，连刺杀都不畏惧的赵佗王，被吕嘉气得说不出话来，他双手颤抖，用眼睛瞪着吕嘉："你！你！你！来人，给我把吕嘉拖出去杀了！"吕嘉："大王别生气，我马上就去把公鸡找回来就是。让我活着，还要给大王修建老家不是。"赵佗王叹息一声："唉！"吕嘉讨好地说道："大王，天亮了，是休息还是到码头送行？"赵佗王："当然是到码头送行！"

赵佗王带着随从来到番禺码头送远航的丝绸船。赵佗王对杨一将军说道："杨将军，你们到身毒国后，销售完丝绸速速转回，路途不得迷恋美色，唯恐有陷阱。"杨一："大王放心，我等一定遵照大王的旨意！"

赵佗王："一路顺风！"杨一："谢大王！"赵佗王站在岸上，看商船杨帆，徐徐起航，忧心忡忡问身边的丞相吕嘉："丞相，你看这次商船能安全到达身毒国吗？"吕嘉："秋季，海上风平浪静，应该能到达的。"赵佗王看着载有千匹丝绸的商船消失在了珠江尽头，转身对吕嘉说道："我现在要去把公鸡母鸡带回宫中。"

郊外，桂花飘香，南越宫廷养鸡场鸡飞狗跳，一派热闹的景象。赵佗王见鸡群正在花草丛中找虫子吃，心中喜悦。一只公鸡的羽毛在阳光下闪着七彩光，好奇的目光打量着南越王，摇动着红红的冠子，"咯咯"地叫着。南越王拿着草，俯下身子喂公鸡，公鸡友好地吃草，赵佗王抚摸着公鸡的羽毛说："这是一只多么美丽的鸟，它以前可是凤凰啊。就是为了和我们人类做朋友，就放弃了飞翔，所以不要看不起我的大公鸡，要善待它们。"赵佗王无比快乐地抚摸着公鸡柔软温暖的羽毛，公鸡陶醉在爱的温暖中，无比幸福地闭上眼睛依偎在赵佗王的怀中。

吕嘉："一只家禽能懂什么？都是大王把它们想好了。"一百岁的南越王像孩子般又恢复了单纯："这样就对了，你看我活到一百多岁，就是因为我喜欢听公鸡叫。"赵佗王对鸡群的爱，让他变得红光满面。他将公鸡抱在怀里说："仁义礼智信它什么都懂，只有你不懂。"

吕嘉："是，大王！我不如这只公鸡。"

赵佗王："鸡群属鸟类，惊吓不得，你们把它们养在这荒郊野外，被黄鼠狼吓坏了怎么办，要不就被狼吃了，还是带回宫里去。"一会儿母鸡也走过来吃草。赵佗王将舌头顶在口腔上颚，将唇收成一个小圆伸向前，舌尖反反复复离开上颚，发出呼朋唤友的"咯咯"声，一群鸡跟在赵佗王身后回到宫中。

长乐宫的后花园奇花异草争奇斗艳，赵佗携嫔妃斗鸡开心。赵佗王让鱼妃当翻译："爱妃，你问问鸡群来到宫中有啥想法和要求？"鱼妃吻吻蛇，说道："公鸡说，它们喜欢大王，感谢你对它们的友善。"赵佗王："母鸡怎么想？"鱼妃："母鸡想有一个孵蛋的窝。"赵佗王："来人！"侍卫进来："大王有何吩咐？"赵佗王："传旨，用丝绸给母鸡搭建一个孵小鸡的窝。"侍卫："是，大王。"鱼妃摇摇头说："大王，这太浪费，母鸡说它不喜欢华丽的鸡窝。"赵佗王："那它喜欢什么鸡窝？"鱼妃："它喜欢用稻草做的窝。"赵佗王一意孤行："哦，我想起一件事，就用生日那天董偃送我的丝绸搭建鸡窝。"鱼妃："大王，那些丝绸比公鸡的羽毛还华美，不能浪费。"赵佗王："这些动物都是懂感情的，你对它好它就对你好。但人却不一样，你对他好，有时候他认为你无能。汉朝天子就是这样的人。"

鱼妃："不，大王，您说错了，汉朝天子很好。"赵佗王："你又没见过他，怎么知道他好？"鱼妃抚摸着蛇说："您看天子身边的人就知道天子是什么人。看看从汉朝来的那些大使的言行，对人的态度，就知道了当今天子的为人。俗话说，一朝天子一朝臣。天子爱百姓，大臣才会跟着爱百姓。"

赵佗王："鱼妃说得在理。但我总有一种不安的感觉，汉朝天子像一只老虎，一直窥视我南越国。"鱼妃："当今天子不像他的先祖刘邦，重在子民吃饱就满足了，汉天子可不一样，他的欲望很强。"赵佗王："爱妃聪明，点醒本王，董偃送的汉朝丝绸全赏赐给你。按爱妃说的，用稻草给母鸡做窝。"

鱼妃："谢大王。"赵佗王问站在一旁沉默的吕嘉："汉朝来的大使庄助可好？"吕嘉："大王放心，我让人送他出境了！"赵佗王："你做得对，我们要善待客人，不能让人笑话我们是野蛮人。"赵佗王精力充沛，他还没累，回到宫中带着妃子捏泥塑，说要捏公鸡母鸡。吕嘉支撑不住了，坐在地上呼呼大睡，赵佗王让人将吕嘉送回府中。公公进来禀道："大王，郢王带着刻竹郎前来负荆请罪。"空气紧张。赵佗王极为平静："让丞相接待他们，我正在捏泥塑呢。"公公："是，大王！"

丞相府内，吕嘉强打精神起来接见两个悔过的刺客。郢王和刻竹郎跪在地上。郢王："丞相，我没有教育好手下，让他做出这样愚蠢的事，我等前来负荆请罪！"吕嘉："你们还好意思来，既然来了，就该处死。"郢王："望丞相看在我前来请罪的分上，从轻发落。"吕嘉："你以为你是傻子，会主动前来请罪？你是想到还有你妹妹鱼妃在我们的手里。"吕嘉："来人，关押起来，待我禀报大王，再说！"

未央宫里，赵佗王正在欣赏自己的泥塑，鱼妃哭着进来求情："大王，郢王是我的兄长，丞相要处死他。"赵佗王说："来人，让丞相放了郢王！将刻竹郎处死。"侍卫："遵命！"

春天来了，赵佗王带了十几个侍卫化装成平民出宫种菩提树。赵佗王突然感到生命鲜活起来，他兴高采烈地说："这个种子发芽的时候我要来浇水，看着它长大。"吕嘉："大王一定会看着它长成参天大树。"赵佗王："以后这些树用来造船，到海外找宝贝。丞相，出使身毒国的杨一可有消息？"吕嘉："信使说已经到达马六甲海峡。"

杨一率领的南越国商船在海上航行，行到马六甲海峡。天黑，船员都困了，沉睡梦中。大黑蚊子把杨一咬醒了，他感觉到尿胀，出船舱对着乌黑的大海撒尿，突然一把刀顶在他的腰上，身后压低的声音说道："要命就别出声！我们是有良知的海盗，不杀人只越货。"随即杨一就被五花大绑在船栏上。海盗冲进船舱，船员们还在睡梦中就被用绳子捆绑起来串成串，绑在船舷上。毛胡子海盗说："不许反抗，否则全扔进大海喂鲨鱼。"杨一第一反应就是："我辜负了赵佗王！"

赵佗王兴奋了几天，终于安静下来，坐在龙椅上打瞌睡，突然侍卫来报："大王，杨一商船在马六甲遇到了海盗。"赵佗王一听，很受打击，他召见了吕嘉。

吕嘉说："大王，航海贸易充满了冒险，我看还是向西发展贸易。"

赵佗王："航海和陆地都需要开拓，只有这样才能与汉朝天子抗衡！"

# 第十一章　汉武帝出题招儒生

深夜，汉武帝还在出考题，准备招考治国良才。汉武帝命人将布告张贴到了长安城门前。

无忧子无限柔情地搂着豆叶姑娘，躺在花海中亲吻着她，飘飘欲仙，富贵荣华，功名利禄消失得无影无踪。香味越来越烈，原来是窗外桂花的香气，无忧子惊醒后，发现是个梦。凌晨寅时，崆峒山道观静得出奇，今天轮到无忧子敲钟，他起了一大早，美梦让他信心百倍，气宇轩昂，举止潇洒，步履飘逸，丝毫没有被懒云子算计的沮丧。他来到钟塔，左手扶在悬空的钟杵上，右手握住敲钟杵末端起三清，敲了三下，接着是快敲七下，接着是慢敲八下，然后又是平和地敲十二下，共二十七下。躺在通铺上的道士们听到钟声都醒来。小师弟躺在床上睁开纯真的大眼睛对懒云子说："师兄，无忧子敲的钟，真享受。"

懒云子："有什么享受的，我听到他敲钟就难受，我恨不得他立即从崆峒山消失。"小师弟童言无忌："师兄，我发现你这是妒忌无忧子。"懒云子气得坐起来，光着上身，用手对着小师弟的头拍了一巴掌："你人小鬼大，竟敢为无忧子说话。"接着又给了一巴掌说道，"再没有悟性，小心我整死你。"小师弟继续没有悟性地抱头说道："他敲的钟声，传递着一种祥和、宁静、友善，听了让人感觉舒适。"懒云子又给了小师弟一耳光："你再说他好，我就让你滚出山门。他这是伪善，迷惑你们的伪善。"小师弟迷茫地躺下享受钟声。

钟塔上，洪钟在晨曦中闪闪发光，无忧子身穿道服，姿势萧脱飘逸，又重复刚才的节奏敲了两遍，共敲了八十一下，不急不躁，最后四声刚结束，所有的道士都起床了。道士们各施其职，扫院落，做饭，担水，砍柴，忙忙碌碌，平平常常。只有无忧子不平常，他刚敲完钟本该无事，只管安心练功。但是，懒云子走来对无忧子道："师弟，伙房没酱油了，你带几个师弟到平凉县城去购一些。"无忧子平静道："师兄，我前天才打的酱油，怎么就没有了？"

懒云子："你认为我在刁难你？"无忧子用儒雅的双眼瞪着懒云子半天才说："因妒忌害人是一件很丢脸的事，你竟然不知羞耻。"懒云子："我就妒忌你怎么的？想打架？"无忧子："你不配跟我打架。"话没说完懒云子右拳向无忧子伸了过来，无忧子镇定自若接过右拳将手腕一掰，懒云子跪倒在地。无忧子："你需要改一改你的坏习气了，别人不和你斗是想追求仁义，你还以为别人是傻子。"说完，无忧子头都不回地去打酱油去了。

秋高气爽，无忧子和小师弟两人来到平凉县，城门前有很多人围观，交头接耳，议论纷纷。两人好奇地挤进人群，见城墙上贴着告示：

告天下臣民，先秦焚书坑儒，导致百姓不知仁义，如返茹毛饮血之始，人间地狱。高祖刘邦虽然恢复儒学，但偏爱黄老学说。为四海同心，安邦定国辛丑十月，皇上亲自出题，招考贤良方正、直言极谏的治国良才，举荐，自荐，方可。

礼部于辛丑九月昭告天下

无忧子看完告示心潮澎湃，他自幼喜欢儒学，今天见到告示，如在黑暗中见到光明，他对小师弟说："师弟，我们一起去打酱油。"县城街上人来人往，打铁的，补锅的，叫卖声声，好不热闹。小摊上的各种物品让人应接不暇。小师弟见到街上的女人花枝招展，心动不安："师兄，你觉得街上的女人美吗？"无忧子："美，但与我何干？"小师弟："看见她们我感到开心。"无忧子："她们都没有我心中的女人美。"小师弟："你心中的女人在哪儿？你既然喜欢为什么要离开她来到这里？"无忧子："你还小，不懂，认为什么事只要努力就可以得到，其实不是这样的。"说着，两人来到酱铺店。留山羊胡子的掌柜给他们打了一坛酱油。无忧子对小师弟说："师弟，你先回去。"小师弟恐惧地问："师兄，你要上哪里去？"无忧子："以后我再告诉你，你路上小心。"小师弟含着眼泪说："师兄，你不回崆峒山，我会难过，我喜欢你敲钟。"

无忧子："小师弟，等你长大就会明白，命运无力主宰。我虽然喜欢崆峒山，但懒云子容不得我，我又不想与他消磨时间。"小师弟流下分别的泪水："师兄，多保重，告辞！"无忧子看着善良的小师弟，心中也很难过。无忧子含泪微笑着说："小师弟，后会有期！"

十月的枫叶红了，未央宫金殿内，一百多人参加考试，考场静悄悄，每个人都在聚精会神地答卷。紧张的笔试过后，汉武帝看着一份又一份答卷，异常兴奋，其中几份答卷让汉武帝眼睛一亮，他欣慰叫道："让这几个人前来面试。"

金殿上，汉武帝拿着试卷对大臣赵绾说："朕意外当上皇帝，与平时的想法突然不一样了，整个江山的安危让我喘不过气来。凡人认为当上皇帝好享受，但我整日如临深渊，如履薄冰。"赵绾："陛下有这样的想法，一定能使国家强盛。"汉武帝："我知道一个人的智慧不能治理国家长盛，需要人才和我一起治理。朕要把国家看作是自己的家，把这些人才看作国宝。太傅常说，圣明的君主，对外要能判断敌国的强弱，对内要能量才而用。"听了汉武帝的话，赵绾十分激动：

“陛下贤明，国之幸甚！”说完，赵绾退到幕后。

苏公公高声宣道：“考生陆隐进殿面试！”第一个走进金殿面试者，身材矮小，气色不佳，因太看重这次考试，彻夜未眠，今见到汉武帝，紧张颤抖，全身冒汗。汉武帝无心问考，也没有问姓名，直接出题：“什么是治国之道？”

陆隐：“治国之道，就是直击人心……让人人穿绫罗绸缎，人人喝美酒，人人妻妾成群，严惩反抗者。”汉武帝感到头皮发麻：“朕问的是治国之道，你这个回答山间草莽皆能，你回答的问题不是治国之道，是人之本能欲望，就像人人都懂睡觉吃饭一个道理。绫罗绸缎从哪儿来？美酒从哪儿来？是抢啊？还是造反啊？”陆隐：“这……那……”汉武帝手一挥，冷冷道：“退下。”汉武帝眼睛盯着另一份考卷，苏公公高声叫道：“宣下一位进殿！”

上来一位不卑不亢的应考者，行动潇洒自如，有礼有节。他跪下：“陛下万岁，万岁，万万岁！”汉武帝：“免礼！”然后喝了一口茶，不说话，静观此人的神态：见他神韵超然，不慌不忙，胸有成竹。汉武帝暗道，可能是个人才：“应者何方人士？名谁？”

董仲舒：“小人广川人，姓董，名仲舒。”

汉武帝：“你说说什么是治国之道？”

董仲舒：“所谓的‘道’是指由此达到天下大治的道路。”

汉武帝：“不能空谈，举例详细说来，怎样才能达到大治？”

董仲舒：“首先要有一个统一的天理，就是天地人应遵循的根本原则，就是古往今来的一致道义。这样天下的百姓围着统一的天理，心往一处想，劲儿才能往一处使，便能达到治国的目标。”汉武帝暗暗吃惊：这怎么与朕的想法一致。汉武帝忍不住对董仲舒说道：“我们在大道中相遇了。”董仲舒暗思量：皇上这样说是一种礼贤下士，我可不能自鸣得意。董仲舒说道：“小人说得不当请陛下罪罚。”

汉武帝：“接着说！”

董仲舒：“当今百家说法各异，都只说道细枝末节，每个人的论点各不相同，以点带面，更多的是从自己的利益出发来论道，争论不休，弄得人心混乱，各自为阵，谁也说服不了谁，人们陷入无休止的争论，大多沉湎于空谈，不愿做实际的劳作。因此，君主没有办法实现统一的思想，尽管朝廷的法令制度多次修正，但大臣、百姓不知道应该遵守什么，举棋不定，不能辨别是非真伪。很多人犯了错误都不知道，这其实是法度杂乱引起的。我认为，不符合儒家学说的一切偏激的学派都应禁止传播，这样就能保证政令统一，法度明确。罢黜百家，独尊儒术，作为治国天下之道。”汉武帝听完董仲舒的论道，心潮澎湃，但故作镇静，继续提问：“你说的天理是什么呢？”

董仲舒：“君主的天理是教育好大臣，江湖好汉的天理是行侠仗义，官吏的天理是爱护人民传达天子的旨意，大臣治国的天理是让人民有生活出路，就如同上天给万物生存的出路一样：天地让长出上齿的动物不让它长出犄角，让有翅膀的鸟类只长两只脚，让有四条腿的动物不再长翅膀，让受大利的不再有小利。达官贵人享受了俸禄，如果还要凭借权力去经商屯田与百姓争利，百姓怎么能与之抗衡啊。穷困的人走投无路苦不聊生，百姓感觉不到活着的乐趣，怎么能避免犯罪呢？这正是刑罚多却不能制止犯罪的原因。官员，是百姓效仿的对象，所以选好官员是君主用权力去治理好国家的天理。”

汉武帝：“如何选好官员？”

董仲舒：“好官必须有德有才，但好官不是天生的，需要兴建太学来培养。只有通过学习，才能让他们懂得将陛下的仁德恩泽贯彻到百姓身上，让百姓能通过劳动获得生活物质，感到幸福。”听到这里，汉武帝心中高兴，他走下龙椅，拉着董仲舒的手说：“来，坐下慢慢说。怎样选拔可以培养的官员？”董仲舒坐在汉武帝身边继续说道：“乌鸦喜欢尸体，喜鹊喜欢远客，让大臣推荐人选。一是可以通过大臣推荐的人观察大臣本身的才能，二是得到的人杰可以为国出力。谁选送的人有贤德就给谁奖励，谁推荐的人不好，就惩罚谁。”汉武帝很满意董仲舒的对答：“好！朕任命你为江都国的宰相，辅佐我那骄横血勇的兄长。”董仲舒跪拜道：“谢皇帝陛下隆恩！”

汉武帝：“免礼！”董仲舒：“微臣告辞！”董仲舒刚转身离去，公公上来道：“陛下，太皇太后驾到。”汉武帝吃惊：“你们怎么没有照顾好太皇太后？”话音刚落，皇后阿娇扶着窦太后怒气冲冲进来。外孙女阿娇搀扶着祖母窦太后来到汉武帝身边。汉武帝毫无准备地问道：“皇祖母，您怎么来了？”窦太后坐下，扶着拐杖很生气地说道：“我不该来吗？”汉武帝：“皇祖母眼睛不方便，应该是我去看您老人家。”转身对阿娇道：“阿娇，皇祖母有事你怎么不告诉我？让她老人家亲自奔波？”阿娇得意忘形地说：“让老人家出来走走也好的。”

窦太后：“别怪阿娇，事关国家盛衰，我得亲自来找你。”汉武帝：“皇祖母坐下慢慢说，孙儿听您教诲。”汉武帝对皇祖母明显不满。

窦太后：“刘彻，哀家问你，先朝几位皇帝的治国思想是什么？”汉武帝：“是黄老哲学，无为而治。”窦太后：“黄老哲学好不好？”汉武帝：“好，因为黄老的无为而治出现了文景盛世，国库充实，人民富裕。”窦太后：“既然好，你为什么要违背祖宗的规矩，搞什么儒学，招考什么儒生？”汉武帝：“无为而治固然好，但是国家不能只满足眼下的小繁荣，要开拓疆土，寻找宝藏，无为而治的思想就难以适应发展的需要。疆土拓宽了，人数增多了，没有统一的思想，就无法实现国家的真正统一。北方丝绸之路沿线的国家要统一，南方丝绸之路的无数小国要统一。你对他们讲黄老的无为而治，他们很难理解，讲儒学的仁义礼智信就很容易听懂。”窦太后气得头晕目眩：“这一定是赵绾出的馊主意。今天我得到消息，赵绾是不是奏请皇上，以后的国家政务不再向我禀报，还修建儒学讲堂，有这回事吗？”汉武帝：“皇祖母别生气，他是让您老人家好好休养。”窦太后：“好啊，果真有此事，你们是想放弃先祖的黄老思想，另搞一套。你翅膀还没有长丰满就开始忘记祖宗了。我告诉你，立即停止儒生的选拔。”

汉武帝：“皇祖母息怒。国家要开拓疆土，没有人才举步维艰。”窦太后站起身：“阿娇，走。”继而愤愤离去。窦太后回到寝宫，招来张公公，对他说：“赵绾实在太狂妄，不把我放在眼里，我为国操劳的时候，他还在穿开裆裤，现在对我如此无礼。”张公公：“听说赵绾是窦婴推荐的人。”窦太后：“但凡做大事的人，都有天敌，窦婴虽说是我的亲侄子，但他一辈子都在给我设置障碍，现如今还不放过我这把老骨头，带起我的儿孙们来反对我。”窦太后越想越生气。

张公公：“他们这是大逆不道。”窦太后：“张公公，你尽快派人搜集赵绾的证据，我看他们能狂妄多久。”张公公：“请太后放心，我会尽快办理。”

祖母窦太后走后，汉武帝烦躁地走来走去，突然高声道：“继续宣下一位。”进殿的是崆峒山道士无忧子，如今他将自己的名字恢复成安国少季报名。安国少季带着精气神出现在汉武帝面前跪下：“小民安国少季，拜见皇帝陛下！”

汉武帝：“免礼！”

安国少季：“谢陛下！”安国少季站了起来。

汉武帝：“你认为治国的关键是什么？”

安国少季：“是抓根本？”

汉武帝：“什么是治国的根本？”

安国少季：“万物的存在有一个核，核是有形的，但它来自无形的世界。太阳是天地之间的核，它的有形来自无形的虚空。用儒学作为治国的根本，就找到了治国的核，是因为儒学所提倡的仁义礼智信是有形的。黄老哲学的能量虽然浩大无边，但它是无形的。无形的东西在宇宙中没有阻碍，主宰一切，让无数星空有秩序，但眼睛看不见。能把无形的东西描述得有形之言是儒学。”

汉武帝：“听说你来自崆峒山道派？为什么主张用儒学治国？不会是投机取巧吧？”安国少季：“小生以为，治国需要儒学，养生需要黄老哲学，汉朝初期国家虚弱用黄老思想休养生息大道繁荣。如今，国力强盛，可用儒学治国，用黄老养生，二者有区别但更多有内在的联系。”汉武帝想起刚才皇祖母和皇后大闹考场的场景，问道：“黄老哲学和儒家学说在治国方面哪个更好？”

安国少季：“黄老哲学治国好，但因为玄妙而无形，更多需要人的智慧去捕捉，难以普及。儒学直接规范人与人之间的行为准则，有形，易普及天下，凝聚人心当然是儒家学说更好。但是，黄老在帮助人认识宇宙万物，天人合一，修身养性是不能缺少的。”

汉武帝：“你既然偏重儒学，为何穿这身白色道服？”安国少季：“小生来自崆峒山道门。我认为黄老哲学与儒家学说二者如同太阳和月亮的关系，不可分割。”汉武帝：“道者，能飞檐走壁，你能行？给朕展示一番。”苏公公在一旁吓得直冒汗。安国少季：“在陛下面前献丑了。”说完，顺着宫廷红色栋梁攀缘到了梁上，走了一圈，从梁上像白色的羽毛一样轻轻飘落地上。汉武帝暗自高兴，表面却平静地说道：“宫中善武功者很多，但有武功又懂儒道者少，你就留在朕的身边做宿卫。”

安国少季：“谢陛下！”

# 第十二章 墨泼书呆子

汉朝未央宫内，汉武帝正在看地图，他要完成开拓疆土的伟大梦想，看地图的快乐远远超过了找女人的快乐。在汉武帝看来，睡觉是动物都会的事情，看地图只有人才会做的高级事。这时苏公公走进来对汉武帝说："陛下，出去晒晒太阳！"

汉武帝答非所问："出使南越国的庄助可有消息？"自从向南越国派出大使庄助后，汉武帝希望庄助尽快回朝，给他带来有用的信息。苏公公习惯了皇帝的任性，随口回道："没有。"汉武帝将地图放回几案说道："南越国离大汉遥远，从未履行诸侯国的义务，难以控制，真是我的一块心病啊。"苏公公："陛下不必忧虑，南越国毕竟不是汉朝封的诸侯国，是秦朝赵佗王自己率五十万大军打下的天下，他想独立也很正常。"汉武帝正要发脾气骂苏公公对南越国的放纵态度，侍卫进来禀道："陛下，庄助求见！"

汉武帝转怒为喜："说庄助庄助就到，宣！"庄助进殿："微臣，叩见皇帝陛下！"汉武帝："平身，起来说话。"庄助："谢陛下！"汉武帝："这次出使南越国有何收益？"庄助："臣禀陛下，这次出使南越国参加赵佗百岁生日宴，赵佗王对陛下十分感激。他说，无时无刻不记挂中原，只是当年吕后听信谗言，捣毁他家祖坟，才狠心封关绝道。如今，陛下宽厚仁慈，他理当称臣。"汉武帝："南越王赵佗剪断头发，文身刺面，活一百岁，可是真正的赵佗王？"

庄助："是真王。"汉武帝用怀疑的目光看着庄助。庄助从容回道："我也怀疑真正的赵佗王早死了，但我设了一计辨其身份。"汉武帝眼睛一亮，对庄助说："坐下慢慢说，是什么计！"庄助坐下，汉武帝也坐下，做好享受计谋的快感。庄助说："在南越国，我见赵佗王气色甚佳，肌肉如中年人饱满健壮，怀疑真正的赵佗王早死了，就试探试探赵佗王的真假。"说到这儿，庄助肚子痛说道："陛下，我想上茅厕！"

汉武帝："不行，说完再上。"庄助："陛下，我实在憋不住了！"汉武帝挥挥手让他去了。苏公公说道："我看庄助在撒谎。"汉武帝："疑人不用，用人不疑。"一会儿庄助上来。汉武帝急切地问："快说你的计策。"庄助说："我问赵佗王，是否知道在战国时期有一个中山国？赵佗王说他知道，中山国为鲜虞人所建，设东垣邑。我还不放心，进一步追问：中山国的命运如何？赵佗王慢慢嚼槟榔，过了很长时间才说：‘被赵惠王所灭。本王就是赵惠王的后裔。秦朝统一六国后，改为东垣县，武帝时改为真定县。’我一听大喜，如果是假王，是不知道这段历史的。”

汉武帝：“爱卿大智兮！有我大汉风范。”

庄助：“谢陛下！”然后接着说，“赵佗王为了获得南越人心，入乡随俗，断发文身，很受土著人的爱戴。”汉武帝：“他得民心，我更感觉到不安。”

庄助：“陛下不必忧虑！我大汉控制一个小小的南越国易如反掌。”汉武帝依然忧心道：“星火燎原！”

庄助：“依臣看，对南越国我们要限制其发展。”

汉武帝：“如何限制？”庄助：“怀柔与限制同存，助南越的同时继续沿用吕后对南越的限制，禁止铁器、母牲畜流入南越国。”汉武帝：“这样做会激怒南越国。”庄助：“同时，禁止民间铸铁、贩盐，收为官方经营。”汉武帝：“这个想法好。”

庄助：“虽然赵佗用法律推行汉字，但是效果并不明显，而应对南越国推行儒学，缩短汉朝与南越人思想差异，达到真正的统一。”

汉武帝：“推行儒学受太皇太后阻力，连中原实行起来都有些困难，远在南越就鞭长莫及了。”庄助：“以后对南越国需要儒术渗透。”汉武帝：“选派何人到南越偏僻之地传授儒学？”庄助：“有一个人很适合。”汉武帝：“你说的是唐蒙？”庄助：“陛下英明！唐蒙文武备至，性格柔韧，最重要的是他有勇有谋，有仁有信。”

长安郊外竹篱茅舍中花草茂盛，一只黑狗走进屋中，来到窗前八仙桌旁的唐蒙身边，唐蒙摸摸黑狗的头：“坐下。”黑狗就坐下了。唐蒙继续用毛笔抄写《论语》。唐蒙的妻子走进屋来，高声嚷道：“唐蒙，缸里没有麦面了，快进城去给我买一袋面粉回来！”桌前这个读书人，就是董仲舒的弟子唐蒙。他的老婆走了进来，他用对黑狗一样的温柔说：“坐下！”然后想摸摸她的头。老婆：“滚开！”然后大骂：“家里米面都没有了，你还在这里抄。”唐蒙：“娘子息怒，我刚进城借来的《论语》，今天必须抄完，明日就要还回去。”老婆更气愤了：“我让你抄！我让你抄！”说完将墨汁倒在唐蒙的头上。墨汁顺着唐蒙的脸流进脖子、胸膛，看着一桌子的墨汁，唐蒙依然温和地说道：“娘子，你胸无点墨，却让我喝满肚子的墨水，好娘子。”老婆气得面目变形：“喝再多的墨水也要吃饭。”

唐蒙：“娘子，别发怒，我去，我马上就去买面粉！”唐蒙在屋旁的小溪边将衣服脱了，在溪水中洗完澡，换上衣服进城买面粉。唐蒙肩上挂着面袋子，走在繁华的长安街，迎面走来庄助。唐蒙一眼就认出了庄助：“庄助兄，何时回国的！”庄助：“昨天才回到长安。唐蒙兄，多时不见，可好？”唐蒙：“托庄助兄的福，平平安安！”庄助拉着唐蒙进了街边江大侠茶馆，两人坐下，一边喝茶一边闲谈。“唐蒙兄，你准备到何处去？”庄助问道。

唐蒙：“我家娘子让我买袋面粉。”庄助：“你的学问做得怎样，我今天可向陛下推荐了你！”唐蒙：“我才疏学浅，无力担当重任啊，请问推荐何差事？”庄助：“为国效力，出使南越国！”刚音刚落，突然听到街上一阵嘈杂声。唐蒙和庄助探头出窗外，见一群异域人，脚大、手大、个子矮墩，身后遭到一群孩子围观：“看啊，怪人！”庄助认出了是南越国将军杨一。杨一领着一队人马向茶馆走来。庄助下楼迎上去：“杨将军不是随商船到身毒国去了？怎会来到长安？”杨一：“一言难尽啊！”庄助：“进馆慢慢说！”

进茶馆，庄助给唐蒙介绍杨一：“唐蒙兄，这是南越国杨一将军！”

唐蒙拱手行礼：“杨将军请坐！”杨一坐下：“说来话长。商船行到马六甲海峡，遇到了海盗，损失惨重，逃回南越国。赵佗王派我入朝觐见武帝陛下。”庄助：“赵佗王诚信啊。”杨一：“大王百岁，年迈体衰，路途遥远，让我入朝觐见汉武帝，以表示我南越国对汉朝的归附之心。”

此刻，汉武帝正在宫中发脾气。汉武帝对苏公公说：“这深宫大院，太阳照不进来，憋闷，我想到宫外去晒晒太阳！”苏公公：“陛下，你不能出宫，很危险。”汉武帝发怒：“危险！危险！难道让我憋死在宫里就不危险？上古时代的三皇五帝哪个不是整天带领百姓梳理河道，带领百姓养蚕耕作。他们怎么就不怕危险？我要出宫晒太阳！我要出宫晒太阳！你想控制寡人不成？”

苏公公：“陛下息怒！等奴才准备好后再出宫不迟。”

汉武帝：“等你准备好，太阳都落山了，我要立即就出宫。”

苏公公：“陛下，后花园也有太阳！先在那里晒晒？”

汉武帝：“后花园，后花园，巴掌大的后花园能有多少太阳？”汉武帝说着就走出金殿。侍卫迎面走来：“禀报陛下，南越国使臣杨一求见。”听说南越国使臣求见，汉武帝转怒为喜：“哦，太阳打南边出来了？竟然有这等好事？”苏公公得意洋洋：“这是庄助出使南越国的收获。”

汉武帝：“宣南越使臣！”

苏公公提高嗓门：“宣南越使臣进殿！”南越国使臣杨一身穿麻布背心，兽皮短裙，披头散发，身上刺满花纹，拱手行礼：“南越国杨一拜见皇帝陛下！”

汉武帝高兴：“平身！”苏公公接过贡品单，宣道：“南越国贡品：犀形玉瑛一件，身毒菩提珠十串，夜明珠一颗，珍珠十串。”汉武帝见犀形玉瑛惊呆了，见其全身肌肉隆起，充满生机活力，玉的通透让汉武帝陶醉，但他故作镇静。苏公公呈上双龙纹玉一件，汉武帝定眼一看，玉龙对称的双龙头，张口鼓目，饰以透雕云纹，形象生动，武帝忍不住接过抚摸。

苏公公又宣道：“龙凤玉佩一件。”汉武帝见玉佩云纹舒卷，造型饱满圆润，呼之欲出之态，兴奋异常：“好玉，好玉。来人，给南越国大使重赏：丝绸百匹，茶叶百斤，儒学经典十简。”

杨一：“谢皇帝陛下！我等告辞！”南越使臣离宫而去。

汉武帝把玩着玉龙，感觉到前所未有的愉悦，把出宫晒太阳的事忘记了。看着眼前美好的东西，他感觉时间一下变短了。这时他强烈想要生个皇子，但转念一想，十几年过去，皇后不但不为自己生一个皇子，竟然还不准许他找妃子。武帝把玩着玉器对苏公公道：“我想要废掉皇后。”

苏公公：“陛下请冷静，再等等，时机不成熟。”汉武帝：“我可以等，可是时间不等我。”说完，汉武帝突然又想起什么，放下玉龙，对苏公公道：“招唐蒙！”

唐蒙不卑不亢走进金殿：“小生叩见陛下！”

汉武帝：“平身！”

唐蒙：“谢陛下！”

汉武帝：“庄助举荐，朕命你为中郎将，出使南越国。”

唐蒙：“小生才疏学浅，陛下降此重任，唐蒙愿肝脑涂地！”

汉武帝：“南越国商船已经有了海外贸易，朕派你出使南越了解国情，带上经典，一路传播儒学。”

唐蒙：“唐蒙一定尽力。”

汉武帝：“张骞带三百人出使西域，从北方穿越沙漠到身毒国，风险大。如果能从南越国番禺出海到达身毒国，这是最好的选择。你带百人前往，争取南越王赵佗的支持，开拓南海贸易。”

唐蒙跪下：“谢陛下隆恩！唐蒙告辞！”公元前138年，唐蒙出使南越国。

南越国春光明媚，珠江岸五颜六色的鲜花盛开，赵佗王带着嫔妃来到珠江边做游戏。男人没有了性欲就会变得薄情寡义，性格凶暴，但赵佗王不是这样的人，一百岁的他虽然没有了性欲，但却能用文化武装起来的善心让他始终保持对生活的热爱以及对女人的钟情。今天，珠江清澈见底，波光粼粼，江中插有一根系有红布条的鱼竿，二十个黝黑的侍卫驾着二十只龙舟，从对岸驶到江心，输的一队，就跳进江中抓鱼。不一会儿，侍卫就抓到鱼并浮出水面。鱼妃兴奋无比，将蝮蛇挂在侍卫的脖子上，自己跳进江中，不一会儿也抓到一条大鱼。鱼妃用手抓住鱼鳃，游到岸上。鱼妃湿漉漉的长发披在身后，垂到翘起的屁股后面，草裙掩盖不了油黑的肌肤，在阳光下闪亮，小眼睛厚嘴巴笼罩着神秘的气息：“大王，这是一条没用的公鱼，春天不能抓母鱼。”赵佗王见到鱼妃抓到大鱼，十分开心，上前亲吻鱼妃的额头，然后亲自给她擦去身上的水：“我今天就只吃鱼妃抓的鱼。”赵佗王为了亲民，遵照本地的一些习俗，在江岸吃烤鱼。岸上早已经摆放好了烤鱼的铜盘，鱼盘都是长方形，天井凹下处有火红的炭，用铁丝穿上鱼就放在铜盘上烤，烧烤的香味，弥漫江岸，鱼妃将烤熟的鱼选择了没有鱼刺的肚皮递给赵佗王：“大王，这块好。”众人一边吃鱼一边观赏草裙舞。

赵佗王接过烤鱼，放进嘴里：“香！”贝妃察言观色说：“大王为何不开心？”赵佗王看着烤鱼的铁丝说：“这样快乐的时光不知道会有多久，也许明天我就死了。”鱼妃：“大王万岁！”赵佗王拿着穿鱼的铁丝，看了又看接着说：“我觉得用铁丝烤鱼太浪费了，对我国来说，铁比黄金还贵重。”贝妃不理解南越王的忧虑：“一根铁丝有什么重要？”赵佗王：“女人和男人的忧虑不一样，王者与百姓的忧虑也不一样，天子和大臣的忧虑更不一样。”贝妃闪动着长长的睫毛，睁着大大的眼睛问道：“大王，您猜我忧虑什么？”

赵佗王：“贝妃忧虑的是孤独。”

贝妃：“大王猜对了。大王您忧虑什么？”赵佗王：“我忧虑的是国家的兵器能不能保卫它的人民和国家的安全。铁，要从中原才能得到，而中原天子历年来禁止铁器流入我南越国，所以我们要珍惜铁就如同珍惜金子。”贝妃：“大王不必忧虑，我们来做斗草的游戏！”珠江岸上，迎春花、龙胆花、豆蔻花、白芷花、款冬花、炸酱草花在春天随意开放。赵佗王：“我们来斗百草，文斗不要武斗。”

贝妃：“我喜欢文斗！”

鱼妃：“不，我要武斗！”鱼妃用眼睛瞪着贝妃。

赵佗王拿出随身戴的玉坠：“今天，文斗、武斗的游戏都玩。本王这玉坠要赏给文斗第一的人。大家分头去采草，看谁采得多，要能说对草的名，谁能用草名赋诗，玉佩就奖励给谁？”嫔妃们像美丽的花蝴蝶，提着花篮在江岸与赵佗王采草。

采好百草，陆续来到江岸草亭中。大家围着在石桌前，有的坐在美人靠上。公公宣布游戏开始。鱼妃拿出自己采的草摆出来，说给大家听：“卷柏、白龙须、虎耳草、浮萍、桑花、地衣草、牵牛花、桑树叶、合欢叶、女贞叶。”

公公：“鱼妃说出了七种草的名，说了三种树木，不能算是草！”

鱼妃强词夺理：“凭什么不算？”鱼妃嘛起嘴在一旁生气。

公公不予理睬：“现在由贝妃说她采的草！”

贝妃从篮子里一边拿出草一边说：“数字中药一点红，二花三七四方藤。五味六路七叶莲，八角茴香九里光。十大功劳百里香，千年健再万年青。”赵佗王带着众人鼓掌，连连叫好：“不用再赛，第一名贝妃！这玉佩属于贝妃！”鱼妃在一旁妒忌生气。贝妃见了，走过去安慰道：“你喜欢就送给你！玉件我很多。”鱼妃转怒为喜：“真的，谢谢贝妃姐姐！”

贝妃：“人与人的友情其实比宝物更重要，但我们常常为了没有情感的宝物伤害有感情的和气，真是不值得！”

这时一名侍卫急匆匆跑来报告：“大王，刚才珠江上游漂来一个神秘的竹筒。”话音刚落，见两个侍卫抬着一个一抱粗、八尺长的竹筒过来放在赵佗王面前。赵佗王左看右看上看下看，里面发出“噼噼啪啪”的响声，一会儿又没有响声了。赵佗王敲了一下，又起声响。赵佗王命令：“打开竹筒！”侍卫用斧头将竹筒劈开，定眼一看，原来是两条鱼：一条白色，一条黑色。

赵佗王感到迷茫，问吕嘉：“这两条鱼怎么会密封在竹筒里？它们是怎样钻进去的？”

吕嘉摇摇头，为了给自己的不知道辩解，他说：“稀罕之物，往往是某种征兆。”赵佗王是个充满好奇的国王，他问鱼妃：“这是什么征兆？”鱼妃：“我要问问蛇。”鱼妃吻吻蛇的额头，然后回答说：“大王，刚才蛇告诉我说，这是一个简单的竹筒，是珠江上游的夜郎国和阿女国祭祀祖先用的图腾，这个竹筒就是他们那里漂下来的。”

赵佗王像孩子一般急切地问：“为什么要在竹筒里放两条鱼？”

鱼妃：“蛇说，要等天黑才能说出秘密，所以我晚上才能告诉大王。公开别人的秘密不仁不义。”这时，侍卫翻身下马，穿过人群，单腿跪下：“大王，我国出使汉朝的杨一将军回来了，还带来了汉朝使节唐蒙。”

赵佗王仿佛在这时才突然从快乐中清醒过来：“唐蒙？他带了多少人来？”

侍卫：“大约一百人。”

赵佗王：“将他们安顿在驿馆，明天见！”

吕嘉附在赵佗王耳边小声道：“大王，汉武帝对我南越国图谋不轨！”

赵佗王有些不悦：“丞相，只要当今天子真诚相待，我等也不必多疑！两国交往互通有无，乃大势所趋！”

吕嘉：“封关绝道，国家才安全！”

赵佗王：“春秋战国，有哪一个国家依靠封关绝道壮大的？治国，不能信口开河，要冷静。只要汉朝天子没有歹心，我国与汉朝保持友好关系有什么不妥。”

# 第十三章　裤带面系亲情

长安城春暖花开，楼台庭院在桃红李白的娇艳中若隐若现，仙气飘然。

汉武帝在皇宫后花园内一边射箭，一边对董仲舒说："唐蒙从十月出发，三月了，该到南越国了吧？"董仲舒："陛下，如果没有遇到意外，应该到了。"

汉武帝拉满弓箭，瞄准远处的草鹿说道："你预测一下，唐蒙会给我带来什么惊喜？"话音刚落，箭离弦而去。

董仲舒："南方蛮夷之地，除了玉器，没有什么稀奇事。"

汉武帝："听庄助说那里有很多稀奇的水果和奇花异草，海中有参，吃了长生不老。"

董仲舒："奇花异草难移植。听说南方的植物与人一样恋故土，离开本土很难存活。董偃说，齐国有一个商人到南方用一百两银子买了一个美人，带出南方，离开本土后，美女瞬间变成老太婆，把商人吓了一跳。商人将美人送回家，老太婆又奇迹般地还原成年轻貌美之人。南方的奇花异草，移植到北方无法存活。北方人很容易适应南方水土，但南方人却难适应北方的气候。"

安国少季抱着草鹿跑来："陛下好箭法，射中喉部。"汉武帝并不高兴地说道："射中一只草扎的鹿，有什么惊喜的，要射奔跑的鹿，才能显示真功夫。"

安国少季："陛下说得有理。"

汉武帝拉满弓将箭射到三十丈处的古樟树上，然后眼睛眯起，看着远处的箭对安国少季说："给朕到树上将箭取来。"安国少季旋转如风到了古樟树前，几步飞升上树取下箭，然后轻飘飘落下，又旋转如风来到汉武帝面前。汉武帝见到安国少季的轻功简直就是一种享受，对安国少季道："得爱卿如得国宝。"

安国少季："谢陛下！"

汉武帝对董仲舒说："我们一定要找机会出宫打奔跑的鹿。"话音刚落，苏公公带着侍卫走来，侍卫在汉武帝面前跪下急说："陛下！陛下！"

汉武帝："起来慢慢说！"

侍卫继续跪着不起："陛下，救救我家赵大人。"

汉武帝急忙上前扶起："他怎么了？"

侍卫急切地说："陛下，我家赵大人被太皇太后抓捕入狱，家也被抄了，我是偷跑出来的，请陛下救救我家赵大人。”汉武帝年轻气盛，没有城府，叹道：“推行儒学难哪！”他匆匆离开后花园，来到窦太后寝宫。窦太后像一尊雕塑安安静静坐在炕上看黄老经典，好像什么事都没有发生过。汉武帝本想和从前一样叫祖母，但看到窦太后冷漠严肃的表情，改口道：“给太皇太后请安！”窦太后故作吃惊的样子，也不像往常一样亲亲热热叫宝贝孙儿而是改口道：“哟，是陛下驾到？怎么也不预先通知一声，我好出门迎候。”汉武帝听出祖母对自己不满，改称道：“我来看看皇祖母，怎么能预先打扰，我想祖母了，就过来看看。”窦太后听到汉武帝的亲切称呼，心中的怨气消了许多，放下手中的竹简，下炕拉着汉武帝坐在自己的身边。

窦太后笑着说道：“皇孙英俊多了，我看着高兴啊。”

汉武帝：“我早就想过来给皇祖母请安，只是……”欲言又止。

窦太后：“只是在忙着实行察举制，招考反对我的儒生？今天陛下是为赵绾求情来了？”

汉武帝感觉到窦太后的精明，不像赵绾说的皇祖母已经老糊涂，该休息了。如今窦太后好像不是自己的皇祖母，而是自己的对手。权力就像一座无情的高山，将亲情阻隔，汉武帝感到了阵阵的寒战。窦太后也感觉到汉武帝不再是自己亲骨肉，好像是自己用爱心养大的虎狼，眼前的光景变得令人窒息。

汉武帝控制自己的情绪避其锋芒回答：“皇祖母一生为国操劳，令孙儿敬仰。”窦太后得到吹捧，面露笑容说道：“不求有功，但求无过。”汉武帝见时机成熟说道：“皇祖母，皇孙有一事相求。”窦太后故意装昏：“皇孙何事相求？”汉武帝：“恳请祖母宽恕赵绾，让他继续为国效力。”窦太后对身边的张公公递了一个眼色，张公公将赵绾贪赃枉法的证据递给汉武帝，太后得意道：“皇孙，抓捕赵绾，我没冤枉他。你年少登基，可别意气用事。你的纯真被赵绾卑鄙小人所利用，且能放饶他？赵绾不仅贪赃枉法，还离间我们骨肉亲情，这样的人留在宫中必有大患。”汉武帝看完赵绾的证据说道：“证据是可以伪造的，我不相信赵绾是这种人。”窦太后勃然大怒，面目扭曲。但她毕竟辅佐了文帝、景帝两朝皇帝，是汉朝的有功之臣，怎么能被眼前的小兔崽子激怒，她转而平和地说道：“你有什么证据说这些证据是伪造的？皇孙，别忘了你自己立下的规矩，用错人要遭到处罚的。现在你用的赵绾不仅是个贪官，而且煽动大臣拉帮结伙，离间亲人，反对祖制。按你自己施行的察举制，我现在就可废掉你这个用错人的新皇帝。”

汉武帝用初生牛犊不畏虎的勇气继续辩解：“皇祖母，黄老治国思想已经落后，只适合统治一个小国寡民的国家。”

窦太后：“你独尊儒术，就是受赵绾的蛊惑。你们现在吃饱了，没事干了，就想打着拓宽疆土的幌子四处打打杀杀。当年，吕后放弃汉高祖的无为而治，外戚参政，争权夺利，不理朝政，导致土地荒芜，国库空虚。后来，你的爷爷文帝和你的父亲景帝用虚静无为的黄老思想治理国家，重视农桑，减免赋税。文帝自己没有修过一座宫殿，反而把秦朝的上林苑分给农民耕种、放羊，结果怎样？你说说。”

汉武帝沉默。

窦太后：“我并没有阻止你开拓疆土，但是，你搞独尊儒术，这是目光短浅。弄不好，国君大臣就沉溺权力之争，特别是排挤女人参与国事，导致阴阳失衡，出现国家表面繁荣，内部空虚。赵绾口口声声说自己是儒士，可儒家的忠孝都没有，这样的人还能重用吗？”窦太后说到激动的时候，头顶上的珠翠一摇一晃，就像锤子一样一下又一下敲在汉武帝纯真的心上，女人在汉武帝年轻的心中留下了恶劣的印象。汉武帝暗暗发誓，坚决不能让女人参政。汉武帝毕竟只有十七岁，还不能搏击政治风浪，他只有发挥纯真的本事哀求皇祖母：“皇祖母，既然你的黄老思想讲究虚静包容，就包容一次赵绾吧。”

窦太后：“我可以包容他，但他连我这把快要入土的老骨头都不能包容，这样不忠不孝之人也配谈儒学？不要亵渎了儒学。”

汉武帝：“如果大臣的安危我都无法保证，我这个皇帝有什么用？”

窦太后：“你现在别跟我谈国事，先谈谈家事。你几年过去了，还没有给刘家添皇子。不孝有三，无后为大，以后别跟我谈疆土。再生不出皇子，我废了你这个皇帝！你信不信？”

汉武帝：“皇祖母，这不是我的事。阿娇为了医治不孕症，花费了几万两银子。”就在祖孙俩争论的时候，皇后阿娇的母亲馆陶公主到阿娇的寝宫大喊大叫。她见女儿皇后阿娇还蒙着被子睡懒觉，便掀开被子叫道：“起床！快起床！出去呼吸新鲜空气，你这个颓废的样子，怎么能怀上皇子？”阿娇：“娘，别吵，别吵。”说完又昏睡过去。宫女真儿：“皇后她是想通过昏睡来忘记痛苦。”馆陶公主：“她有吃有喝有穿，痛苦什么？”馆陶公主又掀开被子叫道：“起来，和我去看皇祖母！”

阿娇和她的母亲馆陶公主像两只蝴蝶一样来到窦太后寝宫。她们进来，沉闷的空气被蝴蝶翅膀扇没了。母女俩像两姊妹，馆陶公主对着窦太后说：“给母亲请安！”皇后阿娇卖萌：“给皇祖母请安！”阿娇见汉武帝在此，惊喜地叫道：“陛下也在这里？给陛下请安！”

汉武帝冷漠地看着这个姑妈兼丈母娘的女人，看着不可一世的皇后，就像看到两个江湖恶棍，用仇恨的眼神回敬她们，一声不吭。这些都被窦太后看在眼里，窦太后慢慢悠悠地说：“刘彻，你别以为皇帝的位置已经坐稳了，你信不信，我现在就可以把你皇位给废了。”汉武帝思量：好汉不吃眼前亏，小不忍则乱大谋。他明白，弱智的女人都喜欢听好话，于是，他动用了心机。

汉武帝笑着对两个女人说：“皇后来看皇祖母，很有孝心啊，我以后不管再忙，也要陪你一起来看皇祖母。”窦太后果真又心软了，开怀大笑：“咱们不谈国事，亲人虽说都在同一个屋檐下，但见一面也不容易，今天都不走了，一起陪我这个老太太喝酒。”

窦太后对张公公说：“今天，咱吃裤带面。”

用膳房餐厅内，八仙桌上每人一碗面，散发着油泼辣子的芳香，满满的一碗只有一根牛皮裤带宽、三尺长的面。汉武帝吃了一口叫道：“好香！”

阿娇：“这么长啊。”

窦太后：“阿娇从小在宫里长大，很多民间的东西都不知道，这宫里只有哀家这里还保持民间的裤带面，我从小就爱吃。这面长而不断，与黄老哲学的道法自然很相似。”汉武帝觉得这又是皇祖母在唠叨，一句话不说，只顾吃。馆陶公主撒娇地对窦太后说：“母亲，你看阿娇到现在还没有怀上孩子，是什么原因？”汉武帝认为岳母是在含沙射影，恨不得立即把阿娇给废了，但又怕窦太后把他的皇帝先废了，就说道：“我让御医正在给阿娇治疗。”窦太后对着汉武帝说：“陛下，你当前的主要任务是带好阿娇，生下皇子。你现在皇帝还没有坐稳就兴建什么儒学明堂，必须立即停止修建。”

汉武帝用妥协的口气：“一切听皇祖母的。”这时张公公进来悄悄在窦太后耳边说了什么，又走出去。

窦太后咽下一口面，用轻描淡写的口气说道：“陛下，刚才张公公来报，赵绾已经在监狱自杀了。”汉武帝放下筷子，吃惊地站了起来，脱口说道：“赵绾想到我会救他出狱，不会自杀的，这定是有人下了毒。”窦太后冷漠地说道：“那你就是怀疑我毒死他了。这种不忠不孝背叛朝廷的人，该死！”汉武帝看着慈祥的皇祖母变成了自己的对立面，内心一阵凄凉，感觉到权力的寒冷。

窦太后见汉武帝没有说话，补充说道：“哀家信奉的黄老思想历来都包容各家各派，而董仲舒推行的儒学后却排挤我的黄老思想。更不能容忍的是，赵绾利用儒学中被歪曲了的男尊女卑来排挤哀家，你说这样不知天高地厚的人怎能容他胡作非为？”

汉武帝：“这是皇祖母误会赵绾了！”窦太后“砰”地将筷子拍在桌子上：“他在大臣中四处散布女子无才便是德的谗言，是我误会他吗？哀家无德能辅佐文景帝治理天下吗？”

汉武帝压低声音道：“皇祖母，告辞！”头都不回转身离去。窦太后勃然大怒：“我要废掉这个逆子，来人，下诏另立皇帝！”馆陶公主急忙上前劝道：“母亲息怒，废了他，我的阿娇不也废了吗？”阿娇：“是啊，姥姥别废了他，我会慢慢劝他放弃什么独尊儒术，一切按照皇祖母您的黄老说去办。”窦太后平时就疼爱自己的女儿馆陶公主和外孙女阿娇，馆陶公主更是疼爱自己的女儿阿娇皇后。

窦太后想想也是，如果废掉汉武帝，自己女儿的女儿不就跟着遭殃了吗？

窦太后感叹道："唉，真是打断骨头连着筋，这个逆子就是被那几个所谓的儒生控制了。他们兴儒学的目的就是排挤我这个老太婆，儒家是不准女人参与国事的，而黄老历来就讲阴阳和合、男女平等，把男女共同参政看作是天经地义的事。"

阿娇："皇祖母说得对！"

窦太后："唉，真是猫老不避鼠啊。老猫本来可以多活几年，是被老鼠气死的。"

馆陶公主："母亲，您老人家放宽心，多活几年，气死那些老鼠。"

阿娇："皇祖母，我帮您打老鼠。"

窦太后忧心忡忡道："你过好自己的日子不被老鼠伤害，哀家就放心了，还打什么老鼠？人老了，死就死了，哀家担心宝贝孙女呀。不过哀家要说句真话，宝贝孙女如今是皇后了，该受委屈还得受委屈，我不能陪你一辈子。不要再耍公主脾气了，凡事少任性多用心。今后你最要紧的是抓紧生个皇子，拴住陛下的心。"

阿娇："孙儿一定听皇祖母的教诲。可是，陛下现在又开始经营什么南越国，派人绘制地图，更是借口不到我的寝宫。"

窦太后："唉！南越国天遥路远，要经营它不知道需要消耗掉多少国库库银啊！"

# 第十四章 赵佗王寻江

南越国赵佗王寝宫里，百岁赵佗王坐在长乐宫几案前打瞌睡。闽越国郢王手握寒剑翻着白眼仁，速度如风从屋顶飘进南越国的长乐宫，走进来，面目狰狞地对赵佗王说："老王八，你还不死啊，我今天要宰了你，我要夺取你这座豪华的宫殿！你活得太长，我等不及了！你凭什么拥有这么多的女人！"说完，举起宝剑刺向赵佗王。赵佗王无力反抗，只听得"咔嚓"一声，赵佗王的头颅被郢王砍了下来。赵佗王抱着自己的头想安上，却无法安上。贝妃端着橘子进屋，见椅中打瞌睡的赵佗王抱着自己的头哭泣，走过去轻轻摇晃："大王，醒醒！大王，醒醒！"赵佗王突然醒来，看着贝妃如此娇美，对贝妃说："我这是在哪儿？"

贝妃："大王在王宫！"

赵佗王："原来我刚才是做了一个噩梦。"他惊悸得满头是汗喘息着。贝妃说："大王，你刚才梦见郢王行刺？"赵佗王大吃一惊："宝贝，你怎么知道我的梦境。"贝妃一边剥橘子一边说："人醒着为阳，睡着为阴，我能见阴物。梦其实是一个脱离肉体的真实世界，梦中能见到阴界的东西。郢王一直想灭掉南越。"赵佗王："贝妃，郢王是鱼妃的哥哥啊。他上次已经负荆请罪了，难道还想杀我吗？"贝妃："大王，敌人事先没有约定就来求和，必有阴谋。鱼妃的哥哥做了违背天理的事，与鱼妃无关啊，俗话说一娘养九子，九子九个样。郢王真的想刺杀大王，他将妹妹鱼妃送给大王的时候，我就时时担心啊。但经过长期的观察，鱼妃并没有与她哥哥合谋的意思，而是一位聪明善良的姑娘。"

赵佗王："那怎么才能对付郢王这个恶棍？"

贝妃："大王过去用丰厚的财物来安抚郢王，这会放纵郢王的贪欲，现在需要训练强大的军队才能震慑敌人。"

赵佗王："言之有理。"说完搂着贝妃接着说，"宝贝，我要重赏你。"

贝妃："我不需要重赏，只希望大王健康长寿。"

回廊上，公公一边追一边说道："鱼妃，大王没有召见你，不得私自入内。"鱼妃脖子上挂着蛇，一边急匆匆地走一边说："休管！是我的蛇有事要向大王禀报！"说完，将蛇拿下，对着阻止她的公公。把门公公见到蛇，毛骨悚然："待我前去向大王禀报！”鱼妃野性十足，不理公公继续急走：“不必麻烦！”两人一追一走。

赵佗王寝宫，油灯燃着。鱼妃进来：“大王，大王，公公不让我来看大王。”

赵佗王：“公公不得无礼，退下！我说过鱼妃可自由出入我的寝宫，你没有长耳朵吗？”公公：“奴才有罪！”说完退了出去。鱼妃走了进来，她野性十足，任性无拘，对贝妃视而不见，手里拿着竹筒，直接坐到赵佗王身边道：“大王，教我认字。”赵佗王：“你不是说过要告诉本王江边竹筒的秘密？”

鱼妃：“大王一直没召见我。”赵佗王：“哦，本王差点忘记了，快告诉本王今天见到的竹筒鱼的秘密。”鱼妃：“这个竹筒的秘密不能让别人知道。”

赵佗：“都退下！”贝妃：“大王，臣妾告辞！”退了出去，宫女也都退下。鱼妃颈上挂着蛇，依偎着赵佗王说：“大王，你先教我认这几个字，我再告诉你竹筒的秘密。”鱼妃将写有文字的竹筒递给赵佗王。

赵佗王接过竹筒看了看说：“这上面写的是：上善若水。”

鱼妃：“大王，上善若水，是什么意思？”

赵佗王：“你先告诉我昨天在江边拾到的那个竹筒的秘密，我再给你解释。”鱼妃带着神秘的微笑说：“好，我告诉大王。珠江上游的源头有个夜郎国，夜郎国的旁边又有一个女儿国，每年三月三女儿国的女人与夜郎国的男人都要各自在自己的国中同时祭拜太阳神和九天母石。祭拜完后，她们将竹筒扔进江中，祝福人丁兴旺，风调雨顺。谁见到这个竹筒，谁就可以和她们结盟。”

赵佗王听得入神：“真有此事？”鱼妃：“大王如果不信，就派人沿江去寻找，如果臣妾欺骗大王，请将臣妾处劓刑。”赵佗王：“本王怎么舍得伤害聪明可爱的鱼妃，就算没有找到什么夜郎国、女儿国，我也不会责怪爱妃。但这事让我感到了新奇，不用等明天，我现在就要立即派人去寻找。”

赵佗王高声：“传吕嘉！”

鱼妃：“臣妾告辞！”

鱼妃回到宫室，见贝妃正在油灯下刺绣，不理睬自己。鱼妃率真地对贝妃说：“姐姐，猜忌会让海鲜没有味道。刚才大王做了一个梦，我知道你怀疑我要谋害大王。其实，就算我王兄有这样的想法，我也没有，我爱大王和王宫里的一切。”

贝妃：“你刚才偷听我和大王的谈话？”鱼妃：“没有，是我的宝贝蛇告诉我的。我不喜欢阴谋，那样灵魂得不到安宁。我喜欢心中没有任何内疚和负担，真诚让人多么快乐。”贝妃：“妹妹，是我误会你了。”鱼妃：“没关系，误会解除，乌云散去，快乐才能回来。”贝妃：“其实，人生很短暂，大王活多久我们就活多久，我们都是他的陪葬品。”鱼妃：“不说这些伤心事，活一天就高兴一天。”贝妃：“你今夜怎么没有陪伴在大王身边？”鱼妃：“大王有急事找丞相商议。”

赵佗王寝宫。丞相吕嘉匆匆赶来说："臣吕嘉参拜大王！"赵佗王："免礼！赐坐！"吕嘉："谢大王！"吕嘉在八仙桌的西边坐下，桌上一盏油灯照亮两张脸的一半，脸在灯影中忽明忽暗，有点阴阳怪气。吕嘉问："大王有何要事？"他们俩已经不像君臣，而像两个伙伴。赵佗王："鱼妃占卜说，珠江源头有一个夜郎国和一女儿国？"吕嘉："大王，一个女人的胡言乱语不能听。"赵佗王："嗳，不能这样说鱼妃。"吕嘉："寻找珠江源头没那么容易，这是鱼妃故弄玄虚。"

赵佗王："丞相，执行命令，立即准备，派人明天一早带上写有字的竹简，沿珠江寻找夜郎国和女儿国，然后将竹简扔进江中，看看这珠江水是不是从夜郎国和女儿国那儿流下来的不就清楚了？"

吕嘉："这需要耗费大量的人力物力！"

赵佗王："不能鼠目寸光。"

吕嘉："大王，待我与大臣们商议后再决定！"

赵佗王："等你商议好本王就死了！要快，最好在本王死之前让我知道珠江水的源头。带上画师，如果找到女儿国，看看那里的女人长什么模样，画一幅像给我看！"

吕嘉："大王，你不能任性，这可是性命攸关的大事！"一百多岁的南越王赵佗越来越感到时间的珍贵。他在用滴漏计算自己的生命，哪怕多活一滴沙漏，也是神的恩宠。因此，他想到什么新奇事就立即办，一滴沙钟也不能耽误。然而，丞相吕嘉才八十多岁，并没有感觉到时间的珍贵，所以，他做什么事总是拖拖拉拉，磨磨蹭蹭："大王，仅凭一个女人的胡说八道就去做这劳民伤财的事，值得吗？"

赵佗王不想花时间给吕嘉多说什么，高声叫道："来人，给我把吕嘉关押起来。"吕嘉苦着脸道："大王，我又没犯法，凭什么抓捕我？"赵佗王："我从秦朝能活到汉朝，就是珍惜时间。你耽误本王的时间，等于谋杀本王的生命！"吕嘉立即妥协："别，大王，别关我，我听您的，完全听您的，立即就去办。"赵佗王："这才像个丞相的样子。"

吕嘉："大王，派多少人？"

赵佗王："派三百人，分甲、乙、丙三组，每组一百人。甲组由龙川带队明天出发；乙组一百人由谢天统领，后天出发；丙组一百人由杨一统领，第三天出发。三队人马前后呼应，让他们带上刻有'上善若水'四字的竹简，寻到珠江源头，将竹简扔进江中，探明江源。此次寻江队伍称南越赵佗军。每天按八十里的速度前进，行船、沿岸骑马交替前进。如果遇到土著人，绝不允许伤害他们，用丝绸、玉器、贝类赠送给他们。"

吕嘉："大王，我看一路荆棘遍地，山高路险，想必没有结果。如果真有夜郎、女儿国他们也是会吃人肉的原始部落人群，而且他们的怪叫声十分恐怖，导致人晕眩死亡。"

赵佗王："是真是假，得亲自去考察。我当年南下的时候，秦王朝里那些享乐的大臣都说，南越国原始部落人群会吃人，结果怎样，你对他们好，他们也一样对你好。不要认为原始部落的人愚昧凶残，他们没有智慧能熬过万年的风霜雨雪，能驯化出那些凶猛的野猪、野牛、野象吗？"

吕嘉："他们是迫于武力。"

赵佗王："当年，我带兵南下，朝廷让我占据南越，但又不想让我真正壮大，只调遣了一万五千个女人到这里，都分给了将帅和立功将士，还剩三十万的士兵不就和原始部落的女人结婚生子吗？结果怎样？他们孩子的智商有的比汉人要高出很多，他们知道天地自然的秘密比我们还多：什么时候地震，什么时候下雨，什么时候下雪，什么时候旱灾，都先知先觉。"

吕嘉："大王，就算珠江源头有夜郎人，也少去惹他们。"赵佗王："何出此言？"吕嘉："土人情绪化，反复无常，极不稳定。"

南越王："天地风云每时每刻都反复无常，天人合一，人当然就反复无常了。中原人也反复无常啊，正因为反复无常，我们才需要用儒道文化来帮助人。据我观察，很多部落的人，能感应天地，感应气候变化，尤其是女人能做出应激反应，天空什么时候有流星出现，她们最先知道。"

吕嘉："大王言之有理。"

南越王："要用最快的速度沿江找到鱼妃所言的夜郎国和女儿国。"

吕嘉："大王，遵旨。告辞！"吕嘉转身出去。

赵佗王兴奋，整夜没有睡着。公鸡叫头遍，赵佗王就来到番禺码头，亲自送龙川的队伍甲组一百人上船。赵佗王："将士们，你们此次远行探寻珠江源头，风餐露宿，顶风冒雨，披荆斩棘，希望能完成本王交给你们的重任。"众将士："勇往直前！勇往直前！勇往直前！"将士们穿着清一色的战袍登上航船。船缓缓移动前行，赵佗王与众将士挥手道别。

赵佗王对吕嘉说："希望他们能找到传说中的夜郎国！"

夜郎国铁匠铺茅草棚神秘安静，打铁的声音，就像一只玉碗掉进玉泉。原来是夜郎国的竹王在亲自打两把剑：一把是太阳剑，一把是月亮剑。竹王将成型的铁剑放进火炉烧炼成粉嫩的花瓣，助手摩哥拼命拉风箱。火焰由红变黄的时候，竹王将通红的铁剑取出，用左手固定剑柄，右手举起沉重的铁锤轮番起落，铁花飞溅，锤声咣咣。竹王宽阔的胸膛在火光中汗滴光亮，手臂的肌肉力量反复锤打着剑身，直到寒光闪闪，通体锋芒。

摩哥看着宝剑："大王，好功夫！"

竹王："我要用它来保护我的人民！"

摩哥："大王，不知道哪儿来的一只白虎，经常带一群虎伤人，听说又有一千多人被白虎吃了。"

竹王："祖先说，白虎现，血飞溅。白虎倒好对付，就怕其他部落偷袭我部。"

摩哥："我夜郎十万精兵，何惧他部入侵。"

竹王用手刮刮宝剑的锋刃，感到很满意："本王要用自己亲手打造的宝剑降妖除魔！"

# 第十五章 唐蒙醉槟榔

四月的南越国，瓜果飘香，溪流纵横，虽然酷热，但茂盛的树林，时常凉风送爽。南越国驿馆中，唐蒙醒来。他走到窗户前，窗外的河流、果树、奇花异草令他兴奋、愉悦。西墙外飘进早茶的香味，让他走出院落，随从若愚追上来："大人，怎么就起床了？"

唐蒙："南越国的天比长安亮得早，没办法，想多睡一会儿，见光就醒。"两人走出驿馆，路过包子铺，店小二迎上来："官人早，请里边坐！"唐蒙带若愚坐下。

店小二微弓着腰："请问官人早茶用点啥？"唐蒙迟疑，不知道要吃什么，问道："早上不喝茶。"若愚："我家大人要吃面食，不喝茶！"店小二："官人误会了，我们说的早茶就是你们说的早餐。"唐蒙："来碗裤带面！"

店小二："官人，南越国只有云吞面没有裤带面。"唐蒙："那就来两碗云吞面！"店小二高声叫道："云吞面！两碗！"店小二："官人，要什么茶？"

唐蒙："不知道，随便上！"店仆用竹子做的方盘端了两碗云吞面上来："云吞面两碗，官人慢用！"唐蒙吃了一口："好，好吃！实在是好吃！"唐蒙吃完面，十分放松地走出驿馆，见小路旁芳草萋萋，各种野花盛开。若愚追上来："大人！这南越的风光真好！南越国简直就是花的天堂，到处充满了自由自在的蝴蝶、流水。难怪赵佗王来到这里能活到一百多岁，从秦始皇活到汉武帝，成仙了。"

唐蒙："看来人要长寿，还得多种花草少忧愁！"若愚："赵佗王活得长，与他内心仁厚有关系，与鲜花没有多大关系。"

唐蒙："是啊，听说这里瘴气很厉害，但我看这里的人活得很滋润。"两人吃完面，东游西逛无意间闯进果园。若愚感觉很闷热，背上出了很多汗，汗里的盐让若愚的背奇痒。他快速跑到一棵树干上擦痒，陶醉在擦痒的舒服中。唐蒙等了半天才听到若愚出声："世上没有十全十美的风水，人活得滋润主要是依靠内心的仁慈厚道。"话音刚落，若愚"哎哟"一声，一个仙桃从树上掉下来砸在他的头上。若愚顾不得疼痛，捡起来咬一口："蜜甜。"弯腰从地上捡了一个递给唐蒙："大人，这南国的桃子很甜啊。"唐蒙接过来咬了一口："不仅甜，还很香。"正吃着，一个光着上身、脸上文有蝴蝶图案的土著拿着短刀站他们面前，若愚被吓得半死，拉着唐蒙就跑。土著拦住他们，指指树上，又指指他的肚皮。

若愚：“这果子不是我摘的，是在地上捡的。”土著人改用汉话说：“吃了从树上掉下的桃子肚子会疼，我上树给你们摘新鲜的吃。”说完，像猴一样轻巧地爬到树上，摘下仙桃送给他们。唐蒙很感动土著人的热情，就送了几个铜钱给土著人，土著人摇摇头就走了。看着离去的土人，唐蒙怪里怪气地说道：“赵佗这个老头不简单啊！”

若愚不解地挠挠头问道：“这土著人和老头有什么关系？”

唐蒙道：“从这件小事可以看出老头的野心。”

若愚：“大人，你越说让我越糊涂了。”

唐蒙：“赵佗这个老头才到南越短短八十年，就将这里的人心治理得这样纯善，一个土著人都懂得仁义，这人品比铜钱重要，那再过八十年他就强大到与汉朝抗衡，这很危险啊。”

若愚：“那怎么办呢？”

唐蒙：“那就得让他的子民不能像他一样有思想有智慧，要让他的子民们爱钱超过爱仁义礼智信。”

若愚：“这主意好！”两人走在番禺城街道，见到建筑几乎和长安的风格一样，屋顶都是四面倒斗型。唐蒙走在主街道月华路上，发现一家挨一家大多是养蚕姑娘，大多是汉族和当地土著民族的后裔，个子矮小，皮肤微黑，但很热情聪明。有开玉石店的，有开铜器店的，土著人开的大多出售的是珍珠项链、贝壳、珊瑚。两人经过珊瑚摊前，摊主笑着说：“先生，买一串红珊瑚珠吧，这珊瑚能辟邪，清心明目，去热止血。”唐蒙爱不释手，想到四处奔波，还是放回原处，继续往前走。

摊主道：“先生，这红珊瑚珍贵啊，只有东鳀海峡才有。”唐蒙听到身后的声音，停下脚步，转身过来见到红珊瑚珠晶莹剔透，像美人的眼睛，仿佛会传情，他控制不住拿起红珊瑚珠子把玩，爱不释手。若愚看出唐蒙的心思，从兜里掏了一枚五铢钱币递给摊主。摊主摇摇头，若愚又加了两枚五铢钱，摊主依然摇摇头，然后她举起两串贝币说道：“一朋。”

唐蒙对若愚道：“他不要汉朝的五铢钱，这里依然用贝币。什么叫一朋？”

若愚：“一串贝币有五颗，两串十颗，两串为一朋。”摊主点点头。

若愚问摊主：“如何兑换？”摊主依然摇摇头。若愚明白过来，给摊主递了一两黄金。摊主笑了，露出齐刷刷的白牙，接过一两黄金，做了个手势：“拿去吧。”若愚接过红珊瑚珠捻给唐蒙挂在颈上，垂到胸前。唐蒙顿感神清气爽，风度翩翩。摊主：“先生，这红珊瑚佩戴身上能除掉身上瘀血，还能接断骨。红珊瑚的颜色会随着人的喜怒变化无常，你心情好时，红珊瑚光泽艳丽，温润可人；你心情不好时，它就暗淡无光。这是千年灵物。”

唐蒙："谢！"两人离开。唐蒙把玩着红珊瑚珠，面露喜色。

两人走出繁华街道，眼前就是稻田，田园风光。很多人在稻田除杂草，田野一派生机勃勃的景象。唐蒙见到赤身半裸的土著在珠江岸的篝火上烤鱼，香味浓烈。唐蒙用一个碎银买了两条烤鱼，味道十分鲜美。气候炎热加上吃烤鱼，唐蒙感觉嗓子有些上火，嘴唇起了火毒疱。土著人从陶罐里倒了一碗药茶给他们喝下，一会儿火毒疱消了下去，顿感神清气爽。

若愚："大人，我们不要等赵佗王召见，主动去求见。"

唐蒙："你说得对，时间很宝贵，我们需要主动出击。"两人吃完烤鱼，准备去拜见赵佗王，却不知不觉闯进了南越国造船工场。因天气炎热，工人们赤身裸体地在太阳底下劳作，有些人正在集中吃饭，没有人注意他们。唐蒙见到一只刚造好的木船，一眼望不到头，惊呼："我第一次见到这样的大船！"若愚十分好奇地说："大人，咱们偷偷沿船走一圈。"唐蒙压低声音："嘘！别让他们看见了。"

若遇："大人，我们在这只大船下就只是一只蟑螂，他们不容易发现。"两人弓着腰走了一圈，见船梯，两人上了船。唐蒙、若愚两人跑到低矮宽阔的前舱，若愚看着拱形的篷顶道："这船足有八丈宽、三十丈长。"

唐蒙："何以见得？"

若愚："我可以用脚步和眼睛测量。"两人快速走到略高的方形中舱。若愚道："这船大约能载千余担货物，载千余人。"唐蒙："从这船的规模看，赵佗王的军事实力和野心不小。"两人走到船尾。若愚摸摸船壁："这船的后舱狭窄而高，便于远航。"唐蒙："船尾为何狭窄？"若愚："大人，从南越土著人制造的船来看，他们千百年生活在水边，受到鱼身在海中游走的启示，便于深水航行，可谓是近山知鸟音，近水知鱼性啊。这船可远渡海外，销售丝绸。"

唐蒙："是啊，鱼是造船的师傅，那以后鸟就是飞船的师傅了？"

若愚："当然。不过等造出飞船来我们都死了。"

唐蒙："等哪天鱼死完了，鸟死完了，人类就完了。"

若愚："是的！"

唐蒙突然感觉四周静得出奇："刚才削木料的声音也没有了，有些不对劲。"若愚："我们得赶紧离开这儿。"话音刚落，四面的南越人拿着木棒围了上来。唐蒙对南越人笑笑："先生，我们迷路了，我们是汉朝大使！"

领头凶狠狠地说："什么大使？我看你们是汉朝派来的密探吧，给我拿下。"瞬间，两人被五花大绑，束手就擒。

领头说："是汉朝人，送交大王处置。"

南越国未央宫养心殿，赵佗王正在喝午茶，这茶是几十种中药调制而成的。

中午，屋外天气闷热，只有喝茶，才能感到凉爽。赵佗王正要将槟榔放进嘴里，侍卫道：“大王，汉朝大使偷偷闯入造船工场，被绑来了。”

南越王扔下槟榔，不但不气愤，反而面露喜色：“家乡人来了，本王高兴，快带进来！”

唐蒙和若愚被推进大殿。

领头：“大王，这两人不经允许，私自闯进工场，偷偷摸摸四处打探，请大王处置。”赵佗王站起来走到唐蒙身边亲自为他松绑！

领头：“大王，对这些密探不能心慈手软。”

赵佗王：“松绑！”领头给若愚松绑。

赵佗王：“退下，我自会处理！”

领头：“大王，告辞！”领头出殿。

唐蒙：“早听说南越王宽厚仁慈，今得一见，果然名不虚传！请受唐蒙一拜。”唐蒙拱手参拜。

赵佗王：“免礼！请坐！”

唐蒙：“谢大王！”唐蒙看见王座上的赵佗王披肩短发，长方脸上有一双浓眉凹眼，高鼻梁，厚嘴唇，黑皮肤上文了图案，丝绸布短衣短裙，光脚丫，头冠插满野鸡毛，身旁有古树枝拐杖，耳朵戴着大耳环，完全是一个土著人的模样，怎么也想不到赵佗王来自河北真定县（今河北正定）。唐蒙一阵迷茫：“大王忠勇仁义，美名传世。令人不解的是，大王为何这身打扮？”

赵佗王：“当年，秦始皇统一中国的心情迫切，我随军出生入死占领百越。但百越人不服武力，更不接受中原文化，不断反抗，我不忍心杀戮土著人，为了和他们友好相处，我只得入乡随俗，断发文身，与土著保持相同的生活习俗打扮，便于沟通情感，并取用土著人做丞相。”

唐蒙：“大王爱民如子，也正是当今天子的心意。大王的良苦用心，唐蒙定向天子禀报。”赵佗王：“岁月变迁，王朝更替，如今都已经是武帝即位了，我还没有回到中原看看。我思念故土啊，但年龄大了难以远行，心有余而力不足！”

唐蒙：“仁者寿，边疆是中原的皮肤，没有大王用仁义治理边疆，中原易患痼疾。唐蒙敬佩大王的忠勇之气！”

赵佗王：“大使，不要只顾说话，请品圣果！”

唐蒙往茶几上一看问道：“请问大王，这果芳名？”

赵佗王：“名为槟榔，接待贵客必须先吃这圣果。”

唐蒙拿起一颗槟榔好奇地左看右看说道：“这果子像一枚绿色的鸡蛋。”

赵佗王：“此树有节似竹，引茎直上，顶端叶如羽扇，一条茎从心间长出结果，吃了它可以避南方湿气，驱虫。”

唐蒙：“这果树生长在何处？可有种子？”

赵佗王自豪地说："有，但此树种恋故土只生长在闽越国，其他地方种不出。此果是闽越国进贡的。"唐蒙拿起槟榔正要放进嘴里，女侍慌忙制止："大人，慢！"然后把果皮和果蒂除掉，切成瓣，用涂有石灰的蒌叶卷成三角形递给唐蒙。唐蒙放进口中一嚼，一股清凉味直冲鼻孔，清凉后就是苦味，味道让人难忍。唐蒙见一百多岁的南越王从从容容地嚼，不想失掉面子，就一口槟榔一口石灰地嚼，越嚼越兴奋，面红耳赤。唐蒙："我怎么像喝酒有醉意，头晕晕乎乎，飘飘欲仙，心情十分舒畅。"赵佗王："我刚到南越国吃到槟榔也不习惯，如今离不开它了！吃了槟榔如同喝酒，好睡觉，不失眠。"

侍女给唐蒙端上了一碗贝肉汤。唐蒙轻轻喝一口："鲜美异常，润滑鲜嫩。"再将贝肉放进嘴里，不顾面子地稀里哗啦吃下，全身经络打通，感觉到一直躲藏在经络里的酸痛消失了，全身轻松，接着又吃鱼。唐蒙一高兴就忘记自己是谁了，突然发出"嘿嘿嘿嘿"的怪叫声，把赵佗王吓一跳："大使，怎么了？"

公公："大王，唐大使被鱼刺卡住了。"赵佗王对公公说："快去找鱼妃来，她有办法。"公公高声道："宣鱼妃！"鱼妃脖子上挂着蛇出现了，把唐蒙吓得不敢吭声。他见鱼妃走来，全身颤抖，大叫一声钻到桌子底下，趴在地上继续发抖。公公将唐蒙扶起来："大使，别怕，鱼妃是来帮助你取鱼刺的，不会伤人。"唐蒙从桌子底下爬出来，在竹椅坐下，见鱼妃嘴里含了一块贝肉喂蛇，蛇吃下贝肉。鱼妃对唐蒙说："大使，张开你的嘴，闭上眼睛。"

唐蒙惊恐道："不，不用取鱼刺。"公公让人用黑色的布条将唐蒙的眼睛蒙住，让人按住唐蒙，扒开他的嘴巴。鱼妃让蛇钻进唐蒙的口腔里，将很粗的鱼刺取了出来。冰冷的蛇钻进唐蒙的口腔里，射出舌头，将鱼刺取出。唐蒙顿感舒适，不再闹腾，但惊魂未定地说："这做法太恐怖了。"鱼妃："巫医给人医病，拯救人于水火，但却遭到痛恨。"唐蒙稳定情绪，站起来拱手道："唐蒙谢鱼妃搭救之恩。"鱼妃神秘地微笑道："要感谢蛇。"赵佗王："鱼妃，你退下吧。"鱼妃脖子上挂着蛇，披着长长的黑头发，摇着丰满的屁股转身出去了。

赵佗王："女人很了不起，在这个世界上，最早就是女人将牛马鸡鸭猪狗驯化成人类的朋友。蛇难驯化，只有鱼妃这样有灵性的女人，才能将蛇驯化得如此善解人意。"唐蒙就像进到神话世界，他无法理解亲眼见到的这一切，精神有些恍恍惚惚，不停地点头。异域的风情让唐蒙恐惧，也让他开心和刺激。他原本待两天就回长安，现在他不想回去了。唐蒙回到驿馆，给汉武帝写信，让邮差送往长安。

# 第十六章　皇帝不自由

南越国未央宫里的后花园，阳光暖融融，赵佗王正在拿着青菜叶喂一大群公鸡和母鸡，见公鸡和母鸡的羽毛在阳光下油光发亮，心中感到无比快乐。他见一只毛茸茸的小鸡仔在母鸡的翅膀下钻出钻进，十分开心，对侍卫说道：“给我把大母鸡房子搬来。”

不一会儿，侍卫就把用羽毛和竹子编织的母鸡房子搬来。赵佗王返老还童地说：“我在床上一夜没有睡着，现在我在这只母鸡的翅膀下好好睡一觉，你们都别打扰我。”侍卫：“遵命，大王好好休息！”母鸡的翅膀下有一张席子铺的小床，南越王钻进去，不一会儿，侍卫就听见南越王打起了呼噜。侍卫们怕公鸡咯咯的吵闹声惊醒南越王的睡梦，用菜叶将鸡群悄悄引走。因为太安静，不一会儿南越王反而又醒了，只听得赵佗王说：“让鸡群闹，别赶走它们，赶走了我反而睡不着。”侍卫这一折腾，赵佗王睡不着了。

侍卫来报：“大王，唐蒙求见！”

赵佗王：“来得正好，我正想请他来做游戏，现在不请自到。稍后到养心殿见！”

唐蒙来到养心殿，拱手道：“参见大王！”

赵佗王：“大使请坐！”唐蒙坐下：“大王气色甚佳，年轻康健！”赵佗王：“谢大使吉言！”

唐蒙：“武帝让微臣转告大王，按诸侯典章朝贡！”赵佗王气色阴沉：“大使一路走来，知道路途的坎坷遥远。国不可一日无君，我这样大的年纪无力朝贡。”唐蒙：“大王不能亲自朝贡，可派您的孙子前往。”赵佗王：“本王老了，儿子去世，孙儿离开，我会感到凄凉，加上本王智力退化，无法应对国事，需要孙子照顾。”

唐蒙：“唐蒙愚笨，打扰大王！”

赵佗王：“我需要平静，大使的问题以后再回复。本王现在累了，我想找我的贝妃去了。”

唐蒙：“大王，告辞！我会把您的想法禀告当朝天子！”

五月的长安，果树成荫，渭河清澈，蓝天白云。汉武帝起床后用完膳，放下碗筷对苏公公道：“公公，朕快要被这深宫大宅憋死了，不出宫去接地气，不去受草木的熏陶，天天在这深宅大院，怎么能生出皇子来。”

苏公公：“考虑安全！”

汉武帝：“安全，安全，朕像瓶子里的虫子，被闷死了！”

苏公公：“陛下息怒，奴才这就给您张罗去。”苏公公一会儿不放心又转过身来问：“陛下，这给太皇太后知道了，可好？”汉武帝：“暗中进行，太皇太后怎么会知道？快去办！别管其他，保密好就行。”

黑夜终于降临，汉朝皇宫城门紧闭。汉武帝化装成侍卫带着随从出宫，刚到大门口，被拦住，侍卫冷冰冰地说：“大门关了，不许出门。”安国少季出示通关文牒：“皇上有令，匈奴南侵，前去请平阳侯进宫商议对策！”侍卫半信半疑，准备一个一个严查。汉武帝龙颜威震：“皇上有令，耽误军情格杀勿论！”侍卫喊道：“开门放行！”

皇宫外两里地的古槐树下，苏公公带人牵了十几匹马等在树下。苏公公：“陛下，可把您等来了。”

汉武帝：“想不到啊，我堂堂天子出宫这么难，差点被侍卫查出来。”

苏公公：“出来就好！尽情玩耍！”

汉武帝：“上马！”随从都上了马。马蹄在黑夜里依靠微弱的星光踢踏踢踏地慢跑着。头顶上满天星斗，银河横空高挂。天微亮，一望无际的乡野，在晨光里若隐若现，空气清新凉爽。闻着草木的芳香，汉武帝十分爽朗地压低声音对随从道：“各位听好了，跟朕出宫，不准叫朕陛下，都叫朕平阳侯，知道吗？”随从能出来玩，无比地兴奋：“知道了，陛下！”

汉武帝怒道：“没有记性，又叫陛下，给我滚回宫去。”

随从改口：“平阳侯，我错了。”汉武帝笑起来：“这就对了！”

汉武帝的马蹄声惊醒了上林苑的太阳，丘林、麦田、草地在阳光下生机盎然，这让久闭宫中的汉武帝真正体会到江山胸中藏的开阔。汉武帝骑在马背上，问同样骑在马背上的宿卫安国少季：“看眼前的景色有什么感受？”

安国少季：“宇宙真气从我的百会穴进到五脏六腑，爽！”汉武帝很满意安国少季的回答：“你说得很对，我也体会到了真气进入百会穴的快乐。但我没有摆脱女人的影子，作为天之骄子应堂堂正正做事，怎么能因为皇后的管束就偷偷摸摸地出宫？我要废掉这个善于妒忌的陈阿娇。”

安国少季劝道：“陛下，皇后有窦太后撑腰，还是忍让一些好。窦太后能杀了赵绾，就是表明太后在朝廷的势力已经是根深叶茂，难以撼动。毕竟她老人家辅佐了文帝和景帝，让国库殷实，才有今天丰衣足食的景象。所以，还得好好对待太后的外孙女陈皇后才是。”汉武帝不想用这样不愉快的话破坏眼前的放松与风光："不说宫中事！"两腿夹马："驾！"狂奔而去，大臣和随从跟他穿过一片麦田。

汉武帝："狂奔后我终于忘记了昨天，摆脱了女人的阴影，眼前的田园，给朕力量与活力！要是没有农民耕种多好啊！这一片桑林和草坡本来是秦始皇时期的上林苑，后来被我爷爷和父亲划给农民耕种，现在不方便狩猎了。"

安国少季："现在粮仓丰盈，粮食多得吃不完，皇上可以恢复上林苑。"

汉武帝："还是少季懂朕的心思。"

安国少季："陛下过奖。"这时，他们来到开满鲜花的草地上，眼前一马平川。五月的草地上，两只兔子在不远处吃草。安国少季指着兔子兴奋起来："陛下，你看！"汉武帝骑马追上去，两只兔子各奔东西，逗得汉武帝一会儿东，一会儿西。当他决定追西方逃跑的兔子时，兔子钻进一片桑林无踪无影："这只兔子很狡猾，钻进桑林我的马就不能进去了，下马追！"汉武帝刚进桑林就见一个美少女在采摘桑叶，身材高挑，青春迷人，问道："姑娘，你看见一只兔子吗？"少女摇摇头。汉武帝被美女迷住了，无心再追兔子，说道："姑娘，姓甚名谁？"这时安国少季骑马追上来，急切地下马问道："陛下，您跑得太快了。"豆叶迟疑："陛下？"安国少季："我是说兔子在草底下。"

汉武帝松了一口气说道："说话准一点，别吓跑了兔子！"这时，少女见到了安国少季身材凛凛，相貌堂堂，柔美的脸庞像莫名其妙的雾，飘进她心中，让她感到温暖。少女暗道：眼前这位官人好像安国少季！豆叶只见过少年时代的安国少季。眼前的安国少季体格健壮，高大英俊，颧骨微凸，浓眉大眼，所以没有认出来。安国少季认出了豆叶，惊叫道："豆叶！"

汉武帝返回身来问道："你叫什么？"

安国少季迟疑片刻改口道："我刚才看见兔子。"

汉武帝四处找寻，不见，问道："兔子在哪儿？"

安国少季："一闪，不见了！"

汉武帝瞪安国少季一眼："打猎别一惊一乍，有兔子都被你吓跑了。"安国少季见到豆叶心潮澎湃，热血沸腾，但不好当着汉武帝的面相认，假装不知道。只见汉武帝两眼放光，忘记自己的身份，用爱怜的目光看着眼前这个像水做的女孩："姑娘，你叫什么名字？"

豆叶："我只有姓没有名。姓樛，从小，乡里乡亲都叫我豆叶。"

汉武帝："豆叶？真好听的名字，乖巧伶俐。"豆叶似是而非地点点头。汉武帝补充道："姑娘的家在哪里？我有时间去看你。"豆叶指指北面："家住达柏谷。"汉武帝采了一片桑叶拿在手中："这桑叶真美啊，干净，鲜嫩，翡翠迷人。"他竟然忘记自己是皇帝，说："姑娘，来，我帮你采桑叶。"豆叶天真无邪："谢大人。"汉武帝："这是老天赐给人类的最最珍贵的礼物，有了桑叶，才会有蚕；有了蚕，才能有蚕丝；有了蚕丝，就有了丝绸；有了丝绸就有了华夏的神韵。”安国少季在一旁干着急，情急之下脱口而出：“陛下，兔子又出现了！”

豆叶吃惊问道：“你是陛下？”汉武帝从容不迫地回道：“他是说地下兔子不见了，不用管他什么兔子！今天见到小姑娘，我不想打猎了！”安国少季：“陛下，见到姑娘就变得善良了！”

豆叶惊奇地问道：“陛下？”

安国少季：“不是陛下，我是说这地下有很多的名贵中药。”豆叶：“我听错了！”然后又和汉武帝一起采桑叶。安国少季被冷落在一旁，对汉武帝恨一阵妒一阵，干着急。为了破坏汉武帝与豆叶的融洽，安国少季在一旁谎称道：“平阳侯，兔子出林了！”汉武帝将桑叶放进蓝中说道：“姑娘，后会有期！”汉武帝上马：“驾！”然后又回头，“姑娘，我会去找你的。”汉武帝带着随从策马离去。追了半天，没有追到兔子，却听到狐狸的尖叫声。

在一棵孤独弯弯曲曲的酸枣树下，一只雌白狐，仰天尖叫着呼唤伴侣，叫声引来了汉武帝一行。马蹄循着狐叫声追来，白狐惊慌地寻找逃跑的路线。白狐四下张望，决定先向北面逃跑，这时它发现北面也有马蹄声，决定向南逃。南面也有马蹄声，于是它往西逃。马背上为首的汉武帝骑在马上眼看追上了白狐，举起弓箭对准在平原上奔跑的白狐。白狐知道箭是飞直线的，开始按 S 型路线奔跑。马背上的汉武帝识破了白狐的诡计，拉满弓，让箭往空处放。白狐刚转到曲线尽头，肚皮上就被箭射中了。白狐惨叫着挣扎着往前跑了几步，倒在血泊中，鲜血染红了白狐洁白的毛皮，喘息着，颤抖着，不一会儿就慢慢闭上眼睛。

汉武帝带着围猎者们奔跑过来。侍卫下马提起白狐：“陛下，好箭法！”骑在马上的汉武帝放声大笑：“哈哈，哈哈！猎到狐狸比猎到野猪快乐！”霸气的笑声又响起，夕阳在他英俊的脸上涂抹了一层金粉。武帝骑在马背上像一尊雕塑，马褂外的胳臂和胸膛让他像一个地地道道的乡野猎手：“今天收获不小啊，走，找个农舍将白狐煮了。”一阵马蹄声在四月的夕阳里远去，卷起时光里的尘土。

傍晚，人困马乏的狩猎者们带着战利品，穿过麦地，马蹄践踏了抽穗的麦地，一片狼藉。一个牵着牛准备收工回家的农民在身后大骂：“哪个狗日的，不安好心，踩碎了我家的麦子，不赔偿就跑，不得好死。”侍卫下马对骂：“骂什么骂，有眼不识泰山，平阳侯你们都不知道？夜晚看不见路，不小心踩了点庄稼值得开黄腔？狗日的，活腻了？找死啊！”上前扇了骂人的农民一耳光。农民捂着火辣辣的脸骂：“谁不知道你们这帮土匪经常冒充平阳侯四处践踏庄稼。”吵架的声音引来一群农民围上来：“踩踏了庄稼不赔礼道歉，还打人，你们讲理不讲。汉武帝‘罢黜百家，独尊儒术’，讲仁讲义，你们不道歉，找皇上评理去。”

人群中不时传出：“不能饶了他们，即使是平阳侯也要赔偿！今天不赔偿，我们就上京城告皇上去。”汉武帝在一旁听得直内疚，在夜色的隐蔽中受到教育。

汉武帝压低声对安国少季说道："百姓这样信任我的儒家之礼，而我却穿着便衣到民间打猎踩踏庄稼，看看这些单纯的百姓多拥护我的儒术，我却辜负了他们。"

安国少季："赔偿他们，尽快离开此地，要是被识破身份不得了！"

汉武帝情急之中翻身下马，拱手道："各位父老乡亲，请息怒，我等不小心踩塌了庄稼，请海涵。踩踏了麦子，是我们不对，我给大家赔礼了，出门没有带多少银两，我将这些猎物全赔偿给你们。"汉武帝将白狐悄悄留下，其他的鹿、野猪、兔子全给了农民，还让侍卫送了所带的钱币，趁农民正在犹豫划不划算的时候，他们策马飞奔而去，身后传来不停的谩骂声！

汉武帝对安国少季说："这次回宫，一定要让人叫农户搬迁，恢复上林苑。"

安国少季："陛下英明。"

# 第十七章　夜宿达柏谷

傍晚，牛羊成群结队从达柏谷村口古槐树下经过，热热闹闹，生灵带着疲惫与牧归的幸福，准备回到炊烟袅袅的家。

豆叶提着桑叶走到村口，见羊倌卜式赶着毛光水滑的羊群走来。豆叶的目光越过几百只壮观的羊群看到卜式下半身淹没在羊群里，像羊群托着他飘浮。卜式见了豆叶打招呼道："豆叶姑娘回家了？"

豆叶："是的，卜式大哥的羊真肥。"

卜式："羊高兴才能长肥。你养的蚕一定也开心？"

豆叶："蚕开心，吐的丝又光亮又结实。"

卜式："蚕老一个闪，麦熟一眨眼。豆叶瞬间就变成大姑娘了，女大十八变，越变越好看，可以嫁给我吗？"

豆叶："谢谢卜式大哥，我有心上人了。"卜式："我知道，是安国少季。"豆叶害羞地笑笑，见一只雪白的小羊羔掉队了，俯下身抱起小羊羔抚摸。

卜式："这羊羔一出生它妈就死了，所以思念母亲的小羊有点虚弱。豆叶，你喜欢小羊，就送给你。"

豆叶："真的？谢谢卜式大哥。"豆叶抱着羊羔回到家。达柏谷客栈，是一栋二进的大院，北面石阶上堂屋，东西厢房，斗型瓦屋顶，屋后小山一片树林和竹子，灯火通明。豆叶一只手抱着羊羔，一只手提着桑叶准备到蚕房。被迎面走来的母亲老板娘堵住："野丫头，怎么这么晚才回家？把娘急死了！"豆叶："娘，你看，卜式大哥送我的小羊羔。"香草迎上来接过羊羔和桑叶。豆叶在石墩坐下。老板娘："玩物丧志噢。"

豆叶："我喜欢！"说完，和香草来到厨房，用米汤喂养失去妈妈的羊羔。小羊羔喝着米汤，发出"咩咩"的声音，唤起豆叶的温情。母亲在院中高声叫道："豆叶，豆叶，把羊羔放下，快来帮我缝制香囊。"豆叶抱着羊羔出屋来，见母亲还有邻居的小姐妹们正在用五色丝线绣香囊，然后一针一线地缝制。母亲正在往香囊里装草药，豆叶跟着母亲装袋，问道："娘，这是些什么草药，好香！"

老板娘："有香樟、丁香、艾叶、白芷、苏叶、薄荷、石菖蒲、藿香、金银花，记住了。"豆叶拿着这些像蝴蝶、像金鱼、像葫芦、像小猪的袋子，往里一边装草药一边问道："娘，这些香囊有什么用？"

老板娘："避邪毒，驱蚊虫。"

豆叶："什么是邪毒？"

老板娘："邪毒，就是那些看不见的、伤害身体的毒虫。戴上它，蚊虫就不咬人了。"

这时，汉武帝一帮人在夜间慌乱逃跑，大约跑了几里，迷了路，便向有灯光的地方奔去。侍卫下马见小山丘前有一栋坐北朝南的客栈，高兴叫道："达柏谷客栈！"上前敲响了小木门："开门！开门！"一阵马蹄声、叫喊声打扰了客栈的宁静。缝制香囊的一帮女人停住手中的活，都瞪眼看着被敲响的木门。

老板娘问："谁呀？"侍卫放平口气："我们是过路的马帮，想借宿一夜。"这时，豆叶的父亲樛光急忙走出来，对着一群女人说："快，你们进屋躲起来，恐怕是土匪。"然后对着门回应道，"屋外的客官，我家客房住满了，你们另寻地方住吧。"侍卫一听火冒三丈："平阳侯，开门！开门！"樛光一听是平阳侯，就打开了门。汉武帝一行迫不及待进了院门，不等主人开口就直接往屋子里边走，气势汹汹，樛光以为是土匪。汉武帝饥饿难耐，人困马乏，不等随从说话，他对樛光叫道："好酒好肉上来！"

樛光见是一帮杀气腾腾的人，很不高兴："没有酒，有尿！"

侍卫："你怎么能这样对待我们大人说话呢？"

樛光："谁不知道你们这帮土匪经常冒充平阳侯来混吃混喝。我认识平阳侯，他对人可是儒雅有礼。"被饿晕的汉武帝说："掌柜的，没有酒，煮碗裤带面也行。"樛光小声嘀咕："没有见过吃饭不给钱的。算我倒霉，老婆，给他们煮面。"

老板娘："是！"转身进了厨房。厨师拿着刀正在剁肉，樛光跟老婆进到厨房说："老婆，我看这几个家伙不是好人，一定是强盗。"老板娘："何以见得？"樛光："他们身上都带有刀剑，袒胸露乳，浑身汗臭，粗野不讲理。"

老板娘："怎么对付他们？"樛光："你让厨师给他们煮面，我到村里找些年轻人来宰了他们，为民除害。"樛光做了一个杀猪的动作。老板娘："好，就这样。"这时，豆叶和同伴们在堂屋西侧门偷偷窥视这帮家伙，看不清坐在堂屋中这帮人的样貌，内心十分恐惧，又悄悄退回到厨房。

大客厅内，昏暗的油灯中，汉武帝对安国少季说："出门真是开心啊，沐浴天地之精华，奔跑于天地之间，胸襟与山川融为一体，筋骨舒坦多了。"

安国少季："就是太辛苦，食宿难找。"

汉武帝："这种苦的感觉就是乐趣了！在宫里舒服，天天有睡的，有吃有喝，还是不快乐。现在受了苦还觉得快乐！"

安国少季："大人不觉得辛苦，遇见美人心里舒坦呢。"

汉武帝："你还别说，宫外的女子就像长在田埂上的花朵，清新可人，接地气，明媚动人。说话的声音都很动听，水灵灵。”话音刚落，老板娘带店奴端面上来。店奴：“面来喽，各位客官慢用！”安国少季：“谢谢老板娘关照。”这话让老板娘感到他们是懂礼仪之人，不像丈夫说的是土匪。老板娘笑着回道：“各位客官慢用。”安国少季见面条像裤带，是一根长长的面装满了一碗，上面盖了油泼辣子，情不自禁叹道：“香！”

汉武帝：“这是我皇祖母最喜欢吃的裤带面。不同的是，这民间的面比宫里的好吃。”安国少季：“饭香不过肚中饥。”然后吃得一伸一缩，长长的面一头在碗里，一头在嘴里，没机会说话。汉武帝吃完面，满足地说道：“乡下的东西就是好吃。”安国少季：“以后多出宫打猎。”话音刚落，店主樛光带着十几个年轻人手拿长矛大刀冲进大厅，见人举刀就砍。汉武帝在随从的掩护下左躲右闪，安国少季大声说道：“住手，你们凭什么乱杀人？”

樛光：“我杀的就是你们这帮吃饭不给钱的强盗。”这时，老板娘出来劝阻樛光：“当家的，别杀了，他们是好人。”樛光大声叫道：“你出来干啥，赶快离开。”老板娘：“我保证他们是好人。”樛光：“你凭什么说他们是好人？”老板娘：“他们刚才说‘谢谢关照’，土匪会说出这样的话吗？”樛光：“你这是妇人之见。”然后对着同乡喊道：“兄弟们，上，杀了这帮歹人。”场面混乱，你杀我砍，左躲右闪，桌上的瓶瓶罐罐碗筷被砍得稀里哗啦。

豆叶跑出来大声叫喊：“住手！”混乱的砍杀现场竟然平静下来。樛光见是女儿出现，愤怒叫道：“给我滚开！”豆叶看着油灯下的汉武帝说：“爹，他们是好人。”

樛光：“你凭什么说他们是好人？”

豆叶：“我今天在桑林见到了平阳侯，他还帮助我采摘桑叶呢。如果是土匪，怎会有如此性情？”老板娘：“是呀，如果是强盗，早先把你们砍了，还等你们砍他们。他们一直没有还手。”樛光见汉武帝一帮人并没有还击，也就暂时相信妻女的话：“你们不是强盗，是什么人？”

安国少季指着汉武帝回道：“这是平阳侯。”

樛光：“平阳侯不可能吃饭不给钱吧。”

豆叶：“爹，忘记带钱也是常有的事。就几碗面，何必说话伤人呢。”

安国少季上前赔礼道：“谢姑娘善解人意，今天打猎，踩坏庄稼，身上不多的钱赔偿给了农户。姑娘深明大义，十分感谢，下次路过此地一定加倍补偿。”汉武帝：“姑娘，谢谢你！”在昏暗的灯光下汉武帝记起白天见到的女孩。豆叶穿一身红色丝绸衣裙，肌肤如梨花洁白，温润如玉，善意的小眼睛流露着和平的柔美，像没有染上尘埃的幽兰，柔情涌动。安国少季见到朝思暮想的豆叶，情火燃烧，但他没敢在汉武帝的面前认豆叶，豆叶一直都没有认出安国少季。

樛光惊讶：“丫头，为什么说他们不是坏人？”

豆叶："他们是贵人。"

老板娘："就听丫头的，孩子有天眼。"樛光说："好吧，就听丫头的话。"转身对手拿大刀的青年说，"谢谢各位兄弟，大家请回吧。"

一个青年道："樛叔，保重！"说完一群年轻人转身离去。

樛光对大家说："好吧，就听孩子的，给他们杀鸡做饭。"汉武帝和随从一边喝酒一边吃肉，好不开心，吃喝完，倒头便呼呼大睡。铺满稻草的通铺上，横躺着的一帮打猎人。

# 第十八章　因祸得福

汉朝王宫的中午，是用膳时间，汉武帝还在打呼噜，公公想叫又不敢叫。苏公公看着酣睡的汉武帝，心有余悸：汉武帝昨天被骂，被误认为是强盗险些被樛光所杀，在苏公公看来，昨天经历的一切如同到深不可测的江湖闯荡一遭，十分凶险，以后就是自己被皇帝杀了也决不允许皇上出宫打猎。这时皇后阿娇怒气冲冲进到宫来，苏公公上前拦住："皇后来了？"阿娇不理睬苏公公，直接掀开帐帘高声叫道："刘彻，快起床！"

汉武帝惊醒过来："干啥，干啥，让我多睡一会儿。"阿娇将汉武帝抓起来："你是不是偷偷出宫打猎了？"汉武帝只顾打呼噜，阿娇有气无处发，只好拿苏公公出气，指着低头的苏公公问道："是不是你指使的。"

苏公公："没有，是陛下逼我帮他出宫的。"

阿娇："好啊，你们都合伙来骗我。"

苏公公："皇上都当皇上了，应该有点自由。"汉武帝被阿娇吵醒了，隔着帘帐，看到阿娇因生气而变丑的面孔，又倒下装睡打呼噜。阿娇哭道："这日子没法过了，我去找皇太后说理去。"阿娇出去了。汉武帝见阿娇出宫，起床对苏公公说："皇帝也不自由啊！公公，给朕拿点吃的来！"苏公公："陛下，御膳房已经准备好了"

御膳房内，汉武帝边吃边对苏公公说："今儿吃得爽，想起昨晚借宿达柏谷遇险，就想把有眼不识泰山的樛光拉来杀了。"苏公公："他一介草民，又不知道陛下叫陛下，说平阳侯他都不信。不能杀无罪之人嘛，不知不为过。"汉武帝对站在身旁的宿卫安国少季道："你带人去给我把达柏谷客栈那个有眼无珠的家伙给我抓来杀了，以解我心头之恨。"

安国少季："陛下，杀一个小民有损天子的威名。杀了他们就暴露陛下偷偷出宫的行为，让皇后知道传到窦太后那里，闹得满城风雨，不合适。"

汉武帝："皇后早都知道了，今天一大早跑来闹，刚走。在我身边一定有皇后的耳目。唉，百姓羡慕皇帝，哪知皇帝的苦噢。"安国少季不言。苏公公夹了一片鹿肉给汉武帝说道："这宫中无聊的人多。"汉武帝一边吃鹿肉一边问："怎样处置樛光这刁民？"苏公公看了一眼安国少季，暗示他回答。安国少季："臣以为他们又不知道陛下的身份，误认为陛下是土匪也不足为奇。臣以为不但不杀，应给予奖励。”

汉武帝吃惊：“奖励？你疯了吧。他是你老丈人？”汉武帝没有说错，樛光是安国少季情人豆叶她爹，是未来的老丈人。

安国少季：“不是。樛光虽然愚蠢，但他的女儿豆叶很是聪慧，而且当时他的夫人阻止樛光的行为，也可以奖励，不如任命樛光为羽林郎，以后陛下外出打猎就有更衣休息吃饭的地方了。”

汉武帝：“这主意好！但要给他们一点厉害看看。”

安国少季：“陛下英明！”

汉武帝：“招达柏谷樛光、樛氏进宫。”

苏公公带一班人马来到达柏谷客栈。侍卫敲响了大院门：“开门！开门！”管事打开门，宫廷侍卫冲进院落。苏公公高声叫道：“皇上有旨：樛光、樛氏进宫问话。”两人走出来站在门前，见是朝廷官兵，老板娘吓得失声大叫：“完了，昨天那帮人找来了。”樛光：“惹大祸了，祸惹大了。”说完，樛光吓晕倒地。

豆叶哭道：“爹，您醒醒！爹，您怎么了！”

樛氏双腿发软，声音颤抖地问道：“大人，我们犯了什么法？”

苏公公：“少废话，进宫就知道了。”

侍卫端来一盆冰水泼到樛光脸上，樛光醒来，侍卫板着冰冷的面孔说道：“别磨蹭，快走！”他们哭着与女儿告别。

樛氏：“女儿啊，我们昨天有眼不识泰山，得罪了皇宫里的人，这一去凶多吉少。如果我们回不来，你就去找安国少季嫁给他。”

豆叶哭得撕心裂肺：“爹！娘！”

苏公公说：“快走吧，天不早了。”

樛光夫妇两人心惊肉跳地走进豪华气派的长乐宫，见到昨天被自己错当强盗的人，竟然是皇帝。此刻他威严地坐在龙椅上，面无表情，高高在上。两人瞟了一眼吓得魂飞魄散，赶紧低下头，“扑通”一声跪下：“陛下饶命，陛下饶命，小民有眼不识泰山，罪该万死！”汉武帝见两人脸贴在地面上说道：“免礼，两位乡亲起来说话！”樛氏夫妇站起来，双手双腿不停地颤抖：“谢陛下！”汉武帝：“两位不必紧张，昨天如果不是你们招待朕，朕可能被饿死了。”

樛光：“小民招待不周，罪该万死！”

汉武帝：“你们能有这样一个聪慧的女儿，说明父母教女有方。她能看出朕不是土匪。”樛光：“我们没有能力教育小女，完全是皇上倡导民风纯正，儒学熏陶的结果。”汉武帝：“为了报答你们昨日的盛情招待，朕封你为羽林郎，赏夫人黄金千两，招女儿入宫为织女。”

缪光刚才是恐惧被杀头，一下好事来了，不敢相信，精神有点错乱，目光散乱，看不清四周的景物，晕倒在地。老板娘用力掐了缪光的胳臂，缪光痛醒："我这是在做梦吧。"

苏公公在一旁说道："还不谢恩？"

缪光："皇帝陛下大人大量，饶小人不死，已经是满足了，怎敢领官、领赏。"

老板娘拉扯了丈夫的衣襟，一齐跪下："谢陛下恩典！陛下万岁！万岁！万万岁！"

汉武帝："免礼。"

缪光夫妇回到达柏谷客栈，缪光敲门，管事打开门，面露喜色："可把掌柜的盼回来了！"杀猪的、养蚕的、下厨的，都放下手中的活，从窗户往外瞧，他们窃窃私语："掌柜的回来就好了，这下我们安稳喽。人世间的事就是说不清楚。有时候喝口水就会塞牙，坐在凳子上也会摔跤，时来运转，杀人还可以得到嘉奖。缪光就是这样的人了。两人惶恐不安，走进堂屋，坐在门槛上喘粗气。

老板娘："我们没得死罪，还得封官，真是上天有眼，祖坟冒青烟了。"

缪光搂着妻子的脸："老婆，你还活着，还得奖赏，真是双喜临门。"

老板娘："从今天起，我就得叫你官人了！你没死，还得了羽林郎的官职，做梦啊！"

缪光："从今天起，我就叫你夫人了！"

老板娘："官人，什么叫羽林郎？"

缪光："真是没有见过世面的女人，羽林郎就是皇上出行打猎、祭祀的时候负责皇上安全、吃住的官。"老板娘吓得目瞪口呆："天哪，这太可怕了，做不好饭要被杀头的。"老板娘站起来，走来走去。接着说："完了！完了！完了！完了！"

缪光："你这个死婆娘，呸呸，乌鸦嘴，乱叫什么！"

老板娘："你以为皇上的饭菜那么好做？得色、香、味俱全！"

缪光："难道你敢抗旨说不要这官？抗旨也要被杀头。当时，我也不想要这个官，但没有办法啊。"

老板娘："算了，过一天算一天吧。"两人坐在地上为了解除紧张的心情，玩起击掌游戏：你拍一，我拍一，秦始皇灭六国才统一。你拍二，我拍二，周游列国是孔老二。你拍三，我拍三，三个小孩来搬砖。你拍四，我拍四，四个小孩写大字。"

缪光："小孩？我们家的丫头片子呢？怎么没有见到她。"两人这才想起女儿，站起来四处找豆叶。

老板娘对着厨房跑，大声叫道："香草，香草！"见香草一个人在切染料草，此时靠在墙上打瞌睡。香草惊醒过来："老板娘，你回来了！"老板娘："你以为我被皇帝处死了，没人管你，放心在这瞌睡啊！”香草傻笑：“老板娘，你走了我一直不安，刚才眯了一小会儿。”

老板娘：“豆叶呢？”

香草：“豆叶在喂蚕呢。”老板娘：“这个野丫头，叫她安安静静在书房读书，就是不愿意。”樛光对香草说：“以后叫夫人，不要叫老板娘。”老板娘笑眯着眼睛：“是呀，老板当官了。”虚荣心升级，让老板娘忘记了责任和危险。十六岁的香草是樛家的仆人，也是豆叶的伙伴，本本分分，圆头憨脑，胖乎乎，忠厚有余灵活不足。她停下手中切染料草的刀，羡慕而慈悲地说道：“我们家老爷当官喽。”

老板娘：“这都是豆叶慧眼识贵人得来的福分。否则，我们犯死罪了。”

香草：“是啊，豆叶就是聪明。”她低下头，切染丝绸的茜草。

老板娘走了又转过头来问香草：“今天有人来购丝绸吗？”

香草：“有！”

老板娘：“哪里人？”

香草：“今天来的是身毒国人。”

老板娘：“进了多少？”

香草：“进了五十匹丝绸，几乎没有了。”

老板娘对樛光说：“官人，你让人到各家各户去再收购一些丝绸。”

樛光：“是的，现在来汉朝进丝绸的外国商人越来越多，我们有些供不应求。”老板娘：“我们只顾说话，赶快去告诉豆叶，我们平安回来了。”

蚕房在西厢房侧院内一间茅草屋内，三间连通的草房，有三层架子，每层架子上有五个簸箕。豆叶正在往簸箕里放新鲜的桑叶，胖乎乎的蚕吃到新鲜的桑叶很兴奋，全都离开已经失去水分的旧桑叶，爬到新鲜的桑叶上面狼吞虎咽，发出切割的声音，听起来让豆叶感觉焦虑。

豆叶：“蚕宝宝，我爹我娘进宫去了，他们能回来吗？我焦急死了，怕你们饿着，我只得强打精神来喂养你们，你们可要为我祈祷。”

“豆叶！”听到男人的声音，豆叶吃惊道：“谁？”安国少季穿着皇宫侍卫的服饰出现在豆叶的面前：“你猜猜我是谁。”豆叶手中拿着桑叶走过来仔细打量，轻轻摇摇头：“我不认识你。”安国少季：“今天是朱雀星的第二天，我来换蚕种。”

豆叶惊喜的目瞪口呆：“你，安国少季？”豆叶眼睛闪放着纯真的光芒，欣喜若狂，但瞬间又表现出矜持，看着安国少季只是抿嘴微笑，不说话。安国少季：“想不到你已经把我忘记了！悲哀！”豆叶故作镇静地回道：“是的，我早已经把你忘记，就如同你早已经把我忘记。”安国少季慢慢地一步一步地走到豆叶面前，看着她明媚的眼睛：“傻姑娘，你的眼睛告诉我，你每时每刻都在想念我，就如同我每时每刻想念你！”说完，他轻轻将豆叶搂在怀里，多少年的思念如同长长的丝线，今天，终于打结了。两人就这样无声地拥抱在一起，温暖，甜蜜，晕眩。蚕吃桑叶的声音听不见了，豆叶忘记了被带进宫去的爹娘，只有相聚在一起的无比兴奋与等待的委屈。

老板娘在蚕房门前叫道：“豆叶！豆叶！”没有回声，提高嗓音：“豆叶！”这时，两人才从甜蜜中清醒过来。安国少季有些惊慌，豆叶小声说：“我娘来了，别出声。”两人猫着腰在蚕房架子的掩护下悄悄顺墙走。老板娘刚进屋，什么也看不清楚，慢慢摸进昏暗的蚕房。豆叶和安国少季弓着腰往外走，两人躲过老板娘的寻找，走出了蚕房，从后门到了后山。老板娘在蚕房转了一圈没有找到豆叶，自言自语：“野丫头，跑到哪儿去了？”

在后院山坡上的一片松林中，两人的爱情终于安顿下来。豆叶依靠在松树上：“这几年你上哪儿去了？怎么不让我知道你的难处？”安国少季右手扶在松树上问道：“姑娘，原谅我，我知道一个人无势的时候，拖累亲人是没有道德的。”豆叶：“你现在在皇帝身边工作得势了，来找我，充分说明我是势利小人，你走吧！”

安国少季焦急解释：“这不怪你，你当初并不知道我落难、无家可归的事。我现在来了，完全是天意。”

豆叶：“来了，哪天你为了名利又突然失踪了。”

安国少季：“豆叶姑娘，我们相见的时光多么珍贵，为什么要要脾气，享受时光吧。”

豆叶：“你以为你这样做儒雅，在我看来是一种无情，不顾别人对你的牵挂，不管别人对你的担心，不打声招呼就失踪了。”

安国少季：“我年轻无知，没有想到你的心情。”

豆叶：“流水无情，你走吧！”说完转身就走。安国少季追上豆叶，将豆叶揽进怀中：“豆叶，别离开我，没有你我活着还有什么意义。让我们永远在一起，不再分离。”豆叶依偎在安国少季的怀中，久别重逢的喜悦怨恨交织成电闪雷鸣，决堤之海，春潮奔涌。他们一次次冲动，一次次自制，都是为了尊重爱情。

客栈大院，安国少季送豆叶回到家门口，看着她进了门，上马转身离去。正在院子中扫地的香草见到豆叶进门，兴奋地叫道：“夫人，豆叶回来了。”樛光夫妇出来迎接，老板娘从忧转喜：“野丫头，上哪儿去了？把娘急死了。”樛光：“回来了就好，赶快吃饭。香草，陪姑娘去吃饭。”

厨房中，豆叶在餐桌前开始感觉到饥饿：“今天有什么好吃的？”香草：“蘑菇鸡汤面。”豆叶：“好香。”豆叶吃得很陶醉。香草神神秘秘地问：“姑娘，你今天是不是遇到心上人了。”豆叶：“没有啊，就是出去散步。”香草：“别骗我，你的眼神已经告诉我了。”豆叶：“什么眼神？”香草：“心中有喜，眼神就会变得迷离妩媚。”豆叶抑制不住心中的甜蜜和喜悦说道：“我今天见到了一个人，他变得英俊、成熟，我都认不出来了。”香草：“我知道是谁了。”豆叶：“你知道还问我。”香草：“是不是安国少季？”豆叶诡秘地一笑没有说话。香草接着说：“真是三喜临门哪。”

豆叶：“哪三喜？”香草：“老爷夫人今天进宫，一个当官，一个发财，还有一喜我不告诉你。”豆叶：“快说！”

香草：“陛下招你入宫为妃。”豆叶如五雷轰顶：“你说什么？这是真的？这算什么喜？”香草：“老爷和夫人说话的时候被我不小心听到了。”

老板娘进来：“香草，你出去，我有话对姑娘说。”

香草：“是，夫人！”夫人在豆叶的身旁坐下。

豆叶：“娘，你回来就好。”

夫人：“女儿，你从现在起不要再乱跑，安心在家学习礼仪，准备入宫为妃，这是陛下的意思。那天晚上你爹把皇上当强盗，是你阻止。陛下很赏识你的品貌，这是你的造化、你的福气。”豆叶无动于衷地说：“娘，我不能入宫。”夫人：“为什么？”豆叶：“我喜欢养蚕，喜欢织锦。”夫人：“你这都是借口，你今天是不是出去和谁约会了？”豆叶：“没有！”夫人：“如果不参加选妃就算抗旨。”豆叶：“我死也不入宫。”夫人：“女儿，别说傻话。告诉你一个好消息，陛下封你爹为羽林郎，我得赏赐千两黄金。”

豆叶：“对钱对权我都不感兴趣，我追求的是真情。我决不进宫，皇宫是鸟笼。”夫人：“宝贝女儿，你可不要耍小孩脾气了，感情是一时的兴趣，进皇宫可享受一辈子的荣华富贵。”豆叶：“感情才是永恒的，皇宫里的荣华富贵是钩心斗角换来的，如天上浮云，我要追求真正的感情。”

夫人：“女儿不要再幼稚，世上没有真情，只有永远追求不尽的荣华富贵！”

豆叶她娘不知道，此时的皇宫里，陈皇后正在和汉武帝吵架，汉武帝偷偷摸摸出宫打猎的秘密还是被陈皇后得知，然后不依不饶。长乐宫里，阿娇怒火万丈地说：“皇上，你换上便衣出宫多危险，为什么不跟我说一声？”

汉武帝：“凭什么要跟你说？”

阿娇：“我是皇后。”

汉武帝不示弱：“我是皇帝，你想限制我自由吗？”

阿娇：“你别忘了，不是我妈废掉太子，你能当上这个皇帝吗？”

汉武帝有些愤怒：“又拿这个要挟我，后宫不许干涉内政，别以为有窦太后和你妈撑腰我就不敢废你。你不想想，你花掉多少钱医治不孕症，到现在还没动静。你妈反过来倒咬我一口，说是我不能生育。”

阿娇：“就是你，凭什么说是我。你翅膀硬了，好，我找我妈去。”

汉武帝："你以为你还是我表姐，我怕你，找玉皇大帝也没用。"

阿娇转回身来说道："你这忘恩负义的东西。"

汉武帝："你别以为我是你的男人，天天就把精力花在你一个人的身上，天天就得和你上床。我是一国之君，我要考虑国家大事。除了你，我还得考虑让天下人吃饱穿暖的事，还得考虑如何拓宽只有巴掌大的疆土，如何保卫这个国家不被侵犯。"

阿娇："我妈不帮你做上这个皇帝，你考虑什么都没有用。"

汉武帝："朕既然坐在这个位置上就要考虑国家安危，百姓吃穿。我现在终于明白了，孔圣人三代休妻，就是因为你们女人整天喋喋不休，每时每刻都要男人陪着上床，离开一会儿就是变心，就是无情。天天和你上床我的身体受得了吗？"

阿娇气得全身发颤，半天才说出一句话来："你打着微服私访的幌子出宫找女人，我又不是不知道，你是不是看上了什么羽林郎家的女儿豆叶？还宣她爹她妈进宫封赏，宣她入宫。我告诉你，你敢让她进宫来，我就杀了她。"

汉武帝："你哪像个母仪天下的皇后，就像个市井泼妇。你是想让我断后你才开心。你整天无所事事，能不能安静下来，看看古人圣贤的书籍。"这时，公公进来，两人停止吵架。公公禀报："皇上，使臣唐蒙从南越国送来邮信。"汉武帝接过信，阿娇好奇地站在一旁等着听奇闻逸事。汉武帝打开用帛写的信，看完后心中充满忧虑。汉武帝想对皇后说说看信的心情，但看着她歇斯底里的样子放弃了，对苏公公说："备轿，回未央宫。"

皇后说："不准去。"汉武帝推开陈皇后，走出长乐宫，汉武帝金屋藏娇的神话宣布破灭。汉武帝是一国之君，他总觉得世界很小，小到没有一个地方可以存放他的爱。他在宫里被皇后和皇祖母盯着，出门打猎被庄稼人骂，住旅店被穋光当作强盗。汉武帝希望唐蒙给他找一个可以存放爱情的仙境。汉武帝愤愤地说："我要出宫找仙境去！"

# 第十九章 唐蒙进夜郎

汉武帝和安国少季身穿白丝绸长袍来到后花园练崆峒太极功夫。春光欣然，阳光温暖，草木俊发。

安国少季收功对汉武帝说："陛下，练崆峒太极剑强身健体，补肾壮阳，练功时须保持心宁气静，才能以柔克刚，以静制动，达到炼精化气、炼气化神，炼神还虚、炼虚还道的境界。"汉武帝："难道我不安静吗？"安国少季："陛下总在分心考虑国家大事！"汉武帝说："唐蒙来信，南越王表面称臣，实际黄屋左纛，暗中开拓海上商贸，造千人的大船，海上抵达了南洋等地。他在悄悄壮大自己，如不对其牵制，可能威胁我大汉王朝。"

安国少季："牵制南越王我倒有个主意。"

汉武帝："爱卿有何高见？"

安国少季："南越赵佗王以年龄高为借口常年不入朝觐见，不履行诸侯的职责，久而久之，南越国就成了一个独立的王国，汉朝的政令对南越国几乎没有作用。假如南越国独立，那华夏就失去了半壁江山。因此，可诏令他的孙子入朝学习汉朝儒学礼仪，然后再由汉朝封王回到南越国为王。只有让他的子孙接受华夏文化后，再封王，才能让南越国真正成为中国的一部分，因为有了思想上的统一，才会有国家的统一。"

汉武帝说："这个主意可行。如今最大的忧虑是南越国以高山江河做屏障，道路闭塞，军队难以对其控制。"安国少季："陛下，要想控制南越，需要打通道路，现在虽然有道路，只是一些商人在利益的驱动下冒险修筑的崎岖小道，险峻之处，人仰马翻。"

汉武帝："修路的事，还是等唐蒙从南方回来再作打算。"苏公公进来禀报："陛下，太皇太后有事商议。"汉武帝："又是阿娇去告状了！"苏公公："少不了挨一顿教训，但还得去！"

窦太后寝宫很安静，静得如同坟墓，自从汉武帝登基，就没有大臣们把窦太后放在眼里，认为她的治国方略过时了。窦太后感觉到日子过得很无聊，眯着眼睛躺在躺椅上把玩玉器。汉武帝来到窦太后的寝宫："给太皇太后请安！"

窦太后依然闭着眼睛："我能安吗？你翅膀硬了。你不让我参政就算了，至少不要认为我的黄老思想是废物。”汉武帝：“孙儿尊听皇祖母教诲！儒学用于治国，黄老思想用于修身。”窦太后睁开眼睛，站起来，走到茶几后席地坐下：“你知道吗？化装出宫有多危险，万一有个三长两短，这个国家怎么办？”汉武帝：“孙儿不孝！”窦太后：“你想过没有，如果出了差错，宫廷就会为了争夺王位血流成河，到时候举国上下一片混乱。”

汉武帝：“皇祖母的教诲，孙儿铭刻在心。”

窦太后：“铭刻在心好，听说你想召那个杀人狂樛光的女儿入宫？”

汉武帝：“皇后阿娇多年怀不上皇子，我想找民间女子入宫生子。”

窦太后：“我不允许，绝不能让那个叫什么豆叶的女人进宫！”

汉武帝：“皇祖母，她是个善良的女孩。”

窦太后：“只要我不同意，就别勉强了。晚了，回去休息吧。”

汉武帝：“我还有要事禀告祖母。”

窦太后：“什么要事？”

汉武帝：“派往南越国的使臣唐蒙来信，说南越国赵佗王黄屋左纛，对汉朝的法度置若罔闻，南越国成了独立王国。”窦太后：“南越国的事不用操之过急，多派使臣慢慢联络感情。”汉武帝：“祖母高见，孙儿告辞！”

南越国的宫殿，赵佗王躺在床上，他开始出现幻觉，意识混沌渐渐走进黑暗、幽静、与世隔绝的墓穴里。一个美女的背影在召唤她，赵佗王回到少年，有了力气走过去。他伸手去拥抱美女，却发现原来是一堆白骨，稀里哗啦散架了。瞬间，坟墓变成了朽木房，到处是窟窿，门也变成了朽木，郢王带着人进来刺杀他，赵佗王用力想将门关上，但门太朽了，关不上。一阵风吹来，赵佗王被风吹到空中，他什么也抓不住，掉到地上，醒了。他为了证明自己的确脱离了梦境，走下床，紧紧抱住一只玉石花瓶，坐在龙椅上，嘴里念叨：“平身！平身！”不一会儿又睡着了。刚一睡着，他梦见一条毒蛇将他咬醒。

赵佗王惊恐地叫喊：“来人，来人！”

贝妃进来：“大王，大王，你叫我？”

赵佗王：“贝妃，贝妃，快抱公鸡来陪我玩。”贝妃对公公道：“公公，你去把公鸡抱来。”赵佗王想听公鸡叫，只有听到公鸡叫才感觉自己的的确确活着。公公把公鸡抱进来，赵佗王抚摸着它的羽毛，心中充满爱意，比抚摸妃子们感到快乐。赵佗王用绳子将公鸡的一只脚拴住，牵着绳子到花园散步：“爱妃，这公鸡本来是在天上飞翔的，被驯化后，就不想飞了，为什么？”

贝妃：“飞翔是为了觅食，如今有吃有喝，还飞什么。”

赵佗王忧伤地说：“爱妃，我担心我的子孙们长期在宫里生活，就不想飞翔了。”贝妃：“那就让他们建功立业，出宫锻炼。”赵佗王：“但我又担心他们遇到危险，无人继承王位，真是左右为难。”

这时，公公来禀报：“大王，汉使唐蒙求见。”南越王赵佗听说唐蒙来求见，突然兴奋激动起来。唐蒙进来，赵佗王握着唐蒙的手：“同乡人来看我，令我开心！”赵佗王老泪纵横，一会儿带着侍从、嫔妃，陪同唐蒙游御花园，只见绿树成荫，柳暗花明。赵佗王问：“大使，你喜欢南越国吗？”唐蒙说：“大王，我十分喜欢！”赵佗王：“喜欢就留在南越国，别回去了，让本王的子孙和臣民都跟你学习儒学。”唐蒙：“谢大王盛情，我家室在中原，他们希望我回去。”赵佗王赏识唐蒙的才华，真心挽留唐蒙在南越国辅佐子孙。赵佗王的宽厚、包容、豁达，令唐蒙心生感激和内疚。南越国在赵佗王的治理下，国家一派祥和安宁。但唐蒙为了表示自己出使南越的重要，引起汉武帝对自己的重视，怕丢掉饭碗，写信给汉武帝说赵佗王藐视朝廷，黄屋佐纛，闹独立王国。这样，汉武帝就需要唐蒙，继续给唐蒙投入财力物力。

赵佗王怕唐蒙在异乡孤独，带唐蒙在御花园游玩。唐蒙见曲渠流过水底的卵石，由北流到南，急转向东连接一座弯月形的池子，里面养了很多乌龟、鳖鱼。月池上有一座连接东苑的廊桥，约一丈宽，二丈长，池子中的水流向东渠，最后流回珠江。桥下两根八棱石柱，顶着廊桥。唐蒙坐在廊桥上，见龟鳖一个踩在一个背上往上爬，都想跑出池子。龟鳖从不懂得安安静静在池子里好好地享受活着悠闲的时光，总认为池子外有好事等着它们，不懂得池子外面等着自己的一般都是油锅。

一只龟鳖踩着其他龟鳖，爬到最高处的时候，掉了下来，四脚朝天，唐蒙看着生出一种幸灾乐祸的快感。唐蒙下到池子中，石渠水不深，淹到人的小腿，他抱起这只四脚朝天的大乌龟瞪眼，把赵佗王逗得哈哈大笑。赵佗王很喜欢唐蒙，却不知道唐蒙的阴险——他在这里逗乐赵佗王哈哈大笑的时候，背地里密告汉武帝，说赵佗王有野心。这时，赵佗王的孙子赵眛跑进来，后面跟着赵眛妻子余算和女仆竹虫。赵眛对赵佗王道：“给皇爷爷请安！”

赵佗王：“孙儿有什么事？这样急匆匆的样子？”

赵眛：“皇爷爷，听说您要派兵去寻找珠江源，我要去。”

赵佗王：“这是一件很危险的事，你不能去。”

赵眛：“为国建功立业，我凭什么不能去？”

赵佗王：“你是太孙，怎么能去那些危险的地方。你的肩上还有治国的重任。”

赵眛：“皇爷爷，有这样的好事怎么不给我说，我要去，一定要去。”

赵佗王急了，命令侍卫：“把他关起来。”贝妃在一旁劝道：“大王。您不是担心太孙长期养尊处优，像公鸡一样不能飞翔吗？让他去吧。”

赵佗王怒了：“闭嘴！”这一闹，让唐蒙知道了赵佗王寻找夜郎国的军事秘密。唐蒙无心玩要，告别了赵佗王匆匆出宫，回到驿馆。

若愚正在驿馆的井边冲凉，见了唐蒙一边擦身上的水一边说："大人，您可回来了，我刚才得到重要情报。"

唐蒙："快说！"

若愚看看四周："这里说话不方便。"

两人走进屋坐在八仙桌上，一边喝药茶，一边说话："大人，赵佗王派遣的第三批佗军明天沿珠江逆流而上，寻找夜郎国。"唐蒙："我在赵王宫从赵佗王孙子那里得知此事，所以匆匆赶回来。"若愚："这是一个很好的机会。我们可以混进赵佗军的队伍，如果有新的发现禀报天子，我们就能得到更多的重赏。"

唐蒙："怎样才能混上船？"若愚："他们全都披发文身，穿草衣草裙，已经走了两批人。我们只能混进这最后一批探军，错过就没有机会了，现在赶快去文身化装。然后，我们骑马从陆地沿江走，到了恰当的时候，我们找机会混进他们的队伍。"

唐蒙："这样重要的情报你是从哪里得到的？"若愚："天机不可泄露。"

唐蒙带着若愚离开驿馆，牵马悄悄来到城西门，给侍卫出示令牌，离开南越城，两人尾随南越国将军杨一的队伍，来到番禺码头。见杨一的船缓缓启动。唐蒙租了一只商船尾随其后。

# 第二十章 异国之恋

公元前 203 年，秦国将领赵陀割据岭南，建立南越国，在都城番禺兴建王宫御苑。时光匆匆，转眼南越王赵佗已经熬过了 103 岁的冬天，春天来了，杨柳刚刚发出新芽。赵佗王十分虚弱，丝绸被盖在身上如千斤重锤，难以承受，骨骼变形让他疼痛难忍。赵佗王躺在床上喘息着，在贝妃的帮扶下，吃力地起身，他握着贝妃的手说："贝妃，感谢你陪在我的身边。"

贝妃："能陪在大王的身边，是我的幸福。"赵佗王："我的王后早死了，儿子也死光了，只有你陪着我。但这样美好的时光也不多了，很快我就要死去。感谢你能忍受我的气，承受我的反复无常和又老又丑，包容我的亲人儿孙。"贝妃流着泪说："大王！"

赵佗王："如果有来生，我还需要你的陪伴！"

贝妃："如果有来生，我们还在一起。"

赵佗王："如果有来生，我们一起回到中原，做一对普普通通的农民。"

贝妃："大王，你不要悲观，一切会好起来的。"整个王宫大殿笼罩在压抑凄凉的氛围中。

赵佗王："天亮之前最难熬，寒气中隐藏的阴气，如针刺进我的骨骼，疼痛难忍啊。"贝妃轻轻揉着赵佗王的腿，尽量减轻赵佗王的疼痛，无助地说道："不能代替大王疼痛，臣妾难受啊。"赵佗王："在疼痛和死亡面前人人平等，我最舍不得离开的就是我带着五十万大军来到番禺亲手建起的这座宫殿，你带我出去看看宫殿。"贝妃说："大王，天就要亮了，一会儿太阳出来，我扶您出去看您的宫殿。"赵佗王："我现在很想回到我的家乡河北真定县，要是时光能倒流，我宁愿回到家乡放羊，也不愿在这偏远之地称王。在异地死亡，我感到荒凉。"贝妃："大王，别怕，南越国的百姓都爱戴你。"赵佗王："这是我长寿的原因。"

贝妃："当年，秦将屠睢滥杀无辜，南越国生灵涂炭。相反，大王尊重南越风俗，断发文身，带来中原先进文化技术，用法律推广汉字，开启百越人智慧，仁义传播，国力增强。让南越真正成为华夏的一部分，大王功不可没。，大王应感到自豪才是。"赵佗王："本王作为秦始皇平定南越的五十万大军的副帅，一直到汉武帝刘彻登基，治理岭南六十七年了，这几十年，我不称王无法治理本土，称王我又背上背叛汉王朝的罪名。”贝妃：“大王当年封关绝道，是为了阻止中原战火向南越蔓延，让南越国得到休养生息，让百姓过上富裕的生活，您是百姓的福星。”

太阳出来了，王妃搀扶赵佗王走出长乐宫。南越宫殿是模仿西汉长安城建筑，里面有长乐宫、未央宫、北宫、明光宫、桂宫五宫。未央宫是南越王朝会群臣的场所，长乐宫是赵佗王办公和皇后、嫔妃的居室。赵佗王的子孙赵昧住在明光宫，这时候还没有起床。明光宫里，赵佗王的孙子赵昧躺在床上睁开眼睛，一片茫然地自问：“我在哪里？怎么感觉头晕，想不起我在哪里，我是谁了？”

侍女竹虫：“太孙，你叫赵昧！”

赵昧：“竹虫，我怎么有点晕，快，我要起床出去走走。”竹虫进屋给赵昧穿上衣服，衣服很潮湿，让赵昧感觉不舒服，他烦躁着说：“竹虫，我不想穿衣服，赶紧给我文身，我准备带无忧出去透透气，这宫殿里的霉味快把我闷死了。”竹虫：“大王不准儿孙文身。”

赵昧：“王爷爷不准刺文，但你可以用涂料给我文画。”

竹虫：“文什么图？”赵昧盘腿坐在地板上，腰间缠着丝绸筒裙。竹虫拿出从植物中提炼出来的涂料放在茶几上。

赵昧：“文我的宠物羊和稻谷。”

竹虫一边给赵昧文身一边说：“怎么想到文一只羊？作为王者，应该文一只虎。”赵昧笑笑：“妹妹，我喜欢的东西就是好的。别耽误时间，按我说的做，一会儿太阳都走了。”竹虫：“今天出去，要征得王爷爷的同意。”

赵昧：“不用，王爷爷肯定不同意我出宫门。我要求出宫，王爷爷就说：‘你爹你叔叔都死光了，就指望你了，都怪我活得太长，一百多岁还不死。害得你爹你叔叔没有得到王位坐一坐。你不能乱跑，就指望你了。’其实，我讨厌做大王。”竹虫：“您讨厌的生活，是多少人梦寐以求的。那您喜欢什么样的生活？”

赵昧：“我喜欢在山间放羊的生活。”竹虫：“我也喜欢放羊。”竹虫给赵昧在身上画文后，赵昧一下子就感觉有了性欲。他对竹虫说：“我想要你。”竹虫妩媚地一笑。赵昧以为竹虫接受了他的请求，将竹虫搂进怀中，抱起，慢慢将她放在地板上。

竹虫：“太孙，不行！”

赵昧：“又怎么了？”

竹虫：“我只是想得到太子的爱，但我不想付出性。”

赵昧：“为什么？”

竹虫：“我的性是要给爱我的人。太孙不爱我。”

赵昧：“胡言乱语，不爱你我会要你吗？”

竹虫：“这是动物都会的事，但只有仁者才懂得爱。”

赵眛："爱是什么东西？"

竹虫："我生病的时候，您在我身边照顾我。"

赵眛："你生病，我让侍女照顾你，行了吧？"

竹虫："您不懂爱！"在竹虫犹豫不决的时候，赵眛的妻子来了，身后跟着端着早茶的仆人。妻子看见这一幕，并没有大惊小怪，而是退出屋，再补敲门。赵眛听到敲门声，放开了竹虫，站了起来，看着满脸都是妒忌的妻子说道："夫人早，请进。"竹虫趁机逃走了。

赵眛十三岁的儿子赵婴齐，英姿勃勃地随母亲进屋，双手合掌胸前："给父亲请安！"妻子和儿子经常打扰赵眛随心所欲的幸福生活，让赵眛很不满意。与妻儿在一起，他感觉压抑，不自由。赵眛想逃离，但理智告诉他，这是一种责任，即使不高兴也得尽责任。赵眛看着十三岁的儿子赵婴齐有些内疚，自己整天奔忙于感官享受，总得关心一下儿子，接下来他鼓起勇气和儿子赵婴齐说了几句话。

赵眛："儿子，儒学学得怎样了？"

赵婴齐："《大学》《中庸》倒背如流。"

赵眛："那就背几句给我听听。"

赵婴齐："大学之道，在明明德，在亲民，在止于至善。知止，而后能定；定而后能静；静而后能安；安而后能虑；虑而后能得。物有本末，事有终始。知所先后，则近道矣。古之欲明明德于天下者，先治其国；欲治其国者，先齐其家；欲齐其家者，先修其身；欲修其身者，先正其心；欲正其心者，先诚其意；欲诚其意者，先致其知……"

赵眛说："停，很好。你多大了？"

赵婴齐："十三岁了。"

余算："孩子都这样大了还不知道他的年龄。"

赵眛："我能知道他是我的孩子都不错了，周围的原始部落连孩子都不知道？"

余算："别忘了你是太孙。"

赵眛："婴齐都十三了？父亲整天忙于事务，对你关心不够，你也该娶亲了。你看上哪个女孩就告诉我，爹爹为你做主。"

妻子余算面露喜色，在一旁说："我看丞相吕嘉的孙女橙子是个乖女孩，比婴齐小一岁。"

赵婴齐用纯真的口气说："父亲，我喜欢橙子。"

赵眛："好，先定亲事，等你们十六岁了，给你们安排婚礼。"

赵婴齐："谢父亲大人！"赵眛看着满足的妻子和儿子转身离去，一身轻松地带着侍卫、宠物羊、宫女到郊外骑马射箭、摔跤、比武。羊是南越国的图腾，就像龙是汉朝的图腾一样。所以，一只叫大白的羊，是赵眛的宠物。南越人也把羊当宠物，宁愿吃老鼠，也舍不得吃羊肉。

南越国与闽越国边境安静诡秘。主人游戏，宠物羊大白顿感轻松，自己带着羊妃们在南越国与闽越国的边界上欢快地互相追逐，吃青草，不一会儿大白觉得生活有些乏味。就在这时，大白听到温柔的呼唤声，猛一抬头，目光越过茂盛的青草，从边界榕树旁飞过，见闽越国的地方有一只微笑着无比温柔的母羊对着他妩媚一笑。大白的目光停在母羊油光发亮的黑色皮毛上，在目光相遇的瞬间，两只羊一见钟情。大白向前走了两步，停下来，远远地看看对方，然后在想：我该不该过去，对方是无聊挑逗我还是真心爱我。正在它犹豫不决的时候，远处的母羊又温柔地叫唤，大白努力辨别。闽越国的黑羊用温情声点燃了大白的激情，它控制不住心中燃烧的感觉，看看身边的嫔妃，表示抱歉，然后跨过边境一步一步地向闽越国的地盘走去，任凭嫔妃们对它怎么叫唤也不回头。大白边跑边想，就算前面是刀山火海，万丈悬崖，我也要奋不顾身去爱，我的头已经晕眩了，没有了思考能力，没有了控制力。大白越过了南越国和闽越国的边界线，到了闽越国的土地上，两只羊热血沸腾，混混沌沌开始异国恋情，相互追逐，耳鬓厮磨，大白忘记了主人赵眜。

赵眜与侍卫在珠江岸的草坪上赛马，场面热闹。赵眜骑在马上射箭，一箭射中路旁的靶子，赢得阵阵喝彩声。赵眜赛完马，与身边的女人们在榕树下的鲜花丛中饮酒。美丽的竹虫端着酒杯妩媚地说道："太孙，敬您一杯！"赵眜喝下酒，头一晕，突然想起宠物大白。赵眜万万想不到，两只羊的异国之恋，引发了闽越国与南越国的战争，波及到了汉朝。

赵眜对侍卫说："去把大白找来一起喝酒。"侍卫顺着大白羊的脚印找到南越国和闽越国边境。见大白跑到闽越国去谈恋爱去了。侍卫一急，走到闽越国去追大白。他刚一跨国界，就被对方的边境侍卫一箭射中，倒地身亡。闽越国侍卫说："我国只准许羊进入，不许南越国人进入。"

南越国侍卫怒吼道："你们欺人太甚。"闽越国士兵："杀的就是你们！"几名侍卫见状，怒火中烧，拉弓放箭，射杀了刚才放箭的闽越国士兵。之后，他们双方短兵相接，刀光剑影，你撕我砍，血流满地。大白羊和大黑羊见主人打拼起来，感到恐惧，它带着热恋中的母羊跑回南越国地界。闽越国的侍卫发现本国的母羊被南越国的公羊拐跑了，更是不依不饶，冲过边境打死了大白，抱走了黑羊。

榕树下，侍卫跑来禀告赵眜："太孙，不好了，边境出人命了。"还没有等赵眜反应过来，另一名侍卫骑马飞奔过来，翻身下马："太孙，王爷爷晕倒了，让您赶快回宫。"

赵眜对留守的士兵说："你们守好边境，我先回去照看王爷爷。"然后带着人马离开。赵眜回到南越王宫内，见王爷爷赵佗奄奄一息躺在床上，他急切地走到龙床前："王爷爷！王爷爷！"赵佗王慢慢睁开眼睛："孙儿你回来了。"赵眛："王爷爷，我回来了！"赵佗王："回来就好。"

赵眛："孙儿不孝，让王爷爷牵挂。"

赵佗王："孙儿，派往珠江上游的探军回来没有？他们找到传说中的夜郎国和女儿国没有？"赵眛敷衍道："有消息了！他们已经找到了珠江的源头，夜郎国和女儿国就在源头。"赵佗王突然目光有神，兴奋异常："好，好。找到后要与之结盟，多一个朋友多一条路。"

赵眛："我会遵照王爷爷的嘱托。"

赵佗王："闽越国是我们的邻国，多忍让才能处好关系。"

赵眛想起刚才边境冲突，有些内疚："是，王爷爷！您多保重！"

派往珠江源的探军并没有找到夜郎国，还在经历路途的煎熬呢。牂牁江水湍急，浪花飞溅。侍卫海螺向杨一将军禀道："禀杨将军，前方浪急涛涌，暗礁不明。"杨一挥挥手："上岸步行。"海螺："将军，前面根本没有什么夜郎国，咱们回去吧。"杨一："往往在希望到来之前，总是看不到希望，在见到美景之前，总是迷雾重重。就是死，也得坚持，坚持，再坚持！"

海螺："将军，我们都已经走了一年多了，水路惊涛骇浪，陆路遍地荆棘，刀砍斧劈，还没有看到希望。"杨一："别给我动摇军心，速速上岸，继续前进！"海螺："将军，好久都没有肉吃了，能不能让我们饱餐一顿，到江里抓几条大鱼上岸，吃饱了再走！"杨一想了想："好，让大伙吃饱了再上路！"

唐蒙和若愚，尾随杨一的队伍来到牂牁江岸。若愚："唐大人，南越军的船怎么靠岸了！"唐蒙见南越军的船靠岸，也保持距离地靠岸。唐蒙命两随从道："你们前往探明情况！"

随从："是，大人！"唐蒙和若愚躺在草地上闭上眼睛休息。

随从转回禀道；"大人，杨一的队伍在吃烧烤。"

唐蒙："尾随南越军前行，保持距离。"

# 第二十一章　竹王钻木取火

仲春时节，珠江上游的牂牁江水波不惊，妩媚柔情，宽广深厚，江中苔藓顺江如丝漂动，庇护着成群的鱼虾爱恋产卵。青鱼产卵不时跃出水面，打破江水的平静，夜郎濮人知道，春天鱼儿产卵，不能捕鱼，竹筏闲搁江岸，竹筏与花朵倒影江中，一切充满杀机的意念都在这里停止。

农历三月初三，竹王带领臣民正在夜郎国老王山神树下祭太阳神。峻峭的山岩，被古神树根须包裹，夜郎人叫石生古树。夜郎国智者巫卜杀了一只白公鸡，将血浇在岩石和树根上，然后抱坛倒酒，酒香弥漫山野。竹王端着一碗酒站在前排，子民端酒站在身后。

巫卜念祭词："祭太阳神、盘古神、山神、树神，保佑夜郎风调雨顺，人丁兴旺，万事大吉。"念完，竹王将酒奠一点在地上，其他人跟着奠酒，然后喝下。巫卜高声叫道："八音铜鼓喜迎神！"在鼓声中，巫卜又念："灵魂与神见面了，坚强，和乐！坚强，和乐！"竹王抬头，目光从椰榆树冠慢慢移到像龙身鳞片的树干上，开始念咒语："太阳树神来了，来喝酒！"椰榆树听到祭词，鳞形树皮开始脱落，新树皮显现。夜郎濮人见到此景，虔诚跪拜磕头，嘴里念叨："神树保佑平安！保佑我子孙兴旺！佑我与女儿国世代友好！"

女王阿纳带领臣民在自己的女儿国祭太阳神，仪式开始，石婆太阳神生殖石后有两棵古椰榆树，根深叶茂，古朴神秘。石婆太阳神前有个树枝搭建的祭台，上面放着女人酿制的酒、猪肉、鸟蛋和男女稻草人。女王阿纳带头跪下叩首，几百个女人都跪下叩首，将长长的头发散开遮住脸。

阿纳："甘美酒食！"

众人异口同声："甘美酒食！"

阿纳："献给石婆太阳神！"

众人："献给石婆太阳神！"

阿纳："保佑部落人丁兴旺，草茂谷丰。"

众人："保佑部落人丁兴旺，草茂谷丰。"祭祀完毕，漫山遍野开满了杜鹃花。阿纳起来，众人起来。阿纳将长发向身后一甩，长发像瀑布一样披在身后。

所有的女人都将长发甩到身后，长发象征充满生机的草木。女巫痴草用鸟的羽毛蘸了土碗里的朱砂点在阿纳的眉宇间，然后每个女人互相在对方的眉间点上红点。点上红点的女人都希望自己能开天眼，变得聪明美丽。痴草把公鸡杀了，用鸡血祭石婆太阳神后，将公鸡埋在树下。

阿纳：“众姐妹，都到花坡去采花吧。”

“噢！噢！噢！”一阵愉悦的欢呼声在山谷回荡。阿纳带女人们来到夜郎国与女儿国国界的花坡谈情说爱。花坡像倒扣的铁锅，平缓无崖。林木中间是一块阳光充足的大草原，星星点点的野花在草丛中闪烁。夜郎男人们结束祭祀仪式，也都在花坡吹着木叶等着女儿国的女人们。阿纳走在柔软的野草上，姿态婀娜，五颜六色的野花，密如云霞，遍地飞扬，约会的情人在这里对歌。花草树木散发着爱情的激素，让爱的笑容阳光明媚。

阿纳放飞了一只自己驯养的画眉，炫耀驯化禽类的能力和表达自己的羞涩。画眉的脚上系了一只装有稻谷的香袋，男人们对这画眉拼命吹木叶，画眉飞来飞去最后停在那个身材魁梧体魄健壮的男人肩上，他就是夜郎国的竹王。竹王身高七尺，虎背熊腰，头天方地圆，双腿双臂粗如房梁，双目锐利如鹰，胸肌如铁。竹王身披长发，腰围兽皮，吹着木叶跟着轻飞的画眉走，来到阿纳的面前，众人都为他们欢呼鼓掌。

白面狸混在人群中，她看到这一切，妒火中烧。

竹王来到女王阿纳身边，目光如电，阿纳低头脉脉含情，不言语，向林间走去。竹王跟在身后，离开歌声袅袅的人群，来到幽静的竹林。竹王摘了一朵花插在阿纳的发间，傻笑着久久地看着阿纳像月亮一样美丽的脸蛋，目光热烈充满爱意：“阿纳！”阿纳抬起头来看着竹王，又低下头。两人携手离开热闹非凡的花坡来到杜鹃林。竹王：“你驯养的画眉真聪明！”阿纳没有说话，只是点点头。竹王茫然地看看竹林，又问：“你饿了？我去给你找吃的。”阿纳还是不说话，只是脸红扑扑地低着头。

竹王：“你不说话，一定是饿了。”竹王找来随处可见的石片，采些火草，做成鸟巢样，用石片劈了一个小木板，用铜箭在木板上面钻了一个洞，开一个槽，用脚踩紧小木板，双手夹着木棒来回搓动。阿纳见竹王手臂肌肉鼓凸，粗壮的血管扩张出一股力量。这力量猛然传递到阿纳的大脑，她有些晕眩，见竹王用筷子粗的木棒快速搓了几下，木板上的小洞就开始冒烟，烟雾慢慢变大。竹王小心翼翼拿起火引子，轻轻地往里边吹气，通红的火星突然冒出一股火苗，蔓延成火焰。

阿纳见竹王把火引子放地上，心中升起爱情的火焰。她往里边加柴，篝火燃烧起来照亮热恋中的面孔。竹王说：“等我！”他去打猎物。阿纳伸手，画眉鸟飞到她的手心，扇着翅膀，发出喜悦悠扬的叫声。阿纳说：“我的神鸟，你帮我找到了我的心上人，谢谢你！”画眉在阿纳的手心上撒娇地扇动翅膀，发出娇柔的叫声。不一会儿，竹王打来野鸡、野兔，烧烤的野味，在甜蜜的时光里释放着芳香。竹王拿起泛黄的野鸡腿，滴着油递给阿纳，阿纳害羞地摇摇头。竹王撕了一只翅膀递给阿纳，阿纳诡秘地一笑，接过鸡翅，细细地啃吃着，丰厚的嘴唇沾满鸡油，更加迷人，令竹王异常兴奋。竹王看着看着，放下鸡肉，慢慢地将嘴唇凑过去，阿纳闭上眼睛等待幸福的光临。这时，白面狸尾随而来，看到此情此景妒忌顿生，她往篝火里扔石块，然后恢复原形，像老鼠一样爬到树上。阿纳惊醒过来，竹王也感觉到幸福被打扰，站起四处寻找，不见人，又向远处找去。阿纳知道是白面狸干的，而且就在树上："我知道你是谁，回去吧，我抓到你会让你难堪。"

夜晚的山间小路，星光灿烂，白面狸悄悄下了树，走到半路遇到黑面狸。黑面狸有点幸灾乐祸地问道："狸子，这次赶花坡，没有对上？"

白面狸用眼瞪着他："你不也没有对上吗？"

黑面狸："那我俩正好一对。"说完，五大三粗的黑面狸将狸子抱起，往林子里走。白面狸："去你的，我不喜欢你。"黑面狸："你喜欢竹王？可是他不喜欢你。"白面狸听到竹王的名字恨得咬牙切齿，因为白面狸送花包给竹王的时候他装昏没看见。白面狸："竹王不是什么好东西，你知道我刚才看到什么了？"

黑面狸："不知道。"

白面狸："竹王真不要脸，和阿纳嘴对嘴，嘿，嘿。"狸子笑的时候，两颗犬牙露在厚厚的嘴唇外边，但黑面狸不觉得丑，认为这是可以撕咬猎物的力量美。黑面狸："竹王和我们一样，是正常的恋爱，怎么他恋爱就说他是荒淫无道。如果这样，我们不也荒淫无道吗？我们现在不也是抱在一起吗？这是天地赐给人类的幸福和责任，谁也没有权力剥夺他人的幸福，诽谤他人。"

白面狸："嘿，我就是要诽谤他，怎么地？我得不到的东西，让阿纳也别想得到。"黑面狸："说别人的隐私是最大的罪恶。爱情是随缘分的，要讲机缘，不能勉强。我们在一起要好好享受这美好的时光，怎么说别人来耽误自己的美好光阴，一年就这几天坐花坡，过了这几天又要等到明年。"

白面狸怒火中烧，无法控制："看到他们幸福我就受不了，我现在就要去杀了他们。"黑面狸："我们现在抱在一起和他们抱在一起，是一样幸福美好。"

白面狸："滚开，我不想要你，我只想要竹王。"

黑面狸："随缘吧，放纵欲望要招来祸患。你不知道自己的过失是最大的病痛。"狸子："我现在要去弄死他们。"女巫痴草在暗处看到狸子的行为，听到狸子说的话后，吹了一口气，悄悄在两棵树之间放了一根绳子。狸子推开黑面狸往外跑，绊倒绳子重重摔了一跤，绊掉了一颗犬牙，手腕、膝盖划破，流着血。黑面狸跑过来扶起她坐靠树下安慰道："我就说，狸子，你厚道一点好不好？起心害人终害己，害不了别人害自己。你等着，我给你找止血药。"黑面狸采了一把草药，用石头敲碎，敷在狸子的伤口上，血止住了。

黑面狸说："狸子，我喜欢你，安心跟我吧。别人再好他不爱你，也是空的，我爱你才是真的。"白面狸倒在黑面狸的怀里哭。

竹王看着受惊的阿纳："阿纳，不要让那些妖魔鬼怪打扰我们，保护我们点燃的爱情之火，不被狸子的妒忌浇灭。"

阿纳："没有！"

竹王："我给你吹叶笛。"木叶声声，悠扬婉转，阿纳在木叶声中妩媚一笑。竹王见阿纳水灵灵的眼睛在篝火里燃烧起欢快的火焰，勾魂目光让竹王幸福。阿纳柔情似水，在竹王滚烫的怀中沸腾。竹王紧紧拥抱着阿纳，阿纳柔软地倒进竹王的铁臂里，忘记时光，忘记烦恼。可偏偏这时，侍卫跑来，打搅两人的甜蜜："竹王，不好了，有陌生人闯入了夜郎国，金枪王请大王速速回去。"

竹王放开阿纳，站起来问道："哪儿来的人？"

侍卫："还没有探明，是从东南沿牂牁江而来。"

竹王内疚地对阿纳说："阿纳，对不起，我必须马上赶回去。明年花坡凭这串银项圈为证，我接你到我家，别再守着你的这个人越来越少的女儿国。"

阿纳："不能，我不能出嫁。得按照我女儿国的规矩，你到我国走婚。"

竹王："阿纳，如今大多数女人们都从男而居，不是很好吗？我们都可以有一个稳定的家，不用离别。男人走婚没人帮你种地打猎。"

阿纳："天天相守在一起，耽误采集酿酒，每年见两次面，不耽误驯化动物、耕种的时间，久别胜过天天厮守。"

竹王："我有急事，明年见。阿纳，我喜欢你，等我。"说完，竹王将银项圈戴在阿纳脖子上，转身消失在夜色中。阿纳一人呆坐在篝火旁，火焰让这张白里透红的脸燃烧着，孤独着，伤心着。这时，痴草走来安慰道："女王，回去吧！"

阿纳："痴草，听说有人入侵夜郎国，你说需不需要我们去帮竹王？"

痴草："这倒不需要，夜郎有十万精兵，不用我们担心。"

阿纳："那我们回去吧。"

女儿国王宫，干栏式茅草屋，坐落在夜山脚下。深夜，阿纳被离别的痛苦所困，久久无法入睡。痴草摘一把萱草煎熬后，倒进碗中递给阿纳说："女王，喝萱茶。"阿纳接过土碗喝下，睡眼惺忪地说："痴草，我要睡几天才能斩断相思之苦，那些家禽由你照管了。"说完便昏昏睡去，不吃不喝。

农历三月初十，女王阿纳依然沉睡。痴草带着女儿国的女人到渡口采集香果。牂牁江边，竹筏悠悠，早晨的雾浓得化不开。痴草对大家说："这雾太浓，我们唱唱歌把雾化开！"

公鸡打鸣就起床，对着江水来梳妆。天不见亮雾茫茫，竹筏漂在牂牁江。雾散太阳亮光光，岸上情郎心莫慌。花谢果熟采集忙，女子结伴为果香。采回香果制香水，来年好酒一满缸。你一杯来我一杯，郎意合妹心欢畅。

歌声把雾散开了，清澈的江水岸桃李挂满枝头。痴草带着姑娘们上了竹筏，划过牂牁江的对岸，到了桃花渡口。女子们上了牂牁江岸，桃李压弯枝头，芳香扑鼻。她们采集果子，十分开心。

南越国赵佗王派出探军甲组首领龙川扎营在桃花渡口。龙川将军带人四处打探夜郎国都城，见一群女子在采集果实，上前询问："请问小女子，四周可有一个夜郎国？"

痴草见到陌生人十分好奇："你们从何而来？"龙川："我等从南越国而来！"所有的女子都围过来看热闹。痴草："来做什么？"龙川："来找朋友！"痴草："夜郎啊，方圆几万里都是夜郎之地，有十九个部落，十九座城，你找哪一个夜郎？"龙川："找离牂牁江最近的夜郎！"痴草："你找的这个夜郎都邑，在离牂牁江十五里的夜山脚下。"

龙川："谢谢小女子！"痴草见龙川离去，说道："这个男人好健壮，口气温和，不像坏人。"同伴鬼笑道："你喜欢他？"痴草："是的，我非常喜欢他。"同伴："那你追上去告诉他。"痴草："不，喜欢一个人不一定让他知道。"同伴："奇怪。"痴草："有什么奇怪的，你喜欢一朵花是你自己的事，花儿并不知道。喜欢天地万物是一种修养。"同伴："天色已晚，咱们回女儿国吧。

女儿国阿纳的美梦被公鸡打鸣声惊醒，她躺在床上睁着眼睛享受沉睡的愉悦，然后起来，走出屋，站在栏廊上梳理垂腰长发，用草绳扎成马尾在身后。狗、鸡、猪听到女主人起床开门的声音，都激动得欢叫起来，家禽都跑到院坝中间，昂头看着女王阿纳。母系公社的女王都是劳动最优秀的女人，阿纳不仅善于驯化动物，还像她的母亲女鬼酒娘，都是酿酒的高手。阿纳给家禽撒了一把稻谷，家禽们你争我夺。

阿纳对着霸道的公鸡说："欺负弱小我杀了你。"霸道的公鸡听到女王的话，把翅膀收拢起来。阿纳很满意，对家禽们说："没有吃饱的，到房前屋后去找虫子吃吧。"家禽听了阿纳的话，都各自找食去了。这时，痴草沿着开满蒲公英的小路走来，隔着篱笆叫道："女王，你醒来了？"说着走进院子。

阿纳拿着青草在喂羊："醒来了，痴草你这几天辛苦了！"痴草接过阿纳手中的青草说道："女王，您以后吩咐手下的人驯化这些畜生，不要事事都亲自做。"

阿纳："驯化家禽要诚信，不能把它们当动物看，而要当人看。"痴草是女儿国最聪明美丽的女人，她负责专门管理祭祀天地、为人看病的事。痴草："女王，山里的果子成熟了，我带姐妹们去采，遇到了陌生人，我把他们引到夜郎国去了。"

阿纳："你真聪明。"

痴草：“女王更聪明。”

阿纳：“如今，女儿国的人大多数出嫁了，女孩越来越少了，都不想劳动，嫁到男人家去了。”

痴草：“顺其自然。”

阿纳：“感谢痴草陪着我，还没有忙着出嫁。”

痴草：“我知道女王的脾气，我如果出嫁了，没人照顾你，等女王哪天出嫁了我再出嫁。”

阿纳：“说说陌生人长什么样？”

痴草：“听说他们是南越国人，个子不高，大脚板，凸眉凹眼。”

阿纳：“就是他们打扰了我和竹王一年一次的相会，他们现在何处？”

痴草：“扎营在桃花渡口，我看他们没有恶意。”

阿纳：“那就好。”

# 第二十二章　夺命雄黄酒

桃花渡口在牂牁江南岸，丘陵缓坡上树木繁茂，溪水潺潺，鸟鸣山幽。龙将军对三个随从说道："你们两人前往小女子说的地方打探夜郎国情况。"

三人异口同声："遵命！"

龙川："听好了，行动要敏捷，神情要庄重，不要做出贼眉鼠眼的样子，要坦诚。"

三人："遵命，将军！"

龙川："如果被土人逮住，不要叽啦鬼叫，要淡定，将贝币等礼物拿出来送给他们，土人可以通过礼物看到你们的善意和诚意！"三人走了大约二十里地，天已经黑下来，见月光下有一座城楼，雕楼上有一盏铁锅油灯，忽明忽暗，两个围着兽皮裙的侍卫披着长发在雕楼上走来走去。

甲兵对乙兵说道："这可能就是小女子说的夜郎城。"

乙兵："进去看看再说。"三个南越国探兵在路旁摘了椰榆树枝做掩护，蹑手蹑脚走近城楼。围墙很高，他们借助月光走近一看，全是棺材做的墙，侦探不敢上前，刚想转身，只听"哗啦"一声，一口棺材盖子滑开，里面躺着的骷髅站了起来跳舞，吓死了甲、乙两个侦探兵。剩下的最后一个探兵吓得屁滚尿流，往回跑，回到桃花渡口营地，见将士围坐篝火，浑身发抖禀道："龙……龙……龙将军，两个兄弟死了。"

龙川："怎么死的？"

探兵惊魂未定："被棺材里的骷髅吓死的。"

龙川满脸毛胡子气得发抖："骷髅怎么会走路，那是土人惯用来吓人的面具，你们真蠢。枯骨有什么可怕的，把你的皮肉毛发去掉不也是一副枯骨吗？活人内心的阴暗才让人恐怖。"

探兵惊魂未定："将军，我怕枯骨。"

龙将军："为什么？"

探兵："枯骨的法力让人看不见、摸不着。"

龙川："这话倒给我很好的启示，一个军队最好的武器就是不能让对手知道你的战略战术。不过，我们不是来打仗的，我们是来寻找珠江源头找朋友的。"

探兵："将军，人的枯骨怎么这样恐怖？"

龙川："你说呢？"

探兵："将军，我不知道，那个城楼的人为什么要用棺材做城墙？"

龙川："也许这是他们的风俗习惯，为了抵御外来的入侵者，保证本部安全。"

探兵："我不怕刀，不怕枪，就怕鬼！"龙川："你看不见的东西就是鬼。鬼就是心中的邪念，没文化和鬼差不多。"眼前的篝火噼噼啪啪地发出柴火燃烧后爆裂的声音。这声音如同温暖的摇篮曲，士兵们人困马乏，东倒西歪睡着了。龙川看见没有睡着的士兵都在瑟瑟发抖，问道："不是冬天，你们不睡觉，颤抖什么？"

士兵："有鬼！"

龙川："我给你们站岗，赶紧睡觉，明天我亲自前往夜郎国打探虚实，看有没有鬼。"

竹王回到夜郎王宫，见舅舅金枪王已经点燃了烟火，浓烟冲天，十九个部落的族人见到烟火，互相转告，已经从四面八方赶来。夜郎各部酋长首领围坐篝火旁，只等竹王到来。竹王翻身下马，侍从跑过来接过马拴在树上。众人给竹王让了一条道，竹王走到篝火边。竹王合掌鞠躬："见过舅舅，见过各位酋长。"竹王看着篝火映照下的女巫，眼神充满了恐惧。

女巫殷情迎候："大王驾到！"然后一群女人拥着竹王走到王座上。竹王坐下，问旁座的舅舅："舅舅，入侵者有多少人？"金枪王："有近百人。"竹王："他们可伤害过我族百姓？"金枪王："这倒没有。"竹王："舅舅莫慌，明早本王带人前去试探虚实！"

竹王回到寝宫正要躺下，女巫敲响了房门送来山野鲜果："竹王，这两天赶花坡，相到满意的姑娘没有？"竹王："无可奉告！"女巫诡秘一笑："是女儿国的阿纳？"竹王："你知道了还问我？"女巫接着说："小心哦，她脾气大，让你以后受气。她是希望出嫁还是走婚？"竹王："走婚。"女巫："我说得不错吧，她就是强势，不听你话的女人以后难相处，另选姑娘吧，选一个听你话的。"竹王："你走吧，我要困觉了！"

金枪王敲门进来说道："竹王，你不能走婚了！我走婚留下烦恼，不知道自己的孩子是谁、在何处。我要变革，不准竹王出去走婚，而是要把女人娶回到男方家，过着稳定的生活，以后世世代代由男孩继承王位。"竹王迷茫不说话。金枪王的这次变革，不仅结束了男人走婚的历史，更是结束了群婚制度，家庭稳定下来后，男耕女织的家庭结构让社会前进了一大步。

天亮了，竹王醒来，带兵来到桃花渡口，见不远处有烧烤的炊烟，挥手道："原地不动，侦查后再前进！"龙川将军正在吃烤麂子肉，探兵跑来禀报："将军，我们全被土人包围了。"龙川放下烤肉："别慌！"话音刚落，营帐外的怪叫声如刀挫。龙川被尖叫声刺激得头痛难忍，他抱着头大声叫喊：“我的头快要被尖叫撕裂了！心快要粉碎了。”怪叫声停了一会儿，龙川又恢复了知觉。一会儿，尖叫声又响起，他用手指堵住耳朵，艰难地对侍卫说道：“快，剪丝绸来给我把耳朵堵上。”耳朵堵上后，龙川恢复正常：“这群野人，叫声真可怕。”龙川走出营帐，见土人用朱砂抹红脸，肩披长发，红面獠牙，手拿铁器，怒目万丈继续怪叫。他们拿着竹器跟在一位头领的身后，慢慢走近。

龙川见为首的领头两只耳朵带着硕大的银耳环，在早晨的阳光中亮得刺眼。他虎背熊腰，右手拿着铜剑，身披长发，红面獠牙的面具后面，不知道有一张什么样的脸。面具眼睛鼓凸，满脸横肉，血盆大口。龙川一点也不觉得害怕，从容地等着首领一步一步地走近。竹王走近一挥手，尖叫声停住。

龙川将军合掌鞠躬：“兄弟们好！”竹王远远见到龙川行礼，挥手让身后的兵卒收弓，平静下来。龙川将军让手下拿出珍珠、贝壳、丝绸晃来晃去，最后送到竹王面前。

竹王发出兴奋的叫声：“嗷，嗷，嗷。”见文身的侍卫用手指龙川，又摸摸自己的头顶，竖起拇指说：“他是头人。”竹王明白过来，跟着侍卫走到龙川将军跟前。龙川不带任何武器迎接竹王，表示友好。龙川仰视见竹王两米高，五官端正，国字方脸，皮肤黝黑，高大挺拔。龙川矮小，平视的时候，只看到竹王的肚脐眼，龙川问：“请问头人尊姓大名？”

竹王身边的智者巫卜说：“这是夜郎国的大王！”竹王摘下青面獠牙面具，俊美的脸上露出微笑，大眼睛，大方脸，大圆头，大鼻子，大嘴巴，大下巴。感觉到竹王的善意，龙川异常兴奋，让侍卫拿来葫芦，从里面倒出水稻种子，对竹王说：“这是我们南越国赵佗王送给贵人的水稻良种。”竹王接过葫芦，倒出一粒种子，剥了皮放进嘴里嚼，一会儿竖起大拇指：“好！好！好！”竹王接过装有水稻种子的葫芦，递给自己的兵卒说道：“这是朋友送的珍贵礼物，放进土陶罐收藏好，别让老鼠偷吃了。”

侍从：“是，大王。”

竹王：“请问头人何方人士？”

龙川：“敝人龙川，来自牂牁江下游的南越国。南越王赵佗听说珠江上游有一个夜郎国和一个女儿国，派我带人前来打探，寻找朋友。”说完，龙川又拿了一匹丝绸，展开一角围在自己身上：“这是丝绸，送给竹王！”

竹王眼睛闪烁着丝绸般的光泽问道：“什么叫丝绸？”

龙川：“就是用虫子吐出的丝织成的布。”竹王与兵卒发出惊叹声：“噢！噢！噢！”竹王：“虫子能吐出这样美的丝！神奇呢！”竹王想，这样美丽的丝绸如果送给阿纳做衣裙，她一定很高兴，一定很迷人。竹王爱情的眼睛让丝绸显得更加美丽动人。竹王让女巫给南越士卒每个人的脸上涂上朱砂，表示对他们的欢迎。

从牂牁江岸到夜郎王宫的路上，沿途开满百合花。龙川受宠若惊，带着士兵跟着竹王来到夜郎国。一路上，龙川见到田里耕种的都是女人，男人都到山上打猎，肩上扛着猎物回到母亲家。龙川对身边的海螺说："这里的男人怎么都上山抓画眉鸟，女人在田里劳动？"

海螺："这里还是母系氏族公社？"

龙川："母系氏族比我们原始社会进步多了。"

海螺："听说男人抓画眉鸟是为了取悦女人。男人负责打猎，女人负责驯养猎物。"

竹王带龙川来到夜郎王宫，舅舅金枪王在夜郎王宫设宴欢迎龙川。王宫热闹非凡，戴面具的舞者，身挂羊皮腰鼓，一边敲鼓一边跳舞。女巫过来用竹枝蘸雄黄酒拍在龙川的身上，念咒语："如果是邪蛇就现原形。"龙川闻了闻香黄酒不能自拔："这雄黄酒好香，能赐我一杯？"女巫妩媚一笑回道："这酒有毒，不能喝。"

龙川："如此醇香的酒怎么会有毒？想必是主人吝啬。"然后让随从送了几串海贝给女巫。巫女见到海贝，不顾一切地陶醉在它的美丽中。乘女巫没有防备，龙川将军抱起竹筒里的雄黄酒一饮而尽，然后说道："唉，美酒！只有这洁净的山泉水才能酿造出如此美酒。"女巫陶醉在海贝带来的狂喜中，就像龙川将军陶醉在雄黄酒中，新鲜事物让他们彼此相忘。不一会儿，龙川眼睛一黑，栽倒在地，僵硬地死了。女巫见出了人命，惊恐万状，急忙用解药，但为时已晚，无可救药。南越国的士兵认为龙川是被女巫毒死的，双方厮打起来，夜郎王宫顿时刀光剑影。龙川的贴身侍卫阻止道："别打了，这是龙将军自愿喝死的。"

# 第二十三章　夜郎蚊子拇指大

杨一带领的第三批探军行到白层渡口，江面宽阔平静，杨一带领侍从上了江岸。江岸有很多被劈断的荆棘，海螺说："杨将军，这途中的荆棘可能是先遣部队龙川将军砍出的一条新路，荆棘上有很多的血迹。"杨一："龙川将军的队伍打前站，辛苦啊！"海螺："披荆斩棘，必然付出血的代价！"

杨一："不知道龙川将军现在怎样？找到夜郎国没有？"海螺："赵佗王真是老糊涂了，听鱼妃说了几句疯话，就让弟兄们付出生命的代价。"杨一："赵佗王并不糊涂，他清醒地认识到，找到新的盟友才能壮大南越国势力以对抗汉朝。"海螺："鱼妃这个鬼怪女人，迷住了大王，乱说一通让我们背井离乡。"杨一无心再谈论女人，见前方有烟雾，阵阵烤鸡香味袭来，感到饥肠辘辘："这荒郊野外，怎么有烤鸡味。"杨一急忙往前走，见到两个正在吃烧烤的人。杨一发号施令："原地休息！"

唐蒙对若愚说："杨一来了，别看他们，低头吃鸡！"杨一见唐蒙在吃鸡，走过去问："你俩在这干吗？"若愚："你没看见我们在吃鸡腿？"唐蒙带随从若愚，一直跟踪杨一的行程，两人见杨一带兵上岸，在必经之路烧烤。唐蒙见杨一原地坐下，将烤鸡送给杨一说道："想吃？给！"杨一："无功不受禄，谢谢！哪儿来的鸡？"唐蒙不说话只顾吃鸡，杨一见状饥肠辘辘，大口吃鸡腿。杨一："这前不着村，后不着店，你们从天上掉下来的？"若愚："我等江湖人士，上天入地，哪样不能？"唐蒙突然捂着肚子喊叫："哎约，我肚子痛。"躺在地上不省人事。杨一扔下鸡腿喊道："快救人！"若愚一边给唐蒙把脉一边说道："此人遭遇瘴气晕倒。"说着，给唐蒙点穴治疗。若愚没有说话，给唐蒙脱了鞋子，按摩了小脚趾上方的足临泣和地五会。一会儿唐蒙睁开了眼睛，眼睛转了三下，就坐了起来，眼睛再转三下，就站起来了。唐蒙鞠躬道："谢兄弟救命之恩！"

若愚："不用谢，病还没有根除，你的腹中还有细虫。"说完就在路边采了一把癞蛤蟆叶让唐蒙生吃下去，不一会儿，唐蒙捂着肚子说："好了，没事了。"杨一将军看到这情形，惊呼："神医啊！"若愚："只知一点皮毛，算不了什么神医。"杨一："请问壮士尊姓大名？"若愚从容回道："我姓若，名愚。"杨一："你不愚蠢嘛，怎么取若愚这名？"若愚："我自幼无爹无娘，得山野道士收留，取这名，意为大智若愚。老道传授祖传医术后，不久离开人世，我浪迹天涯，行医救人。”

杨一将军爱惜人才，见到若愚的医术暗自高兴，但故作镇静道：“吃一点野草就能把人救活，我不信！”若愚：“你信不信与我何干？”海螺一旁说道：“不得无礼，这是南越国杨一将军！”若愚：“杨将军？凡胎俗眼不识将军威名，得罪得罪！”杨将军转身询问唐蒙：“请问，这位先生贵姓？”唐蒙：“鄙人姓唐，名蒙。”杨一将军看着一身土著人装束的唐蒙问道：“唐蒙？中原也有一位大使叫唐蒙，前几日在南越国我还见过他，你是？”唐蒙镇定自若：“中原百家姓里人口数千万，故同名同姓者多。我是象郡人，因家中老母病重，听说珠江源头有还魂草能医治，前去寻找。”杨一敬佩有加：“万里寻药救母，孝心可嘉。请受杨一一拜。”

唐蒙：“从小父母教导，百善孝为先。”杨一：“虽说孝敬父母如万物生长、日升月落般的天经地义，但是，要做到孝敬确实很难。一个人不知道勤俭节约，就没有孝敬父母的食物；不节制男欢女爱，就没有精力帮助父母料理衣食住行。”唐蒙：“将军看来是儒将，来自中原？”杨一：“我的爷爷跟赵佗王到南越建国，虽然他们入乡随俗，习俗随土著，但治国思想依然是儒家思想。”唐蒙：“结识将军，甚是荣幸。请问将军前往何地？”杨一：“奉赵佗王之命，沿江寻找鱼妃说的夜郎国和女儿国。我们可结伴而行！”唐蒙窃喜，说道：“得到将军关照，甚是荣幸！”杨一：“我等原地休息，吃饱了再走。”接着对身边的侍卫命令，“你们两人前去探路。”

两个南越国探兵连飞带跑前去探路，行到牂牁江岸打铁关东门，见一老汉在割草。瘦高个儿上前问道：“老狗，这里到夜郎国还有多远？”老汉装聋作哑，继续割草。胖矮个儿探兵继续追问：“老狗，你是聋子还是哑巴？”

老汉瞪了他们一眼说道：“等我割完这些草再告诉你们。”高个儿：“你割的什么草？”老汉红光满面，仙风道骨，白胡须飘逸，一边割草一边说道：“蚊子草。”胖矮个儿：“做啥用？”老汉：“喂蚊子。”胖矮个儿：“蚊子有多大？”老汉：“有你的拇指大。”胖矮个儿：“你分明是在戏弄本大人，怎么可能有这样大的蚊子。”老汉：“夜郎的蚊子就是这样大，不信你亲自去看看。”瘦高个儿：“在哪儿？”老汉指指十米远的一棵嘉木说：“蚊子的房子就在那树上。”两探兵前往观看。老汉在背后说：“慢慢看吧，黄蜂等着吃你的肉呢，我得回家了。”瞬间就不见人了。

两个探兵走近一看，一群黄蜂在巢边飞出飞进。瘦高个儿说：“这夜郎的蚊子可真大啊！”胖矮个儿说：“大蚊子算什么东西？给我灭了。”两人捡起石块向黄蜂巢扔过去。一群黄蜂愤怒了，从巢里飞出来扑向两人。两人见势不妙，拔腿连飞带跑。黄蜂飞得更快，将两人团团围住，两人只得跑进牂牁江中，但为时已晚，叮在脸上的黄蜂用同归于尽的豪情，叮死两人。割草的老汉站在岸上说："算了，教训一下不懂礼数的人就行了。"吹了一口气，这两个不懂礼貌、不懂得尊重人的家伙，又被救上岸了。

两个探兵回到营地，士兵们正在吃烤鱼。杨一正要大口吃鱼，猛然间见到两个探兵脸肿得铜盆大，眼睛皮肿成一条缝，扔下手中的鱼急切地问道："你们怎么了？"瘦高个儿："我们上一个老头的当了？这夜郎人真不是个东西。"

杨一："先别骂人，一定是你们先做了什么对不起人的事，给我说真话！"高个儿探兵指着矮个儿探兵说："就是怪他没有礼貌，探路的时候，他称一个老汉为老狗。"矮个儿兵："明明是你说老汉是老狗的，怎么冤枉我说的。"瘦高个儿："这老狗耍弄我们，说黄蜂是蚊子，害我们被黄蜂子叮成这样。"杨一气得来回踱步："活该，应该叮死你们。我平时是怎么对你们说的，出来后，你们的形象就是南越国的形象，对待百姓说话要讲礼仪！你们是猪脑子，这样简单的道理都不懂！"

两个探兵："将军，我们错了！"杨一："你们两人从现在起负责背黑锅、做饭。"两个探兵道："服从命令！"杨一对所有的士兵说："从现在起，在行程途中，休息时间，请唐蒙给大家讲礼仪！很多纠纷都是因为不懂礼仪惹出来的事端。"士兵们回应："噢！噢！噢！"杨一的部队行到打铁关。探兵来报："杨将军，前方是进入夜郎的重要关隘，名叫打铁关，土人用铁箭伤了我们的探兵。"杨一："闯关不易！"侍卫："将军，请看，这就是他们射向我们的铁箭。"杨一拿着铁箭看了看："在如此偏僻封闭的地方怎么会有如此精致的铁箭？"唐蒙："这个世上没有真正封闭的地方，只有闭关的人心。听说，早在夏商周时代，中原人已经有人迁入东南和西南。当时地图失传了，人们就找不到回中原的路。如今汉武帝派人重新绘制了地图，我等又才找到南越国。"杨一："不知道龙川将军打前站是怎样过此关的？"若愚："他们可能是用财物贿赂的方式闯关的。"唐蒙胸有成竹地说："将军不用焦虑，我自有办法。"

杨一将军让士兵就地扎营，在空地处架起篝火，晚上就让士兵戴着面具围着篝火跳竹筒舞，一边跳，一边让竹筒往外倒海贝，倒铜钱。守关土著人就在林子中偷看。土人悄悄拾起海贝和铜钱回去向守将禀报："守将，南越人一边跳舞一边撒钱，您看！"将钱币递给守将。守将看到贝币十分喜爱，哈哈大笑："你们再去多拾一些。"土人："遵命！"

杨一和士兵戴面具继续跳舞，土人慢慢融进队伍。杨一带人将土著围住，将竹筒送给他们。石门关的夜晚，灯笼高挂。土人边跑边喊："守将，守将，您看！"将竹筒里的贝币倒出来。

守将："这些真是稀罕之物，我几辈人没见过。"土人："守将，听说这是东海龙王的宝贝。"守将拿着贝币玩赏，突然收起笑容，警惕而忧虑地说："这些人怎会把稀罕之物随意给我们？一定有陷阱。”

士人：“守将，听他们说是想找朋友！没有陷阱。”守将的狭隘与多疑暴露着他文化的苍白，他恶狠狠地命令道：“去把他们的首领带上楼来喝酒，察言观色，试探试探，看看他们是好人还是坏人。”

关楼屋内的夜晚，灯火辉煌，夜郎守将问杨一：“请问客人尊姓大名？从何而来？”杨一：“敝人杨一，从南越国而来。这是我的朋友唐蒙。”守将：“为何事而来？”杨一：“南越国赵佗王派我等前来找朋友。”守将：“杨将军，你们远道而来，就是为了和我们交朋友，好啊！我们希望有朋友来和我喝酒！”杨一：“谢谢守将的盛情！”守将举起牛角酒杯：“来，杨将军，喝！”杨一将军、唐蒙端起牛角杯，不一会儿儿喝得东倒西歪。第二天一早，守将赤身裸体站在关楼上，左耳戴着银耳环，头顶戴着野鸡毛头冠，正在向空中的雄鹰射箭，雄鹰被射中落下。杨一：“守将好箭法。”唐蒙、若愚附和：“箭法好！”守将开心地哈哈大笑，然后将弓箭递给杨一：“杨将军，来，放几箭，比试比试。”杨一鞠躬道：“谢守将盛情，我等忙赶路，告辞！”守将拉满弓，对着天空的雄鹰说道：“你们不是来找朋友的吗？不能走，再陪我喝三天酒。”

杨一：“我知道守将的盛情，只是有公务在身，下次一定陪守将喝三天三夜。”守将的笑脸突然阴沉下来：“有什么事都不能走！”唐蒙拿出贝币说：“这些贝币送给守将，放我们过关吧。”守将接过一串贝币，左看右看说道：“好啊，贝币是稀罕之物。你们外来人只讲钱，不讲感情。我不要钱币，只要你们陪我喝酒。”说完，将贝币扔到关楼的悬崖下边。唐蒙阻止道：“守将别扔！”但为时已晚，贝币坠入深渊。

杨一：“守将真是一位轻财重义之人，好吧，我再陪守将喝三天酒。”

守将：“这三天，你们得天天给我讲故事。”杨一：“唐大人，这讲故事的事就由你负责了。”他们坐下一边讲故事一边喝酒，三天过去了，守将送杨一、唐蒙入关。杨一：“守将，止步，告辞，后会有期。”守将忧伤地说：“尊贵的客人，你们就如同时间，留不住啊。你们走吧，离这里十五里就到夜郎都城了，后会有期。”

打铁关山脚下往东行驶十余里，有很多打铁的草棚铁匠铺，叮叮当当，见到杨一和唐蒙一行，他们都放下手中的活，好奇地围观，也不说一句话，就这样好奇地打量着杨一和唐蒙他们。

杨一走过铁匠铺，打铁匠热情招呼：“客官，进来坐坐，喝碗水。”他袒胸露乳，肌肉发达，腰间围了一块兽皮，皮裙上有很多被铁水烙出的洞，宽脸盘上滴着汗水，身边通红的火焰，照着脸上，汗水带走黑灰留下的沟壑，像山的皱褶，大眼睛里闪着孤独的忠厚。他在羡慕唐蒙身上的绫罗绸缎，然后用隐藏在内心的痛苦与唐蒙表面上的幸福比较。杨一见到铁匠铺里挂着各种各样的刀具，暗自激动：铁器，如此丰富的铁器。杨一兴奋地拿起一把铁剑，试试轻重，反复观赏，爱不释手，问道：“师傅，这为何剑？”看着打铁关琳琅满目的铁器，激动万分。铁匠：“这剑，名叫蛇首空心茎无格短剑。”杨一：“这铸剑的技艺远远超过我的想象，太完美了。”铁匠：“客官过奖了。”杨一：“特别是这剑柄像眼镜蛇的头，还有两只眼睛。”铁匠用脖子上的黑麻巾擦了擦汗，见到有人欣赏他的剑，很开心，解说道：“眼镜蛇凶猛、敏捷，判断力强，夜郎人希望自己像眼镜蛇一样能抓到猎物，喜欢蛇首剑。”杨一：“多少钱一把？”铁匠：“我只负责打铁，不换市。”杨一拿出自己的马蹄金在铁匠眼前晃来晃去，铁匠欣喜，赶快说：“客官，你如果喜欢就送给你，收什么银子。”

唐蒙很有礼貌，喝了一碗漂着炉渣灰尘的泉水，然后接过蛇首铜剑说道：“这的确是一把好剑，用来砍路边的荆棘很给力。”然后从腰里掏出一枚海贝送给铁匠。铁匠拿着海贝兴奋异常，就像杨一拿着蛇首短剑一样快乐。杨一：“一枚海贝怎能换这样珍贵的宝剑。”从身上再掏出一块马蹄金递给铁匠。小铁匠围上来，都看铁匠怎么对付杨一和唐蒙的马蹄金，铁器作坊的气氛紧张起来。铁器都是由夜郎国统一销售，铁匠每天吃饱饭就行了。但铁匠终于经不住马蹄金的诱惑，收下了金块。

夜深人静，铁匠在油灯下，反复欣赏着马蹄金。铁匠很茫然，也不知道这金子有啥用途，夜深了，还兴奋。铁匠老婆反复催促：“老鬼，睡觉了！睡觉了！”铁匠突然用厌恶的口气回道：“你先睡，吵什么吵。”老婆的声音从睡房里传出来：“往天，我在纺麻线，都是你喊我睡，今天你是怎么了？”说着老婆走出屋子。老婆从铁匠手中抢过马蹄金说道：“一块石头，冷冰冰的，都值得让你趾高气扬蔑视我？”铁匠：“我高兴得睡不着。”老婆：“老鬼，你是喜欢金子？还是喜欢我？”铁匠：“当然喜欢金子。”老婆：“好吧，那明天我就回娘家了。”

铁匠：“你现在就可以回你娘家。过去走婚的时候，你们女人本来就是在娘家的。”老婆真的就赌气回娘家了。铁匠抱着马蹄金睡着了，等一觉醒来，金子不见了。

杨一不清楚当地习俗，盲目联络情感，他送给铁匠的金子，破坏了铁匠内心的平静，点燃了铁匠的欲望，让铁匠心潮澎湃，夜不能寐。马蹄金夜间被盗，老婆也被气跑了，就是这一块马蹄金，打乱了铁匠铺的淳朴与平静，引起了铁匠铺的争斗。后来听说，淳朴的铁匠，拿着蛇首短剑，四处寻找马蹄金，却不知道下落。听说铁匠在寻找马蹄金的时候被人杀了。铁匠开始为了没有生命的金子忘记了有生命有温度的老婆、孩子和自己，不再安安心心过日子。

心乱了，社会秩序也会乱！

# 第二十四章　夜郎悬棺

赵佗王派龙川带领第一军沿珠江寻找夜郎国，龙川历尽艰险终于找到了夜郎国，眼看胜利在望，因贪恋夜郎的雄黄酒毙命。找朋友的希望就寄托在了第二军谢天带领的军队，谁知天有不测风云，谢天的船触礁也全军覆没。最后的希望寄托在了杨一将军率领的第三队探军了。

第三探军能在夜郎扎下根，是在半路上混进了两个人才：一个是汉朝使者唐蒙，一个是唐蒙的随从若愚。杨一采纳了唐蒙的计谋闯过了险要的打铁关。唐蒙当下又用贝币请当地的僰童带路准备进入夜郎国。僰童身穿酱色对襟麻布背心，黑色七分裤，草鞋，大约十五六岁，额头前凸，后脑勺后凸。僰童问唐蒙："叔，你们从哪儿来？"唐蒙："从汉朝到南越国辗转而来。"僰童："到夜郎来做什么？"唐蒙："来换市，也是来找朋友。"僰童："什么叫换市？"唐蒙："用我们有的东西，换你们没有的东西；或者用你们有的东西，换我们没有的东西。"僰童被说得一阵迷茫，不得其解。唐蒙摸摸僰童的头开心地说道："你这小孩，脑子长得好，前啄金后啄银。"然后送了一些碎银子给僰童。僰童摇摇头不收。唐蒙吃惊地问："嫌少？"然后又加了一些碎银。僰童依然摇摇头。唐蒙："怎么不要？"僰童："大人，我不想要银子，我想跟你们去很远的地方。"

唐蒙："你还小，不能带你出去。我们带你出去就变成贩卖人口了，天子知道后要砍我们的头。你为什么要离开父母出去？"僰童："他们太穷！"

唐蒙："儿不嫌母丑，狗不嫌家贫。父母越穷就要讲忠孝，要改变贫穷落后的面貌。等你长大了，再参加我们的队伍去远方。"突然，榔榆树上号角吹响，唐蒙被吓了一跳，抬头一看，参天大树上坐着一个巨人，腿像门座柱子一样粗，他弯腰像抓麻雀一样抓起僰童问："干什么的？"僰童在巨人手中天真地说："巨人，他们是从南越国来换市的，是找朋友的。"吹号手放下僰童，弯下腰对唐蒙说道："比武赢了才能过关。"说完，杨一和巨人比武。巨人举起牛角打向杨一，杨一像一只跳蚤，转到巨人的后背，朝着屁股一剑刺去。巨人感觉屁股就像被蚊子叮咬了一口，刺痛奇痒，半天才转过身来。杨一又灵活地跑到巨人大脚板上，用剑猛刺巨人大脚背。巨人坐在地上抱着大脚嗷嗷直叫。巨人被杨一打败了。巨人没有文化自信，十分佩服打败自己的杨一。巨人吹起暗号，一群丰满的女人端酒来让唐蒙、杨一喝。被灌了很多酒的唐蒙，晕晕乎乎，看着一群穿得花枝招展的美女就以为看见仙女，土人在一旁对唐蒙察言观色。唐蒙喝完酒依然彬彬有礼地说："谢谢仙女！"不看美人一眼，不动美女一根手指头。巨人说："这些人没有邪念，心地善良干净，让他们过关！"然后让土人带唐蒙进到夜郎都邑。杨一对海螺说："唐蒙终于依靠品德过关了！"僰童带着唐蒙一行翻过百合花盛开的陡坡，站在山垭口，指着远处一马平川的地方说道："杨将军、唐大人，那儿就是夜郎都邑。"

杨一十分惊悚："夜郎？棺材做城墙！"

都邑城在一马平川的坝子间，有一座用石头犬牙交错砌成的城墙，城墙外叠放着棺材。走进石头城墙，夜郎都邑街头，男人都头戴野鸡毛发冠。女人头缠麻帕，发间插银簪，走来走去，没有多少声音。石板街两旁，有酒肆、客栈，热闹非凡。僰童送唐蒙一行到客栈，走了。

唐蒙来到夜郎王宫，见很多人聚在夜郎宫前。杨一将军拨开人群走近一看，见龙川将军已经躺在棺材里，巫卜正在给龙川超度灵魂，撒了很多雄黄在木棺里。巫卜做完法事，盖上棺盖，然后很多女人围着棺材跳舞，一圈又一圈。杨一大吃惊，不知道怎么回事，问龙川的侍卫："龙川将军怎么了？"侍卫："禀杨将军，龙将军误饮雄黄酒中毒而逝。"杨一："这是怎么回事，怎么夜郎国四周有这么多棺材？"

侍卫："这是夜郎国的风俗。"唐蒙补充道："夜郎濮人对生命的爱十分强烈，他们很难接受亲人的死亡，在亲人死后不管是老幼，国王还是平民，都将棺材停在城墙脚下旁，人人平等。即使出嫁的女儿，想回到娘家的也都回来停在本国，等到停满一百口棺材统一放到悬崖的岩洞里。人们都称悬棺。"杨一："那龙川将军怎么也停在这里？"

侍卫："竹王说，龙川是朋友，又是第一百口棺材，还有两口士兵的棺材，共有一百零二口棺材，所以就停在这里。这是一个讲究平等的国家。夜郎国有个习俗，停满了一百口棺材后，就举行隆重的悬棺葬礼。这时，竹王走来："你们是龙川将军的同伴，欢迎！欢迎！"杨一："南越国使臣杨一拜见大王！"

竹王："贵客为何而来？"

杨一："敝人杨一受南越国赵佗王之命，前来找朋友！"

竹王："欢迎贵客远道而来，请坐！"侍卫带杨一和唐蒙入座。十几个部落的首领坐在两旁，众人观看巫师戴着面具在场中跳舞。杨一和唐蒙看不懂。巫师嘴里一会儿吐火，一会儿吐水，一会儿舞蛇，一会儿舞剑，弄得唐蒙晕头转向。然后叮叮当当敲锣打鼓十几天后，巫卜高声宣道："上达民意，下传神旨。今则吉日，送百神上山。"沉厚的牛角声吹响，接着是唢呐声，跳舞、吹箫到天微亮的时候，八百人抬着百余棺材出发了。出殡的队伍壮观，唢呐声声，哭声震天，从凌晨寅时出发，抬着棺材出打铁关，沿牂牁江岸的小道步行五十里地到悬棺洞。

下午未时到了悬棺洞墓地。牂牁江的悬崖峭壁上，有一个岩洞，他们绕到山顶，巫卜完成招魂仪式，年轻美丽的女人围着棺材跳舞到申时，男人就用葛藤送一部分人到峭壁上的岩洞里，然后将一口口棺木放进洞中。装有龙川将军和两名探兵的棺材，按照习俗进洞。杨一将军代替亲人扶龙川将军和两名探兵的棺材进洞。巫卜不用葛藤缠腰，用轻功沿悬崖峭壁飞进洞中。杨一用藤蔓缠腰慢慢进洞，令他大吃一惊的是，里面早已经有数百口棺木，阴森恐怖，但洞中没有腐败臭味，很奇怪，全都头朝上脚朝地竖埋，有的棺木腐朽，留下一堆堆白骨。龙川将军棺木颤颤悠悠吊到洞口，杨一将军拉进洞中，巫卜让杨将军将其棺放在最左边："竖放，竖放！"

杨一："为什么要竖放？"

巫卜："我们濮人是九天之子，死后要升天，所以要竖埋，好升天。"

杨一对着龙川的棺材说道："龙将军，你为了南越国，孤军深入。但你有幸结识了濮中仁者，就安心升天吧！"巫卜告诉杨一将军："最右边的棺材全是出嫁死后又转回娘家安葬的女人。"

杨一："为什么要说是回娘家，而不是说回爹家？"

巫卜："女人原本都是不出嫁的，是男人走婚，家中只有娘，没有爹。后来风气变了，有钱的男人都不愿意走婚，而是用丰厚的聘礼娶女人。女人出嫁出于无奈，但女人还是留恋娘家，死后就回到娘家安葬。"

杨一："原来是这样的。"

巫卜："母系公社是走婚，娘家只有娘，娘家没有爹，所以习惯上说回娘家。"杨一安放好棺材，用葛藤系在腰上，拉了三下，山顶上的人将葛藤往上拉。因为葛藤在岩石上磨来磨去，时间太长，只有一丝葛藤维系，就在杨一将军快到山顶的时候，葛藤断了，杨一悬在空中，坠落半个小时才落入湍急的牂牁江里。海螺大声呼救："杨将军，杨将军！"唐蒙和若愚听到海螺的呼救，急忙奔到悬崖边上，不见杨一，只见牂牁江在深涧无声地流淌。海螺求竹王："竹王，请用葛藤将我放到江面去救杨将军吧。"

竹王道："不可能救了，我们站在高山顶上看到的牂牁江平静如溪，等我们走近了，江水又深又急，惊涛拍岸，现在杨将军早被江水卷走了。"

海螺："竹王告辞，我要沿江找到杨将军。"说完就走，唐蒙和若愚跟在海螺的身后："等等！"离开了悬棺洞墓地。竹王："不能去，很危险！"三人执迷不悟地走了。竹王对巫卜说："你去给他们带路，帮帮他们。"

牂牁江宽阔而平静，江面上的竹筏上，女儿国的阿纳和痴草正在牂牁江边浣纱。江面上飘着女儿国女王阿纳若即若离的歌声："千林竹子哟选一棵嘞，万马营中哟选一哥啊。出门带着笛箫走哟，哥想妹来妹想哥噢。千林竹子哟选一棵嘞，只送情哥哟你一个啊。看到竹子想到妹哟，不让别人迷住哥噢。"

痴草见江面有东西浮动，叫道："女王，你看那是什么？"阿纳定眼一看，放下手中的棉纱说："划竹筏过去看看！"她们快速划竹筏过去。痴草："女王，像是个人！"两人将人救上江岸，见是一个男人。阿纳："这是一个美男子。"痴草："怎么溺江中？"阿纳："也许牂牁江的上游还有一个天国，专出产美男子。"痴草用竹筒在男人腹上轻轻一滚，他吐出很多水。痴草摘了一棵马鞭草在额头上抽打，口里念叨："我主无奈九天，法力无边，妖魔鬼怪快快躲开，和合！"溺水男人有一点复苏的迹象。阿纳对痴草说："抬回阿女国。"

悬崖峭壁上的山林和荆棘遍布。海螺、唐蒙、若愚沿牂牁江走，遍地荆棘，一会儿上坡一会儿下坡，衣服被荆刺划破，皮开肉绽，饥饿难忍，头晕目眩。

唐蒙："咱们回转吧，不要说救人，自身难保啊。"

海螺："要转你们转，我相信牂牁江一定会有浅滩地段，杨将军会搁浅得救。我发誓，一定要找到杨一将军，活要见人，死要见尸。"

他们沿江追到黑叶猴山洞下，若愚："等我们追到江边，杨将军早没了。"话音刚落，若愚头上就被一块石头击中，只觉眼前一黑，栽倒在地。

海螺和唐蒙抬头观望，见北面的岩壁上有一溶洞，一群黑叶猴正在岩洞口向他们扔石头，海螺、唐蒙两人抱头鼠窜。巫卜追了上来，见黑叶猴用石块砸人，用食指弯曲放进嘴里打了几声哨子，黑叶猴听出是老乡的口哨，停止攻击。若愚头受伤流着血，肉像烂桃子，皮皮翻翻，处于昏迷状态。巫卜采了一把草药，放进嘴里嚼烂，敷在伤口上，然后撕了一片麻布衣角，包扎他的伤口，血止住了。恐怖让唐蒙和海螺忘记救人的使命，巫卜给他们捕获了一只岩羊，他们开始钻木取火，烧肉。这时，唐蒙才仔细端详巫卜，他清瘦，一看就是上知天文，下知地理人物，他有一张经常思考问题气血不足引起苍白的脸。他的眼睛细长，神秘，外表柔弱，但眼珠子里藏着宇宙。唐蒙道："先师，谢谢你的相助。"巫卜用几根手指算了算说道："大家吃好，不用急，我估计杨将军已经脱离了危险。"

海螺："杨将军为什么会得救？"

巫卜："牂牁江渡口地段平缓，会有很多的打鱼人救他。"唐蒙等人似信非信，吃饱，在地上躺着呼呼大睡。天黑透了，只有篝火在燃烧。若愚醒来，伤口有些剧痛，问海螺："我这是在什么地方？"海螺："你终于醒来了，我们在牂牁江北岸。"唐蒙拿着刚才黑叶猴扔的一块石头给若愚看："刚才你被猴子用这块石头砸晕了。"若愚接过石头看了又看，突然惊叫道："天哪，这不是普通石头，这是宝贝呀。"

唐蒙道："怎么了？"若愚拿着石头贴在胸口："宝贝！宝贝！宝贝啊！"海螺："一块烂石头，是什么宝贝？"若愚："这不是一块普通的石头。"

唐蒙："那是什么石头？"若愚："是雄黄石。"唐蒙心中窃喜："雄黄石？这可是炼仙丹的宝贝石头。如果给皇上，一定能得到很多赏赐。"说着将雄黄石装进羊皮袋中。若愚："只可惜天遥路远，要是在中原有这样的宝石就发大财了。"唐蒙："上帝是公正的，出智者的地方宝物少，出仁者的地方宝物多。"说话间，十几匹狼悄悄包围了他们，绿莹莹的眼珠子，在黑夜中闪着蓝色的光芒。但是，只有土著巫卜发现了荆棘丛中的狼眼，闪着幽兰的鬼光。巫卜对身边的三个人说："我们被狼包围了，你们靠近篝火，我熟悉山路，引开狼群。你们举着火把沿来路一直走，看见村寨就进去寻求保护。"说完递了一串椰榆木珠给唐蒙说道："不管你到了什么村寨，只要拿出椰榆珠，都会得到保护！"

三人十分感动，拱手道谢："谢先师！"

三人举火把离去，只听得巫卜学着婴儿的哭声，一群狼追随他而去。狼群对巫卜穷追不舍，追到悬崖边，巫卜站住了，狼群也停住。领头狼伸出舌头舔舔嘴，好像在说："小子，跑不了啦。"巫卜转身看看悬崖下的牂牁江，纵身跳进江水中。狼跑到悬崖边，眼看就要到嘴边的肉没有了，对天嚎叫起来，饥饿让狼群十分沮丧，头狼当场饿晕倒地。

唐蒙、若愚、海螺三人跑啊跑啊，走啊走，天亮了，见一个村庄冒着炊烟，像见到救命稻草，直接走进去，只听一声："站住！"一群女人拿着竹箭围了上来。三人举起手："姑娘们，别放箭，我们是好人。"女子："谁知道你们是好人？"海螺："麻烦了，我们可能误闯了女儿国！"女儿国城披着霞光，温馨而又冷漠。痴草怒道："这里是女儿国，男人不得入内。"

唐蒙哀求道："姑娘，我们是从天国汉朝来的使者，被狼追了，请施主高抬贵手，让我们栖身躲避。"说完，拿出巫卜送的椰榆珠。

女侍接过椰榆珠："慢，待我禀报女王！"唐蒙几人静候在大门前。

# 第二十五章 唐蒙难逃阿女国

女王寝宫内，阿纳站在一旁看侍女给杨一伤口上药，问道：“伤势怎样？”侍女：“女王，就一点皮外伤！轻度昏迷，没大问题。”阿纳：“你可要精心照顾！”刚说完，女侍跑来禀报：“女王，有人私闯女儿国。”

阿纳一点不吃惊：“是这个昏迷人的同伙吧？”女侍：“听说是从汉朝来的使者，还有巫卜送给他们的椰榆珠做证。”阿纳：“他们一定遇到难处，让他们进来。”三个男人来到王宫。

唐蒙：“参拜女王陛下！”

阿纳：“请起！”

唐蒙：“谢女王！”

阿纳：“你们从哪儿来？”

唐蒙：“我们来自汉朝长安！”

阿纳：“来做什么？”

唐蒙：“天子听说南越赵佗王活到百余岁，受天子之命，出使南越国寻找长生不老药。”阿纳：“你们出使南越国，怎么跑到我的地盘上来了？”唐蒙：“长话短说，赵佗王身边的鱼妃听蛇说珠江上游有夜郎国和女儿国，为了寻找朋友，我们先找到了夜郎国，正遇到他们出殡，杨一将军为龙川将军送葬，从悬崖坠入牂牁江。我等为了找杨一将军误入女儿国！打扰女王，请治罪！”阿纳：“你们既然是自己撞进来的，是天意，就别走了，本王的银矿缺劳工，你们就到我的银矿去炼银。”唐蒙：“万万不可！”痴草走进来对女王阿纳禀报：“大王，溺水人苏醒了！”

阿纳对三个男人说：“你们一道去认认这个人。”三人出了茅草搭建的女儿国王宫正殿，走过木廊，下了木梯子，见院子的西屋躺着溺水人。唐蒙走进屋惊叫道：“杨将军！”杨一平静地说道：“我这是在哪儿？”痴草说：“这是在女儿国，女王在江边浣纱，救了将军！”唐蒙：“杨将军昨天参加夜郎悬棺葬礼，不幸绳断溺入江中。”杨一：“哦，想起来了，谢谢女王陛下。”杨一挣扎着起来施礼，阿纳制止道：“杨将军躺下好好休息。”

杨一坐起来说道：“女王陛下，我好了，我已经好了，我得回到夜郎找我的兵马，立即回南越国。”

痴草看出女王的心思，阻拦道：“将军不能走。”杨一：“为什么？”

痴草：“凡误入女儿国的男人，都要在我们的银矿服劳役终生不得出去。”杨一惊恐：“这不行，我身兼重任！”阿纳：“我们不能保证你们的人品，你们进了女儿国再出去就会自我炫耀，随便毁坏女人们的名节！”

唐蒙：“女王，我等对天发誓，绝不诽谤女儿国美人。”

阿纳：“本王从不听男人的誓言！”杨一：“感谢各位姐妹的救命之恩，后会有期。”说着就要离开，女侍卫用刀剑拦住。阿纳下令：“将四人带到银矿。”

唐蒙、杨一、若愚、海螺来到银矿，惊呆了。女儿国银矿的北面是一座高山像椅子靠背，东西两座山像椅子扶手，一条山泉从北山与东山之间流下，溪水，鸟鸣，轻柔的风，令身心松弛，山花开在东山脚下。几间草棚前一片开阔地，开满了百合花。草棚里有铜盆、陶缸，用竹筒从山泉引来的水，直接流进缸里，用来淘银子。三名男银匠埋头敲敲打打，对他们的到来视而不见，正在制作各种银器，银冠、银瓒、银项链、银杯、银碗、银筷、银勺、银手镯，晃得眼睛睁不开。叮叮当当的敲击声，震得他们耳朵嗡嗡作响。阿纳带着唐蒙、杨一几个人在银矿里走了一圈，从西山回到草棚下的作坊说道：“大使、将军，你们就安心在这里炼银，想多了或者想到逃跑，日子就会过得很惨。”

唐蒙：“女王陛下，禁锢终生太长了？”阿纳：“这是女儿国的法律，不能随意更改。”杨一：“女王陛下，情况很特殊，南越国的国王已经一百多岁了，他正盼着我们回去呢？”阿纳一挥手，女侍卫们将酿制的火棘酒坛抱了过来：“我国之外的任何事与我无关，你们大王一千岁，你也得在这里服役。”杨一：“女王，你讲理不讲？”阿纳：“法律就是理。你违背了女儿国的法律，还问我讲理不讲？你们这些蛮夷，可笑。”唐蒙：“女王，我给您打个比方，您一百岁了，您派痴草到南越国找仙草，结果被南越王扣下服役，终生不得回女儿国，您是什么心情？”

阿纳：“我没有心情！”

唐蒙：“真是对牛弹琴！”

银矿的夜晚，溪水像古筝流淌着。杨一躺在草堆上，看着月亮对海螺说：“南越王一百多岁了，不知道能等到我们回南越国不？我都急疯了。”海螺：“但愿他能活着等我们回去。”杨一：“其实，人老了，多活一个时辰都是奇迹。”海螺：“不知道大王可好！”杨一：“生命如浮云，大王百岁了，还要等我的好消息。女儿国的女王耽误我们的时间，是谋杀。”海螺：“杨将军，我们必须想办法逃出去！”

杨一：“我想哭！”

海螺：“将军，坚强一点！赵佗王会等我们回去的！”

南越国王宫内灯焰昏暗，飘摇不定。南越赵佗王躺在床上一直不愿咽下最后一口气，就是为了等待派往夜郎国的军队回到南越国告诉他夜郎国的事。可是一天天等待，不见派出的将士转回，赵佗王气如游丝，快撑不住了，他只剩下最后一小口气了。赵佗王的孙子赵眜来到赵佗王宫，见皇爷爷赵佗王躺在黄昏的龙床上，肌肉像花朵一般地凋谢了，骨头显露出来，慈祥的爷爷变得像鬼，瘦骨嶙峋。赵眜很心痛，时间成就了生命同时毁灭了生命，真是博爱又无情，远远超过杀人的刀剑。赵眜感觉到时间躲在暗处狞笑。

南越王将玉玺交给赵眜，用干枯的手拉着孙子赵眜说："孙儿，你……要……好好……治理南越，……"后面的声音微弱，赵眜几乎听不见，俯低身子只见皇爷爷的嘴唇在微微颤动。赵眜坐在床边，握着爷爷赵佗骨瘦如柴的手道："皇爷爷，您放心，我会听您的。"其余的儿孙都跪在床前。一会儿赵佗王突然又睁开眼睛，对着赵眜说："孙儿，我，我，我要吃烤乳猪。"

赵眜："快，给皇爷爷拿烤乳猪来。"

赵佗王问："珠江源头找到没有？杨一回来没有？"

赵眜撒谎道："找到珠江源头了，快回来了！"

赵佗王："好！好！真好！"

赵眜："皇爷爷，我知道您牵挂您的孙儿，我们也舍不得您，您会好起来的。"南越王："你们都对我好，我才活这么长的时间，感谢你们的孝心。我不放心的是，在我归天以后，闽越国可能要进犯南越国。所以，等我归天后，要避免与闽越国发生冲突，要继续向汉朝称臣，维护华夏统一，恢复每三年入朝觐见的规矩。这些年，之所以没有入朝觐见，是汉朝天子考虑我年迈，但我心存内疚。"

赵眜："皇爷爷，我们会听您话的！"

赵佗王鼓起勇气说道："我南越国与闽越国一直没有建立起真正的情感，是我南越依靠大量的物质封赏建立起来的盟友，依靠物质建立起来的盟友关系十分脆弱。"赵眜："爷爷，您一生为国操劳，放心吧，我会按您的意志办事。"赵佗："国与国之间，依靠共同的文化信仰才能结成牢不可破的盟友！"

赵眜这时才感觉到皇爷爷一直是根定海神针，有他存在，国与国、国与家都是有秩序的，人与人之间都是有良知的。现在他病了，大地开始摇晃，人心也在摇晃，四周充满了怪异的气息，特别是丞相吕嘉的言行散发着阴郁的气息，鹰钩鼻上一双深凹的眼睛，变得冷漠而闪烁不定。他不再像从前一样用正眼看赵眜，反而用余光看着赵眜手中的玉玺大印，就像自己的心被人挖了一样。赵眜第六感官发现了吕嘉隐藏的狰狞，开始对他有些厌恶。

赵眜抱着玉玺对赵佗王说："皇爷爷，我要像您一样仁慈亲民，传承您的优良传统。"赵佗王："我相信我的孙儿把南越国治理得比我好。如果找到珠江上游的国家，抓紧与他们联盟，增强力量，闽越王有二心，敬而远之。"然后把赵眛的手放在吕嘉的手中："丞相拜托！"后面的话没有说出来，就跟着生命气息的熄灭而熄灭了，赵佗王这次闭上的眼睛永远闭上了。

厨子端着烤乳猪进来，晚了。赵眛满是辛酸，号啕大哭，寝宫里哭声一片。

赵佗王离世这一年是公元前 137 年，这位从秦朝开始南下，一直活到汉武帝时代一共经历了中原八位皇帝的南越赵佗王，带着对南越国的牵挂永远离开了人世。赵眛给南越王举行隆重的葬礼。贝妃、鱼妃，还有十余位妃子坐在梳妆台前，打扮好后，集中在一屋，喝下砒霜，都做了陪葬，陪葬的奇珍异宝数不胜数，方圆几十里有卫兵把守，百姓不得出门，如有人违规出门，格杀勿论。灵柩从南越王宫东、南、西、北四城门同时出发，出了城门后，又弯弯绕绕几十里，有巫师几十人引导，直到夜晚才安静下来，葬礼神秘莫测，最后不知道真正的灵柩葬在何处。这一切，与其说是赵眛的功劳，不如说是丞相吕嘉的忠诚之举。

南越国与闽越国的边境上，闽越郢王听说赵佗王离世，带人在边境烧杀抢夺，鸡飞狗跳，惨不忍睹，然后砍下人头，挂在腰间跳庆功舞。吕嘉正在府中喝着早茶，大将军来报："丞相，闽越国郢王烧了我国边境村庄，将我国人头砍下系在腰间，戴着面具跳庆功舞。"

吕嘉："郢王造反是在我预料之中的，只是没有想到会这样快。你下去，等我给赵眛大王禀报后再做打算。"

赵眛正在后花园，用青草喂宠物羊，公公进来道："大王，丞相求见。"

赵眛："请进！"吕嘉进来拱手道："参见大王！"赵眛："丞相，何事如此之急！"赵眛继续蹲着喂羊。吕嘉看着正在吃草的羊说道："大王，昨日闽越的郢王骚扰我国边境，杀了很多无辜百姓，抢了财物，还将人头系在腰上开庆功会？"赵眛反问："丞相的意思呢？"赵眛站起来，向着后花园的草亭走去。吕嘉跟在赵眛身后说："闽越国多年来一直臣属我南越国，先王依靠物质封赏来维系友好关系，但人的欲望是很难满足，一旦满足不了，就要闹事。所以，不必再用物质封赏来维系两国的和平，应用武力耀我国威。"

赵眛："丞相言之有理，正合我意。"刚登上王位的赵眛和丞相吕嘉来到草堂，在八仙桌坐下，女侍上茶。吕嘉："任何学说都无法抗拒人性的欲望。"说完喝了一口药茶。赵眛："皇爷爷在世的时候，早年用武力攻下长沙国、东瓯国，从海上南下远航，拓展疆土，积累了丰厚的财富；晚年他变得乐善好施，用大量的财富贿赂周边小国家，让他们心悦诚服。现如今我要改变这种用物质维护稳定的风气。"赵眛正玩着貔貅。吕嘉："大王，闽越国进犯，我认为要武力还击。"赵眛："还击之前需要向天子禀报决定。如果我南越国私自还击，汉朝天子就会借口说南越国欺负小国，借口出兵讨伐我国。我得借助汉朝天子的力量来消灭闽越国。"

吕嘉："大王，不可，我认为消灭闽越国需要依靠自己的力量，天上不会掉馅饼，汉武帝当下亟须开拓疆土，即使他愿意帮助我国消灭闽越国，但同时也会用苛刻的条件来束缚我国。到时，我国就会失去独立自主的权力。"赵眜："如不向天子汉武帝禀报，我方私自发动的战争，就违背了汉朝与诸侯国的协议。我国现如今严重缺乏铁制兵器，战胜闽越国也没有把握。如果失败了，皇爷爷打下的江山就被我葬送；如果打胜了，汉武帝就会怀疑我对汉朝不忠。"吕嘉："我们不能受汉朝的过多控制，必须独立。"

赵眜："丞相，如何对付闽越小国，我自有主张。"吕嘉："请大王三思，微臣告辞！"赵眜看着吕嘉桀骜不驯的背影，感觉吕嘉是头顶上的一片乌云。

赵眜看着吕嘉离去，亲自提笔写信向天子汉武帝请救兵对付闽越国。

汉朝未央宫，汉武帝宴请群臣。在宴席上，汉武帝问身边的内史："准备修上林苑用的土地价格登记出来没有？"

内史道："正在登记。"

汉武帝："要尽快登记，给百姓做好补偿。"

汲黯坐在汉武帝身边直言道："陛下，恕微臣直言，终南山是国家的天然屏障。汉朝建国，离开了三河之地，在霸水、水之西，泾河、渭河之南建立都城，这一带山中出产玉石、金银、铜铁、优质木材，又盛产小米、桑麻、竹箭等物，这样水草丰美、矿产富饶之地，百姓依靠它们维持生活。现在，圈占这片土地建造宫殿园林，必然浪费资源，且是为游乐，不可取。修上林苑，唯恐破坏农桑，老人悲伤，幼童惊恐，百姓四下逃走，无心耕种织锦，导致社会动荡。"

群臣听后额头冒冷汗，暗地小声议论，交头接耳："汲黯是不想活了。想找死呀！"全场突然变得鸦雀无声紧张惊恐，有的大臣放进嘴里的鱼肉都吓得不敢咽下，等着汉武帝暴跳如雷。汉武帝过了很长时间，用鹰一般的目光扫了一下全场说道："爱卿讲得好，为民着想，和朕想到一块了。"然后举杯对群臣说道，"众爱卿，举杯为汲黯的精彩演讲干杯！"汉武帝将一杯酒喝下，接着说："众爱卿，要向汲黯学习，为江山社稷着想。为鼓励大家说真话，奖励汲黯黄金一百两。"全场又热闹起来，觥筹交错，大家得意忘形陶醉在酒肉中。汉武帝小声对内史说道："汲黯说他的，不用理睬，一切按丘寿王的奏报规模新建上林苑。"汉武帝我行我素，说归说，做归做，帝王风范。

"遵旨！"内史说完一杯酒喝下。这时，苏公公走到汉武帝的身边，将信件递给汉武帝，弓着腰禀报："陛下，南越国新任诸侯王赵眜来信。"说完就站在汉武帝身边。汉武帝展开信看完，对大臣说道："各位静一静，刚才得到禀报，闽越国郢王进攻南越国的边境城邑，烧杀边境村民，将南越国人头砍下系在腰间，戴着面具跳庆功舞。赵眜王遵守与我国的约定，不擅自发兵，特向朕上书告急！

朕很赞赏赵眜王的忠义。众爱卿，你们谈谈该如何处置闽越王？”

大将军王恢和韩安国沉默不言。汲黯虽体弱多病，但刚才得到汉武帝的表彰，清瘦的体质增添了一些阳刚之气，他建议：“南越人和闽越人都是生活在中原以外的野蛮人，他们之间不懂礼仪，剪断头发，在身上刺花纹，经常为了鸡毛蒜皮的事情互相残杀，记仇心又重。你用筷子夹肉给他们吃记不得，但你不小心说错一句话，就杀人。这些人不用理睬，不值得劳神去管，让他们互相残杀，死一个少一个。”

董仲舒持相反意见：“南越国的赵佗王也是秦朝时期过去的中原人，不能否认他对南越治理的功绩。现在他的孙子赵眜遇到困难应给予帮助。”

汲黯：“赵佗是命不好，被秦王外派，为了生存没有办法，你以为他是真正的功臣？为了这些反复无常、违背盟约的野蛮人派军，弄得汉地的百姓妻离子散，得不偿失。”司马相如：“我认为对功臣的评价不能用命运来说事，而应该给予精神上的激励，这才有一个包容天下的大国风范。与他们计较，我们不也成了一个小国了。”汲黯：“到南越国的道路艰险崎岖，荆棘遍地，虫蛇猛兽神出鬼没，加上瘴气凶险。我军千里迢迢自带粮草，还没有与敌人交战就死于疾病与疲惫，出征凶多吉少，千万不可出兵。”

董仲舒：“上古尧舜时期，国家没有丰厚的赏赐，但百姓之间互相救助，不犯法。是因为君主对百姓讲信用，陛下既然已经对南越国有盟约，就不能改变主意。”

汉武帝：“假如我不出兵南下救援，后果如何？”

董仲舒：“陛下出兵，就是鼓励藩王们遵守约定，让天下人懂得静守规则。倘若陛下装昏不出兵，默认了藩王们的互相征战残杀，将会出现弱肉强食的混乱局面。只有君王主张正义，天下才能出现太平景象。”汉武帝对董仲舒的回答非常满意，对汲黯的宿命论很反感。刚才是大臣们民主言论，现在到了集中的时候，汉武帝对在一旁沉默寡言的大将军王恢和韩安国道：“朕命王恢率军从豫章郡出发，派韩安国率军从会稽郡出发，合力进攻闽越国。”

汲黯从小生在权贵家庭，不理解民间疾苦，但还是正义的。汲黯信奉道家的无为而治，常常与信奉儒家的汉武帝和群臣在治国主张上发生冲突。他自己认为自己在说真话，其实，自己对道家也是一知半解，但汉武帝尽量包容他。汉武帝看着汲黯养尊处优不知天下疾苦的安然样子很不满意，说道：“汲黯不主张出兵，那就前去南越国、闽越国说和两国。王恢和韩安国护卫汲黯一同前往，如果汲黯不用兵就说服了两国不战，减少我朝兵士伤亡，回到朝廷获重赏。”汲黯惊慌失措：“陛下，臣身体虚弱，没等走到半路就死了，臣不去，您刚才奖赏我，现在又惩罚我，有何用意？”

汉武帝：“抗旨者死！我开始奖赏你说真话，现在我重用你的才能，你不是反对用兵吗？那你就去劝和两国。”汲黯无奈地跪下：“微臣，谢陛下隆恩！”汉武帝对王恢将军说：“你们最好派人先与汉使唐蒙取得联系，只有知己知彼才能打胜仗。”

韩安国：“陛下，听说唐蒙失踪了！杳无音信。”

汉武帝：“噢，失踪了？你等出使南越国打探他的下落。”

韩安国：“遵旨！”

唐蒙自从被关进女儿国银矿，每天都在想着逃跑。女儿国王宫内，阿纳正在织布。女侍进来禀报：“女王，唐蒙几个人逃跑了。”阿纳吃惊道：“女儿国的女人这么没有魅力？他们不动心，还想逃跑。”阿纳用照妖镜一照，见唐蒙等人正在路上拼命地逃跑。女侍添油加醋地说道：“他们还骂女王。”

阿纳：“怎么骂？”女侍：“我不敢说！”阿纳：“你是藐视本王没有承受能力？”女侍：“他们骂女王是老寡妇老妖怪。”阿纳冷笑一声：“我还没有出嫁呢，就老妖怪，真是凡眼俗胎。”女侍：“女王，是让他们跑了算了，还是将他们追回来？”阿纳：“其实我只是考验一下他们的诚信，看看他们懂不懂得感恩。只要他们真诚感恩，劳动几天我打算就放他们走的，想不到他们轻看了本王。”

女侍：“这些猪狗不如的东西！”阿纳：“我要教训一下这帮有眼无珠的家伙。你带上我织的布铺在三岔路口，然后将这草种撒在原路上，让草将路铺满，让真路拐一个弯，他们就会迷路回到银矿。”女侍：“遵命！”阿纳从从容容地说道：“痴草，上山采蘑菇去！”

三岔路口大雾弥漫。唐蒙等四人跑到山垭口，突然没有路了。若愚：“大人，怎么没有路了？前面是悬崖。”

女儿国东山上，阿纳和痴草正在采摘木耳、蘑菇、香菜。痴草边采边说：“女王，银矿那四个男人整天不说话，哭丧个脸，留他们做啥？还不如放了他们。”阿纳：“不能放！”痴草采了一朵蘑菇扔进篮子中说：“为何？”阿纳：“刚抓到野鸡野狗的时候，放进笼子，总是挣扎嘶叫，不吃不喝，只要你每天平静地给它们食物，时间长了便喜欢上了笼子。人也是这样的，我们要用驯野狗野猪的诚心来驯化这几个男人。”

痴草：“女王真有智谋。”阿纳：“可别夸我，要看这几个男人的造化，越有灵性的动物越难被驯化。一旦被驯化，很忠诚。”痴草：“女王认为他们几个人谁最有灵性？”阿纳：“我看，最有灵性的人是若愚，最懂礼仪的是唐蒙，最勇敢的是杨一，最忠厚的人是海螺。”

痴草：“那就先驯化若愚！”阿纳：“不，若愚虽然容易被驯化，但他的灵气被唐蒙的权力所控制，如果被驯化他会痛不欲生，还是先驯化唐蒙。”

阿纳：“女王真有见识！”痴草：“先让他们适应一下环境再说。如果他们能被驯化，以后就可以教女儿国的小娃娃念书了。”侍女急匆匆跑来：“女王，不好了，我将路铺错了，四个男人都跑了！”

阿纳：“跑了！”说完，阿纳采摘了一片树叶，抛向空中，化作一座高山挡在了唐蒙四人的前面，银矿四周的山如同一个坛子。四人跑得腿脚抽筋，也没有跑多远。若愚四人爬到山顶见前方是悬崖，说道：“慢，前方无路，且大雾弥漫，小心。”杨一：“唐大人，我们可能迷路了。”说完，突然空中飘来一块青色布，落在地上，眼前显现出了一条路。唐蒙惊喜异常：“雾散了，路出现了，快跑！”四人拔腿就跑。跑着抱着，见到了一个女人，唐蒙惊讶道：“是女王！”阿纳穿得珠光宝气，坐在一棵马缨花树下。右腿搭在左腿上，右手搭在左手上，左手搭在膝盖上，一双光脚板，光腿袒露在短裙外。脖子上挂着手指粗的银项链，沿着乳沟两旁的皮背心垂到腿上，纤长的手腕上戴着又宽又大的银手镯，大耳环把耳垂坠到肩上，银首饰在阳光下晃得四个男人的眼睛一会儿睁一会儿闭。唐蒙走过去：“女王，请问出山的路在何方？”阿纳：“就在脚下！再往前走几步就是出山的路。”四人往前走了几步，异口同声：“银矿！”

四人异口同声道：“我们又走回来了？”

阿纳庄重地微笑着说：“杨将军，本王在牂牁江救了你，不需要你感恩，可你走了也不打声招呼，这不像从大国来的使臣。”杨一脸红不吭声。阿纳又对唐蒙说道：“还有你，唐大人，你们到我国来躲豺狼，即使要走也要告别一下嘛。”唐蒙不知道如何回话。

若愚：“谢女王救命之恩，我等禽兽不如，随女王惩罚。”

阿纳：“实话告诉你们吧，只有诚信的人才能走出我这坛子山。”说完转身离去。四人无话可说。唐蒙突然倒在地上仰天长叹：“我何时才能回到长安啊？”

# 第二十六章　董偃献宝

六月的长安，开满了石榴花，这石榴花是张骞从西域带回长安的种子长出来的。南越国丝绸商人董偃奉南越国赵昧王之命，到长安献宝。

董偃进宫按照汉朝的礼仪跪拜道："南越国小民董偃拜见太皇太后。"本来，宝物是献给汉武帝的，汉武帝同情祖母窦太后孤独寂寞，就让董偃将宝物献给窦太后。窦太后终于又找到昔日的被人敬重的感觉，开心一笑："天遥路远，辛苦了，起来坐下说话。"董偃："谢太皇太后。"窦太后："你从南越国来走了多久？"董偃："启禀太皇太后，董偃走了一年零六个月。"窦太后很感动："实在太遥远！"董偃亲自拿出贡品对窦太后说："董偃受赵昧王之托，特来看望太皇太后。"张公公接过玉镯递给窦太后，窦太后接过手镯仔细观赏起来："翡翠镯子水润通透，飘着绿花，看了凉爽。"董偃道："太后的风采如这温润之玉。"窦太后的心照进一束阳光："董商真会说话！"

董偃解释道："太皇太后，这玉质细腻，看不见颗粒和杂质。"窦太后对张公公说："我看董商有辨别奇珍异宝的天赋，去把我那些奇珍异宝拿出来让董商鉴赏。"张公公："是！"董偃见到满桌子上的珠宝玉器，大开眼界了，他拿着玉蝉说道："太皇太后，这是一件难得珍品。工匠利用天然玉带黄色做蝉本身的黄棕色细毛，自然生动。复眼突出，能洞察世态，胸背十字口代表四通八达的人生之路，浑圆的腹部象征丰衣足食。玉蝉的翅羽通透欲飞，代表天地之灵气。这是皇家的镇宅之宝啊！"窦太后听得享受，董偃放下玉蝉，窦太后拿过玉蝉，无神的眼睛突然充满了喜悦的光芒，发出令人震惊的叫声："天哪，我拥有这样的无价之宝，却整天唉声叹气，虚度光阴，辜负这些奇珍异宝，枉活人世。老朽拥有宝物如见石头，毫无心灵之波澜。"

董偃接着说："太皇太后顿悟，蝉之大幸。蝉，乃土木余气所化，饮风吸露，其气清虚，是道家的宠物。蝉衣能医治风热之症，通脏腑经络。蝉鸣让天地充满生机，故能医治哑病。"

窦太后："董商一席话，令老朽茅塞顿开，之前我算是白活了。所以呀，让我知道这些没用了，要让我的儿孙们知道才是。"窦太后对张公公道："去把陛下请来一起听。"

张公公："是！"

窦太后："过去，这些奇珍异宝在我眼里，与石头差不多，随意堆放，如粪土，毫无意义。经你加以辨别，我才感觉这些宝贝的确是宝贝。"董偃："我知道太皇太后信奉黄老学说，送这枚和田玉蝴蝶给太皇太后，名为庄周梦蝶，玉蝴蝶通透如水，翼翅翩翩欲飞。"张公公一会儿进来禀报："启禀太皇太后，陛下不请自到，看您来了！"窦太后心情顿时飞舞："好，好啊，我的宝贝皇孙很久都没有来看我了！"汉武帝气宇轩昂地走进来，见窦太后仙风道骨，鹤发童颜，暗自高兴："给皇祖母请安！"

窦太后："皇上，来得正好，我给你介绍一位新朋友，这是南越国丝绸商人董偃，从南越国来。"汉武帝与董偃相视一笑，心领神会。汉武帝装昏之前不认识董偃。董偃站起来又跪拜："陛下万岁，万岁，万万岁！"

汉武帝："平身！"

董偃："谢陛下！"

窦太后："董偃的祖辈也是中原人，随南越王出征百越。"汉武帝："南越王可好！"董偃："新上任的赵眜王一心归汉，特遣我入朝以表心意。"汉武帝爽朗一笑："赵眜王一片忠义之心，朕要封赏于他。"汉武帝坐下听董偃讲解玉器宝物的价值。汉武帝听后很高兴："来人，赐给董偃衣帽丝绸。"董偃："谢陛下隆恩，小民告辞！"董偃退后转身离去。快乐的时光很快像流沙一样流失，窦太后又回到现实。

窦太后："皇上，陪哀家到后花园走走！"

汉武帝陪窦太后来到后花园。汉武帝扶着窦太后沿着弯弯曲曲的人造小水渠，欣赏着牡丹花，走过幽静的小道，祖孙其乐融融。一只金龟子停在牡丹花上，汉武帝见到发出金属光色的绿金龟甲虫十分喜欢，抓在手中。

窦太后："别惊动它！"汉武帝将金龟子放在手心上，举高手，金龟子展开翅膀飞走了："它一定飞出皇宫了。"窦太后："做了皇上还像个孩子！"

汉武帝："在祖母面前我永远是个孩子。"祖孙两人走到闲亭的美人靠坐下。窦太后宫女将茶递上，窦太后品了一口说道："哀家认为皇上不为你自己考虑也要为国家社稷考虑，该有皇子了。"

汉武帝："遵听皇祖母教诲。老人家安享晚年就是了，不必为孙儿过多操心。"窦太后："我活着一天就要操心一天。皇上，你看，董偃送的珠宝玉器，你喜欢什么？一会儿我让人给你送过去。"汉武帝："谢皇祖母！这些都是身外之物，只有拓宽疆土，才是一代君王的真正喜好。南越国受闽越国侵犯，求助于我，孙儿已决定派兵。"窦太后："皇上做得对，既然南越国有心称臣，出兵拯救藩国，表示我大汉的风范，很有必要。"

汉武帝："皇祖母，我来也是要给你禀报一事，孙儿想恢复上林苑。"

窦太后：“上林苑是你皇爷爷赐给百姓的耕地，如今你恢复上林苑，必然会惊动百姓搬迁，打扰他们平静的生活，皇上需要考虑周全再行动。”

汉武帝：“我经过深思熟虑。作为天子不能整天在宫中无所事事，沉迷美色。如今北方有匈奴经常南下骚扰，南面有百越人的虎视眈眈，我要打猎、奔跑，锻炼身体，保家卫国，做好御驾亲征的准备。”

窦太后：“皇上说得有理，但工程浩大，一是扰民，二是耗损国库。”

汉武帝：“我已经想好，为了不扰民，继承先辈的传统，工程建设选在农闲时期，不耽误农时。恢复上林苑，以后不用借宿民间遭遇危险。”

窦太后心中不悦但也不好反对：“唉，上林苑本是秦始皇游乐打猎的地方。后来，你爷爷、你的父皇分给百姓耕种，现在又要收回，真让哀家担忧啊。”

汉武帝：“皇祖母不必担忧，现在国库充实。”

窦太后：“陛下自行处理吧，我也管不了喽。要修上林苑，哀家认为，南越国与闽越国发生冲突，最好不要轻易用兵。”

汉武帝：“皇祖母的意思我早已明白，所以在出兵的同时，派了大使汲黯前往调和。如果调和不成，再用兵。赵佗去世，他的孙子赵眜继位，我们就可以对他施恩，收复南越，然后对周边小国逐渐纳入汉朝版图。”

窦太后：“哀家听了皇上的一席话，该放心养老了。”

汉武帝：“皇祖母好好保重身体。”

夜晚，御膳房灯火辉煌，窦太后面露喜色：“亲人之间能在一起用膳的时间会越来越少了。

窦太后：“今天皇上、皇后陪哀家用膳，比得到奇珍异宝都让哀家高兴。”

阿娇：“我敬皇祖母一杯。”

窦太后：“阿娇现在懂事了，皇上也要多多包容阿娇。”

汉武帝：“以后孙儿多听皇祖母的教诲！”

窦太后：“好，听我的就好，那就放弃你的独尊儒术，恢复祖上沿用的道家思想来治国。”

汉武帝：“皇祖母，这个问题我需要思考。道家学说虽好，但其内容玄妙深奥，不容易普及到民间，儒学规范系统，易普及。再说，道家学说有小国寡民的悲观消极。”

窦太后听完汉武帝的话，又激愤起来，用被颠覆的极不安全口吻道：“道家无为思想是在尊重天地民心的基础上建立的，是在尊重自然规律前提下的积极进取；儒家思想有时候为了个人的利益，不惜牺牲国家的利益。为了个人的荣誉，不惜伤害别人。如果像你说的道家思想消极悲观，会出现文景盛世吗？道家包含天人合一的宇宙观，儒家考虑的是个人的功名利禄，急功近利，会破坏天地自然的规律的。”说完脸青面黑，将筷子放下。

汉武帝："皇祖母别生气。道家用于统治一个小国还可以。但是，要打通北方以及南方的道路，开拓疆土，统一华夏，儒学更容易传播，统一人心。"

窦太后喝了一口茶咳了两声："你这是被那个董仲舒的歪理邪说迷惑了。放弃黄老思想，就是放弃脚踏实地，人们就会放弃耕耘，纷纷逃离土地争相奔仕途，造成机构臃肿，人浮于事。而往往机构臃肿的时候，也是农业空虚的时候，农业基础不牢，国库迟早要被挥霍殆尽，到那时再急救就困难了。"

汉武帝不考虑后果脱口而出："皇祖母，您这是妇人之见。"汉武帝感觉自己太冲动，但说出的话如覆水难收。

窦太后面对汉武帝的顶撞，站了起来，晕眩一阵，镇定过来说道："好啊，现在就用孔老二那套歧视女人的话来伤害我了。"说完就昏过去了。汉武帝上前扶着皇祖母急切地说道："叫御医！"然后道，"皇祖母，您醒醒！"道家学说让窦太后不仅辅佐了三朝天子，出现了文景盛世，而且道家学说让她懂得进退修身，从道家对万物本质规律的阐释，知道民心的需求，民心稳定，国家的稳定。窦太后在辅佐文景两朝皇帝的时候，没有谈什么大道理，就是让老百姓热爱劳动，热衷修身，保持朴素的耕读思想。让百姓快乐养猪、养羊，成了窦太后"治国若烹小鲜"的最高境界。如今，汉武帝藐视这个简单的治国道理，好高骛远，让窦太后很担心。

养心殿，御医到来，给窦太后扎了银针，一会儿窦太后渐渐苏醒。窦太后吃力地说道："治国没有高深的学问，就是让百姓安心喂猪、养鸡、放羊，自食其力。而你一当上皇帝，就修建方圆百里的上林苑，这是挥霍。"

汉武帝："皇祖母，我立即撤销，不建了。"窦太后见汉武帝回心转意，刚才魂飞魄散，现在又魂魄归体，她说道："你衣来伸手，饭来张口，你知道你和皇后每天的开支是多少吗？你知道你每天吃的饭是怎么做出来的？是什么人做的？"汉武帝迷茫地摇摇头。

窦太后坐起来："我再不告诉你，我死了你就会误入歧途，到时候百姓就要遭殃。为了让你做一个安邦兴国的好皇帝，我要告诉你：民以食为天。这宫中，每天管理饮食的官员就有：太官，主膳食；汤官，主饼饵；导官，主择米。就是这样三个官员，他们各自拥有的奴婢就是三千人，这是一个多么庞大的膳食队伍。为皇上和后宫膳食，每天开支达五十五万钱，相当于二千七百多石上好的粱米，九万一千多斤好肉。一年达二万万钱，这笔开支相等于中等水平百姓二万户的家产。哀家也快要归天了，不告诉你治国的真谛，以后没有人告诉你。你重用的那些儒生，在国家财力富足的时候，他们可以凭借纸上谈兵来治理国家，遇到一点风吹草动，他们一点办法也没有。那些儒生还轻视劳动，用什么'劳心者治人，劳力者治于人'来歧视劳动者，歧视劳动将会让一个国家经济崩溃。治国如治家，就是从喂猪放羊开始，栽姜葱蒜开始。"汉武帝毕竟太年轻气盛了，他胸藏远大的理想，怎么能理解一个女人的婆婆妈妈。

汉武帝看着窦太后说："皇祖母放心，我可以让很多人到很远的地方去找土地，找食物，找珍宝，小小一个上林苑能种出多少粮食？拓扩疆土，种出的粮食比这多出数千倍。"

窦太后："我老了，过时了，什么也不懂。"

汉武帝："皇祖母的话我一定牢记在心。皇祖母保重，孙儿告辞了！"

窦太后："去吧！去吧！"

汉朝未央宫的早晨安静无声，汉武帝还躺在床上，宫女正在侍候汉武帝起床。苏公公喜气洋洋地进来禀报："陛下，唐蒙失踪多年，终于有消息了。"汉武帝急切地问："唐蒙现在何处？"苏公公："唐蒙让巴蜀的货郎送来书信，他发现南越国有一条通向夜郎国的密道。"汉武帝："他身在何处？"苏公公："来信说，他与南越国将军被困在夜郎的女儿国。"汉武帝："夜郎国在何方？"苏公公："来信说地处南越国珠江上游，大概在巴蜀南面。"

汉武帝高兴万分，鞋都没有穿，光脚在地上走来走去："这是好消息啊！"

苏公公："还有更好的消息，夜郎国矿藏丰富，如果此道打通，西可到达滇国，东可沿牂牁江到达南越国。这将是内陆通向海上丝绸之路最近的路径。"汉武帝："朕准备派武功高强的人经南越国辗转接应唐蒙。"

苏公公："只能静观其变，派人深入蛮荒之地操之过急！"

# 第二十七章　情人踏雪

一望无际的桑园叶落尽，枝条裸体在白雪皑皑中，锋芒毕露地抽打着寒风。马背上的安国少季打马狂奔，马蹄卷起雪尘，飞舞在身后的红色披风上，像冬天里的一把火，在无边的冷酷中燃烧。

安国少季被爱情冲昏头脑，复原生命的狂野与原始，把自己的生命献给温柔与美丽的爱情。豆叶站在村口古槐树下等安国少季，呼着白气，温暖着冻僵的手，百色貂毛披风在雪地里像一只美丽的白狐，不知道寒冷，只有无限的柔情。她远远见安国少季骑着白马飞奔而来，耳热心跳。安国少季翻身下马，抱豆叶上马，用披风裹住豆叶娇美的身体，狂奔而去。世界无声，只有马背上两颗跳动的心。来到郊野，安国少季的柔情像雪原中流淌的溪水，清澈，温暖。他牵着豆叶穿过梅花盛开的风景，说不完的情话。站在高高的山顶，用爱情的烈火挑战呼呼而过的寒风，他们拥抱着滚过雪山，来到山丘下点燃篝火。安国少季用宽大的手把豆叶纤纤小手捧在自己的掌心里柔情地问道："冷吗？"

豆叶："不冷！"

安国少季："见到你我真开心！"

豆叶："多么温暖的时刻，因为有你！"

安国少季："多么宁静清澈的世界，因为有你！"

豆叶："让我们永不分离！"豆叶依靠着安国少季。

安国少季："让我们永远永远在一起！"说完将豆叶搂进怀中。豆叶听到了安国少季心跳的声音，如同山洪暴发，如山崩地裂。豆叶浑身散发着桂花的香味，令安国少季晕眩。两人沉迷热恋，不知道旁边有一座坟墓曾经埋葬着一具妒忌而死的尸体。妒鬼从坟墓里爬出来，见到安国少季和豆叶在热恋，妒火中烧，骨架燃烧起来。豆叶被火光刺激，将头埋进安国少季胸膛惊道："公子，我怕，有鬼火！"

安国少季紧紧搂着豆叶："别怕，放松，这是一个妒鬼的骷髅，因为妒忌我们的相爱，自燃，一会儿就成灰烬的。"

豆叶："我怕。"

安国少季："宝贝，鬼火不用怕，怕的是汉武帝的妒忌！"

皇宫内，汉武帝从窦太后那里出来，就回到宣室处理政务，但他无法集中精力，他魂不守舍，头脑中老是豆叶的影子。他对苏公公说："苏公公，不知道为什么我无法集中精力看奏折？看了后面忘记前面！"苏公公说："陛下，别急，你体内一定是缺少阳气了！"

汉武帝："怎么办？"

苏公公："男人的阳气是从阴气转换而来的。"

汉武帝："阴气从何而来？"

苏公公："要从你喜欢的女人那里才能得到！陛下，你喜欢谁？"

汉武帝的脑子里突然出现那天夜里在达柏谷见到豆叶的情景，热血沸腾，难以平静。汉武帝喝下一杯茶说："苏文，达柏谷的豆叶什么时候入宫？"

苏公公为难地说："豆叶不愿进宫！"

汉武帝大吃惊："怎么？竟然敢抗旨。她为什么不进宫？"

苏公公："她已经定了亲事。"

汉武帝："谁？"

苏公公："这个人，那个人……。"

汉武帝："快说，别吞吞吐吐。"

苏公公："就是皇帝身边的宿卫安国少季。"汉武帝感觉到热一阵，冷一阵，不舒服："宿卫？"汉武帝年轻气盛，与血气方刚的安国少季同龄，两人像朋友，如今自己的朋友成了自己的情敌，他完全没有想到。情感之事，汉武帝感觉比治国棘手。汉武帝在孤独中睡去。

早朝结束，侍卫急匆匆进来禀报："陛下，南越国使臣求见。"使臣进到大殿，站立行礼："南越使臣拜见皇帝陛下！"嗓音有些沙哑原始，苏公公听得到这样的声音，灵魂像被鬼抓到荒野，很难受，他不高兴说道："请使臣跪拜！"使臣不听，继续站着行合掌礼："参拜大汉朝天子！"苏公公又想开口让使节跪拜。汉武帝挥挥手："唉，尊重礼俗！使节千里迢迢面见我朝，一路辛苦，免礼！免礼！"使节将珍珠、海贝献上，禀道："尊敬的大汉天子，南越赵佗王仙逝，其孙赵眛王初继王位。闽越国藐视新国王，侵犯南越国，赵眛王遵守与天子的约定，不敢擅自发兵。特派我等亲自禀告天子，请天子为我南越做主。"

汉武帝得到南越王赵眛的尊敬，很感动，对使臣说："为鼓励赵眛王忠义之举，我已经调集军队，准备前去救援。封赏南越王丝绸十匹，农耕铁具数十。"南越使节合掌鞠躬道谢："谢天子圣恩！"使节转身离去。

汉武帝对苏公公说："颁诏，宣安国少季出使南越国。"

苏公公："遵命！"

雪夜，安国少季在篝火旁对天上的冷月发誓："我安国少季此生非豆叶不娶，如有二心，立即失踪。”豆叶捂住他的嘴说：“不准发誓！”安国少季：“豆叶，我喜欢你。过去，每年春分到你家换蚕种，是我最最快乐幸福的光景。”豆叶：“有时我感觉自己为桑蚕而生。”安国少季：“不，你不是为蚕桑而生，是为我而生！”豆叶：“让月亮做证，我永远永远爱你，即使皇帝也不嫁，只嫁你。”

冬夜，汉武帝在宫中感到了孤独寒冷，他想起皇后，希望皇后给他一点温暖，他离开宣宫去找皇后。皇后阿娇坐在八仙桌前，左手托着下巴，静静看着蜡烛燃烧，就如同自己如花似玉的容颜，被时间一点一点地耗损。汉武帝走在半道，想到皇后桀骜不驯的样子，止住了脚步返身回到宣室继续处理政务。汉武帝明明很饥饿，却又不想吃东西，真叫人难忍受，他开始有些烦躁，他对公公苏文说：“召豆叶入宫！”苏公公吞吞吐吐：“皇上，皇后说如果将女人私自召进宫，她要让我的脑袋搬家。”

汉武帝：“几年了，皇后一个皇子都没有生下，还独断专宠，她想让朕绝后吗？我准备废了她。”苏公公：“小不忍则乱大谋，皇后如今有太皇太后宠着她，最好先忍一忍。我倒有个主意，就是在宫外设立秘密寝宫。”

汉武帝无可奈何：“那就只有这样了。”汉武帝疲惫地睡了。

长乐宫的凌晨，寒冷孤凄。皇后阿娇一直在长乐宫等待汉武帝。打瞌睡到了天微亮，阿娇提高嗓门喊：“真儿！真儿！”真儿：“皇后娘娘，你醒了？”阿娇：“我要出宫！”真儿：“上哪儿？”阿娇：“心烦，想出去走走。”真儿：“外面天气十分寒冷，冻坏身子。您以为您赌气出宫，皇上就会着急找您，您消失了皇上才高兴呢！”

阿娇：“为什么？”真儿：“您想用出走来惩罚自己是皇上还喜欢您的时候，如今，皇上手中有了权力，找个女人太容易，您消失了他最高兴。皇上偷偷出宫打猎，喜欢上豆叶姑娘，朝思暮想。皇后，凡事要用心计，不要动感情！”阿娇：“刘彻，真是气死我了。”

未央宫的汉武帝气宇轩昂，走上金銮殿的龙座，坐下，开始早朝。文官站在左面，武官站在右面，齐刷刷跪下叩首：“陛下万岁，万岁，万万岁！”

汉武帝：“平身！”

汉武帝高高在上，俯视着众臣说：“两天来，朕的心情亦喜亦忧。喜的是，使臣唐蒙发现了一条通往身毒的南方民间驿道；忧的是南越国受到闽越国的侵犯，求助于我大汉王朝。出兵一事，让朕举棋不定，心神不宁，昨日南越国亲自派使节到我大汉求助，朕思考了一夜，反复权衡，决定出兵，我大汉派使臣与军队同时进行。朕欲派遣汲黯与安国少季前往，如果能说服两国和平，派出的军队就当一次练兵；如果使节不能为南越国和闽越国讲和，必然向闽越用兵。”

群臣："陛下英明！"

汉武帝："汲黯体弱多病，派安国少季陪同前往。"安国少季站在汉武帝身旁，听说自己被派往南越国，如五雷在头顶轰炸，一阵晕眩。他感觉到有一条湍急的河流横在他和豆叶之间，难以摆渡，昨日还对豆叶发誓永远不分离，今日被派往南越国调解纠纷，真实天有不测风云啊。

南越国王宫内，赵昧王每天都在盼望汉武帝的救兵，充满了焦虑和期待。他对吕嘉说："丞相，怎么这样长时间，汉兵还没有动静？你说天子会为我们派救兵吗？"吕嘉老谋深算地回道："天子当然会派救兵！"

赵昧王："为何？"

吕嘉："汉朝对南越国总是虎视眈眈，正愁没有插手的机会，这下大王您正好给汉武帝一个插手南越国的好机会！"

赵昧王："丞相何出此言？"

吕嘉："这是引狼入室。汉武帝为我南越国派兵的同时，也找到了挟制我南越国的借口。"赵昧王："南越国原本也是华夏的一个诸侯国，怎说是引狼入室？"吕嘉："微臣主张独立自主，天上不会掉馅饼。"

赵昧王："丞相言重了！"吕嘉："我给大王打个比方就明白了。就像是一个有丈夫的女人，可以毫无顾忌地请任何男人帮忙，没有人会觉得奇怪。但是一个寡妇反而不能随便请人帮忙，因为，不是寡妇不厚道，是男人常常乘人之危。所以，寡妇往往很坚强，很独立。"赵昧王很愤怒地说道："丞相认为我南越国如同寡妇？当今天子没有乘人之危，他只是想帮助我国灭掉闽越国而已。"吕嘉："大王，您天真了，假如天子灭掉闽越国的旧主，另立新主，我们就失去了一个臣服我们的小国，势力范围不是扩大而是缩小了。"

赵昧王："听说中原七国叛乱后，吴王的儿子刘驹逃到闽越国后，习惯争斗的刘驹经常出谋划策，对周边国家挑起事端。如果依靠我南越国亲自去对付闽越国，随时都有丢掉江山的危险。"侍卫急报："大王，天子的救兵已经出发。"赵昧王得意忘形地炫耀："丞相，看见没有，天子很给我面子，已经出兵。"吕嘉看着赵昧的天真，心中充满忧虑地说道："其实，我们完全能对付闽越国的，真正威胁我国的是当今的天子而不是闽越国。"

赵昧王："丞相，尽快安排人准备粮草，迎接汉军。"

吕嘉极不情愿地回道："遵旨！"

汉朝未央宫御膳房。农历十月末，汉武帝设宴款待来京朝见汉武帝的诸侯王：代王刘登、中山王刘胜、济川王刘明。他们远道而来，多了一些边地人的拘谨和风尘，都没有表情，也不说话。

苏公公提高嗓音："上菜！"话音刚落，宫娥彩女托着玉盘在音乐声中将一百多道菜端上桌。

苏公公又提高嗓音："奏乐！"音乐声响起。

汉武帝指着美味佳肴说道："各位王侯，辛苦了！大家尽情享用！"但没人动筷子，其中一人突然哭了起来，汉武帝有些莫名其妙。

汉武帝对涕泪横流的刘胜说："兄长，为何哭泣！是朕款待不周？"

刘胜："陛下，我们亲人之间的相聚将会越来越少了！"汉武帝："为何？"

刘胜："朝中的一些大臣为了独揽大权，离间骨肉，拉帮结伙，互相勾结，打击和排挤大汉宗室皇族，骨肉亲情荡然无存，我私下为此感到悲伤。"汉武帝笑笑说："兄长的忧虑让朕感到亲情的重要，是朕做得不好，从现在起我宣布废除官吏检举诸侯王不法行为的文书。"刘胜三人异口同声："谢陛下圣恩！"

汉武帝："好了，大家这下放心用膳了！"刘胜："陛下，因诸侯王畏惧大臣的打击报复，吴王之子刘驹逃到闽越国，在那里兴风作浪，欲联合百越人对抗汉朝廷。"汉武帝吃惊！放下手中的筷子说道："呃，有这等事？"

刘胜："千真万确！"汉武帝："难怪，闽越国郢王敢肆无忌惮地侵扰南越国。他还怂恿郢王称帝，与朕同称武帝！看来，我对闽越国用兵是对的。"

刘胜："陛下英明，一箭双雕之策！"汉武帝沉默。

# 第二十八章　安国少季惨失踪

闽越国王宫内，郢王眯着眼睛正躺在摇椅上飘飘欲仙，侍女给他按摩，可他怎么也感觉不到舒适快乐。自从上次参加南越王赵佗的百岁生日大寿，产生了侵犯南越国美女的念头后，对身边的女人便失去了兴趣，总是吹胡子瞪眼睛，心烦意乱，没有好脸色。闽越王恶声吼气对侍女说："你要整死我，把本王骨头捏断，给我滚！滚远点！"侍女们胆战心惊地退散去。

有一个侍女站在原地发呆，被郢王扇了两耳光："滚！"刘驹正好进来见到说："郢王，我看闽越王身边的女人其实很优秀了，您还不满意，是不是想南越国有更美的女人？"郢王："哎呀，还是太子懂我心思啊！从现在起，我命你做闽越国的丞相。"

刘驹："谢郢王！"

郢王："听说自从赵佗王死后，南越国的丞相吕嘉就不听赵眜王的话了，丞相有机会去会会吕嘉，看看把他争取过来，从内部瓦解南越国的根基，不用我动手，利用吕嘉将赵眜给杀掉！"

刘驹："这倒是个好主意，不过……"

郢王："不过什么？"

刘驹："不过，听说赵眜投靠了当今天子汉武帝。"郢王："汉朝天子对付北方的匈奴都忙不过来，怎会理睬赵眜小小的南越国！"刘驹："您说错了，当朝天子是个表面霸道，但其实是一个心思细密的人。不能小看他！"

郢王："何以见得！"刘驹："汉武帝当上皇帝，害怕诸侯王不服气，就借大臣的口气，对诸侯王检举揭发，弄得亲人之间妻离子散，我不也逃到郢王您的帐下了吗？"郢王："太子就安心做我的丞相，我不会亏待你。至于当朝天子他绝不会跑到这边远之地来用兵的。"话音刚落，郢王的弟弟余善急匆匆跑来禀报："王兄，不好了，汉军已经越过横浦岭。"

郢王从摇椅上站起来："不会吧！天子怎么会南下？"余善："的确是汉军！"郢王故作镇静地说道："慌什么慌？我平时在重要的关隘都已经布下重兵，他们一帮北方佬长途而来，人困马乏，要想攻下关隘，比登天还难。"余善："王兄擅自攻打南越国，没有向天子请示，如今天子派兵兴师问罪，如果他们攻不下关隘，就会继续派兵，如果攻下，我们就等着亡国。"郢王："这是一次机会，假如我打败汉军，有了俘虏，就可继续进攻南越国，不是我们臣服南越国，是南越国臣服我闽越国，到时候，他们就乖乖给我进献美人。”

余善：“汉军已经兵临城下，王兄还在这里悠闲，快拿主意吧！”郢王：“慌什么慌？等我把话慢慢说完！”余善：“说完就来不及了！”郢王：“上次我参加南越王赵佗的百岁生日宴，见南越国豪华的宫廷，幽静的御花园，下海的大船，穿丝绸的美人，就觉得自己太贫穷了。”余善：“其实，我们不穷，每天有烧烤的大鱼，有羊肉，是您把自己比穷的。我国有善良的女人，有流着我们血脉的孩子，这怎么能说穷呢？我们可以依靠自己的力量创造财富。”郢王：“这样太慢了，我想一夜之间就暴富起来。”余善：“掠夺物质不会暴富，只有拥有大批的工匠，拥有大批的治国人才，国家的财富才会源源不断创造出来。如今，汉朝颁布了察举制推荐人才，人才像海洋里的大鲨鱼，都被察举制网到中原去了。中原如今人才济济，有管理国家之良才董仲舒，有文学高师司马相如，有放牧奇人卜式，有丝绸纺织高手豆叶，有造楼台亭阁的大批工匠，有酿酒师。有了这些人，国家才真正富裕起来。”郢王：“你懂啥，只要灭掉南越国，什么都有了，人才也有了。”

余善：“用大道治国才是永远的赢家，不义之战，只能毁灭自己。”郢王：“你竟然敢说我的英雄壮举是不义之战？”说完，拔剑刺向余善。余善一躲闪，剑刺伤余善的胳臂。余善用右手捂住流血的伤口说道：“我不后悔因为说真话遭到您的毒箭！”说完，捂着受伤胳臂跑去求部落元老帮助。闽越国长老在草堂内打坐，白胡须垂于胸前。余善见到白发银须的长老说：“余善拜见长老！”长老依然闭着眼睛问道：“怎么了！又是郢王任性了！”余善：“兄长郢王要对南越国发动不义之战，我苦心相劝，他却将我刺伤。”长老这才睁开眼睛站起来，找药给余善清理伤口。伤口惊动了长老的长寿眉毛，长老的脸通红，目光如剑，愤愤地说：“一个为了满足私心而发动战争的国王，只会让自己的臣民陷入水深火热之中。唉，郢王的性情实在是太暴虐，辜负万民对他的信任！”

余善：“汉军已经兵临城下，郢王依然妄自尊大，请长老主持公道。”

长老：“我看汉朝天子不是侵略之战，而是震慑郢王和刘驹，只要我方表示诚意，汉朝必然退兵。”余善：“长老高见，令余善茅塞顿开。”长老警惕地看看四周，悄声将密谋告诉了余善。余善离开了长老。

王恢在离闽越国都邑六十里的地方安营扎寨。士兵在营帐四周撒雄黄避蛇和蚊虫。营帐内，王恢正在看地图，突然想起什么，问身边的侍卫：“使节汲黯和安国少季到了没有？”侍卫：“将军，汲黯和安国少季离开长安百里地就被我军远远甩在身后，要等他们到来调解矛盾简直是做梦，特别是汲黯体弱多病，旅途艰难恐自身难保。”王恢：“唉，现在我军人生地不熟，也不能妄自用兵，还是再等等汲黯和安国少季吧。他们也太拖拉了！”侍卫：“读书人嘛，行动迟缓！”

王恢：“安国少季可是有崆峒道家功夫的！”侍卫：“他照顾汲黯，被拖了后腿！”王恢：“看来，他们是指望不上了，我得另做打算！”

荒郊野外，汲黯和安国少季人困马乏，疲惫不堪，人仰马翻。汲黯和安国少季跟不上王恢的部队，只得带随从沿秦朝古道慢慢行走，见眼前一片空旷草地，躺下休息。汲黯用草帽盖住自己的脸，仰面朝天，右腿搭在左腿上，发出舒适的声音：“躺下真舒服啊！”安国少季见蜿蜒盘旋的古道隐入草丛，毒蛇在草丛中舞蹈，让人毛骨悚然，对汲黯道：“此地不可久留，速速前行。”汲黯：“在长安，每天都睡在貂裘上也不觉得舒服，现在睡在地上舒坦多了。”安国少季：“这就是肚饿糠也好，饭饱肉嫌肥。”安国少季见汲黯没有回应，却原来汲黯在草地上打起了呼噜。安国少季对随从说道：“扶汲大人上马。”汲黯像一只死青蛙，四肢无力耷拉在马背上，马走在凸凹不平的驿道上，汲黯终于被颠簸醒来，像一只活蛙坐在马背上问道：“我们这是走到哪儿了？”安国少季：“不太清楚。”汲黯：“离南越国还有多远？”

安国少季：“还没有入境。”汲黯：“我认为汉武帝让我们出使南越这些做法都是徒劳，还没有等走到南越国可能就被毒蛇咬死了。”汲黯张大嘴巴费了一些劲打出了几个响亮的喷嚏接着说：“汉武帝整天在宫里养尊处优，为了开拓什么疆土就让我等四处奔波，可能没等走到南越国我就死了！”

安国少季：“汲大人，不想出来受苦，以后在皇上的面前少说真话多说假话。”汲黯：“真话兴邦，假话亡国！”安国少季骑在马上：“大人，少说话，节省体力，前面道路更加难行。”话音刚落，山间忽然狂风大作，电闪雷鸣，暴雨倾盆，荒郊野外，无处避雨，几十人的队伍被暴雨淋得落花流水，都很沮丧。其中一名侍从突然晕倒，汲黯被吓得瑟瑟发抖。安国少季在路旁采得救命草，捣碎让侍从吃下苏醒过来。他们相互搀扶，走出密林草丛，眼前开阔地，雨也停了，远处有彩虹的地方，是一座高山。

安国少季见古道挂在前面的山腰上，说道：“大家在此地架篝火吃点东西，积蓄力量，前面山很高。”中午，他们坐下来，吃着干粮，在路边喝些凉水，烤着篝火，东倒西歪都睡着了。

汲黯:“我很后悔在汉武帝面前说真话。”安国少季安慰道:“世上没有后悔药。”汲黯：“汉武帝光说不做，浑蛋！”安国少季：“大人不怕传到汉武帝耳朵里惹来杀身之祸？”汲黯：“我快没有命了，怕什么！”安国少季：“我给你采一些救命草，吃下准备爬高山。”安国少季在路旁采摘了一些救命草，递给汲黯。汲黯将藤叶放进嘴里细嚼慢咽。体力得到恢复，他们又出发了。走上山腰上的古驿道，刚翻过一座高山，大伙像被扒皮抽筋，累得全躺在地上喘粗气。山顶上，一览无余，东海见到了，西山见了，汲黯没有一点一览众山的快乐，而是感到无比委屈，越想越生气，就对安国少季说："陛下好出风头，多管闲事，把我们害苦了。你说，他凭什么要管这些屁事，南越国虽说是华夏后裔，但他们五十万大军征服了土人，都与土人生子，风俗也被同化，他们剪掉头发，不穿衣服，文身，早就放弃祖先的礼仪，还管他们做啥？"

安国少季："陛下的想法是天子的想法，我们的想法，只是臣子的想法，不一样，做臣子的只能服从。"安国少季知道汲黯是汉武帝的亲戚，怕回到皇宫反告一状，便一直保持沉默，不说汉武帝一句不是。安国少季突然思念豆叶，恨汉武帝拆散他们。安国少季与汲黯同行很孤独，因为汲黯的大脑很简单，是一个单调枯燥的家伙，没有情调。安国少季想杀人。这时，随从在一旁说："大人，我在家的时候，觉得老婆唠叨很烦她，一出门，我就十分十分地想念她。"汲黯："你说到我心坎上了，我现在十分想念我的老婆。在家的时候我很烦她，总在唠叨，现在想来，应该在家的时候好好亲亲老婆。如果这次能活着回到长安，我要好好爱我的老婆。"安国少季："大人，您这番人话让我对您刮目相看，其实，汲大人并不枯燥嘛，还知道想老婆，还是有点人味。"

汲黯："好啊，安国少季，你竟然敢看扁本大人，小心我告皇上。"

安国少季："你们想老婆还说得出口，我想我的豆叶姑娘骨头都碎了，说不出口。"汲黯："既然大家都想女人，咱们都打道回府吧！"汲黯想不到的是，随从坐的石头后面的山洞是蟒蛇的血盆大口，只听到随从一声惨叫，就被蟒蛇吞下肚。汲黯惊恐："快救人！"安国少季用剑刺杀蟒蛇大嘴，因蟒蛇的皮太厚，剑被刺弯，随即剑断，蟒蛇却毫发无损。安国少季说："吃人的蟒蛇，皮厚啊！"

汲黯："撤！大家回朝。"刚说完，山顶狂风大作，汲黯躲进石槽里抱紧石柱，安国少季抓住羊肠小道旁的灌木，龙卷风刮来让他的身体变得像一条丝绸，脚离地面，身体飘在空中。汲黯对安国少季说道："抓紧了，下面是悬崖。"瞬间，安国少季像一块手绢被龙卷风卷到空中，是死是活不得而知。不一会儿，风停了，汲黯清点人数，十几人被台风卷走了，身边只剩下两人，欲哭无泪。汲黯惊恐万状说道："撤！"

汲黯回到长安，破衣烂衫地走在街上，走在灯火辉煌的长安街，汲黯傻笑起来，对身边的侍从说："我终于活着回来了！可是，我已经不再是从前的我了！"侍从："大人，我感觉自己像从地狱中走出来！"

汉朝未央宫中，汉武帝看着汲黯惊恐滑稽的样子嘿嘿笑道："汲黯，你怎么这么快就回来了？大概还没有走到半路吧？"

汲黯："启禀陛下，汲黯无能，我等跟不上王恢的军队，走到半道，遇到蟒蛇横行，狂风大作。更不幸的是，安国少季和随从被台风卷走了。"

汉武帝看到被蟒蛇惊吓的汲黯，又一次忍不住放声大笑："哈哈，这次你的命是好还是不好，这回你该理解南越王赵佗征服百越的艰辛了吧？"

汲黯："是的，陛下，征服南越是真正的英雄。我不该歧视汉中以外的边地人。"

汉武帝："身为大臣，应该懂得，说话要多为对方考虑，换位思考，不要吃饱了信口雌黄，全不顾别人的死活！"

汲黯："我错了，半道回来，请陛下发落！"

汉武帝:"你负责给死难者家属做好后事,安国少季的父母要多给一些照顾。"

汲黯："一路上我知道了安国少季的身世，安国少季的父母早去世了。不过，我还是要对陛下说一句真心话，闽越这个地方的人爱打架，这是他们的传统，根本就不值得皇上您去操心，更不值得花路费去调解，让他们打去吧。"汉武帝看着汲黯说道："身为天子，对天下的子民不能分内外亲疏，要一视同仁。百越部落之间爱打架，我有责任，我没有将前人的儒学对他们实行教化，人不可能天生就懂仁义礼智信，在边地需要设立太学。人是驯化出来的，要使天下子民亲如兄弟姐妹，这是天子的责任。汲黯，你作为一个大臣，不能只为你个人考虑问题，要与朕同心治理天下。"

汲黯："皇上，您不要太仁慈，越人互相攻打的事件数都数不过来，他们是兄弟，打架不记仇，我最了解这些人的想法。"

汉武帝："我问你，你儿子之间、孙子之间打架你管不管？"

汲黯："管也可，不管也可！看情况。"

汉武帝："我知道你信奉黄老的无为而治，但是，你歪曲了黄老哲学，无为而治不是不办事，相反，是要办好事，无为，是让你不要违背天地之道。古人不是说'顺道则生，逆道则亡'吗？朕用儒家之道去教化人性，也是顺应人道。"

汲黯："通向南越国的道路，依然是春秋和秦朝时期修筑的，那里车道不通，没有五倍的兵力，是战胜不了闽越人的。陛下如果不顾及我们士兵的生命，去显示您自己的威风，您就去吧。您派出的王恢一定会被闽越人打得惨败而归。"

汉武帝越听越气："朕以为你受到蟒蛇的惊吓后，会改一改你的坏德行、坏脾气，但你本性难改，朕准你病假回家休养，以后别再上朝让我见到你。你依仗与朕是堂兄弟，从小交情深厚，就胡乱说话，根本就不顾朕的感受。"

汲黯平平淡淡地回道："谢陛下，我回家休息去了！"转身离去。

汉武帝被他气得晕头转向，原地打转，然后指着他的背影说道："汲黯，别以为我不敢杀你！"汲黯转过身来："我随时恭候您来杀我。"然后仰天大笑出门去，汉武帝被气得满脸通红，青筋暴起。

武帝派出的两支精兵，一月就到达闽越边界，在梅岭会师后，王恢和韩安国的两万人，只剩下一万人。安营扎寨在离闽越国六十里的梅岭北，气候潮湿，一会儿暴雨，一会儿火辣辣的太阳，瘴气让士兵呕吐、晕倒，每天都有死亡的士兵。

# 第二十九章　天降无字大印

闽越国都邑街上，人群熙熙攘攘。大将军王恢装扮成商人模样，手腕上挂着珍珠玛瑙，走在街上。王恢土著装束，用颜料把脸涂上染料，身披长发，穿兽皮短裙，脚穿草鞋，走进路边一家酒肆，找了一个角落坐下。

店小二殷勤过来问道："客官来点啥？"王恢："好酒好肉尽管上！"旁桌的两个人正在小声议论闽越国事。在酒肆里的八仙桌旁，一个深眼窝的男人，用手剥了一块贝肉放进嘴里，一边嚼一边说："我国可能要和南越国打仗了。"

大脚板男人说："南越国有汉朝撑腰，我们怕是要吃败仗喽。"

深眼窝说："听说郢王和弟弟余善是同父异母的兄弟，矛盾十分尖锐，两兄弟意见不和，时常发生冲突。哥哥郢王性情冷酷残暴，不知道同情人民，自私透顶。"大脚板："听说弟弟余善为了家国可以忍受委屈，对父母亲人温和体贴，在利益分配上，从不参与，步步退让，这助长了郢王的骄横，郢王容不得他，把他刺伤了。长老都为余善鸣不平。"王恢得到这些信息，暗自窃喜，突然计上心来，手中的半壶酒没有喝完，起身离去。

余善府邸的夜晚，贝壳灯通明。余善和歌娘围在石桌旁正在灯下吃海鲜。余善拿起一个海蛎子准备掰开，歌娘说："大王，你手臂受伤了，我来！"

余善："这点伤算得了什么？"歌娘："我心痛！"余善："如果郢王要攻打南越国，我出征说不定命都没有了。"歌娘："如果您没命了，我活着也没有意义了！"余善："你可另投他主。"歌娘："他主能听懂我的歌声吗？"说完依偎着余善静静地看着珊瑚礁撑起的屋顶，享受幸福，全然不知道深夜里发生的一切。一个蒙面黑人飞檐走壁，瓦上如飞，潜入余善王府，将一包东西放在余善门前，敲了三声门，隐去。余善打开门，见包裹，拾起，看看四周无动静，转身关门。蒙面人潜伏在暗处见包裹被取走，飞檐走壁离去。歌娘："官人，这是什么？"余善："不知道！"

歌娘："打开看看！"油灯下，余善将包裹打开，见是一块和田玉无字大印，丝绸上写着：天降大任余善也！余善看完，突然心跳加快，激情振奋，胆量倍增，他连夜带着包裹找到了长老。长老拿着手中的鸡卦骨对余善说："你的机会来了！"

余善心领神会，与长老长谈后回到府邸。余善府邸的早晨，鸟语花香，修竹茂林。余善独臂舞剑，郢王的侍卫跑来敲门，进了大院宣道："宣余善王，郢王有令，到王宫受命！"

余善来到王宫："参拜王兄！"郢王坐在王座上心神不宁的样子说道："本王命你带兵一万，前往岭南关隘攻打汉军，取王恢的人头来见我。"余善："兄长，我伤口剧痛，作战困难，恐不能带兵。"郢王："我不听那么多废话，本王命令不得有任何人可以违抗，必须无条件服从，否则处斩。"余善此时感到兄长的冷酷无情，他应道："遵命！"出征队伍聚在郢王宫前，余善对一万将士说道："兄弟们，按照郢王的指令，此次出征，我方占天时地利人和，汉军远道而来，人困马乏，地形不熟，各位将士一定要有信心将他们彻底消灭。"余善举起铜剑喊道："闽军必胜！"众将士齐声道："闽军必胜！闽军必胜！闽军必胜！"欢呼声中，趁哥哥郢王不备正得意忘形的时候，余善举剑向郢王刺去。郢王捂住流着鲜血的胸口说："你为何谋杀亲兄，你……你……"然后倒地身亡。全场惊愕！出现短暂的骚动。长老站出来对将士说道："将士们，郢王冷酷残暴，惹是生非，招来汉军，余善为了国家的安全，替天行道，为民除害，我们拥戴余善做我们的大王！"

将士举起刀枪欢呼："新王万岁！新王万岁！"

汉军营地静悄悄，王恢在营帐内与韩安国下象棋。王恢看着棋盘，举棋不定，思考了很长时间，才向前移动了一个小卒。王恢问韩安国："你看这次计划能否实现？"韩安国移动了一个小卒，回道："我看，凶多吉少？"

王恢镇定："为什么？"

韩安国："我军将士远征，人困马乏，水土不服！"

王恢："这仗本可以不打的，是因为郢王与汉朝败类刘驹勾结藐视大汉天子，才有了这仗。如果郢王不是郢王，换一个尊重天子的王，我们就可以回长安了！"王恢移动马威胁到了韩安国的车，韩安国额头上青筋暴涨，王恢暗自得意。韩安国："我不明白王将军的意图，被你弄晕了！"话音刚落，侍卫来报："王将军，闽越国使节求见。"王恢对韩安国说："韩将军，你就等着看好戏吧！"韩安国一头雾水。

闽越国使臣提着一个包裹进帐："拜见王将军！"说完将包裹递交给侍卫。侍卫打开包裹，王恢见到一个人头，有些迟疑。使节说道："王将军，这是闽越国郢王的人头，是其弟余善让我进献给王将军的。"王恢喜上眉梢："余善干得好，你回去让余善等待好消息。退下！"闽越国使节退出营帐。王恢看到闽越国送来郢王的头颅，为自己的智慧而得意。韩安国："郢王之弟为何要进献兄长的人头？"王恢将自己把无字大印悄悄放在余善门前一事告诉韩安国。韩安国听完王恢的计谋后嘴上说："王将军胆识非凡啊。"内心对王恢万分妒忌。

王恢看着郢王的头颅说道："利用敌人的敌人消灭敌人，这是不战而胜的上策！"说完，王恢派人将郢王头颅火速送往汉朝王宫呈现给汉武帝。

汉朝王宫里，汉武帝见郢王头颅，首先就将汲黯找来。汲黯见到郢王的头颅，问道："陛下为何让我看一颗死人的头？"汉武帝得意地说："这是我派王恢消灭闽越国的战绩，郢王的头颅没有了，南越国就平静了，逃往闽越国的刘驹就无处藏身来反抗我了。"

汲黯："这也不是陛下的智慧，是王恢的功绩，有什么值得炫耀的！"汉武帝虽然被汲黯气晕，但帝王的胸襟如果容不下一个大臣刁钻岂不让天下笑话，汉武帝说："帝王的智慧在于用人，我让王恢带兵，这就是朕的智慧，如果我让你去带兵就是朕的愚蠢。"汲黯不语，汉武帝接着说道："什么事要去付诸行动，才有说服力。像你，整天坐在宫中坐而论道，空谈误国。"汲黯："陛下的虚荣心终于得到满足了。"汉武帝终于忍无可忍，对汲黯道："你在宫中闲得无聊，朕恩准你继续在家养病。"汲黯："不过，陛下，我认为这个头颅没有什么值钱的。"汉武帝："在这个世上，少了一个好人的头颅，世界不会有什么变化，但少了一个魔鬼的头，世界就明显太平安宁。"汲黯："陛下，那您就为您的虚荣心而战吧。"汉武帝胸襟宽阔："你说朕是为了虚荣开拓疆土，让张骞忍受背井离乡的痛苦，没有张骞的付出，你餐桌上的胡萝卜哪儿来的？给你滋补死脑筋的核桃哪儿来的，还有那些叫什么，我给忘了，被你气晕了。"

苏公公在一旁补充道："还有那些大蒜、香菜、黄瓜、胡豆。"汉武帝："对，这么多蔬菜让你吃饱了，就在这里发牢骚！为了让你吃饱了好发牢骚，朕要继续派使节到天南海北。你还是回到那张病床上躺起安全，否则让朕真的发起脾气来，让你到身毒国去喂老虎。"

汲黯："谢陛下！"汲黯桀骜不驯地走了。

汉武帝下旨：授闽越国余善东越王铜制大印一枚，赏黄金百两、丝绸百匹。同时，派大使庄助前往南越国签订合约。大使庄助来到南越国王宫，对南越王赵昧传达汉武帝的旨意："为鼓励诸侯忠信仁义，汉军不惜万里出征惩办挑衅者郢王。如今，赵昧王可安心治理南越国，履行诸侯国的义务。"

赵昧王："天子能为南越出兵讨伐闽越，我纵然粉身碎骨也无法报答朝廷的大恩大德！"

庄助："赵昧王如此懂得感恩，天子一定很欣赏您的忠义之举。赵昧王如果能亲自入朝觐见武帝，当面感谢天子，一定能得到更丰厚的赏赐。"赵昧王犹豫起来："我国疆土遭闽越侵犯，需要带领百姓恢复，不能亲自当面感谢天子，让我的儿子赵婴齐前去为天子效劳吧。这能让婴齐见世面，长见识。"庄助暗自高兴："到皇宫路途遥远，赵昧王虽难抽身，但赵昧王胸襟宽阔，送太子婴齐到了京城做宿卫，那里人才济济，一定能学到治国方略。”

赵眛王：“中原是我的故乡，我回不去，让我的儿子赵婴齐前去，这也是多年的夙愿。你们先走，我把南越国的事务理顺后，随后亲自去长安面谢天子。”

南越国王宫门前。赵婴齐的妻子橙子带着只有三岁的儿子赵建德前来送行。赵婴齐看着因离别显得憔悴的父亲赵眛王说：“父王保重，不必牵挂孩儿！”赵眛王：“婴齐，你错生在了王者之家，父亲对不起你，不能保护你，孤身一人，到了汉地，凡事要多加小心。”赵婴齐向母亲余算鞠躬说道：“母后，孩儿不孝，保重！”

余算含泪说道：“一定要尽快回来！”赵婴齐：“母后保重！”这时，妻子和儿子赵建德上前来抱住他拉着衣服不让他走，撕心裂肺地哭，赵婴齐心都碎了。赵婴齐扶起妻子强忍泪水：“为了国家的前途和命运，我们不得不分离，别怨我！”在一旁前来相送的皇亲国戚都很羡慕赵婴齐能到汉朝出国，但有谁知道生离死别的大苦大悲。人群中不时传来羡慕声：“赵婴齐出国深造，真好啊。”赵眛王直到和儿子离别这一刻才意识到儿子是到汉朝当人质，恐惧不安袭上心头，泪流满面。

送走了儿子赵婴齐，南越国的长乐宫显得有些凄凉。海风摇着宫灯，嗖嗖作响。王后余算开始抱怨赵眛王：“你怎么忍心把太子送到天遥路远的长安？”赵眛王眯眼躺在床上心碎，有些恍惚，不想说话。余算接着问：“你说话呀，你哑巴了？”赵眛王拉长着脸说：“让我清静一下好不好，我比你更难受！”

余算：“难受你还把儿子送走！”

赵眛王：“事情的变化总是出人预料的！我原以为闽越国被汉军灭了，就归属我国。谁会想到汉武帝重新立了新王余善，这让过去臣服南越国的闽越国反而独立出去了，还搭上我的儿子！”余算：“当初丞相就劝过你，天上不会掉馅饼，汉武帝会随便拿便宜给你占吗？这回哑巴吃黄连了吧？”

赵眛王：“我走错这步棋，更让我想尽快联盟珠江源头的夜郎国，以增强自己的实力。”余算一边哭一边又接着说道：“你知道吗？伴君如伴虎，太子这一去不知道还能不能回来。”妻子的哭泣加重了赵眛王对儿子的思念。赵眛王一夜头发全白了，他变得烦躁，辗转反侧，暴躁地说道：“别把天子想得这样可怕，放心，太子去汉朝很安全。汉使庄助不是给天子汉武帝说，我们黄屋左纛，想独立称王，婴齐去了，也是对庄助造谣的一种还击，还可以表达南越国对天子的忠心。”妻子哭泣的声音，让赵眛烦上加烦：“别哭了！天都被你哭垮塌了。再哭，我明天就去投珠江，让你一个人哭个够。”余算终于停止了哭泣说道：“但愿汉武帝善待婴齐！”

汉武帝为自己的决策感到很满意，心情无比的舒畅，成功的喜悦让汉武帝想找娱乐活动宣泄一下这种暴涨的快乐，他突然想到要做游戏，也算是对治理南越国取得初步胜利的庆贺。汉武帝召集文武官员都赶来当观众，在长安皇宫的御花园内，亲自出场游戏，就是和狗跑比赛。

苏公公手里牵着一条忠厚的金毛狗出场，董仲舒道："这狗可不能跑得超过陛下。"苏公公："少废话，这狗比你忠厚老实！"董仲舒不和太监计较，一会儿就当裁判了。董仲舒提高嗓门："准备，我数三声就开始！三、二、一，开始！"汉武帝和狗就开始赛跑，百丈跑完后，第一轮汉武帝输了，狗赢了。狗是不留情面的，汉武帝不服输的样子和狗瞪眼睛。董仲舒对苏公公说："你的狗是不想活了！"

第二轮，汉武帝和狗赛跑前，苏公公小声对狗说："这次不准跑到主人前面，听见了！不听话我就不给你饭吃。"金毛狗点点头，跑完百丈，汉武帝赢了，狗输了。狗无所谓，汉武帝得意道："狗，敢跟人比？"

第三轮，汉武帝和狗比赛，苏公公对金毛狗说："和上次一样，不准超过陛下。"狗又点点头。眼看汉武帝就要冲过终点线，不小心摔了一跤，狗刹不住车冲上前，群臣追过去叫："陛下，陛下！"汉武帝站起来："没事，朕什么事都没有。"苏公公瞪金毛狗一眼，狗低着头表歉意。

汉武帝对苏公公说："这次不算，重来。"这时，侍卫急匆匆走来禀报："陛下，太皇太后驾崩了！"汉武帝从快乐的巅峰突然跌入亲人离世的痛苦，穿戴白色冠服，为皇祖母举行了隆重的葬礼。皇后阿娇和母亲馆陶公主哭得很伤心，她们的靠山倒了。汉武帝看着皇后阿娇和丈母娘在哭，维系他们之间的血脉突然断了一样，变得陌生起来。

赵眜王得知窦太后驾崩的消息,穿白色冠服在遥远的南越国举行了悼念仪式，将白色丝绸制作的铜钱撒到珠江里。因为，赵眜王懂得感恩，是窦太后教导自己的儿子景帝施行仁义，修复了赵眜家河北真定的祖坟，举行悼念窦太后的仪式，是对窦太后大恩大德的回报。

南越国丞相吕嘉禀道："大王，先王派出的最后一批探军有消息了，我们的人在珠江再次拾到了竹片。"

赵眜王很兴奋："快，让我看看。"吕嘉命侍卫将竹片递给赵眜王。

赵眜王念道："当地土著人管珠江源头叫牂牁江。"宿卫递给赵眜王第二个竹片，赵眜王念道："江岸有夜郎国，旁有女儿国。"第三个竹片刻有："矿藏丰富，银矿，雄黄，有打铁濮人。"这个消息让赵眜王突然看到了希望，转而忧伤地对丞相吕嘉说："遗憾啊，我的祖父赵佗没有听到这样的好消息。"

吕嘉："不必遗憾，赵佗王活到一百多岁，修为很高了。赵佗王不与小国争斗，一直是吃亏，换来与邻国的和平，保住国家的元气也就抱住了自己的元气。"

赵眜王："我没有料到，天子教训了闽越国，但同时又立了新王，让过去臣服南越国的闽越国反而独立出去，直接归附汉朝，让南越国处于孤独的境地，我希望和夜郎国结为友好盟国。"赵眜王在等待杨一将军快速转回南越国。吕嘉："微臣之前劝过大王，我们必须独立解决与闽越国的事。"

赵眜王："现在说什么也晚了，还是寻找新的盟国吧。"

吕嘉："我认为鱼妃陪葬实在可惜，她有如此超感能力，还能为国效力。"

赵眜王："她那条蛇也陪葬了？"

吕嘉："是的，不陪葬也无人驾驭，恐闹出事来，蛇的报复心是很重的。"

赵眜王："不知道赵婴齐路途可否安全？"

# 第三十章　赵婴齐进汉

南越国通往长安的古驿道上，赵婴齐一行人困马乏。南越国太子进汉的队伍疲惫无声地刚穿过一线幽深的峡谷，眼前一片开阔盆地，众人精神为之放松。庄助对随从道："大伙原地休息！"赵婴齐发现地形凶险，像动物的胃，不安地问庄助："这是到哪儿了？"

庄助："太子，前方名叫羊尾，过了这片开阔地又是一线峡谷，可在这里休整一下队伍，前面峡谷有几十里地。"赵婴齐听后说道："此地不可久留，命队伍加速前进！"话音刚落，一群土匪从四面的山上席卷而来，尘土飞扬，叽啦鬼叫骑马飞奔包围了他们。庄助自恃文韬武略，信心十足地对大家说："大家不要惊慌！一切由我去与他们交涉，不费吹灰之力就可将土匪击退！"匪首提高大嗓门喊道："要想活命，乖乖将财物留下走人！违抗者格杀勿论！"庄助骑马走近土匪拱手道："我乃大汉使节庄助！"匪首袒胸露肚带着手下哈哈大笑："使节算个屁！"庄助淡定从容继续说道："江湖讲的就是一个义字，不能见啥要啥，是吧！这些物品全是南越国进贡汉朝天子的贡品！"匪首："老子可不讲什么仁义，老子更不想和你们这帮王八蛋攀亲戚，黄河泛滥成灾，特大饥荒，人吃人，谁给我等兄弟一碗饭吃？"庄助："黄河发水，皇上可是拨赈灾款的！"匪首："发给百姓？可是能到百姓手中吗？被你们这帮乌龟王八蛋克扣了！"

庄助下马，对随从说："拿小匣子中的银子来！"侍卫将只有梳妆镜箱一样大小的银箱递给庄助。庄助抱着银箱从容走到匪首马头前："好汉，这是我的私银，你可以拿走，其他贡品丝毫不能动！"匪首："老子不吃你这一套，你别以为用侠肝义胆之举就可以蒙骗老子。"庄助："你们要怎样？"匪首哈哈大笑后，猛然收住笑容，提高嗓门叫道："兄弟们，我们是要这小匣子里的银子，还是要大木箱里的银子？"小土匪异口同声："要大木箱装的银子！"

匪首："说得好，这才像我的兄弟，兄弟们，给我上！反抗者格杀勿论！"一群劫匪打马从庄助的身边飞奔而过。庄助像一只可怜的小甲虫，叫喊声被群匪的起哄声淹没。劫匪和侍卫厮杀一团。赵婴齐紧紧护着装有供品的大木箱，匪首过来，一剑刺向赵婴齐。赵婴齐躲闪快，匪首的剑刺进木箱，一时没有拔出剑来。危急时刻，一个穿白色道袍的侠士路经此地，他冲上前，将匪首杀死。小土匪们见领头死了，一哄而散，可谓是擒贼先擒王。

赵婴齐："谢侠士救命之恩！请问侠士尊姓大名？"侠士："无名无姓！"

赵婴齐拿出玉枕赠送侠士："一点薄礼以表敬意！请侠士手下！"侠士："路见不平拔刀相助，乃人之本分，收礼恐坏了我的功夫，谢谢！你们快上路吧！"说完如一阵风离去。庄助跑来，见到侠士的背影似是而非地说道："太子，这侠士叫什么名？"赵婴齐："不知道！"庄助："我怎么看到有点像安国少季！"赵婴齐："安国少季是何人？"庄助："皇帝身边的宿卫！不过我只是猜测。"赵婴齐："这世上相似的人很多。"庄助："当然，不会是他！"

赵婴齐："为何不会是他？"庄助："他是有牵挂的人。"赵婴齐："他的牵挂是什么？"庄助："是女人，很不一般的女人，勾魂摄魄的女人，他的女人叫豆叶，织出的丝绸最让高鼻子商人着迷。"赵婴齐："我能见上一面这样的女人不？"庄助："能，也许不能，当你见到她，你会发现自己的血液完全变成了玉露，透明的。反之，你会发现自己的血液很污浊，便会绝望而死。"赵婴齐："如果这样，还是不见的好！但愿上帝不让我见到她！"庄助开玩笑说："这世上稀奇古怪的事多了，想见的人常常见不到，不想见的人说不定哪天变成你老婆，整天教训你，制裁你，让你生不如死，搅得你祖宗八辈不得安宁。"赵婴齐："你可别吓唬我，愿上帝保佑，别让我见到豆叶这样的女人。"天下的事没人能说得清楚，你越怕见的人总有一天会见到。

长安达柏谷客栈，天快亮了，空气清凉清凉的，豆叶还在闺房织丝绸。她对安国少季的相思如这精细的蚕丝，织成了一段又一段有灵气的绸缎，但是，依然没有安国少季的消息。公鸡打鸣声惆怅而寂寞，豆叶感觉到了疲倦，刚睡下，被窗外狗叫声吵醒，以为是安国少季来了，惊喜得睡意全无，推开木雕花窗，见是一队牵骆驼的阿拉伯商人，包着头帕，高鼻子，蓝眼睛，大胡子，牛皮马鞋，脸上永远挂着憨厚的微笑。豆叶大失所望，关上窗户，回到床上继续睡。不幸的是，门被香草敲响。香草："姑娘，夫人叫你，收丝绸的外商来了。"豆叶："我困！别闹！"说完呼呼大睡。香草下楼，对夫人说："夫人，姑娘昨晚织绸通宵，现在她睡了。"阿拉伯商人："我们需要豆叶的丝绸。她的丝绸被我们带回国很受欢迎，我们要高价收购。"夫人："香草，把姑娘织的丝绸都拿来。"香草转身上楼。

樛光自从被汉武帝封了羽林郎的官，做什么事都充满了活力，他高声叫道："给客人上茶。"家丁将茶端上。香草抱着几匹丝绸下楼来。商人将丝绸展开，见到丝绸上翩翩欲飞的龙凤，发出震撼的惊叹声。高鼻子用生硬的中国话说："美，太美了。"再展开一匹丝织，中国红让高鼻子目光闪烁，当鲜活的花卉图案在红色中凸现出来，他又惊叫道："这是仙女才织出的丝绸。"中国红映照在高鼻子宽大的脸上，热血沸腾的笑容提高了丝绸的价值，高鼻子商人笑的时候，露出昆山玉石般洁白的牙，茂密的胡须如湖岸上的森林。中国红丝绸成了生命中的奇迹。突然楼上发出豆叶的尖叫声，所有的人都抬头看二楼不知道发生了什么。香草冲上楼推开门，见豆叶在做梦，香草想摇醒她："姑娘，醒醒。"但怎么也摇不醒。

夫人上楼来问："怎么了？"香草："姑娘好像在做梦，但怎么也摇不醒她。"夫人："快去叫郎中。"香草急匆匆下楼来。高鼻子问香草："姑娘，是谁在尖叫？"香草："是我家姑娘！"高鼻子："她怎么了？"香草："她昨晚织丝绸到天亮，睡去不能醒来。我去找郎中。"高鼻子："只要你能让我上楼，我有办法让她醒来。"香草："待我禀告夫人，她同意才能上去。"香草又急匆匆上楼："夫人，高鼻子说他有办法。"夫人："那快叫他上来。"

高鼻子沿木梯走上楼，站在豆叶的床前叽叽咕咕祷告完后，从兜里掏出一个小葫芦瓶将液体香料倒进手心，合掌吹了三下，豆叶睁开了眼睛。高鼻子微笑道："姑娘醒来了！"豆叶的眼前是模模糊糊的人影，一会儿才清晰，首先见到高鼻子，吃惊地坐起来："你是谁？"香草："姑娘，别怕，这是丝绸商人。"夫人："姑娘，你总算醒来了，是这位先生救了你。"

高鼻子感觉自己吓着了豆叶，合掌闭上眼睛："愿真主保佑姑娘平安。"转身下楼去了。豆叶一阵迷茫："我这是在哪儿，我怎么还活着，刚才我跟安国少季已经一起掉进一个黑暗的深渊。怎么还活着？真是太好了！原来只是个梦。"香草："姑娘，你刚才是在做梦，醒不过来，是大鼻子商人用香料让你醒来的。"

豆叶穿着白色的丝绸长裙，下楼在客栈厅堂见到身穿拖地白长袍的高鼻子商人。香草介绍道："姑娘，是这位先生把你救出黑暗的梦境。"高鼻子商人见到下楼的豆叶，表情夸张，惊得目瞪口呆，惊叫道："天哪，姑娘像一只吐丝前的蚕宝宝，浑身洁白通亮！"豆叶走下来，高鼻子商人用笨拙的中国话说道："姑娘，你真像一只蚕宝宝，能不能让我抱抱？"

豆叶侧身躬礼："感谢先生救命之恩，但中国讲男女授受不亲，不能！"

高鼻子商人："没关系，你们的习俗很让我尊敬！你织的丝绸更让我们那的女人喜欢。"豆叶："你们那里的女人为什么喜欢丝绸？"

高鼻子："是因为我们那的男人喜欢看女人穿丝绸。姑娘穿上丝绸性感，容易找到钟情的心上人。她们特别喜欢姑娘亲手织的丝绸，很有灵气，很干净，即使价格高一点，也没有关系。"豆叶上楼去又下楼来，怀中抱了一匹薄如蝉翼的丝绸。高鼻子见到丝绸心中窃喜："把这些丝绸带回国，发大财了。"豆叶："这段大红的丝绸本来是我的嫁妆，但是，现在没有用了，所以你们可以拿走。"高鼻子接过丝绸两眼放光。高鼻子："谢谢姑娘。告辞！"这时，豆叶才发现高鼻子商人指甲很干净，一身白袍的身子没有异味。他们不讨价还价，按照长安的最高价格付给豆叶。一共二十六匹丝绸，阿拉伯人给了五百两银子。本来是一匹十两银子，但因为豆叶织的丝绸与众不同，现在给了二十两银子。

正巧，汉武帝带着五十多人围猎路过此地，准备在达柏谷投宿。苏公公准备提高嗓门通报：“皇上驾到！”侍从制止道：“别乱叫！陛下是微服出宫！”苏公公：“是啊，我怎么糊涂了！”汉武帝打扮得像山野村夫，手拿弓箭，气宇轩昂地走进客栈，在八仙桌坐下。里面有六张方桌，无人。正在柜台前打算盘的羽林郎穋光，猛抬头见这么多人，高兴得嘴巴合不拢：“各位客官，请问从何处来？”苏公公：“皇上驾到！”羽林郎定眼一瞧，见到汉武帝，嗖地跪下：“陛下万岁万岁万万岁！”

汉武帝：“免礼！”

羽林郎：“不知陛下驾到，失礼！失礼！”

羽林郎站起来高声道：“上茶，上上等好茶！”然后说道，“陛下请到禅房用茶！”香草用玉杯银盘端茶进禅房。

汉武帝喝着茶，小声对苏公公道：“让豆叶来见朕。”自从穋光得到羽林郎这个官衔，客栈男女家丁仆人从过去的十几人到现在的上百人，这客栈人气正旺。羽林郎：“陛下休息，我亲自去备膳食！”苏公公跟香草出门问道：“姑娘，豆叶可在客栈？”香草：“在织锦。”苏公公：“让豆叶给皇上沏茶可好？”香草：“奴婢这就去请！”

豆叶跟在苏公公身后，来到禅房见汉武帝，行礼道：“小女见过陛下！”苏公公悄悄退出屋去，室内只有汉武帝和豆叶。豆叶娴熟沏茶，然后递茶给汉武帝。他轻轻品了一口茶惊喜异常：“豆叶好手艺，这茶沏得如琼浆玉液！”汉武帝喜欢豆叶乡野的气韵，她沏茶不忸怩作态，像花朵在轻风里摇曳一样自自然然。

豆叶：“陛下喜欢就好？”豆叶不卑不亢，把汉武帝所说的话看作是纨绔子弟的假话，看都不看汉武帝一眼，不把他放在眼里，这激发了汉武帝的霸气。汉武帝补充道：“水温高沏茶，茶汤混浊；水温低了，茶汤生硬；水温恰到好处，汤色清纯，茶味幽香。这茶好像是幽谷中的老树茶。”豆叶对汉武帝刮目相看：“陛下好眼力，这茶是巴蜀商人从夜郎幽谷中贩运而来。”豆叶一边说一边给汉武帝沏茶。汉武帝接过茶放在桌上，拉着豆叶的手：“姑娘，这双沏茶的手真柔软，真灵巧。”豆叶：“陛下！”然后将手缩了回来，依然是不卑不亢，怡然自得。汉武帝被气晕，半天回过身来，站起来将豆叶搂在怀中，动情地说：“我的梦中仙子，我终于找到你了。”

豆叶挣脱汉武帝打猎后充满汗味的怀抱“陛下，抱歉！我已经有心上人了！”汉武帝故作嗔怒说道：“大胆民女，就算你有人，也得放弃！”豆叶：“这不是我的错，是时间错误了。”汉武帝一急，丧失理智：“你的那个人死了，永远不会再回来。”豆叶：“不会的，他答应过要娶我的。”汉武帝：“那你就等他用大花轿来抬你吧。”豆叶：“谢皇上吉言。”汉武帝被一个民女拒绝，很没有面子，眼前的美女在他眼里变得丑陋起来。这个丑陋的豆叶瞬间从心目中的蝴蝶变成了一只蝗虫，他想立即抓住踩死她。第二天天不亮，汉武帝就带狩猎队伍离开了达柏谷，一路上郁闷不说话。

苏公公问：“陛下，豆叶一定很可爱吧？”汉武帝：“别提了，她就像一只蝗虫，走近她，蹦跶得比天高，认死理。”苏公公：“后宫佳丽三千，何须在乎一个野丫头。”汉武帝：“美貌的女子很多，有灵性的女子如奇花异草，少啊。三千女人心中装的大多是功利，是空虚，是好吃懒做。豆叶纯真，善良，知风月，勤劳，像我的祖母窦太后。我想找一个像皇祖母窦太后那样勤劳善良的女人，兴旺家国。”

苏公公：“陛下，姻缘需要讲缘分。”汉武帝：“可能是吧。”苏公公：“陛下，前面就是平阳公主家，可要进去讨杯茶喝？”汉武帝：“自从姐姐出嫁，很久没有去看望她，路过家门肯定要去看看。”公公上前站在平阳公主家门前高声叫道：“开门！开门！”守门人打开门，凶神恶煞：“一大早吵什么？”苏公公：“找平阳公主！”守门人：“你们一帮乌龟王八蛋竟敢上门找平阳公主，想找死了！”汉武帝：“我是她弟弟，来看看她！”

守门突然跪下：“陛下恕罪！奴才有眼不识泰山，该死！”自己掌耳光。

汉武帝：“朕就喜欢看见你们这王八蛋的真面目，就算我等是一帮穷鬼，你也得好好说话。凭什么对权贵就低眉顺眼的样子，对穷人就横眉冷对。真是狗奴才，给我拖下去宰了，让其他人知道，不管对谁都得有礼貌、知礼节！”守门人：“奴才不识人，陛下饶命！”然后又扇自己耳光。平阳公主正在花园焚香。侍女急匆匆来报：“公主，陛下驾到！守门大骂得罪了陛下！”平阳公主：“给我拖下去先关起来！”

平阳公主雍容华贵地出门迎驾：“不知皇上驾到！有失远迎！”公主正要下跪，汉武帝快步上前扶住：“姐姐免礼！”平阳公主见到做了皇帝的弟弟十分高兴，殷勤地说道：“陛下要来，预先也不打个招呼，也没个准备。”

汉武帝：“亲人之间不必拘礼！朕外出狩猎，路过姐姐门口，随便来看看。姐姐身体好吧？”平阳公主：“托陛下的福，好！”汉武帝：“姐姐气色好！”

平阳公主：“陛下，别只顾操劳国事，要保重身体。”汉武帝：“北方匈奴常南下侵扰中原，南越等国互相攻击叛乱，朕整天思考对策。”

平阳公主：“今天亲人相见，不谈国事，陛下尽情欢饮！”

平阳公主府邸大厅内，盛宴歌舞。宴席上，平阳公主招来很多美女给汉武帝陪酒，美女殷勤有余，但却没有让汉武帝满意的人。天子就是天子，即使饥饿，也要择食。平阳公主看出弟弟依然不开心，对陪酒侍女说道：“退下！”然后小声对侍女说：“唤卫子夫！”卫子夫款款出场，明媚清新，落落大方又不失矜持！她的神韵让汉武帝露出兴奋快乐的神情，瞬间目瞪口呆，国事、家事、心烦事都想不起来了。

庄助、赵婴齐遇到土匪打劫，惊魂未定，蓬头垢面。见长安城郊外，渭河岸鲜花盛开，芳草萋萋心情放松下来。庄助摸摸自己脸上的伤疤问赵婴齐："太子一路辛苦了。"赵婴齐："人生需要历练，我高兴。经历了刚才那惊心动魄的生死场，我才看到真正的生活面目。在王宫养尊处优，真不知道民间的疾苦，一路上人困马乏，风餐露宿，日晒雨淋，还有驿馆的人肉包子，让我感到百姓活得不容易。"赵婴齐见到河水兴奋异常，在河面上行走如飞，旋转如陀螺，让人们开眼界。庄助："太子好功夫。"赵婴齐慢慢下到水中开心大笑，待收起笑容说道："水上飞是南越人的游戏，不算什么功夫。"

庄助："这河水洗去了身上的尘埃，轻松多了。"刚上岸，就听到鸣锣开道的热闹声："回避！回避！回避！"汉武帝在姐姐平阳公主家见到美人卫子夫出来，心情极好地回到宫中。

庄助带着赵婴齐进宫拜见汉武帝："臣叩见陛下！"汉武帝："平身！"赵婴齐见庄助跪下自己就跟着跪下，见庄助站起来自己又站起来。

汉武帝："好啊。你为朕带来了一位尊贵的客人，好！"庄助介绍道："这就是南越国太子赵婴齐。"汉武帝见到赵婴齐身高八尺，肩宽一尺，国字脸上的浓眉大眼，完全就是中原人的长相。唯一不同的就是皮肤黝黑，露在坎肩背心外的胳臂文有图案。汉武帝对赵婴齐说："婴齐，你刚来长安不习惯这里的生活，慢慢就会习惯的。你的爷爷当年就生活在中原，为了国家，他远离故乡，现在你回来了，你爷爷的在天之灵一定会得到安慰。"赵婴齐很灵光，学着庄助的行跪礼下说道："谢陛下隆恩。"汉武帝："免礼！"汉朝未央宫的夜晚，灯火辉煌。汉武帝在宫中举办盛宴为庄助和赵婴齐接风洗尘。赵婴齐就坐在汉武帝身边，他有些拘束，忠厚的嘴唇紧闭。汉武帝对赵婴齐说："别拘束，你会慢慢习惯这里的生活，来，喝酒！"赵婴齐："谢陛下。"然后喝下酒，脸上显出肠子被酒烧断的表情，他对自己说："忍着点，唯恐被人笑话。"

汉武帝指着正在跳舞的歌女说："婴齐，喜欢吗？"赵婴齐憨憨地笑笑，微微低头说："喜欢。"汉武帝哈哈大笑："是条汉子，下面的女人看上谁，就挑一个做老婆！"赵婴齐："不，不，喜欢不一定要做老婆，南越老家有女人了。"汉武帝对庄助说："爱卿，婴齐初来乍到，你要多关心才是。"

庄助："是，陛下。"汉武帝送了几名宫女给赵婴齐，其中有一位叫卫姬的织女。

# 第三十一章　羊肉泡馍

庄助带赵婴齐出宫，在离宫不到二里的长安街旁有一座馆舍。赵婴齐进到馆舍，院落中装点奇花异草，再往亮灯的屋子走去，几个浓妆艳抹无比妖娆的女仆围上来嘘寒问暖："官人，您怎么才回来呀？"赵婴齐有些不适应陌生的面孔，没有说话。

庄助上前解围道："婴齐，这都是陛下所赐，照顾您的饮食起居。"赵婴齐这才回过神来，感觉皇上对自己实在是太好了，真有一种回家的感觉，说道："谢陛下！"庄助："婴齐，一路奔波，早些休息。"赵婴齐："谢庄大人！"庄助转身离去。赵婴齐看到眼前发生的这一切如同一场梦，一会儿，女仆有的给他打水，有的给他更衣。他看着一个个貌美如花的女仆说："你们都退下，我自己来。"美人都退下。第二天一觉醒来，赵婴齐躺在床上，他自言自语："我这是在哪儿？"以为是在南越国的床上，喊道："橙子，橙子。"卫姬走到床边："官人，我不叫橙子，我叫卫姬，有何吩咐？"赵婴齐看着陌生的女人，才发现自己身在异乡："我这是在哪儿？"卫姬妩媚地一笑："这是在长安。"赵婴齐："哦，我想起来了，我离开南越很久了，但昨夜就像在南越国。"卫姬："这是因为您的身体中故乡的水还没有排完，血液中的珠江水依然记忆着您家乡的东西。如果您喝了渭河的水，两年后您就会喜欢这里的，记住这里的一切。"

赵婴齐很满意卫姬的说法，新奇感让他坐了起来，对卫姬说："我饿了，有什么好吃的。"赵婴齐与卫姬似曾相识，说话随便轻松。给赵婴齐穿上衣服，卫姬神魔一笑："起来跟我走，一会儿就知道了。"

赵婴齐跟着卫姬来到膳食房，八仙桌上放了很多好吃的。一碗羊汤热气腾腾，香喷喷的馍馍像月亮，圆圆的。赵婴齐不知道怎么下手，卫姬将羊肉汤放在赵婴齐的面前，赵婴齐急忙用筷子在汤里夹东西，什么也没有。赵婴齐看着卫姬傻笑，卫姬将盘中像纸一样薄的羊肉片倒进热汤里，再往里加葱、姜、烫熟的白菜丝。赵婴齐夹了一片羊肉放进嘴里，细品，有点不自在，羊肉味与海味是有很大区别的。他努力适应羊肉膻味："鲜美，与南越国生鱼片的鲜美不一样。"说完拿起白面饼一口咬下去。卫姬笑笑："官人，不是这样吃的，要这样吃。"说完就将烤饼掰碎成黄豆大小放进肉汤里然后说："这样，味道更加鲜美，膻味也会少些。"

赵婴齐吃得喜气洋洋，汗流浃背。正在开心时刻，庄助进来："好香的羊肉泡馍，给我来一碗。"

庄助边吃边动手，三下五除二就吃完了。赵婴齐看庄助吃羊肉泡馍，忘记自己吃了。庄助抬头看着赵婴齐在看自己："宿卫，我是来看看你是不适应长安？"赵婴齐："感觉还好！"庄助："这羊肉泡馍好不好吃，关键要自己动手，才能有香味。"赵婴齐从卫姬手中接过面饼自己掰碎再吃："果真很香！"庄助看着赵婴齐虚弱的模样，暗道：这种样子怎么能当宿卫，对赵婴齐说："太子，这几月长途跋涉辛苦了，您好好休息几天再入宫。"

赵婴齐急了："不累，我马上就入宫面见陛下。"庄助："不急，不急。好好休养，过几天我来通知您。"赵婴齐："几天，太漫长了。"庄助："恢复体力很重要，告辞！"庄助离去，赵婴齐感觉到身在异乡的孤独与莫名其妙的空虚，忧伤突然又袭上心头，总觉得自己被父母抛弃的感觉。

长安夏季的夜晚闷热，赵婴齐躺在床上辗转反侧，他思念妻橙子，橙子是南越国丞相吕嘉的重孙女，美貌聪明，善解人意。想着想着，慢慢地进入梦乡，但是有一种邪气惊醒了他的梦，赵婴齐很快判断这是一条毒蛇吐舌的声音。毒蛇闻到陌生人的气息，它以为有人和它争夺地盘，想驱逐赵婴齐。赵婴齐在南越国与蛇打交道多了，知道蛇的习性，屏住呼吸，用左手握住了枕边的宝剑，右手握住剑柄，毒蛇在房梁上爬，然后用尾巴卷住房梁，头和身子悬在空中想吓唬一下赵婴齐，并不想伤害赵婴齐。谁知道赵婴齐来真的，以迅雷不及掩耳之势抽出宝剑在空中拦腰将蛇斩断，这下惹祸了。

卫姬听到响动，掌灯进屋："宿卫，出什么事了？"赵婴齐沉默无语，卫姬见一条蛇断成两截还在地上蠕动，惊叫道："毒蛇？"赵婴齐："我知道，这是房前屋后的一条地头蛇，它喜欢攻击陌生人，非常排外。排外是生物之间争夺生存空间的本能。"卫姬："赵宿卫，你真勇敢，但这下要结怨了。"赵婴齐："为什么？"卫姬："怕它的同伙来报仇的。"赵婴齐看着卫姬穿着薄薄的丝绸睡衣，他目光回避着卫姬说："没事了，你回去休息吧。我把它们分开火化。晚了，它们的身子又会自动接上，那时候我的宝剑对它们就没有威力了。"

仆人在院子中架了两堆柴火，熊熊燃烧，很多人起来看热闹。赵婴齐将蛇尾投进东边的火堆，将蛇头投进西边的火堆，一会儿空气中弥漫着烤肉的焦味。这事第二天就在大街小巷传开了，终于传到汉武帝耳中，召见了庄助。汉朝王宫金殿内，庄助来到宫殿跪下："微臣叩见陛下！"

汉武帝："免礼！赐坐！"

庄助："谢陛下！"

汉武帝："宿卫赵婴齐被毒蛇攻击你可知道！"

庄助："不知！"汉武帝："我跟你说过，赵婴齐的安全关系到汉朝和南越国的前途命运。这次幸免，但如果成为事实，世人必定认为朕加害赵婴齐，到时候必然引起南越国与汉朝之间的战火。”庄助：“不过，这表明他是一个合格的宿卫。”汉武帝：“朕喜欢重复你们听得不耐烦的话：汉朝的疆土令人忧虑，汉朝的北面、东北面有匈奴，西部有乌孙国，西南有夜郎国，东部有闽越国，东南有南越国，汉朝处在被四周小国的虎视包围之中，被挤压中。如果我们不居安思危，不用儒术解决好与周边的关系，随时可能被挤扁。”庄助：“赵婴齐表面看似傻呆，其实他大智若愚，陛下的意思我完全明白。”

汉武帝：“爱卿明白什么？”

庄助：“臣的任务就是要尽量让他吃好喝好玩好，保证他的安全。听说，他很有思想，到现在一月过去，一个女人都没有碰，而且他每天闻鸡起舞。如果将这样人放回南越国，他会使他的小国强大起来对付我们。”汉武帝：“爱卿是国家之栋梁，感谢察举制为我推荐了你这样的治国才人。”

庄助：“臣知道，要让一个国家屈服，不一定靠武器，主要是使他的国人丧失信仰，让他的国人失去灵魂，徒有一个躯壳，到时候我们让他们做什么他们就做什么。森林里有一种红蜘蛛，偷偷吸掉蛇的血液，但蛇的躯壳表面上依然完好无损，吸血红蜘蛛的高明在于，即使把蛇弄死，其他的同伴也不知道，也就没有防备了。”

汉武帝：“对一个国家的征服不能操之过急。”

庄助：“是，陛下。我会让赵婴齐在享乐中不知不觉中堕落的。到时候他会到南越国做了封王，我大汉王朝就安定了。”

汉武帝：“不用这样快赴任，让他先在董仲舒的太学学习儒学和宫廷礼仪。”

庄助：“遵命！微臣告辞！”

汉武帝：“慢！可有唐蒙逃出女儿国的消息？”

庄助：“陛下，我派人南下打探，现如今可是没有任何消息。”

汉武帝：“朕急着想知道，他发现的南方驿路现在何处？”

庄助：“陛下，臣派人继续打探唐蒙的下落。”

# 第三十二章　蒙心布

女儿国银矿，处处银光闪闪，叮叮当当声中，唐蒙突然感觉肚子痛，放下手中搅银石的棍子，开吐，想泻，急忙在小道边采了几片牵牛花树叶当手纸，往茅厕跑。一会儿唐蒙出来头冒虚汗，面色苍白，捂着肚子回到作坊。

杨一见状，万分心痛：“唐大人可好些！”唐蒙说不了话，摇摇头，就躺在了地上，昏迷过去。杨一对海螺说：“快去禀报女王！”

阿纳来到酒作坊，正在制酒曲的酒师见阿纳进屋，抬头笑笑说道：“女王来了！”阿纳见一女子在竹片引来的水渠下用竹箩在淘洗火棘果：“这些火棘果洗干净后可要晒干水气！要不制出的酒有一股馊味。”女子：“是，女王！”

酒师：“女王，今年的火棘果长相好，酿出的酒一定香烈。”话音刚落，女侍来报：“女王，唐蒙病倒了！”

阿纳：“病倒了？什么病？”女侍：“不知道，已经晕倒在地。”阿纳：“痴草和我去看看！”

唐蒙虚弱地躺在草堆上，像头死猪。阿纳：“唐大人怎么了？”痴草俯下身看了看说道：“女王，唐大人拉肚子脱水，有生命危险！”阿纳：“赶快抢救！”痴草对侍女说：“拿火棘酒来！”

杨一：“女王，我们是水土不服，放我们回家吧，一只鸟都恋山林，何况人，怎不恋自己的家乡？”若愚、海螺附和道：“是呀，女王，放我们回家吧！”阿纳有些心软，沉默一会儿说道：“我这里有山泉，有满山遍野的山珍，有火棘酒烤羊肉，你们怎么就非要逃走呢？”杨一：“我们需要有崇拜我们的女人，有爱我们的父母，有同胞姊妹的无拘无束，还有我们日夜思恋的孩子。”

阿纳：“我就很崇拜你们啊！”杨一：“女王，你很善良，但你很骄傲，你不懂我们心思，不能和你自自然然开玩笑、聊天，你不高兴就要杀人。”这时，女仆抱了一坛火棘酒，痴草倒了一碗，在路旁采摘了紫苏叶，烧成灰，将灰放进酒里。侍女扶唐蒙坐起来像一个面团，痴草端酒让唐蒙喝下，神智渐渐恢复正常，声音虚弱地说：“谢谢！”

阿纳：“唐大人，你醒来了！”

唐蒙：“女王，你让我们走吧！我们还有更重要的事情。”

阿纳：“等你病好了，再走吧！”

侍女小声附在阿纳耳边说话："女王，竹王派人来问，见到使节没有？"

阿纳："就说没见到！"

侍女："是！"

夜郎王宫里竹王一边喝酒一边问侍卫："汉使可有消息？"巫卜："大王，没有消息！"竹王："抓紧时间找！叫你们照顾几个人都出问题。"巫卜："大王，那天，我等被狼群围攻，情急之下，让他们先走，我引开狼群，到了悬崖处，前方无路，我只得跳江，逃了回来，这就和他们走散了。"竹王："你带人继续去找，我带人准备去消灭狼群。近日狼群成灾，成群结队伤害了很多夜郎人性命。"

巫卜："遵命！"

汉使唐蒙，随从若愚，南越国将军杨一，随从海螺，在银矿炼银，几人老老实实地在女儿国的银矿当苦工，每天辛苦劳作。唐蒙敲击着矿石递给杨一说："谁能破解女儿国的迷魂阵？逃出去，我便向汉武帝举荐他到朝廷做官！"杨一接过矿石用碓舂成粉末，沮丧地对唐蒙说："我们就这样消耗时间，与世隔绝，说不定赵佗大王已经急死了。"唐蒙："我比你更急，天子统一天下的心情如离弦之箭。"若愚在一旁看着唐蒙插话道："大人，不要着急，要放松，你们要争先恐后给女王示好，对女王暗示你们很喜欢她，即使她不想嫁给你们其中任何一人，也喜欢听赞美之词。

唐蒙、杨一异口同声："为何？"

若愚："女人需要被赞美才会高兴。高兴之后，她才越发美丽动人，越美丽就越头脑简单，心地善良纯洁，没有心计，我们就自由了，自由了就可逃跑。"

唐蒙："如何赞美？"

若愚："每天女王一出现，就对她说，女王，您像山中的百花一样纯洁，像梅花鹿一样善良，像水蜜桃一样甜蜜。"

杨一："我这一辈子最不想做的事就是撒谎。上帝好像在我生命中安装了某根筋，一撒谎，我就呼吸困难，要死的感觉。"说话间，杨一将银矿石舂成粉末后，唐蒙将粉末倒进装有清水的木桶里。杨一用一根手腕粗的棍子搅呀搅，搅数百次，杨一的手起了血疱，血疱又变成了老茧。唐蒙停下手中的活在一旁说道："若愚说得好，情爱故事就是由谎言编写成的。"杨一："依靠撒谎得到的情爱，就如同天上的浮云。"若愚："将军，你是装天真啊，仔细想想，哪一桩成功的婚姻不都是谎言筑成的。真实的人，不懂撒谎的人，都光棍一条。"唐蒙用生了一场大病的虚弱面孔认真地说道："若愚，欺骗女王这个任务交给你了。"说完，见杨一将浮在面上的浮渣倒掉，将桶放在竹片引来的一股山泉下，让山泉流进木桶，又搅呀搅，搅出的浮渣又倒掉。手掌又起了血疱。

女王和痴草来了，痴草手里端着热气腾腾的米糕笑嘻嘻地说道："各位大人，吃饷午饭了！"杨一不敢正眼看女王，而是继续淘银，唐蒙在一旁舂矿石。若愚用胳膊撞了杨一低声道："大人，快上前谢女王陛下！"杨一放下手中的活，皮笑肉不笑地说："谢女王陛下，女王您真好！"杨一说假话后，双腿发抖。女王看在眼里，装昏不知道。阿纳每天都打扮得干干净净，漂漂亮亮来查看劳作，善良而充满生机的面容像山间的百合花，似笑非笑隐藏神秘，让男人捉摸不透。水灵的眼神像天上的星星，她每天都希望有人用艺术的表情回报她。女王心想，如果谁先开口赞美她，就让他离开银矿，但每次女王一出现，他们四人都保持沉默，看也不看女王一眼，眼睛喷射仇恨之光。女王看不出他们脸上的一点诚意，很失望。今天，听到杨一的赞美，阿纳黑洞洞的心像照进一缕阳光，她说："杨将军还像个男人。"

等女王离开，痴草悄悄告诉唐蒙："大人，女王救了你们，你们却恩将仇报，不懂得感恩。我家女王最喜欢别人用诚意回报她，她虽然做了女王，但她像孩子一样简单天真。她认为你们的心被功利污染得很严重，她让你们在这里淘银，是想让你们把心里的杂质去掉，留下闪光的金子般的心。"说完，痴草快速追阿纳去了。等女王和痴草一走，几个大男人就开始狼吞虎咽地吃米糕。

杨一对海螺说："吃慢点。"唐蒙："这女儿国的米糕真好吃，沙沙的，软软的，甜甜的，香香的。"

若愚道："别扯远了，说正经的。刚才痴草说的话很重要，我们不能坐以待毙，浪费时间，必须采取行动主动出击。"杨一蔑视道："她想改变我们，太荒唐，到时候看是谁改变谁。"唐蒙对杨一说："我离开长安的时候，我老婆送了我一块绣有百花蝴蝶的围兜，说是让我看到花围兜就想起她，不要随便找女人，怕遇见女鬼。既然女王如孩子般的纯真，这花围兜一定能让她开心。"

杨一几人异口同声："但愿女王喜欢你的花围兜！"

女儿国后山的悬崖峭壁上挂满了常青藤，阿纳和痴草抓住藤蔓行动敏捷攀岩到峭壁上采救命草药。两人抓住藤蔓在绝壁上荡来荡去，采得救命草满背篓，然后顺藤下到地上，两人来到溪水旁洗药。阿纳光脚踩在一块光石板上，将草药倒在岸上，浓浓草药香薰得两人美丽动人，肌肤白里透红如山茶花。阿纳说："一会儿熬这些草药给那几个人送去，治好水土不服，吃了让他们安心在银矿工作！"痴草："女王，我觉得这是白费心思，那几个男人很顽固，不会接受您的一片善心。"阿纳："不需要他们感恩，让他们健康地活着就是！"痴草："女王，有句心里话不知道该不该说？"阿纳："直说！"痴草："物以类聚，鸟以群分，凡事顺其自然，这几个家伙自以为自己是高人一等，认为我们是野蛮人，何苦求他们留下！"

阿纳："我是希望我们女儿国出人才，让他们先在银矿锻炼锻炼，再教女儿国的娃娃们识字嘛！”痴草：“女王，这是幌子吧，女王是不是看上了其中的哪个人？”阿纳：“没有，你可别想歪了，我心中的男人只有一个！”痴草：“是谁呢？”阿纳：“如果猜错了，你就别当女巫了！”痴草：“是竹王？”阿纳神秘地笑笑没有说话。痴草说：“我倒是有点喜欢唐蒙。”阿纳：“原来是你心中有鬼呀！”

唐蒙和若愚在埋头舂矿石，脚腿都舂浮肿了，矿石舂成粉末。杨一把粉石倒进木桶里，用木杖在桶里搅呀搅呀，然后倒掉浮渣，终于在盆地看见了闪闪发光的银子。杨一惊叹：“这工作虽然不是人干的，太苦太累，但见到银子的瞬间，真乐啊！”唐蒙不高兴地说：“那你就留在这里等女王哪天看上你做女婿算了。”话音刚落，痴草和一群女侍端着药来到银矿。

痴草神秘地说：“大家好，请喝茶！”唐蒙：“这不像是茶，是药！”痴草：“对了，这是药茶！喝了它，各位大人身体就能抵御邪气！”杨一：“什么药茶？都是害人的巫术，给我拿走！”痴草一点不生气，依然闪着纯真的大眼睛说：“杨将军，自从女王在牂牁江救了你，都是依靠这些药茶将你救活，怎么不但不感恩，反而说是巫术呢？”

杨一：“蛮夷之后，懂什么？”痴草：“我祖在万万年前就发现了药茶，你怎么能蔑视？”唐蒙：“大家别争吵了，这药茶灵不灵验我喝下去不就知道了吗？”唐蒙喝下药茶，顿感神清气爽，但因为心不诚，效果不明显。唐蒙依然感到冷一阵热一阵接着说：“喝下药茶我没有特别的感受！”痴草二话不说，从腰间拔出短剑在自己的手腕上割了一刀，鲜血流出，一滴一滴地到地上，众人都惊呆了。痴草对女侍说道：“拿药茶来！”将药茶喝下，血立刻止住了，再喝一碗，伤口愈合了。

若愚惊呼：“神药！”然后在手腕上也割了一道口子，接着喝了两碗药茶，伤口竟然好了。这时杨一学他们的做法，在自己的手腕上割了一道口子，喝了两碗茶，但伤口依然没有愈合，问痴草：“这是怎么回事？”

痴草：“万物有灵，你怀疑药茶，药茶当然也怀疑你。对你这样迟钝又狂妄的人来说，还需要加一味中药，先让你疼痛一下，再救治你，才能见效果。”杨一一听，火冒三丈，举剑刺向痴草。痴草灵敏躲闪，毫发无损。

唐蒙劝道：“将军息怒！息怒！”杨一大声叫唤：“给老子把伤口弄好！”痴草：“我要禀告女王，看她让不让我治好你的伤口！”

女儿国王宫内，阿纳正在看老母鸡孵小鸡。母鸡不时用嘴巴将胸脯下的鸡蛋翻转，鸡毛蓬松，阿纳用土碗端了一碗水到母鸡跟前，母鸡看看阿纳，发出两声感恩的“咯咯”叫声，开始喝水。脖子太长，只好把水喝到嘴里，仰起头水才流到胃里。阿纳对母鸡充满了爱怜，母鸡喝完水，低头用嘴抚鸡蛋，见一只鸡蛋壳裂开了。阿纳对侍女说：“快来看，小鸡要出壳了！”鸡蛋裂开了，侍女等下好奇地说："小鸡要出壳了。"一块蛋壳碎片被顶破，不一会儿蠕动着的小脑袋露了出来，阿纳："叫声把我的心都揉碎了！"这时，侍女来报："女王，痴草和杨一他们打起来了！"阿纳："不管他们，痴草有足够的智慧对付他们。"说完继续看小鸡出壳。

杨一很生气地捂着伤口痛苦呻吟："我恨不得宰了这帮娘们。"唐蒙："杨将军，要从自己身上找原因，通过这件事我倒觉得她们挺可爱，是你对她们有偏见。"杨一："可爱？你就留下来做女婿，我可是要逃跑了！我快要憋疯了！"若愚："大人，那天竹王让巫卜帮助我们，巫卜为了将狼群引开，不知道是死是活。"唐蒙："肯定活。他们土人对地形熟悉，没问题。竹王得知我们失踪，也不来找找我们。"

若愚："他怎会把我等放在眼里。"

夜郎山野，竹王骑上马，带着侍卫沿牂牁江走进岸上的密林，山势陡峭，他们将马拴在树木上，背上箭，走进林中。狼成群结队在林中奔跑，竹王在林中奔跑，人与狼在林中周旋，鸟儿惊飞，只听得"嗖——嗖——嗖"的放箭声。过后，铁箭刺进狼的喉管，惨叫着一只一只倒地，狼嚎鬼叫，激发着竹王的英雄气概。狩猎的豪情，令竹王快乐奔放，他命侍卫兵卒在林子的小溪边，将狼皮刮下，架起篝火，烧烤狼肉。正在林子里采中药的白面狸闻到香味，躲在树后悄悄观看，见是竹王，一阵窃喜，在不远处唱起山歌：

"哥在山顶打猎忙，妹在山下望情郎。心想对哥说一句，脸红心跳无主张。"

竹王对巫卜说："是哪个姑娘在唱歌，让她过来陪本王吃烤肉。"侍卫："是，大王！"

白面狸来了，站在竹王面前，忸怩作态："大王，上次坐花坡的时候，竹王看都不看我一眼，今天能见到大王，真是幸运。"竹王："来，过来，坐在本王的身边！"白面狸走到竹王身边，娇声怪气："今天得见大王，我不想嫁人了。"竹王只是为了消除暂时的寂寞，并没有真心想娶她，保持着距离说道："你还是嫁吧，我已经有心上人了。"

白面狸："你是说阿纳，她已经把你忘记了。"竹王急切地问："你怎么能瞎说。"白面狸："哼，我瞎说？她收养了几个让人着迷的中原男人和南越人。"

竹王："原来失踪那几个家伙在她那儿？"白面狸将送到嘴边的狼肉一扔："不信？大王亲自去看看。"竹王直奔女儿国。

女儿国银矿内，海螺捧着白花花的碎银说："这银真美！要是我能带一些回家多好！"杨一拉长脸说道："人，要有骨气，再好我们也不稀罕。以后不准有这样的歹念。"海螺："是，将军！"

唐蒙："其实，我也喜欢银子。"说得正开心的时候，女王阿纳端药茶来了，似笑非笑地说："杨将军，听说你的伤口没有愈合，请喝下我亲手调制的药茶！"

杨一看了看阿纳，一不小心就被阿纳清澈的目光电击了一下。杨一接过药茶乖乖喝下："谢谢女王陛下！"阿纳一言不发，白白净净，像一朵百合花，全身都是银饰，闪闪烁烁，晃得杨一的眼睛都睁不开。

杨一看着银子对女王道："女王陛下！"阿纳听到杨一的声音，睁大眼睛等下一句。杨一本来是想对阿纳说："您像山中的百合花一样纯洁。"但没有说出来话就拐弯了，然后说道，"女王，银子淘出来了。"若愚失望地叹气："唉！"阿纳看了看杨一将军，又看看银子，妩媚地笑了。唐蒙在一旁发现女王阿纳对杨一很有意思，妒忌暗生，他急忙拿出花围兜献媚说："女王陛下，您心灵手巧，最配拥有这份珍贵的礼物！"阿纳没有理睬唐蒙，继续对杨一说："杨将军，你有恒心，终于淘出银子了。"阿纳用手拿着淘出的银子，闪闪发光，说道："我小瞧你们了，其实你们也能淘出白花花的银子。"杨将军忘记了几个月的艰辛，脸上露出成功的喜悦，像孩童般的微笑。

唐蒙："女王陛下，您看看这是什么？"说完就将花围兜递给阿纳。阿纳放回手中银子，甩掉手上的水，接过绣花围兜，爱不释手地惊叹道："呀，世上竟有如此美丽的花围兜啊！"

唐蒙："送给您！"

阿纳："送给我？"

唐蒙："是的，女王，送给您！报答女王的救命之恩。"唐蒙指着花围兜说道："女王陛下，这是中原织女豆叶绣的百花草图，送给女王陛下。如果女王带上绣有白花图的围兜，就像凤凰一样美丽。"阿纳见花围兜，眼睛放光，面若桃花。她看着花围兜，情不自禁感叹："真是太美了，我在货郎手中收藏有豆叶织的丝绸，可没见到这围兜。"

唐蒙得意万分："男人比你们女人更喜欢这花围兜上的图案，如果女人戴上它，就能找到中意的男人。"阿纳："真有这样神奇？"唐蒙："女王可以试一试。我这里还有绣花针线。"

阿纳觉得奇怪："唐大人怎么现在才拿出花围兜呢？"唐蒙："我们一直想着逃跑，今得到女王的真心款待，拿出来送给女王，以表心意！"

阿纳："谢唐大使！告辞！"

女儿国王宫内，阿纳回到椰榆树上的阁楼，陶醉在图案中，忘记周围的一切。女王沉迷刺绣，在自己的衣裙绣了很多美丽的图案，一针一线，一分一秒，时光在针线中飞快流逝。突然女侍来报："女王，竹王在宫外等候！"阿纳："大王来做什么？"

女侍："不知道！"

竹王英雄的血液被激怒，他策马狂奔来到女儿国，在城门外高声大叫："阿纳，阿纳，阿纳，给我出来！”阿纳站在高高的城墙楼上，手里一边刺绣，一边问道：“是竹王啊？还没有到坐花坡的时候，怎么就来了？”说完转身离去。竹王骑在马上急眼了：“阿纳，阿纳，你给我出来解释清楚，为什么私藏男人？”阿纳不理不睬。竹王被激怒，翻身下马，从身后抽出宝剑，横冲直撞，与女侍卫们砍杀欲冲进城门。这时痴草走出城门喊道：“住手！”

竹王停下手来：“让我进去！”痴草笑着说道：“女王让传话，按照约定的时间明年三月见面，别闹事，回去吧。”竹王：“阿纳为什么要私藏男人？”

痴草：“女王没有私藏男人，那些男人是被狼追到这里躲避危险的。”竹王：“你给我把他们放了。”痴草：“银矿缺劳动力，让他们帮忙。”竹王：“你让我进去。”竹王边说边冲进城门。痴草无法阻挡，女侍也阻挡不了。竹王冲到银矿作坊，唐蒙、杨一、若愚、海螺围过来说道：“竹王，救命！”

竹王醋意大发，愤怒地挣脱四人，用剑指着他们说：“我为什么要救你们几个王八蛋？”唐蒙：“大王，就凭你是一位英勇智慧的大王。”

杨一：“在女儿国这段时间，我们一直在银矿干苦力，险些命都没有了。”

竹王：“她喜欢你们还来不及呢，会伤害你们？我倒希望她把你们一个个杀了煮汤锅。”若愚装作被女王欺凌的样子：“我们害怕女王就像害怕豺狼虎豹，至今她长成什么样子我们都不知道，从不敢正眼看她。我们胆小，哪有什么非分之想。只有像竹王您这样有气概的男人才不会怕女王。”竹王听了若愚的话，情绪平稳下来，收起宝剑。

唐蒙：“大王带我等恩重如山，我们怎会背叛大王。我们多次逃跑都没有成功，请竹王救救我等。”

竹王：“那就跟我走吧！”刚要带他们转身离去，女王阿纳站在他们的面前：“竹王，你私自闯进我国带人，为哪般？”竹王：“女王，他们是出使我国的大使，我要保护他们的安全。”

阿纳：“我也是一国之主，在我这儿也很安全。”

竹王：“你一小国，谁瞧得起！”

阿纳听后十分气愤，正要举剑发作，唐蒙上前赔笑道：“谢女王陛下这段时间对我等的关照。本想在这里跟女王陛下学习制银，只是我等身兼重任。此次离去，我回到中原，给女王陛下带更多绣花丝线。”阿纳听到绣花丝线，放下怒火。道：“唐大使说话中听。”然后挥挥手，“放行！”

夜晚的夜郎国王宫，灯火通明，竹王摆酒宴招待他们。兵卒们都很开心，有酒喝，有饭吃。唐蒙对竹王说：“大王，干杯！感谢你这段时间的照顾，我等回去向天子禀报大王的盛情。一定重赏！”竹王喝下杯中酒说道：“客人的到来，就如同天上雨后的星星，令本王快乐！本王不想让你们走，远方客人的到来，可以消除本王的孤独寂寞。”

唐蒙：“我们既然认识了，还会回来的！”

竹王吃了一块牂牁江的鱼片，连鱼刺一起嚼碎咽下后说道：“不急，你们的到来让本王高兴，等过了六合节再走不迟。”

唐蒙：“唯恐给大王增添麻烦。”

竹王：“不麻烦，你无事的时候陪本王上山打猎。”

唐蒙：“谢大王！”

杨一对竹王道：“南越国有海贝珍珠，大王这里有丰厚的铁兵器，以后两国可以换市。”

竹王：“什么叫换市？”

杨一：“指定一个地方，让两国的人交换产品。你们这里有铁器，有银矿，我们就可以用海贝海参交换。”

唐蒙有些急了，插话道：“我们汉朝有丝绸，可以用来和你们交换雄黄。”

竹王：“这主意好。”

唐蒙：“我喜欢你们的银饰。”

竹王很激动：“互通往来，好事，好事。来，喝酒。”

唐蒙喝下几杯酒，突然感觉这段时间在女儿国银矿打工的疲惫顿消，心头生出一种愉快的情绪，身体感觉轻盈，头脑清醒又飘飘欲仙，他问竹王：“这酒是哪儿来的？”

竹王自豪地回道：“这是夜郎北面蜀地盛产的枸酱酒，夜郎人喜欢这酒，商人时常带着它销往我国。”

唐蒙：“我在女儿国喝的火棘酒也很美味！”竹王：“那都是女人喜欢的果子酒！我等男人喜欢吃高粱茅酒！”唐蒙好奇：“这里有通向蜀地的道路？”

竹王：“当然有，这条道路早在春秋战国时期就有商人打通，只是很多地段非常危险，依山凿石而建，脚下万仗深渊，山风劲吹，魂飞魄散。”唐蒙听得激情万丈，窃喜：“这条道路可以通往身毒国吗？”

竹王：“当然可以，有商人已经将汉朝的丝绸销往滇国以外的国家。但有的地方没路，是依靠攀藤爬树才能通行的。”

就在他们喝酒开心的时候，夜郎侍卫进来禀报：“大王，百王到齐！”唐蒙一听有百王，惊奇地对杨一悄声道：“将军，他们有一百个王啊？”

杨一：“他们号称百王，夜郎国由十九个部落组成。只有牂牁江畔的夜郎国最大，百王包括小部落首领。”

竹王听说百王到齐，面露喜色：“好，安排他们在九天仙洞住下，让他们吃好喝好。”

侍卫：“遵命！”

# 第三十三章　六合台

夜郎国的巫卜居住在一个天然的山洞，洞府前是一草堂，被竹林掩映，在悬崖脚下。天蒙蒙亮，巫卜很留恋温暖的被褥，困倦得不想起床，但不得不起来，今天有隆重祭祀活动。离开床的一阵空虚让他不知道活着是为什么？想找个老婆，又怕世俗中的女人把内心神秘美好的感觉弄没有了，不找，又无聊，想来想去，就一直忍受着寂寞。今天是六月初六，夜郎国受女儿国的影响，开始祭太阳神。女儿国的人用公鸡祭太阳，夜郎国为了表现出与女儿国的不同，用活人祭太阳。这是男权意识的觉醒，他们要替代母系氏族进入一个以男人为核心的氏族公社。

巫卜穿一身黑色的麻布对襟长衫，走出洞府，穿过人字形草堂，向右出门下了几级石阶，走到竹篱院中，清新的空气让他感到活着的愉悦。来到西草堂实验室，从木墙上取下一串醉心花，一朵一朵扔进土沙锅里，在火上炒了几下，然后冲进沸水。蒸汽让他的脸模模糊糊。一会儿他用右手拎着锅耳，左手端着土碗，走出屋，穿过院落，推门进到东侧草堂，只见少女坐在草堆上，穿着丝绸筒裙，披着长发，全身都是金银珠宝，明亮鲜艳。巫卜见到这个美少女，睁着狐眼，少女眼里充满了恐惧与哀求，但依然美得难以形容。巫卜见到这样的美丽不是激动，而是敬畏，因为美女是即将献给太阳神的女人。巫卜蹲下对美女说："姑娘，你就要嫁给太阳神了，作为圣母，请喝下这碗圣水。"

少女带着恐惧的眼神，没有说话，流着泪喝下醉心汤。不一会儿，她的眼神迷离起来，灵魂仿佛飞升到了太阳宫里，嘴角上翘，脸上出现快乐兴奋的表情。巫卜用银项圈、银手镯戴在少女颈和手腕上，用绳子拴在项圈上，牵着少女离开草屋向祭台走去。晴空下，太阳神祭台庄严肃穆。夜郎祭台设在林间空地中央，庄严肃穆，看热闹的人早已经将神台围得水泄不通。石头砌的神坛比人头高，一圈比一圈小的五个圈叠在一起，高高地耸立在太阳底下。祭坛中间有一个用木制作的圆面，圆面四周的木条象征太阳光，它就是太阳图腾。巫卜将少女用绳子拉上祭台，让她再喝下三碗醉心花汤，美女开始神思恍惚，全身麻木无力，在血巴木祭案上幸福地躺下，柔美的曲线像一朵坠落的花，粉嫩，清香。

巫卜对着木雕太阳仰面说道："太阳神！眼前这位吃野果、饮玉露、唱山歌的仙女就要来侍候您了！”就在少女出现迷幻的幸福时刻，祭师念完咒语用牛角刀轻轻划开丝绸衣，顺着肋骨挖了一个洞，就像宰牛一样天经地义，巫卜取出心脏放进竹盘，整个世界的人都屏住了呼吸，只有这个心脏依然在盘中跳动，就是这个鲜血淋淋跳动的心脏，让万人兴奋、快乐！

祭坛下边的唐蒙见此情景不但无法感到愉快，还头皮发麻，停止呼吸，瞬间晕眩过去。若愚和杨一、海螺将唐蒙扶到僻静处的大树前靠树坐下，若愚掐唐蒙的百会穴和人中穴，唐蒙渐渐苏醒过来，虚弱地控诉道：“原始野蛮，我要阻止他们用活人祭祀。”唐蒙说着，挣扎着想站起来。杨一让唐蒙安心躺下，不要起来：“大使，这是他们的风俗，不能干预。”唐蒙：“我大汉信奉仁爱，怎能让他们这样残害生命？”若愚：“大人，不良风俗要慢慢改，不能操之过急。当年，秦始皇不顾各国的风俗，急于统一六国，引起暴乱。我们远离中原，单枪匹马，怎能去干预他们。”杨一：“我们还是前去看看热闹再说。”他们扶唐蒙起来，四人又悄悄融入人群。

祭台下的石墩旁，海螺对若愚说：“这女孩真美！”若愚：“听说她从小在山洞里由梅花鹿叼食养大，会行走后，梅花鹿带她觅食，下河沐浴。”海螺：“长发垂腰，个子高挑，善良妩媚，肌肤粉白如梨花，面颊灿若仙桃。要是我能找到这样的美女做老婆多好！”若愚：“美女做老婆让你整天兴奋，受得了吗？”海螺：“看习惯了也就不会兴奋了！”祭台上的怪异让两人中断了对话。两人开始看巫师表演。祭台上站着披长发的祭师，头戴野鸡毛发冠，左手端着少女的血，右手拿一根野鸡毛蘸血洒向太阳神图腾，然后又洒向八方。巫卜口中念叨：“伏以！混沌初开而乾坤奠，天地成而人烟始，请神！今各部酋长备女子五谷酒茶，供奉天神，感恩上苍，祈求太阳神灵保族孙，后裔繁荣族声远，六合堂前祭宗亲！”念毕，将血酒浇在祭台的权杖上，人们惊奇地看着祭台上下开满了百合花。只听祭师如雷贯耳的高喊声：“酋长就位！”台下高呼：“宇宙浩浩，圣德昭昭！宇宙浩浩，圣德昭昭！宇宙浩浩，圣德昭昭！”在欢呼声中，祭师高声宣道：“族人有请！”竹王握着权杖，稳步走上五级台阶，各部落的酋长都依次走上祭台，围坐在祭台上。阿纳，她头戴银冠，上穿高腰短服，下穿拖地筒裙，袖口绣有美丽花纹，穿绣花尖钩鞋，若隐若现。唐蒙在台下看出阿纳身上的图案，全是照着蒙心布绣出的，暗自得意，对杨一将军说：“看，多美，多像翩翩欲飞的凤凰。”

杨一：“想不到，这夜郎的女人打扮起来如仙女，像刚从泥巴里长出来的百合花，眼神如天上的星星，一闪一闪的，宁静又清澈，笑起来，牙齿白如玉。

唐蒙：“下次来夜郎，我要带更多的绣花图案送给她们。”

杨一：“你这是让她们荒废耕种。”唐蒙：“让夜郎女人整天刺绣，我就高兴喽。你看，今天来参加六合节的人，个个肥头大耳，而且这里有几百桌宴席，酒香肉肥，都是女人做出来的。这里的稻谷是女人耕种出来的，她们竟然还会煮酒、开矿，这样下去，夜郎迟早强大起来，一个国家的强大与女人有关。如果任夜郎女人这样的聪明勤劳，到时，汉朝被夜郎和匈奴两面夹击就危险了。”杨一：“唐大使，你这样做太自私了。即使夜郎强大，他们也不会威胁中原的。”

唐蒙：“为什么？”

杨一：“据我观察，夜郎人其实并不好战。”唐蒙：“何以见得？”杨一：“他们喜欢诗情画意的浪漫田园生活，歌舞悠悠，沉迷小日子，不喜欢闹事。再说，夜郎山多地少，十里不同俗，夜郎国由十九个部落组成，属联邦酋长制，很容易各个击破。”唐蒙：“将军言之有理，但不得不防。”

这时，部落酋长全都走上祭台，唐蒙一数，十九位酋长。酋长高的高，矮的矮，胖的胖，瘦的瘦，高个儿巨人八丈，矮个儿才有黑山羊高，大多头包帕子，穿斜襟无领长衫。竹王不高不矮居中，威武英俊，他走在前面带领其他酋长，将手中的权杖一一放在开满百合花的祭台上。祭台中央立有一块圆柱石头，高三尺，宽六尺，上面有泥土，开满了百合花。众人面向祭台，气氛庄重严肃。祭师穿黑色长衫，袖大而短，脸上涂满朱砂，头冠上的野鸡毛在风中悠扬地摆动，像一只红脸公鸡。他见酋长都到齐，高声宣：“恭行上香：初上香，再上香，三上香。”语毕，另外三个年轻司仪将香插在了祭台上香金炉里。

司仪宣：“初奠爵，亚奠爵，三奠爵。”三个年轻司仪将盛满酒的杯子放在了祭台前。

司仪宣：“初献馔，亚献馔，三献馔。”三个年轻司仪将盛满饭菜的碗放在了祭台前。司仪宣：“初献帛，亚献帛，三献帛。”三个年轻司仪将布扔进火炉，熊熊的火焰，将人们美好的祝愿送到辽阔的宇宙。

司仪宣：“礼毕！呼天礼！”酋长们双掌过头仰望天：“感谢上苍！”万民跟着喊。

司仪宣：“敬地礼！”酋长们双掌放在胸前：“感恩地母！”万民跟着喊。

司仪宣：“合掌礼！”声音惊动九天。唐蒙顿生忧虑，对杨将军道：“他们这哪是合和团结，简直是黄屋左纛。”

杨一：“大使多疑了。在山高谷深、江河纵横的山区，各部落如果不讲团结，互相内耗，生存艰难啊。”这时司仪在祭台上宣：“天地万事，多有不同。不同则争，争则乱，乱则败，败则衰，衰则亡。智者讲和，和生一，一生二，二生三，三生万物，万物生则盛，盛则贵，贵则顺，顺则强，强则万事升腾。”唐蒙听了说道：“太可怕了，在这偏僻的夜郎国，竟然有精通老庄孔孟的部落。”

杨一看看唐蒙心术不正的样子，不想和他说话，但又忍不住说道：“不要小看夜郎，我在女儿国银矿，听当地人说，在春秋战国时期就有中原人迁入到夜郎，与这里的土著桃花洞人结亲，成为夜郎濮人。”

唐蒙：“为何叫濮人？”

杨一："就是生活在牂牁江水边的人，是牂牁江孕育了他们智慧和文明。"杨一生活在番禺，与夜郎人共饮一江水，所以他总是为夜郎人说话。

司仪宣："退位！"酋长们依次下台。

# 第三十四章　唐蒙离开夜郎国

祭台南面有个和石阵，九块方石摆成了一个和字阵，十九个部落的酋长与大使们走进和字石阵，开圆桌会。司仪提高嗓门喊道："和字阵上一坐，消灾又免祸。"

唐蒙对身边的若愚小声说："这和字，就是孔圣人在春秋战国时期说的话嘛，他们这些原始部落怎么会知道的？"若愚："大人别忘了，他们是七千多年前因战争从黄河流边迁徙到这里的人。"唐蒙："你怎么知道的？"若愚："从他们的文化习俗知道的，和文化发源于黄河流域，人类都是依赖文化信仰存活下来的！"唐蒙："他们用一个和字，就能团结方圆千万里的各大小部落，神奇啊！"这时，一群姑娘跑来给他们的印堂点朱砂，一边点一边念："献吉祥！献吉祥！献吉祥！"鼓声响起，合和二巫在祭坛上向四周洒天露，口里念道："除邪消灾！除邪消灾！"边说边走到竹王面前道："竹王万民至尊，请宣！"竹王对着万人宣道："尊敬的各路先贤，举杯！敬万物始祖、人始祖、九天天主、历代文武圣贤、宇宙过往神灵，奠酒。"说完将酒奠于地上，万人奠酒。

竹王："各位尽情享用酒食！"夜郎人把大地当桌子，坐在地上喝酒吃肉。酒席，酒席，就是坐在地上吃饭吃酒的快乐景象。祭坛上歌舞开始了，唐蒙见每个人都很陶醉，喝一杯酒吃一块肉，吃一块肉喝一杯酒，个个尽情享受。杨一对唐蒙说："大使，你看，他们现在才真正放松对我们的戒备，何不趁这个机会离开夜郎，等竹王清醒过来，他又要让我再住几天。他很好客，但从来就不知道我们需要什么，在想什么。"

唐蒙："我们让他们修路，他们不上心，整天就是随心所欲地唱啊跳啊。"

若愚："跳啊唱啊多快乐！哪像你们整天东奔西颠，不知道在做些什么。"

唐蒙："你是喝酒多了，胆子搞大了，敢说我们东奔西走！"杨一："别争论了！我们赶快离开此地！再待下去，赵佗王急死了！"唐蒙："我不打算和你回南越国，我听说夜郎有一条通往巴蜀五尺道的古丝绸商道，准备去试探试探！"杨一："你的人马都在南越国，人少，很危险。"唐蒙神秘地笑道："没关系，我已经有了主意，打扮成土人，脸上涂上朱砂，不危险。"

杨一："那我就沿着牂牁江回南越国了，唐大人，后会有期！告辞！"

唐蒙："杨将军，告辞，后会有期。分头行动，越快越好。"他们一个个偷偷离开了宴席。唐蒙和若愚走到边关哨卡，只听一声吼："站住，到哪里去？"

唐蒙说："准备出去走走！"巨人哨卡说："别以为你们脸上涂了朱砂我就认不出你来？你的模样和我们土人不一样，一看你就是中原来人，接受检查！"

若愚道："我们是天子派来的使节！"巨人哨卡："玉皇大帝派来的也要接受检查！"说完，十几个哨卡打开唐蒙的包裹说道："不能通过，跟我去见大王。"就这样，唐蒙又被抓了回夜郎。回到夜郎王宫，已经是第三天，六合节已经结束，一切恢复平静，牂牁江边的竹林在昨夜的暴雨中鲜活芳香。唐蒙被逮进了夜郎王宫，哨卡禀报："大王，这人没有符节，带了我国的很多宝物想出国，被我等抓获。"哨卡将若愚背的大包卸下，打开，大包里全是矿石、雄黄、朱砂，唐蒙一阵阵羞愧。

若愚解释道："大王，几个烂石头是带回去玩的。"竹王："都退下！"哨卡离去，竹王坐在他的王椅上接着说："大使，我留你们，是希望你们在夜郎多留一段时间，不是想扣留你们。你想走，也得跟我说一声，道个别。"

唐蒙："是的，是我失礼了，唐蒙向大王赔罪！大王的深情厚谊我明白，我是回家心切，不辞而别，请大王原谅！"竹王："夜郎各部信守九天天主的古训，团结，忍让，宽容，共生，共处，大爱，统一，互帮。你要什么就明说，你想带矿石、雄黄、朱砂回中原，和我说一声，送给你，何必偷偷摸摸的？"唐蒙："唐蒙羞愧！我带这些石头只是好奇，并不知道它是矿石。"

竹王："你就别装了。"

唐蒙："这是悬崖峭壁上那个猴子砸我等的石头，带回去做个纪念。"竹王："这就是朱砂矿石，你肯定知道。"唐蒙说："大王既然宽容互帮就把朱砂矿送给我大汉王朝行吗。"竹王："猴子矿是属于十九个部落的，要等到明年六合节的时候大家商量决定，我私自做不了主。"唐蒙："所以说，你们的古训是虚伪的，还说什么共生共处。"

竹王："大使是有文化的人，怎么能这样说。如果以别国实行仁义为借口，就来掠夺别国的财富，以后谁还敢实行仁政，那今后国与国之间都比凶残算了。如果把我国的忍让演变为屈服，仁爱演绎成傻子，必然会有冲突。"

唐蒙："你们的古训不是和合吗？"竹王："我们的和合是建立在共同的信仰之上，建立在平等互助的尊重上，建立在符合民意的认识上。我们宽容，但绝不容忍掠夺，我们善良不等于要被你们宰割。我们以和为贵，但绝不是拱手卖国。"唐蒙："按照这样的逻辑，应该是汉朝统一你们。"唐蒙将一杯酒喝下。竹王灌下一杯酒说道："别以为我国的古训讲和乐，就好欺负！你们就喜欢披着仁义道德的外衣，到处掠夺！"唐蒙："大王别误会，我们大汉朝的宝物比你们丰富，不稀罕，我们是来交朋友的！"

竹王：“别总是大汉朝，大汉朝的。汉朝与夜郎谁大？”骄傲自大的唐蒙说道：“当然是我汉朝大。”竹王将酒喝下，满脸通红地说道：“不，应该是我夜郎大。”唐蒙傲慢不屑一顾：“笑话，竹王，谁大谁小你还是入我中原，看看汉朝有多大。”竹王：“我是会去的，但我不是去觐见，我是出国访问。”唐蒙：“你这就是夜郎自大。”竹王：“歧视和嘲笑，是国与国冲突的原因。”唐蒙：“你们荒蛮之地也值得我们歧视？我中原人才济济，物产丰富。还得提醒大王，中原在几百年前就取消了用活人祭神的规制，你们为何还用这样野蛮的活祭？”

竹王：“这是我国的事，不用别国来干预。”竹王喝多了，头晕，毫无顾忌地挥手说话，让唐蒙很不开心。唐蒙：“小小一个夜郎国，口气不小。”

竹王：“我夜郎国东抵楚地，南抵百越，西邻滇国，北与巴蜀接壤。你汉朝四面受包围，东有齐地，南有百濮，西有羌，北有匈奴，巴掌大的中国，被四方挤压，气都喘不过来。”

唐蒙：“蛮夷之王，竟然知道中国。”

竹王：“别自大，我乃天上三太子转世，在天上我就读过‘《小雅》尽废，则四夷交侵，中国微矣’。”唐蒙被说得哑口无言。竹王接着说：“我夜郎七千年文明历史，始祖奉命开拓疆土，从中原迁移夜郎之地，开荒辟草，传播古代圣贤经典。夜郎人同样流淌着炎黄血脉，别老说我是原始部落，活人祭神也是祖制的延续。”唐蒙的自大，被竹王掂对，有点恼羞成怒：“大王必须取消用活人祭奠的陋习。”竹王被激怒了，大声吼道：“竟敢跑到我的地盘上来教训本王，给我把唐蒙关押起来！”唐蒙从容道：“大王，等我把话说完你再关我，杀了我都行。你说你不是原始部落，可是，我给你提出正确的主张，你却暴跳如雷，这就是原始部落的特征。什么是原始人？”

竹王：“我看唐大使就是原始人。”

唐蒙：“因为我不是原始人，所以你说我是原始人，我不用拔剑刺于你。你说我不好，我会反省。”竹王听着听着有所醒悟，他摸摸头说道：“我有点蒙，慢，说慢点，什么叫反省？”唐蒙：“这个问题很深奥，我得做件事，你才会明白。”竹王：“做什么事？”

唐蒙：“打一盆水来，再抱一只公鸡来。”竹王对侍卫下命令：“打一盆水来，再抱一只公鸡来。”侍卫：“遵命！”侍卫出去了。竹王这时感觉有些头疼，用眼睛瞪着唐蒙：“我想把你的脑袋砍下来，看看里面有什么稀奇古怪的东西。”唐蒙：“我的脑子里什么东西也没有，和羊脑一样，是一团白浆子。”侍卫抱着公鸡来到夜郎王宫院内，另一名侍卫端着一铜盆水进来放在地上。唐蒙接过公鸡抱在手上让公鸡照水，公鸡伸一下脖子，水盆里的公鸡也伸一下脖子。公鸡歪了一下头，水盆里的公鸡也歪了一下头，照着照着公鸡愤怒起来，脖子上的羽毛全都竖起来，并发出吼声，水盆里的公鸡也发出吼声。见公鸡暴跳如雷，唐蒙再把公鸡放在铜盆边，发怒的公鸡就与水盆中的公鸡打起架来了。公鸡全身都湿了，一头雾水搞不清楚自己和自己的影子打架为什么会成了落汤鸡。竹王看着莫名其妙的公鸡捧腹大笑。侍卫也笑了，肚子笑痛，流泪。竹王笑得满地打滚。竹王捂住肚子冷静下来问道："大使，刚才你要告诉我什么东西？"

唐蒙："大王，您让我告诉您什么叫反省？"竹王："快说，什么叫反省？"然后挥手让侍卫把公鸡抱了出去。唐蒙道："大王，我告诉您什么叫反省，您得放我回到中原，因为我实在想我的老婆了。"竹王："这不是理由，我们夜郎男人和女人即使成婚，也是一年才见一次面。"唐蒙："我们中原人不一样，我中原男人，几天不见女人就阴阳失调患阴疾，疲惫无力，大脑痴呆，没等回到中原，半道可能死在途中。但凡大臣犯了过失充军到边疆，大多数半道就死亡，不是饿死的，也不是累死的，是阴阳失调死亡的。"

竹王好奇："是怎么死的？"两人坐在千年古树根上，继续聊。唐蒙："是阴阳失调死的！"竹王："本王不管这么多，只要懂文字的人来帮我记录历史。我夜郎祖先卜武发现稻种，巫信发现朱砂，悦然制铁，奢白制铜，达贵制酒，但这东西没有文字记载，很多都失传了！"

唐蒙："劳心者治人，劳力者治于人。你们的发明渺小如天上的一颗星星，我大汉朝如天上的太阳，是主宰。"

竹王："我们濮人，才是人中精灵，你汉朝算个屁。"

唐蒙："太可笑，我大汉王朝的藏书阁比夜郎的山都多，国库殷实比牂牁江的水多，人才辈出，比天上的星星多。"

竹王："我不管你那套，我必须遵守祖训：大合。"

唐蒙："竹王既然大合，还扣留我？"

竹王："别扯远了，快告诉我什么叫反省？"

唐蒙："大王刚才看到公鸡和水盆里的公鸡打架了？"

竹王："别废话，快说！"

唐蒙："公鸡之所以和水盆的公鸡打架，就是因为它不知道自己是公鸡，更不知道水盆里的公鸡就是自己，就是不懂得反省。如果哪天公鸡知道水盆里的公鸡是自己，这就叫反省。"

竹王："说得好！"吩咐手下，"拿酒来！"竹王一高兴就想喝酒，两人在古榕树下席地喝酒。竹王喝下酒说道："我明白了，我是竹王！"

唐蒙："王者，要明白自己做的事，什么对，什么错。"

竹王："我做的什么是对的？什么是错的？"

唐蒙："大王带领英雄射杀吃人的虎狼是对的，用活人祭天是错的！"

竹王："我明白了！"

唐蒙喝了一口火棘酒继续说道："竹王，您不知道自己是原始部落，所以您还继续用活人祭祖是一样的道理。如果哪天大王意识道自己是原始部落，用活人祭祖是野蛮愚昧的，您觉悟了，就叫反省。”

竹王用右手反复摸着自己的下巴，努力地思考，然后又闭上眼睛，右手移到额头上，过了一会儿，右手拍在大腿上，迅速站起来，上手叉腰，右手指着唐蒙，把唐蒙吓得半死，说道：“唐蒙，你……唐蒙！”然后哈哈大笑，接着又说道，“唐蒙，我终于知道什么叫反省了！”然后走到唐蒙的跟前，狠狠打了唐蒙的肩一巴掌，“唐蒙，本王佩服你。经你这一点醒，我夜郎今后不再用活人祭祖了！”

唐蒙：“大王，原来您是被点化了，我以为您要杀我呢？”

竹王：“本王要说服其他的酋长，将猴子矿授予大汉！”

唐蒙：“谢大王！我该走了！”竹王：“我留你，是我好客，因为你的到来让我不再感到孤独，不再空虚，你头脑中的异国文化，让我开心快乐。热情留客，是夜郎国的风俗，如果你实在要走，我备马，派人送你到中原。这条道十分险要，没有土人带路，你是走不出去的。”

若愚在一旁说道：“大人，竹王盛情就答应多留几天。”竹王：“多给本王讲一讲反省的故事。”唐蒙无法理解竹王内心的真诚热情、好客的情感。一心忙着回汉朝到汉武帝那儿领赏！唐蒙：“谢大王盛情！”

竹王：“唐大人实在要走就走吧！”

唐蒙骑在马上，竹王骑在马上，身后跟着十几个挑担子的随从，穿过一马平川的麦地，越过打铁关，来到牂牁江岸的码头。

竹王：“大使，码头到了，渡过牂牁江，从对岸的驿道一直向西，经汉阳、昭通、石门关、过宜宾就到蜀地。从蜀地直接进入长安。”

唐蒙下马：“竹王几句话说完的路程，我可要行走两年啊。”

竹王下马，把几个土人叫到跟前：“一路上照顾好大使，将大使安全送到蜀地后，速速转回。”

土人：“大王放心！”

唐蒙：“承蒙大王关照，多谢！”

竹王：“大使一路顺风，保重！”唐蒙走了就走了，他带着夜郎的宝物，心情无比激动。但是竹王看着唐蒙远去，感到有些依依不舍，然后对着牂牁将竹筏上的唐蒙高声喊道：“大使，有时间再来！我等你！”

唐蒙站在竹筏上，向竹王挥手告别！

原始人的情感最真挚，离别会忧伤，相见会激动。

# 第三十五章　蛇精复仇

唐蒙归心似箭，他回首看看女儿国，站在竹筏上对若愚说道：“想不到女儿国的女王还挺让人牵挂的，真想与女王道个别。”若愚：“大人，自作多情了，女王不是喜欢咱们，她是看中我们有文化，想利用我们。”

唐蒙：“若愚，你把什么都看透了，生活有什么意义。”

若愚：“大人，现在回家比看透世事更重要！”

唐蒙：“杨一可能早就到南越国了吧？我们被抓回来浪费了宝贵的时间。”若愚：“可能已经沿江到南越国了！”唐蒙：“我们得抓紧时间回到中原！”

杨一离开夜郎，水性特好，乘竹筏顺牂牁江一天就漂回南越国，竹筏靠近南越国珠江码头，太阳也下山了。码头上热闹非凡，有光着上身扛麻袋的，有抬箱子的，有归来的船只，有离开的船只。杨一上了岸，眼前灯火辉煌，番禺的大街小巷人群涌动，热气腾腾的馒头包子飘香四溢。杨一感到了疲惫饥饿，这时他发现自己的身体布满灰尘，闪烁的灯光在嘲笑自己破衣烂衫。他有些害羞，对海螺说：“买一麻袋包子来，大伙吃饱了再回家。”海螺：“将军，我们还是到饭馆美餐一顿，喝喝酒吧？”杨一：“蓬头垢面，羞于见人。”海螺买了包子，与随从在僻静处大口大口吃包子。

杨一对海螺以及随从说道：“各位辛苦了，今天将就吃，改日待我容光焕发，再请大家下餐馆喝美酒。”

大家异口同声道：“谢杨将军！”

杨一府邸篱笆竹园，石基上的房屋，斗拱屋顶，让杨一备感回家的亲切。随着奴仆一声呼叫：“将军回来了！”娇妻出来迎接：“将军，你终于回来了？”说完泪珠滚滚。杨一：“别哭，我现在不是已经回来了吗。”娇妻接过杨一的宝剑，递给丫鬟。杨一牵着娇妻来到后花园的温泉，雾气腾腾的温泉让杨一感到回家的温暖。娇妻为他宽衣，两人慢慢走进温泉，娇妻依偎在杨一结实的胸前，陶醉在幸福中，嗔怪道：“将军，你现在才回来！”杨一说：“宝贝，我能回来简直就像是个奇迹，因为同去的谢天和龙川将军都遇难了。”娇妻：“你能回来，我也觉得像一场梦。”杨一：“这次我到夜郎收获不小。”娇妻：“有什么收获？”杨一：“南越王派我沿珠江寻找到了一个夜郎国和女儿国，当初，鱼妃说的都是真的。”说完只见妻子在流泪。

杨一柔情地搂着娇妻：“宝贝，为何伤心？”娇妻：“这段时间，南越国发生了许多的变故。你走没多久，赵佗王就去世了，聪明的鱼妃也跟着陪葬。邻国郢王趁机入侵我国，在边境烧杀抢。汉武帝派兵平定了郢王的叛乱后，闽越国新立了余善王，南越国立了赵眛王，赵眛的儿子赵婴齐被送到长安当了人质。现在表面看是赵眛当王，但实际上兵权全都掌控在了丞相吕嘉的手中。”

杨一：“真是人生无常啊，要是赵佗王活着就好了，他会为得到好消息而高兴的。”娇妻：“在这世上可以找到很多的财富，但从来就找不到长生不老药。”杨一：“赵佗王最担心的就是我国的铁兵器少。我这次到夜郎有个惊人的发现，那里的铁矿很多，所以铁器也很多，要是南越王得知这个好消息一定还要多活几年。”娇妻：“现在告诉赵眛王，他也会高兴的。将军辛苦了！”杨一诡秘一笑：“今夜，要重赏我的宝贝。”说完，从温泉出来，全身水淋淋地抱起娇妻走进安静祥和的夜里，久别的思念，化作丝绸般的柔情，天旋地转。

一大早，杨一醒来，娇妻静美如花地酣睡着，他从枕边拿起宝剑，蹑手蹑脚来到后花园练剑，见花花草草无精打采。感到阴气重，阳气弱，一只花蜘蛛正在吐丝缠一只蝴蝶，一会儿将蝴蝶缠死打好包，沿着网络用力拖进了灌木深处。看到阴气十足的蜘蛛，杨一收起剑，急匆匆到宫中面见赵眛王。

自从赵眛王的儿子赵婴齐离开南越国跟汉朝大使庄助入汉朝后，南越王宫气场阴霾，缺乏生机，热闹的宫廷显得空空荡荡。赵婴齐的母亲余算只顾悲伤，不观月赏花，不锻炼，不接地气，满头白发，气息奄奄躺在床上，肌肉一天天萎缩下去，骨头一天天显露出来，脸色蜡黄，眼神无光。赵眛王坐在她身边说：“王后，你早上应该起来出去接阳气，晒晒太阳，多吃一点，不要伤心了。”余算：“儿子离开了南越国到汉朝去，叫我怎会不思念？”赵眛王：“都怪我没有入朝觐见天子，才让儿子去当了人质，王后不必忧虑，过一段时间我去觐见天子，把儿子带回来！”余算颤颤巍巍回道：“其实只要我们真心归附汉朝，汉武帝怎么会无故杀人。你听信吕嘉的一派胡言，把我的儿子送到汉朝当人质。”赵眛王：“一切不可挽回，王后保重！”余算：“儿子离去，就如同有人用刀子割掉我的肝。你们男人为了权力和享受，可以六亲不认。”赵眛王怒火万丈，暴跳如雷，高声吼道：“胡说什么，你不想活就去死吧。”余算：“我死不足惜，但愿我的死能让你醒悟：吕嘉的闭关自守，闹独立，迟早要毁掉皇爷爷赵佗王打下的这个江山，归附汉朝就如同江河归向大海。”

公公进屋禀报：“大王，杨一将军求见。”

赵眛惊喜：“探军回来了，快，请进！”

杨一进到南越王宫内，敏感地发现，宫中的气息不如赵佗王在的时候那样充满生机、那样祥和。他目光无意与未央宫道旁的花木相遇，见草木在六月的空气里无精打采。杨一威武地走进王殿，见赵眜王坐在龙椅上，有些沮丧，又有些孤傲。杨一站立合掌道：“微臣杨一夜郎归来，见过大王！”说完，杨一有些陌生感，被敏感的赵眜王感觉说道：“将军一路奔波，辛苦了！”杨一：“谢大王！”赵眜：“杨将军走这一年多，先王升天，太子婴齐入朝当人质，世事多变啊。”杨一：“微臣没有奉送先王，不忠不孝。太子入朝，这倒是一件让太子见世面的机会。”赵眜王：“少年轻狂时，总认为当了王者就可随心所欲，其实，很多事让人难以主宰。”

杨一：“大王说得好，我们的生命一天天老去，也无力控制！”赵眜王：“将军这次出行可顺利？”杨一：“这次出行，虽然遭遇诸多艰险，但收获颇丰。当初，出发的三组南越军，谢天将军带领的队伍在渡江的时候遭遇暗礁全军覆没；龙川将军因饮酒贪杯，雄黄酒中毒身亡。承蒙上天的恩赐，我有幸活下来。这次收获不小，珠江上游牂牁江畔有一个夜郎国，由竹王率领。竹王重情重义，热情好客，宽厚待人。旁有女儿国，女王阿纳痴迷刺绣，也很善良。”赵眜王：“很好！闽越国已经独立出去臣服汉朝。我南越国孤立无援，要尽快与夜郎联盟，共同发展。”

杨一：“夜郎生产铁矿，那里的炼铁匠技术高超，兵器很丰富，还盛产火棘酒。”赵眜王：“汉朝一直控制铁器进入我国，如果能从夜郎换到铁器，万幸！”杨一：“夜郎之地矿藏丰富，但山高路险。夜郎向东沿牂牁江与我国珠江一脉相连，往西通向滇国，向北通向巴蜀。夜郎疆土辽阔，由十九个部落组成，他们自称濮人，大多数人居住洞穴，睡石床。王者居住干栏建筑，少数人在古树上搭建巢穴居住。”

赵眜王：“能找到夜郎国，对我南越真是太重要了。这么多年来，特别是在吕后执政时期，汉朝为了遏制我们的发展，严禁铁器进入南越，导致我们的武器短缺落后，连闽越国都敢欺负我国。如今，我们可以用夜郎国没有的东西，去和他们交换兵器。”杨一：“夜郎之地缺盐，喜欢丝绸、海贝、优质稻种、榕树。我一路暗自观察，珠江向西是红水河，过红水河就是牂牁江，可运送大量的物资。”赵眜：“这次出行有功，封你为中郎将，带百人再次入夜郎换兵器。”杨一：“遵命！”这时，宫女急匆匆跑来，被公公档在门外：“站住，何事？”宫女：“王后病危！”公公转身禀报。公公小声对赵眜王说：“大王，王后病危！”赵眜有些吃惊：“病危？”

杨一：“大王，末将告辞！”杨一转身出宫。赵眜来到长乐宫，见王后奄奄一息躺在床上。赵眜握着王后余算的手道：“何苦呢，你这样伤心，难道我们的儿子就会回来吗？再说了，他去汉朝是增长见识，也是好事。”余算：“山雀失去孩子，活不过两天，何况我是人哪。”赵眜王：“婴齐一定会平安回来的，你放心吧。”余算：“婴齐，婴齐，婴齐。”一声比一声微弱，终于因思念儿子赵婴齐落气了。此刻宫外电闪雷鸣，瓢泼大雨，好似母亲对孩子的牵念之泪。

赵婴齐此时正在汉朝长安太学府中安静地学习。八月，在长安太学内，赵婴齐和其他新举荐入朝的郡守、县令几十人坐在一起学习儒学。董仲舒席地坐在杏坛上授课，焚香袅袅，几案上放着竹简。他说：“太学馆，是养儒士之所，习儒学经典，推行教化之本。如今，陛下主持招考贤臣，没有几个符合要求的，这说明上古圣王之道几乎灭绝了。陛下降大任于吾辈，兴太学育天下士人。在座的郡守和县令，是百姓的表率，上承朝廷政令而向下贯彻执行。所以，如果你们不遵守规范仁德，君主的恩泽与仁德就难惠及百姓，时间久了就会动摇国家的根基。”

董仲舒在上课，听讲的人有的在打瞌睡，有的在窃窃私语，有的在玩玉石，还有的在玩钱币，只有赵婴齐在努力地用毛笔记录。下课后，赵婴齐微笑着点头与同学打招呼，同学们不理睬他。等走远后，他身后隐隐传来议论：“嘿嘿，书呆子，傻瓜，蛮夷之地来的家伙，还挺认真的。”中原人的傲慢与优越感，让赵婴齐更加藐视他们。学馆内长廊中，董仲舒看到这一切，动了恻隐之心，走过来问赵婴齐：“你新来的？”两人走在太学馆的长廊中，闻着飘香的桂花。赵婴齐：“是的，先生！”董仲舒：“从哪儿来？”赵婴齐：“从南越国。”董仲舒：“你是从南越国来的太子赵婴齐？”赵婴齐：“是的，先生。”董仲舒：“我已经听说你的故事，像你的先祖赵佗很勇敢，刚来斩了一条地头蛇，好样的，文武双全。”赵婴齐：“先生过奖了，在南越国，对付毒蛇，就如同打死一只蚊子。”董仲舒：“同学们的话不要往心里去，他们是因为不了解你。”赵婴齐：“是的，先生。”董仲舒：“习惯汉中的生活吗？”赵婴齐：“习惯。”董仲舒：“听说你喜欢吃鱼，这里的鱼没有南越多啊，每天吃羊肉泡馍，喜欢吗？”赵婴齐：“喜欢！”董仲舒：“你有什么困难给我说。”赵婴齐：“谢谢先生！”师生走出修竹掩映的学馆。

来自南越国的商人董偃在太学馆门前等候多时，一直在向走出学馆的人打探：“请问你是赵婴齐吗？”人人都摇头冷漠而去。见赵婴齐出来上前问：“请问你认识赵婴齐吗？”赵婴齐：“我就是。”董偃：“太子，总算找到您了！我叫董偃，从南越国给您捎家书来。”赵婴齐：“谢谢董先生。”赵婴齐接过信，小心翼翼地将信放进宽袖中，对董偃道：“先生，找个酒馆去！”

长安街小酒馆内热热闹闹。赵婴齐带董偃到小酒馆，要了一些酒肉。他们一边喝酒一边吃菜一边用南越话交谈。赵婴齐：“先生这次来做什么生意？”董偃：“我主要是用贝壳和海参来换丝绸。现在南越国需要大量的丝绸到夜郎国换铁器，夜郎国那里的濮人善于炼铁。”赵婴齐：“夜郎国？我从没有听说过，是鱼妃预言中的夜郎国吗？”董偃：“是的。鱼妃是仙人，可惜她陪葬了，否则还要为国多出些力。”赵婴齐：“以后我一定要废除活人陪葬的制度。”

董偃：“太子有抱负，兴国就靠您了。”

赵婴齐：“义不容辞！”

董偃：“太子，我想跟您打探一个人。”

赵婴齐：“谁？”

董偃：“豆叶姑娘！听说她织的丝绸精美绝伦，名扬四海。”

赵婴齐：“我初来乍到，不清楚这个，不过我可以帮你打探。”

董偃：“那就拜托太子。告辞！”赵婴齐回到宿馆，天上的星星都出来了。卫姬打扮妖娆出来迎接：“宿卫，您终于回来了？今天我为您做了您最爱吃的鱼。”赵婴齐一边进屋一边说：“谢谢卫姬！”赵婴齐得到家书激动万分，不说话，直径走进书房，坐下，拆开书信，读着读着双手颤抖起来，泪涌胸中，如万箭穿心。他感觉自己的血液变成了泪水，流啊流啊，心都流出了一个黑洞，整个生命天塌地陷。他向着东南方跪下，大声呼喊：“母亲，母亲，母亲，孩儿不孝啊，没有送您一程。”赵婴齐哭得鼻子像进了水，又酸又塞，天昏地暗。卫姬闻声进来劝导：“人死不能复生，别难过了。”赵婴齐继续号啕大哭，大脑就像进了水。卫姬大声吼道：“住嘴，男儿有泪不轻弹，您以为哭坏身子就是孝顺？您母亲在天有灵知道您哭坏身体，灵魂都得不到安宁。”这声音，将赵婴齐唤醒。这时，他才意识到自己丧失理智。

赵婴齐：“我要回南越国为母亲守孝！”卫姬：“回南越国谈何容易，路途遥远不说，还得陛下恩准！”赵婴齐：“再遥远我也得回去！”侍女到院子中收凉洗的衣服，发现屋檐上挂着很多蛇。她尖叫着转身往回跑，关上门，急匆匆进到书房：“宿卫，不好了，我们被蛇包围了。”赵婴齐从悲伤中醒过来，从窗户望去，见很多蛇已经顺着台阶正爬上来。赵婴齐：“上次被我杀死的蛇，是一条热恋中的雌蛇，雄蛇失去情侣，到山野带了几十条蛇前来复仇了。”卫姬：“这可怎么办？”赵婴齐：“大家别慌！快去叫所有的人都集中到这里。”一会儿奴仆都集中起来。赵婴齐道：“你们都别怕，这是一条雄蛇来报复我们。卫姬，去把我床头的羊皮袋拿来。”卫姬：“是！”

赵婴齐从雕花窗户望出去，见灯笼光线下的蝮蛇头扁口尖，鼻反，身上黄色黑斑，成群结队，势不可当。卫姬进来将羊皮袋递给赵婴齐。赵婴齐将袋中雄黄粉倒进竹管，吹向窗外，雄黄粉让蝮蛇退缩了，但一会儿带头的蝮蛇往前冲，蛇群又起攻。蛇开始从门缝里挤进来，人群惊恐。蛇沿墙壁破窗户纸，往窗户挤进来，咬死了被惊吓乱跑的奴婢。卫姬突然想起了什么，对赵婴齐道：“宿卫，我有一种办法可试一试。”赵婴齐：“快说！”

卫姬：“小时候，我常听奶奶说神蛇鬼怪的故事，奶奶说蝮蛇有扑火的习性。”

赵婴齐：“点燃火把。”赵婴齐将火把从窗户扔到院子中，蝮蛇见火就扑，一条条蝮蛇被火烧死。赵婴齐不断地从窗户向外投出火把，蛇见火就自焚。

赵婴齐："这不是神话，是真的！"卫姬惊叫："宿卫，小心。"一条蛇正游向赵婴齐。赵婴齐眼疾手快，用剑斩断蝮蛇的七寸。赵婴齐让所有的人在身上涂上雄黄粉，在窗户和门前撒上雄黄粉，人蛇的大战渐渐平静下来。夜深了，卫姬闭上眼睛满脑子都是蛇的狰狞，她起床来到赵婴齐屋前敲响了门。门开了，赵婴齐开门："是你。"

卫姬："宿卫，我怕，我到您屋来住。"

赵婴齐："好吧。"

卫姬："我怕。"

赵婴齐生出了同情心："那你睡床，我在长凳上睡。"就这样两人在一个屋的不同地方安全地睡到天亮。

一大早，赵婴齐来到汉朝王宫金殿面见汉武帝。

赵婴齐："陛下，我想回南越国一趟！"

汉武帝："你是在开玩笑吧！"

赵婴齐："我娘去世了！"

汉武帝："虽说我大汉倡导忠孝，但自古忠孝不能两全，你是未来的诸侯王，只能是将忠孝埋在心中！"

赵婴齐流泪。

汉武帝为赵婴齐擦去眼泪："男人有泪不轻弹！本王十月要到崆峒山问道，任何人不得告假回乡！"

# 第三十六章　武帝问道崆峒山

十月，去崆峒山的路途，晴空万里，秋高气爽。

汉武帝坐在轿中，掀帘向外一瞧，进到山谷，四处红叶点点。轿后跟着三百多人，声势浩荡。汉武帝气宇轩昂地对走在轿旁的苏公公道："这是到哪儿了？"自从窦太后仙逝后，汉武帝就像水面上的写字虫，奢靡盛行于水上，出行一次三百多人。苏公公擦擦额头上的汗说道："陛下，前面是达柏谷。"汉武帝坐在轿中一起一伏地问："达柏谷？"苏公公讨好地说："是的陛下，要去看豆叶吗？"苏公公："听说她一直在等安国少季，她不相信安国少季死了。她迷上了织丝绸，她织的丝绸很受大夏商人的喜欢。"汉武帝："很好，那就把她召进皇宫的织室，让她为皇室织锦。"苏公公："唉，豆叶很倔强，可能不会入宫。技艺高的人喜欢自由！"

汉武帝："到崆峒祭天，需要虔诚，途中分心是对天地的不敬，等回来的时候再去看她吧。"苏公公："陛下说得有理，回来再去！"

平凉县城的街道，人来人往。赵婴齐握宝剑跟随在轿旁，他习惯了南方山区的坎坷，走在这一望无际的平原上毫无阻力，轻松自如。来到平凉县，人声鼎沸的街道顿时安静下来。汉武帝掀帘往外瞧，街道上的百姓见到"回避"的牌子，纷纷避让，有的跪下。只有大夏人、乌孙人穿梭往来，不理这一套。街旁丝绸布匹五颜六色，在这个丝绸必经商道，汉武帝坐在宁静安逸的轿子中，感受着民间的烟火气息。穿过县城，向西行二十四里，大平原渐渐消失，祭天的队伍走进了幽幽的深谷，潺潺流水声，花香鸟鸣。汉武帝坐在轿子里本来是坐姿，现在躺下了，脚高头低，抬轿的人前高后低。汉武帝感觉不舒服，在轿中对苏公公说："我要下轿自己走。"

苏公公："也是，这样好的风景和空气，陛下应该出来接接地气。"

汉武帝出轿，见眼前的参天古木、苔藓、奇花异草，景色让心神放松："唉，眼前的仙境让朕有脱胎换骨之感！"汉武帝沿蜿蜒上山的小石路攀爬，一会儿说道："腿酸了！"公公赶紧用厚厚的棉垫放在小路旁的一块石头上："陛下，坐这里休息。"汉武帝坐下，放眼望去，见空谷中云遮雾绕，虚无缥缈，感叹道："仙境！真是仙境呀！这云不是浮在山间，而是山浮在云上。"苏公公："陛下文采绝伦！”汉武帝：“朕在宫中自认为至高无上，来到仙境才感觉到，至高无上的是眼前的天地自然！置身于这样超凡除尘的仙境，朕忘记自己是皇帝，功名利禄全抛脑后。”

苏公公：“陛下才是这江山的真正主宰啊！”

汉武帝严肃地说：“不，不，不，不能这样说，眼前的江山才是朕真正的主宰，朕是天地的儿子，所以叫天子！”

苏公公：“微臣不知礼数！冒犯天地，望陛下恕罪！”汉武帝：“朕千里迢迢，就是来祭拜天地的！没有天地，哪儿来的万物生灵？”

汉武帝很激动，站起来转身，见崆峒山若隐若现的道观，听古塔上传来的隐隐钟声，有一种幽冥的力量，驱使他向崆峒山攀爬上去。苏公公上前来扶他，汉武帝：“我自己能走！”汉武帝来到朱门青瓦的道观前，道长行游早已经在道观门前迎候。他仙风道骨地站立道观前的平台上合掌道：“陛下万岁，万岁，万万岁！”汉武帝：“道长免礼！”行游将汉武帝引进禅房与道长对坐在木桩茶几上，道长亲手为武帝沏茶。汉武帝端起竹筒茶杯品了一口，回味甘甜，称道：“好茶！”行游站在汉武帝身旁添满茶，说道：“这茶是丝绸商人从南方深谷带来。”汉武帝吃惊：“南方幽谷？什么地方！”行游：“听说是夜郎之地。”

汉武帝：“我近来精神不好，虚弱无力，喝了这茶顿感神清气爽。”

行游：“我看陛下近来有些阴阳失调。”

汉武帝：“请问道长，为何？”

行游：“看一个人，观相不如观气，观气不如观心。”

汉武帝：“何为观心？”

行游：“心即是道，道即是心。养心的最高境界是心静！”

汉武帝有些急躁地问：“怎样做到心静？”

行游不紧不慢地说：“做符合大道之事心静，拒绝诱惑为心静！”汉武帝放下茶杯，恼怒地说：“不要与朕说玄妙的东西，给我说真真实实的，看得见的东西。”行游：“看不见的东西，完全是看得见的根本。”汉武帝：“我千里迢迢而来，就听你说这些玄妙的废话吗？”

行游：“养生之道就是做事之道！”

汉武帝：“说话要明朗，别给朕绕弯子！”说完从腰间拔出剑，将桌上的茶具敲得粉碎。行游：“陛下不要急躁，让我细细说来！陛下爱民之道便是养身之道！”

汉武帝听了歌功颂德的话，心情顿时好起来：“这话朕爱听！”

行游：“秦始皇心中只装有急于求成的帝王梦，陛下雄才大略心系百姓。”

汉武帝：“这些空话在我小时候就听太师讲多了。我近来睡眠一直不好，道长说怎么办？”

行游："世界上最好的药是药之神。"

汉武帝："药神？是什么东西？"

行游："药神是阴阳之气。陛下近来因为与皇后时常闹气，伤及肾脏，心火旺盛，肾气不能上升，心火不能下降，所以睡眠不好。"

汉武帝惊讶："道长远在崆峒山，怎么知道皇宫的私事？"行游："这一切都印在陛下的脸上。"汉武帝暗自吃惊："皇后为何不孕？"行游："皇后从小幽闭在宫中，接不到地气和草木的气息，所以不能生育。皇后的寝宫前有一株凌霄花，这种花的别名叫堕胎花，有避孕的作用，此花散发的气味让皇后不孕。"

汉武帝："道长有何良策？"

行游："铲除凌霄花，再让皇后到乡村生活一段时间。"

汉武帝："后宫不能一日无主。"

阿娇在宫中并不知道汉武帝在和道长议论她，正寂寞无聊，她带着宫女在花园赏花。阿娇摘了一朵凌霄花放在鼻下，陶醉着对宫女说："玉儿，你说我为什么一直没有皇子？"玉儿："皇后娘娘，我认为不是您的事，是因为陛下忙于国事，同房机会少了。"皇后："唉，不知道陛下现在又上哪儿去了，他从不告诉我他去哪里。"

玉儿："陛下去崆峒山祭天了。"

皇后："对了，他跟我说过的，是我忘了。"

崆峒山道观中，行游想说汉武帝喜欢听的假话违背道义，说汉武帝不喜欢听的真话，又恐汉武帝再次爆发脾气，开始放下道长的清高浪漫的样子，学着苏公公的样子说："还有另一种办法，陛下可以挑选民间女子入宫，因为民间女子从小接地气。"

汉武帝："又恐怕伤害皇后。"

行游："有句话不知当讲不当讲？"

汉武帝："历代帝王都不喜欢听真话，我喜欢听，真话让人健康长寿，兴邦安民。"行游："陛下雄才大略，文武备至，乃国家之大幸。但是，作为一位君王，当以江山社稷为重。孔圣人说了，不孝有三，无后为大，何况是天子，关系着江山社稷，怎么能无后？"

汉武帝："依我看来，养生与治国同等重要，没有身体，一切都是空谈。"

行游："一个人的健康，根源在阴阳。男人与女人只有相爱才能在一起，才不伤害身体。男女如不真心相爱，只是为了迫于利益勉强交合，不但得不到阴阳元气能量的补充，反而使精气消耗。精气消耗损伤肾脏，肾脏受损，骨髓枯绝，导致腰酸背痛，身体就不会好。"

汉武帝：“你是说我不爱皇后，只是出于对她的感恩？”

行游：“没有这个意思。只是相爱的夫妻在一起脸上泛着祥和的光芒，反之气色不畅。”

汉武帝：“尽管你说的话让我很不开心。但是，确实是真实的，我有自知之明，我知道我的气色不太好。”

行游：“在男人讨厌女人的时候或者在女人愤怒男人的时候，两人勉强行欢，容易造成视力下降，头晕目眩，不易怀孕。男女如果只对性感兴趣，对性以外的如登山、种养殖、山水、阅读不感兴趣，身体就释放出难闻的气味。”

汉武帝：“看来，我回宫就要废除皇后，这样下去，我们必然两败俱伤。”

行游：“请陛下三思。”这时，懒云子进来禀道：“道长，一切准备就绪，请陛下观剑。”懒云子的两颗兔牙把汉武帝吓了一跳。

行游：“知道。”懒云子退下。

汉武帝惊魂未定地问道：“道长，怎会收留此人？”

行游：“陛下，此人有很多坏毛病，对同胞冷酷无情，暗地经常用诡计陷害同伴。我之所以用此人，是要用这样的人来磨炼有才貌之人。道家讲无障碍修炼，无障碍就是在障碍中修炼到无障碍之境界。”

汉武帝：“当一个人在障碍重重中修炼到无障碍的境界就得道了？”行游：“陛下不愧是天之骄子。”汉武帝：“考入皇宫的安国少季当年就是在崆峒山修炼得道的。”行游：“此人天赋厚道。”汉武帝：“遗憾的是，朕派他出使南越国途中失踪了。”行游老道掐指一算：“此人一定会绕过危难，还活着。”汉武帝：“道长怎么会知道他还活着？”行游：“被刚才这个懒云子刁难过的人，天下就再没有什么可以难倒他的东西了。”汉武帝听说安国少季没死，如尝五味。

在崆峒山的道台前，雾已经散去，十月的阳光，在午后，透过浓密的树林，明晃晃地照在汉武帝宽大的脸上，让他在一片阳光中忘记了宫中事务，忘记整日的忧心忡忡，坐在空静的崆峒山上，听着道士弹奏的古筝。旋律溪流般淌过心底，荡涤尘埃，汉武帝感到心情愉悦。道长带着道士们在音乐中表演太极剑：清一色黑色的帽子，清一色白色道服，白色绑腿，黑白相间的布鞋。他们步调一致地表演飞龙门、追魂门、夺命门、醉门、神拳门、花架门、骑兵门、玄空门。汉武帝一边饮茶，一边观赏道士表演，面露喜色，飘飘欲仙。

第二天日出前的七刻，时辰一到，神坛上的太和钟敲响，汉武帝踏着钟声，到了神坛旁，钟声停止，鼓声开始。礼部侍郎高声叫道：“迎帝神！”汉武帝在鼓鸣声中走进祭坛南面跪拜，站起给上帝上香！这时，台阶下的东、西两侧的编钟敲起。汉武帝上香完毕，回到拜位，叩拜后，又给日月星辰、云雨风雷神上香，回到拜位，行三跪九拜礼！

礼部侍郎又高声喊：“殿玉帛！”汉武帝到配位上放下礼玉和丝绸，回到拜位。礼部侍郎又高声喊：“进俎！”汉武帝将盛有牛羊肉的碗放到配位，回到拜位。礼部侍郎又高声喊：“行初献礼！”汉武帝将酒杯献给上帝，回到拜位。听司仪跪读《祝文》：天地乾坤，孕育天帝。东方青帝，南方赤帝，西方白帝，北方玄帝，主管众生，降福万民。人间皇帝，效仿武帝，布施众生。《祝文》读毕，汉武帝行三跪九拜礼。礼部侍郎又高声喊：“行亚献礼！”汉武帝给诸神献爵，回到拜位。礼部侍郎又高声喊：“行终献礼！”汉武帝分别给诸神献爵，行三跪九拜礼。编钟奏响《太平之章》，司仪焚烧祭品！

司仪：“起驾！”仪式结束，汉武帝离开崆峒山。

# 第三十七章　做不出饭就自杀

汉武帝坐在轿子里，闭上眼睛呼呼睡着了。不一会儿，头像被什么东西蛰了一下，突然惊醒，才发现额头被蚊子叮了一个包，又痒又疼。他心想，这蚊子真不懂礼仪，算什么东西，连皇帝都敢咬，愚昧无知啊。他想让公公涂点药，但又不想惊动四方，掀开轿帘问道："苏公公，到什么地方了？"

苏公公："陛下，还有三里路就到达柏谷了，很快就见到豆叶姑娘了。"即将见到美女的快感，让汉武帝很快把被蚊子叮咬的疼痛忘记掉："豆叶让朕见了一面，就终生难忘！"

达柏谷客栈闺房中，豆叶一边织丝绸，一边想安国少季，青春的欲望在折磨她，像白蚁啃噬她的心。她感觉到烦躁，放下手中的梭子，离开织布机，下了木楼。豆叶见母亲正在院子中刺绣，走过去："娘！"夫人见到女儿下楼来，高兴地放下针线："女儿，你终于下楼了，我亲自给你做了羊肉泡馍。"豆叶："我不想吃。"说着往外走。夫人："你上哪儿去？都几天没吃东西了，吃了再出去。"豆叶："到大槐树下走一走。"夫人："女儿，你太任性，你的表情让母亲有些恐惧，你追求的所谓感情都是毫无意义的。"

豆叶："别把我追的纯真感情看作是顽劣，母亲是忘记了自己年轻时的爱恋。"夫人："那又怎样？我得到了什么？过了那阵子，你爹不是又整天泡在长安街的春楼吗？一切都是虚无的！你的任性都快把娘伤心死了。"

豆叶："娘，花朵因为会凋谢，难道就不开放了？爱情因为会消失，就不追求了？人因为要死就不活了？"夫人皱起眉头："女儿，我实话告诉你吧，安国少季已经死在南越国了，你另择心上人吧。"豆叶："娘，我的心上人只有安国少季，他不会死的，吉人自有天相，我感觉到他还活着，我相信他会来找我的。"夫人看着女儿忧伤又倔强的背影，又恨又爱。

豆叶来到达柏谷村口的古槐树下，秋风瑟瑟，对安国少季的思恋，仿佛像魔鬼在生命内部撕裂她的心，折断她的骨骼，大槐树在十月的风中变得金黄，她站在树下看着寂寞的地平线很久。豆叶忽然看见收割完庄稼的地平线上冒出一个半圆，一会儿变成一个圆，脖子、肩，像从泥土里冒出来一个人。他一步步走近，豆叶希望他是安国少季。豆叶满心欢喜地等待这个从地平线上冒出的男人，他走近了，走近了，豆叶焦虑地自言自语：不是，不是，他怎么会不是安国少季？只是个肮脏血污的浪人，蓬头垢面，吹着口哨，眼睛乱瞟，东张西望。他见到豆叶，将扛在肩上的猎物狐狸放下，眼睛放着原始的光芒，带着粗糙沙哑的笑声走近豆叶："姑娘，等我呢？"

豆叶见他头发肮脏，很久不洗澡的臭味熏得豆叶晕眩，没有说话，连连后退。他用鼻子嗅了嗅豆叶的衣袖，发出低级气味的陶醉声："好香！"豆叶退了几步，浪人露出凶相："别装淑女，你又不是没被男人摸过，装什么正经。"说完就伸手拉豆叶的手。豆叶反抗，小手指被拉得更紧。这时，豆叶被激怒，她抽出腰间的短刀，砍下自己的小手指。浪人拿着一根小手指惊恐大叫，然后将小手指扔在地上。豆叶疼痛晕倒在地上，浪人见状，转身逃离。

汉武帝的队伍走了过来。走在轿前的赵婴齐远远看到这一幕，急忙上前看个究竟。赵婴齐看着地上躺着一个姑娘，小手指滴着血。赵婴齐急忙上前扶着失去小手指的豆叶姑娘，从羊皮袋里倒出随身带的止血药敷在伤口上。刚才路过这里的闲人对赵婴齐说："这个姑娘的小手指被一个浪人摸了，姑娘将小手指斩断。"汉武帝坐在轿子里问苏公公："发生什么事了？"

苏公公："一民女被人摸了小手指，便剁掉了自己的手指。"汉武帝吃惊："会有这等事？停轿！"汉武帝下轿，往前走了几步，看见昏死过去的豆叶躺在赵婴齐的怀中："这不是豆叶姑娘吗？"

赵婴齐："陛下认识她？"汉武帝无言。苏公公："这是羽林郎樛光的女儿，倔驴。"汉武帝看着正在大平原上逃离的浪人，命侍卫道："给我拿下！"侍卫一会儿就将浪人抓来，跪在汉武帝面前。汉武帝抽出剑对着浪人道："你光天化日之下，欺负一个弱女子。来人，给我拉下去斩了。"浪人跪下："官人饶命，饶命。"汉武帝："我今天饶你一个人，明天就会出现十个像你这样的人。"浪人被拖去斩了。汉武帝对赵婴齐说道："豆叶可好些？"

赵婴齐："已经止住血，没有生命危险。"汉武帝："立即送回达柏谷。"

达柏谷客栈柜台上，账房先生拨完最后一颗子，对羽林郎樛光说："大人，本月过往的官员多，消费已经出现了赤字。"羽林郎樛光正在切中药，听到此言焦虑万分："你说什么？"账房先生："入不敷出。"樛光："为什么会这样？"账房先生："最近什么都涨价，铜钱越铸越薄，有的铜钱被剪掉边。过去三十文钱可买一斤羊肉，现在要六十文钱才能买一斤羊肉。"樛光："物价为何飞涨？"账房先生："因为很多诸侯大量铸造五铢钱，而喂羊耕地的人越来越少，物品少，闲人多，铜钱就贬值了。"樛光："我真不该当这个羽林郎官，明天我就去辞官。"账房先生："大人，人在江湖身不由己，你不但辞不了官，连命都没有了。如果每个人都像卜式那样热爱放羊，国家就真正富足了。”

缪光：“现在的人怎么了？”

账房先生：“大人，自从皇上重用董仲舒，国家兴儒学冷落黄老学说以来，人们都追逐名利，向往读书做官，爱慕虚荣，好逸恶劳，轻视劳动，把劳动看作是低等职业。劳动者被歧视，有的连老婆都找不到，当官的老婆几十个。所以男人们都把田地让给女人耕种，自己离开家乡四处游走，女人上要养老，下要养小，怎么有精力顾及田间劳作，所以，五谷和牲畜少了。而诸侯王为了满足奢侈的生活，私自铸五铢钱，物价就上涨了。”

夫人急匆匆进屋来：“官人，皇上驾到！”

缪光瘫坐在椅子上无力地问道：“多少人？”

夫人：“三百多人。”

缪光：“三百多人？预先怎么没有通报？三百多人的饭菜，至少要准备几日，现在突然驾到已经来不及准备饮食了啊。”夫人：“官人，这可怎么办，做不出饭菜可是要被杀头的呀。”账房先生说：“危言耸听！怎么会被杀头？”缪光：“这可不是危言耸听，去年，皇上祭山，见工部少挂了一盏灯，结果工部侍郎被杀了。”夫人：“不要闲扯了，快准备吧！陛下还有一炷香的时间就到了，快想办法。”缪光急匆匆走进厨房，他对夫人说：“有什么办法可想，要米没有米，要面没有面，接待前几任官员已经耗尽了粮食。”

夫人：“到村子里去借一些。”

缪光：“不好借，就算能借到三百多人的粮食，要做好也来不及了。”两人十分恐惧。

夫人：“陛下封你为羽林郎，你却做不出一餐饭，这是要被杀头的。”缪光握着妻子的手：“夫人，我没有办法可想了，我累了，反正也是死。与其被杀，不如现在就死了，夫人，你另选高枝吧。”说完，一头撞在八仙桌上，一命呜呼。夫人见状，哭诉道：“老头子，你怎么要寻短见啊！你扔下我们孤儿寡母怎么过啊？”突然停止哭声说道，“也罢，人死万事休！”也跟着撞死了。

客栈大门前，公公提高声音：“皇帝陛下驾到！”不见人出来接驾。公公又提高声音：“皇帝陛下驾到！”

香草和几个仆人慌乱一团，四处寻找主人缪光。汉武帝等不及了，自己下轿走进院中，然后在石墩坐下，半天不见羽林郎缪光出来迎候。一会儿香草惊慌失措跑来禀道：“陛下，我家主人他，他，他……”全身颤抖，说不出话。苏公公急忙问道：“怎么了？”香草：“我家主人，没有了。”汉武帝站起来：“朕去看看。”说着站起来跟香草来到厨房。汉武帝看到眼前两具尸体，又气又恨吼道：“为什么对朕这样无理？”香草战战兢兢地回道：“陛下突然驾临，我家主人难以备齐饮食，恐怕陛下降罪，就自尽了！”汉武帝吼道：“苏公公，每年给驿馆拨了多少银两？”苏公公：“户部每年拨给银万两。”

汉武帝翻看桌上的账本，气愤地说道：“但是，到了账本上的银两每年怎么才只有千两？”然后将账本一扔，背着手原地来回走动。苏公公眼睛看着只剩下半袋米面、几斤野菜说：“这，不太清楚，我回去查一查。”

汉武帝：“一定给我严查！”苏公公：“陛下息怒，我一定严查！”汉武帝在厨房四处查寻，来到后院古槐树下，看着关在笼子里的几只鸡问道：“现在多少钱一只鸡？”苏公公不能回答。香草不懂讨好皇上，就直话直说：“一年前十文钱一斤，现在，笼子里这几只鸡卖成三十文钱一斤。”汉武帝看着一只大公鸡对苏公公说：“就是说，要一百多文钱才能买一只鸡了？”

苏公公小心翼翼回答道：“是，陛下！”两棵古槐树，其中一棵树下拴着一只羊。羊见到陌生人，惊惶逃跑，但被拴住，就在原地转。汉武帝指着羊问：“一只羊，怎么够三百多人吃？”香草：“陛下，过去二千文钱就能买一只羊，现在要五千才能买到一只羊。”汉武帝看了一眼苏公公，不高兴地说道：“我这次出行还长见识了，平时就听你们糊弄朕，说天下百姓富足。朕整天吃着大酒大肉，以为朕的子民也整天吃大酒大肉，谁知道他们的生活如此艰难。

汉武帝：“你说怎么办？”苏公公内疚地回道：“这样高深的治国之道，奴才实在想不出良策，还是问董仲舒吧。”汉武帝问董仲舒：“你的儒学不是很好嘛，怎么没有文景时期的富足？”董仲舒：“陛下，再好的制度也抵不过人性的贪婪。微臣以为造成这样的现象，是因为诸侯王储们生活奢靡，好逸恶劳，大量铸造钱币盘剥百姓。百姓通过正经劳动，不但富裕不了，连生存也困难。这与儒学没有关系。再说了，现在百姓不再安心劳动，因为通过劳动不但当不了官，连家人也养不活。百姓为了光宗耀祖不再安心劳动，而是四处奔波求官爵。钱多物品少，所以，货币就膨胀了。”

汉武帝：“朕得考虑考虑，通过劳动致富的人，一定得进入官场，这样才能鼓励人们通过劳动致富。”汉武帝对苏公公道：“传朕旨意，让赵婴齐留下来帮助他们处理好后事，给豆叶赏银千两。”苏公公：“起驾回宫！”客栈前院花园中，菊花盛开，豆叶在菊花丛中的木长凳上苏醒过来，问守在床边的赵婴齐：“你是谁？”说着想坐起来。赵婴齐：“别急，躺下，我是陛下的宿卫。”豆叶：“你为什么救我？”赵婴齐：“你手指受伤了，我们路过此地，行侠仗义天经地义。”豆叶这才看了自己的手，小手指没有了，惊叫道：“天哪，我在大脑一片空白的时候做出了这样的事，以后有何脸面见人，我还是离开这个人世间吧。”说着，欲起身，被赵婴齐拉住。

赵婴齐：“姑娘，要爱惜生命，不必绝望，会有办法的。”赵婴齐扶她坐下。豆叶伤心道：“侠士不必救我！”忽听到隐隐传来的哭声。香草走来对豆叶说：

"姑娘，官人、夫人在厨房。"豆叶："怎么样了？"香草："你去看看就知道了。"豆叶从木椅中站起来，来到厨房，看到自杀身亡的父母，悲痛欲绝："爹，娘，你们怎么了？"豆叶哭得撕心裂肺。赵婴齐："姑娘，人死不能复生，节哀顺变！"豆叶擦干眼泪问道："爹娘为什么要寻短见？"

香草："陛下来得突然，听说陛下带来的人多，一时无法备齐三百人的饭，恐怕陛下降罪，就这样了。"赵婴齐从小生活在南越国，受到祖辈赵佗平民思想的影响，没有被丰厚物质腐蚀的痕迹，他身上每个细胞都充满着真正的贵族气息：人文，善良，宽容，救世情怀，丰富的物质生活并没有赋予他冷漠与傲慢。因为他一出生就有丰富的物质生活，他在富有中坚持学习做人的道理，对四书五经倒背如流。赵婴齐的衣袖扎得整齐，马靴一尘不染，贵族气质里藏着无限温情与侠义，黑油的国字脸上干净没有胡须。他一直守在豆叶身边，豆叶守着父母的灵堂。

山野墓地，豆叶含泪跪在父母的合葬墓前，烧纸钱："爹，娘，安息吧！"

来到达柏谷村口古槐树下，赵婴齐对豆叶说："豆叶，我该走了，你多保重。"

豆叶："感谢宿卫的关照。"豆叶从香草手中接过丝绸递给赵婴齐："我没有什么报答官人的，这是我亲手织的丝绸，略表心意。"赵婴齐："姑娘心灵手巧，谢谢！"赵婴齐摸着丝绸，丝绸的轻柔沿着它的触角传递到心深处，再放射到全身的快感，让他突然感觉就像触摸到女人的肌肤。赵婴齐的话触痛了豆叶，她下意识地看了看自己的小手指说："我的手很丑，以后不巧了。"

赵婴齐："姑娘，不要伤心，我这里有再生药，吃了它就会长出小手指。"

豆叶："世上怎么可能有再生药？"赵婴齐："这药是我离开南越国的时候，父亲亲手送给我的，说是不能对任何人说，如果习武受伤，就悄悄吃了它。可是我见姑娘勤劳善良，热爱贞节，无法抗拒你的魅力。我不得不拿出此药来拯救你的手指。"豆叶："人世间怎么会有这样的神药？"赵婴齐："这是南越国的土著女巫鱼妃配制的药，鱼妃可以和动物对话，所以知道动物们的秘密：蜥蜴的尾巴断了，会长出来；斑马鱼的鳃、鳞片没有了可以再生；蝌蚪的尾巴断了可以再长出来；蜘蛛能长出断了的腿。鱼妃就按照动物的秘密制出此药。"

豆叶："有这样神奇的女巫医，我想去拜访她。"赵婴齐突然很痛苦的样子说："你再也不能见到她了。"豆叶："为什么？"赵婴齐："她陪葬了。"

豆叶："真可惜。"赵婴齐："豆叶，把药吃了，三天后就能长出新的小手指，三天后我再来看你。当然，不是所有的人吃了它都管用，只有勤劳善良的女人吃了它才会起作用。"豆叶吃了药。赵婴齐微笑着说："姑娘，我该走了，下次见！"豆叶："后会有期！"

香草走过来对豆叶说道："姑娘，你怎么不留住他。"豆叶："因为我心中一直有安国少季。"香草："姑娘，我觉得这个男人比安国少季更温柔体贴。"豆叶："你去收拾一下，我们远走高飞，永远离开这个伤心之地。"

草香："到哪儿去？"

豆叶："女扮男装，去找安国少季。"

香草："安国少季死了。再说，就算他活着，天下这么大，到哪儿去找？"

豆叶："往南方去找。活要见人，死要见尸。总会找到。"两个姑娘女扮男装，出走了。赵婴齐回到宿馆，第二天醒来，想起豆叶就感觉到浑身上下无比喜悦。他对自己说："我可能喜欢上了豆叶，有点不能自拔。我要去找她！"卫姬进屋来："宿卫，您该起床了！"赵婴齐没有说话，起来就走出院子。卫姬追上问道："宿卫，上哪儿去？"赵婴齐没有说话。卫姬："吃了早餐再走！"赵婴齐上马："别管我。"策马离去。达柏谷客栈萧条冷落，赵婴齐见大门紧锁，无人，四下寻找，没有豆叶的踪影。放羊的卜式赶着一群羊走来，问道："大人，您找谁？"赵婴齐："兄弟，请问豆叶上哪儿去了？"

卜式："不知道啊，听说是去找她的未婚夫去了。"赵婴齐这时才意识到自己爱上了这个野丫头，不能没有她，他必须要找到她，他对卜式道："兄弟，谢谢，告辞！"策马离去。

# 第三十八章　货币贬值

汉朝未央宫中，汉武帝这几天心绪不宁，豆叶的冷漠以及她父母的自杀，货币贬值困扰他，思伤脾，茶饭不思。汉武帝叹了一口气问苏公公："赵婴齐可回朝？"苏公公："陛下，他刚回来几天，但又去找豆叶去了。"汉武帝："赵婴齐到长安几年了没有看上这里的女子，如果他与豆叶有缘，朕亲自赐婚。"

苏公公："豆叶性情刚烈，难驾驭！"

汉武帝："这人世间，万物相生相克，一物降一物。刚烈的女子遇到合适的人也就不刚烈了。"

苏公公："赵婴齐来到汉朝已有些时间，虽然身边美女如云，但不动心，来人禀报，卫姬对赵婴齐体贴入微，但赵婴齐始终不动心。如果赵婴齐能对豆叶有好感，这是好事。"汉武帝像突然感悟到什么，笑笑："好事，的确是好事。"话音刚落，董仲舒到。

董仲舒："微臣叩见皇帝陛下！"

汉武帝："免礼！"

董仲舒："谢陛下！"

汉武帝："朕召你进宫是有要事商议。"

董仲舒："请陛下吩咐！"

汉武帝："朕到崆峒山，途经达柏谷，竟导致驿馆羽林郎无力备齐三百人饮食自杀，这不得不让朕思考货币治理的问题，爱卿对此有何高见？"

董仲舒："高祖时期，货币管理规定，钱币铸造只要求重量达标，并没有数量的限制，这对于道家思想统治下的人们，是可行的。那时的人信奉黄老思想，等级意识淡泊，人与人之间彼此尊重，无人歧视劳动，文景帝还奖励耕作，因此，物产丰富，当时的货币政策是可以维持的。但随着人们对儒学的尊崇，人们的物欲强烈起来，加上"万般皆下品，唯有读书高"的泛滥，人们追求官位和名利远远胜过对财富的创造热情。因此，造成货币贬值、物价上涨，导致高祖时期的货币管理现出弊端，须改革货币制度来适应儒学思想统治的现实。"汉武帝："爱卿推崇儒学，现在又说出儒说的弊端，这不是自相矛盾吗？"董仲舒："儒学之理，博大精深，好人用了就好，恶人用了就恶，人们对儒学断章取义，其精华被人们抛弃。”

汉武帝：“废去儒学？”

董仲舒：“不能因为树上有毒蛇盘踞而将树砍掉，任何完美的理论都会被人做歪了。”

汉武帝：“一个人如不修身，反而会在精神上把儒学用来互相残杀！”

董仲舒：“陛下英明。”

汉武帝：“爱卿认为如何医治货币贬值的病根？”董仲舒：“如今，王公贵族有实力者铸造货币过多，商品却严重不足，从而导致市场物价恶性上涨。中上层的俸禄不断在增加，社会实际购买力下降，百姓的生活水准跟着下降。上层商品囤积出现，越底层越无力购买商品，贫富两极分化。”

汉武帝：“贫富分化会有什么后果？”

董仲舒：“两极分化的后果是，富人失去创造力，穷人有力无处使，引起通货膨胀。”

汉武帝：“爱卿之言，一针见血，让朕茅塞顿开，遏制通货膨胀有何良策？”董仲舒：“微臣认为，收回铸币权，严禁私铸、盗铸。将民间私自铸造钱币的行为，改为国家根据商品的数据统一铸造，废除三铢钱，统一为五铢钱。”

汉武帝：“这好办。”

董仲舒：“加强对周边国家的贸易交流，互通有无，可抑制钱币的贬值。”

汉武帝：“朕已经向周边国家派出使者，对外交流不是问题。”

董仲舒：“要从根本改变现状，要依靠大量的工匠，制造出更多的产品，同时要让王公贵族厉行节约。”

汉武帝：“这简单。”

董仲舒：“继续沿用文帝奖励孝悌、力田、救助贫民的政策，鼓励耕读、耕种、喂养者，勤奋读书，成绩突出者，可为官。”

汉武帝：“这一条不好办啊，王公贵族不愿意读书和耕种啊。”董仲舒：“微臣命如草芥，能得陛下所用，为国效力，纵然是粉身碎骨不足为惜，微臣愿意亲自率耕率读。”

汉武帝：“你去率耕，何人来治理国家。”

董仲舒：“率耕与治理国家并不矛盾。儒学轻视劳动，须扬长避短。只会读书，不会劳动，与肢体残疾没有区别。只知道耕作，不读诗书不知礼仪，与山间野兽没有区别。因此，做耕读的表率，本身就是治理国家的根本。在农忙的时候，太学的学生放假回家，微臣也回家耕种。等农忙过后，微臣和学生一起回到太学馆学习。”

汉武帝：“朕恩准你率耕。”

董仲舒：“谢陛下！”董仲舒欲走，汉武帝急忙说道：“南越国太子赵婴齐在太学表现怎样？”董仲舒：“特别好学，他头脑清醒，明辨是非，对与错他分得很清楚。儒学中仁义礼智信的文字他不仅倒背如流，在行动上几乎都能做到。”汉武帝：“他太优秀，朕反而不安。他的优点你说具体一点。”

董仲舒：“喜欢看书，对学友礼貌谦让，守时，从不迟到，感情专一，喜欢栽花种草，饮食节制。”

汉武帝：“这样的人在长安学好了儒学，回到南越国将如虎添翼，假如他回到南越国做了南越王，以后大汉能控制他否？”

董仲舒：“陛下不必太忧虑，国君如果太优秀，反而治理不好国家。”

汉武帝：“爱卿何出此言？”

董仲舒：“因为国君太优秀，大臣无利可图，就要搞阴谋诡计。再说了，儒学讲忠孝，他一定会成为一个忠君的侯王。”

汉武帝：“赵婴齐如果如爱卿所言，朕就放心了。”

天空下起了小雨，秋雨绵绵。

赵婴齐骑马到达柏谷找豆叶，人去楼空，回到长安，大街小巷四处奔走追找豆叶。他远远看见一个姑娘的背影，策马奔追过去，下马喊道：“豆叶姑娘！豆叶姑娘！”但姑娘的背影如幽灵，没有反应。赵婴齐走近一看，窈窕的身段上，长着一张悍妇的面孔，悍妇骂道：“找死啊！”赵婴齐：“抱歉！”

悍妇：“说句抱歉就算了，老娘要你死！”说完一拳打在赵婴齐鼻梁上，又酸又涨，一会儿流出鼻血。赵婴齐摸摸鼻血：“你怎么能打人？”悍妇：“你想占老娘便宜？不打你打谁？”说完对着赵婴齐的左脸又是一拳。赵婴齐流着鼻血说道：“好男不跟女斗。”转身离去。赵婴齐不知道这悍妇不是人，而是当年被男人摸了一下手就自杀的冤死女鬼，变成鬼后，四处害人。女鬼不依不饶追了上来，从身后给赵婴齐一拳，同时骂道：“你摸了我，必须娶我，否则老娘要打死你。”骂完举起拳头对准赵婴齐的眼睛又是一拳，赵婴齐一躲闪，悍妇扑空趴在地上，站起来狂叫。赵婴齐终于被激怒：“老子也忍无可忍了，孔圣人说过，仁者必勇。我不但不娶你，我要打死你。”说完赵婴齐挡住悍妇的右拳，左手将悍妇的手腕拧住，悍妇倒地求饶：“英雄饶命，英雄饶命！”

赵婴齐攥紧拳头说道：“老虎不发威，你当老子是病猫。给我滚远点，让我再看到你撒泼，将你剁成肉酱。臭婆娘，想让我娶你，滚远点！”赵婴齐走了。悍妇仰面朝天，像一个四脚朝天的屎壳郎子，手脚在空中抓了一阵半天爬不起来。赵婴齐将手臂上的血甩到女鬼身上，她就变成了一堆骨架。赵婴齐:“真是见鬼！”

长安郊外的夜晚，星光惨淡，赵婴齐已经追出离长安城一百里地，仍不见豆叶踪迹。赵婴齐调转马头往回找，天黑了，满天星星，人困马乏。

赵婴齐回到宿馆。卫姬出门笑脸相迎："宿卫，回来了，快洗洗脸。"边说边拧干棉巾，欲给赵婴齐洗脸。

赵婴齐："我自己来。"卫姬让人端上热气腾腾的饭菜，赵婴齐魂不守舍，随便吃一点便回屋去了。赵婴齐摸着豆叶送的丝绸，心急如焚地自言自语："豆叶，你在哪里？为什么走了不告诉我一声？"

豆叶并没有走远，带着香草在长安街走来走去，茫然不知所措，突然见到一个特别的牌坊，高高悬在大门上方。牌坊上雕刻着"南越国驿馆"几个字，豆叶对香草说道："南越国驿馆，唉，当初安公子不是出使南越国吗？在这里说不定可以打探到一点安公子的消息。"

香草："进去看看！"

驿役笑脸相迎地跑出来："这位公子住宿还是用餐？"

豆叶："先看看再作打算！"

驿役很开心："公子请进！"驿馆内盛开着特别的花朵，南国风情的回廊让豆叶感到新奇。驿役用南越话问豆叶："请坐，有酒有肉！"豆叶听不懂，回道："不要狗肉。"驿役："我说的不是狗肉，而是说有酒有肉。有南国干货，海参、鲍鱼、贝肉。"豆叶："来一份贝肉。"驿役："公子稍等！"女扮男装的豆叶用左手托着下巴，右手指尖敲着桌面，香草好奇地东张西望。豆叶警告香草："眼睛看桌面，别东张西望，给别人误认为我们是盗贼。"说话间，门外进来一位男子，他见到豆叶无聊，走过来搭讪。

男子："兄弟，看你气宇不凡，印堂发亮，像走桃花运哦，在哪儿做生意？"说完就在豆叶身旁坐下。豆叶往左边移，男子往左边移，豆叶回道："做丝绸生意。"男子用力拍了一下豆叶的肩膀惊叫道："幸会，幸会，原来我们是一个道上的人，我也是做丝绸生意的。以后咱兄弟俩合作，定能发大财呀。"豆叶："请问兄长姓甚名谁？哪里人？"董偃："我叫董偃，南越国人，看样子我比你大，算你的兄长。"豆叶："我是达柏谷人，名叫香丝。"

董偃："香丝？怎么有点像女人的名。"豆叶："我从小就长得有点像女孩，从小就喜欢养蚕，父母就给我取名叫香丝。"董偃："古人说，男儿有女儿相，有贵人相助，迟早要成就大业。既然你是中原人，以后负责收集中原优质丝绸，我带到南越国销往海外，必将天下无敌。"

驿役两个美少年端着土盘上来高声道："好酒好菜来喽！"

董偃："我就不走了，与兄弟投缘，初次见面，我请客！"挽起袖子高声叫道："上酒！要菊花酒。"豆叶急忙叫道："不要酒！"董偃："兄弟别客气，上酒！"一会儿酒上来。董偃端起酒杯："来，兄弟干一杯！"豆叶吞吞吐吐，极力推辞。香草在一旁心急：“我家公子不会喝酒！”董偃：“兄弟，人可以长得像女人，但性格可不能像女人噢，来，喝！”豆叶鼓起勇气喝下酒，如同喝下火焰，烧得柔肠寸断、头晕目眩，对董偃道：“兄长，你是南越国人，我想打听一个人。”董偃：“慢，我先向你打听一个人。”豆叶：“谁？”

董偃：“一位织丝绸的姑娘。”豆叶：“在中原，织女多了，成千上万，你找的是谁？”董偃：“是达柏谷人，姓樛，人们叫她豆叶。”豆叶暗暗吃惊，但故作镇静地随口说道：“认识，认识，豆叶就住在我家旁村。找她何事？”

董偃：“两年前，一位身毒国商人住在这里，他拿出一匹红丝绸在馆里炫耀，半夜被盗，身毒国商人痛苦后上吊自杀，被驿役救活。半夜，偷丝绸的小偷听说商人上吊，心生内疚，将红色丝绸悄悄送回。听说，这匹红丝绸辗转远销到身毒国，价值连城，制成身毒国皇家寺院方丈的锦襕袈裟。”

豆叶：“这锦襕袈裟与豆叶有何干系？”

董偃：“这红丝绸是豆叶所织！”

豆叶：“兄长，在我告诉你豆叶踪迹之前，我也先向兄长打听一个人。”

董偃：“谁？”豆叶喝了一点酒妩媚起来，说道：“一个叫安国少季的人！”董偃如同从梦中惊醒：“安国少季？怎么不认识？一个让人敬佩的儒生。”豆叶：“兄长可知道他现在何处？”

董偃：“我见到他已经是在几年前的事了，安国少季到长安街为母亲推销丝绸，因为推销不出去，在路边吃野菜，后来我全买下了他的丝绸。听说他的母亲等他买米回家，饿死了，他上了崆峒山当了道士。”

豆叶：“这些我都知道，我是问他现在在哪儿？”

董偃：“后来我就多年没有见到他了。”

豆叶：“听说他出使南越国，兄长可见过他？”

董偃：“隐隐约约听说安国少季坠崖身亡了，好人命不长啊。”豆叶一听安国少季坠崖身亡，加上一些酒力，顿感天旋地转，晕倒了。

董偃有些莫名其妙：“兄弟，这是怎么回事？”香草说：“先生，我家公子喝醉了，我扶公子回屋休息了。”董偃：“你还没有告诉我豆叶在哪儿呢，就喝醉了！”香草说：“仁兄，这就是豆叶姑娘！”董偃惆怅万千地说：“怎么？你也喝醉了？”香草说：“我没醉！”董偃不相信，高声叫道：“掌柜，结账！”驿役：“客官，酒二十文一壶，贝肉十五文一盘，菜十文一盘。”

董偃：“不用细算。”

驿役：“是，客官，共五十二文，收五十文吧。”董偃用质疑的眼神看着驿役，半天不掏钱出来。驿役明白地说：“客官，不好意思，近来物价上涨厉害，我希望客官常来常往，也不想得罪客官是不是？”

董偃让随从付了款，刚转身，就见一个住店的，觉得面熟，仔细看了看，惊喜叫道："唐大人？"

唐蒙："你是？"

董偃："我是南越国珠宝商董偃！您到南越国我就认识您了。唐大使从何地来？"

唐蒙："遇见董老板，幸会！幸会！鄙人从夜郎国回来！"

董偃："掌柜，来一壶酒！"

两人对酒当歌。

# 第三十九章　唐蒙带宝归汉

唐蒙公元前135年出使南越国，辗转到夜郎国，被女儿国扣押两年在银矿做苦力，从在夜郎牂牁江畔与竹王告别后，一路斩妖降魔鬼，披荆斩棘，跋山涉水，攀悬崖过险关，九死一生，公元前125年风尘仆仆回到长安，时光如梭，一晃十年过去。一早，唐蒙穿过熙熙攘攘的长安街，都市的繁华让自己显得灰头鼠脸，春风也疲惫，因符节丢在了南越国混进夜郎，如今没有符节进宫十分困难，要经过层层审查。唐蒙跟在内卫身后，穿过亭台廊道，内卫把他交给中庭太监带入。管事太监带入候宣厅搜身，搜出了几块石头，还有灵芝、天麻、竹笋之类的山珍。管事太监用怀疑的口气问："为何带石头入宫？"唐蒙看不惯太监的无礼，斜着眼睛傲慢地回道："这是从夜郎国带来的宝石，献给皇帝陛下。"

管事太监："这是宝石？你想蒙我。"

唐蒙："我蒙你就是狗。"管事太监说："我不想和你啰唆。"将唐蒙送到吏部。

小吏铁青着脸问："山珍可带进宫，石头不许带入。"小吏生硬的态度让唐蒙血液直冲头顶，脸红脖子粗。唐蒙被激怒，攥紧拳头，想一拳击过去，但转念一想，与小吏这帮狗日的大老粗纠缠耽误我的大事，他忍气吞声赔笑脸道："这是矿石，可以炼铁、炼铜的矿石，十分稀罕。"

小吏不给面子，更加粗暴骂道："炼你妈的祖宗，不准带进皇宫。"唐蒙赔笑脸说道："这不是一般的石头，是矿石，是炼出铁来可以制造兵器的石头。"小吏："这破这石头能变兵器？"唐蒙以为小吏通了人性，心花怒放："对，对，对！"小吏："对你妈的对，石头可以变成兵器，你现在变给老子看看？"唐蒙忍无可忍，大脑充血说："老子为了国家出生入死，你们竟敢刁难老子，活腻了？"小吏："竟敢顶撞老子，给我打。"唐蒙看着眼前的小吏十分绝望，骂道："蠢猪，你们胡搅蛮缠，要被皇上惩罚的。"小吏："你敢辱骂本大人？来人，给关押起来。"唐蒙退到木柱前，从兜里拿出丹丸倒进嘴里，咽下，说道："你们上来啊！"小吏们围上来对唐蒙一阵暴打，让小吏奇怪的是，打唐蒙的手都打麻了，但唐蒙毫发未损。他们叽啦鬼叫又扑上打唐蒙："我看你撑到何时？"唐蒙被小吏们越打越感觉舒服。唐蒙抱着手说道："谢谢你们啦！打得痛快！"小吏打得满头大汗，腰酸背痛，都坐在地上喘粗气。

为首的小吏说道："我不信你不怕死，上，给我打！"唐蒙抱手坐在地上说道："你们别费神了，刚才我吃了夜郎的撑药，吃了以后越打越舒服。"小吏："蒙谁，接着打！"

唐蒙暗道："我的药也快失效了，要尽快逃走。"于是，掏出另一个小药瓶，打开瓶盖说道："既然你们不仁，休怪我不义了。"说完，将药粉一撒，一帮小吏打了几个喷嚏，眼睛一闭，相继倒在地上。唐蒙一阵大笑后说道："这夜郎的蒙汗药还真厉害。"还有一个漏网的小吏欲逃跑，唐蒙上前追上，小吏跪求道："唐大人饶命！唐大人饶命！"唐蒙怒道："敬酒不吃吃罚酒，给我带路。"

小吏："遵命！"唐蒙提着装有石头布袋，进了内务府。内务府太监对唐蒙交代事务、礼节后，由管事太监转告总管太监。总管太监带着唐蒙走在入宫的走廊上。

唐蒙："他妈的，进皇宫比老子进夜郎国都艰难！"

春天来了，汉武帝正在后花园观察种子发芽，这些种子都是张骞从西域带回来的。汉武帝见葡萄苗破土而出，有的苗已经沿架爬高，问苏公公："这是什么东西？"苏公公："这是葡萄。"汉武帝指着树苗问："这是什么？"苏公公："这是核桃树。"汉武帝十分兴奋地说道："张骞不仅为我大汉帝国带来如此丰富的蔬菜瓜果，而且还打通汉与西方的商道，让朕在有生之年，看到如此多的新奇瓜果蔬菜。"苏公公："是的，陛下胸怀远大，这是派使臣出使西域得到的胜利果实。"

总管太监进来禀报："陛下，出使南越国的唐蒙求见！"汉武帝吃惊："唐蒙回来了？真是让朕感到意外惊喜！宣唐蒙到后花园来见朕。"

唐蒙到来跪行叩礼："微臣叩见陛下！"

汉武帝："平身！"

唐蒙："谢陛下。"唐蒙站起来，汉武帝见他身穿褪色襦服，头顶绕发髻，胡须有些零乱，皮肤黝黑，脸上有些伤痕，从头到脚都蒙着沧桑的尘埃，说道："爱卿辛苦了！这次出使南越，收获不小吧？"唐蒙："是，陛下！"汉武帝见唐蒙有些拘束，说道："你来看看，张骞出使西域带来的种子都已经发芽了。"

唐蒙："微臣惭愧，我带来的山珍无法找到种子！"

汉武帝："无种子，奇怪了？"

唐蒙："卑臣出使南越国，正遇赵佗王派使者沿珠江寻找神秘夜郎，我便趁机混进队伍前往。意想不到的是，珠江上游找到了一个叫夜郎国的神秘地方，那有数不胜数的奇珍异宝，但没有种子。还有很多奇石，却无法带回长安。"

汉武帝："那你带来了什么，拿给朕看看。"

唐蒙："微臣给陛下带来可以长生不老的灵芝、鸡枞、竹荪、天麻。"

汉武帝："这些好东西怎么没有带来种子？"

唐蒙："这些山珍神出鬼没，难寻规律，是神在夜郎的仙山上随意种植的，无法找到种子。它们神神秘秘在仙山随意生长，预先无法预料它何地出生。卑臣认为要想长久吃到山珍，可以修通到夜郎国的驿路。"

汉武帝一阵茫然，招呼唐蒙来到花园凉亭，赐唐蒙坐下，一边饮茶一边聊轶事奇闻。汉武帝拿着灵芝左看右看放下，又看看干巴巴的鸡枞说道："这些山珍就像一堆枯草，能长生不老？"唐蒙的表情不太坚定说："陛下，这些山珍看上去很难看，用它们炖鸡却很鲜美。吃了神清气爽，精神饱满！"汉武帝对苏公公说："拿到御膳房去试一试。"接着说："怎会没有种子？"唐蒙："它们是仙气所化，的确没有种子，只能修路去夜郎采寻。"汉武帝问："说修路通往夜郎？可行？"

唐蒙胸有成竹地说："秦始皇已经修通五尺道到了巴蜀，我朝如果将五尺道延伸到达夜郎国，不仅可以得到仙山，还可以从夜郎的牂牁江通往南越国番禺，以后便可有效控制南越国。"

汉武帝："夜郎在何方？"

唐蒙："在西南方，有十九个君长，夜郎最大，地处南越国、巴蜀、滇国之间。夜郎，向东，有一条牂牁江，直通南越国番禺；向西，有陆路通往滇国，从滇国可通身毒国。从长安到巴蜀，就如同到隔壁家串门。如果从巴蜀打通一条通往夜郎的通道，不仅可以在夜郎开矿，可以借夜郎十万精兵制伏南越国。向西到达大理国，再到身毒国。"

汉武帝被唐蒙说动，异常兴奋："如果这样，汉朝的疆土既可以扩展，货物也更丰富。"

唐蒙："陛下，如今因道路不通，山水阻隔。南越王，公开使用只有皇帝才能用的黄物左纛，盘踞东西长达万余里的地域，名义上是朝廷的外藩臣属，实际上是一国之主。"汉武帝："大使是不是多疑了，如果赵眜黄屋左纛，还能将儿子赵婴齐送到汉朝来吗？"唐蒙："南越国已经更换了国王？微臣还不知道。时间过得真快啊。我到南越国的时候，还是赵佗王当政。想不到我被夜郎女儿国扣留至今，已经是赵眜当王了。不过，赵眜送子入汉朝，这是缓兵之计。听说他与夜郎王交往甚密，准备从夜郎购买武器。"

汉武帝震惊："哦，有这等事？"唐蒙："就算赵眜愿意归顺汉朝，但南越国丞相吕嘉闹独立的野心不灭。"汉武帝："这样看来，如果南越国独立出去了，我汉朝就成了一个瓶子，还叫什么大汉？南越国乃我心腹大患。"唐蒙："依微臣看，从巴蜀修一条通往夜郎的驿道，是控制两国的长久之计。"汉武帝："修通夜郎道，这主意好是好，但听说那里山高水深，要修通道路可消耗大量的人力物力。如今，匈奴侵扰，国内钱币贬值，唯恐财政难以承担。”

唐蒙：“正因为北方不稳，才需要开拓南疆。延修五尺道直达夜郎牂牁江，可控制南越国。”

汉武帝：“说起来容易，可做起来难哪！”

唐蒙：“臣以为，以汉朝的兵强马壮、巴蜀的富饶，修筑夜郎道，设置郡县，可行。”汉武帝被唐蒙说得像喝了鸡血一样兴奋，没有与大臣商量，立马采纳唐蒙的建议。

汉武帝：“朕封你为中郎将，率两万人尽快打通通往夜郎的通道。”

唐蒙：“臣愿为大汉朝肝脑涂地。微臣以为，修路需要充足的兵马粮草。”唐蒙将带来的石头呈上：“陛下，这是从夜郎带来的礼物，献给陛下！”

汉武帝问：“这是什么？”

唐蒙：“这是夜郎国的铁矿石。那里的土人不像我们想象得那样愚笨。他们表面呆板而内心狡黠，夜郎人用这石头炼铁，制作精良的刀剑，打造兵器出售给南越国。”

汉武帝：“如果要防止南越国与夜郎国联手对付我汉朝，尽快修通道路，大使可带人马立即出使夜郎。”

唐蒙：“谢陛下隆恩，微臣告辞！”唐蒙退出后，汉武帝兴奋得一边走出大殿，一边哈哈大笑，目光正好与门外站岗的赵婴齐相撞。他对赵婴齐道：“你还在这儿？”

赵婴齐：“是，陛下！”

汉武帝：“跟我到宫外走走！”汉武帝带赵婴齐微服出宫，走在热热闹闹的长安街上，汉武帝听到卖丝线、卖包子的吆喝声，对赵婴齐说：“来到民间，朕才感觉到自己仍然活着。”赵婴齐：“陛下爱民的情怀，天地可鉴。”汉武帝见到长安街旁长安街面馆，香味袅袅，烟雾升腾，说道：“进去吃碗面。”赵婴齐有些心不在焉，没有回答，也没有说话。

汉武帝回过头来问：“你怎么了？”赵婴齐：“陛下，您说什么？”

汉武帝：“你老实说，刚才是不是看到丝线又想起豆叶？心不在焉，失魂落魄的样子。”赵婴齐难为情道：“陛下，我不敢撒谎，我是在思念豆叶。至今不知道她在哪儿。”汉武帝：“她在达柏谷。”赵婴齐：“陛下，她不在达柏谷，豆叶失踪了。”汉武帝吃惊：“上哪儿了？”赵婴齐：“不知道。听牧羊人卜式说，她找安国少季去了。”汉武帝：“豆叶现在处境很危险，朕命你现在带上人马立即就去把豆叶找回来。”

赵婴齐：“这？”

汉武帝：“还吃什么面，速速带人沿南越国方向找豆叶姑娘要紧！”

豆叶带着香草顺着安国少季当年走的驿道，翻山越岭，见驿道旁有一个古镇。

又饥又渴又疲惫的豆叶和香草来到古镇街上，身后突然传来阵阵嘈杂声：“站住，站住，给我站住。”一个男人追一个七八岁的女孩，女孩边跑边叫：“救命！救命！”豆叶上前护着女孩，对男人说：“怎么欺负一个小女孩？”男人蓬头垢面，眼睛暴露着没有文化的原始空洞：“她是我女儿，休管闲事。”男人脚没有穿鞋，肮脏的指甲很长。身后追来一个女人哭诉道：“放掉孩子。”女人走近见到豆叶身后的女儿，在豆叶面前跪下：“这位公子，请救救孩子。”

女扮男装的豆叶，上前扶起女人：“别急，慢慢说，这是怎么回事？”这女人看上去生性软弱，脸上青一块紫一块，可能是被男人打的，她看看站在一旁的男人摇摇头，不敢说。豆叶：“你只有说真话，我才能帮助你。”说着，男人上前揪住女人的头发一顿暴打。豆叶抓住男人的后衣襟像提小鸡一样将男人拉开甩到路边：“住手！”男人挣扎爬起来：“我打我老婆你休管！”这时，一个蒙面侠客上前抓住男人衣襟，几耳光打后，扔出很远，掉进道旁的草堆，男人哭叫着跑了。蒙面侠客也迅速消失了。豆叶看着侠客的背影产生疑虑。

香草：“姑娘看什么？”

豆叶：“我感觉到刚才的蒙面侠像是安国少季。”

草香：“姑娘，你是产生幻觉了！”

女人哭诉道：“公子行行好，救救我的女儿！”

豆叶：“这里说话不方便。”让女人带着女孩，来到古庙里，找了个草堆坐下。豆叶问：“这是怎么回事？”女人鼓起勇气：“公子，这座荒庙西面有一座山，石缝中有一条大蛇，长七八丈，水桶一样粗，十分贪婪，吃得很多。几年来当地人都很怕它，没有人再到庙里来上香，大蛇夜间出洞来伤人。我们用牛羊来祭它，好上几天，又伤人。大蛇托梦给巫师，说要吃七八岁的女孩。县官就出高价买女孩给大蛇吃，已经吃了九个女孩。我们家穷，这个没良心的东西，想卖女儿喂蛇。我不忍心，让女儿逃跑，她爹就来追她。我可怜的女儿啊。”

豆叶：“原来是这样，你带孩子回家，我自有办法。”夫妇领着女儿回家了，大门前围观的人群陆续散去。香草担心地说：“豆叶，你一个弱女子，有什么办法？”豆叶：“嘘！小声点，我是男人。”两人笑了。

县衙府内，县令闭着眼睛躺在摇椅上一摇一摇，丫鬟正在给县令捶背。县令闭着眼睛问：“菊花，你嫌我老了？”菊花：“老爷，您的救命之恩菊花永世不忘！如果大人不救我，早已经喂大蛇了。”

县令：“但总得要有女孩祭庙！”话音刚落，管家进来禀报：“老爷，有一侠士求见，说有办法降蛇妖。”县令睁开眼睛，迅速从摇椅上站起来：“快请到客厅！”豆叶：“小生拜见县令。”县令：“侠士光临，有何事？”然后对管家道，“快快上茶，上等茶！”豆叶：“小生今天路过此地，有穷人想卖女儿喂蛇，县令可知？”县令不敢正眼看豆叶：“本官不能降妖救民，惭愧！”豆叶：“我看，民间不是没有降妖之豪杰，主要是县令怕英雄豪杰的光芒刺伤你。”县令：“侠士不必这样刻薄，谁做了官不就图个安稳吗？”豆叶：“不为民办实事，想安稳，也难。”

县令：“侠士之言令本县顿悟。”

豆叶：“醒悟不如行动。此地山清水秀，人杰地灵，却没有文人墨客的真迹，缺少生气，蛇妖才如此猖獗。”县令：“本县心胸狭隘，气走了正义之士，我已经意识到自己的错误，请侠士帮助除妖。”豆叶：“如果县令真想除妖，就为我准备两担糯米、百两雄黄、铜剑一把。”县令：“侠士的条件我完全答应！”

豆叶：“那就一言为定，小生告辞！”

夜幕降临，古庙的夜晚恐怖阴森，连一个虫子的叫声都没有。豆叶命人将糯米蒸熟，打成糍粑，然后做成一个美少女，在“女孩”的头和腹中装了雄黄，放在洞口，然后怀抱利剑等待时机。月光下，大蛇出洞了，蛇头大如灯笼，眼睛大如拳头，它一张口就吞掉糯米少女。这时，豆叶走近大蛇，用铜剑向着它的七寸砍去，大蛇断成两截，奇怪的是大蛇很快就将断体接好，不但没有死，紧紧缠住了豆叶的腰。原来这是一条蛇精，它将豆叶越缠越紧，豆叶渐渐无力。香草大声呼救：“救命啊，来人，救命啊。”遗憾的是，没有人救她。

县令躲在远处冷笑道：“狗屁侠士，管闲事，死去吧。”听到呼救声，马蹄声越来越近，从马上飞身下来一人，来到豆叶跟前，用剑挑开无头蛇身，将蛇斩断数截，蛇依然能动。侠士从药瓶中拿出雄黄粉撒到蛇身上，蛇身才不能动弹，终于死去。

豆叶渐渐苏醒过来：“谢谢侠士救命之恩！”赵婴齐：“你一个女孩私自乱跑，太危险了！”豆叶睁开眼睛，惊喜异常：“是你？赵宿卫！你怎么知道我在这里？”赵婴齐:“我沿路打探，说有两位公子模样的人往南走，我就找到这里。”豆叶：“为什么要找我？”赵婴齐：“陛下命我不惜一切代价找到你，得到牧羊人卜式的指点，沿南方一路寻你。”

豆叶：“感谢宿卫的救命之恩。”

赵婴齐：“这是应该的，是天意。”

豆叶：“我感到很奇怪，这蛇吃了装有雄黄粉的糯米人，怎么更有力气了？”赵婴齐吃惊：“那一定不是雄黄粉。”豆叶站起来，从蛇肚子里将米人掏出来一看，果真不是雄黄粉。豆叶：“这不是雄黄粉，是黄泥粉，所以蛇吃了黄泥粉会更有力气。”

赵婴齐：“这是怎么回事？”

豆叶：“我让县令准备雄黄粉对付蛇妖，他却用黄泥粉来骗我。这县令比蛇还毒啊。我真为这里的百姓担忧，有这样的县令管理他们，每天都得担惊受怕。”

赵婴齐：“此地不能久留，快走。”

豆叶抬头，见四周都是弓箭对着他们，县令冷笑道：“你们能除蛇妖，还要我这个县令做啥？你们走不了啦。”

赵婴齐：“你可不能乱来，我等可是皇宫里的人。”

县令：“打着皇宫的幌子四处招摇撞骗的人多了，吓唬谁！”赵婴齐拿出皇宫侍卫的腰牌。县令先是一震，继而想到，如果是皇宫的人，更不能让他们活着出去，否则乌纱帽不保，说道：“是你们闯入我的领地，打扰我的平静。放箭！”话音刚落，县令的手下全都倒下。

赵婴齐的随从走过来：“陛下让我等保护你们的安全。”

天亮了，县令被卫兵押回长安。县令见赵婴齐将豆叶抱上马，策马离去，咬牙切齿地说道：“想不到我会败在一个女人的手中！”

赵婴齐在马背上，对豆叶说：“让我看看你的手指。”豆叶抬起左手，赵婴齐见小手指长出来了，高兴万分，情不自禁地将她的手放在自己火热的胸膛上，豆叶被温暖袭击，柔柔地依偎在赵婴齐怀中。

# 第四十章　不要金银要仙山

公元前 125 年，汉朝王宫外秋高气爽，汉武帝亲自送唐蒙启程出使夜郎。汉武帝不是用一个皇帝的口气，更像是用兄长的语气对唐蒙说："此次出使夜郎，山高路远，任务艰巨，多加小心。"

唐蒙："微臣决不辜负陛下的重托！"

汉武帝："人生最宝贵的是时间，爱卿这一生能把五尺道修到身毒国，将永载史册。"

唐蒙："陛下，不管前方是万丈深渊还是刀山火海，微臣愿为之赴汤蹈火！"唐蒙带领一万多人，满载丰厚的金银丝绸，浩浩荡荡向夜郎出发，走出一里地，回头还见汉武帝站在原地目送。风吹起汉武帝的龙袍，乱乱纷纷，唐蒙感动万分。

牂牁江岸的冰雪消融，春暖花开，夜郎国濮人恋爱的季节即将开始。竹王躺在竹椅上打瞌睡醒来，伸了一下懒腰，打了一个哈欠，对侍卫说："桃花开了没有？"

侍卫："大王！桃花开了！"竹王："传巫卜！"

巫卜正在他的草堂里研制炼丹配方。屋里尽是一些雄黄、草药、瓶瓶罐罐，虫蛇的尸体挂满屋的墙壁。侍卫敲响了门："大王有令，命你同往打猎！"巫卜很投入，被打扰很无奈，慢条斯理回道："知道了！"巫卜走出陋室来到王宫，行拱手礼："拜见大王！"

竹王："打猎去！"

巫卜："大王，祖先规矩，春天不能上山打猎。"

竹王："什么祖训，都是你的一派胡言。"

巫卜："大王，动物和花草都在繁衍，贸然打猎，将使万物凋敝。王者，是万物的守护神，不能违背天道。我知道大王想吃肉了，我带来了一块干牛肉。"

竹王："那就到山上烧烤，总不能让我们在这王宫里闷死吧！"

巫卜："除了不能打猎，大王想做什么我就陪你去做什么！"

竹王："那就去牂牁江沐浴。"

巫卜："除了干牛肉，我还给大王带来了去年的干鱼，到牂牁江洗完澡吃烧烤，倒是一件很安逸的事情。”

竹王骑马带着巫卜和侍卫穿过一片金黄的菜花地，菜花在春风里摇动。竹王穿过一望无际的金黄色，喜气洋洋地说：“这油菜花开得像女人的笑脸！我恨不得到地里去打几个滚。”

巫卜：“这菜花也在繁衍，不能伤害它，看看就行了。”

竹王不高兴：“这也不行，那也不行，是你管我还是本王管你？”

巫卜：“大王，那可以摸摸花，浪费一朵也无妨。”竹王果真下马摸一朵菜花，然后说：“当花瓣碰到手臂的时候，就像摸着女人的乳房，真令人酥麻。现在我真想阿纳！”

巫卜掐算一下说道：“阿纳正在牂牁江浣纱，一会儿大王就可以见到她了！”竹王有些忧伤地说道：“见到她也是傲慢无礼、不可一世的样子！”

巫卜：“大王，就是她这副样子你才会想她！”

竹王：“你就是聪明过头了！”然后夹马，“驾！”飞奔而过！

竹王来到清澈的牂牁江边，见到波光粼粼的江水，迫不及待地脱下兽皮背心向天空抛去，光着肌肉健美的大腿，跳进江中：“哈哈哈，很久没有这样开心了！”江中水草丰美，鱼虾成群。不一会儿，竹王在江里抓到大鱼，举过头顶。侍卫在岸上欢呼：“大王英勇！大王英勇！大王英勇！”竹王摸摸鱼肚说：“母鱼，已经有孩子了。”说完，放回江中。只有巫卜忧郁地站江水中不欢呼。竹王问：“你不是说春天不能猎物吗？本王放生你又不悦？”巫卜一边用水草搓着胸膛，一边说：“大王，小民我听到了汉朝的马蹄声离夜郎国越来越近了。”

竹王一边用手搓胸膛一边问：“胡说！”

巫卜：“大王，巫卜什么时候说过假话？”

竹王认真起来：“离我们有多远？”

巫卜离开江水上岸趴在河滩上，用耳朵贴近地面听了听说道：“大概离夜郎二百里。”

竹王：“如此遥远的距离你能听到声响？别装神弄鬼。”巫卜：“小民不能撒谎。”竹王：“有客人来了好啊，本王就不孤独寂寞了，为他们准备酒菜。”巫卜：“他们这次不是几十百把人，而是万多人，我们没有这么多酒菜招待他们。”竹王：“你怎么知道是万多人？”巫卜：“我听到了一万人的脚步声，地动山摇。大王，他们正在离此二百里地吃烤羊肉，香味我都闻到了。”竹王：“你说疯话吧！”巫卜：“估计两日就可到我夜郎。”这时，竹王听到北岸杜鹃林里飘出歌声，心驰神荡。阿纳在杜鹃林中的小路旁采集新发芽的野菜，草木新发出的嫩叶，让她欣喜万分，情不自禁地唱起歌谣：

野菜青香春天发，姑娘提篮采新芽。桃花片片随江去，等郎何时到我家？

竹王听到迷人的歌声，身不由己快速上岸，围上皮裙，拿上梭镖走了。巫卜站在江边看着竹王的背影忧心忡忡地说道：“大王！汉朝军队很快兵临城下，大王不能离开。”竹王被春天的美丽诱惑，我行我素，向着清纯娇艳天的阿纳奔去。

离夜郎二百里地的符关，唐蒙边吃烤羊肉边对身边的若愚道：“吃饱一些，还得翻山越岭。”若愚：“大人，我的腿抽筋了，想明天再走！”唐蒙：“人生在世草木一春，得抓紧时间啊！令队伍加速前进。”

若愚高声叫道：“加速向夜郎国前进！”

夜郎国的春天五彩缤纷，杜鹃花染红了山野，激发了竹王奔跑的速度。他像一只猎豹，快速而无声地进到杜鹃林。竹王的披肩发在奔跑中飞舞，像一头雄狮，顺着歌声来到阿纳的身后，阿纳丝毫没有察觉。阿纳头顶上戴着杜鹃花环，乌黑的长发瀑布般挂在身后，绿色丝绸连衣筒裙里，丰满的乳房像甜蜜诱人的山桃。阿纳看见数十朵百合花开在牂牁江岸的岩缝间，俯身采摘一朵欣赏，一转身见到竹王在静静关注自己，惊喜道：“王子？”竹王粗声粗气：“阿纳！”竹王将她拥进怀中，就像抱着一只皮毛光亮的梅花鹿。竹王吃惊地问：“阿纳，这老王山没有路，你是怎么上来的？”阿纳：“我是沿着一条小石阶上来的。”两人回头看过去，小石阶消失了，只有一棵古藤。竹王：“这树精已经知道你是我的王后，化作的石阶让你上老王山的。现在，老王山只有我们两人，没有人打扰！”阿纳看着悬崖下的百合，妩媚一笑。竹王热血沸腾，带着爱的欣喜说道：“你等着！”然后抓住藤蔓下到悬崖，像猴子一样灵活，采到很多的野百合花含在嘴里，攀上山崖，递给阿纳。阿纳比花还美丽，陶醉在花香中，闭上眼睛说道：“谢谢王子！”然后转身离去。

竹王：“阿纳！阿纳！阿纳！”阿纳好像没有听见。竹王急忙追过去：“别走，你看还有满山的杜鹃花，再看看。”阿纳回首说道：“今天不是跳花节！”竹王：“可是离跳花节也没几天。既然相遇，不必在乎节气。”阿纳：“今天不是跳花节。”

竹王：“我今天就要破坏法则。”说完强行抱起阿纳，到一棵杜鹃树前坐下。竹王坐在草坡，看着山崖下流淌的牂牁江，对身边的阿纳说道：“我对你的爱像牂牁江水，永不枯绝！”阿纳：“我对王子的爱，像牂牁江水永远依傍在老王山身边。”竹王小声说道：“既然阿纳喜欢我，就嫁到夜郎国，我们在一起，永不分开。”

阿纳：“走婚好，可以遵守祖规，也可以让我们保存体力。每天晚上在一起纵欲，没有力气酿酒、耕种。”竹王：“女儿国的女子大多出嫁了，没男人愿意再走婚，不必苦撑。”

阿纳很固执地回答说：“不！”

竹王：“嫁过来吧，走婚的时代已经结束。”两人无言，静静地看着牂牁江向东流。

巫卜想上老王山送情报，找不到路。学鸟叫，一只画眉就飞到他的掌心。巫卜对画眉说："画眉娘，麻烦你叼这根仙茅到老王山交给竹王！"画眉娘叼着仙茅飞走了。画眉娘叼着仙茅飞到竹王的眼前，竹王伸出手接住画眉娘，接过仙茅草。竹王对阿纳说："这是巫卜送的情报，有军情，我得赶紧下山了！"

阿纳："是唐蒙带领的万余汉军快到夜郎了吧？"竹王："阿纳怎么也知道汉军离我国只有五十余里地？刚才巫卜说还有两天才到？"

阿纳："大王，也许是巫卜洗澡的时候耳朵进水，听错了。"竹王："你是怎么知道汉军到来？"阿纳："喜鹊刚才飞来告诉我的。"

竹王："树精，让我们都离开这儿！"眼前的树藤又变成了石阶。

牂牁江岸，巫卜迎上前："大王，可把你等来了！"竹王："不必大惊小怪的，汉军又不是来吃你的，他们会给我带来丝绸和文化。"

巫卜："他们来这么多人，谁知安的什么心？"

竹王："不要多疑，备酒迎接！"竹王见巫卜离去，转身对阿纳道："汉军将至，我不能陪伴你。"阿纳默默地看着竹王离去。痴草："女王，快回去吧，火棘酒出了！"两人回到女儿国感到十分温馨安详。酒作坊芳香迷人，痴草接了一碗从木桶里流出的火棘酒，递给阿纳说道："女王，今年的酒比往年更浓香！"阿纳接过酒碗轻轻品了一口，神不守舍地回道："嗯！真香！"

痴草："怎么了？女王在想啥？"阿纳放下碗，目光泡在酒碗中，没有说话。痴草见阿纳神伤的样子问道："女王怎么了？"阿纳忧郁地说："竹王不想走婚，他说让我嫁到夜郎国去。"痴草："女王，你就嫁过去吧。"阿纳："唉，我不舍得这里的酒、房子和家禽。"痴草："哦，女王，听说唐蒙就要到夜郎了，他一定给你带来很多的刺绣花线，还有蒙心布。"

阿纳："知道了，但你怎么知道他会给我带绣花线？"

痴草："凭上次唐蒙在女儿国的表现。"

阿纳："胡说，小心我罚你喝一桶火棘酒！"

痴草："女王还是留着火棘酒惩罚唐蒙吧！"

阿纳："别乱开玩笑，你这是对我的侮辱。我从不乱想男人，我心中就只有竹王！"

竹王带着十九个部落的首领，到离夜郎王宫二十里地的迎宾桥迎接唐蒙。濮人造的这座石拱桥，没有黏合剂，用天然毛石砌成桥拱横跨在月亮河上，桥面平直，夜郎人叫它仙人桥。唐蒙骑在马上，隔河见竹王，翻身下马，双方在桥头稍停片刻，走上迎宾石桥中央，合掌行鞠躬礼。

竹王："汉使不远万里，跋山涉水，到我夜郎！欢迎！欢迎！"

唐蒙："承蒙大王热忱款待，唐蒙感激不尽！"两人牵手并肩走到议事草亭。唐蒙命随从将礼物展开，丝绸金光闪闪，令酋长们兴奋异常，发出快乐的声音："圣物！"接着，随从又拿出五颜六色的丝线和香料。竹王拿着丝线左看右看，这红啊绿啊黄啊紫啊的丝线，滑刷刷像瀑布从竹王手上滑过，让竹王想起阿纳发间的奇香。唐蒙见竹王高兴，心情放松下来。唐蒙一挥手，随从拿出钻石递给唐蒙。唐蒙拿着钻石在阳光下晃来晃去，钻石放射出绚丽的光芒，刺得所有的人眼睛难以睁开。随从拿出一块玉石，用钻石轻轻一划，玉石就成了两半，竹王惊奇："啊，他山之石能攻玉？"

唐蒙："这是从身毒国那儿弄到的，此石可以攻玉。"

竹王："奇！真是奇！"

唐蒙："玉石已经很坚硬，但这钻石比玉石还坚硬，可以用它来雕刻玉器。汉武帝说了，能不能用这钻石来换你们这里的仙山？"

竹王摇着头说："耗子屎大的石头，怎可能换我这么大座仙山，不能！不能！"

唐蒙："这钻石可是无价之宝啊！你的仙山大，没有这颗钻石值钱！"

竹王："大使别想蒙我，我那仙山上有治病的奇花异草，有花鸟虫鱼，有山珍野味，有数不清的中草药，还有杜鹃花。你一颗只会发光的钻石就想换我的仙山？把本王当傻子！"唐蒙："大王不稀罕钻石，汉武帝说了，用万两马蹄金钱买仙山，可行？"

竹王用目光扫了十九个部落酋长，他们都摇头。竹王说："不行！不行！你一颗钻石，还有什么金子银子在我眼里没有一棵野草值钱！"

唐蒙："一棵野草值什么钱？"

竹王："一棵野草可以救命，我们夜郎的草全都是救命草。人生病要吃草，牛羊每天都要吃草！钱有何用？"

唐蒙："金钱可是比野草值钱啊，好东西啊！有钱，可以买酒喝，可以买野草，可以买老婆，买奴隶，买铜马车，买绫罗绸缎，有钱可以任性。"

竹王："唐大使，你是脑子进水了，你说的这些东西我们夜郎国全都有，不用买，出门就有。"

唐蒙："金钱为何没用？"

竹王："我们宁可要青山绿水，要参天古树，要清新的空气，也不要金钱。"

唐蒙："你们脑子才进水呢。"

竹王："我们脑子好用着呢，夜郎人家家户户都会自己酿酒，不用钱买！夜郎人做官凭本事，谁有能力带领百姓过好日子，谁就当官，不用钱买！我们这里的男人和女人都讲你情我愿，自由恋爱，不用钱买！我们这里到处都是古藤，双手拉着古藤一悠，就从这座山悠到对面的山，从这个村悠到另一个村，一悠就是几里路，还需要什么车、什么路！我们像鸟儿一样在树上建屋，不需要买房！我们喜欢丝绸，用我们的铁器、雄黄、美酒和你们去交换！可以不用买。”

唐蒙：“不换也罢，我这次来的意图就是要与你们联合修路，这钻石白送给大王，将它镶嵌在银戒子里，只有女王佩戴它。”竹王转怒为喜，他想，阿纳带上一定很美。阿纳已经占据了竹王的心，他满脑子都是阿纳的笑容。但竹王唯恐唐蒙有诈，犹豫了很长时间，小声问身边的巫卜：“这钻石可否收下？”

巫卜小声道：“不可收！”

竹王：“谢汉使！修路可盟约，但钻石可不能要！”

唐蒙：“大王不必顾虑，钻石就放心收下，以表达汉朝与夜郎结盟的决心。如果能协助天子修通道路，还另有很多赏赐。”

竹王：“修路，可以，可以。”

九层山很高，高出云端，像在天上。竹王和其他酋长、唐蒙一行，来到九层山上的大猿山九天母石前，歃血盟誓，每人端起一碗酒。巫卜道：“汉朝与夜郎同舟共济，盟誓修路，通往身毒，换回宝藏，幸福共享。不遵诅盟，天崩地裂，雷劈电烧。”众人盟誓之后，竹王准许唐蒙带一万人入驻夜郎，修建府邸，与土人一起修路，同意在夜郎设置牂牁郡。

夜郎王宫内的夜晚，蛐蛐在歌唱，竹王欣赏一件件唐蒙赠送的宝物，兴奋难眠，他需要与自己所爱的人共同分享这种喜悦。竹王借着月光，不带随从，一人骑马来到女儿国。竹王不从正门走，而是翻围墙入内，敏捷爬上树，从树上翻入杆栏。他站在窗户外见阿纳正在绣花，竹王从墙壁缝挤进。竹王站在阿纳的对面，见阿纳在油灯下绣花，将灯吹灭。阿纳正要喊痴草，竹王轻声道：“阿纳，别出声！”

阿纳：“王子？”然后竹王又轻轻吹了一口气，灯又亮了，油灯下，竹王说：“看看我给你带什么宝贝来了。”竹王将丝绸展开。

阿纳欣喜说道：“好美，似天上的彩云。”竹王轻轻缠绕在阿纳的身上，丰满的乳峰在丝绸下透着诱惑。“阿纳，我是来请求你嫁给我。”竹王激情涌动，难以自拔将阿纳搂进怀里。阿纳：“幸福像树上的猕猴桃，吃了就没有了。”竹王看到木桌上银盘里真有几个山野猕猴桃：“这里真有猕猴桃。”阿纳拿了一个剥了皮递给竹王，笑着说：“这猕猴桃是长在悬崖上的，很甜。”

竹王一口吞下：“又是雄鹰采摘的？”

阿纳：“不，痴草送来的！”竹王笑着说：“真甜！”吃完猕猴桃，竹王突然感觉到肚子剧痛，全身发冷。蹲下。

阿纳：“王子，你怎么了？”竹王对阿纳道：“阿纳，你真狠心，害我！”阿纳着急了，喊道：“痴草，痴草！”痴草进来：“女王，何事？”

阿纳：“大王吃了果子肚子痛，是怎么回事？”

竹王捂着肚子说：“我去茅厕。”急匆匆出去了。

痴草："这是白面狸送来的猕猴桃。"

阿纳："是她？"

痴草："今天白面狸送猕猴桃的时候，女王在午休，怕吵醒女王，没让她见女王。她甜言蜜语地说，过去小心眼，办错事，送猕猴桃来向女王赔礼道歉。看来，她本性难改，想不到会在猕猴桃上放巴豆。"

竹王上茅厕回来，听到两人的对话，进来说道："阿纳，我错怪你了。"

阿纳："这个白面狸不干坏事她就心慌，用尽一切办法来感化她，说服她，都不起作用。看来要把她抓来关起，不能让她四处祸害好人。"竹王："这样的女人不值得让你生气。阿纳，我头晕。"阿纳："王子快躺下。"然后对痴草说："痴草，拿丹药来。"

乡野的夜晚，白面狸和黑面狸在野外幽会，两个小妖貌合神离，不懂爱，孤独的时候两人凑在一起，却是各怀鬼胎，有好事的时候各顾各。现在两人坐在树根上，黑面狸问白面狸："你什么时候答应嫁给我？"狸子："不知道！"黑面狸："你要让我等到什么时候？"狸子："等我怀上你的孩子再嫁你，别纠缠。"黑面狸恨之入骨骂道："你这个烂货，整天就是想入非非，总以为前面有好男人等着你，你是不见棺材不掉泪。"白面狸藐视地："哼，你这个挨千刀的骂人是想生毒疮。"黑面狸："女王真心待你，你却混进女儿国，恩将仇报，在猕猴桃上下药，你修炼千年，白修了！"白面狸："我不想跟你多说！哼！"头都不回地走了。身后传来黑白狸的骂声："你这个贱货不得好死！"

白面狸在月光下漫无目的地走着，见一匹马在树林隐蔽摇着尾巴，走近一看，马额头上有一缕白毛，失声大叫："竹王的马怎么会在这里？"她猜到其中奥妙，顿时计上心来。女儿国王宫内，阿纳倒出丹丸说："王子，吃下我炼制的药丸，肚子很快就会好的！"

竹王接过药丸："这是什么药？"

阿纳："这是我炼制的玉美人，吃下去就好了！"竹王吃下玉美人，果然好了。

竹王："这药真神奇！"

阿纳："谢天谢地，总算好了，要是走婚的男人生病，让人知道我可要背骂名！"竹王："我可不是来走婚的，我是来求婚的，给你送丝绸来的。"竹王信守承诺，他躺在阿纳身边说话，也绝不动阿纳一下。

天微亮了，公鸡叫第一遍。竹王说："我得走了，被人看见，说我走婚，国人就会拉帮结伙借口与我作对，甚至嘲笑我，让十九个酋长弹劾我，以后我说话就没人听了。"阿纳："你走吧！"竹王没有从正门，而是翻墙出宫，骑上马离去。竹王骑马走到牂牁江岸，晨雾弥漫，听得有女子在哭泣，却见不到人。竹王下马循声走去，十丈处，有一个女子在河滩岸的刺黎树旁掩面哭泣。竹王上前问：

“小女为何哭泣？”白面狸抬头，竹王认出了她：“狸子，你怎么遍体是伤？”

白面狸边哭边说：“竹王，我告诉阿纳女王，说我想嫁给黑面狸。阿纳听说后，说我破坏走婚的祖训，命人打我，将我逐出女儿国，我现在无家可归，走投无路啊！”

竹王：“阿纳不是这样歹毒的女人，想必是你诬陷她。”竹王半信半疑。白面狸：“大王，阿纳十分歹毒，她表面慈善，内心仇恨男人，经常在半夜煮男婴吃。阿纳是山妖，别看她貌美如花，其实有八十岁了。”竹王想起唐蒙对他说的：来说是非者，必是是非人，严肃地说道：“你怎么能说女王的坏话，她上哪儿去找男婴？”

狸子：“女儿国所有走婚女人生的男婴都被她吃光了，你看她永不显老，像孩子的面孔，就是因为吃男婴。”

竹王很气愤：“世上竟然有这样狠毒的女人，我糊涂啊，被她的外貌迷惑了。”白面狸见竹王开始动摇爱的信念，继续说道：“阿纳还说竹王是忘恩负义的东西，她宁愿嫁给豺狼虎豹也不愿意嫁给你。她还说她喜欢汉朝大使唐蒙，整天都在绣唐蒙送给她的蒙心布。”竹王听到唐蒙的名字，妒火中烧，用手捂住隐隐作痛的胸口，无力地说道：“难怪她不愿嫁到夜郎来，原来是喜欢唐蒙那家伙，我要让唐蒙滚回长安去。”

白面狸：“唐蒙是个伪君子，满口仁义道德，其实贪婪卑鄙！”竹王愤愤道：“虽然你告诉我这些，但我也很厌恶你，你给我滚！”竹王策马离去。白面狸跟在马后失声哭道：“大王，看我孤苦无依，你就收留我吧，我给你洗脚、捶背，给你当牛做马。”

竹王回头看看说：“哭也没有用，是你这个臭女人毁灭了阿纳在我心中的美好形象，你就是一泡让我恶心的狗屎。”白面狸用千年轻功腾空冲到竹王马前，用短刀划破了手腕，滴着血对竹王说：“大王今天不带我走，活在世上还有什么意义，我就死在这儿。”

竹王见到鲜血，心发软，对自己说：“想不到这坏女人还会用生命来爱我，哪像阿纳傲慢冰冷。”竹王十分感动，停下马，跑过来抱起白面狸上马，回到夜郎国。白面狸依偎在竹王胸前，心里万分得意：“阿纳，你凭什么在我面前耀武扬威，指手画脚，我看你没有竹王，能威风几天。我天天盼你死，到时候我就是女儿国的女王了！”

竹王：“别怕！以后有我保护你，谁也不敢欺负你了！”

白面狸：“谢大王！”

# 第四十一章　仇人相见

汉朝皇帝想修路找仙山炼丹，夜郎国的国王想要丝绸和贝币，南越国的国王想要找盟友和兵器，三国大使互相纠缠着爱恨情仇。

就在唐梦来到夜郎修路的同时，南越国赵眜王派杨一到夜郎国换兵器。赵眜王在珠江码头迎送亭里饮酒，赵眜王说："杨将军，你出使夜郎，要体现我南越国的风范！不能随地拉屎拉尿，吐痰扔果皮，乱刻乱画，出了南越国你就不是你自己了，你的名字叫南越国，知道吗？"

杨一："大王教导，卑臣一定铭记在心！"端酒一饮而尽。婢女斟满第二杯，赵眜端起酒杯说道："这第二杯酒，祝将军顺利与夜郎结盟。在自家里可以随便东倒西歪，可是到了国外，要有风度：站如松，坐如钟，行如风。如果遇到对方不怀好意刁难你，该怎么做？"杨一："既不能忍气吞声，也不能暴跳如雷，而是要用智慧解困！"赵眜王："这样我就放心了！"一饮而尽，婢女斟满第三杯酒。赵眜王："第三杯酒，望将军平安归来！"

杨一："谢大王！"端杯一饮而尽。赵眜王依然不放心，千叮咛万嘱咐："将军这次出使夜郎，一定要用这些海参金银玉器换到铜斧铁剑。"杨一："大王放心，卑臣决不辜负大王的希望。"赵眜王："将军，太子赵婴齐还在天子手中，几年过去了，不得相见，为什么，因为我南越弱小，兵器不足，只得忍气吞声。""臣明白，大王保重！告辞！"杨一带着几十人乘船沿江出发了。赵眜王："杨将军，早些转回。"杨一："遵命！"

其实，赵婴齐在长安过得很好，不像赵眜王想象得那么惨烈，儿子赵婴齐得到汉武帝的赐婚，娶到了中原美女豆叶，学到很多治国之道。赵婴齐正在宿馆书房内很投入地抄四书五经，豆叶端了一杯茶走进书房，赵婴齐闻到一股奇香，抬起头来："是豆叶，还没有休息。"赵婴齐接过豆叶递过来的茶杯，充满感激地笑笑："谢谢姑娘！"豆叶笑笑，拿起赵婴齐的书法欣赏，见绢帛上书写的仁义礼智信忠孝悌，露出赏心悦目的表情。

豆叶："字如其人，高大挺拔，运笔蚕头燕尾、俊逸洒脱、风韵生动。"赵婴齐："我本想写到这儿就搁笔入睡，听到你的夸奖，我全无睡意。"豆叶："不过，官人还没有发现，在汉体隶书的结构中，横长竖短，呈长方形，才稳健。而官人的字体反而是横短竖长，看上去字体容易被风吹倒。”赵婴齐听了豆叶的意见如同酷暑遭遇了寒冰，心头热一阵冷一阵，特别是被女人说，自尊受不了。

赵婴齐隐藏着狭隘故作镇静地说道：“烧了重写！”说完真的将绢帛放进香炉中全烧了。豆叶说：“休息吧，明天再写。”赵婴齐：“不，错了就要立即改正。”赵婴齐赌气不睡觉，写到天亮。他这次书写横长，竖短，果真很美，稳健敦厚，心情渐渐好起来。他觉得昨晚对豆叶说真话的厌恨，实在是太狭隘，来到卧室找豆叶，不见人，又来到后花园。秋天的后花园开满各种菊花，豆叶在瓜棚下摘豆角，赵婴齐见豆叶的身后发髻上停着一只纺织娘，蹑手蹑脚走过去，秋天清晨空气湿凉，纺织娘停在豆叶发髻上一动不动地晒太阳。赵婴齐上前一把抓住纺织娘。豆叶被吓一跳，手中的豆角散落在地：“天哪，吓死我了！”

赵婴齐捏着纺织娘的翅膀说：“送给你！”

豆叶妩媚地笑着：“纺织娘的叫声真好听。”说完放在左手上，纺织娘连蹦带飞没进草丛无踪影。

赵婴齐从地上拾起豆角放进篮子中，用调侃口气说道：“豆叶，感谢你。”豆叶：“谢什么？”赵婴齐：“昨晚，我终于找到了隶体的特点，写起来行云流水，如有神助。”豆叶：“去看看！”赵婴齐拉着豆叶进书房内。豆叶看了书法，欣喜地夸奖道：“逆入得势，行笔有力，竖锋入纸。”赵婴齐努力隐藏着被夸奖的得意洋洋：“我还得继续努力！”

豆叶笑笑：“汉体字讲究锋芒不露，起笔时藏住锋芒，收笔时隐去锋芒。正如官人此时的表现，想手舞足蹈却表现出平和稳重。”赵婴齐用情绪爱着豆叶，这会儿紧紧将她搂在怀里：“我太喜欢你了，太爱你了！”就在两人沉浸在甜蜜幸福光景里，卫姬在院子门前高声喊叫：“快来人啊，这里出人命了。”豆叶对赵婴齐道：“官人，你昨晚通宵没睡，好好去休息，我出去看看。”

豆叶来到院门前，见一个乞丐昏迷在地，蓬头垢面，破衣烂衫，对卫姬说：“去叫人来扶进西厢房。”卫姬帮助他梳洗，喂些药，然后刚出门倒洗脸水。乞丐苏醒过来，迷茫地问道：“我这是在哪儿？”豆叶看着渐渐苏醒的乞丐吃惊道：“公子，是你？”眼前这个叫安国少季的男人可是用刻骨情感爱着她的男人？他不是在出使南越国的时候死了吗？今天怎么会在这里出现，是命中的奇缘，还是鬼魂今又相见？安国少季挣扎坐起来：“豆叶姑娘，我总算找到你了。”豆叶泪流面满上前握住安国少季温暖的手说道：“公子！你怎么现在才回来？”安国少季说：“那天，去南越国的途中，遭遇龙卷风，我掉进悬崖下一户人家草屋顶，又掉到他家的床上。虽然活命了，但老人家有一个女儿喜欢我，用绳子捆绑我做了他家的女婿。这个村庄十分封闭，三面悬崖，前面是湍急的河流，唯一的通道是藤索桥。”豆叶：“公子怎么逃出来的？”安国少季：“我因思念你心切，就从几丈高的悬崖跳进河水中，随波逐流，不知道漂了多久，我被冲到岸滩，被山中老道救起。一路行侠仗义，辗转回到长安，四处打探你的消息，刚才饥寒交迫晕倒。”卫姬进来道：“夫人，宿卫请您过去。”

豆叶对卫姬说：“你给公子拿些吃的来！”转身对安国少季说，“公子安心疗养！我去看看就来。”

豆叶进到堂屋，见赵婴齐阴沉着脸，目光凶狠，不说话。豆叶问：“官人，你还没休息？”赵婴齐：“你让我休息，你好和野男人勾搭。”豆叶：“官人，你想错了。”

赵婴齐：“我刚才根本就没有睡，你们的谈话我全听见了，是不是安国少季回来了？”

豆叶：“他是生病倒在家门口，不能见死不救。”

赵婴齐拿着家书对豆叶说：“刚才我收到邮差来信，父亲病危。我立即回南越国，成全你。”豆叶毫不犹豫说道：“我会与你一起去南越国看望父王。”赵婴齐：“那里天遥路远，瘴气横生，虫蛇出没，你不能去。”豆叶：“官人到哪里我就到哪里，不管前方是万丈深渊，还是火海刀山，你才是我真正的家。”

赵婴齐：“你的相好不是找上门来了？”豆叶：“他晕倒在家门口，救人是人之常情。”赵婴齐把对情敌安国少季的恨发泄在豆叶身上：“我不能带你走，但我必须带走儿子赵兴。”豆叶：“他才三岁，需要由母亲照顾。”赵婴齐：“当初你找安国少季不顾一切，如今他来到你面前，你装得如此冷静，不符合常理。你越掩盖，我对你越不放心。”豆叶：“是的，如果皇上没有赐婚，如果我没有对你的感恩，如果我们没有孩子，他出现我是会欣喜若狂的。但是，覆水难收。”说完，泪如泉涌，伤心痛哭。

安国少季隐隐约约听到哭声，问卫姬：“我这是在哪儿？”

卫姬：“这里是赵卫府。”

安国少季：“赵宿卫？”

卫姬：“豆叶已经是赵夫人，陛下赐婚的。”安国少季当头一棒，一阵天旋地转，如万箭穿心，大叫一声，又晕眩过去。卫姬给安国少季掐了人中穴，安国少季苏醒过来。安国少季十分虚弱地说：“我不该来打扰豆叶平静的生活，我走了，谢谢关照！”卫姬抑制不住心中的激动：“安公子，您还记得我吗？”安国少季陷进无限的悲伤之中，摇摇头。卫姬：“我当年逃离公婆家，无路可走上吊，是公子在路旁救了我。”安国少季很平静地回道：“你是卫姬姑娘？你平安就好，你怎么会在这里？”

卫姬：“当年安公子救了我，一路乞讨到了长安，饥寒交迫，孤独恐惧，不幸晕倒路旁，被陛下外出打猎的队伍救起。在皇宫织室做织女，有一天，陛下送了十几个侍女给赵婴齐，我就来到这里。”

安国少季：“有了归宿就好。”

卫姬："安公子，豆叶已经嫁给赵宿卫，您带我走吧。"

安国少季："我一无所有，不能连累你。"卫姬："只要跟安公子在一起，我什么都不要。"安国少季："卫姬，谢谢你，我走了！不能连累你，也不能连累豆叶。"

赵婴齐听到豆叶哭泣，心烦意乱，赌气出府，来到皇宫向汉武帝告假欲回南越国，汉武帝以即将到崆峒山祭天地为由没有同意。

豆叶见赵婴齐出府，来到西厢房看安国少季，卫姬说："夫人，安公子走了！"豆叶失魂落魄地说："他还很虚弱，你怎么能让他走？"

卫姬："我无法劝阻安公子，他说不想连累你，不想伤害赵宿卫。"赵婴齐沮丧着走出皇宫，心灰意冷回到宿馆，卫姬上前问道："赵大人回来了？"赵婴齐没有说话，四处找人，卫姬说："夫人出门去了。"赵婴齐焦急地问："去干啥？"卫姬："安公子很虚弱，她担心出事，找安公子去了！"赵婴齐突然妒火中烧："豆叶是疯了！"说完转身出府。豆叶出府四处寻找安国少季，精神恍惚，焦急万分。她走完长安街没有找到安国少季，在郊外的乱石岗，却见赵婴齐凶神恶煞地出现在她的面前，还没有开口说话，赵婴齐就给豆叶一耳光。豆叶眼冒金星，天旋地转，右手捂住火辣辣的脸，血腥味在口腔里蔓延，一阵恶心呕吐。赵婴齐："你为了找野男人跑到这里来了，死去吧！"豆叶不说一句话，疯了一般狂跑。赵婴齐心里想追回豆叶，但妒忌的仇怨毁灭了往日对豆叶的柔情，他疯了，大脑一片空白，追上豆叶，拔剑拦住豆叶："给我回去。"豆叶："就是当今天子让我回去我都不回去。"

两人吵红了眼，要出人命的事态，赵婴齐心想，这事可能需要皇帝陛下才能解决了。汉武帝此时正在王宫看地图，公公进来禀报："陛下，绣衣使者来报，安国少季回到了长安！"汉武帝大吃一惊，本能地脱口道："他不是已经死了吗？"苏公公："他还到了赵宿馆找豆叶。"汉武帝："要千方百计阻止安国少季与豆叶情缘的死灰复燃，否则我征服南越国的计划就要落空。"苏公公："陛下，臣以为，要控制安国少季，最好将他官复原职，回到陛下的身边。"汉武帝："可行，即刻宣安国少季入宫。"

却说，豆叶想跟赵婴齐回府，但恨赵婴齐的狭隘与妒忌，说道："你杀了我也不回去！"赵婴齐以为豆叶不爱自己，想杀豆叶又不敢下手，收回剑欲自刎，眼看就要闹出人命，安国少季出现了。他打掉赵婴齐手中的剑说道："男人别小肚鸡肠，要顶天立地。"豆叶："安公子休管闲事！"安国少季："豆叶，我很好，你回去吧！"豆叶弯腰捡起赵婴齐的宝剑转身走了，赵婴齐对安国少季咬牙切齿道："见鬼！"

这时，苏公公在绣衣使者的带领下来到乱石岗宣旨：

“奉天承运，皇帝诏曰：

安国少季奉命出使南越，途中遇难，历尽艰险，回到长安，为鼓励忠贞爱国之志，即刻入宫受奖。”

安国少季：“遵旨！”跟着苏公公进宫。

安国少季出现在汉武帝面前，消瘦，憔悴，当年的风流倜傥不见了，但言行举止精练成熟了很多。汉武帝看到安国少季魂不守舍憔悴沮丧的样子，阴阳怪调地说：“爱卿能经历坎坷回来，是有动力吧。”安国少季九死一生，不再畏惧汉武帝，从容说道：“臣不敢撒谎，我是为豆叶不辞艰险而来，中途丧失信念，也就回不来了。”

汉武帝：“可是豆叶已经嫁给了南越国太子赵婴齐。”

安国少季：“我可以等待。”

汉武帝很紧张：“等待什么？”

安国少季：“等待下辈子。”汉武帝心情放松下来，心想，下辈子见鬼去吧，转而却很赏识安国少季的胆识和勇气：“朕赏识你的仁义，你就留在宫中继续当宿卫吧。”

安国少季：“谢陛下隆恩！”

汉武帝：“听说南越国与夜郎国结盟，可属实？”

安国少季：“南越国在与闽越国绝交后，与夜郎国联盟，互通有无，千真万确。”

安国少季说得对，现在南越国的军队沿珠江逆流而上到夜郎国换兵器。杨一站在船头左手扶着剑，对海螺说：“你猜猜，这次到夜郎国，最怕见到的人是谁？”海螺摇摇头说：“不知道。”杨一：“是唐蒙！”海螺：“为什么？”杨一：“要是他得知我方到夜郎国换兵器，定会传到天子耳朵里，我们就大难临头了。”海螺：“是的，将军！”杨一：“我等须打着经商的幌子办事，秘密行动。”海螺：“是的，将军！”杨一：“你不要是的是的，你要像唐蒙的随从若愚那样聪明利索，什么都知道！”海螺：“是的，将军！”

夜郎国驿馆，竹篱茅舍，唐蒙写了信递给若愚说：“你尽快将竹王和我们结盟修路的好消息告诉陛下，让他放心。”

若愚：“陛下知道你的功绩，又要给你丰厚的赏赐了。”

唐蒙：“为国效力，不计得失。”若愚离去。

汉武帝欲出宫上崆峒山，宫女给汉武帝更完衣，没来得及梳头，苏公公进来禀报：“陛下，夜郎唐蒙来信。”汉武帝高兴，披着头发坐在椅子上，打开丝帛信。汉武帝对苏公公说：“好消息，夜郎王同意一起修路。”但随即又阴沉着脸说：“不过，那颗身毒国钻石没有换得仙山。”汉武帝：“唐蒙这个笨蛋！这点小事都办不成，唉！”

苏公公安慰道：“陛下不必难过，如果一颗钻石就能换到的仙山，就不叫仙山了。”

汉武帝没有回话，对宫女说：“着装！”汉武帝经过长途跋涉，带着安国少季一百多人来到崆峒山。道观内，行游对汉武帝说：“我看陛下气色很好啊。”汉武帝脸上闪过一丝得意：“寡人是遵照道长上次的告诫啊，独睡一张床，一觉到天亮。”行游：“是啊，服药一千服，不如独睡一张铺。”

汉武帝：“道长说得好，天子以人民的乐而乐。”

行游：“陛下爱民天地可鉴。”

汉武帝：“爱民要让人民吃饱，还要吃好。道长不知，张骞出使西域给我们带来了很多好吃的东西，葡萄、胡萝卜、胡桃、石榴。子民吃到这些东西，寿命延长，朕高兴。现如今，我派出使臣唐蒙出使夜郎，修筑从僰道到夜郎的道路，那里不仅有金山银山，还有炼长生不老丹的仙山。”

行游：“在中国，四处都有仙山，但只有仁者居住的山才能成为仙山。而仙人和山珍一样，神出鬼没，行踪不定。”懒云子端着茶准备进禅室，猛抬头与安国少季的眼光相遇。安国少季看着懒云子，但一直没有说话。懒云子从头到脚打量安国少季，又从脚到头打量安安少季：“哎哟哟，哎哟哟，皇帝身边的红人，神气得很呢？”

安国少季：“要感谢你当年像狼一样在我身后追击！”

懒云子：“你命好嘞，混到皇帝身边了！”

安国少季：“一个人只要有道德和良知，不管经历多么坎坷，他的命都会好的。”说完，安国少季将身上的玉佩在懒云子眼前晃。懒云子迟疑着，不敢伸手接，脸皮左右挤眉弄眼，表情十分难堪。安国少季接着说：“喜欢吗？”

懒云子试不着深浅，苦笑道：“这，这，真是大人不计小人过，我过去因为妒忌心太重，没有帮助你，经常刁难你，我懒云子受之有愧！”安国少季：“送给你！”懒云子：“不，不，不，我不敢接受你的大礼！”

安国少季学着兔牙的一张恶脸说道：“拿着，不拿我抽死你！”懒云子战战兢兢接过礼物，安国少季说：“以后看着这块玉佩，对兄弟们慈悲一点。一个人修炼的结果，就是不要让你那卑鄙成为别人的地狱。你当年给我设了一个又一个的障碍，差点就让我死在你的地狱里了。”

懒云子抽打自己的脸：“我不是人，我猪狗不如。”安国少季：“话又说回来，我也要感谢你的卑鄙。”懒云子猥琐道：“谢师弟！我送茶去了！”

懒云子提壶茶进到禅房，给汉武帝沏茶。

汉武帝：“道长能不能为我派出一些道人到夜郎的仙山为朕炼仙丹？”

行游："陛下，山不在高，有仙则名。有一些普普通通的山，只要有贤德的人居住，他的情趣、品格会化作仙气，使草木茂盛，使奇花异草开放。仙山到了无德人手里，也是污水横流，草木凋敝。"汉武帝满脸怒气，拔剑刺向道长："大胆，你认为我出使夜郎仙山，是无德之举吗？你敢影射朕？"这时，懒云子电闪过来为师父傅挡住剑，汉武帝一剑刺进懒云子的胸膛，鲜血四溅。行游抱住奄奄一息的弟子懒云子叫道："徒儿，坚持住，拿药来！"

懒云子："能死在陛下的剑下，是我的荣幸。"

汉武帝："我真想一把火把你们这所谓的仙山烧得精光。"

懒云子："陛下，我的夫人叫卫姬，我辜负了她。听说是陛下救了她，在皇宫做婢女，我现在是用我的命来报答陛下，我放心死了。谢陛下赐死！"说完闭上眼睛。

行游："陛下不必内疚，保重！"

汉武帝："道长的智慧，令朕茅塞顿开，江山如仙山，需要有贤德的人来治理。给懒云子厚葬，是他用生命让我悟出人品与江山的玄机。"

行游："只要有贤良之人，处处是仙山。"

汉武帝："与道长谈天说地，时光过得真快，又是半月，我该回宫料理事务，以后每年寡人都要来向道长请教。"

行游："陛下保重！"

苏公公高声叫道："起驾！"

# 第四十二章　灵犀编钟

汉武帝回到宫中，宫女们正在给汉武帝更衣。一会儿汉武帝穿着休闲白色内衣走出来，倜傥风流，焕然一新，正想坐下美美品茶，苏公公递上夜郎唐蒙送来的急报。

汉武帝看完，对苏公公道："夜郎竹王与我方盟约修路耗资巨大，唐蒙请求追调兵马粮草。"

汉武帝到崆峒山换来的清新面孔，瞬间又被事务缠绕。

苏公公沉思片刻道："陛下，户部尚书已经开始叫苦，说通往身毒的路千万里，而目前修千里道已经消耗数百万。"

汉武帝："不要鼠目寸光。修通巴蜀到夜郎牂牁江这条路，不仅让大汉版图拓宽，所得到的财富比修路消耗的会更丰富。"苏公公仍然拉着脸不吭声。汉武帝接着说："通过牂牁江可到达南越国番禺，在番禺设立水上商道，海上运送丝绸，更是一本万利的事。"

苏公公："有宝藏的地方也是毒蛇盘踞地，且山水险恶，就算修通到达身毒国的道路，也需要几百年。"汉武帝："秦朝已经在短时期修了从成都到宜宾的五尺道，如今大汉至少也要将五尺道延伸到夜郎腹地、滇国、大理国。"

苏公公："陛下既然一意孤行，微臣只得照办了！"苏公公出去了。

汉武帝在身后吼道："什么叫一意孤行？你想找死啊！"

夜郎暴雨不断，从五尺道经僰道送粮的汉军疲惫饥饿，他们从长安出发，向南，为修夜郎道的官军送粮草。时间过去一年有余，送粮的士卒都快把军粮吃光了。一士兵见装粮食的麻袋长出绿苗，惊叫道："麦子发芽了！"士卒围上来惊叫道："这可怎么办？"

负责押运的杨仆将军说："加速前进！唐蒙大使等着粮食呢！"

唐蒙、竹王带随从沿牂牁江岸勘查修路工程，突然听到灌木深处有女人绝望的哭声。竹王和唐蒙骑马循声而去，见草丛中躺着一个男人尸体，早没有呼吸，一只被荆棘划破的左腿伤口化脓，生蛆，蚊蝇乱飞。女子披头散发，面如死灰守在一旁哭泣。唐蒙上前想询问女子，未等开口，女子怒道："滚开，就是你们绑我男人来修路，不让他休息，不让他吃饱，有病不给他医治，让他积劳成疾，现在病死了，你们满意了。"女人说完，围观土著无比激动，高声大叫："我们不修路，我们要活命！"人群中，有人用刺梨、石块砸向唐蒙和竹王。不一会儿，唐蒙的官帽挂满刺梨，在侍卫的掩护下，来到一望无际的坡上牧场。若愚牵着马跟在身后，竹王自己牵着马，走在坡上。唐蒙狼狈不堪地问竹王："怎么一路上死伤无数，四处怨声载道？"

竹王："山地修路消耗大，饥饿、疾病、意外伤害，都无法控制啊！"

唐蒙："大王能否先出一些粮食救助他们，等汉朝的救援物资到了补给大王？"竹王："我看救援物质能够让救援人在路途吃都已经很不错了！"说话间，唐蒙和竹王来到牂牁江岸的绝壁小道上。唐蒙感到热浪翻滚，走进一看，岩石被烧得通红，几个赤身裸体的高脚濮人，用竹子从山间引来山泉，浇在烧红的岩石上。石头经历了烈火与冰水的刺激，瞬间变酥，用錾子对准石头裂缝，轻轻一敲，石头稀里哗啦就垮掉了，粉碎一地。

唐蒙说："这办法消灭顽石好啊，一冷一热让顽石粉身碎骨。"

竹王："好是好，就是太浪费这些珍贵的木材，烧一块五丈岩石至少要消耗三棵七人合抱的参天大树。"唐蒙："树木无情，砍了会再生长嘛。"

竹王："草木也是有灵性的，过度砍伐，必然会引起天崩地裂，大地摇晃。"唐蒙无语。

沿陡坡上的羊肠小道一路下到山脚，又是一片开阔的军马场，有很多士兵在练武，竹王自鸣得意地说："唐大人，你看我夜郎有十万精兵，可从不对外宣战，为何？"唐蒙有些力不从心地焦虑应付道："兵不在多而在强。"竹王哈哈大笑："我国信奉和乐祖训，人不犯我我不犯人。"唐蒙："竹王有十万精兵可用来修路，如何！"竹王："要想修路到达身毒国，一百万精兵也不够，我十万兵力怎经得起消耗。"穿过一片开阔的军马场，又开始上坡，竹王如履平地，从容自得，但唐蒙快要崩溃了。唐蒙全身冒汗，腰酸腿痛，眼冒金星心发慌说道："大王，我饿，脚麻手软腿抽筋。"说完就开始呕吐。竹王嘲笑唐蒙："大使，你不用劳动只是骑马巡查就吃不消了，这些修路的劳工该多苦啊！他们就是这样被累死的。"

唐蒙躺在草地上翻白眼，气息微弱地说："我饿得快要死的感觉！起不来了，走不动了！"若愚焦急地对竹王说："大王，我家大人饿虚脱了，给他找点吃的。"竹王命令手下："快打几只麻雀烧给唐大人吃！"话音刚落，手下飞起来在空中抓麻雀，一会儿抓了几十只，用竹签串起，钻木取火。唐蒙饿得站起不来了，躺在地上像一堆泥巴，若愚将一串香喷喷的麻雀地给唐蒙。唐蒙一口吃一只，吃完后，体力渐渐得到回复。竹王对躺在地上的唐蒙说："大使，在山区生存就是这样艰难，出一趟门，人的笑声就没有了，爬几座山，命就没了，还说修什么路啊。

依我看，这路就别修了！”唐蒙一听，一下坐起来说道：“大王，我们订有盟约，从五尺道延伸牂牁江不算长，可是，两年过去了，你们才修了百里，何时才能修完夜郎道？”

竹王：“汉使，本王逗你玩，认真什么嘛。”唐蒙被饿得头晕目眩，又躺在地上说：“天子多次派兵送粮，如今没有成效，让我有何脸面去见天子？”竹王：“你是看见的，我们很努力了，的确是水深山险，无法加快速度。饥饿起来，路都走不动了，怎么能扛木材、抬石头？”唐蒙：“这次我总算亲自体验到了在山区修路的艰险。”

竹王：“我已经很尽力了。”

唐蒙：“大王，必须在一年之内完成从巴蜀五尺道至夜郎的路程，后面还有千余里的路程等着修筑。从宜宾到夜郎，从夜郎牂牁江到南越国番禺的水路，从夜郎到身毒国的路还长着呢。”

竹王：“这么长远的路，几代人也完不成。”

唐蒙又坐起来：“给我一点水！”若愚递羊皮袋给他，唐蒙咕咚咕咚喝完水接着说：“不能等几代人，必须在几年内完成。你不想想，当今天子的良苦用心，每年要运送粮食钱币数百万。修不出路，如何对得起当今天子？”

竹王：“大使，说话要实诚，每次汉朝千里运粮，六石四斗，修路的人只得一石。”

唐蒙：“那剩下的五石四斗到哪儿去了？”

竹王：“大使，不必装昏，运粮的人员比修路的人还多几倍，一路上他们要吃要喝，万石粮草送到夜郎，只剩下千石。修路的人不说要被累死，简直就是被饿死的。”

唐蒙：“当今天子宽厚待人，不仅免去对你们的赋税，还千里之外给你们运粮，难道你们就不该自己出点粮食补贴一点，什么都等天子送？”

竹王：“很多路都需要在悬崖峭壁上凌空凿石而建，一路崎岖入云，而工具十分简陋，依靠锤子、锄头，焚烧顽石。有的路段，每开数尺路需要几日，就是唐大使出来空手巡视数十里也要走半月。

唐蒙：“增加人？”

竹王：“夜郎人经常处于饥饿状态，一年只能谈情说爱一次，能有多少人出生？”唐蒙用手掌捂住自己的脸仰天叹道：“我的天哪！”又被饿晕！唐蒙被担架抬回驿馆休养。

竹王回到夜郎王宫，白面狸迎上来：“大王，几天不见，上哪儿去了，臣妾好想您啊。”白面狸扶竹王坐下，从桌上端来竹筒酒杯对竹王说：“大王，这几天出宫辛苦了，臣妾敬大王一杯！”竹王看着白面狸妩媚的样子，骨头酥麻地说：

"好，好，我喝！"一饮而尽。白面狸撒娇依偎在竹王怀中："大王，您出宫这几天我好孤独。"竹王根本就没闲心体会白面狸的话，而是陶醉在美酒中说："你要安静下来好好刺绣，就不会孤独了。"

竹王喝得正高兴，侍卫来报："大王，南越国将军杨一求见。"竹王："谁来也不见。来，美人喝酒，哈哈哈！"这时，智者巫卜进宫来见到此景象，进谏道："大王，别人可以不见，南越国的杨将军可要见。"竹王表面糊涂，内心清醒着哪："就是上次不辞而别那家伙？"巫卜："是的，大王。他今天给大王带来长生不老参！"竹王举起的酒杯放下说："让他进来！"

杨一走进王宫："参见大王！"

竹王趾高气扬地问道："你是谁呀，私自闯入我宫中！"

杨一："我乃南越国大使杨一！"竹王："你不是杨一。杨一上次来夜郎我待他亲如兄弟，可他竟然招呼不打就走了！藐视本王！不懂礼仪，我想他没脸来见本王。"

杨一："大王！我这次是特意来赔罪的！"杨一挥了一下手，随从将海贝、丝绸、金银玉器呈给竹王。让竹王感兴趣的是稻田模型和青铜编钟乐器，竹王拿起稻田模型看了又看，问杨一："这是什么东西？"

杨一："这是稻田模型，稻田可以把水聚起来种稻米，很香。"

竹王："好啊。"放下模型，让侍卫将编钟挂起。编钟外形像腊肉，共五块，杨一敲了几下，发出的音乐声十分悦耳。竹王听了开心，说道："杨大使，请坐，上酒！"杨一亲手传授编钟于竹王，音乐十分祥和，音乐声越过一马平川的坝子，飘进了女儿国。阿纳正在专注地刺绣，突然像被什么电击了一下，有些头晕。她用右手兰花指轻轻扶着太阳穴，一股柔情穿过心脏，阿纳大脑中出现了竹王的影子。

阿纳对侍女说："快叫痴草来！"

痴草进来："女王！什么事？"

阿纳牵痴草坐在自己的身边："痴草，帮帮我。"痴草："女王，你气色如玉、神韵如月，是被爱袭击了！"阿纳："鬼精灵，我刚才莫名其妙生出柔情，很想见到竹王，无法控制的爱恋让我的骨头快要粉碎了！"

痴草："我知道了，有媒介让女王爱上了竹王。女王听到了什么？"阿纳："我听到了一种音乐！"痴草："这是南越国大使送给竹王一套编钟，竹王敲编钟的时候想着你，所以，你就被竹王的爱偷袭了！"

阿纳："就顺应天意吧！"

痴草："好啊，女王有归宿了。我去告诉竹王，女王愿意嫁到夜郎国！"

女王宫后院的天然温泉旁，痴草走进木缸泡在隐身药水里，不一会儿阿纳就看不见痴草了，只听见她的声音："女王，你看不见我了。"

阿纳："你可别说话吓着竹王。"

痴草："骄傲的女王会心疼男人了，让人不习惯。"

阿纳："我是女人。"

痴草："等好消息，告辞！"

夜晚的竹王宫，安静神秘，竹王与白面狸的兽欲在松油灯忽明忽暗中泛滥着。痴草隐身进到竹王宫，痴草吹了迷药，趴在白面狸身上的竹王突然不行，从白面狸身上摔下，昏昏睡去。白面狸怒火万丈："哼，死鬼！"然后愤愤离去，化作一股青烟飘出宫外，去找黑面狸继续淫荡。痴草坐在竹王床前轻轻吹了一口气，竹王开始做梦，灵魂离开了肉体飘到女儿国，见到美丽动人的阿纳正在温泉沐浴。阿纳坐在飘动着鲜花花瓣的温泉里，清澈的眼睛，长长的睫毛，高高的鼻梁，雕塑般美丽的脸，散发着温馨慈爱的光芒。白里透红的肌肤如刺梨花瓣，似笑非笑的嘴唇让竹王魂飞魄散，梦境中的竹王迫不及待想搂住阿纳，却抱不住。阿纳说："明年跳花时来娶我。"说完消失了。竹王急切地四处寻找，挣扎了半天，醒了。

隐身的痴草做完法事，悄悄离开了竹王宫。竹王在晨光中醒来，高声大叫："传巫卜！"巫卜来到竹王床前道："大王有何吩咐？"竹王："巫卜，本王刚才梦见女王阿纳对我说明年跳花节娶她！这是怎么回事？"巫卜闭上眼睛算了算，然后睁开眼睛说："在某种媒介的作用下，女王与您有了心灵感应。"

竹王："原来是这样！"

巫卜："请问大王，您昨天对女王施了什么意念？"

竹王："昨日南越国赠送了铜编钟，我敲击的时候心中思念着阿纳女王。"巫卜："编钟是通天地人心的灵媒，钟声向女王传递了您的心意，女王感应到您的真心，她想嫁给您了。"竹王惊喜："感谢南越国大使带来的编钟！"巫卜："爱情感应在王者间是国家吉祥的先兆。"竹王："但我怎么有一种不祥的感觉？"巫卜："这是因为大王在路边收留了一个妖女？"竹王："是的。"巫卜："就是这个贪婪的女人在大王和女王之间制造了不祥的意念。是上帝派妖女来考验您和女王之间的情爱。"

竹王："你说的是狸子？"

巫卜："是，大王！"

竹王："先师多疑了。狸子可是温柔体贴，对本王很好。"

侍卫来报："夜郎大将摩哥求见。"竹王对巫卜说："你先退下。"巫卜退出。摩哥拿着山苕进来："大王，我从十九个部落的铁匠手中购买了一千件铁制兵器。"竹王："本王派你明天将兵器藏在竹中，送到牂牁江渡口，南越国将军杨一在那里等你，你带兵护送他们沿牂牁江去南越国番禺。"

摩哥："是，大王。"然后呈上山苕。竹王接过山苕看了看，好奇地问："这是什么？”摩哥：“大王，我带兵去收购兵器，路过大猿山，见猿人在吃一种藤蔓，我命士兵将藤蔓的根挖出来，煮熟吃，感到它能抗饥饿，很好吃，吃后身体舒适，就献给大王。”竹王：“好啊，让巫卜将你的发现记载史册。”

摩哥：“谢大王！”

竹王：“来人，唤唐蒙进宫，与本王一起品尝山茗。”

侍卫：“遵命！”

侍卫来到驿馆敲开唐蒙的门，看门人出来说唐蒙到汉阳去了。

汉阳国驿馆。唐蒙带人从夜郎牂牁江岸一路向西，山高坡陡，经一月有余，来到汉阳，用竹子搭建的简易驿馆，在一片竹林前，灰熄火冷，没人招呼。侍卫来报：“唐大人，僰道令带人上山抓鸟，驿馆无人。”

唐蒙：“天高皇帝远，倒还逍遥。整天玩鸟，难怪夜郎通往僰道的路迟迟没有修通。我等先到前方客栈住下，让僰道令前来面见。”唐蒙等人来到客栈，唐蒙下马。

唐蒙在八仙桌坐下，见绣有客栈的三角旗子在风中飘来飘去，客栈是一栋木板楼房，草屋顶。楼上的栏杆旁坐着一个年轻女人，正在刺绣。唐蒙将视线从女人的身上移开，见竹院外的几棵构皮树下捆着干草，十几匹马正在吃草。唐蒙对若愚说道：“就住这里。”店主上前接过马缰绳，殷勤招呼：“请问客官从哪儿来？”

若愚：“我家唐蒙大人从长安到夜郎辗转而来！”店主睁大吃惊的眼睛：“稀客，稀客！客官请进！荒野客栈简陋，招待不周，望大人见谅！”店主将马递给童奴，童奴将马拴在客栈旁的树干上。店主带唐蒙一行进店，唐蒙道：“上好酒好肉！”店主回头殷勤道：“客官稍等！”唐蒙喝完一杯茶，店主叫道：“酒菜来喽！苦荞酒一坛，烤野鸡十只，炸蜘蛛一盘，水煮鸟蛋一盘，客观慢用。”店仆在土碗里倒满酒，浓烈的香味惹得唐蒙饥肠辘辘。随即店主吆喝道：“羊肉汤一碗，苦荞粑一盘，油炸蝗虫一盘，上来咯！”美味让饥肠辘辘的唐蒙忘记了刚才的不愉快，尽情享用。

店主：“客官慢用！”酒足饭饱，唐蒙等人到旅店住下。

第二天天亮，唐蒙和若愚在一马平川的汉阳都邑巡查，这里一望无际的荞麦花开，粉红色的花朵连成一片，像天边的彩云。唐蒙见驿道旁立有一木刻雕像，凡是路过的人都要向木雕人像射一箭。唐蒙好奇，下马走近一看，大脑充血，胸中愤怒，大叫一声，头脑撕裂疼痛起来，原来木雕像是唐蒙的模样：蚕眉杏眼，国字脸，厚嘴唇，大鼻头，身着汉服。木雕上写有：唐蒙大死！若愚上前道：“大人，这小小的僰道令，不但不加紧修路，违抗朝令，在这里蛊惑人心，何不让我带人前去捉拿，送往成都斩首。”

唐蒙：“僰道令，自恃天高皇帝远，躲在深山里蛊惑人心，拖延时间，还用箭伤雕塑，胆大妄为，万万没有想到，我唐蒙会亲自来到这里明察暗访。”

若愚：“大人，如果放任他一人，其他人就会效仿僰道令的肆无忌惮，以后就没人愿意修路了。”

唐蒙：“捉拿僰道令！送成都斩首！”

傍晚，僰道令带人在大山包打猎，围坐篝火旁烧烤。僰道令手拿滴着油的野猪肉手撕一块放进嘴里，味道鲜美，正陶醉，手下来报：“太守，不好了，唐蒙见他的木刻像被射杀，派人前来问罪，大人先到山后避一避。”僰道令哈哈大笑：“强龙怎么能斗得过地头蛇，唐蒙有求于我敢拿我怎样？”

侍卫：“大人，你可别把中原人的礼仪看作是软弱无能，一旦违背规定，他们可是要下狠手的。”话音刚落，若愚带人前来包围了僰道令。若愚指着僰道令说道：“你犯下死罪，知不知道？”僰道令混沌而又狡诈地问：“你是哪方来的妖孽，敢跟我这样说话？”若愚：“我奉唐大人之命，前来捉拿你这个妖孽。”僰道令：“本县官在自己的地盘上，好好过我的日子，何罪之有？”若愚出示令牌：“僰道令，你违抗朝令，僰道连接夜郎的道路至今没有修通，犯欺君之罪？”

僰道令：“笑话，道路不通，你们是怎样来的？从天上飞来的吗？”

若愚：“我们是来了，但我们溜藤索、披荆斩棘而来，这也叫路吗？”

僰道令：“这就足够了，难道要我等在路上给你们铺上石板？”

若愚：“你整天游山玩水，吃吃喝喝，当然不想修路，但是子民需要路，有出路子民会过上好日子。”

僰道令：“你还是从哪儿来滚回到哪儿去，别在这儿烦我。”

若愚：“你射杀朝廷命官雕像，藐视朝廷，将朝廷设置的驿馆荒废，整日浑浑噩噩，犯下死罪。”说完，若愚手一挥：“拿下！”

僰道令手下正欲反抗，唐蒙带人从身后将僰道令的手下击毙，若愚上前将僰道令拿下。

僰道令拼命反抗：“放开我，我 × 你祖宗！”

唐蒙：“修路，这是朝廷的指令，你不但违抗命令，还射杀朝廷命官的雕像。如不处置，道路不通，朝廷政令不畅，到时候皇上杀的人就是我了。”

僰道令：“我后悔只是射杀你的木雕，我应该亲手杀了你！”

巴蜀县衙刑场，僰道令被斩首示众。

夜郎九层山中，夜郎王正在森林射杀成群伤人的虎狼。一只虎卧在一块岩石顶上，竹王不知，卧虎扑向竹王，竹王眼明手快，举起天阳剑刺进虎腹，老虎挣扎站了起来，竹王对准虎眼又一剑，老虎倒地。

侍卫：“大王好身手！”

竹王：“给我抬回王宫泡虎骨酒！”竹王正在牂牁江中洗澡，巫卜在一旁说：“大王，看来，修路的事是不能再怠慢，唐大人动真了！”

竹王："动什么真？"

巫卜："他将抗令修路的僰道令送成都斩首了！"

竹王："他这是杀鸡给猴看！巫卜，你看这事我们怎么办？"

巫卜："大王，要想把路修通，我国应率先响应军兴法，在民间再征调万余人，才能加快修路速度。"

竹王："唐蒙的出现，让我快活的日子变得心神不宁，我现在希望他赶快离开夜郎！"巫卜："大王，你当初就不应该答应唐蒙修路的事，真是引狼入室。"竹王："本王也没有估计到修路会这样艰难。"

酷暑季节，天气炎热。唐蒙回到夜郎驿馆，在油灯下给汉武帝写《修建夜郎平夷道疏》。若愚说："唐大人，夜深了，休息吧！"

唐蒙："你先休息！"若愚："唐大人，修路这件事，可不是女人在麻布上绣花，修路可是大工程，得慢慢来。"唐蒙："这次从汉阳回来，我心久久不能平静，当初是我给陛下提议修路的，但现实却令我担忧，在两年内不能完工，我可是犯欺君之罪。朝廷消耗掉了半个国库来修路，却是眼前这个样子，让我怎不焦急。"若愚："早点休息，明日我们去找竹王，想点办法。"唐蒙："休息！"油灯熄了。

天亮了，夜郎王宫披在霞光中，一片金黄。竹王在宫中敲击编钟，音乐声传到女儿国，阿纳听到了渺渺钟声，好奇地起来，走出宫门，站在竹廊上，看着远方，很想念竹王。阿纳吹了一声口哨，画眉飞到阿纳肩上，阿纳将刺绣的荷包拿到画眉跟前："画眉娘，请你将这只荷包送给竹王。"画眉刁起荷包飞走了。竹王见到画眉娘，放下钟杵，画眉娘在空中张开嘴，竹王接住荷包，知道是阿纳的礼物，热血沸腾。竹王一高兴，离开王宫，骑上马出宫，迎面见唐蒙骑马而来，两人同时翻身下马。

唐蒙先行礼："参见大王！"

竹王："大使万福！"

唐蒙："竹王这是要上哪儿去？"

竹王："天气酷热，准备到牂牁江边遛马。唐大使可一同前往。"

牂牁江岸，唐蒙和竹王翻身下马。竹王脱掉衣服，无比奔放，跑到牂牁江水中，温暖的江水让全身筋络舒展，竹王发出"啧！啧！啧！"的舒服声。唐蒙儒雅地慢慢走进江水中，吟诗："牂牁江水映山峡，少女歌声又浣纱。岸上花开马啃草，竹王沐浴在等她。"竹王的心思被唐蒙看穿，又高兴来又难堪，对唐蒙说："大使，你真有才。"

唐蒙："一点感触！"

竹王："如此美妙山水，大使为何忧心忡忡？"

唐蒙："我在忧虑修道路的事！"

竹王："大使怎么像蚂蟥似的，整天只想着一件事。"

唐蒙坐在河水中的石墩上不解地问："蚂蝗想一件什么事？"竹王说："吸血！"唐蒙："大王，别开玩笑了好不好！"竹王："本王已经征集了万人修路，大使急什么急。"侍卫突然来报："大王，修路者有千人突然晕倒，昏睡，怎么也叫不醒。"唐蒙："看看去。"两人上岸，刚穿好衣服，见阿纳带着痴草正在岸边采摘五颜六色的野花。她们都光着脚丫，怀抱鲜花，嬉笑着走来，旁若无人，突然见到唐蒙和竹王，绽放着纯真的笑。

唐蒙上前道："参见女王陛下！"

阿纳："见过大使！"

唐蒙："今日有公务在身，改日拜访女王陛下！"阿纳："谢大使！"竹王与阿纳目光相遇，柔情万种。竹王目光迷离，从阿纳身边走过，轻声道："阿纳！"

阿纳与竹王心有灵犀，妩媚一笑，小声说了一句："我听到了编钟声！"然后低头看怀抱中的鲜花，蓦然抬头将所有的柔情通过迷人的眼睛传递给竹王。竹王感觉浑身充满力量，腾空飞身上马，两人相视一笑，回眸道别。

# 第四十三章　奇遇菊花妖

竹王和唐蒙沿牂牁江来到工地，见沿途修路士兵都呼呼大睡，迷茫之时，一个头领走过来说道："参见大王！"话音刚落，就倒地沉睡。

唐蒙见状下马问道："这是怎么回事？"都摇头，无人回答。唐蒙和竹王见几个头戴野菊花的女子正在林中抓蝴蝶，唐蒙让若愚上前询问，待若愚向女子走去，菊花女都消失了。随即，若愚见路旁有很多美艳的晶石，色泽金黄，形态如菊花朵朵，闪烁不定。若愚见状，异常吃惊，回禀唐蒙："大人，有菊花妖女！"唐蒙跟若愚来到路旁，只见很多的菊花晶石。

若愚："大人，将士昏睡有可能与这些菊花妖石有关！她们吸人的精血后就让人昏迷。"唐蒙："怎可见得？这都是一些石头，怎可能让人昏睡？"若愚："我看它们不是普通的石头，是妖石。"说话的瞬间，若愚告诉唐蒙和竹王看见一个头戴菊花的妖女："大人请看，那边有菊花妖。"

唐蒙和竹王看过去什么都没看见。竹王问巫卜道："你看到菊花妖没有？"巫卜："没有！空口无凭，只有将这些妖石带回我的陋室，将它和家禽放置一起，才能得知结果。"巫卜捡了几块菊花石装入袋中，都打道回府。竹王没有回宫，直接到女儿国，因为编钟无意打动了女王阿纳，她同意放弃走婚制度，嫁到夜郎国，竹王十分激动。

月夜，女儿国所有的女子几乎跟着女王沉迷刺绣，通宵达旦，不知疲倦。不过，刺绣不但没有让女人有黑眼圈，反而个个越来越美丽光鲜，皮肤白里透着粉红。阿纳坐在树巢宫里刺绣嫁妆，竹王在窗外的草地上学夜莺叫，阿纳正在绣一朵百合花，没有听见叫声。竹王干脆沿着六人合抱的榔榆树像猴一样敏捷地爬到树上，见阿纳在刺绣，他继续学夜莺的叫声，阿纳依然没有听见。竹王很失望，心中充满了对唐蒙的恨："唐蒙这狗东西，让我的女人痴迷了刺绣，堕落啊堕落！"他不甘心，从树上摘下一片树叶，吹起相思调。阿纳这才从刺绣的痴迷中清醒过来，抬起头，走出屋来到杆栏上，见竹王已在树梢上吹木叶。阿纳手足无措，脸热心跳，只是憨憨地微笑。竹王从树上跳到杆栏，激情满怀地叫道："阿纳！"

阿纳："王子，你怎么来了？"

竹王："想你了！"

阿纳："怕给姐妹看见，快回去吧！"痴草拿着刺绣过来，见两人幽会，暗自笑笑转身离去。竹王："情哥有心来连妹，哪管别人胡乱说。"说着抱起阿纳进到屋中。阿纳苦苦求道："喜欢我，就别为难我，这不是做花坡的季节。"竹王："不必担惊受怕，女儿国里的女人都出嫁了，谁还会说什么。"说完竹王亲吻阿纳花瓣一样的芳唇，阿纳头脑一阵昏眩，柔软在竹王怀中。竹王："我要下令禁止女人刺绣！"阿纳："唐大使一片好意，禁止刺绣要伤害和气。"竹王："我要找机会让唐蒙滚出夜郎国。"

汉使驿馆中，唐蒙为修路的事忧心忡忡，在床上辗转反侧，无法入睡，干脆坐起来，带上若愚到夜郎王宫找竹王想对策。来到竹王宫前，他们被侍卫拦住："大使留步，竹王外出狩猎去了。"

唐蒙："深更半夜，怎么狩猎，我有公务，别阻拦。"

侍卫："竹王外出，大人不得擅自进入宫。"唐蒙叹息一声正欲转身离去，身后传来女子的声音："竹王不在我在，让他进来稍等，竹王一会儿就到。"侍卫想继续阻止，白面狸从眼睛里喷射出令人奇痒的毒液，侍卫只得妥协。

唐蒙犹豫道："竹王不在，我改日再来。"白面狸："大人，竹王在宫里的！"唐蒙半信半疑："你是？"

白面狸："我是竹王妃。"

唐蒙不知实情，只得回道："拜见王妃！"

白面狸："免礼！"

唐蒙："王妃，竹王不在，我改日再来，告辞！"唐蒙欲带若愚离去。

白面狸妖媚一笑，故意耸高胸脯说："听说大使为夜郎女子送了很多绣花线和丝绸，我也有礼物回赠大使。"白面狸暗中使了妖术，唐蒙听说有礼物回赠，鬼迷心窍，让若愚留下等他，自己竟然跟着白面狸高耸的乳房进了到宫中。唐蒙："王妃，有何礼物？"白面狸淫笑道："我就是送给你的礼物！"

唐蒙如梦方醒："王妃，使不得，我大汉有规矩，朋友之妻不可欺。"说完转身逃离。白面狸上前阻止道："现在只有我俩，没人知道。"

唐蒙："别人不知道，但我的良心是知道的，比别人知道更惨，放我走吧！"白面狸突然原形毕露："良知算什么东西，大使是嫌弃我吧？如果是阿纳让你上床，怕是你做梦都在想吧？"唐蒙："王妃饶命，我从不想我女人之外的女人，我是有女人的。"

白面狸："既然你不接受我，休怪我狠心，现在我就吃了你。"说完，白面狸伸出血红的指甲，现出原形，扑向唐蒙，俯身撕咬唐蒙的脖颈。若愚在宫外对侍卫道："我家大人半天不出来，恐有危险，我进去看看。"侍卫冷漠回绝："不得入内！”若愚绕到没人把守的城墙边，飞檐走壁进到王宫，见白面狸扑向唐蒙，若愚吼道：“妖孽，看剑！”拔剑刺去，白面狸立即改变主意，假装良家女子，对若愚哭诉了：“官人，唐大人欺辱我，救我。”唐蒙：“你这个卑鄙贱人，竟敢辱我名节？”

若愚用剑对准白面狸的喉咙：“闭嘴，今日分明是你陷害我家大人，反咬一口。从现在起，大路朝天，各走一边。如再敢加害大人，我要你的狗命。”若愚救出唐蒙，离宫而去。白面狸没有干成坏事，恼羞成怒在宫中摔东西。竹王从阿纳那儿回来，见状，问白面狸：“怎么了？”白面狸哭着上前：“大王，您可回来了，您要替我报仇啊。”

竹王：“报什么仇？”

狸子：“刚才唐蒙来找大王，见大王不在，对我非礼。呜！呜！呜！”

竹王：“你说别人我还相信，你说唐大人非礼你，我绝不相信。你是什么人？不掂量掂量。我看，是你非礼他吧。”白面狸见这一计行不通又施一计：“大王，您看，这就是唐蒙送我的绣花线。”竹王一见到绣花线就来气：“唐蒙这个文痞，竟然用绣花线来勾引我的女人，大胆。”

唐蒙回到驿馆，通宵没有睡着，天亮前刚眯着一会儿。竹王带人将唐蒙的驿馆包围起来。唐蒙被一阵叫喊声惊醒，声音由远而近：“唐蒙滚出夜郎！唐蒙滚出夜郎！唐蒙滚出夜郎！”唐蒙问若愚：“这是怎么回事？”若愚：“竹王可能听信了妖女的谗言，让我们滚出夜郎！”唐蒙：“这可怎么办？”竹王带士兵杀掉侍卫，冲进驿馆，准备对唐蒙下手。关键时刻，巫卜提着几只死兔子来：“大王，住手！”打杀的两军平静下来，见到巫卜提着死兔子横站在竹王面前。

竹王愤怒地问道：“你来捣什么乱，给我滚开！”

巫卜：“大王，别打杀了，菊花妖石显灵了，和菊花妖石关在一起的兔子全死了。”竹王善于忘记事情，问道：“死兔子与我何干？”巫卜：“大王忘记了，几天前修路人昏迷，与这菊花妖石有关。我将菊花妖石与兔子关在一起，兔子先是昏昏欲睡，不吃不喝，不久就死了。”

若愚：“这证明，修路将士沉睡的确与菊花妖石有关。”竹王：“那些修路将士沉睡和死亡与这些菊花妖石确有联系？”唐蒙：“我昨夜前去拜访大王，就是为修路一事，应立即深埋菊花妖石，绕道筑路。”若愚：“我家大人被王妃陷害，正要被吸血的时候，正好被我看见。”竹王：“谁跟你们说她是王妃？她只是宫中一仆人，你竟敢污蔑本王。我的王妃是阿纳。”竹王说完举剑刺向若愚。若愚眼明手快，用剑挡住说道：“竹王，是她自称的王妃。”

竹王：“她不敢如此大胆自称王妃。”

若愚：“当时的王宫侍卫可以作证。”

竹王："召侍卫前来。"

侍卫不敢说真话，怕白面狸报复，跪下："大王，我什么都没看见，什么都没听见。"竹王一听，不由分说，又挥剑刺向若愚。若愚挡剑说道："大王，为何听信一个妖女的谎言伤害两国的友情？"

竹王："我今天要让你们滚出夜郎。"又是一阵刀光剑影。

巫卜："大王息怒，侍卫说什么都没有看见、听见，说明他什么都看见，什么都听见，是因为他怕白面狸下毒手才不敢说实情。"

竹王收回剑说道："此事暂时休停，待我查明事实再说。"

唐蒙："大王能以国事为重，英明！"

巫卜提死兔子说道："这条驿道沿途浅层布满了菊花妖石，如果不改道，会造成更多人昏迷。"

竹王："在山间绕道，谈何容易。绕一座小山，也许就会增加几十里的路程。"若愚："我倒有个建议，路继续从悬崖上开凿，如遇菊花妖石，可掘地十丈将妖石深埋。"

唐蒙："这主意好，就按此进行。"

竹王："酿成严重后果你们负责。"

菊花妖石路段，监工对工人恶声叫道："干活，别磨磨蹭蹭，快，将菊花妖石快点埋掉。"领头与其他人用目光传递着反叛的信号。领头对监工说道："官爷，快过来看，这菊花妖石下面有几块马蹄金！"监工半信半疑走过去，往坑里看，领头带劳工一起将几个监工推进坑里，然后用石头将他们砸死，盖上泥土，埋了。领头说道："各位兄弟，我们上有父母，下有妻儿，为了修路，我们管不了家，工钱也拿不到，反正也是死，不如杀了狗官，反了！"劳工："他们整天坐在屋中，日不晒雨不淋，吃着肉，喝着酒，还有用不完的女人，我们呢？过着猪狗不如的日子，反了！"

不出竹王所料，民众开始反叛，揭竿而起。

驿馆内，唐蒙正在喝酒吃肉，侍卫来报："大人，濮人造反了，杀了很多将士！菊花妖石场打杀起来了！"

唐蒙一边穿衣服一边问："有多少人？"

侍卫："五六百人。"唐蒙松了一口气带上士兵前去平叛。起义现场乱作一团，刀光剑影，血流遍地。几小时激战，双方伤亡惨重。唐蒙看着尸横遍野的战场，伤心落泪："这夜郎道，是用鲜血和肉体铺就而成啊。"

若愚："大人，不必忧虑！"

唐蒙："如今，路没有修通，人死伤不少，我怎么向陛下交代。唉！"若愚：

“陛下是一位通情达理的皇帝，不用忧心。”唐蒙：“现在陛下一定在说，唐蒙，你花费了我这么多库银，连个泡泡也没起。”

汉武帝外出打猎回到宫中，侍卫跟在身后，手里提着几串麻雀，苏公公迎驾：“陛下平安归来，万福！”汉武帝边走边问苏公公：“唐蒙有消息没有？”

苏公公：“没有！”

汉武帝：“在上林苑狩猎，越来越没有兴趣，我真想到南边去狩猎。”

苏公公：“那里太遥远。”

汉武帝：“从宜宾到牂牁江的夜郎道修通后，并不遥远。”

苏公公：“听说那里山高谷深，江河纵横，短时间修通道路，谈何容易。”汉武帝：“寡人每天封闭在上林苑打猎，闷得慌，如果修通了夜郎道，我还可以到滇国去打猎。”

侍卫来报：“陛下，夜郎来信！”汉武帝迅速打开唐蒙用丝绸写的书信。看完信，对苏公公道：“三年过去了，夜郎道不但没有修完，修路的濮人又开始反叛了。”

苏公公：“不能只听一面之词，不问是非地一味派兵镇压，这样会激起更大的反叛。朝廷的力量对付北方的匈奴都难，再惹怒南方土著可耗不起啊。以老奴看，先派绣衣使者到夜郎去明察暗访后再决定。先看看唐蒙和夜郎郡太守石显是怎么治理南夷的？”

汉武帝：“苏公公，这是濮人第几次造反了？”

苏公公：“不下十次。”

汉武帝：“这次不用调兵镇压，派司马相如经巴蜀到夜郎协调。司马相如出生在巴蜀，容易与夜郎濮人沟通，他们的风俗相近。”

苏公公：“陛下英明，陛下用睿智与宽容安抚南夷，胜过武力。”

汉武帝封司马相如为中郎将，持符节奉命前往夜郎视察。从长安出发，一路风餐露宿，经巴蜀，沿秦五尺道到僰道，过石门、朱提、汉阳到达夜郎复地，一路明察暗访，用大量的财物收买各部酋长，酋长热情招待司马相如。一行人准备进入夜郎边界汉阳时，突然山高路险，绝壁凿路，一路上见修路的汉军、土人，为开路砍伐山间的荆棘，手足脸伤痕累累。道旁常见汉军叫苦连天，伤口感染化脓，痛苦呻吟，累死、饿死者多。司马相如行到乌蒙山区倒马坡，不敢前往，只得退回到汉阳驿馆等候，让随从传唐蒙、竹王等十几个部落首领到汉阳驿馆面见。

汉阳驿馆内，司马相如问唐蒙：“陛下从千里之外数次调兵运粮，为何修路进度这样缓慢？”

唐蒙：“汉军将士已经很卖力，只是僰道至夜郎之间的路段属于牂牁江天堑，方圆百里多是悬崖峭壁，依靠藤蔓溜索或攀沿凿路，死伤惨重，民怨声声。在这些峭壁上开石凿道，土人畏惧，纷纷逃离。”

竹王：“这次濮人造反，主要是唐大使过于急躁，鞭笞了土人，斩首僰道令引起。”

司马相如：“天子汉武帝派我来，是想表达他的本意，天子希望量力而行，不能以牺牲生命来修路，能修多少就修多少。”

竹王：“感谢天子对夜郎的仁厚，我族将尽力而为。”

司马相如：“一路上我见兵卒常常是吃野菜，很少有谷米，饥饿之中如何修路？”唐蒙：“虽然朝廷数次万人运送粮草，但路途遥远，杯水车薪，送的粮食只够送的人吃。”司马相如：“我看，要想修成通往身毒的道路，并非易事。”竹王：“夜郎国十几万人，有数千人修路伤亡，耗资巨大。”司马相如：“吾以为，当前可集中力量疏通夜郎到南越国番禺的水道，然后从水路通往身毒。”竹王：“这条河暗礁颇多，行船危险，疏通河道也并非易事，本王认为不可行！”司马相如：“天子本意，不必苛求。”听了司马相如的话，首领感动，纷纷表示称臣于汉朝。

竹王以及其他部落首领说道：“感谢天子的圣明。”

汉阳令：“汉朝天子的贤明，令人信服啊！”

新上任的僰道令说道：“中郎千里迢迢，不辞辛苦，前来传达天子的仁义，我等愿意为修路肝脑涂地，发誓两年内一定与各部齐心协力，修通五尺道至夜郎道。”司马相如：“感谢各部首领的深明大义和鼎力支持，回朝一定向天子禀报，给各位加封进爵。”各部首领异口同声：“谢中郎将！”各酋长纷纷告辞离去。留下唐蒙委屈地低着头。司马相如走过来见唐蒙说：“唐大人辛苦，希望以后注意方法。”唐蒙对司马相如说：“中郎，过去几年，我已经尽最大的努力，但修路不见效果，很内疚。”

司马相如：“唐中郎对朝廷的忠心天地可鉴，但是，不能过于急躁。上次斩僰道令就显得草率了。”唐蒙：“僰道令藐视朝廷，整天喝酒玩鸟，修路几乎停滞，没有行动。”司马相如：“即使这样，也应感化为主，用财物鼓励，不可随便杀人。”

唐蒙：“中郎对土人不了解，他们只愿意为神劳作，所谓的神就是会惩罚人的人，会对他们施法术、板起面孔吓唬他们的人。一开始他们会对天子派来的人保持敬畏之心。一旦你对他们讲孔圣人，土人发现原来天子派来的人不是神而是人的时候，他们反过来看不起你，在你的面前肆无忌惮地藐视你，歧视你，射杀你。”

司马相如：“我不相信唐中郎的话。我沿途见有少数的汉军不干活，而是监视土人修路，唐中郎不会不知道吧？”

唐蒙：“我也是怕土人造反。”

司马相如："土人是讲仁义的人，感情粗犷善良，汉军吃着公粮不劳动，而是监视人，不仅浪费劳动力，而且对土人的尊严是最大的侮辱。我司马相如也是巴蜀土人，与夜郎人有很多相同的情怀，他们很重情重义。"

唐蒙："中郎言之有理，唐蒙以后一定多加改进。不过，我有一个重大的发现需要请中郎禀报陛下。"

司马相如："但说无妨！"

唐蒙："我发现巴蜀的铁器大量流进夜郎，然后又转卖给南越国。刚才竹王说水路不通，这是幌子，大量兵器通过牂牁江运到了南越国。"司马相如一听，感觉问题很严重，大惊："可有根据？"唐蒙："南越国将军杨一前不久来夜郎换了大批兵器才走。"司马相如："汉朝历来严禁铁器流入南越国，想不到他们却通过夜郎购买。如果这是事实，对汉朝将是最大的威胁。回朝我定向天子禀报，中郎对朝廷的一片忠心，天子也一定会知道的。"

唐蒙："谢中郎明鉴！"

司马相如："唐中郎多保重，后会有期！"

唐蒙："中郎一路走好！"两人依依惜别。

杨一从夜郎国带了大量兵器会到南越国，赵眛王来到器械库，抚摸着从夜郎换来的铁剑，放下，又拿起一支铁箭道："杨将军立功，本王定要封赏你！"

杨一："谢大王！"

赵眛看着众多的兵器，十分激动："天意啊！天意！"说完嘴一歪，眼一斜，一激动中风，脑溢血。

赵眛王生病躺在床上，奄奄一息："爱妃，我这次可能难度冬季了！"

王妃："大王，您这是见到夜郎兵器，乐极生悲，兴奋过度，通宵未眠引起的。只要平静下来，很快就会恢复健康的。"

赵眛王："我可能活不了几天，派人到汉朝通知儿子婴齐来看看我。"

王妃流着泪："大王不必忧虑，我这就派人去叫婴齐来看您。"

# 第四十四章　司马相如出轨

司马相如出使夜郎，平息了叛乱，回到家乡蓬安炫耀功高，每日饮酒赋词，与同乡迎来送往。酋长们赠送大量财物，希望司马相如通过察举制在汉武帝面前举荐，有机会升官发财，但却成为司马相如出轨的资本。司马相如与茂陵美女一见钟情，不能自拔，卓文君在司马相如眼中影渐依稀。司马相如写了一首绝情诗《一二三四五六七八九十百千万》邮递给卓文君，然后整天搂着美女饮酒作乐。美女喝得半醉，面若桃花，风情万种的时候总是要问司马相如："官人，您何时娶我？"司马相如将一杯酒饮下说道："别急，我已经写了绝情诗，等卓文君回话！"话音刚落，侍从敲门进来："大人，夫人来信。"司马相如接过信，让侍从退下，茂陵女急切道："让我看看！"司马相如说："别急！"然后展开信，见卓文君赋《数字诗》一首回赠：

一别之后，二地相思。虽说是三四月，谁又知五六年。七弦琴无心弹，八行书无可传。九连环从中折断，十里长亭望眼欲穿。百系想，千思念，万般无奈把郎怨。万语千言道不完，百无聊懒，十凭栏。九月重阳看孤雁，八月仲秋月圆人不圆。七月半，秉烛烧香问苍天，六月伏天人人摇扇我心寒。五月榴花如火，偏遇冷雨浇花端。四月枇杷未黄，对镜心意乱。忽匆匆，三月桃花随水转，飘零零，二月风筝线儿断。噫，郎呀郎，巴不得下一世，你为女来我为男。

司马相如看到妻子卓文君的信，为卓文君的才华横溢所动，激活了司马相如被酒色麻醉的神经，大梦顿醒，回忆起当初贫穷时期的爱恋，辛酸泪奔，感叹："可怜卓文君每天在家中等待我，等到的却是我诗中的无情'无忆'，文君才是我一生真正的伴侣。"依偎在怀中的美人见司马相如流泪，知道自己的花容月貌无法取代旧情，恼羞成怒："官人，您什么时候娶我回家？"司马相如看看如同画皮的美女道："抱歉，你另选高枝吧，我得赶紧回去！"美女："大人，您不能无情无义。"司马相如头都不回地走了，美女泪流满面哭喊道："大人，大人，别走！"茂陵美女美梦成空。

司马相如出使夜郎，动动嘴皮子，说些土人喜欢听的话，就得到丰厚的财物与美女厮混。可怜妻子卓文君在家苦苦等待，红颜空枕。更可怜的还有留在夜郎继续修路的唐蒙，很惨，每天面对一堆烂摊子，精疲力竭，每日风尘仆仆行走在高山峡谷之间，饥饿疲惫，要考虑修路工的吃、穿、住、行，还要让劳工快乐地修路。日晒雨淋的劳工，每次看到穿丝绸的官员，十分羡慕，感到自己被欺负被压迫，穿麻布，劳力苦，还被人看不起。有的劳工连女人也找不到，所以就快乐不起来，甚至因为阴阳失调丧失劳动力，有时还要面对汉军的鞭子抽打在身上，站不起来，可怜啊。他们有怨气无处泄，就找唐蒙算账。唐蒙只好慈悲为怀，组织一些美女去给劳工们唱歌跳舞。可是，劳工的快乐也维持不了多久，在劳累的时候，吃不饱饭，唱歌的女人又像水中月，看得见，摸不着，更让劳工心烦。

这天，下着毛毛细雨，路工拿起锄头围攻唐蒙驿馆。起义军个个激愤，拿着铁锤棍棒，用朱砂抹成红脸，怪叫震天。唐蒙被怪叫声袭击，头疼撕裂。唐蒙双手捂住耳朵说："若愚，快找棉花把我的耳朵塞住。"众人高喊："我们要吃饭，我们要喝酒，我们要吃肉，我们要穿丝绸！"唐蒙走出门，站在台阶上赔笑脸讲好话："各位父老兄弟，你们先回到工地，我在一个时辰就给你们送酒送肉。"又一阵怪叫。唐蒙将丝绸外套脱下，仍到人群里："各位兄弟，我唐蒙发誓，从今以后不再穿丝绸衣服，一定让你们喝酒吃肉穿丝绸。"人群见唐蒙脱了只剩下一条短裤，但起义人还没走。唐蒙把家里的衣服全抱出来扔给起义军，他们看着衣服哈哈笑着，陆续散去。唐蒙对若愚说："把库房里的酒肉给他们送去，有多少送多少！"

若愚："大人，送完了我们吃什么？"唐蒙："先喝几天的粥，吃野菜，我再想办法！"唐蒙穿着背心和短裤来找夜郎郡太守石显。石显见唐蒙狼狈不堪的样子问道："唐大人怎么了？"唐蒙："太守，别提了，司马相如来夜郎说了一大堆冠冕堂皇的好话，拍拍屁股走了，修路的土人又起义了！"太守："起义？怎么会呢？没有预兆啊！"唐蒙："太守，司马相如来了，说一堆空话让土人暂时高兴，他让我不要打扰本地民众。但如今军饷告急，粮食不足，土人饥饿，太守能不能在濮人换市的时候，为我收取税赋，以筹粮饷。"石显："唐大人是知道的，土人得到赏赐的时候高兴，一旦收取税赋，常常像要他们的命，这很难办。不怪他们，土人的生活的确是很困难。"唐蒙："没有税赋支撑，这路是修不成，你我有何脸面去面见陛下？修路这事当初是我向陛下盟誓的。"

石显："修路这事，真让人骑虎难下。"唐蒙："请太守帮助收一些税赋，解决燃眉之急。"石显："土人喜安贫乐道，没有太多的欲望，换市也只是一些酒水野果，还有一些针头线脑、胭脂花粉，收取赋税很困难。"唐蒙："我已经无粮草，请太守想想办法。"石显："我试一试。"石显心软，果然带人到夜郎集市上收税。夜郎濮人集聚土产交换的时候，汉兵来到买枸酱酒的摊前喊道："上税！上税！"土人秋广问："官人，要收多少？"汉兵吼道："不多，就十坛酒。"本来，收税的士卒懂礼貌，态度和蔼一些可能收到税的。但他们流氓一样的态度，激怒了爱好和平的秋广："官爷，我总共才三十坛酒，上这么多赋税，我还活不活了？”

汉兵：“你他妈的给老子讨价还价，找死啊！”

秋广：“这枸酱酒是从蜀国运来的，本钱高啊。”

汉军：“少废话，抬走。”

秋广急眼了，拿起铁剑叫道：“放下，这是我一家十几口人的活命酒。谁拿走我就杀了谁？”汉军：“反了你了？”说完将酒坛摔在地上，砸得稀里哗啦。酒香浓浓，很多兵卒和围观者经不住诱惑伏下身在地上舔酒。秋广大脑一片空白，“我跟你们拼了。”与汉军打杀起来。汉军将秋广按倒在地，砍下头颅，悬挂在夜郎郡汉城上。

竹王得知，派濮人傅章去见太守石显要秋广的首级。石显正在饮酒。侍卫禀报：“禀太守，濮人傅章求见。”石显喝得二麻二麻的，不知道礼数，吼道：“他来干什么？”

侍卫：“来要秋广的首级。”

石显：“秋广抗税，砍下首级示众，你让他滚远点。”

侍卫出府，对傅章说：“太守有事，不见。”侍卫转身回府，关上门。

傅章被衙门官员的傲慢与冷漠激怒了，他狠狠地说：“我是遵守祖训跟你们讲理，你们还以为我夜郎濮人懦弱，既然你们无理，就怪不得我傅章伸张正义了。”傅章转身离去。黑夜到来，傅章用平时攀爬悬崖峭壁的功夫，几下就攀爬上汉城高墙，取下秋广首级带回。

竹王正在宫中与白面狸喝酒，傅章来到王宫拱手拜见竹王：“禀大王，秋广首级取回！”竹王放下酒杯：“好，好。”竹王看着秋广的首级万分悲痛，流着泪说：“这是我的子民，唐蒙鸟人也敢在我的地盘上杀我的人，藐视本王。傅章，我命你带上一百士兵去找太守，把杀秋广的士兵杀了，一命还一命。”傅章：“是，大王。”傅章带了人杀了守汉城的士兵，然后带人冲进太守府，不问青红皂白，对石显一顿鞭打，石显连求饶命。傅章挽起袖子说道：“你们给我滚出夜郎国，绕你不死。”石显：“饶命，我滚，我滚。”石显连夜逃走了。傅章扎个石显模样的稻草人立在路旁，用箭射杀。

唐蒙正在驿馆喝高粱粥，若愚抱怨起来：“大人，再喝下去，我走都走不动了，你怎么还喝得津津有味？”唐蒙不说话，只顾喝粥。若愚又说：“大人，我很心烦。”唐蒙放下碗筷说道：“你的烦恼来自妄想。喝粥的时候我满怀对这碗粥的感激，就觉得很美味。你一边喝粥一边想着吃肉，心不专，烦恼生。”侍卫来报：“唐大人，太守不但没有收到赋税，反而被濮人打伤，跑了！”唐蒙：“看来，为了活命，我们也赶紧跑吧！”唐蒙带人连夜逃往巴蜀躲避。巴蜀驿馆的夜晚，唐蒙在油灯下给汉武帝写求救信。

汉武帝在后花园给胡桃树浇水，苏公公禀报：“陛下，司马相如求见。”汉武帝：“回来了？”苏公公：“出使夜郎三年有余了！”汉武帝：“让他到这儿来看看我的菜园。”司马相如来到后花园，就如同来到菜园子，他正要跪下拜见，汉武帝阻止：“爱卿免礼。”然后用炫耀的口气说，“看看我种的这些蔬菜瓜果怎样？”司马相如：“陛下，这些蔬菜长得很好！”汉武帝得意道：“这都是张骞带来的种子。你这次出使夜郎给我带什么来了？”司马相如：“只带来了一些野生中药材、天麻、山珍，这些东西和唐蒙说的一样，在山间神出鬼没，找不到种子，带不走，山珍离开夜郎的土地很快死去。”

汉武帝：“我不相信。”

司马相如：“微臣带了这个像擀面杖的东西，夜郎竹王给它取名叫山苕，是一位叫处良的土人发现的，吃了可长生不老。”汉武帝看了看山苕甚是喜欢：“那就种在这里。”司马相如又拿出像胡蒜一样的东西送给汉武帝说：“这是百合，夜郎遍地都是百合，又是夜郎的国花。听说这种东西吃了，能睡好觉，脾气好。”

汉武帝：“脾气好，夜郎人还经常反叛？”汉武帝一边挖土坑一边说。

司马相如：“其实，夜郎人比北方的匈奴脾气温和很多，只要能勉强度日，他们不会轻易反叛的。往往是被逼得走投无路，特别是在感情上得不到尊重时，就跟人急。因此，很多商人喜欢到夜郎贩卖僰童到中原做书童，他们脾气温和敦厚，忠诚可靠。”说完将百合放进土坑里。汉武帝：“贩卖人口是不允许的。”一边说话一边用土将百合埋好。

司马相如：“僰童愿意被卖到富足有文化的地方。”汉武帝：“唐蒙不是向这些地区灌输儒学吗？”司马相如：“教育不是一年两年可以完成的，需要几十年甚至几百年不断地坚持，才见成效。”

汉武帝：“唉！”

司马相如：“陛下，夜郎山多地少，森林密布，江河纵横，阴冷潮湿，所以那里的人嗜酒，本来就不多的粮食大多用来酿制酒，要养活修路的几万汉军相当困难，加上唐蒙等人在修路的时候显得急躁，时常触怒土人。唐蒙当初建议开通南方驿道就是一个极大的错误。”汉武帝听了不高兴说道：“修路没有错，是朕同意的。”司马相如说：“中原人带着粮食到山区修路，劳民伤财，就是把大汉朝的国库全都用在打通通往身毒国的道路，也如同盐撒进大海。”唐蒙希望司马相如在汉武帝面前客观地禀报实情，然而，不干实事的司马相如怕汉武帝重用唐蒙，不但没有为唐蒙说好话，反而说了对唐蒙极不利的话，让唐蒙费了力，却遭汉武帝怨恨。汉武帝问：“通往夜郎牂牁的道路修通了吗？”

司马相如：“虽说基本修通，很多挂壁小道只能一匹马单向通过，十分凶险！

而土人过激流险滩用溜索如履平地。”

汉武帝：“可朝廷每年调往南方修路的资金那么多，难道不够？”

司马相如：“南方部落众多，酋长生活奢靡，朝廷到达的资金难以普度众生。卑臣认为国家从千余里外调兵调粮，军费开支巨大，却不见成效，应放弃南方驿道的修筑，集中精力对付北方的匈奴。”

汉武帝的绣衣使者早把司马相如接受贿赂与女人厮混的事情搞得一清二楚，只等他的表现，随之司马相如只送给武帝山茗，对唐蒙又多加贬损，汉武帝不悦道：“你们的工作没有张骞做得好！尔等沉溺灯红酒绿，纳妾，迎来送往，哪有心思工作？”司马相如面带愧色说道：“愚臣辜负陛下，罪该万死。”汉武帝反过来问司马相如：“听说爱卿这次出使夜郎不仅仅是收获山茗、百合？”司马相如有些恐慌：“陛下，没有什么，就是父老乡亲送的一些土产。”

汉武帝：“你出使夜郎有何感想？”

司马相如：“地无三里平，人无三分银。”

汉武帝：“听说你没有到达夜郎只到了汉阳就被高山峡谷吓住了。”

司马相如：“是的，陛下！”

汉武帝：“可你想过没有，唐蒙虽然有错，杀僰道令，但他多年都在那里跋山涉水，组织人力修路，他对朝廷是何等的忠诚。你不但不在朕的面前说他的好话，反而说他的不是，你于心何忍啊！”

司马相如：“臣知错，请陛下赐罪！”汉武帝：“你仅凭说几句好话就收受巨额贿赂，朕罢免你的官职回家闭门思过！”司马相如跪下：“谢陛下！”司马相如备受打击，回家生病不起。

汉武帝从菜园回到卧室，准备躺下休息片刻，苏公公进来禀报：“陛下，算缗法的布告已经张贴完毕。”

汉武帝：“知道！”

# 第四十五章　葡萄宴上卜式捐款

羊倌卜式赶着羊群回家，走在中原秋季的牧场上，自由散漫的快乐，让自己感觉离天很近，就像在天上行走。前面有一棵胡杨树，弯腰驼背地立在牧场上，卜式每天都要从古树旁经过。今天，他见沧桑的树干上贴着告示，走近一看，是算缗法告示：国家连连征战，为巩固边疆，向商人手工业者车船所有者高利贷者收取税赋。卜式接下告示揣进怀里，赶着羊群来到小客栈，闻着阵阵袭人的酒香，有些饥肠辘辘。卜式摸摸领头羊说："头，你带它们在草坡等我一会儿，俺喝碗酒再带你们回家！"头羊点点头，带着羊群在草坡上戏耍。

当头羊不容易，需要用道德和自信带领羊群，前面有陷阱自己先掉进去，前面有虎狼要与它们搏斗，或带着羊群逃跑。有掉队的羊，自己要去鼓励，现在明明是要赶路回羊圈，主人偏偏要喝酒让自己带着羊群等他。为了消除羊群的不安，头羊鼓励两只英雄气十足的公羊决斗，两只羊你顶我，我顶你，玩起了游戏，羊群在一旁围观、喝彩。两只公羊玩着玩着就打成真的了，怒火中烧，头羊劝架，急得在一旁奔跑。小酒肆没有招牌，草棚屋檐挂着一面无字的三角小黄旗。店主见卜式，殷勤地笑着迎上来："羊倌，上坐！"店主带着几分尊敬几份欣喜的表情。卜式在八仙桌的北面坐下，温和地说道："掌柜，上酒一壶！再来一碗羊汤。"店主高声叫喊："上酒一壶！汤锅一碗！"话音刚落，一个十七八岁的小姑娘就将酒坛抱了出来。卜式看着穿了一身大红衣裳的小姑娘，在夕阳中像一朵红牡丹，惊得目瞪口呆。店主走上前解释道："羊倌，这是客栈刚招来的侍女，妞妞。"卜式："好年华，好年华啊！"店主见妞妞转身离去说道："羊倌，俺知道你家财万贯，如果想纳妾，俺做主。"

卜式："店家，爱美之心人人有之，但我肩上有责任啊。"

店主："一个羊倌，有什么责任？赚了钱，不就图个安逸嘛。你从几十只羊放到现在几千只羊，富可敌国，留着做啥？"

卜式："现在的人好逸恶劳，俺放羊是为了做表率啊。当今朝廷的儒官董仲舒都亲自下地耕作，俺放羊天经地义。不说远，俺那弟弟总想着发大财，做大事，东游西逛，俺让他放羊，他说俺没有出息，只会放羊。结果呢，还得让我这个没有出息的哥哥养活他。"

店主站在卜式的对面说：“羊倌真是用心良苦啊！令人敬佩！”

卜式：“不久前，俺给整天想做大事的弟弟十贯钱，让他去做丝绸生意，结果呢，他把钱用去纳妾找女人、赌博，结果呢？等钱用光了，女人跑了，房子也输光了。没钱了，又来找俺要，不给他就摔盆砸东西，瞎闹腾，骂俺没有良心，骂俺看不起人，还说要把俺杀了。”

店主：“不知道他脑子整天在想啥。”

卜式：“如果我再跟着他们去做大事，或者贪图享乐，一个家不就要败光了。挣钱需要付出几十年的辛劳，但是，败家只需要几十天。弟弟不学俺的勤劳，一旦俺纳妾，俺那弟弟就要和俺攀比了，谁敢？”

店主：“羊倌的言行让俺敬佩，难怪方圆百里都传颂你的美名啊。羊倌德高望重，帮助了很多贫困人家，他们都没有忘记你，都称赞你的人品。”

卜式听到赞美，心情舒坦，再喝下一碗酒，浑身热血沸腾，疲劳顿消，红光满面，满足地说：“掌柜，结账！”

店主：“羊倌走好，有空再来！”

汉武帝来到后花园纳凉，见葡萄架上挂满了一串一串晶莹的葡萄，在阳光下像神秘猫眼，十分喜爱，一粒粒葡萄上还擦着粉。公公准备摘下，汉武帝阻止道：“慢，让我亲自采摘。”然后摘下来洗都没有洗，自己吃起来。

苏公公：“陛下，什么味道？”

汉武帝：“蜂蜜味，甜！真甜！这就是张骞送给我最好的礼物。”

苏公公：“陛下，这是你重用人才的回报啊。”

汉武帝：“别荒废时间吹捧朕，将文武大臣速速召来，设葡萄宴与朕一起品尝葡萄。”

苏公公：“遵命！”

汉武帝：“慢！司马相如从夜郎回来，被朕罢免回家一年有余了吧，朕今儿高兴，也宣他进宫。”

苏公公：“是，陛下！”

苏公公欲走，汉武帝又道：“慢！唐蒙可有消息？”

苏公公：“没有。”

汉武帝：“唉！希望他这次有所作为。”

苏公公：“是，陛下！”这次，苏公公唯恐汉武帝又想起什么，停留了一会儿。汉武帝确信没有什么遗漏的事，说道：“速召文武大臣！”苏公公这才离去。

汉朝未央宫，汉武帝在宫中设葡萄宴招待群臣。汉武帝看着文武大臣，端着酒杯得意地说：“朕派张骞出使西域，为我带来的葡萄种子，已经结出甜美的果实，请各位爱卿来品尝，分享这来之不易的快乐！”

众臣举盅："谢陛下圣恩！"君臣一饮而尽。

汉武帝放下酒盅："众爱卿，大家畅所欲言！"汉武帝小声问苏公公："司马相如为何没来？"苏公公："禀陛下，司马相如病危，没几天了。"

汉武帝："知道了！"

董仲舒："这枚小小的葡萄，能在中原这片土地上生根、发芽、结果，真是可喜可贺！"汉武帝认为董仲舒说出这样不符合身份的话，不满意董仲舒的肤浅说法，就说道："这枚小小的葡萄背后可是张骞的一片赤胆忠心！"

董仲舒受到汉武帝的启示说道："孔子认为德政的首要任务是养民，陛下重用仁义之臣，仁义之臣张骞理解圣意，不惜代价，带来丰富的物产供养人民。"

汉武帝："爱卿与朕是心心相印！桑弘羊说说，如果夜郎通往身毒国的道路修通，能为民带来什么益处？"桑弘羊："如果修筑通往身毒国的南驿道，那得到的财富就不只是一些蔬菜水果的种子，还有金矿银矿、长生不老的人生果。不过……"桑弘羊犹豫起来。

汉武帝："不过什么？但说无妨！"

桑弘羊："恕臣直言，夜郎山高水险，人口十分稀少，修路恐难。"

汉武帝："夜郎因何地广人稀？"

桑弘羊："南疆很多部落实行走婚，女方单独养孩子十分困难，所以人口稀少。微臣出使夜郎，用仁义与他们沟通，夜郎人感动，一旦人走，天高皇帝远他们又会我行我素。"汉武帝："现在高兴的时候，不谈政事，来大家共饮！"放下酒盅，汉武帝脸微红，接着说："众爱卿尽情享用葡萄美酒！"众臣："谢陛下！"汉武帝："如今恢复儒学，天下归心，本王高兴，哈哈哈哈哈哈。不过，儒学也有糟粕！"

安国少季："天地万物都是有秩序的，风雨雷电也都是为了秩序而产生的。儒学效仿天地的自然规律，也制定了人与人之间的秩序。秦王灭掉儒学，人与人之间，不讲仁义诚信，天下必然大乱。"

董仲舒接着说："臣忠君，君爱民，民敬臣的秩序才是符合天道的。"

汉武帝："三纲五常为我治国之策。"桑弘羊："君为臣纲，父为子纲，夫为妻纲，仁义礼智信，能让社会有秩序，稳定。儒学，被仁者所用便仁，被善者所用便善，被恶者所用便恶，被凶者所用便凶。"

汉武帝大加称赞："爱卿说得好，任何完美的学说都需要仁义之臣来完善，遵循自然之道。"

苏公公走到汉武帝面前，小声道："陛下，羊倌卜式求见！"

桑弘羊在一旁听见，插话说："一个羊倌直接想面见天子？狂妄！不懂礼数！"汉武帝不高兴地说道："刚才一席话只是空谈吗？君爱民必须付诸行动。朕要见一见这位敢于面见天子的羊倌。宣卜式进宫！"

卜式不卑不亢，穿着洗得很干净的牧羊粗布衣服，举止潇洒地走进王宫，跪下：“小民卜式叩见陛下！陛下万岁，万岁，万万岁！”大臣们都看得目瞪口呆，卜式虽然穿着牧羊服，衣服肩上有一块巴掌大的补丁，十分干净整洁。

汉武帝：“平身！”

卜式：“谢陛下。”

汉武帝：“有事请讲。”

卜式站起来从兜里掏出算缗法的布告：“小民卜式看到布告，特来尽民之本分，为国捐款开拓边疆。”

汉武帝：“很好！你捐多少？”

卜式：“百姓只相信做官才能有钱，经商才能有钱，依靠劳动永远不会有钱，小民要打破人们这样的想法，通过放羊，家产可有半个国库之多！”一片哗然，交头接耳，议论纷纷。汉武帝：“你捐赠家产是想做官吗？”

卜式：“我从小种田牧羊，不懂做官的规矩，不是为了做官。”

汉武帝：“你有什么冤情要申诉？”

卜式：“小民平时喜欢接济贫困，教育恶人，人们对我都很感激，从没有与人结下冤仇。”大臣们疑惑，都露出奇怪的表情。

汉武帝：“那你有何事？”

卜式：“我揭下布告《算缗法》，得知国家巩固边疆需要经费，小民有责任尽一点微薄之力，没有什么事。”汉武帝一阵迷茫。

桑弘羊愤愤地说：“这人分明就是来讥讽朝廷官员的，意思说我们不劳而获，不是人之常情，捐款不要回报，使法令混乱。陛下，这是一个不懂规矩的粗人，不可以用他，希望陛下不允许他捐款。”

汉武帝被桑弘羊一煽动挑唆，怒从心来，说道：“哪有捐钱不是为了做官的，竟然来藐视我大汉王朝，给我关押起来。”

卜式挣扎着叫道：“陛下，我是真心爱国的，放了我，我家羊群等着我牧放啊。陛下，陛下，放了我！”侍卫押着卜式出去了。

汉武帝：“荒唐！”群臣议论纷纷：“是啊，神经病，捐了钱竟然不要官，让我们以后都跟他去种田、去放羊。”

安国少季给汉武帝求情道：“陛下既然崇尚儒学，就要按儒学思想对待不同身份的人、不同想法的人。我看卜式体貌安详，举止从容，能依靠种田牧羊积累万贯家产，是一个真正的儒者。”

桑弘羊：“卜式没有教养，藐视陛下！”汉武帝一听又来气：“是的，让他在监狱思过，好好学习礼仪。”

安国少季：“卜式并没有不懂礼仪啊！他只是喜欢放羊，不想做官，但他爱国，尽一点国民的义务，怎么就说扰乱法令了？伤谁的心，也不能伤害好人的心。

一个国家耍嘴皮子的人多了，像卜式这样实干的人将会减少，时间长了，国力就会衰弱。”汉武帝觉得安国少季说得也有道理，但好面子，说出去的话不好收回，只好说：“君子一言驷马难追，既然是忠臣就委屈些吧！”安国少季还想说点什么话，汉武帝挥手：“闭嘴！高高兴兴的葡萄宴，被卜式搅和了。”宴席不欢而散。

卜式被衙役推进牢房，一股恶臭扑鼻而来，令人作呕，眼前一片昏暗，看不清东西。过了一会儿，卜式才慢慢看清楚牢房角落里早已经有几个人，蓬头垢面，目光凶恶冷酷，满身污垢，一股恶臭再次扑面而来。在大自然中享受清新空气的卜式，马上呕吐起来。牢头恶棍一见到卜式呕吐，举起拳头骂道：“你这狗日的混账东西，吐什么吐，你想让爷跟着你呕吐吗？”卜式很难受，只顾呕吐，但不一会儿只听得“扑通”一声恶棍跪下：“卜式大哥，怎么会是你呀？小人有眼不识泰山，大哥，你打我吧！”卜式终于停止了呕吐：“你是谁？请起来说话！”恶棍：“我是达柏谷的结巴。”卜式摇摇头说道：“兄弟，对不起，我想不起来了！”恶棍：“卜式大哥，不怪你，你救助的贫困人家太多了。当年，我的老母亲离世了，没有钱安葬，得卜式大哥援助。你的恩情我永生不忘。”卜式：“你为何进来？”恶棍：“我好吃懒做，不想种地放羊，家贫如洗，没有办法，我偷牛盗马，被抓进监狱。”

卜式：“我常对你们说，劳动是人生最大的幸福，你们就是不听！”

恶棍：“大哥，你爱劳动不也是进来了吗？”

卜式：“我是见到算缗法的布告，为国捐款，触动了大臣的利益，被关了起来。”

恶棍愤怒：“荒唐，怎会有这等事？”

卜式：“因为大臣们不信奉劳动致富。”恶棍听后挽起袖子接着说道：“卜式大哥，报答你的机会来了。”然后转身对其他几人说道，“兄弟们，这是我的救命恩人，怎能在这里受苦，必须在今夜挖地道，将大哥送出监牢。”卜式：“我不怕受这苦头，我是怕羊群想念我生病就糟糕了！”恶棍开始带着几人在牢房挖地洞，准备送卜式越狱。两天后，地道挖通了，恶棍一个人送卜式越狱。两人爬出两里的地洞，钻出地洞的时候，阳光照得两人睁不开眼睛。卜式：“兄弟，谢谢你的救命之恩！”两人穿着囚服道别。恶棍：“是我报答大哥的恩情！大哥，我得回去了，你快离开。”

卜式：“一起走吧！”恶棍：“大哥，我得回去，如果我们一起逃走，必然会暴露，引来追兵。”卜式：“谢兄弟，后会有期！”卜式回到家，见羊已经被人偷光了，羊圈一片狼藉，弟弟也不知道跑到什么地方去了。卜式走进竹篱院落，见妻子坐在家门前的石墩上哭泣。卜式急步走上石阶来到妻子面前：“子君！”

妻子听到呼唤，猛然抬头：“夫君，你终于回来了！”说完委屈地倒在卜式怀中伤心哭泣！卜式：“子君，我回来，别再哭了。”妻子破涕为笑。他们来到院子中的石墩上坐下。妻子问：“夫君，你去捐款，怎么成这个样子了？”卜式：“说来话长，以后慢慢给你说，我饿了，给我做点吃的。”

妻子：“家中有烙饼，我给你拿。”卜式用饼卷大葱大酱狼吞虎咽，妻子看着真高兴，问道：“夫君吃慢些！”卜式：“娘子，我这次捐资，在朝廷见到安国少季，他真是个好人，只有他为俺说公道话。”

妻子：“难怪豆叶喜欢安国少季！他仁义正直。”

# 第四十六章 竹王遭遇蛊情花

长安的早晨，神秘安静。豆叶光着脚丫拼命逃跑，可是不管怎么跑，都摆脱不了身后黑影的追杀，在精疲力竭的时候，黑影用刀刺向她，豆叶大叫一声："救命！"猛然惊醒，原来是一个噩梦，感到阵阵心痛。豆叶不见枕边的赵婴齐，只见一把弯刀，豆叶看看刀不明白是什么意思，天真地自言自语："官人的腰刀都忘记带了。"原来，这是赵婴齐制造的诡异气氛，希望豆叶用刀自杀。但善良的豆叶根本就感觉不到身边诡异的气氛，只有脊髓感觉到了疼痛，她拿着腰刀出门去找赵婴齐。豆叶来到后花园，不见人，见火红的石榴花落满地，豆叶刚转身见卫姬来到后花园："夫人，早点做好了。"豆叶心不在焉，恍恍惚惚回道："我不想吃，官人上哪儿去了？"

卫姬："听他说进宫去了。"

豆叶很忧伤地说："自从安国少季出现，他就对我冷若冰霜。其实，我心里只有他。过去的都已经过去了，人为什么要无故寻烦恼。"

卫姬："夫人，别难过，官人可能很忙。"这时，侍从来报："夫人，有人找。"

豆叶："谁？"

侍从："是安大人。"

豆叶："安大人？"

侍从："他上次生病得到你的救治，带了礼物来答谢夫人。"

豆叶："请转告，心意我领了，请回！"

侍从："是，夫人！"侍从转身来到大门前："安大人，您的心意夫人领了，请转回吧。"安国少季二话不说，冲进院中，大叫："豆叶姑娘，豆叶姑娘！"庭院的海棠树下，大丽花盛开着。豆叶听到喊叫声走出屋："别闹，这里早没有豆叶姑娘，只有赵夫人。"安国少季压低声音说："就算她已经变成了灰，也还是我的豆叶姑娘。"豆叶此刻含泪道："你走吧！"安国少季："别装了！从那天我见到赵婴齐的粗暴，十分担心你的安危。我思考了很多，必须来带你走。"

豆叶："我没有伪装。"安国少季："真爱你的人，无论你贫穷、富贵、美丑、衰老、疾病都爱你不变，那些利用你的人一旦发现你没有利用价值就会抛弃你，在精神上折磨你，打击你。跟我走吧，我会真心待你的！”

豆叶：“真假都已经无法改变，一切都已经无法回到从前。”

安国少季：“为你担忧，我彻夜难眠，我的骨头都要粉碎了。”

豆叶：“我的婚姻不是普通人的婚姻，它关系到汉朝与南越国的外交和平，你是明白的？”

安国少季敞开衣服：“看，这是什么？”豆叶见自己的头像文在安国少季的胸前。豆叶一阵晕眩，然后故作镇静地说：“这又能说明什么？”安国少季：“没有你就没有我。”

豆叶：“那怎么办？”

安国少季：“我们走吧，离开这是非之地。听司马相如说，夜郎国有高山峡谷，躲进深山，不问是非，男耕女织，平静度日。”

豆叶：“我们可以不顾他人的幸福，但不能不顾国家的利益，我与赵婴齐关系到汉朝与诸侯之间的稳定。”

安国少季：“江山社稷是天子的事，我们只考虑我们自己的事。”

豆叶：“这不像是你的真心话，你没有这样自私。我已经无法选择，如果只考虑我个人的幸福，就没有更多人的幸福。”安国少季：“太可笑了，世界没有什么事是不可以放下的，一切都是幻觉，爱情才是真实的幻境。”豆叶柔声细语道：“你就当从来就没有认识过我。”安国少季上前捏住豆叶的胳臂：“你说得轻巧，我不仅仅是认识你，我们的生命彼此相容，我必须带你离开这里。”

豆叶：“你过去不是这样的人，今儿怎么变得如此自私？”安国少季：“生活的磨砺让我明白，单纯善良就被人宰割，没有必要为什么付出。走，你一定跟我走，你是我的生命，就算是死也要死在一块。”豆叶被激怒了，用手中的刀对准自己的颈，说道：“安公子，如果你一意孤行，我现在就死在你的面前。”卫姬见状跑来劝道：“安公子，你快走！”将安国少季推出大门，转过身来，“夫人，别做傻事，回屋梳妆，一会儿官人回来看到您这个样子又要耍脾气。”

王宫后花园中，赵婴齐递上一支箭给汉武帝。汉武帝拉满弓对着百丈外纸糊的野猪放箭，汉武帝连射三支，侍卫抱着野猪快速走过来：“陛下好箭法，一支箭射在猪耳朵上，两支箭射在猪腰子上。”汉武帝哈哈大笑后说：“来，让婴齐放几箭。”赵婴齐接过汉武帝手中的箭，有些沉，拉弓费力，铁箭射到五十丈就坠落了，赵婴齐有些难堪。

汉武帝：“年轻人，要努力。”汉武帝当然不知道，赵婴齐故意伪装自己无能，这样是保护自己。

苏公公进来：“陛下，唐蒙求见。”

汉武帝：“哦，唐蒙回来了，宣唐蒙！”唐蒙带着惊魂未定的表情出现在汉武帝面前，准备行礼，汉武帝说："免礼！"唐蒙："承蒙陛下的恩典，从僰道到夜郎牂牁的路基本修通，但却遇到一些麻烦。"

汉武帝："什么麻烦？"

唐蒙："牂牁太守石显，被夜郎竹王鞭挞后撵出了夜郎。"

汉武帝："为什么？"

唐蒙："修路粮草缺乏，牂牁太守石显的兵卒收取税赋，与土人秋广发生冲突，取了秋广的首级挂在城楼，激怒了竹王，我是逃出来的。"汉武帝一听很愤怒："谁同意你们收税赋的？活该被撵出来。我动用国库给你们运送粮草，让司马相如去安抚他们，你们倒好，收税，杀人。竹王没有杀了石显，只是撵他出疆，是看我的面子上。"唐蒙："是，托陛下的福。"

汉武帝："你们怎么不学学南越国的前任国王赵佗，他在秦朝带兵到了南越，为了与土人和睦相处，入乡随俗，脱下丝绸穿粗麻布衣服，解冠披发文身，他爱护土人，教土人纺织、耕种，不仅笼络了南越人，连夜郎人也被他收买了。你们嘲笑夜郎自大，沾沾自喜。好好想想吧，汉中北有匈奴，南有夜郎，东有闽越，西有乌孙，汉中这块巴掌大的地方，能与谁比大小？我们处于被挤压之中，四周小国虎视眈眈，如果南越国与夜郎国盟约，汉朝就成芝麻酱了。自大的不是夜郎，是你唐蒙！"

唐蒙："陛下圣明！唐蒙愚笨，实在是无米下锅，军需所迫，才收取赋税，想不到激怒了土人。陛下的话让微臣豁然开朗。"汉武帝："为了修夜郎道，国库已经空虚，如果继续修南夷道你看怎么办？"唐蒙："陛下颁布诏书，禁止民间私自铸铁器和煮盐，违令者穿铁鞋。但是，在巴蜀、夜郎地区，他们的炼铁技术很高，数量大，南越国从夜郎偷偷买进了大量的铁铸兵器。"

汉武帝："就算我知道，又无法制止，因为道路不通，山水阻隔，本王的政令难以通达边陲。你们说秦始皇统一中国，他统一了吗？没有，秦始皇只统一了六国，朕要统一中国，先要统一人心。"

唐蒙："陛下，微臣倒有一个解除您心腹大患的主意。"

汉武帝："什么主意？"唐蒙有些得意："听说南越国的丞相吕嘉独揽大权，架空国王赵昧，从夜郎国牂牁江私自买进兵器。夜郎有十万精兵，不被我朝所用，必然被吕嘉拉拢。如果南越国想闹独立，汉朝借夜郎十万精兵沿牂牁江，可以对南越国攻其不备。"汉武帝听后，转怒为喜："这是个好主意。那你带上人马财物再次出使夜郎，告诉竹王，牂牁太守石显已经被处置，充军到了匈奴。告诉夜郎人，朝廷官兵一律不向土民收取税赋。"

唐蒙："陛下英明！"

汉武帝又问："夜郎人喜欢什么？"

唐蒙："夜郎男人喜欢喝了酒后到山上追雀子，夜郎女人十分勤劳聪明，美丽温柔，一人可以撑起一个家，带孩子，喂家禽，酿酒，耕种，还能打仗。但自从我给夜郎女人带去蒙心布，女人们就迷恋刺绣，分散了她们的精力。”汉武帝：“那就继续让夜郎男人喝酒、追鸟，你多带些丝线免费送给夜郎女人。”

唐蒙：“夜郎女人痴迷上刺绣，从小就开始刺绣嫁妆，出嫁后，只能绣出几件衣服就老了。”汉武帝：“只要女人不参政事，对付男人很容易。你一定要让他们痴迷他们喜欢的东西。”唐蒙：“征服一个国家，就是要让他们国家的人民痴迷。刺绣游戏比武器更重要，当人们沉浸在刺绣的游戏中不能自拔荒废耕作的时候，就好控制了。”

汉武帝：“统治者就是要让人民安静，否则斗殴、起义、闹事，没法。”

唐蒙：“女儿国的女人们都开始刺绣成风，她们不再热心下田种水稻、种果树，荒废酿酒，她们的创造力削弱。”

汉武帝：“朕命你即刻启程前往夜郎！”

唐蒙：“谢陛下隆恩！”

此刻，女儿国王宫里，阿纳正在梳妆打扮，准备做新娘了。阿纳穿着自己刺绣的新嫁衣，短高腰衣绣裙，披着长发，头戴耀眼飞凤银冠，胸前的银项圈在高高耸起的乳峰前闪烁。阿纳站在杆栏上微笑，竹王上了铺满鲜花的五级台阶，在木屋前廊抱起阿纳，下木梯，痴草和众姐妹向他们撒花瓣，阿纳穿着樱桃红丝绸筒裙，套着土布刺绣背心，红色的绣花鞋燃烧如山茶花一样的火焰。竹王将阿纳抱上马，然后给围观人群鞠了一躬，骑上马带阿纳走了。这是结束走婚史的最后一个女人。

夜郎王宫前燃着熊熊篝火，五个涂着朱砂的红脸男人举起火把，大头巫的左边有一人抱酒坛，一人拿碗，右边有一人端茶壶，一人拿碗，正在给长者倒酒、倒茶。竹王和阿纳坐在榕树下。巫卜用竹叶蘸雄黄酒洒在新娘新郎的头上，口中念道：“邪恶远离，幸福降临。早生王子，后继有人，国泰民安。”

竹王对阿纳唱道：“我美丽的女王像凤凰，飞到我的榕树上，像一朵美丽吉祥的云，普降甘露，万物生机。我美丽的女王像凤凰，飞到我的榕树上，像一朵美丽吉祥的百合花，释放幽香，万物安康。”

阿纳对竹王唱：“感谢神钟，把你带到我身边，你是我永远的依恋，你爱的阳光，给我温暖安详。感谢神树，把你带到我身边，你是我的保护神，为我遮挡狂风暴雨，抵御电闪雷鸣。”

巫师戴面具表演舞蹈。白面狸躲在暗处，放着妒忌的目光，妒忌让她生出毒念。白面狸走过来见巫卜在勾兑药酒，说道：“灵哥，我帮你。”

巫卜：“闲人请勿靠近！”白面狸无趣，混在人群中。巫卜端着酒杯一步一步走向新郎新娘。白面狸将毒药放在指甲里，迎面笑着对巫卜说：“好香的酒啊！”将左手食指甲里的蛊毒放入右边的酒杯里。巫卜全然不知道，端酒走到竹王和阿纳面前。痴草将左边的酒杯端起酒递给阿纳，阿纳接过酒杯慢慢喝下；痴草将右边的酒杯送到竹王跟前，竹王喝到一半，人群中的白面狸惊叫道：“别喝！”刚说完，竹王就倒地昏迷。白面狸指着阿纳说：“你，竟然敢毒害大王。”白面狸本来想毒害阿纳，现在却毒害了竹王。

阿纳：“我怎么可能要害死我心爱的人？”

白面狸：“乡亲们，这个女人串通汉使唐蒙，毒害大王。”

阿纳：“不会的，我不会做这样的事情。”

众乡亲：“处死她，处死她。”

巫卜：“大家安静！安静！谁害大王，需要占卜，不能随便冤枉人。大王不是没有救，只是需要时间，他中的是情蛊毒。一旦他苏醒过来，就会违背初衷，迷恋毒害他的人，那时自会真相大白。大家都回去，让大王安静。”众人离去。

夜郎竹王宫，昏迷的竹王躺在床上。巫卜与阿纳秘密谈话。阿纳忧心忡忡地对巫卜说：“大师，这是怎么回事？谁放的蛊？”巫卜：“需要占卜，但可以判断是白面狸所为。这情蛊毒如果是女人喝了立即就死亡，男人中了情蛊毒就会昏迷，醒来迷恋下蛊的女人。”阿纳：“要让竹王恢复正常，有什么办法没有？”巫卜：“首先要用计将放巫蛊的人除掉，否则她的妒忌会毁了一切挽救竹王的计划。”阿纳：“怎么做？”巫卜：“以其人之道，还治其人之身。但要用蛇蛊，才能对付这样歹毒的人。”

阿纳：“是的，一切都拜托大师。”

巫卜：“我很担心女王能不能承受后面的痛苦？”

阿纳：“为了大王康复，我可以献出生命。”

巫卜：“这里有一粒种子，种下去，三年发芽，再三年开花，后三年结果，在九年中，你要亲手割下九十九个负心男人的肉做养料，种下蛊情花，每天用你的几滴血浇灌，每天必须看好蛊情花，中途被人偷走，前功尽弃。你要有恒心，在这段时间里，如果竹王醒来，他会痛彻心肺地思念给他下情蛊的人，对你不是打就是骂，你必须忍耐。”

阿纳：“我爱竹王，我能做到。”

巫卜：“王后，如有危情，我们还可以向南越国王赵眜求救！”

# 第四十七章　赵眛离世儿归国

赵眛站在高高的南越国越秀峰上，举着夜郎宝剑哈哈大笑："婴齐，我终于找到夜郎兵器了！哈哈哈！婴齐快回来！快回来！"赵婴齐高声喊道："父王，父王，快下来！"突然见父亲从山峰上摔下，赵婴齐呼救中惊醒，发现是个梦！豆叶问："婴齐你怎么了？"赵婴齐看看豆叶惆怅地应道："没什么？"又睡去。

赵婴齐不知道父王赵眛临终前声音十分微弱地叫着赵婴齐的名字："婴齐，婴齐！"赵婴齐在汉朝有了感应。公元前122年，南越国赵眛王承受不住在夜郎得到兵器的兴奋，脑血管破裂了，昏迷了几个月，终于离开人世。为了等到在汉朝当宿卫的赵婴齐回国，南越封锁他去世的消息，避免动乱，对外称赵眛王病重。人们只知道悲伤会让人生病而死，想不到高兴过度也会要人命。赵婴齐的妻子橙子盼望着他早日回到南越国接替王位。

赵婴齐在长安的私人府中给园中的花浇水。侍从来报："大人，邮差送来家书！"赵婴齐放下浇壶，打开丝绸书信，看着看着双手发抖。赵婴齐泪如泉涌，大哭："父亲！父亲！请原谅孩儿不孝之罪啊！"这哭声像要把房顶掀翻，把长城哭倒。儿子赵兴恐惧地跑出来抱着赵婴齐的腿："父亲，别哭！"然后自己也哭了。豆叶追出来问道："官人，这是怎么回事？"

侍从："大人的父亲病危！"豆叶听后不禁落泪。

汉武帝得知南越国赵眛病危的消息，恩准赵婴齐回南越国。公元前122年，汉武帝带着安国少季，众多随从将赵婴齐、豆叶送出城门外。汉武帝："你这次回去尽孝，一路艰险，多加小心。"赵婴齐："卑臣来中原十年有余，陛下待我恩重如山，婴齐感激不尽！"汉武帝："婴齐回去除了尽孝，要继承父业，希望你多关照豆叶，有机会立赵兴为太子，将中原文化带到南越，教化国民。"

赵婴齐："谢陛下恩典，卑臣一定报效皇恩！"

三辆马车前前后后晃晃悠悠启程，一百多奴仆马匹前前后后跟随，赵婴齐带着豆叶风风光光回国了。赵婴齐坐第一辆马车，豆叶坐第二辆，卫姬带赵兴坐第三辆。穿过郊外的一片树林小道，豆叶百感交集，忧心忡忡，即将漂泊异乡的恐慌阵阵袭上心头。突然安国少季身轻如燕，飞进豆叶的马车里。车夫感觉有些响动，问道："夫人，没事吧？"

豆叶慌张回道："没事！"安国少季压低声音："现在跟我远走高飞还来得及，如果你去到野人部落，就没有命了。"豆叶："安公子，赶紧离开！"安国少季说："别做梦了，赵婴齐不会封你为王后，他在南越国早有妻儿。"马车的轱辘声响着，加上鸟鸣的声音，掩盖着安国少季的声音。

豆叶："赶快离开，被人发现你我都会招来杀身之祸。"安国少季："为了你，我九死一生活着回来，可是你就这样无情无义地走了，我活着还有什么意义？"豆叶："我有使命，为了汉朝少一个敌国，就算那里是万丈深渊，我也要到南越国去。"安国少季紧紧把豆叶楼在怀中："宝贝，远走高飞吧，再不走，我们将是死别。"豆叶从头上拔下簪子对着自己的喉管："公子，你再纠缠，我就只有一死。"

安国少季："好，我走，我走，你别后悔。"说完掀帘飞身而去。豆叶掀开帘子看着安国少季的身影消失在黄昏中，无比心痛："对不起，来生报答你。"

豆叶的车马走了百余里，到驿站住下。虽然疲惫，换了环境豆叶睡不着，像有什么东西一直刺痛她的心，加上驿馆散发出难闻的汗臭味，熏得她直想吐，内心充满了对未知的恐惧。一群蒙面人知道驿馆有皇家财物，夜间悄悄潜入。豆叶感觉四周有一种阴森的杀气，有些害怕，睁着眼睛看着雕花窗户，突然有响动。豆叶摇醒打呼噜的赵婴齐："醒醒，有人动门闩。"赵婴齐对豆叶说："别出声，装睡着。"话音刚落，门被打开。蒙面人四处摸索，走到床边摸索，见两人鼾声此起彼伏，没起杀心，将汉武帝赐的珠宝玉器盒拿走。蒙面人出了院门，四五人摸着盒子发出无声的狞笑。这时，屋檐上飞下另一个蒙面人，将偷盗珠宝玉器的蒙面人全部杀光。赵婴齐和豆叶从窗户往外瞧这一切，正要转身装睡。

蒙面人闪电般将夺回的珠宝送还给赵婴齐和豆叶："请收好！"豆叶："谢侠士救命之恩！"话刚说完，豆叶发现脚上的鞋是安国少季，大吃一惊，怕被赵婴齐发现，不敢吱声，补充道，"谢侠士救命之恩！"

蒙面的安国少季："保重！"转身离去。安国少季眼看着自己的爱人跟赵婴齐到天涯海角，撕心裂肺，难以抑制，在苍茫的夜色下用宝剑划破手腕，让鲜血滴在荆条花上，让肉体的伤痛释放离别的悲痛。豆叶抱着珠宝盒，坐在床前默默流泪，如万箭穿心，暗道："想不到安国少季一直暗中保护着我，叫我如何报答他？"

赵婴齐："快睡吧，明天一早还得赶路呢！"

豆叶："我害怕，睡不着！"赵婴齐："这下你知道了吧，我父王不是不愿意入朝觐见皇上，而是路途艰险，即使不被盗贼杀死，也要被蚊虫咬死。"豆叶："不管是王者还是贫民，活着都不容易！"赵婴齐冷冷地地说道："只因人世间纷争不断！唉，不知道我的父亲现在怎样了？"

赵眜王去世了，南越国一下子显得凄凉空旷，赵婴齐的结发妻子橙子一直在灵堂前伤心落泪，她成了这座王宫的女主人。赵眜王灵堂前，宫女走来劝道：“太妃，别伤心了，为了赵建德，你要保重身体，等太子回来，一切都会好起来的。”然后给橙子擦去眼泪。橙子拉着宫女的手说：“太子离开家十余年了，不知道他是死是活，什么时候才能回来？”宫女：“太子一定会平安回来的。”橙子：“天气闷热，在太子没有到来之前，又不能对外宣布大王去世的消息，还是将大王悄悄安葬在侧宫，入土为安。”

丞相吕嘉：“说得对，就下葬在王宫内。如果走漏风声，敌国，特别是闽越国要乘虚而入。”虽然丞相吕嘉忠心耿耿，但毕竟年老体衰。橙子：“丞相言之有理！愿上天保佑太子平安归来！”吕嘉就像宫殿的大王，趾高气扬地说道：“赶紧给赵眜王穿金缕玉衣下葬在宫中。”仆人们用金丝线将金缕玉衣一点一点缝合。

这时，侍卫来报：“禀太妃，太子回来了！”吕嘉吃惊：“回来了！”心头五味俱全，暗道，“他怎么回来了？”橙子是百感交集：“太子回来了？太子终于回来了！”橙子一激动，只觉得大脑顶部血管涨痛，眼前一片血红的浪潮，一下晕眩过去，宫女将她扶在一旁躺下。赵婴齐快步走到灵堂前哭泣：“父王，父王，我回来晚了！孩儿不孝！”赵婴齐的哭声惊醒妻子橙子，橙子苏醒过来，上前劝道：“太子，人死不能复生，别伤心了，回来就好。”然后扶他起来坐下。赵婴齐：“夫人照顾父王母后辛苦了。”两人都感到了陌生。

赵婴齐拉过豆叶和儿子赵兴介绍道：“夫人，这是……”

橙子：“别说了，我知道了。”赵婴齐：“汉朝天子待我亲如父，这都是天子赐婚，望夫人宽容接纳。”橙子心生妒忌，用眼睛瞪着豆叶。豆叶拉儿子赵兴给橙子跪下：“谢姐姐接纳之恩！”

橙子的情绪渐渐平和下来，她听到从汉朝来的妹妹给自己请安，无奈道：“都起来吧！”然后对宫婢说，“快带到他们去洗漱。”待他们离去，橙子小声问吕嘉：“丞相，秘密派到夜郎国的使臣有消息没有？”吕嘉：“没有消息！”

# 第四十八章　阿纳血浇蛊情花

夜郎巫卜头戴假面，舌头二尺长，左手拿着一条蛇，右手拿着龟骨，装神弄鬼在国议事塔楼中舞蹈，火塘边十九个部落酋长围坐观看。巫卜放下龟骨，端起酒杯让蛇闻一闻，开始占卜，他头戴和字银冠，目光如剑。

巫卜尖声问蛇："天神使者，请问是谁陷害竹王？"一边问一边舞，然后惊叫道："哦，神说，是她！"巫卜用朱砂在龟骨上划来划去，高声叫道："来人，抓白面狸。"

不一会儿，白面狸被侍卫抓来跪在地上，抬头见巫卜长长的舌头和手中的蛇，吓得大汗淋漓。巫卜剑指审问白面狸："在神的面前，你要说实话，不能撒谎，否则你会被蛊尸虫一点一点啃食。"白面狸："我没有陷害人。如果我陷害大王，让天打雷劈。"仍然抵赖。巫卜将蛇放在地上，向白面狸爬过去，白面狸被吓得求饶："我说我说。我本想只害死王后阿纳，谁知却害了大王，是他们把酒端错了。"巫卜："我主九天大法，法力无边，和合为符，净化人间不忠不孝、不仁不义、除恶镇邪、天下得安。"说完，巫卜将九天净法符贴在白面狸背上，用绳子捆绑白面狸送交给阿纳女王处治。

阿纳在后花园用双手扒开泥土，在泥坑里放进蛊情花种子，然后用竹签刺进自己的食指，鲜血滴到种子上。阿纳疼痛，大汗淋漓，泪珠滚下浇在种子上，再用泥土将种子盖上。巫卜和侍卫带白面狸进来，拱手禀报："王后，陷害大王的邪魔已经抓住，交王后惩罚。"

阿纳："是你？为什么要害大王？"

白面狸："要杀要剐由你，少废话。"

巫卜见白面狸凶相毕露，高声叫道："合刀一举，诸邪鬼魔快躲避，违令不尊者，杀，杀，杀！"面对利剑，白面狸死到临头挣扎恐惧，哭诉道："女王，我错了，救救我！"阿纳母性被激发，心慈手软："慢，留她一命，让她在广场日晒雨淋三天，也许她会醒悟，重新修炼成人。"巫卜："王后，千万不能同情妖魔，难道一条毒蛇会因为被处罚变为善良的羊吗？为了国家的安全，请求王后按九天大法处治吧。"

阿纳："留她一命，也许会感动上帝，让大王尽快醒来。"巫卜："王后，当断不断必有后患。"白面狸："你杀掉我吧，我不愿活着看见你什么都比我好，你有金矿银矿，还有王子爱你，可我一无所有，我妒忌你！我妒忌你！我恨你，我恨死你，我想要你死！"

阿纳冷静地说："拉出去，让尸虫慢慢咬她的肉，一直咬食到她的心，她就能知道妒忌别人伤害别人，就如尸虫咬自己的心。"

侍卫："是，王后！"

广场夜黑风高，古榕树下捆绑着狸子，尸虫咬食着她的肉，咬到她心的时候高声惨叫。黑面狸听到惨叫声走来，见有侍卫，转了一圈，现出原型，悄悄潜到大树后面咬断捆绑在白面狸身上的绳子，又化成人样，用蒙汗药迷倒侍卫，将白面狸救回。他抱着白面狸进到草屋，把白面狸放在床上，发现手臂上的肉被尸虫吃光了，尸虫已经钻进她的心脏。黑面狸用火烧白面狸身上的尸虫，但尸虫不怕火烧，白面狸修得千年身体在火中挣扎，昏迷，疼痛难忍。

黑面狸："狸子，忍一忍！"

白面狸："痛死我了！"惨叫声声。黑面狸："我想起巫卜说过，人间一切邪恶都恐惧仁义者的血。"黑面狸快速下楼，杀了一只羊，接到一桶血，将白面狸放进装有羊血木桶里浸泡，不一会儿尸虫全死了漂在血上。昏迷的白面狸渐渐苏醒过来，怕血凝固，黑面狸快速抱着白面狸跑到小溪里清洗，然后又怕被人发现，用黑色羊皮包裹她回到草屋。

白面狸见到黑面狸内疚万分："你为什么救我？"

黑面狸："我喜欢你。"

白面狸："我不需要你可怜！"

黑面狸："每个人都要经历一些幻想、失败、痛苦，才能明白什么是真爱，什么是适合自己的爱。荣华富贵不是争抢来的，是命中修来的。"

白面狸："我不相信命，我要抗争。"

黑面狸："抗什么争，我们是花面狸，不是人，只有静心修炼才能变成人！"

白面狸："修炼修炼，要修到什么时候？我都已经修炼千年了，还没有成人。"

黑面狸："你越着急，越成不了人！"

白面狸："所以，我不想修炼了！我要报仇，灭掉女王阿纳。"

夜郎王宫后花园里有一栋草屋，女王阿纳醒来，巫卜带了一个男人来到种有蛊情花的后花园，阿娜正在屋前给蛊情花浇水。

巫卜："王后，负心男人给你带来了。"

阿纳："不能无辜伤害了好男人，我要先问问他的女人，看看算不算负心男人，他的女人带来了没有？"

巫卜："也一同带来了。"阿纳问负心汉的女人："巫卜大师暗中访到你的男人是负心汉，对吗？"

女人："王后，别伤害他，我没有说他是负心汉。"

阿纳："现在说还来得及，你必须如实回答我的提问，不能撒谎。你的男人抛弃你的时候对你做了什么？说了什么？如果撒谎，巫卜会让你变成泥鳅。"

女人："王后，我说，我说。我每天给我的男人做饭、洗衣服、洗脚、喂猪、放羊、酿酒，但等我怀孕后，我不能蹲下给他洗脚，做饭也没有从前做得好了，他就对我说：'老婆，你的脾气怎么这样坏，饭做不好，盐巴不是放多就是放少，你重新找个好男人，比我好十倍的男人，过上幸福的生活。'说完就走了，我一个人生下孩子，别的男人看到我生了一个男孩，也不要我了。"阿纳说："你的男人属于虚伪型负心汉，他要接受惩罚。我给你一百两银子，你带孩子度日去吧。"女人："王后，即使他是负心汉，请求女王放了他吧。王后开恩，不要惩罚他，因为谁都有权利追求好日子。"

阿纳："如果男人都为了让自己舒服，不负责任，人类将要灭亡，必须惩罚负心汉，人类才能延续。如果你心软，下辈子还将继续遇到负心汉。"

女人："谢王后！"女人走了。负心汉被巫卜绑在木桩上，巫卜将刀子递给阿纳："王后，请你割下他的一块血肉用去浇灌蛊情花吧。"阿纳接过刀子，双手颤抖，下不了手。巫卜："王后，不能犹豫，还要用蛊情花救竹王呢。"阿纳还是下不了手。巫卜握着阿纳的手，割下负心汉手臂上的一块肌肉，负心汉疼痛号叫。负心汉："你们私动酷刑，我要告诉大王！"

巫卜："大王中蛊情，你去告！女王就是为了大王割你的肉。"阿纳用鲜血滴到蛊情花下，蛊情花果真从土里发出新芽。竹王寝宫静悄悄，阿纳坐在竹王的身边，给他小声唱歌："我的王子，……醒来！我不能没有你。"

夜郎王宫后花园，阿纳刺手指的鲜血滴浇蛊情花幼苗。巫卜又带进来一双男女："王后，请发落！"

阿纳问女人："你的男人怎么负心于你？"女人回道："这个男人自认为他家产万贯，我怎么对他好，他就是不动心。他竟然喜欢一个每天用鞭子抽打他的女人。"阿纳又接着问男人："你是怎么负心于爱你的女人？"

负心汉："王后，我没有负心于她。这个女人看中的是我家的万亩良田，而不是我。她整天只顾自己吃喝玩乐，从不关心我的冷暖。"

阿纳："巫卜，你们怎么能乱抓人？男人也有追求自己幸福的权利。这个女人看中男人的家产就强要男人娶她，这是女人的错误。放人！"

巫卜："是，王后。"阿纳看着瘦高的男人和肥胖的女人走出去后，对巫卜说："巫卜，我告诉你，找负心汉绝不能殃及无辜。这样会引起民众恐慌，引起民愤。"巫卜："那什么才算负心汉？"

阿纳："你必须认定几种类型：自私负心汉、贪婪负心汉、残暴负心汉、嫉妒负心汉。"巫卜："请王后明示！"

阿纳："自私负心汉，就是女人上要养老，下要养小，他不但不帮助女人承担家庭责任，还借口说女人不爱他；贪婪负心汉，整天不做家务，靠女人养活还骂女人伤害他自尊心；残暴负心汉就是动不动就打女人，游手好闲；妒忌负心汉对聪明的女人百般刁难，打击报复。"

侍卫来报："王后，白面狸逃跑了！"

阿纳："你们是怎么看的？"

侍卫："我们就打个盹，醒来就不见了。"

阿纳："让她去吧！"

巫卜："王后，放了她，必然祸害他人。"

阿纳："我是给她改正邪恶的机会，可她真是本性难改啊。"

巫卜："老鼠永远修炼不成雄鹰。"

阿纳："但老鼠毕竟修炼成了蝙蝠。"

巫卜："王后，老鼠即使修炼成了蝙蝠，也成了瞎子。作为王后，消灭一只老鼠，国家就多一份安全。假如大王有个闪失，夜郎的安危谁来承担？"阿纳："大师言之有理，速将白面狸捉拿归案。"侍卫："遵命！"

巫卜："女王，微臣告辞！"侍卫来报："王后，南越国国王赵昧仙逝。"

阿纳："知道！"夜郎王宫中，阿纳坐在竹王的宝座上，银冠闪闪发光，威严端庄。

摩哥行拱手礼："参拜王后！"

阿纳："南越王平时待我们不薄，本王命你带上礼物前去吊孝。"

牂牁江峡谷，夜郎使臣摩哥，带着礼物沿牂牁江顺流而下，竹筏如叶，在激流浪花中忽高忽低地前行。使者摩哥穿着兽皮，粗壮的身子如鹰翔长空，长发如波浪翻飞，他们奔放开心的叫声穿越寂寞的峡谷，惊动两岸的猿猴。

南越国番禺都城热闹非凡。

侍卫来报："大王，夜郎国使臣摩哥前来追悼先王。"赵婴齐很感动："多少人？"侍卫："十人有余！"赵婴齐："本王亲自到码头迎接夜郎国大使！"橙子带着儿子赵建德准备跟着赵婴齐一起出去。赵婴齐对他们说："你们别去，我带豆叶和赵兴去。"橙子流着泪："奴家等了你十几年，回来却这样对待我。"说着伤心泪流。赵婴齐上前安慰道："别哭，下次我再带你们去！回去吧！"然后对豆叶和赵兴道，"我们走！"橙子看着赵婴齐带着豆叶、赵兴高高兴兴出去的样子，被遗弃的痛苦化作对豆叶的仇恨从眼睛里喷射出来！宫女过来安慰道："王妃，别难过，我们回去。您就包容些吧，他们毕竟在一起生活的时间长。"

橙子："我此刻的感受就是一具僵尸。"看着赵婴齐带着豆叶和赵兴出去，橙子感到一股凉气渗入骨髓。她感觉到自己已经被赵婴齐送进了黑暗潮湿的坟墓。屈辱的感觉让自己脸上的肌肉僵硬、萎缩。微笑在脸上控制不住地凋谢、凋谢，她想放弃生命。这时赵建德叫道："母亲，我们回去吧！"看着赵建德，她没有办法选择死亡，真是生不如死。

赵婴齐带着豆叶和赵兴来到番禺码头亲自迎接夜郎使臣摩哥,侍卫跟随身后。夜郎使臣摩哥等候在码头，见南越国的新国王赵婴齐走来，摩哥上前行礼："夜郎使臣摩哥参见大王！"

赵婴齐："使臣不远万里，亲自前来吊唁我父王，不胜感激。"

摩哥："竹王身体不适，不能亲自前来吊唁，深表歉意！"

赵婴齐："谢竹王！"赵婴齐牵着使臣摩哥的手，就像牵着亲兄弟的手，无限感慨地说："竹王的深情厚谊，我父王在天之灵明知。"

摩哥："大王生前对我国恩重如山，理应尽孝。这次我们带来了大王生前喜欢的铁剑，作为陪葬。"

赵婴齐："谢大使！竹王可好？"

摩哥迟疑了一会儿："托贵国的福，竹王很好！"

赵婴齐："竹王万福！"

赵婴齐不知道，此时的竹王在夜郎王宫中了蛊毒，巫卜坐在他床边给他念咒语，希望竹王早些好起来。

# 第四十九章　隐居仙山

夜郎王宫后花园中，王后阿纳跪在蛊情花前祈祷完毕，用竹签刺十指，滴血和眼泪浇灌，纤柔的花枝开出了妩媚妖娆的蛊情花，花蕾娇羞，红色的花瓣如血，迎风摇曳，梦幻妖魔之气令阿纳恍恍惚惚。阿纳用刺血的指尖，摘下这主宰生离死别的花朵，放进竹篮子中。痴草摘了几朵递给阿纳说："王后，这花真美。"

阿纳："我看一点不美，像魔。"

痴草："用药酒把它泡死，听巫卜说浸泡七七四十九天依然这样妖艳。"

阿纳："出嫁这日子过得一言难尽。"说着，一朵一朵装进酒坛中，用火棘酒浸泡。痴草陶醉地闻闻："好香啊！女王，我真想喝一口！"

阿纳："不知道女人喝了会是什么样子？"痴草："也许女人喝了就变成男人。"阿纳："试一试？"痴草："不可！我不愿意做男人，做女人真好！"阿纳："好什么？"痴草："男人活一辈子，好像只是为了满足他自己欲望，一辈子的眼睛里只有女人的乳房。而女人却能看到花魂草魄，能感知天地妖神恩赐，能辨是非，感知快乐，做女人不寂寞。"

阿纳："做女人真好！"

痴草："王后，我去厨房看看！"

夜郎王宫留下阿纳一个人，静静看着昏迷不醒的竹王突发奇想，想试一试蛊情花酒的作用，将酒小心翼翼倒进竹筒杯，端进昏暗的卧室，一点一点喂竹王，竹王轻微动了一下。阿纳惊喜异常："大王，醒醒！"阿纳这一唤，竹王果真渐渐醒来。竹王醒来用陌生的目光看着阿纳问："我是谁？我在哪里？"阿纳一厢情愿地深爱竹王："你是我的王子，你可醒来了，这蛊情花果真奏效。王子，你是在自己的王宫里啊。"

竹王："你是谁？"阿纳无限柔情地说："我是你的王后阿纳！"

竹王下床，疯了一样取下宝剑："你不是我的王后，我想起来了，蛊情花，狸子才是我的王后，狸子才是。你给我滚，给我滚。"这时，巫卜走进来，看到这一切，十分惊恐。巫卜对竹王说："大王，你终于醒了，大王，你在新婚之夜中了白面狸子的迷情巫蛊，昏迷了三年，是王后用血泪浇灌蛊情花救醒了你。"

竹王："不，我的骨头告诉我，我的爱人是狸子。她在哪里？快告诉我！不说我就杀了你们！"巫卜举手投降："大王，我说，我说！白面狸是妖孽，是她在新婚的酒杯里下蛊毒，大王因中了毒酒才昏迷了三年。是王后用血泪浇灌蛊情花，救醒了大王啊！"竹王用剑指着阿纳的胸膛："你们都是骗子，我告诉你们，即使狸子是妖孽我也喜欢她。你们给我把她找回来，否则我就杀了这个叫阿纳的坏女人。"竹王用剑对着阿纳的脖颈，大声叫嚷。

巫卜："大王，您放下剑，我让人给您找白面狸去。"竹王："快去找！快去！我一刻也不想等待。"巫卜扶竹王坐下，然后悄悄将药粉放进竹筒水杯里，端给竹王，温柔地说："大王别急，您喝了这杯水，我这就去找狸子。"竹王喝下水，渐渐昏睡过去。巫卜看着泪流满面而又惊恐的王后，走过去安慰道："王后，竹王睡了，一天后醒过来，见不到白面狸，他会暴打您，抓您的头发往墙上撞，他会逼您自杀，所以，在大王没有完全醒来之前，您要将这药粉放进水杯，让大王喝下。"

阿纳焦急地问："这安眠药会不会伤害大王？"

巫卜："不会，这只是缓兵之计。王后，您不要感情用事，您爱大王不要心急！"

阿纳难为情道："我不忍心让大王这样昏迷不醒啊。"

巫卜："就怪王后太心急，蛊情花的数量还不够，药力也不够，要等九年才能见效。"

阿纳："是的，我太急躁了！"

巫卜："现在的药效只能让大王醒来，却不能让大王辨别是与非、好与坏。您不忍心让他昏迷不醒，但他半醒不醒会置您于死地。"

阿纳："先师，这可怎么办？"

巫卜："王后，我去把白面狸找来，又恐王后有生命危险。请王后先到仙山隐居，悄悄培植蛊情花，需要忍耐一段时间。"

阿纳像一朵带露的百合花，流着泪说："我真想不到会是这样的结果。"巫卜："我当初说过，要九十九个负心汉的血肉浇灌，但王后心软，说什么不想伤害无辜生命，王后，您太心急，凡事欲速则不达。"阿纳："是我错了！先师，你快去找白面狸。"巫卜出去了，阿纳守着昏迷的竹王，突然陷入无助的空虚，她随手拿起花围兜开始刺绣，排解痛苦。

痴草进来："王后，唐蒙求见！"阿纳："他不是已经回到汉朝了吗？怎么又回来了？"痴草："他手持符节，奉天子之命再次出使夜郎，说有要事与大王商议。"阿纳："让他进来。但不能让唐蒙知道大王中情蛊毒之事。"痴草："大王昏睡不醒怎么办？"阿纳："我会有办法对付唐蒙的，让他进来。"唐蒙走进夜郎王宫，见阿纳穿着刺绣的服饰，戴着白银的王冠坐在宝座上，一颗忐忑不安的心突然放松下来。

唐蒙拱手："拜见王后！"

阿纳："免礼！"

唐蒙："怎么只有王后在此，请问竹王……"

阿纳："南越国国王赵昧仙逝，竹王前去南越祭奠。"

唐蒙一挥手，手下就将丝绸金银呈上，阿纳并不感动，唐蒙再挥手，手下将五彩丝线呈上。阿纳走下宝座，亲手接过丝线，丝线凉悠悠、滑爽爽地从手心上滑过，带着一股桑蚕的光泽和清香。阿纳忘记了烦恼，忘记了冷酷无情，她将要用这些丝线把蝴蝶、花朵、小草刺绣在自己的衣裙上，让自己美丽起来，强大起来，快乐起来。阿纳一直忧伤的表情鲜活起来，饱满起来，她恢复了活力，微笑着对唐蒙说："大使，你想要夜郎国为你做什么？"

唐蒙："武帝相信长生不老术，知道在夜郎通往南越国的地方，有一座仙山，想在那里炼仙丹。"阿纳："这是一件重要的国事，等大王回来再与大使商议，如何？你们先在驿馆住下。"唐蒙："其实大王不在，王后也可以做主。"阿纳："我在女儿国倒是可以做主。如今，我已经嫁到夜郎国，私自做主，必然引起国人非议，就是大王回来，他也要召集十九个部落的酋长商量，才能定夺。但我会尽力说服大王答应武帝的圣意。"

唐蒙："那就按王后的意思办，唐蒙告辞。"

阿纳对痴草说："痴草，让人安排好大使的食宿。"唐蒙转身出宫，阿纳又开始痴迷刺绣，刺绣的时候，心绪终于安静下来，忘记了时间，忘记了竹王。竹王突然醒来阿纳丝毫没有察觉，竹王无声无息来到阿纳身后很长时间，大声吼道："你这个贱货，又在刺绣，狸子呢？"阿纳吃惊，有些力不从心地回道："大王，您醒了？"竹王没有回答，抓住阿纳的头发就撞墙，瞬间鲜血直流，温热的血从额头上流过眼睛，流进嘴巴。王后感觉到血腥味，渐渐昏死过去，竹王卡住阿纳的喉咙想掐死她。

危急之中，巫卜带着白面狸进来，说道："大王，住手，狸子来了。"竹王看到白面狸，将阿纳推到一边："去你妈的！"他急切地走过去搂着白面狸，"狸子，狸子，我好想你，你上哪儿去了。"阿纳苏醒过来在一旁看到这一切，如万箭穿心，泪流满面。巫卜给痴草递了一个眼色，痴草悄悄扶起阿纳走出王宫。

阿纳来到巫卜准备好的娘娘仙山隐居，一边修炼，一边刺绣。巫卜说："王后，大王中了白面狸的情蛊，害了病，您不要怪他，我们会帮助大王看清白面狸真相的，但一切都需要时间。"

阿纳："谢先师搭救！"

巫卜："这是一本养生秘籍，可帮助王后度过漫长寂寞的时光，经历坎坷却能永远保持少女容颜。"巫卜递上竹卷。

阿纳：“请先师保护好大王！”

巫卜：“王后放心！”

夜郎王宫外电闪雷鸣，下着暴雨。白面狸搂着竹王油黑的脸，眼里闪着灵火的光焰说：“大王，我知道您会让我回到您身边的。”

竹王：“我的美人，我不能没有你，你化成灰我也能找到你。”白面狸：“我们本来早就该在一起，就是阿纳不断阻拦我们的好事，如果不杀了她，我们的幸福就像流水，迟早付之东流。”

竹王：“好，我听你的，一定杀了那个妖女。”白面狸：“听说阿纳一直在杀人？”竹王：“杀什么人？”白面狸：“杀负心汉。”竹王：“真有其事？”白面狸拍拍手，一个负心汉走进来。

白面狸：“大王，你问他。”竹王：“王后杀负心汉，有这回事吗？”

负心汉：“是的，王后杀了几十个负心汉。”竹王：“既然王后杀了负心汉，你怎么没有死？还活着呢？”负心汉：“这……那……这……那……”

竹王：“别支支吾吾，快说！”负心汉：“我交代，王后并没有杀死负心汉，而是用刀割负心汉的一点点血肉浇蛊情花。”竹王：“王后只是割你的血肉，为什么你要说她杀死负心汉？”

负心汉：“这……”

竹王自从中了白面狸的情蛊，性格十分残暴，竹王用剑架在负心汉的脖子上愤怒道：“快说！”负心汉被吓得瑟瑟发抖：“大王饶命，我说，我说。大王新婚之夜，中情蛊毒酒昏迷，王后为了救大王，就用负心汉的血肉和自己的心血浇灌蛊情花救大王。白面狸为了让大王杀了王后，就让我做伪证。”

竹王：“这可是真话？”

负心汉：“句句属实。”负心汉是黑面狸装扮的，因为仇恨白面狸的背叛，揭露了白面狸。竹王：“给我滚！给我滚！”负心汉低头退下，转身出宫。竹王对白面狸说：“你为何陷害王后？”白面狸狰狞一笑，从从容容走到竹王面前，然后投入竹王的怀中，娇嗔道：“大王，您刚才是在做梦，我就是王后阿纳。”竹王被弄糊涂了，分不清梦里梦外，更分不清是非好坏，大脑一片混沌说道：“呃，刚才我是在做梦啊。对的，你就是我的王后，我糊涂了。”

侍卫进来禀报：“大王，出使南越国的摩哥回来了。”

竹王：“谁派他去的？”

侍卫：“禀大王，王后派到南越悼念赵昧王！”

竹王：“让他进来！”

摩哥进宫：“参见大王！”竹王：“免礼！本王不知道你什么时候去南越国的？”摩哥：“大王昏迷，王后派微臣前去南越国吊唁赵昧王。”竹王大吃一惊：“赵眛王去世了？”摩哥：“是的，大王！”竹王：“如今是谁做新王？”摩哥：“是赵眛王的儿子赵婴齐。新的南越王赵婴齐比去世的南越王赵眛更大方，他送给夜郎国黄金万两、万枚海贝、印度翡翠酒杯一对，还有丝绸。”

竹王用手捧起海贝，让海贝从指缝里滑落，掩饰不住地放声大笑，笑得肌肉发抖，手舞足蹈：“哈，哈，哈哈……这么多海贝。”笑声很长时间停不下来，奴婢们发现不对劲，因为竹王笑得嘴巴合不拢了。

白面狸说：“快，快，去找巫卜。”

巫卜来了，见竹王依然大笑不止，十分痛苦，对竹王说：“大王，安静坐下，等我查看情况好对症下药。”巫卜见竹王两眉之间的印堂出现红色灯花状，知道心火消损，然后就沉默，思考用药。

白面狸等不急，高声尖叫：“有办法快给大王医治，慢慢吞吞干啥？”

巫卜对白面狸不理不睬，转身对随从说：“常言道，喜伤心，大王是高兴过度心火太甚，导致唇舌难合。”说完掏出一粒丹让竹王服下。不一会儿，竹王的嘴合拢了。竹王对巫卜说：“你的药很神妙啊，本王奖赏你黄金百两。”

巫卜：“谢大王！”

竹王突然想起了什么问道：“我的蛇首宝剑打好没有？”

巫卜：“大王，已经打成，只等大王亲自开锋装入剑鞘！”

竹王来到打铁关，铁匠们叮叮当当在打剑，见了竹王，都不说话，只顾低头打铁。竹王走进铁匠铺，巫卜问：“大王的宝剑可打成？”铁匠将蛇首宝剑拿出来说道：“请大王阅！”竹王见到铁匠满头是汗，在炉火的映照下，从漆黑的脸滴下。竹王用拇指刮刮剑刃：“好剑！”铁匠听到竹王的赞美，憨笑着露出洁白的牙齿：“等大王开锋装剑鞘！”竹王接过铁匠手中的铁具不断地捶打。

巫卜：“大王开锋后，这宝剑坚韧锋利寒光逼人。”竹王：“好剑！好剑！一会儿我要亲自在野猪的身上试一试！”巫卜：“大王，为什么不在虎身上试一试，而要在野猪的身上试？”竹王：“野猪肉好吃不上火！即使被人杀了，它不会显得太痛苦。”巫卜：“大王高见！”

牂牁江岸野猪林，一群野猪在吃着橡果。巫卜：“大王，野猪有十几头，接近它们很危险的。”竹王：“休要阻拦，本王要试一试宝剑！”野猪们都在呼呼大睡，竹王还没有走近野猪群，野猪们都闻到人身上的气味，惊醒过来，十几头野猪将竹王围住，鬃毛倒立，准备进攻。竹王手握宝剑，准备迎战。十几头猪同时围攻竹王，竹王腾空而起，野猪们头碰头，有的碰晕了过去，有五头猪见势不妙，跳进牂牁江游走了。剩下一头好斗的公猪腾空扑向竹王，竹王一闪身，公猪扑了一个空，重重扑在地上。竹王一转身一剑刺进公猪的喉部，公猪挣扎几下，就死了，鲜血喷溅竹王一脸，竹王像野兽。

竹王："我这宝剑利索，不费吹灰之力就解决了它，抬回去宴请群臣！祝贺宝剑铸成！"侍卫抬着死公猪走了。

巫卜："大王好身手！"

竹王："好剑！"

夜郎王宫宴席上，灯火通明，觥筹交错，戴面具的舞者正在乐鼓声中舞蹈。竹王从剑鞘中抽出寒光逼人的宝剑："巫卜，今后这把宝剑可以扬我夜郎国威！"

巫卜："大王，恕我直言，扬我国威的不是宝剑，而是人才！"

竹王："巫卜，你别总是与本王唱反调。"

巫卜咽下了一块野猪肉说："如果大王喜欢人才超过喜欢宝剑，我们得到的财物比眼前这头公猪多十万倍。"竹王："不都是一个窝子出来的人吗？人才在哪里？"巫卜："一棵树上的桃子，有百个，但其中总有几个鲜艳夺目，他们抗风雨能力最强，最甜美。在一群人中，总有几个人品貌端正的。比如进宫来献山药的摩哥，他宽厚待人，智慧超群，胆识过人，见山中野兽啃食藤结，自己先食，再献给大王，大王却淡然处之，不给予嘉奖，反而奖励投机取巧的人。因此，做实事的人就越来越少，依靠吹牛得到好处的人就越来越多。"

竹王："你这是影射本王昏庸，胆子搞大了，想谋反？"巫卜："我巫卜从没有为自己打算过，更不想谋反。我只是希望我们这个国家依靠人才强大起来，不要说拓宽疆土，只要能与当今的汉朝抗衡就不错了。"

竹王："我现在都能与汉朝抗衡了。"巫卜："大王，听唐蒙说，汉朝的张骞把外国的财宝拿回国，汉朝人已经吃到了胡萝卜，我们整天还在吃野猪。"

竹王："你是活腻了，野猪肉比什么胡萝卜强十倍。"

巫卜："我国被卖到外国去的僰童出去了也不愿意回国效力；汉朝有善词赋的司马相如记载治国经验。我们呢，一代又一代口传心授，天文地理一切都得从头认识，还没有认识一半人就死了，国家的富强是好经验的积累；汉朝有飞檐走壁的唐蒙，四处行侠仗义，我们呢，事不关己高高挂起。"

竹王怒："闭嘴，汉朝什么都好，明天你就去汉朝！我不好吗？我杀一头野猪也要让大家一起分享！来人，把巫卜捆绑起来吊在树上，再让他说！"

巫卜被吊在树上，悠过来悠过去，说："大王难道忘记了我族的祖训？"

竹王："什么祖训？"

巫卜："在濮高祖时代，民苦无计，九天天主知道后点化高岩老祖，身背福袋，行走八方救济难民，高岩的仁慈让难民养成了好逸恶劳的习惯，不想劳作，歧视劳动，天天等着救济，人与人之间互相讹诈伤害。九天天主发怒，指责高岩无方，让高岩隐身，让熊祖带领难民劳动，高岩暗中帮助那些勤劳的人，让劳动者富裕起来，人们又过上自食其力的幸福生活。"

竹王：“说了一大堆废话，这是什么意思？”

巫卜：“意思就是，要强国需要依靠勤劳的人才，依靠邻国的救济和施舍永远不能富强，依靠宝剑侵略更是给人民带来灾难。”竹王喝一杯酒，吃一块肉，吃一块肉，喝一杯酒，然后对着树上的巫卜说：“说完了没有？”

巫卜：“大王，宝剑夺得的野猪肉一会儿就吃完了，但是真理是永远说不完的，工匠给国家创造的财富也永远用不完！”竹王猛抬头看被吊在树上的巫卜，对侍卫说：“把他放下来！本王试一试他的胆子，果然是我夜郎国的先知先觉者，不怕死。本王惭愧，竟然为南越国送的礼，高兴得嘴巴都合不拢。是的，只有让民众养成勤劳的习惯，才能拥有属于自己国家的财富。说得好！但你的尾巴不要翘到天上去。”

巫卜：“一个国家和一个家庭一样，依靠别人送的东西不能富裕，唯一的出路就是依靠劳动富裕。所以，大王赏赐我的金银就用来鼓励那些庄稼种得好、酒酿得香、羊牧得壮的人。”竹王：“本王豁然开朗。”竹王见巫卜依然忧心忡忡，又问：“你还想说什么？”巫卜：“在这个世上，女人最先发现了稻种，最先学会酿酒，所以勤劳善良的女人才是真正的国宝，请大王免除对王后的惩罚，让她回宫吧。”

竹王：“那就请她回宫吧。”巫卜来到娘娘仙山，山洞前的草屋里堆满了各种草药，见阿纳正在炼丹的背影，巫卜上前行礼道：“巫卜参见王后。”阿纳吃了一惊，转身过来：“是先师？”巫卜见到阿纳的瞬间，眼神一惊，但随后又恢复平静，阿纳问：“怎么了？”

巫卜：“养生秘籍很神奇，女王变成了少女，我都认不出来了。”

阿纳：“我在山里劳作，远离尘世纷争，每天与百花为伴，沐浴山泉，吃仙丹，快乐啊！”巫卜：“王后，白面狸让大王沉迷酒色，不顾百姓安危，百姓需要您出山。”

阿纳：“可是我已经无法回去了。”

巫卜：“为什么？”

阿纳：“一言难尽。”

巫卜：“大王见到摩哥从南越国带回来很多贝币，笑得嘴巴合不拢。”

阿纳：“摩哥平安回国就好。”

巫卜：“现如今南越国是太子赵婴齐任新王，新王后是赵婴齐在汉朝当人质的时候，娶的女子豆叶。”

阿纳：“豆叶？就是织丝绸的达伯谷女子。”

巫卜：“是的。万一需要，我派人到南越国求助。”

# 第五十章　豆叶风波

豆叶在浮着鲜花的水池中与赵婴齐一起沐浴。赵婴齐回到自己的王国，忘记了安国少季带来的不愉快，他在水中抚摸着豆叶，感到十分安全。豆叶神韵如月，貌美如花，肌肤如玉，柔情似水，赵婴齐说："我的美人你为什么流泪了？"

豆叶："我担心离开故乡会孤独寂寞，谁想大王这样的关爱我，让我高兴得直流泪！"

赵婴齐："我离开南越国到中原得到你的爱，我不孤独。现在你离开故土到南越国来，本王应像你当初爱我一样爱你！"豆叶无限柔情地依偎在赵婴齐怀里，享受着沐浴的温情，说道："彼此的真诚相爱，才是真正的家。"两人正在陶醉中，宫女进来禀报："大王，丞相吕嘉求见！"

赵婴齐："稍等！"

赵婴齐接见吕嘉。吕嘉走进宫直接坐在侧椅上，没有行礼，就说："大王，我辅佐了您的曾祖，您爷爷没有当上皇帝就离世了；我辅佐您父王，如今您父王仙逝；我又辅佐您。您别嫌我老，我还有力气辅佐您的。"

赵婴齐："丞相，感谢你对南越国做出的贡献，但是现在你老人家该休息了，事情有年轻人做。"

吕嘉："不，大王，您得答应我一个请求，我才能安心休息。"

赵婴齐："什么请求？"

吕嘉："我吕嘉一辈子都没有为我自己打算过，因为我知道，没有南越国，就没有我，没有我们大家，所以南越国的兴衰，关系到南越人的命运，同样，我们每个人的言行都关系到南越国的荣辱。为了国家的稳定，我用大公无私的心，请求大王立您的结发妻子橙子为王后，长子赵建德为太子。这个要求不过分吧？"说完后，用深凹的眼睛看着赵婴齐水灵的眼睛，等候结果。他嘴唇蠕动了一下，显得有些沧桑无助。

赵婴齐："丞相，这个请求我无法满足您。"

吕嘉："自古，不管哪个国家，立长子，天经地义。我担心，如果立幼将会引起宫廷纷争。"

赵婴齐："豆叶乃大汉天子赐婚，立豆叶为王后关系到南越国与汉朝的正常关系。再说，南越国变法需要汉朝的支持。”

吕嘉：“变什么法，一个国家安安稳稳就行了。商鞅变法把国家搞乱，自己命也没有了，大王还得三思。”

赵婴齐：“这个世界唯一不变的真理就是变。”吕嘉暗含怨气：“南越国是您曾祖在秦朝打下的天下，与当今汉朝没有关系。南越表面上是汉朝的外藩，实际早已经独立，我南越国敷衍一下汉朝就是了，没有必要依附汉朝受其牵制。”赵婴齐：“南越国虽说是曾祖打下的天下，我辈生命仍然流淌着华夏血脉，治国方略也依然是华夏思想精髓，就连这些建筑都是汉朝模型。臣服汉朝归大同，这也是先王的意思。”吕嘉露出惊恐的样子：“大王，您已经中毒太深，这么多年您在汉朝当人质，他们用金钱美色诱惑您，让您归宗，这很正常。但希望大王醒醒，先祖打天下不容易，如果立赵兴为太子，必然失去民心，出乱子。”

赵婴齐：“丞相，我国缺乏什么？”

吕嘉：“大王以为我南越国缺兵器，这是过去。如今我国与夜郎国建交，那里有丰富的铁矿，有高超的冶炼技术，出产大量兵器，我国已经购进至少数十万兵器。”

赵婴齐：“一个国家的强盛不在于兵器，而在于符合人道的治国思想，在于人才，这是一个很简单的道理。我在汉朝与其说是当人质，不如说是去学习，在那里我学到了治国方略。汉朝刘邦得天下，先是得了张良、萧何，然后得到了韩信。汉朝出现文景之治，因为得了一个崇尚黄老思想的窦太后，她用黄老思想辅佐了汉文帝、汉景帝，国库殷实；汉武帝废除秦朝的世袭制，用察举制选拔人才，不论亲疏，不问出身，地方官在辖区内随时考察、选拔人才推荐给朝廷，经过试用、考核才任命官职，这些人是国家栋梁。”

吕嘉：“大王，您别给我纸上谈兵，这些都不符合南越国的国情。”

赵婴齐：“南越国的国情不仅缺乏人才，更缺乏物质，国民至今仍然吃老鼠，吃毒蛇，吃虫蚁。汉朝的饮食文明来自人才的不断开发：张骞让汉民的餐桌多了很多蔬菜和水果，还联络周边国家，扩展了汉中的地域。这些人才不仅帮助汉朝拓宽了疆域，在政治上扩大了影响；董仲舒用儒家思想治国，凝聚了人心；汲黯、司马相如奔走天下；唐蒙主持修通了汉朝到夜郎的官道，虽说只有五尺宽，但是，就是这五尺道，让汉朝得到了很多财富。可是，我们有什么人？”

吕嘉：“南越国满朝文武百官难道不是人才吗？”

赵婴齐：“丞相，恕我直言，从我曾祖赵佗到现在，朝中的丞相就你一个人。这朝中的文武百官，姓吕的可能比姓赵的还多几倍，这些裙带关系，盘根错节，让国家难以前行。有谁在为南越国考虑，都在为你们的地位考虑，这样下去，汉武帝不灭了我们，我们自己可能先灭亡。”

吕嘉：“大王，您是听那个汉朝妖女的胡言乱语。”

赵婴齐："丞相，我意已决，不容改变。这是为国家的前途考虑。"

吕嘉："大王，您这不是为国，是卖国。"

赵婴齐年轻气盛："来人，送丞相。"

吕嘉走后，赵婴齐生气地坐在龙椅宝座上，右腿搭在左腿上，思虑后，高声叫道："来人！"

公公进来："大王！"

赵婴齐："宣告国人：立豆叶为王后，赵兴为太子。"

公公："遵命！"

暗哨很快将赵婴齐立豆叶为王后的消息，禀告橙子，橙子气愤地走出东宫，匆匆来到吕嘉的府上哭诉道："丞相，你要为我做主啊，我在南越等他十余年，现在大王册封那个妖女为王后，竟然立赵兴为太子，丞相给我母子做主啊。"

吕嘉："我为这事请示过大王，他却一意孤行。自从他从汉朝回来，南越就不太平喽！"橙子："我受委屈没有什么，我是怕赵建德受委屈，这孩子老实厚道，想不到大王会被这个妖女迷惑。"吕嘉："现在说什么也没用了，大王已经下了诏书，立赵兴为太子，那个妖女为王后，局面难以扭转。您回去休息吧，伺机再说。如今他们有汉武帝撑腰，小不忍则乱大谋。"橙子感到天昏地暗离开丞相府，自言自语道，汉朝那个天子怎么会让赵婴齐变得六亲不认呢。

汉朝王宫里，汉武帝一边喝酒一边看卫子夫歌舞，眼睛大放光彩，如腾云驾雾，苏公公悄悄走到汉武帝的身边，小声说道："陛下，皇后送您的书信。"说着递信给汉武帝，汉武帝不耐烦回道："别烦我，什么信，一会儿再说。"说着，曲子结束，卫子夫像一朵刚刚盛开的花朵，靓丽，干净，清新，明媚。她娇滴滴走到汉武帝的面前敬酒，汉武帝拉她坐下，卫子夫给汉武帝斟酒："陛下，请！"汉武帝接过酒杯说道："都退下！"公公和宫女都退下了。汉武帝对卫子夫说："美人，来！"汉武帝感到了快乐欲仙。在崆峒问道的时候，老道给汉武帝说过，点着灯不能纵欲，吃饱喝足更不能近女色，否则会损害肾精，让肾气枯竭，导致便血。但是，面对鲜花一般的女子，汉武帝毫不顾忌，无法控制梦幻般的感觉，刚刚酒足饭饱便与新人销魂沉醉，通宵达旦。

天亮了，雨停了，汉武帝一副倦容，哈欠连天，穿一身白棉睡衣坐在床边。苏公公进来见汉武帝，就像见到刚倒完酒的空酒瓶，禀道："陛下，有两件事要向您禀报。"汉武帝很困，没有精神听苏公公讲话，很勉强地说："快说！"

苏公公："皇后让我转告陛下，说她很想念陛下，夜不能寐，请司马相如写了一首《长门赋》送给陛下。"汉武帝感觉不到皇后的存在。皇后就像一片秋天的树叶，被风又吹了回来。他唯一的想法就是将这片枯叶用火尽快烧掉，懒洋洋地说：“念快点，别耽误我时间！”苏公公念道：“夫何一佳人兮，步逍遥以自虞。魂逾佚而不反兮，形枯槁而独居……”汉武帝不听还好，一听，皇后整天终日以泪洗面、形容丑陋伤感的模样出现在脑海里，听了开头几句就愤怒道：“别念了，让她在冷宫里待到死吧。这简直不像人，像鬼，冰冷缥缈。快说，第二件是什么事？”

苏公公表情喜悦地说：“陛下，好消息，赵婴齐回到南越国，立赵兴为太子，豆叶为皇后。”汉武帝兴奋起来，疲惫顿消：“这真是好消息。这可以解除我的心腹之患，一直想闹独立的南越国不久就成为我大汉的藩国。这可以节约我几十万的兵力。”

苏公公：“陛下英明之策得以实现！”

汉武帝突然精神百倍，嗖地站起来，背着手哈哈大笑：“赵婴齐没有辜负朕多年来的栽培！”苏公公忧虑地说：“不过，这不能高兴太早，听说南越国的丞相吕嘉很保守，他极力反对赵婴齐立豆叶为王后。”

汉武帝：“吕嘉，朽木，撑不起屋顶，翻不了天。”

苏公公：“姜是老的辣，不可轻视吕嘉，他手中握有兵权。吕嘉一个人当然翻不了天，但南越国的文武百官，大多是吕嘉的人，还有赵婴齐的结发妻子和长子也在闹腾。”汉武帝：“我会再派一些官吏入驻南越国。”苏公公：“听说吕嘉在夜郎购买了数十万件兵器。”汉武帝：“必须想办法禁止夜郎兵器流入南越国。”苏公公：“天高皇帝远，难以控制。民间商人为了利益，铤而走险。”

汉武帝：“近来有唐蒙的消息没有？”

苏公公：“听说唐蒙疏通夜郎通往南越国的河道很不顺利，粮草缺乏，伤亡很大，每疏通三十里河道，就有数十人被急浪卷走。陛下，我认为疏通河道并不像唐蒙认为的那样简单，消耗的财力物力人力太大。再说了，如果真的疏通牂牁江通往南越国的河道，反而成全了南越国与夜郎国的暗中勾结。”

汉武帝：“召唐蒙回朝。”

苏公公：“是，陛下！”

# 第五十一章　唐蒙南越寻钩吻

唐蒙候在夜郎王宫外，从天蒙蒙亮等到太阳出来了，焦急无助。阳光从夜郎王宫窗户照进来，竹王醒来，准备起床："今天天气好，本王要出去打猎。"白面狸抱着竹王说："大王，别起嘛，再睡一会儿。"竹王："好，不起，不起。"两人又躺下，搂在一起昏睡。侍卫进来禀道："大王，汉使唐蒙求见！"竹王："他怎么一大早就来烦我。"白面狸补充道："让他下午来。"

竹王："对，让他下午来。"

唐蒙见侍卫走出来，急切凑上去问："怎么样？"侍卫傲慢地说道："竹王让你下午来。"唐蒙说："我已经来到夜郎数月，大王一天推一天，我有急事禀报。"侍卫："大使，没有办法。"唐蒙火了，实话实说："我看，夏天草木应该旺盛，但宫外田地荒芜，杂草丛生，夜郎王宫有股妖气。"

侍卫看看四周，小声说道："大使，这里危险你快离开吧。"唐蒙："告诉我，王后在哪里？"侍卫："不知道，快走吧。"唐蒙从兜里拿出一块玉石贿赂侍卫："说了，这玉石就是你的。"侍卫实在抗拒不了诱惑，小声说道："王后在娘娘仙山。"

唐蒙到夜郎王宫碰壁，灰溜溜来到草堂找巫卜："先师，我有事请教。"

巫卜："大使何事？"唐蒙："当今天子汉武帝相信长生有术，知道濮地九天有一座仙山，我带来了汉朝道人，请你带我们到仙山去炼丹。"

巫卜："仙山在牂牁江通往南越国的地方，天上有七只雄鹰俯视，地上有八头怪兽把守，河道中乱石穿空，难以到达。没有大王的命令，我等不得私自上仙山。"唐蒙："我奉天子之命，带了三十位精通仙术的道士到仙山炼丹，请先师帮助。"

巫卜："我帮助你，你必须答应我一个条件。"

唐蒙："什么条件？"

巫卜："我可以说服大王，帮助你们到仙山炼丹，但你必须到南越国为我求得钩吻花的种子。"

唐蒙："听说，这树的种子比黄金贵重，不容易得到。"

巫卜："正因为难得到，我才冒死带你们去仙山。"

唐蒙犹豫了："这条件太苛刻，我无法办到。"

巫卜："机遇对一个人来说，也许一生就只有一次，如果失去一次就失去全盘。"

唐蒙："那好吧，我答应你。但是，你必须保护好我这三十位炼丹道士的生命安全。"

巫卜："没问题。"唐蒙和巫卜两人："拉钩上吊一百年不反悔。"

唐蒙沿着牂牁江顺流而下，一日就乘竹筏来到南越国寻找钩吻花的种子。

南越国王宫在夜色中显得十分安静，但宫中人心并不安静。赵婴齐与豆叶躺在长乐宫里，安静的气氛让两人都不安。赵婴齐搂着豆叶说："宝贝，习惯这里的生活吗？"豆叶搂着赵婴齐的脖颈，将头埋在赵婴齐的胸前说："与大王在一起，能让我战胜一切，战胜水土不服，战胜丞相吕嘉刻薄阴冷的目光，还有宫中和民间不断出现的如同瘟疫般的谣言。"话音刚落，屋外响起鬼怪声："我是吸血鬼，我是吸血鬼。"赵婴齐听到声音，安慰豆叶："宝贝，别怕，世上根本就没有鬼。"赵婴齐叫道："来人！"

侍卫进屋来："请大王吩咐！"

赵婴齐："刚才是什么声音？"

侍卫："没有什么声音，一切安然。"

赵婴齐："出去。"

豆叶："奇怪，分明我们都听见了鬼叫声。"刚说完，屋外又出现声音："我是刚死去的赵眛，你违背祖制，立汉朝那个妖女为王后，乱我朝纲，我要惩罚你们。"一个胆小的女人，为了国家的利益，也会被激发，豆叶像一头被惊醒的母狮，毫不畏惧。豆叶对赵婴齐说："难道权力真的这样可怕，总是有鬼怪相随。"赵婴齐拿着宝剑悄悄走到门边，见窗外有一个人影，以迅雷不及掩耳之势打开门，冲出屋，一剑挥向影子，影子倒下。赵婴齐道："你是谁？怎么在这里装神弄鬼？"

侍卫连连求饶："大王饶命，这都是橙子让我做的。"原来就是刚才进屋的侍卫。

赵婴齐："来人，给我关起来处死刑。"没有人回应。原来，赵婴齐从长安带来的贴身侍卫，全中了迷魂药，东倒西歪在地上。赵婴齐很是愤怒，下令将橙子打入冷宫。赵婴齐对身边的豆叶说："我怎么整天感到昏昏沉沉，心神不安？"豆叶："大王，您在汉朝没有任何责任，习惯了诗情画意的生活。如今卷入权力之争，损伤人的五脏六腑。治理一个小国困难重重。您安排的事，吕嘉的人阳奉阴违，暗中拆台。"

赵婴齐："人们都认为王者风光享乐，谁知道我整天如坐针毡。"

豆叶："现在南越人不明真相，都认为我和儿子挤占了王后、太子的位置，我真是为难。不当王后吧，辜负汉武帝的一片苦心；要做这个王后，吕嘉不悦，不断设置障碍。"

赵婴齐："别忧心忡忡，打起精神，走，本王带你去果园摘荔枝。"

在荔枝果园赵婴齐摘了一颗荔枝，剥了皮说："豆叶，给！"豆叶也摘了一颗荔枝，剥了皮说："大王，给！"两人把荔枝送到对方的嘴里，赵婴齐："真甜！"

豆叶："以后我们不要总是形影相随，这会给吕嘉留下话柄，说我这个妖女迷惑你。"赵婴齐："我在汉朝习惯了我们的形影相随！是我们的形影相随，消除我在汉朝的孤独、恐惧！回到南越国一时间难改！"一对蝴蝶翩翩飞来，两人满园追逐蝴蝶，追到竹溪边，小溪清澈明亮，豆叶捧起溪水洗脸。

公公满头是汗、急匆匆跑来："大王，您也不打声招呼，我四处找大王和王后，原来你们在这里快活！"

赵婴齐："公公说的什么话，本王就是去吃屎你们也觉得快活！"

公公："大王，我有急事禀报！"

赵婴齐："什么事？"

公公："唐蒙求见！"赵婴齐有些惊讶："唐蒙怎么会突然出现？"

公公："这些大使，四处游走！很正常。"赵婴齐："一个时辰后在未央宫见！"赵婴齐对豆叶说道："唐蒙多半为了疏通夜郎到我国的水路而来！"

豆叶："劳民伤财！"

南越国未央宫，唐蒙进来按照汉朝的礼仪跪下："参见大王！"

赵婴齐："免礼！"

唐蒙："我有急事请求大王，没有预先通报，请原谅！"

赵婴齐："请讲！"

唐蒙说道："我从夜郎国购得一把精美宝剑，献给大王。"

赵婴齐拿起宝剑反复欣赏："好剑，真是好剑！来人，重赏！"

唐蒙："大王，我不要什么重赏，请求大王送我一袋种子。"

赵婴齐："什么种子？"

唐蒙："钩吻花的种子。"

赵婴齐："这种子是不能随便流出南越国的，本王派人到蓬莱岛寻得，为了得到这种子，牺牲了几百人的生命。"

唐蒙："这种子关系到汉朝与夜郎国的前途，求大王赐予。"

赵婴齐："尽管南越国急需宝剑，但我宁愿不要宝剑也不能给你钩吻种子，除非你说出真实的原因。"

唐蒙吞吞吐吐："这事关夜郎国的安危，唯恐走漏风声，不便说！"

赵婴齐："大使，你不便说，我也就不便送了。"

唐蒙："肯请大王包容我的难言之隐，日后一定会告诉大王我的用意！"

赵婴齐："来人，送客！"

唐蒙回到驿馆，若愚充满希望地迎上来："大人，种子得到了？"唐蒙没有说话，一屁股坐在石墩上。若愚慌忙倒了一杯茶给唐蒙："大人喝茶。"唐蒙叹息一声："我还有什么心思喝茶。"

若愚："怎么了？大人。"

唐蒙："赵婴齐收了我的宝剑，却没有给我种子。这下，损失大了！"

若愚："大人什么世面没有见过，别急，不就是一包小小的种子吗？想办法总会得到的。"

唐蒙沮丧的脸上有了一线希望："什么办法？"

若愚："这种子是夜郎国的巫师所求，那南越国的巫师一定也有，找他们的巫师去。"唐蒙："巫师鱼妃早就陪葬了。"这时有人敲门。若愚打开门，见眼前站着一个乞丐："你是谁？"

乞丐："我是汉朝女子豆叶，我知道你是汉朝使臣唐蒙，请真实告诉我种子的用意。"唐蒙："原来是豆叶王后？"豆叶："别说话。"豆叶走进屋中，坐下。唐蒙："王后怎知吾求种子？"豆叶："婴齐王告诉我你们求钩吻种子的事，我就偷偷出宫来了。"

唐蒙："汉武帝派了几十人到夜郎国的仙山炼丹，但仙山上有怪兽把守。如今，夜郎王被狐妖迷惑，将王后逼上仙山。巫卜想用钩吻种子消灭狐妖，让王后离开仙山，才能帮助汉武帝所派的道士到仙山炼丹。陛下的事，我不能怠慢，来南越国求助。"

豆叶："我明白，狐妖特别怕钩吻这种植物。"

唐蒙："感谢王后赠送钩吻，我速回夜郎，恐怕夜长梦多，过后一定重谢。"

豆叶："唐大使，我有个请求。"唐蒙："王后尽管说。"豆叶："南越这地方瘴气频发，婴齐王经常犯病，骨头疼痛，但每次喝了从夜郎运来的枸酱酒，病情就减轻一些，望大使回到夜郎请商人带一些过来。"

唐蒙："千里运酒虽然不易，但这酒一定给大王送到，决不食言。"

豆叶回到宫里，见赵婴齐正在摔东西，大发雷霆。赵婴齐对侍卫大叫："无法无天了，竟然装神弄鬼吓我，我要亲自处治这个家伙。"豆叶心平气和道："大王，你刚登上王位，不但不要杀人，还应大赦天下，并废除割鼻刺面断足的酷刑。"赵婴齐："不，为饥饿犯罪的人可以废除酷刑，但对于争权夺利者讲仁慈，他会置你于死地。可以大赦天下，但绝不能放掉那个装鬼的家伙。"赵婴齐让刑部召集王宫的文武官员来到刑场上，侍卫对装鬼者说："大王说了，只要你说出是谁指使你装鬼的，就放掉你。"

装鬼者："我早说过了，是橙子。"

侍卫："橙子是一个性情懦弱小女人，怎么会做得出这样的事？"装鬼人依然闭口不言。行刑官一挥手，装鬼者被处凌刑。刽子手一刀一刀割装鬼者的肉，发出惨叫声，官员们看得心惊肉跳。观台上，豆叶内疚地说："大王，我们应该宽厚一些，废除这种酷刑吧。"

赵婴齐看看王后说道："如果一开始就放纵这些人，以后王宫永无宁日。王者心慈手软的结果，最后就是被对手杀死。我很担心儿子赵兴交给你，在权力的旋涡中难求生存。你一定要记住，得到王权不是享受，而是在悬崖边上舞蹈，退缩一步，身后就是万丈深渊。"

豆叶："如果皇宫的生活是这般的残酷，我不想做王后，我请求回到长安，大王与橙子好好治理国家吧。"

赵婴齐："你走了我怎么办？这已经由不得你。大汉王朝希望你做王后，是为了两个国家的安定。只有国家安稳了，百姓才能过上安稳的生活。所以，你不属于你自己，你属于国家。"

豆叶："大王，我……"话没有说完，豆叶只觉得天旋地转昏迷过去。豆叶原本是民间一位喜欢种桑养蚕的姑娘，喜欢美好轻松的民间生活，来到南越国，被血腥的场面刺激，加上对故土的思念，昏迷不醒。

# 第五十二章　怪兽喝酒传感应

汉武帝带着安国少季外出巡游，路过达伯谷，见前面一头怪兽拦在路上摇头晃脑，身长几丈，双目紧闭，牛头马面，身如蟒蛇，一只脚如大象腿伸进地里，不断地摇动，无法离开。见到庞然怪兽，百官惊恐，安国少季却哭泣抹泪。

汉武帝："爱卿，你哭什么？"安国少季擦干眼泪说："陛下，这个怪兽是南方飘来的一股忧郁之气所生。"

汉武帝："你是在说什么胡话？"

安国少季急切地解释："陛下，这是豆叶的忧郁之气，她现在在南越国受到刺激昏迷过去了。"汉武帝："豆叶？她怎么啦？"安国少季："她受到惊吓昏迷不醒！"

汉武帝："眼前这头怪兽你怎么知道是豆叶的忧郁之气？"

安国少季："见到这头怪兽的刹那，我的心被柔情电击，心被撕裂，这是心灵感应。豆叶昏迷中，因思念故土，灵魂化作怪兽回到故乡求助于我。"

汉武帝："你怎么会有心灵感应？"

安国少季："不知道我为什么会有心灵感应，也许我用生命在爱着她。爱是一切奇迹产生的根源。"

汉武帝："朕是个有好奇心的人，为了证实你的胡言乱语，我要立即派人前往南越国打探虚实。不实，按欺君之罪处置！"

安国少季："微臣不敢妄言！"汉武帝对苏公公说："取消行程，即刻回宫！"苏公公："遵旨！"汉武帝见安国少季站在原地不动问道："你还想说什么？"

安国少季："陛下，必须让怪兽消失，否则会吓到当地的百姓。"

汉武帝："怎样才能让它消失？"

安国少季："用酒灌进它的嘴里。"

汉武帝："拿酒来！"怪兽喝完酒，果真就消失了。

汉武帝问安国少季："你是如何得知用酒消解怪兽的？"安国少季："微臣在崆峒山修道时，师父所传，道者能观气象。一般人只看得见有形的东西，其实无形的东西每时每刻都与有形的东西相伴。"

汉武帝："气象是什么东西？"安国少季："万物都在气象之中，春气让草木生发，夏气让花木结果，秋气让果实成熟，冬气让万物萧条，一切都是气象的结果。”

汉武帝回到未央宫里，对苏公公道：“宣大将军王恢。”

王恢进宫：“末将叩见陛下！”

汉武帝：“免礼！”

王恢：“谢陛下！”

汉武帝命大将军王恢道：“现在汉朝女子豆叶在南越国遇到危险，朕命你带上丰厚的物品前去探望，以显示我国对她的重视。必须以每天六百里的速度，送到南越国。”

王恢：“末将绝不辜负陛下的重托。”

南越国王宫，赵婴齐坐在王后豆叶的床边，看着昏迷不醒的豆叶说道：“王后，快醒醒，我不能没有你，其实我在南越国也很孤独。吕嘉常用他那双仇视的眼睛看我，离间我与百官的关系，有你陪伴我，才会有勇气治理国家。”豆叶柔美的脸上平静如月，像植物一样没有表情。赵婴齐接着说：“我知道你是多么善良，你内心的纯真像你织出的丝绸，洁白、柔润。可是，人的命运自己无法主宰。等你醒来，我在后花园改种桑树，让你养蚕、织锦，满足你所有美好的想法，让你远离血腥。按你的意愿取消凌迟、割鼻、砍足的刑罚。”

公公进来：“大王，汉朝将军王恢到！”

赵婴齐很紧张：“王恢将军，他怎么没有预先告知，就像从天上刚掉下来的。他带了多少人？”

公公：“几十人，带了很多珍贵的物品。汉朝廷得知皇后病危，专程请医生来给王后看病。”

赵婴齐：“消息怎么这样快就传到长安？真是好事不出门，坏事传千里。”

公公：“每天商贾来来往往，怎会不走漏风声。加上百姓对汉朝来的豆叶王后，总是感到新奇，喜欢议论。”赵婴齐：“我亲自到城门去迎接王恢将军。”赵婴齐带侍卫站在城门前，护城河的吊桥慢慢放下。赵婴齐走过吊桥，给迎面走来的王恢拱手行礼：“王将军不远万里来到我国，甚是荣幸！”

王恢加快步伐上前用汉朝礼仪单腿跪拜：“王恢参见婴齐王！”

赵婴齐见到王恢很是亲切：“将军免礼，请起！”

王恢：“我们又见面了。”

赵婴齐：“将军一路辛苦了，请！”赵婴齐将王恢迎进未央宫。

南越国长乐宫里，汉朝来的太医正在给昏迷的豆叶诊脉，通过蚊帐里伸出这只玉手，太医静悄悄地查到了五脏六腑状态，然后对赵婴齐说：“大王，王后受到惊吓后肾水不能上升，心火不能下降，重度昏迷。”赵婴齐平静地问道：“如何救治？”太医不慌不忙地说：“不用急，我用针灸刺激穴位，很快能苏醒过来。”太医在百会、大椎、内关、太溪穴上针灸，时间过了很久，王后依然没有苏醒的迹象。赵婴齐用怀疑的目光看着太医说：“这办法可行？”

太医：“大王不用着急，时间没有到。”赵婴齐看着针灸中的王后说道：“她可会感觉到疼痛？”太医：“不会感觉疼痛。”话音刚落，王后的食指动了一下。太医将百会的针灸轻轻转了一下，王后就微微睁开了眼睛。赵婴齐：“王后，醒了。”豆叶：“我这是在哪里？我感觉自己像在达柏谷。”赵婴齐：“王后在南越国王宫。”太医：“大王，王后醒来，让她服下丹丸，就可立即恢复。”赵婴齐：“太医医术精湛，望能留在南越国。”

太医：“本人家室在长安，谢大王盛意，告辞！”赵婴齐亲自送王恢出宫。王恢带随从即刻启程，每天风雨兼程换驿马行六百里，行程五千余里，用了九天时间回到长安。

汉朝未央宫内，王恢拜见了汉武帝：“微臣叩见皇帝陛下！”

汉武帝：“平身！”

王恢：“谢陛下！”

汉武帝：“请讲！”

王恢站在大殿前禀报：“陛下，王后正像安国少季所言，病卧在床，卑臣用针灸让其恢复，豆叶醒来却说自己魂归故里。”

汉武帝妒忌安国少季的心灵感应，说道：“不能让安国少季知道这件事。”

王恢：“天下是陛下的天下，天下人的智慧也是陛下的智慧，已经无人能与陛下相比，所以包容一个小小的安国少季，就给陛下的天下多了一盏灯，你的江山会因为多一盏灯的照耀更加明亮。”

汉武帝：“将军文武备至，你才真正是我大汉的一盏灯。”

王恢：“陛下曾经派安国少季出使南越国，路途经历磨难，九死一生回到朝廷，对国忠心耿耿，是一位忠臣。常言道，有一种东西不能反复去伤害它，那就是臣子们对国家的忠诚。有忠臣，才有国盛。”

汉武帝：“爱卿一席话让朕茅塞顿开。”

王恢：“只有明君才能听得进臣子的忠言啊，这是国家的幸运。”

汉武帝：“朕虽为君王，也是俗人，俗人就会妒忌。我妒忌安国少季能得到一个女人的心。”王恢：“陛下何止得到女人心，还有万民之心。”汉武帝：“武将也会奉承！”

王恢：“陛下，我是俗人。”君臣融融，开心一笑。

汉武帝：“朕与周文王相比，谁更像俗人？”

王恢："恕末将直言，周文王更俗。周文王请姜子牙入朝管理国家大事，先用车子拉姜子牙八百七十三步，姜子牙就保周文王子孙江山八百七十三年。周文王后悔没有多拉几步，想再拉，姜子牙不同意了。这是寓言，说明了江山的气数与帝王的胸襟有关。"

汉武帝："以后我就俗一点，让我大汉江山永不倒。"

王恢："大汉朝初年的领土面积，确实没有夜郎国大。如今，大汉不用军队征讨，仅凭陛下的宽厚仁慈，和平收复的领土面积是过去的几倍，北面达乌孙，东到东海，南至夜郎。"汉武帝："爱卿，你就别宽我的心了，当下，北方有匈奴的威胁，南有夜郎国和南越国的结盟，汉朝夹在中间，难以舒展。我希望赵婴齐能真心回归汉朝，夜郎臣服，这才能真正拓宽领土。"

王恢："南越国的兵权操纵在丞相吕嘉的手中，这就需要赵婴齐的智慧了。"汉武帝："吕嘉在南越国根深叶茂，关系盘根错节，我担心赵婴齐缺乏民众的根基，豆叶又缺乏权谋。"王恢："陛下不必担忧，吕嘉是明白人。征服一个小国，最好从内部瓦解。吕嘉再根深叶茂，毕竟老了，熬不了几年。"

汉武帝："但是他的顽固势力难以对付。"

王恢："这次我倒有一个危险的发现，汉朝这么多年来一直禁止铁器流进南越国，但我发现，南越国的铁器很丰富。我打探得知，夜郎国的铁器沿着牂牁江大量流入南越国。"

汉武帝："这只能怪我派进夜郎国的大使唐蒙不得力，我让他带了一万多人进入夜郎，设置夜郎郡和牂牁郡，但他整天想的是小利，而不是用思想去统领土人，开化他们的智慧，用利去与夜郎人交往，走不远，只有用义才能让人诚服。唐蒙整天想着开矿，与土人争夺利益，经常发生冲突。"

王恢："陛下，我认为南越国并没有遵守汉朝的法令，依然是个独立王国，私自铸造钱币，使用野蛮的刑罚，私运兵器。不尊重儒学，教化十分困难，耗资巨大。我认为应放弃夜郎和南越国，集中精力对付北方的匈奴。"

汉武帝："将军的话倒是有一定道理。但是，开拓疆土，这是历代君王的使命。你到南越国，可有唐蒙的消息？"

王恢："听说他到南越去找了一袋钩吻的种子送给巫师，夜郎人才能让道士到仙山为陛下炼丹。"

汉武帝："我看，炼丹也将是障碍重重。"

王恢："陛下，汉朝与土人之间要依靠儒学维系。只有推广儒学，彼此的沟通才有桥梁。不过，儒学也是双刃剑。"

汉武帝："何出此言？"

王恢："儒学运用得好，使社会稳定；被私心利用，将成为人们的枷锁。"

# 第五十三章　祭拜太阳神树说心愿

农历二月二十六，女人都回避，夜郎国十九个部落的首领，在竹王的带领下，一丝不挂，在晚上提着灯笼到牂牁江畔神树下喊神："祖先快回来，保佑我国五谷丰登，人丁兴旺。祖先快回来，保佑我国五谷丰登，人丁兴旺。"

夜郎人还在人类的童年，单纯萌哒，对大自然充满了纯真的敬畏。不管刮风下雨，连续喊了七天，竹王认为祖先的灵魂真的来到了神树下，越喊越有精神，越喊越有勇气，不知疲倦，男高音练肺活量。一直喊到三月三这天，十九个部落的男人光着身子会聚在神树下，十九个酋长给太阳神和神树烧了三炷香。祭拜后，巫卜用左手从草地上拎起一只羽毛绚丽、身体健壮的公鸡，左手端了一碗酒，公鸡看了看土碗中的酒，喝了三口，鸡冠子顿时燃烧起来，满脸通红。公鸡头晕的时候，巫卜说："你是人灵的使者，请你到祖先那里告诉他们，我夜郎子孙，遵守祖训，执守疆土，永求安康！"说完，将鸡头拉倒过来夹在拇指和食指之间，将公鸡脖子上的羽毛拔掉，锋利的刀在脖子上轻轻一抹，鲜血如泉冒出来，巫卜不慌不忙地将鲜血滴进姜黄色的土碗中，血在酒中像云朵一样散开，又很快沉淀在土碗底。当公鸡最后一滴血流尽后，巫卜将公鸡扔在神树下，公鸡的灵魂升天，留下的肉体埋进了树根脚，慰劳神树，神树的根吃了公鸡肉长得枝繁叶茂。

巫卜高声叫道："我主九天，法力无边，和合为贵，净化人间，喝，和，喝，和。"说完，夜郎十九个部落的首领喝下了和合酒。

唐蒙和若愚离开南越国，沿珠江逆水而行，一会儿坐船，一会儿步行，终于到了牂牁江，唐蒙问若愚："今儿个夜郎国怎么四处都是女人坐在门前绣花，不见一个男人？"

若愚："大人，你都出使夜郎几年了，怎么不记得今天是他们的祭太阳神树节！"

唐蒙恍然大悟："哦，我忘了。他们的崇拜真是太落后了。"

若愚："树是通天地之神，哪天世界上的树消失了，人类也就完蛋了。我很喜欢他们用一棵树作为思想情感的纽带，部落之间以对天地自然的遵崇为信仰，共同战胜自然灾害，祈求平安。”

唐蒙：“他们落后，房子像鸟巢。”

若愚：“别把他们对自然的真挚情感看作落后，把房子建造在树上，防毒蛇猛兽，防风湿，很好！”

唐蒙：“我要改造他们的陋习。”

若愚：“他们这是遵循老子的天人合一。一棵树也看作是祖先留下的珍贵遗产，崇敬它，把它看作是凝聚人心的公共财物。当今汉朝的文武百官为了追求宫殿的奢华，将中原的参天大树都砍光了，整天歌舞升平。砍光了树又不知道补种，这是违背天地之道，河流干枯，沙尘肆虐。”两人背着大包袱，汗流浃背地走着。

唐蒙用衣袖擦擦汗说：“你的这种言论太反动，传到汉武帝耳中，定要宰了你。”若愚：“除非你告密，宰了我，你富贵了，但你的人生没有朋友要孤独死。”说着，他们来到牂牁江边。唐蒙：“汗臭，洗洗澡。”午时，两人脱光衣服，下到江中洗澡。

不一会儿，他们就见无数裸人来到牂牁江沐浴。

唐蒙很紧张问若愚：“野人来了，快躲起来！”若愚：“来不及上岸了！这些人好像是祭拜神树的夜郎男人。”两人见他们很有秩序，万人下河，无声无息，没有踩踏，只有谦让，没有想冲到别人前面的欲望，因为他们心中有信仰武装起来的从容淡定。

唐蒙对若愚说：“咱们尽快离开这儿。”

竹王猎豹一般来到江边，见到唐蒙十分开心：“是唐大使？几天没见了，哈哈！上哪儿去了？”

唐蒙：“大王今天真神气！”竹王好像突然忘记了上次的不愉快，抱着唐蒙说道：“有你在，本王就不孤独了。”

唐蒙站在江中，水淹在他的腰部。竹王看着他明显被文字驯化的肉体，白净而松软，对身边的巫卜说：“唐蒙很像一头刮光毛的家猪，白白胖胖。”竹王为自己有一身健美的肌肉而得意忘形。唐蒙感觉自己被竹王嘲笑，也尴尬地笑笑。他们互相歧视，唐蒙歧视竹王野蛮不知礼数，竹王歧视唐蒙不懂大自然的奥妙。竹王好奇，让巫卜将唐蒙拉上江岸和自己比阳具。唐蒙害羞，用手捂住自己的阳具，被竹王的侍卫将唐蒙的手拉开。

竹王：“大使与本王比一比，看谁大？”唐蒙见竹王的阳具像甘蔗一样粗，自己的像擀面杖，他儒雅而羞涩地说：“彼此彼此。”

竹王：“我比你大，你想歧视我呀？”

唐蒙：“大汉朝，大汉朝，就是我比你大！”

巫卜：“唐中郎不必羞愧，男人要健壮，居住的地方必须有很多很多天然的树。砍一棵树阳具就小一圈，砍一棵树阳具就小一圈，听说你们北方的树都被砍光了，沙漠化那天阳具就没了。你们北方的树砍光了，还想到我们南方来砍，修几里路，要砍百棵树，唐中郎是想让我们的阳具以后都像你一样吗？”

唐蒙：“阳具大小与砍树有何相干？”竹王一阵哈哈大笑，突然严肃地说道：“唐中郎，你是真不知道还是假不知道，像肉一样的蘑菇是不是都是从树桩桩上长出来的？”

唐蒙：“是啊！”

竹王：“这就对了！”唐蒙一阵迷茫。

巫卜：“体格健壮，还要有信仰，要讲仁义礼智信。我们夜郎祖先古训要求我们讲团结、忍让、宽容、共生、共处、大爱、统一、互助，总之，就是心眼要好。”

唐蒙不高兴：“我心眼怎么不好了？”

巫卜道：“你在天子面前说我们夜郎自大。幸好当今天子是个明白人，派司马相如来我国调查实情，知道我们修路已经是尽心尽力了。”

唐蒙怒火万丈，骂道：“你们这帮浑身长刺的僰箩货，我不跟你们计较，我宰相肚里能撑船。”

竹王问无所不知的巫卜：“唐中郎骂我们是什么？”

巫卜：“他骂我等是僰人。”

竹王：“何为僰人？”

巫卜：“就是住在刺蓬蓬里的人。”竹王以此为荣，哈哈大笑，“唐中郎你永远不知道我们心中的快乐，就是因为我们住在刺蓬蓬里。”

唐蒙一边骂人一边光着屁股往牂牁江里走，一个儒雅的人这样，逗得竹王捧腹大笑：“现在我不想光着身子说话，还是到江水中去说吧。”谁知，一进到江水里，竹王潜入江中不见了。巫卜靠近唐蒙问道：“唐中郎，别计较，竹王就是这样自由自在的人，说话耿直没坏心眼。”

唐蒙：“谁会跟一个野人计较，万物都有各自的秉性。”

巫卜：“唐中郎，你到南越国找到钩吻种子没有？”唐蒙看看四周，见人人都在沐浴，悄声对巫卜说道：“找到了，明天给你送去。”

若愚浮在牂牁江上问唐蒙说：“大人，你说这牂牁江是从哪里流来的？”

唐蒙：“不知道，我对这个话题不感兴趣。”若愚：“我知道，大人整天就想开矿发大财！”唐蒙：“有了金银财宝就可做官。”若愚：“做官有什么用？”唐蒙：“做了官没人敢欺负，找女人容易多了。”

若愚：“我不想找很多女人，女人多了就等于没有，我只想找一个爱我的女人就够了。”唐蒙：“没追求！连司马相如这样的被奉为爱情男神的人竟然都想出轨，何况我呢。”若愚：“司马相如最后还是把持住了。”这时，一阵欢呼，唐蒙定眼一看，竹王抓了一条大鱼，有四五十斤重。他力大无穷，将鱼抱上岸，架起篝火烧烤。巫卜有点伤心，三月是不能吃鱼的。

竹王见巫卜沮丧着脸，说道："坐下吃，这是一条雄鱼，腹中没有鱼卵。"巫卜："大王，雄鱼也有生育的重任啊！"

竹王："你别整天做出疑神疑鬼这副穷酸样，扫本王兴。"唐蒙和若愚赶紧穿上衣服围坐在篝火旁。竹王继续光着身子，吃烤鱼。

唐蒙和若愚在篝火旁呼呼大睡。

巫卜一早就来到夜郎王宫殿给竹王送丹药。巫卜口中念道："服丹一开心门，二开心智，三开心通。"念完咒语，竹王服下丹丸。竹王感觉到心情很愉快，身轻如燕，对巫卜说："这丹丸吃下，似腾云驾雾。"

巫卜："这是汉武帝派来的王道士赠送的。"竹王："道士有如此神力？"

巫卜："王道士的父亲在皇宫为礼部主事，自幼喜欢游山玩水，十几岁就离家出走，隐瞒出身和年龄，不娶妻子，周游四方，研究道术。汉武帝很赏识他，武帝听说夜郎有仙山，派他出使夜郎，到仙山炼丹。"

竹王："你说什么？让汉朝的道士进入我娘娘仙山炼丹？这可不行。"

巫卜："我看李道士不像徒有虚名的江湖术士，让他传授一些仙术未尝不可。一个国家的强大不是武器，是看有多少奇人。汉朝的人才像蚂蚁一样，地上树上到处爬，南越国、夜郎国、滇国到处都有他们的聪明人，哪里有奇珍异宝，都往自己的国家拿。我们为何不向他们学习，把我们的人都派出去。"

竹王："你这个蠢货，难道不知道，汉朝的人出来都带着财宝回国，我们的人一出去就不想回国。"巫卜："知道！"竹王："汉朝的人在我夜郎国贩卖的僰童数都数不清。这些被贩卖的人，个个都心甘情愿到汉朝去喂马、砍柴、洗碗、刷盘子、倒马桶，给人洗脚、搓背，就不愿意在自己的国家种地、酿酒、打铁，回来后个个羡慕他们出国给人洗脚、搓背，我是想尽一切办法留他们也没有用。"

巫卜："大王，这是为什么？"

竹王："你说为什么？"

巫卜："因为我们不懂得怎样给人自由和快乐，彼此之间不懂得尊重。人，只要有尊严，倒尿壶也行；只要快乐，帮人搓背也行；只要没有歧视，帮人洗脚也行。虽说是贩卖，但更多是奴隶自愿走的，他们以被卖到汉朝这样文明的国家而感到自豪。"竹王："他们就是被一些五花八门的财物所诱惑，不喜欢神树、河流、野果，其实这些才是生命真正需要的东西，他们没有足够的智慧知道这些草木才是最宝贵的东西。"

巫卜："在汉朝，谁讲仁义礼智信谁就受到尊重，谁有文化种出的庄稼肥美，谁就得到赏赐。汉朝天子对认真种地的人给予奖赏，而我们歧视和消灭有文化的人，刀耕火种。上次唐蒙带给我们的种子，都是汉武帝让张骞从遥远的乌孙国带来的，多珍贵，我们不好好栽种，全变成了草。"

竹王："闭嘴，我看你是被汉武帝派来的那些家伙鬼迷了心窍。本王我自己种在大猿山上的核桃树不是都活了吗？别胡扯多了，你说汉朝的道士有方术，让他们来见见我。"

巫卜："大王，我去请他来见您。"巫卜出宫。

白面狸进谗言："大王，这些道士心术不正，明明知道阿纳被囚禁在娘娘仙山，他还要求到仙山给汉武帝炼丹。"竹王一听怒火中烧："是啊，分明是心术不正。"

白面狸："不如把他们杀了，说是暴病身亡。"

竹王："这可使不得。我国按照九天大法，讲究的是与万物和睦相处，与人和合，处置一个人要与十九个部落的酋长商量。"

白面狸："大王，给道士安个盗窃罪名就可杀了他。"

竹王："爱妃聪明，这倒是个办法。"

# 第五十四章　唐蒙智换盐

唐蒙穿过竹林小道，看见修路工像蜘蛛一样在峭壁上开凿山路，毛骨悚然，再拐一个弯道，又见夜郎人正在峭壁上修牂牁江栈道。男人们赤手空拳，攀岩在峭壁上用古藤扎藤桥。藤桥悬挂在峭壁上，像一条蜈蚣。藤桥旁有一个张着大嘴的山洞，离牂牁江面百多米，冒着炊烟，烧烤的香味飘过来，唐蒙饥肠辘辘。

工头吃着滴油的岩羊肉，不经意看见唐蒙站在河对岸，像蜘蛛从峭壁轻轻松松下来，溜索道来到唐蒙跟前手中还拿了一块烤岩羊肉给唐蒙说:“大人，请用！”唐蒙拿着岩羊肉翻来翻去地看，咬了一口，说道：“你们整天闹着没饭吃，这羊腿安逸嘛，怎么没盐味？”工头说：“唐大人，天天吃羊腿也受不了，要吃饭，现在粮草缺乏，特别是盐，因为缺盐，修路的士兵和土人没有力气干活了。”

唐蒙：“别急，我明天派人给你们送盐来。但你们必须尽力，陛下希望在一年之内修通到滇国的驿道，两年修通到身毒国的路。”

工头：“大人，恕我直言，就是一百年也不能修通到滇国的路。”唐蒙：“别说丧气话，到身毒国的马路现在不是已经打通了吗？”

工头：“大人，还是民间商道，要想修马路可就不容易了！”

唐蒙：“别急，我立即去给你们找盐。”

工头：“谢大人！”唐蒙走在牂牁江岸，见到翡翠一样的牂牁江，穿过茂密的竹林，若隐若现，野花倒映，美丽的风景和匮乏的物质，让他有些焦灼。唐蒙来到夜郎王宫拜见竹王。竹王正在与白面狸喝酒，迷迷糊糊的样子。

白面狸：“来，大王，喝！”不把唐蒙放在眼里。唐蒙的心灵很受伤害，不仅仅是人格被侮辱，好像是汉朝被羞辱。唐蒙站在一旁，等待很长时间，竹王往日都要让他与自己对酒，今天他的确是醉了。唐蒙想到山上那些缺盐的劳工，压住怒火装孙子一样的口气：“大王，我有要事相求。”竹王不理他。唐蒙又接着说：“大王，我有礼物相送。”白面狸兴奋起来：“大王，汉使和你说话。”竹王：“什么事？”白面狸：“唐蒙有礼相送。”竹王：“什么礼？”唐蒙：“大王，是一位美人。”白面狸把脸拉长，目露凶光。竹王听说是美人，神志清晰起来问道：“在哪里？让她速来见本王。”唐蒙：“大王，美人在山洞里，但她快要死了，说要吃十斤盐才有力气进宫。”

竹王："不要说十斤，就是二百斤也行。来人，赏盐二百斤给唐蒙带去。"唐蒙得到盐，十分珍惜。他害怕委派的人从中克扣，不能如数送到工地，亲自将盐送到工地，分给将士和当地修路的土人。土人见到盐，内心已经是很高兴了，但表情依然木讷，内心充满了对唐蒙的感激之情。土人用得到的盐巴小心翼翼装进羊皮袋里系在腰间，攀岩到绝壁上，翻筋斗，发出尖叫，表达感激的心情。

盐分完了，却没有找到美人，回到驿馆的唐蒙，忧心忡忡。唐蒙若愚两人在油灯下吃饭。若愚夹了一只油炸蝗虫放进嘴里，一边嚼一边说："大人，您有心事？"唐蒙："我对竹王撒谎说用美人换盐，从竹王那里骗得二百斤盐送到工地，但美人在哪里，现在心里没底。"

若愚："汉朝来的那帮道士鬼主意多，问问他们，定能解决。"

唐蒙："现在就去拜访他们。"

唐蒙带若愚沿牂牁江岸的峭壁小道爬到半山腰，上到平台，洞门挂满藤蔓自然成帘子，掀帘走进仙人洞，见有石桌石凳石床，滴水泉，仙气缥缈。一个可容纳千人洞府，道士们就在月亮洞里炼丹。掌门人王道士正在配制炼丹的药方。王道士对徒弟道二说："给我秤硝石二两，硫黄二两，雄黄一两，松脂一两，木炭半斤。"道二手脚麻利，眨眼的工夫就将药称好了："师傅，现在就缺松脂，我上山去给您找。"王道士："你要什么小心眼，明明有松脂你说没有，就想出去玩。"

王道士一边将药放进丹炉，一边说："道二，你今天哪儿都不能去，就给我看好了，怎么给这东西伏火。"

道二："师傅，什么叫伏火？"

王道士："这些都是阳爻，里面的火气大，就用火将这些火气大的药把火给放出来。但不能用大火，要用文火让它慢慢放，知道了吗？"

道二："师傅我知道了。"然后道二就将柴火点燃放进炼丹炉下面，这些火药释放出一些香味。道二接着问："师傅，这洞里怎么会有硝灰石？"

王道士："动物们在很久很久以前，住在洞中拉屎拉尿，自己又死在洞里，几万年后就变成硝灰石了。"道二又问："师傅，这洞口的外面离牂牁江水这么高，动物怎么能进到洞中的？"王道士："你脑子灵活点好不好，多思考，不要啥事都问。几万年前，江水与洞口在一个平面上，后来江水不断冲刷河床，河床就低下去，洞口当然就高上来了。"道二一阵迷茫问道："师傅，按您的逻辑，那再过几十万年，大地不就被牂牁江冲成两半了。"

王道士一阵茫然后道："有可能。"道二只顾说话，忘记火候，火力过猛，只听一声巨响，炼丹炉爆炸了，浓烟滚滚，王道士和道二昏迷过去。

唐蒙和若愚听到一声巨响，走进隔壁洞府，浓烟滚滚的地上见两人东倒西歪躺在地上，一股火药味，认为两人死了。

唐蒙见惨状，哭着说："你们怎么就死了？我现在有急事啊！"若愚说："据我的经验，炼丹的人有九条命，找一根针来我试一试能不能让他们起死回生。"唐蒙拉长脸："你搞错了没有？是你听我指挥还是我听你指挥？别忘了你的身份。"若愚随口说道："紧急关头，救人要紧，名分的事，等把人救活了再说。"唐蒙在王道士的瓶瓶罐罐里找来一根银针，若愚用银针往王道士鼻尖扎出两滴黑血，王道士渐渐苏醒过来。再用同样的方法，小道二也醒来。

若愚惊喜地说："师父，你们总算醒过来了！"唐蒙急忙跑过来夸奖道："若愚，你真能啊。"两位道士千谢万谢。若愚："不要谢我，是唐中郎救了你们。"王道士说："谢唐中郎！"唐蒙说："还有其他人呢？"

道二："都上山采药、逗鸟去了。"唐蒙："王师父，我有急事相求。"王道士脸被烟火熏得漆黑，只有白眼仁，道："尽管说。"唐蒙："你帮我找一个美人。"王道士："道家讲究阴阳和谐，但是过度了，身体也要亏损啊。"若愚："大师误会了，不是唐中郎要找美人，是他已经承诺竹王，用美人给竹王换盐，修路的士兵和土人已经严重缺盐。"

王道士："这又不是中原，说找就找。这是在夜郎国，即使找到美人也要被竹王逮捕。因为夜郎国的法律，严禁夜郎女人跟外国人通婚。中原离我们又太远，鞭长莫及。"唐蒙："你可以乘坐你的仙鹤到南越国去找，这里近。"王道士："找人难，找女人更难，找美貌的女人难上加难，弄不好就是拐卖人口。我倒是有个办法。"

异口同声："什么办法？"

王道士："造一个美人去敷衍竹王就是。"唐蒙："常言道，女人是水做的，你就做个只喝水不吃饭的女人，皮肤要白，个子高挑，丰乳肥臀，怎么样？"王道士："夜郎这个地方，山水奇异，我在这里的深山里找到各种肉灵芝，有白如玉的，有红如杜鹃花的，有黑如漆的，做什么样的？"

唐蒙："当然是做白如玉的肉体。"

王道士："将肉灵芝浸泡在水里，倒入木雕的模型，滴入生长剂，明天就可以造出美人的肉身。但是用什么样的灵魂，这要由唐中郎事先想好，一旦注入灵魂后就很难改变。"唐蒙拿不定主意，对若愚说："你说，做什么样的灵魂？"

若愚："我看就用夜郎王后阿纳那样的灵魂。"

王道士："阿纳是什么样的灵魂？"

若愚："她善良又有智慧。"王道士："做肉体容易啊，但装进灵魂可就难哪。"唐蒙："大师放心，我会尽力协助你的。"王道士："如果要用王后的灵魂，需要让她到这里来进行灵魂移植。你们有本事让王后到这里来吗？"

唐蒙："我有办法请王后来。"

王道士："好，就这样办。但我帮你这个忙风险很大，我想请唐中郎帮我做一件事。”唐蒙：“大师尽管说。”王道士：“在炼丹的过程中，我发现了一种药，叫火药。我想请求唐中郎向陛下推荐此药用于制作火药枪。”唐蒙：“这事很困难！”王道士：“为什么？”

唐蒙：“因为汉武帝如今忙于扩充版图，放弃高祖的和亲政策，对匈奴连连作战，打通西域之路，扩张西域版图。在东北方，他派兵灭卫氏朝鲜，置乐浪、玄菟、临屯、真番四郡。与西方遥远的神秘国家建立自由平等互惠商贸往来，他怎么能安静得下来制造火药枪。”

王道士：“如今汉朝武器都是铜剑、铁剑这些阴武器，时常受北方马匹这种阳武器的威胁。如果用火药制成阳枪，就可克北方的水，还没等匈奴人的大高马走进，火药枪就可以将马克死。”

唐蒙：“这是你吃迷幻植物吃多了产生的幻觉。”

王道士：“真是话不投缘半句多，我还梦见火药枪可以打天上的老鹰和地上的飞马。”唐蒙接着说：“我们有礼，天下人就会有礼，关键不是推行武器，而是儒学，儒学能保证灵魂中正。”王道士：“学问不是万能的，你的腐儒只对老实人有用，对于顽抗者没用。”唐蒙：“我们现在的任务是造出美人，而不是坐而论道。”

王道士：“磨刀不误砍柴工，我们只有解决了灵魂的问题，才不会制造出一个危害人类的女人。”唐蒙：“大师认为什么灵魂好就造就什么灵魂吧，你比我有学识。”

王道士：“道学是宇宙学，儒学是人学，二者不能割裂，应同时兼顾。”

唐蒙：“大师，我以后再来听你的教导，现在你先给我把美人尽快造出来吧。”

夏季的娘娘仙山，夜莺在松树枝上鸣叫，百花盛开，蝴蝶在花丛中，吸着蜜汁。小溪从葱茏的草木旁流过，小鸟在溪旁饮水。一只喜鹊从草堂前飞过，惊醒了美人靠中甜睡的王后阿纳。她睁开眼睛，阳光把窗外的竹林照得通透温暖。她掀开盖在身上的绣花麻布，光脚踩在地上，走出草堂，几只蝴蝶在她身前身后翩翩飞舞，停在阿纳的草裙上。梅花鹿叼来了仙桃，她摸摸梅花鹿，向潺潺溪水走去。几棵古榕树下的温泉很清澈，从光滑干净的石上流过，冒着朦胧的蒸汽，跌落进石缸聚成的水潭。阿纳脱掉草裙，慢慢走进石潭温泉，石头按摩着脚板，舒适的感觉传进心里，长发在水中荡漾。小松鼠在树上扔下一片树叶，阿纳吹响木叶，森林里的动物们都跑来了。野鹿叼来了花环，金钱豹慢慢悠悠走来卧在溪边听音乐，恍兮惚兮，天上的鹰悠然地盘旋，地上守卫仙山的虎在音乐中舒展筋骨，打哈欠。

沐浴后，阿纳头戴花冠，身穿草裙，像出水的芙蓉，她是百兽的女神。阿纳喝下一竹筒蜂蜜汁，痴草过来禀道：“阿姐，丹药炼好，我们可以化身到山外去周游了。”阿纳：“等到了冬季再出山，冬季病人多。现在万物健美，人也健康。我要吸取一草一木发出的能量，增强体力。”仙山没有时间，阿纳依然是十六岁的模样，善良与智慧滋养着她的灵魂，灵魂滋养着她的肉体。

痴草：“我出去打探一下情况，亲自除掉夜郎王宫的妖孽。”

阿纳：“我们是可以亲自除妖的，但是民间就会说我争权夺利，得到王后位也不服众，毕竟这个世上明辨是非的人少。但我相信，宫中有智慧的巫卜会依靠汉朝的力量除掉白面狸那个妖孽的。”

痴草：“我担心离开尘世的时间长了，您适应了这样美丽的孤独，就会忘记替天行道，忘记天下百姓的疾苦。”

阿纳：“为百姓分忧也需要机遇，听天由命。”

痴草：“我昨天到夜郎赶场，听很多人说，他们的孩子跟着白面狸做游戏，常常是一夜醒来，孩子的血就被吸干剩下一张人皮。孩子只是一具会走路的木乃伊，没有了灵魂，而且会攻击杀害父母，整个民间如同地狱。”

阿纳这才从被流放仙山的幸福中清醒过来：“是做什么游戏？”

# 第五十五章　灵魂移植难修改

巫卜让唐蒙、若愚在隐形药泉中浸泡隐身后，准备一起到娘娘仙山去请王后阿纳出山。走在半路，因为酷热难耐，见路边有一池清泉，两人走进泉中洗澡，不一会儿就显出原形。巫卜责备道："唐中郎，你们不该随便沐浴，药水被冲洗掉，原形毕露。唉！"唐蒙和若愚："怎么办？"巫卜在路边采了很多狮子草缠在两人身上说道："只好这样了！不过，一会儿过关的时候心中不能有邪念，否则就会惊动怪兽被吃掉。"

夜郎娘娘仙山开满了蛊情花，阿纳一边唱歌一边采摘花朵：

"蛊情花难栽，一朵又一朵，血泪来浇灌，一朵又一朵。白天一晃过，夜晚长又长，悲伤不见我的郎，夜晚长又长。人间杂草多，心事无人说，抬头见星星，低头溪边坐。白天一晃过，夜晚长又长，悲伤不见我的郎，夜晚长又长。"痴草采了很多蛊情花，心情很好。突然天空一阵乌云，痴草看着天空说："王后，你看天上的鹰有些反常，一会儿俯冲，一会儿高飞，可能有人闯进仙山。"话刚说完，见老鹰抓着一个人在高空盘旋，准备扔下，这时巫卜带着唐蒙、王道士急匆匆跑过来对阿纳说："王后，快救救若愚，他被老鹰叼走了。"话没说完，见老鹰将若愚扔下。若愚在高空慢慢坠落，一会儿脚朝天，一会儿头朝下在高空翻转盘旋落下，眼看接近地面，地上的人抬头急切地奔跑过去，穿过一片蛊情花，见若愚掉进天马池。大家松了一口气，一会儿若愚从天池里冒了出来，游上岸。

巫卜对若愚说："刚才我说过，见到野兽思想要纯正，不得有邪念，你当时在想什么，激怒了老鹰？"

若愚："我没有想什么，我只是在想，马上就要见到一个高贵美丽的寡妇，心里很激动。"

巫卜："王后是寡妇吗？不是，她是仙女。你刚才还吹牛，说你的灵魂干净的，只有野兽能看透你卑鄙的灵魂。"

唐蒙："老鹰应该再飞高一些，把你摔死才好。"

若愚幽默地回道："我也是这样想的，但卑鄙的人命大，摔不死。"

阿纳："大家别开玩笑了，大师，你们到仙山来有何事？"

这时大家才看清阿纳的容貌，她美得让人不想活了，野百合一样洁白的肌肤，梅花鹿一样纯真善良的眼神，腰细如竹，丰乳似山，肥臀如鼓，头戴花冠，乳戴银罩，身穿草裙。阿纳就像倒映水中的花，谁也不敢有杂念，怕天上的老鹰知道了心中的邪念被抓。

巫卜对王后说：“微臣拜见王后！”

阿纳：“山野之中，就别拘礼！有事就直说吧！”山泉从身边流过，巫卜说道：“大王被白面妖女迷惑，意识不清。现在修路缺盐，唐中郎请大师用肉灵芝造了一个美女换盐巴，想借用王后的灵魂复制一个美女送给竹王，不知道女王可愿意？”

阿纳：“我整天无所事事，只知道享受仙术，这样涣散的灵魂可以吗？”

王道士：“您并不想涣散，是您怀才不遇。”阿纳对痴草说：“痴草，你尽快给天上的老鹰和野兽们催眠，否则我们无法走出仙山。”痴草用仙术将八兽催眠，他们全都畅通无阻地走出仙山。

在牂牁江岸仙人洞府中，阿纳喝下王道士递给的天堂兰茶，渐渐昏迷躺下。王道士将阿纳王后的百会穴对着用灵芝肉造的美人躯体的百会穴念起咒语，阿纳感觉到有一种东西比较快地从百会穴一穿而过，灵魂和肉体分离了。阿纳的灵魂看见自己的肉体躺在地上，四周一片缥缈混沌，阿纳飘忽的灵魂看着人造美人的肉身，阿纳的灵魂正想进去，突然，一枚飘忽的钱币问：“你是哪儿来的灵魂？”阿纳灵魂说：“我从娘娘仙山来。”

钱币：“这美人的肉体已经被我先占领了，你不能进来。”阿纳的灵魂：“不，我有使命，我必须住进这座心灵的房屋。”

钱币拔出剑刺向阿纳的灵魂，阿纳的灵魂手无寸铁，躲闪开。钱币紧追不舍，到了一个黑洞，阿纳的灵魂被吸附进去。钱币得意地笑笑，收起剑鞘，回到美人的心灵房屋中悠然地喝酒。

王道士用光速念咒语：“善良与智慧，快快寻找新归宿。”念到第九百九十九次的时候，人造美人渐渐醒来，第一句话就问：“我是谁？”

巫卜：“你是阿美。”

阿美从地上站起来：“我为什么会在这里？”

唐蒙道：“因为你出生在这洞府里。”

阿美：“躺在地上的这个女人是谁？”

巫卜：“是你的前世。”

阿美：“是我的前世？我的灵魂是什么东西？”

王道士：“是善良与智慧。”

阿美：“我不需要善良与智慧，我需要钱。”

唐蒙大吃一惊：“糟了，灵魂移植可能失败。

王道士问小道二："这是怎么回事？是不是药水对错了？

王道士仔细检查药品，大吃一惊："我的天哪，我将浸泡钱币的药水当作灵美液了。"

唐蒙："那怎么修改灵魂？"

王道士："灵魂修改很难，只能将错就错了。"阿美到处东张西望，丝毫听不懂他们的谈话，但她嘴里反复念叨："我不要善良智慧，我要钱。"

痴草："各位高人，你们赶快想办法让王后醒来。王后智慧的灵魂可能被钱币灵魂打败了。"王道士才想起来，给阿纳喝解药。阿纳喝下解药，没有醒来的迹象。

痴草对王道士说："你们这些江湖骗子，害了我的阿姐王后，我要替她报仇。"说完，拔剑将装有药品的瓶瓶罐罐全打坏，一片碎瓷片飞来划伤了阿纳的血海穴位，留了几点黑血，阿纳苏醒了。痴草惊喜道："王后，您醒了。我以为您的灵魂走了就回不来了呢。"

阿纳："灵魂是永恒的，我有驾驭灵魂的功夫，刚才我被一个黑洞吸进去。但我因为记住肉身停放的地方，挣扎回到了肉身，不一会儿就醒来了。"

唐蒙对王道士说："你怎么会造出这样一个只爱钱的美人来？"

王道士："就这样了，你爱要不要随你便。"

唐蒙没有办法，只得带着阿美走了，送到竹王宫。白面狸正在给竹王捶背，见唐蒙带来一个美人，恨得咬牙切齿，但又不便发作，说道："大王，唐蒙给你送美人来了，喜欢吗？"竹王早把唐蒙用美人换盐的事忘记了，竹王问："什么美人？"唐蒙将阿美推到竹王身边："竹王，这是阿美，特来侍奉你。"

竹王："我谁都不要，只要狸子。什么阿美阿丑，你自己带回去。"

白面狸暗自得意："我的蛊情花不是白送的。"

唐蒙带着阿美回到馆舍。很久没有碰女人的唐蒙激动万分，伸手想抱抱美人，阿美说："想抱我，拿钱来！"唐蒙刚激动地心被泼了一盆冰水。唐蒙拿了十个五铢钱给阿美，阿美吻吻铜钱看着钱笑："真好！"

唐蒙又激动起来，抱起美人走到床边："阿美，我真的很喜欢你！"阿美伸出雪白的手说："喜欢我吗？拿钱来！"唐蒙："刚才才给你，忘了？"阿美看看钱说："刚才是刚才，现在是现在。没有钱休想让我和你上床。"唐蒙又拿了一串钱给她说："现在可以睡觉了吧？"阿美厌恶地说："你太老了，身上散发着臭味，我不喜欢你！"唐蒙叹息一声："你这个贱货，给老子滚出去。"阿美不知道羞耻，笑着继续玩钱。唐蒙白天太累，打起呼噜睡了。唐蒙半夜被尿憋醒，不见阿美。

唐蒙惊叫道："若愚！"

若愚："大人，怎么了？"

唐蒙："阿美把我的东西全偷走了！快给我去追！"

若愚："是，大人！"若愚转身出去。唐蒙独自坐在油灯下唉声叹气："这几天怎么就这么倒霉！"

若愚进来："大人，寻不到阿美的踪影。"

唐蒙哭起来："我的积蓄啊！还有修路的银两啊！怎么办啊。"

若愚对唐蒙说："人造美人就不是人嘛，白费精神。"

唐蒙对若愚说："走，他造的什么美人，简直就是强盗，去找王道士赔偿！"唐蒙和若愚走在半道，太阳出来了，见路边有一堆钱币和银子，唐蒙跪下高兴哭诉："这都是我的财宝啊！"若愚惊叫道："大人，快看！"唐蒙一看，灵芝造的美人见到阳光化作一摊泥浆。

# 第五十六章　钩吻降妖

唐蒙为了修路的事，身心俱疲。他想，修路不难，难的是协调人与人的关系，这世界上的人要是能想到一块多好，为什么富人想的东西与穷人不一样、男人和女人的想法也不一样，渭河边上的人与牂牁江边上的人想法也不一样。为了修一条路，他用像虫子一样脆弱的生命，一会儿要给皇帝解释，争取资金；一会儿要用物资去刺激竹王，让竹王同意修路；一会儿要安抚修路工，让他们安安心心拿到工钱把路修好了。现在，身心俱疲的唐蒙又要找巫卜，把用生命换来的钩吻花的种子，亲手交给他，然后谈合作搞交易。

唐蒙来到巫卜草堂，走进院落，一股芳香的中药味迎面扑来，院子中摆满了晒中药的簸箕。正在太阳底下晒中药的巫卜，放下手中的药上前迎接："唐中郎，有请！有请！"

唐蒙："唐蒙拜访先师！"

巫卜："唐中郎请！"唐蒙在院子中的圆木凳坐下。巫卜呼童仆："上茶！"唐蒙小心翼翼从袖笼中掏出羊皮袋说："先师，我此次到南越国寻找种子，倒是几经周折。"说着将钩吻的种子递给巫卜。巫卜迟疑一会儿，才接过钩吻花的种子，双手颤抖："钩吻，太珍贵了！稀罕植物！唐中郎辛苦了！"巫卜将种子倒进陶盆里，怪叫了一声，一只黑猫"喵喵"叫着来到巫卜脚边。巫卜再叫一声，黑苗就跳进盆里打滚，全身沾满了钩吻的种子。巫卜对黑猫说："精灵，你能飞檐走壁，带着这些种子到皇宫去吧，把它种在王宫的空地上。"黑猫全身带着钩吻种子出门去了。唐蒙忧心忡忡地看着黑猫离去问："先师，这样可行？"巫卜："我的精灵播种从不会失败！"

唐蒙："我已经按照先师的要求，从南越国找来了种子。先师一定帮助道士们到娘娘仙山炼丹，这也是汉武帝的意思。"

巫卜："你得有耐心，需要时间，看看钩吻计划能否实现。"

唐蒙："先师不会反悔吧？"

巫卜："现在王后囚禁在娘娘仙山种蛊情花，只有让她回到王宫或者合法离开娘娘仙山，道士才能去仙山为武帝炼丹。"巫卜拿出一面镜子给唐蒙看，镜子里刚才那只黑猫已经到了夜郎王宫，正在有泥土的地方打滚，播种钩吻花的种子。

巫卜："大人，看到了吧，别急！"唐蒙："明白，等待好消息。先师，告辞！"唐蒙刚要转身，巫卜说："唐中郎等等！"唐蒙转回来："先师还有什么事吩咐？"巫卜忧心忡忡地说道："竹王让我带道士去见他。"

夜郎王宫中，白面狸正在陪竹王喝酒，侍卫进来禀报："大王，汉朝道士前来拜见大王！"竹王豪爽大叫："有请！"王道士跟在巫卜身后翩然入宫，用夜郎的礼节拱手道："小道参见大王！"

竹王："请坐！"

两人同声："谢大王。"

竹王："你就是炼丹的王道士？"

王道士："鄙人正是。"

竹王："听说你会很多养生的法术，现在表演给本王看看。"巫卜在一旁很紧张。王道士从从容容从怀中取出一个拇指大的葫芦瓶，从里面倒出一粒丹丸吞下，原地转了一圈，顿时年轻了十岁，竹王感到很吃惊。竹王半信半疑地问坐在一旁观看的巫卜："这是养生术还是巫术？"巫卜回答说："大王，这当然是养生术。王道士实际年龄已经九十高龄，如今看上去如青年。"竹王："那你让他给我一粒吃下，看看我能不能也年轻十岁？"竹王说完，眼前的王道士不见了。巫卜："王道士隐身了，但他依然在现场。"王道士虽然隐身了，但他说的话竹王还是能听见的："丹药只能延缓衰老，却不能抵挡衰老。"

竹王："这是什么意思？"

王道士："每个人的修为不一样，丹的效果就不一样。丹丸就如同阳光和雨露，只能助长茁壮的禾苗，却不能助长枯死的禾苗。"

竹王："什么叫修为。"

王道士："你身边拥有善良厚道的好女人就是一种修为。懂得节制的女人虽然不讨大王的欢心，但能让大王健康。"白面狸怕道士点醒了竹王，凶相毕露，但马上又还原伪装，妖媚地对竹王说："大王，这是个妖道，一派胡言，杀了他夜郎国才能太平。"

竹王在迟疑之时，白面狸说道："来人，抓这妖道。"

侍卫进宫，却见不到隐身的王道士。白面狸气急败坏走到巫卜的面前："这就是你带进宫的道人，我看是你诚心想与大王作对，你给我去把他灭了，提着他的人头来见大王。"突然，在白面狸的身后又出现王道士的声音："竹王，你身边有妖女，帮助你修为兴国的女人在娘娘仙山，如果我说的是谎言，夜郎国寸草不生。如果哪天宫中开满钩吻花，我的话就会灵验。"

白面狸见竹王有些醒悟，慌张说道："大王，别听这妖道的胡说八道。"

竹王："宝贝，别急，钩吻花，夜郎国是没有的，只有南越国才有。"侍卫进来禀道："大王，唐蒙在广场举办刺绣比赛，请竹王前去观赏！"

竹王："回唐蒙，本王身体不适，不能前去！"白面狸说："大王，我要去参赛！"竹王："你？就别去丢人现眼了！"

唐蒙召集方圆十里的女子在广场刺绣比赛。白面狸来到广场，见身边的女子刺绣千姿百态，鲜艳夺目，自己的刺绣像一些杂草，色彩暗淡，心生妒火。阿纳在围兜上绣的是百合花，痴草绣的是画眉鸟。阿纳将围兜放在一旁，继续刺绣。白面狸心生歹意，用手上的围兜与阿纳身边的围兜悄悄偷换，阿纳毫无察觉。比赛开始，白面狸得到阵阵喝彩。

唐蒙宣布："狸子获金奖。"阿纳走来对唐蒙道："大人，这个围兜刺绣是我的，被她偷换了。"白面狸冷笑道："哼，见我获胜，妒忌了是不是？你凭什么说是你的？"阿纳："本来就是我的。"两人争吵起来。不明真相的围观人在一旁鄙视阿纳："没男人要的女人，还想在这里参加比赛，真不要脸。"

白面狸倚仗权势偷了东西有理："就是！真不要脸！"

若愚火眼金睛，对唐蒙说道："大人，阿纳恐有冤情。"

唐蒙："你有何凭据？"

若愚："大人，何不让两人当场刺绣同一幅图案真相就可大白于天下。"

唐蒙："这主意好！"

唐蒙让大家安静，说道："这两位绣女争执不下，现在我宣布，让两位绣女现场刺绣同一幅图案。"全场一片欢腾："好！好！好！"

狸子一听当场刺绣愤怒道："我不同意！谁要让我当场刺绣，让他全家死完！"

阿纳十分高兴："谢大人再赐机会，现场刺绣。"全场一片欢腾。狸子早就灰溜溜逃跑了。

唐蒙又宣布："现在，我决定，金奖颁给阿纳！"

白面狸哭闹着冲进夜郎王宫："大王，大王，为我做主，唐蒙他和阿纳勾勾搭搭，把刺绣的金奖给了阿纳。"竹王一听，怒火中烧："唐蒙这个浑蛋，跑到我夜郎土地上戏弄女人。来人，给我把唐蒙绑来！"唐蒙被五花大绑来到王宫。竹王对手下说："先给我打五十鞭子再说！"

白面狸接着说："给我打，狠狠地打！"手下抽打唐蒙，遍体鳞伤，血肉模糊，唐蒙昏死过去。竹王："给我拖出去关押起来。"说也奇怪，唐蒙鲜血染红的地方，冒出新芽，一会儿抽枝条，不一会儿开出了黄色的花朵。侍卫禀报："大王，外面开满了奇怪的黄花。"竹王吃惊地走出宫门，眼前的景象让他惊呆了，王宫四处每一个角落都开满了黄色的钩吻花，细藤上的叶对生，藤梢开满淡黄色漏斗形花朵。竹王突然想起王道士说的话，十分恐惧，大声叫道："这是怎么回事？"

白面狸跟随出门，见眼前的钩吻花，问竹王："大王，这是怎么回事？"竹王伸手摘了一朵递给白面狸。白面狸接过钩吻花放在鼻下一闻，感觉自己的骨头开始变短了，肉开始萎缩。白面狸大声叫道："大王，救我！"不一会儿，白面狸渐渐现出原形。竹王看见白面狸背上显出一根一根的长毛，下巴变短变尖，手脚渐渐地变出爪子，显出原形，高声喊道："来人！"巫卜带着王道士进来，见钩吻花下卧着一只花面狸，鼻子像粉红色的狗鼻子，脸型如鼠，脸毛黑白相间。巫卜："大王，花面狸喜欢吃竹根竹笋，已经修炼千年，耐不住寂寞到人间来作怪。大王是竹之精灵，白面狸是你的天敌啊。"竹王听后，怒火中烧，拔剑向白面狸刺去。王道士上前阻拦说道："大王，刺杀肉体没有用，作怪的东西不是肉体，而是灵魂。"

竹王："没有了肉体，灵魂如何依附。"说完再次刺杀向花面狸。

王道士："晚了，你看这肉体已经痴呆，目光无神，说明这只花面狸的灵魂早已经离开肉体远走了，不知道她会附在谁的肉体上继续伤害善良。正因为有妖孽之气，濮人的祖先才制定了《九天净法》，八方邪神，妖魔鬼怪，见符而除，遇符而亡，闻符而衰，符净天下。"

竹王渐渐恢复神智，问道："你知道我夜郎国的九天大法？"

王道士："任何国家都必须有自己的法律，法律保证了人类社会稳定、安全。人类的延续，没有法律人类社会就回到白面狸的动物世界了。"竹王："可是这钩吻花只有南越国才有啊。"王道士："为了除妖，唐中郎历经千难万险，顺牂牁江到南越求得。"王道士赶快扶起血肉模糊的唐蒙，坐在石墩上。竹王："本王错怪了唐大使！"

唐蒙："大王，我有一个请求！"

竹王："请讲！"

唐蒙："承蒙南越国赠送钩吻，听说南越王赵婴齐有病，需要枸酱酒泡药。"

竹王："这事不难，来人！"

摩哥进来道："请大王吩咐！"

竹王："速速派人到茅山购买枸酱酒送去南越国。"

摩哥："遵命，大王！"

# 第五十七章　九月酒醉茅台

钩吻花帮助竹王识破了白面狸的真面目，竹王恢复了良知，夜郎风清气正，在深秋时节，天地感应，山野开遍了野百合花。

为了答谢南越国王后豆叶赠送的钩吻花种子之恩，竹王派摩哥带随从百余人，从夜郎王宫出发，经普定、织金，准备上茅山买枸酱酒。唐蒙跟随竹王的队伍出发了。行到黔中半路，眼前一条清澈的河流，大家心情十分愉悦，唐蒙说："伙计们，下马休息。"河岸茂竹中有琴声传出，乐声悠然清凉，空灵飘逸，让唐蒙着迷，他对若愚说："这流行于春秋战国时期的筑琴早已消声绝迹，怎么会在这边远夜郎出现？你去打探一下击筑人的来历。"

若愚："是，大人！"若愚循声来到一间草堂前，四周是菜园，见竹篱小院中一土人怀抱筑琴，皮肤白净，容貌俊美，气质忧郁高雅。他手中的筑琴，由音箱和琴柄组成，有十三根弦，弦下有柱，左手按琴柄上的弦，右手用竹尺击弦，若愚上前询问。

太阳偏西，摩哥一吆喝："上路嘞！"队伍出发了。唐蒙骑在精瘦的夜郎马上问若愚："刚才弹琴人有什么来历？"

若愚："大人，你知道历史上有一个叫高渐离的人吗？"唐蒙："高渐离？"唐蒙想了一会儿说道："想起来了，高渐离是荆轲的好友。"若愚："大人，刚才击筑琴的人就是高渐离的后人。"唐蒙："是吗？这也太传奇了。夜郎竟然有这么重要的人物，高渐离的后人怎么会在这里？"

若愚："说来话长。荆轲刺杀秦王失败后，荆轲的好朋友高渐离每天击筑琴纪念荆轲，被秦王知道后，抓进王宫，熏瞎双目，每天给秦王弹奏筑琴。高渐离为了给好友荆轲报仇，悄悄在筑琴箱里放置铅块。高渐离凭声音用铅块刺杀秦王。但因为双目失明，刺杀秦始皇失败了。高渐离的后人为了躲避秦始皇的追杀，就带着筑琴逃到夜郎国躲避。夜郎土著十分喜欢有才华的人，希望高渐离的后人高轩教自己的孩子读书，这里的土人一家凑几斤粮食保证他的温饱。"

唐蒙："原来是这样，等回来我一定拜访他。"接着问，"若愚，你刚才说除了买酒还想干点啥？"

若愚牵着马说："大人，我在想，这每次需要枸酱酒的时候就要千里迢迢，跋山涉水去茅山购买，劳民伤财。”唐蒙为了方便说话，翻身下马：“那你认为怎么办？”若愚说：“这次去茅山，不如明学暗探，偷技窃艺弄到酿酒的方子拿回来自己酿酒。”

唐蒙：“这是好主意。”

若愚：“要想方设法得到枸酱酒的秘方，自己酿制。假如将酿酒秘方献给陛下，他不再说我们没有张骞有成就，必然重赏我们，就结束这奔波的苦日子了。”唐蒙十分开心，给若愚肩上一巴掌：“我发现若愚越来越聪明了。”唐蒙一行，一路上说说笑笑，过了遵义、枫香，眼前是漫山遍野的红高粱，像火焰一样燃烧在山野。唐蒙见到一个打野鸡的猎人，鞠躬问道：“老人家，到茅山还有多远？”

猎人：“顺着这条山路，沿赤水河方向走三十里地就到了。”

唐蒙：“老人家，出枸酱酒的地方为什么叫茅山？”

猎人跟随着唐蒙队伍边走边说：“这些红高粱上有很多细毛。当时秦王朝充军到我们这里的人很多，经常抢粮食，我们当地人不敢说高粱，都说是茅稗，保护了高粱。当今天子派来的人不但不抢粮，还送土人很多财物。但习惯已成，也就继续叫茅山。”

唐蒙：“谢谢老人家指点。”这时，一股奇香随风飘来，唐蒙抬头见路旁的一群猴子正在凹槽里豪饮香水。猴子脸通红，屁股也红，有的醉倒在地，没有醉的猴子见到陌生人，四惊逃离到隐蔽处。若愚上前抓了几只醉猴，摸摸醉猴温暖的皮毛，很舒服。他说：“大人，送你摸摸，很舒服。”唐蒙说：“它们醉了，别伤害它们，趁猴之危不道德。”若愚说：“不趁猴之危，你能摸到猴吗？”说完就将醉猴放回原处，醉猴十分可爱。夜郎大使摩哥蹲下，用手捧了刚才猴子喝过的香水慢慢喝下，也飘飘欲仙，说道：“这些野高粱种子掉进石槽，被高温发酵后流出的酒真香。”

摩哥：“别在途中浪费时间，抓紧前行，到了茅台有更美的酒。”

队伍沿山拐了不知多少弯道，终于见到了赤水河，正是九月九日，在赤水河东岸的斜坡中央，有一块天然宽阔的平台，濮人聚集在台上祭酒。茅山茅台上放置红木神龛，神龛牌坊下方是太阳，太阳上方是宫殿，宫殿上方是云彩，这就是九天灵符。茅山首领和他身后是万人子民，用朱砂将脸画成高粱颜色，头戴茅草，袒胸露肩，跪拜在茅台九天灵符前，迎神大鼓响起：“咚！咚！咚！”鼓敲三下，首领带领族人高呼：“迎神！”惊天动地，激情满怀。再敲三下“咚！咚！咚！”全都将土碗中酒举过头顶。

司仪高声道：

“初敬天地太极！”念完，全族人用手指蘸碗中酒抛向空中。

“亚敬九天天主！”念完，全族人将酒再次抛向空中。

“三献巫祖！”全族将酒奠在地上。

“四敬八方宾朋！”话音刚落，就有人将酒递到唐蒙、摩哥他们队伍的面前。大家一起饮酒，一起吃饭。

茅山人端起酒唱起敬酒歌：

九月九登茅台，祭拜一碗酒呀。九月九登茅台，迎宾一碗酒呀。九月九登茅台，壮行一碗酒呀。

手捧一碗酒，天地永长久。手捧一碗酒呀，感谢好朋友。手捧一碗酒呀，日月在颤抖。

摩哥：“谢茅山兄弟！”他们一饮而尽，顿感胸膛在燃烧。摩哥见到茅山酒，浑身在颤抖，陶醉狂饮。只有唐蒙和若愚很理智，他们的冷静让茅山的巫师警觉，尾随两人来到酿酒作坊，让唐蒙吃惊的是，酿酒的地方竟然是几间小草屋，简陋的蒸酒木甑子，旁边坐着两个朴素的女人，皮肤白净中透着粉红，目光清澈，披着长发，穿着白色对襟麻布筒裙，腰上系着蓝色腰带。两人正在将酿出的新酒用木桶提着，走到旁边的山洞里，倒进和人一样高的土坛，酒坛盛满后，用木塞盖上，然后用蜡密封，最上面用红布蒙住。唐蒙走近，女人就像没有见到，继续倒酒。酒师过来和蔼地问道：“请问两位客人有何事？”唐蒙说：“我，这，我，那……”只有若愚一眼就看出眼前这个人是酒师。酒师一眼就能看出人的内心，在酒师面前撒谎，自欺欺人。

若愚：“酒师，我们是汉朝使臣，想学学你的酿酒技艺。”

酒师很喜欢若愚的诚实，爽快地同意了：“我带你们去见这里真正的酿酒师，她叫酒神。但是你们心中一定要纯洁友善，否则就会被拒绝。”酒师带两人穿过幽静的石板道，来到一个山洞里。唐蒙见一个女人在勾兑酒，以为是佣人，不理不睬继续往里走。若愚发现不对，停住脚步。

酒师说：“到了。”唐蒙转身回来。酒师介绍道：“这位就是酒神！”唐蒙疑惑：“酒神？怎么会是一个年轻少女。”酒师冷笑道：“你见她是一个少女，其实，酒神已经一百岁了。”两人很不高兴。

唐蒙：“酒师想戏耍我们吗？”酒师看穿了唐蒙的心思说道：“我知道，你们中原男人对女人很不尊重，认为女人为小人难养也，而我们这里没有女人就酿不出枸酱酒。”若愚对唐蒙说：“大人，为了得到方子，我们就忍辱负重了一回，给酒神跪下。”

唐蒙：“给女人跪下？”若愚劝导：“入乡随俗。”唐蒙和若愚跪下道：“拜见酒神！”神师就像哑巴，闪着纯真的大眼睛，摇摇头走了。

酒师：“两位官爷起来吧！你们的杂念太多，吓跑了酒神。”

两人站了起来：“谢酒师！”

酒师说：“酿酒之人必须诚实善良，心无杂念，否则就无法酿制出美酒。”

唐蒙："我们没有杂念！"

酒师："你们歧视酒神是女人，是吗？"

若愚："是！"

酒师："我知道你们只是为了利而不是为了礼来学习酿酒。酿造酒是修身的过程，你必须尊敬天地之变化无常，顺时而动。心中只装天地时辰变化，放下私念，才能酿造出美酒。"

两人羞愧："谢谢酒师指点迷津。"

酒师："既然两位千里而来，我不能让你们空手而归，这是做人的准则，跟我来！"

唐蒙和若愚很好奇，酒师带他们穿过一个隧道，里面的石头都是透明的，像冰块，但又不是冰，山洞里同时有春夏秋冬四个季节。酒师一挥手，季节就变了。酒师说："眼前是端午节，必须由女人的双脚踩曲。"唐蒙妒火中烧："凭什么要让女人踩曲？"酒师平平静静："我们也用男人踩过曲，但是，男人踩曲，出不了酒，这是个难解之谜，制曲必须是女人才能完成。"

唐蒙："落后的母系社会！"

酒师平和地回道："不是每个女人都能踩曲，我们要找她男人对她好的女人才能制曲。因为踩曲的女人不能忧伤、愤怒、自私、妒忌、狭隘、偷盗、不忠。有正气才有了天地。'正气'是天地之骨，'酒曲'是酒之骨。"

唐蒙："这是什么话，我不信。"唐蒙想用汉武帝给他的符节将这一切扫光。

酒师温和地说："我们已经做了千年的酒，小孩都知道，如果男人女人不和睦，阴阳失调，制出的'曲'黑色多；如果男女中正，制出的'曲'黄色多，所以枸酱酒略带微黄色。"

唐蒙："酒师，恕我直言，请问你能踩曲吗？"酒师："我年轻的时候每年都制曲，制到了八十岁，我男人死了，身体阴阳失调就不能再踩曲了，现在我勾兑酒很醇厚。"唐蒙吃惊："原来酒师高龄了？真令人敬佩，看上去三十出头。"

酒师："端午制好曲，制成龟背型大曲，在六十度高温下等待看不见的细虫来发酵，直到九九重阳节，才开始投料，经过九次蒸煮，八次发酵，存五年后，才能出坛。"唐蒙听了这样复杂的制酒过程就昏了过去。若愚掐了唐蒙的人中才苏醒过来。若愚看到制酒的过程太复杂，对酒师说："酒师，能不能给我们一个制酒的方子。"

唐蒙对若愚说："不得无礼！"谁知，酒师友好地答应了，让两人喜上眉梢，手舞足蹈。酒师将方子送给唐蒙说道："制酒一定要诚信，更重要的是要讲天人合一，顺时而动。"唐蒙得到方子就如同得了意外之财，心情激荡，满脸通红："谢酒师指点。"真是出人预料。

酒师："制酒要诚，就是说，制酒人说话要与天地自然运行的规律相符合，与仁义礼智相符合。天人合一，就是在什么季节收割粮食，什么季节制曲，什么时辰第一次投料，第二次投料要记住，什么时候蒸煮，取酒也要牢记。你给我重复一遍。”唐蒙没有记住，给若愚递了个眼神。

若愚：“端午女子制曲药，夏天采曲，九月九下沙，端午节由女人制曲，男人第一次投料，第二个月第二次投料。九九重阳节赤水河开始变清澈，就要进行九次蒸煮。违背季节出的酒没有香味，出酒量很低。”

酒师：“悟道容易行道难，你们心神不定，一件事没有做好，又想做第二件事，疲于奔命，酿酒是修炼心性的过程。急于求成的是不能酿出好酒的，还得派人专程来学艺。”

两人异口同声：“谢酒师点拨！”

唐蒙和摩哥购得几十坛枸酱酒，在转回的路上，见到男人们正在收割高粱。

酿酒就从重阳节开始。

唐蒙又觉得很可惜的样子说：“这些酒用来换钩吻花种子真可惜！干脆不送给南越王后了。”

若愚：“大人，失信于人，是人生最大的污点。钩吻花能除掉白面狸，比枸酱酒更珍贵啊！再说了，南越国的王后也是厚道之人，以后我们还希望得到她的帮助。”

唐蒙：“言之有理！”

# 第五十八章　豆叶梦见龙生鼠

七月的南越国热浪滚滚，长乐宫里却是凉爽宜人，因为有一个地下溶洞不断地向地面吹送凉风。

清晨的鸟鸣惊醒豆叶浅浅的梦境。豆叶醒来时有些头晕，她以为自己是躺在长安的床上，不知道自己身在何处。她冷静下来，慢慢想了很长时间才想起自己是谁，不禁叹道："我身在南越，却魂归故里！"豆叶看看躺在身旁的赵婴齐依然熟睡，孤独袭来，绝望中感觉自己像大海中一片树叶，不知魂归何处。蹑手蹑脚来到窗前推开窗户，潮湿滚热的空气扑面而来，目光穿过窗外的小院，多情的芭蕉叶提醒豆叶自己是在南越国，芭蕉叶湿漉漉地为豆叶滴着思念家乡的断肠泪。赵婴齐从身后搂住豆叶："怎么不多睡一会儿？"豆叶："大王，您醒了！"赵婴齐："王后，你哭了？为什么？"豆叶不说话，只顾流泪，赵婴齐用猜测的口气接着说："你不习惯南越的生活？"豆叶："我不习惯宫廷冷漠古怪的气氛。"

赵婴齐："其实我也有些不习惯，但是这里才是我们真正的归宿。别伤心，我们一起慢慢习惯这里的一切。"

豆叶："大王，昨晚我梦见一条龙生下了一只鼠。"

赵婴齐："一只鼠？"

豆叶："是的。不知道是吉是凶？"

赵婴齐："待我问卜于天师！王后，你先休息！"

赵婴齐召见天师。天师穿得巾巾吊吊，脸上涂得花眉花眼走进来："参见大王！"赵婴齐："免礼！走近说话！"赵婴齐小声将梦境告诉天师。天师挤眉弄眼，故作神秘地说："大王，龙属阳物，鼠代表阴物，如果龙生了鼠，表明君臣不是一条心。龙生了鼠，不是自己的同类，必然有类似鼠的贼臣谋反。"

赵婴齐："鼠，谁？"

天师："天机不可泄露，但大王会心中有数。"天师又小声补充道："不过，只要大王舍得放弃现在的王后，南越国一切都会归于太平。"赵婴齐："这不可能！"

天师是丞相吕嘉的心腹，这下机会来了，他装神弄鬼，对一碗水念咒语，然后让赵婴齐喝下，使用了巫术后说道："大王，江山与美人不能同时拥有。"赵婴齐像着了魔，突然善恶不分，他对巫师说："我要江山！"然后说了一句："退下！"看着天师走出去的背影，赵婴齐瘫坐在王座上，内心纠结，痛苦挣扎，暗道："苍天哪，本王该怎么办？"这时，豆叶好奇地走进来："大王，天师怎么说？"赵婴齐脸色难看，不说话。豆叶柔情地说："大王，您身体不舒服吗？"赵婴齐推开豆叶："滚开！"豆叶："怎么了？"

赵婴齐暴跳如雷："你实在想知道本王告诉你，天师说了，只有你死掉，南越国才会太平。"

豆叶如遭雷劈，天旋地转，流泪说道："大王，难道您忘记了我们相爱的情分？"赵婴齐在权力和女人之间选择权力。他递了一条白绫说："南越国需要稳定，你必须做出牺牲。"说完赵婴齐走了出去。豆叶看着赵婴齐冷酷的面容，凉透骨髓，暗道："只怪我没有听安国少季的劝阻，孤身入虎穴落得如此下场。我死不足惜，只是辜负了天子重托，南越归附成泡影。死了倒也轻松干净。"豆叶在房梁上挂上白绫，悬梁自尽。卫姬端茶进屋，见状惊叫："救命啊！"救下豆叶。卫姬看着气息奄奄的豆叶哭劝道："王后，您怎么这样自私，您不为自己想，也要为太子兴活着。"

豆叶："卫姬，我已经疲惫了！"

卫姬："王后，人活着不是事事如意，您还有国之重任，有皇帝陛下的重托。您要带领南越国成为汉朝的藩国。所以，需要忍耐，不能任性。"

豆叶："是赵婴齐让我死的！他以为我死了，南越国立后的风波就会平息！"

卫姬："王后这样不明不白地死去如一根稻草。王后要用自己的魅力慢慢改变赵婴齐的灵魂，让他心甘情愿承认自己是汉朝的藩王，心甘情愿承认南越国是大汉朝的一个藩国，而不是独立的国家。"

豆叶："大王自从见了天师，不知道着了什么魔法，灵魂变了，不再是过去那个善良的人了。"

卫姬："王后受委屈的时候，想想越王勾践！来，王后，我给您梳洗打扮，一会儿和大王进餐的时候，要像什么事都没发生，温柔些。"

豆叶被卫姬打扮得如十六岁少女，光彩照人，加上骨子里透出的仙气，令赵婴齐心神清凉愉悦，使赵婴齐的精神陷入豆叶的美貌而不能自拔，恍恍惚惚。但赵婴齐中了的魔法很快浇灭内心对豆叶的爱意，警告自己，要守好先祖打下的江山，就得忍痛割爱。只有放弃眼前这个汉朝女子，南越国才能太平。在江山与美人之间，赵婴齐选择了江山。两人在膳房的餐桌上享用午餐。赵婴齐变得陌生起来，两人不再说什么话。赵婴齐阴沉着脸没有说话，豆叶感觉到赵婴齐的冷酷如寒光闪闪的利剑，直刺心底，但为了南越国能归附汉朝，让鲜血在心中流，强打精神说道："大王，抱歉，我到了阎王殿，阎王说，你怎么这般自私无情，把大王一个人孤零零留在南越国，阎王让我会来陪伴大王，我就回来了！"如虎归山的赵婴齐，傲慢冷漠说道："既然这样，从今天开始，你必须入乡随俗，穿着土人的服饰，脸上涂上彩色。"豆叶妩媚一笑："是，大王！"赵婴齐来到南越国动不动就火气上冲，赵婴齐放下汤勺，捂住肚子哼叫起来："痛啊！"他感到肚子扯着腰激烈疼痛，满头是汗，呼吸急促。

豆叶拿出丹丸，倒了一杯枸酱酒："大王，吃下这丹丸，会好些。"赵婴齐将酒杯打翻："汉朝天子想让你来毒死我？"豆叶温柔地说："大王，你不相信我，我先饮！"豆叶将丹药用酒吞服下，什么事都没有。赵婴齐才用酒吞服下丹药，不一会儿果真好多了。

豆叶接着说："夜郎运来的枸酱酒送服丹丸效果好，但剩下不多了。上次唐蒙来找钩吻花种，说给大王送来，不知道怎么回事，一直没有消息？"

赵婴齐："他们只是找个借口而已，怎么会真的给我送酒？"

豆叶："他们一定会给大王送来的。大王放宽心。"赵婴齐又突然烦躁起来："这么多烦心事，我能宽心吗？不是因为你，我会失去橙子、儿子吗？不是因为你，群臣会疏远我吗？你这个祸水！"豆叶委屈地流下泪水："大王，你应该平静下来，不要烦躁。如果我让您感到不幸福，让我回长安。"赵婴齐："你回长安，汉武帝那个混账东西就要派兵来打我了，我能让你回去吗？你就别想美事了，你就是死也得死在南越国。"

豆叶："您在长安，汉武帝待您不薄，大王何必骂他？"

赵婴齐："我骂他，怎么地？"

豆叶："大王好好休息，臣妾告退。"

赵婴齐："你走了就永远别回来！"

豆叶笑笑："大王，您这样说就是让我别离开您，我懂，现在我就陪着您，让您骂，只要你开心。"说完，赵婴齐感动万分，将豆叶搂在怀里："豆叶，我可爱的野猫，我不能没有你，是权力让我狂躁，原谅我。"

公公进来禀道："大王，夜郎国使臣摩哥求见。"豆叶："他们果然很守信！"赵婴齐听说是夜郎国的使臣，顿时精神振奋："未央宫面见。"公公补充说："汉朝使臣唐蒙也一起到来。"

赵婴齐："又是唐蒙，他是到处搅和。"

公公："是的。"

赵婴齐："他来做啥？"

公公："夜郎王上次得到我们的钩吻花种，驱出了夜郎王宫的狐妖白面狸，特地让唐蒙带使臣来送枸酱酒。"赵婴齐："钩吻花种比黄金还贵，他们怎么能得到的？"谁都不说话。赵婴齐就提高嗓音："说呀！你们都哑巴？给我说！是谁送给他们钩吻花种的？"

公公："是王后暗中送给他们的。"

赵婴齐："王后？怎么不与我商量，私自用钩吻花种与唐蒙换酒？"两人刚刚恢复的恩爱，此时又被推到风口浪尖。豆叶不说话。

赵婴齐在未央宫接见唐蒙、摩哥。内侍带唐蒙和摩哥进来，两人行拱手礼："参见大王！"赵婴齐："各位大使辛苦，免礼！"两人坐下，摩哥道："夜郎得钩吻除掉白面狸，竹王为表达对贵国的谢意，特命我为贵国送酒十坛。"赵婴齐："谢竹王盛情！各位光临敝国，甚是荣幸！"

唐蒙："大王，唐蒙有事请求大王！"

赵婴齐："大使请讲！"

唐蒙："长安到夜郎的驿道已经修通，牂牁江到南越国的河道上游也疏通，但寻江到珠江请大王鼎力相助，可利多国商贸往来。"

赵婴齐："寡人刚刚继位，很多事务没有理顺，加上国力不足，暂缓一些时间。"

唐蒙："南越国江河纵横，鱼米之乡，又可远渡重洋，何言国力不足。"

赵婴齐："汉朝命我称臣，但又不准铁器流入我国，母畜也不得进入南越，生产力低下，民众生存艰难，劳动力更是缺乏。请大使向当今天子阐明南越困难，请求谅解！"

唐蒙："理当如实禀报！"

南越国养心殿中，赵婴齐隆重招待大使们吃海鲜，但不舍得用枸酱酒招待他们，而是用从海上运来的身毒国白葡萄酒。赵婴齐用白玉杯盛装着果绿色而又清澈透明的白葡萄酒说："欢迎尊贵的宾朋！感谢你们给我送来珍贵的枸酱酒。今天，我用海上商船从身毒国运来的洋酒敬各位，干杯！"

众人举杯："谢大王！"唐蒙喝下洋酒说道："身毒国这酒像糖水，无味。"赵婴齐："这酒也不是身毒国原产地，而是从很远的西方国转运而来。"

摩哥有些拘谨，懂礼节，一粗犷男子，什么话也不说，不评价酒的好坏是非，在一旁静静地拿着一只螃蟹慢慢品，剥螃蟹的手显得笨拙。唐蒙喝完像糖水一样的葡萄酒，剥开大螃蟹的硬壳，露出丰厚的蟹黄，心花怒放张开大嘴巴，一口就吸进嘴里，发出"咕咚"的响声。这响声惊动了一桌的人，都抬头看他。他不管别人的感受，把来不及弃掉壳的螃蟹腿放进嘴一起嚼碎吞进肚里。摩哥才吃掉一只螃蟹腿，唐蒙已经将几只螃蟹吃完了，接着又吃蚌壳肉，鲜美柔滑令他陶醉。

赵婴齐对豆叶说："这就是你们大汉族的样子，你看看我的夜郎朋友摩哥，被你经常嘲笑的蛮夷，吃得多有风度。"豆叶不说话，心想，如果男人与女人之间没有诚心，还有什么可说的，只能是越说越糟糕，豆叶将一根细细的海带丝放进嘴里细嚼慢咽。赵婴齐见豆叶不说话，以为豆叶傲慢，很愤怒，但当着客人的面不好发作，就拿起一只像乌鸦一样大的龙虾掰开，努力吃龙虾的肉。他并不觉得好吃，因为生气的时候品不出美味佳肴。只听得"哎哟"一声，唐蒙捂着肚子喊疼痛，头冒虚汗，脸色惨白，眼睛无神。

赵婴齐放下手中的龙虾问道："大使，怎么啦！"

唐蒙："我肚子痛，头晕，冒虚汗！"

豆叶对内侍说："快，去找太医。"

唐蒙："不用，螃蟹性寒，只要喝一杯枸酱酒就会好的。"

赵婴齐半信半疑，不情愿地对公公说："去，拿枸酱酒来。"

众人都停下吃喝，太医倒了一杯枸酱酒给唐蒙慢慢喝下，渐渐地，他脸色红润起来，目光渐渐恢复神气，疼痛消失了。

众人欢呼："夜郎神酒！"

太医对赵婴齐说："禀大王，此酒真有解毒功能。"

赵婴齐心痛地发话："那就给每人倒一杯枸酱酒。"吃海鲜，喝枸酱酒，真是飘飘欲仙。赵婴齐喝下酒也不再烦躁了，心里明快起来。正在这时，公公在赵婴齐耳旁小声禀道："大王，汉朝使者安国少季求见。"赵婴齐："他怎么来了？"公公："他持有汉武帝赐封的符节，没错。"赵婴齐："你安排他在驿馆住下，让最好的女人陪她，别让王后知道。"公公："遵旨！"赵婴齐又陷入无底的烦恼中。

夏季，南越国的驿馆内酷热，安国少季挑灯夜读，头脑混混沌沌，全身冒汗，怎么也看不进一个字，放下竹简走到窗户前。只听得三下敲门声，一个娇艳的美女端着南方的荔枝进屋来，妩媚一笑："官人，奴婢给您送荔枝来！"安国少季："谢谢姑娘！"姑娘："安大人，我叫紫贝。"安国少季："紫贝姑娘好！"紫贝："大王让我给您送荔枝！"安国少季："谢大王盛意！"紫贝将竹编果盘放在桌上，然后就为安国少季剥开果皮，递给安国少季。安国少季："谢谢，你吃，我自己剥。"安国少季就自个剥了一颗荔枝，吃下说道："我第一次吃到这样甜美的果子！"

紫贝："大人也是第一次来南越吧！"

安国少季："是的！"

紫贝："大人，您怎么心不在焉？"

安国少季："没有啊！"

紫贝："您别瞒我了！"

安国少季："南越国的姑娘真聪明！我感到太闷热，加上蚊虫的叫声让我的大脑成了糨糊，几乎不能思维，有些窒息。我想在外面走走，乘凉！"安国少季取下宝剑出屋了。紫贝姑娘拿上驱蚊膏追出去："官人，官人，外面蚊虫很毒，需要涂上驱蚊膏。"安国少季出门后，蚊虫扑面而来，他赶紧退回屋中，手背和脸被蚊虫袭击，瞬间红肿起来。紫贝赶紧用驱蚊膏涂在安国少季的脸上，安国少季白净的脸被涂成棕绿色，瞬间就变成了土人模样，紫贝傻笑，安国少季才认真看紫贝姑娘的样子，紫贝暴露在筒裙外的所有皮肤都涂着驱蚊膏，个子矮小，颧骨突出，面庞宽阔，笑起来露出雪白的牙齿，很可爱。紫贝正要给安国少季涂手臂，安国少季说："谢谢，我自己来。"边途驱蚊膏边问，"姑娘，你可认识南越国的王后？"

紫贝在八仙桌旁坐下天真地回道："我当然认识，但没见过，传说中的王后很美很善良。大人也认识王后？"安国少季："不认识，只听到过她的故事。"紫贝："她喜欢织丝绸，经常化装成村姑到民间教南越女子织丝绸。"

安国少季："我听说过她织的丝绸销往海外。"

紫贝："听说她在中原有一个相好！"

安国少季："哦，是的，我也听说，那个相好非常非常喜欢她。"

紫贝："王后来到南越真可怜！"紫贝看着安国少季陷入沉思说道："大人，您休息！晚安。"安国少季："谢谢姑娘，晚安！"

紫贝转身补充道："大人，我在隔壁，有事敲三下墙壁，我就过来！"

安国少季："好！谢谢姑娘！"想到要见到豆叶，安国少季兴奋，难入眠，夜，好漫长，比从长安到南越国还长。熬到天亮，听到敲门声，安国少季激动地坐起来，快步去开门，门前站着的是赵婴齐。安国少季吃惊："是您，大王！"

赵婴齐："安大使，幸会！幸会！"上前拥抱安国少季。两人来到珠江岸驿站，看着荡漾的珠江水，自由自在地交谈。赵婴齐故作高兴的口气："安大使，一路辛苦！真想不到你会出使南越国。"安国少季："这次奉命出使南越国，想亲自传达陛下的旨意，希望大王归服汉朝，尽早履行诸侯国的职责，入朝觐见。"

赵婴齐："先不谈国事，我们先痛饮几杯。"然后进到街旁的一家酒肆。安国少季："赵兄如今已是藩王，今非昔比，看上去气色好多了。"

赵婴齐："托安大使的福，回到故乡。"安国少季："我当初以为南越国十分遥远，咱俩再见不到面了，如今，我们又见面了。"店小二端酒菜上来上来。两人一边喝酒一边聊天。赵婴齐："陛下的旨意我是知道的，就是每三年进宫朝见陛下。只是国事太繁忙，路途遥远，一时抽不出时间。"

安国少季："如果南越王不履行藩王的职责，怕其他藩王效仿，一个国家的典章就失效了。"

赵婴齐："我当然要遵守藩王的典章。"

安国少季："时光匆匆，转眼赵兄离开长安都快三年了。"

赵婴齐："虽然说离开长安已经三年，但在回南越国的路途就耗去近一年的时间。我来到南越水土不服，经常患腰疾。"

安国少季："这不是理由，你可以委托大臣们带着太子赵兴入朝觐见。"赵婴齐感觉到自己的儿子将要像自己一样到长安当人质，就说："赵兴身体单薄，年纪还小，到了长安不懂礼数。等我的病好些，我亲自去觐见陛下。”

赵婴齐：“当年，父亲赵眜王将我送到长安当人质，一去就是十几年，与亲人分离，不能撒娇，不能任性，处处小心隐忍，这样的日子，我不想让儿子赵兴去重复，我要自己担当。我曾经恨过父亲的无能。”

安国少季：“汉朝天子可是把你当作亲人！”赵婴齐：“安国兄不理解亲人离别的痛苦，更无法理解寄人篱下的孤独不安。”安国少季：“王者，不能儿女情长！”赵婴齐：“你放心，明年春暖花开的时候就到长安觐见天子，决不食言。”安国少季：“您不去，陛下就会每年让我来打扰您一次。”赵婴齐：“只恨山高路远啊！”

安国少季喝到了半醉，就暴露了心中的秘密：“大王，豆叶王后可好？”

珠江岸草堂中，安国少季和赵婴齐两人是久别的朋友，但又是情敌，赵婴齐说：“王后很好。”

安国少季：“我与豆叶自小青梅竹马，命运却让我们阴差阳错！”

赵婴齐喝了一口酒答非所问地胡乱闲扯：“我在长安的时候，陛下派你到南越国，你半路就被台风刮失踪了？”

安国少季：“命不该绝，我历经了坎坷，又回来了。”

赵婴齐：“天子希望你永远失踪。”

安国少季：“我知道，你现在也是这样想的。”

赵婴齐：“我没有这样险恶，我希望你没有必要为汉武帝这样的人效力。”安国少季：“君让臣死，臣不得不死。忠君是做臣子的本分。”安国少季近乎乞求地说：“兄弟，不谈国事，按人之常情，让我见见豆叶吧！”赵婴齐：“兄弟，就别为难我了，王后怎可随便与旧情人约会？让国人知道了我还能有脸当王者吗？豆叶好着呢，不用你牵挂。”

南越王宫中，豆叶正在织丝绸，卫姬匆匆来禀道：“王后，汉朝使臣安公子到南越国了！”

豆叶：“我真不敢相信！”

卫姬：“确实是他！”

豆叶：“天哪，是他？快，给我梳妆，我要去见他。”

卫姬：“王后，您不能去。”

豆叶：“为什么？”

卫姬：“大王心眼小，知道了，就会拿这件事在南越国做文章，到时候您可真难在这里待下去了！”

赵婴齐和安国少季两人回到驿馆下围棋，两人在汉朝廷共事，本来是好朋友偏偏又是情敌。下棋的时候赵婴齐表面平静，内心却是在刀光剑影，青筋暴露。而安国少季无牵无挂的飘逸，在气势上就已经压倒了赵婴齐，赵婴齐的算计每一步都在安国少季的预料之中。安国少季在赵婴齐的白子中放下最后一颗棋子，赵婴齐输了。

赵婴齐输了好像没有什么难堪，而是表现出大气度说道：“我认输！”赵婴齐拍了三下手，公公抱了一个箱子进屋放在安国少季的面前，然后打开盒子，安国少季见到里面全是金银珠宝、珍珠玛瑙。

安国少季：“这，是怎么回事？”

赵婴齐：“安国兄，我输了，你赢家就可心安理得拿上这些东西远走高飞，找个女人隐居山林，人生短暂，何苦浪费生命。”

安国少季：“作为一个臣子，忠君就是忠国，当今天子不是昏君，他重用人才为国效力，我怎么可以为了一点小小的恩怨而放弃对国家的忠诚？”

赵婴齐：“可是，当今天子对你很不公平啊。”

安国少季：“如果每个臣子都为了发泄私愤而叛国，那国将不国，民将不民。忠臣能承受委屈才叫忠臣。”

公公贴在赵婴齐的耳朵边说：“大王，夜郎使臣摩哥病危。”

公公和赵婴齐来到驿馆，见摩哥昏迷不醒。公公说道：“大王，摩哥吃了螃蟹全身瘙痒水肿，呕吐腹泻，有生命危险。”

赵婴齐：“这是海鲜过敏，传太医！”

公公：“太医只能给皇上看病的。”

赵婴齐：“救人要紧，快！”

# 第五十九章　音乐治奇痒

南越国番禺的夜晚，花香与海腥味从窗户灌进来，陌生的气味让安国少季感觉到异域的孤独，想起与豆叶相约在长安郊外踏雪的温情。此刻，他独自在驿馆的油灯前看墙上自己徘徊的影子叹息，心碎的漂泊让安国少季有一种要死的感觉，多想见到豆叶一面，可近在咫尺，却仿佛远在天涯。想到明天一早就要离开南越国，他心急如焚，坐立不安。

随从终军穿着麻布背心躺在床上，见到安国少季焦急徘徊的样子说："大人，明天就要离开南越，今天早些休息。"安国少季："我还没有得到赵婴齐的答复，他正在考虑。陛下吩咐，一定要劝赵婴齐入朝觐见，并确定时间。如果明天就走，回去无法向陛下交代。"终军："那怎么办？"安国少季："我要想办法见到王后，请她帮助。"终军表情诡秘地说道："大人，您是找借口想见王后吧！听说赵婴齐和丞相吕嘉生性多疑，如果您私自见王后，事情反而不好办。"安国少季："小子，我以为你很单纯，想不到心眼还挺多的，你先休息，我出去走走。"终军："大人，我不放心您一个人出去。"安国少季："你在驿馆好好待着，我去去就回来。"终军："我向天子请缨到南越，就是要保护好大人。"安国少季："出来就得听我的。"说完安国少季走出驿馆，沿灯火辉煌的大石街孤独地走着，见到宫门外站立的侍卫，面无表情，头上插满了野鸡毛的卫兵，森严的南越王宫，像一座高山，就在这高山上，有自己思念的女人豆叶。她气质如兰，纯真善良，却身不由己地卷进政治的旋涡，断送了善良的天性的和爱情，安国少季拿出竹箫坐在古榕树的根上吹起豆叶最喜欢的《相合歌》：

青青子衿，悠悠我心。纵我不往，子宁不嗣音？青青子佩，悠悠我思。纵我不往，子宁不来？挑兮达兮，在城阙兮。一日不见，如三月兮。

箫声幽远，缥缥缈缈，若隐若现飘进宫中。南越王宫的夜晚，安静神秘。豆叶在刺绣，突然听到隐隐传来箫声："卫姬，你听！"卫姬走到窗前仔细倾听："没，什么也没听到啊！"豆叶："我听到了，是安国少季的箫声！"卫姬："王后，这是你的幻觉。"豆叶："我一定要跟着我的幻觉去见他。"卫姬："王后私自出宫，引起非议，必须放下儿女情长。"豆叶王后说："不，我即刻就出宫。"

这时，赵婴齐回来了，问："王后要去哪儿？"卫姬说："大王，您回来了，王后说她出宫找您。"赵婴齐："我这不是回来了吗？"说完搂着王后走进寝宫。

珠江岸古榕树下，安国少季抱着箫坐到了天蒙蒙亮，什么奇迹也没有出现，一切都像糨糊一样胶着。安国少季回到驿馆，昏昏睡去。一阵嘈杂的人声，惊醒了安国少季，还没弄清楚怎么回事，赵婴齐带侍卫来送行。

赵婴齐进门就说："安大使，这里气候炎热，瘴气横生，你还是早早离开这里。"安国少季："您还没有回答，您什么时间到长安觐见陛下？"赵婴齐："我现在就回答你，明年农历三月初一日从南越国启程觐见。这样回答可以了？"

安国少季："总得给我一份字据。"赵婴齐从怀里掏出了一封写给汉武帝的信，递给安国少季："这是我给陛下的承诺，请呈上。"出了驿馆，赵婴齐微服与安国少季并肩走在繁华的番禺街，随从牵着马跟在两人后面。安国少季见到了唐蒙正急匆匆迎面走来，两人吃惊。

唐蒙先打招呼："安大使，你怎么也在此？"

安国少季："唐中郎，你怎么也在此？上哪儿去？"两人在异国他乡喜相逢，甚是高兴。

唐蒙："听说夜郎大使摩哥在驿馆病危，去看看。"

赵婴齐："安大人，一起去。"

安国少季走进夜郎驿馆，见摩哥皮肤起了癞蛤蟆一样的红包块，摩哥正在用黑乎乎的手乱抓，奇痒，体无完肤，呼吸困难，手脚发凉。安国少季："快，打一盆水来，再拿些盐来。"一会儿驿役用木桶抬来水。安国少季往木桶里放盐，从自己的药袋里取了一些药粉倒进木桶里，用棍棒搅拌均匀。

安国少季："让人扶摩哥躺进木桶里浸泡。"

赵婴齐不便催促安国少季上路，三人坐了下来，唐蒙见赵婴齐土著装束，全身皮肤涂上棕色涂料，额头上有三条红黄蓝的阳光色彩，觉得很奇怪："大王今天让唐蒙差点认不出来了！"赵婴齐说道："我理应带领国人做汉族装。但是，这里的土著一时难以适应秦汉风俗，所以只有让汉民来适应他们，这叫入乡随俗。"

唐蒙："大王用心良苦，令唐蒙敬佩！"

赵婴齐："这也是从祖辈赵佗那里继承下来的传统。"一炷香烧完了，安国少季见摩哥在盐水中的皮肤肿块渐渐消失，但依然昏迷不醒。安国少季："摩哥五脏六腑中的金木水火土严重相克造成的。"安国少季让人拿来古琴，对摩哥弹奏《五行》音乐。安国少季手指在琴弦上跳跃着，音乐的旋律如春天生长出的百草，芳香扑鼻，柔柔地梳理肝气；暖暖的阳光使土地充满生机，冰雪消融的旋律如山间流水。摩哥在金木水火土的和谐中，躺在木桶里奇迹般地苏醒了。摩哥皮肤上过敏的红肿渐渐消退，皮肤上的红色包块真的消失了。

太医见状，怕丢了饭碗，心生妒忌：“妖术！”

唐蒙迷茫地问：“安大使，这是怎么回事？”

赵婴齐接着说：“琴声可以治病？”安国少季停顿了一会儿才慢慢说道：“是不是妖术，问一问摩哥，他好了就是好了，不好，才能说是妖术。”

赵婴齐三角眼挑剔地问：“那你说一说是怎么回事。”

安国少季：“我要把您不明白的事给您说明白，这需要很长的时间，既然病人好了，我就该上路了。”

摩哥惊奇地问道：“我怎么会在木桶里？”

唐蒙道：“躺着，别动。你生病了，是安大使救了你。”

安国少季：“不用再躺水里，可起来。”摩哥起来被人用土布围上护送到了驿馆床上。

安国少季对赵婴齐说：“大王，我该走了，告辞！”

赵婴齐：“安大使且慢，请你告诉我，这音乐是怎么将摩哥医治好的？”

安国少季一边出驿馆一边说：“说来话长，等您到了长安后，我们再慢慢聊。”

赵婴齐十分好奇：“请安大使在驿馆多住几日，传授汉乐于本王，再离开南越不迟。”

安国少季：“您真是把我当亲兄弟了，一会儿让我快走，一会儿让我留下。豆叶懂《五行》乐曲，您让她告诉您其中的奥妙。”赵婴齐有意回避豆叶的话题，装昏，转移话题：“安大使实在要走，我就送一程。”繁华的番禺街上，安国少季见到几个没有鼻子的男人，脸上刺有字，坐在街上乞讨，发出没有鼻子的声音：“大人，行行好！”安国少季掏出一个铜钱，蹲下放进残缺的土碗中，站起身来。

安国少季离开乞丐后对赵婴齐说：“王兄，南越还在施行劓刑？”

赵婴齐：“我多次颁诏取消劓刑，都遭到丞相吕嘉的反对，最后不了了之。”

安国少季：“一个人的习惯都难改变，一个国家的习惯就更难改了，可以慢慢改。”

赵婴齐送安国少季来到越秀山的北面，这里有一座坐南向北的朝汉台寺院。赵婴齐带着安国少季走上九级台阶穿过百丈的平台，再上五级台阶就是一个千丈的平台，平台北面有一座寺庙，两人走进去，供奉有汉高祖刘邦的神像。

安国少季：“这是何地？”

赵婴齐：“这是我的曾祖赵佗为了表示对汉朝的臣服，在这里建造的朝汉台，以向后人表示南越称臣归顺统一的思想。”安国少季：“这样的优秀传统为何中止？”赵婴齐：“我先祖赵佗王开疆，世代守土，得到高祖刘邦的褒奖，但到了吕后专权，听信谣言，说我祖叛逆，命人在河北真定县挖了我家的祖坟，曾祖一气之下，开始封关绝道，发誓与汉永不往来。如今天子宽厚，待南越慈悲，我当称臣。”安国少季：“王兄深明大义，我受命出使南越得到王兄肺腑之言，不虚此行。”赵婴齐：“安大使放心，君子一言，驷马难追。我当选择良辰吉日，入朝觐见汉武帝！”安国少季：“王兄，感谢送行，请留步！”

安国少季回到汉朝王宫，急匆匆拜见了汉武帝：“陛下，这次出使南越，收获颇丰。”安国少季将礼物送上，由苏公公转给汉武帝。汉武帝接过珠宝盒随手放下，用诡秘的眼神看了看安国少季问：“见到豆叶了吗？”

安国少季：“没有！”然后掏出一封信递给苏公公，苏公公转呈给汉武帝，他拆开看完哈哈大笑：“赵婴齐答应三月启程入朝觐见，好啊，这是你的功劳，朕要给你嘉奖。”然后挥挥手，十几个美女在乐曲声中翩翩起舞：

青青子衿，悠悠我心；纵我不往，子宁不嗣音？青青子佩，悠悠我思。纵我不往，子宁不来？挑兮达兮，在城阙兮。一日不见，如三月兮。

歌女长袖飘舞，身姿如燕，令汉武帝心醉神迷。曲终。汉武帝对身边的安国少季说：“朕要嘉奖你，这些美女你可随意挑选。”安国少季：“谢陛下，我四处漂泊，不愿拖累他人。”汉武帝：“难道你还钟情豆叶？”

安国少季：“没有，我只是适应了孤独。”汉武帝：“撒谎，想犯欺君之罪？”安国少季：“不想欺骗陛下。我现在对豆叶不再是爱恋，更多是担忧。”

汉武帝：“担忧什么？”安国少季：“听说她在南越改革的阻力很大，至今南越国还在施行劓刑。”汉武帝：“她的阻力来自何处？”安国少季：“来自南越国丞相吕嘉，此人势力很大，儿女子孙几十人与皇族联姻，关系盘根错节，把持朝政，排挤当今新上任的赵婴齐。”汉武帝：“只要赵婴齐同意入朝觐见，履行藩国的职责，我大汉朝也不便过多干预南越国内政。”

安国少季：“如果汉朝不支持赵婴齐，他很难立足。”

汉武帝：“给他什么支持？”

安国少季：“增派汉朝官吏。”

汉武帝：“治理一个国家，除了外界的力量，完全依靠个人的智慧与谋略。如果他能对付一个吕嘉，南越国问题全盘解决；如果他对付不了，纵然汉朝给他十万兵力，也无济于事。”

安国少季：“陛下圣言，微臣茅塞顿开！”

汉武帝：“以后，南越国的事爱卿就多关注一些！”

安国少季：“遵旨！微臣告辞！”

赵婴齐不让豆叶面见安国少季，有种胜利者的惬意。赵婴齐一直想揭开音乐治奇痒之谜，独自带侍卫出宫采摘了一束合欢花来到长乐宫。见豆叶正在安安静静织丝绸，织绸的姿态都让赵婴齐着迷，带给赵婴齐精神的爽快。赵婴齐暗道，她的骨头一定是玉石做的，肌肤是月亮做的，要不怎么会这样的动人？赵婴齐对她的爱恨在心头时常纠结，急切走到织机旁叫道：“王后！”豆叶抬头见是赵婴齐："大王"赵婴齐："看，我给你带来什么好东西？"说完从身后拿出一束合欢花。豆叶接过花平静地问道："大王，这是什么花？"

赵婴齐："这是合欢花，看，多美，花瓣就如同粉红色的丝线。"豆叶："谢谢！"赵婴齐："这段时间忙于国事，生我气了？"豆叶："我怎么会生气，我爱大王都来不及呢。"赵婴齐："王后，心烦的事很多，我脾气不好，你多宽容些。"

豆叶："大王为何送我这样的花？"赵婴齐诡秘地一笑："我们很久没有合欢了吧？"豆叶转移话题："我也送大王一个礼物。卫姬，奏曲！"说完，宫女们穿着粉红色的丝绸衣裙，踩着古筝的旋律，翩翩起舞。

青青子衿，悠悠我心。纵我不往，子宁不嗣音？青青子佩，悠悠我思。纵我不往，子宁不来？挑兮达兮，在城阙兮。一日不见，如三月兮。

南越国的宫女们娇小玲珑，但很传情，赵婴齐看得满头是汗，全身颤抖。豆叶："大王怎么了？不喜欢？"然后对宫女说，"都退下！"赵婴齐："王后，怎么突然想起让宫女们舞这曲子？"

豆叶："我以为大王会喜欢的。"

赵婴齐："不，别让我再听到这曲子。"豆叶："为什么？"赵婴齐："别问为什么。"

豆叶说："大王不喜欢，我还训练出了宫廷乐师，让他们为您演奏《康乐》，这乐曲在中原叫《五行乐曲》。"赵婴齐暗自吃惊：这些是安国少季让我回宫问豆叶的，怎么我没有开口问，她就先做了呢？这是为什么？难道豆叶见到了安国少季？但本王派人严密监视，两人没有相见的时间啊，这究竟是怎么回事啊？赵婴齐问道："王后，我从没有听你说起让宫廷乐师演奏此曲的事？王后怎么想起做这件事？"

豆叶："我也觉得奇怪，我早忘记了这曲子，昨夜在梦中听到这首曲子，醒来觉得身心愉悦，便将曲谱记录下来让乐师演奏。"赵婴齐在心中暗道，豆叶竟然在梦中听到了安国少季的演奏，他们这是心灵感应，他们才配拥有永恒的爱情。

豆叶："大王不喜欢吗？"

赵婴齐："喜欢！很喜欢！《五行乐曲》很好，为什么要改为《康乐》？"

豆叶："大王不知，《五行乐曲》只适合中原人，移到南方，这里的水很盛，人的脾胃就略虚弱。因此，在乐曲中，要减少羽音，增加宫音，达到平衡。"

赵婴齐："宫商角徵羽是什么意思？"

豆叶："它们起源春秋时期，与1，2，3，5，6对应。到了南方，对应肾的6音也就是羽音就要减弱，对应脾胃的1音也就是宫要加强，肾强、脾虚，就会导致精气消散，人体消瘦。所以，南越人消瘦就是这个原因。"

赵婴齐充满爱怜地说道："豆叶，你是我真正的财富，赛过金银珠宝。"

豆叶："宫调，养脾健胃，医治恶心呕吐消瘦乏力；商调，养阴保肺，消除心烦易怒、头晕目眩；角调，护肝明目，抑制怒火；征调，宽心解愁，降火平静；羽调，消除疲劳，恢复体力。"

赵婴齐："它们之间有什么联系呢？"

豆叶："天地有五行，音乐有五音，人体有五脏。五音调和搭配对人体有不同的作用，一曲终，病退人安。"

赵婴齐："给我弹上一曲！"豆叶亲自为赵婴齐弹奏《康乐》，旋律如烟，柔柔地飘进人的灵魂，悠然空灵，虚空幽静，荡涤尘埃，消除阴暗杂念。赵婴齐："王后的古筝弹得真好，我感到气血舒畅。"公公进来禀报："大王，丞相吕嘉求见。"赵婴齐无奈地对豆叶说："王后，你先回避一下。"豆叶离去。

吕嘉虽然已经九十多岁，但看上去如同四十岁，步履矫健，眉毛垂肩，发如银丝，目光狰狞，精明干练。本来可以成仙的人，在修炼中因为参进了狭隘自私的算计，气质阴暗，就像一块玉佩，掺了很多杂质。吕嘉行土著的拱手礼："参见大王！"赵婴齐对他有几分敬仰几分憎恨："丞相免礼，请坐！"

吕嘉："大王，听说从巴蜀到夜郎的官道已经修通，但我南越国由夜郎购买的武器，在夜郎仙山附近遭到汉兵的劫持。"

赵婴齐："仙山不是炼丹的地方吗？"

吕嘉："南越士卒来报，汉武帝表面上派人在仙山炼丹，实际有百名汉兵穿道服驻扎附近，对南越船只秘密监视。全部没收，抓捕了我国三十多名士兵，被贩卖到中原当奴仆。"

赵婴齐："怎么会这样？"

吕嘉："这事一定是唐蒙指挥干的。听江湖传言，唐蒙给汉武帝出主意说，利用夜郎十万精兵欲灭我南越国。因此，南越国需加强与夜郎的合作。"赵婴齐："宁可相信这传言是真的，为了阻止汉军沿牂牁江进入我国，不但不能疏通牂牁江河道，火速派人在江中设置礁石。"吕嘉："夜郎现在需要大量的盐，我们可以用盐到夜郎国换一些刀剑，但这次不能由水路运输。"

赵婴齐："可行，听说夜郎竹王喜欢南越国的干贝、鱿鱼和海参，给他送去。"

吕嘉："是，大王！"

赵婴齐见吕嘉站在原地不走，问道："丞相还有事？"

吕嘉："有句话不知道当讲不当讲？"

赵婴齐："丞相但说无妨！"

吕嘉拿出一张丝绸书信递给赵婴齐说："大王，这是大臣们联名请愿书，希望立长子赵建德为太子，立橙子为王后，人心所向啊。"

赵婴齐："丞相，这很为难我，立赵兴这事，是考虑国家前途的需要。"

吕嘉："南越国天高皇帝远，汉朝天子拿我奈何？"

赵婴齐压低声音说："赵兴是汉朝女子所生，立赵兴可避免汉武帝对我国的猜忌，表示我南越国对汉朝的归属，难道丞相不懂外交策略吗？"吕嘉："大王，妖女可是人在南越心在汉，听说她与汉朝使臣安国少季还是旧相好。"赵婴齐："丞相，别总是妖女妖女的，王后一直对我很好，不必猜疑。据我观察，这次安国少季到南越来，王后怕伤害我她装昏不知道安国少季到来，旧相好不是她的罪过。南越国要想生存，也不能闭关自守，而是要吸收先进的中原文化。"吕嘉："学习中原文化，请人来传授，可是妖女微服出宫四处抛头露面，有失南越国的体面。"

赵婴齐："丞相回去休息，不必多疑，王后喜爱刺绣和丝绸，向民间传授养蚕技艺，对国家也是有益的。"吕嘉："大王保重，臣告退！"赵婴齐看着吕嘉的背影消失在门外，转入幕后，见豆叶在安安静静看《诗经》，心中升起憎恨，冰冷地说："我累。"然后像死人一样躺在床上。

豆叶走过去坐在床边说："大王，刚才丞相又来请愿？"

赵婴齐："他们想让橙子当皇后，立赵建德为太子。"

豆叶："大王为难了！"

赵婴齐："丞相整天咄咄逼人，让人受不了！我现在骑虎难下，进退两难！"豆叶："大王，那就让我回到中原去！"赵婴齐："你走了，天子整天就会来找我麻烦。"

豆叶："大王，你不爱我，只是在利用我。"赵婴齐有些内疚，坐起来应付道："利用你的不是我，是汉朝天子！"

豆叶哭道："天哪，我该怎么办哪？"

赵婴齐："吕嘉为何要步步紧逼啊！"

豆叶："大王，您对我的态度完全取决于别人，反复无常，一会儿宠我爱我，一会儿说翻脸就翻脸，我受够了。"

赵婴齐："你整天想着安国少季那野男人，我对你再好，也是枉然。你让我怎么对你，要把你供起来是吧，可是吕嘉同意吗？"豆叶有一种被辱的感觉，只有流泪。

吕嘉刚回到府邸，还没喝完一杯茶，橙子带着赵建德找来，橙子气质忧郁，未说话先哭泣："丞相，我把建德交给你，我可能活不了多久了。"

吕嘉安慰道："别急躁，立建德为太子是迟早的事，我已经想好了办法。回去吧。"橙子："丞相，过去我能等待，是因为有希望，现在我天天看着大王被妖女迷惑，已经绝望了，将不久于人世，请丞相关照赵建德。"

吕嘉："别说丧气话，虽说大王偏心，但您不是穿金戴银有吃有喝吗？"

橙子："谢丞相！"橙子转身离去。

吕嘉府邸密室昏暗，吕嘉与亲信坐在密室中，像一堆围着大饼的老鼠，无声却有声。吕嘉压力声音说道：“请各位来是商量重新立太子的事，我们不能眼看着王权落入妖女的手中。”

甲臣说：“要推翻现在的太子兴，必须引诱他犯错，才能说服大王废除太子。”

吕嘉：“人在深宫，谈何容易。”

乙臣：“总有出宫的时候。我看，将其母子刺杀掉更便捷。”

吕嘉：“不能掉以轻心，妖女不是一个普通的女人，她的后台是大汉朝，要做得天衣无缝。”

甲臣说：“这件事可让山中盗匪去做，在抢劫的混乱中刺杀。”

吕嘉：“这个主意好，时间选择在正月初八，这天皇家要到仁威道观去拜太岁，在半路就可以做掉她。此时不能走漏风声！”

在场的人齐声应和：“丞相高明！”

吕嘉：“唐蒙在南越国神出鬼没，要提防着他。听说是他与道人劫持了从夜郎国运送南越国的兵器。”

甲臣：“要提防唐蒙。”

# 第六十章　唐蒙献宝汉武帝

唐蒙在夜郎得到了两件宝，整天提心吊胆，唯恐丢失，白天黑夜不敢睡，他没有跟摩哥回夜郎，直接从南越国回到长安。

走到羊尾的地方，遇见小股土匪哼着小曲迎面走来。唐蒙对若愚说："我们遇见了土匪，快将枸酱酒瓶藏在泥巴里。"若愚在藏好酒瓶的地方撒了一泡尿，打个寒战，土匪们就走上来了，他们全面搜身，搜到几个海贝，兴奋得哇哇大叫，然后走了！

唐蒙对若愚说："快，将酒瓶刨出来，赶快上路。"等酒瓶刚刨出来，五个土匪杀了个回马枪："哈哈哈，我就知道你们会要花招！"说完，抢过枸酱酒瓶，"你们不诚实，把好东西藏起来！这里面装的是什么？"若愚赔笑脸走到土匪跟前，指着酒瓶说："爷，这是我的尿壶！"

土匪闻闻，是有一股尿味："这么大的土地不够你撒尿？要带个尿壶？有假！"

若愚："走远路，没水喝的时候，我们要喝回笼滩！"

土匪："什么叫回笼滩？"若愚从土匪手中拿回酒瓶转过身，解下裤带，往酒瓶上撒尿，然后假装咕咚咕咚地喝尿。唐蒙说："爷，把尿的前部分去掉，再把后部分去掉，接中间的尿喝下去就叫回龙潭，这家伙长期喝回笼滩，长寿。"土匪："你他妈的，自己喝自己的尿，是人不是人？恶心，撤！"小土匪们走了。他们确认小土匪们没有杀回马枪的迹象，才连走带跑地离开羊尾。

今天，唐蒙怀着无比激动兴奋的心情，带着枸酱酱酒瓶入宫觐见汉武帝。

唐蒙："微臣叩见陛下！"汉武帝对唐蒙的沧桑视而不见，兴奋地说："爱卿免礼！赐坐！"唐蒙："谢陛下！"而唐蒙感觉在皇宫华丽的映衬下，自己像一只疲惫的狼，在汉武帝的面前略感羞涩。

汉武帝说："爱卿不必拘谨，给朕说说此行有什么收获。"唐蒙："陛下，此行收获颇丰，由巴蜀通往夜郎的南驿道路基本修筑完善，由夜郎通往南越国的牂牁江水路本该早就疏通，但南越国对疏通水道不感兴趣。"

汉武帝："那通达滇国的路什么时候修通？"唐蒙："陛下，南方物产丰富，人性淳朴，但江河纵横，山势凶险，很难征服。因此修通滇国到身毒的驿道，几代人也无法修通。”汉武帝：“这无可畏惧，朕可在皇城边上建一个昆明湖来训练水兵，继续征服南越国和滇国。”唐蒙：“陛下英明。”唐蒙拿出丝帕，双手递给汉武帝：“陛下，微臣这次从夜郎带来两件宝贝：一件就是我到夜郎北部一个叫茅台的地方，得到枸酱酒的酿制秘方；另一件是已经失传的击筑琴。”汉武帝接过秘方，兴奋无比，急不可待地问道：“给朕带酒来了吗？”唐蒙慢慢吞吞地说：“我从茅台到夜郎，又从夜郎沿牂牁江到南越国，从南越国到汉朝的路上又遇见土匪，枸酱酒剩半瓶被俺喝了！”唐蒙故意卖关子。

汉武帝很恼怒，拍桌子大发脾气：“你不给朕留点吗？”

唐蒙：“当然，谁敢不给陛下留美酒。”

汉武帝迫不及待：“在哪儿？”他坐不住了，站起来走下宝座，来到唐蒙的跟前质问。苏公公在一旁摇晃着瓶子说：“陛下，在这里！”汉武帝欣喜若狂，从苏公公手中快速接过酒罐，木瓜一般大的酒罐，左看右看，觉得不可思议，泥巴色的土陶里装的酒是啥味道？汉武帝取出塞子，先小心翼翼地品尝了一口，醇香温柔，再喝一口，回味轰然，举罐痛饮，竟然不打头，全身酥麻酥麻飘飘欲仙，暖洋洋的。公公上来劝道：“陛下，请节制！”说话间，酒瓶就空了，汉武帝留恋地将最后几点用劲往嘴里倒，然后又问：“美酒，纯正的美酒，还有吗？”

唐蒙说：“陛下，没有了，但有枸酱酒秘方，以后我们可以自己酿酒。”汉武帝兴奋地说：“公公，安排人立即按秘方酿制枸酱酒。”公公：“是，陛下。”说完像木头一样拿着拂尘站在一旁。汉武帝接着问道：“唐蒙，你不是说还有一件宝贝吗？”公公又递了上来：“陛下请阅！”汉武帝接过东西左看右看，问唐蒙：“这就是宝贝？这算什么宝贝？你拿这种东西来糊弄朕？”唐蒙：“陛下，别小瞧这把琴，它曾在春秋战国时期的中原流行乐器，但在秦朝失传，如今我在夜郎一个叫金筑的地方找到了它。”

汉武帝：“为什么失传？”

唐蒙：“说来话长。”汉武帝是一位充满好奇心的国君，越神秘的东西越让他兴奋，汉武帝用一种迫不及待的心情说：“但说无妨！”唐蒙正要开口讲故事，公公传报：“陛下，南越国使臣来报，赵婴齐在启程入朝觐见时，突然身患疾病，吐血晕倒，不能入朝，请陛下放宽时间。”汉武帝以为赵婴齐耍花招，毫不犹豫地说道：“降旨，赵婴齐病危不能入朝，命其王后豆叶携子兴入朝觐见！”

公公：“是！”公公出去。

南越国长乐宫中，赵婴齐有气无力地躺在床上。豆叶流着泪握着赵婴齐干枯的手：“大王，您要开心才能很快好起来。”

赵婴齐：“我这一辈子有太多的责任：谁都对不起，为了父亲，我到了汉朝当人质十余年；为了汉朝天子的重托我立赵兴为太子，这又得罪了吕嘉和橙子，人活着太累，我已经承受不了啦！”豆叶：“等您好起来，辞去王位，我们到民间去隐居耕种，好好过普通人的日子！”赵婴齐：“生在王家就没有好日子过！我对不起你，你带着兴儿逃命去吧！此地不能久留。”豆叶：“为了让南越国臣服汉朝，我只能是放下自己的幸福！不辜负天子的重托！”

汉武帝颁诏完毕，对守候在一旁的唐蒙说：“爱卿，接着说击筑琴的事。”唐蒙：“我在夜郎见到了在秦朝刺杀秦始皇的英雄高渐离的后代，他保存了筑琴。高渐离是荆轲的好朋友。”

汉武帝：“你见到此人了？”

唐蒙：“见到了，他在当地教私塾。”

汉武帝：“击筑琴是怎样失传的？”

唐蒙：“当年荆轲刺杀秦始皇失败后，没人敢再演奏击筑琴，但荆轲的朋友高渐离为了纪念朋友的英雄壮举仍然继续弹奏。秦始皇佩服他对朋友的仁义之举，将高渐离的眼睛刺瞎，让他到皇宫里弹奏。高渐离就趁这个机会，在击筑琴里装上铅块进皇宫弹奏。过了一段时间，秦始皇放松了警惕，高渐离就用藏在击筑琴里的铅块投向秦始皇刺杀之，结果失败被杀害。从此，秦始皇畏惧击筑琴，下令灭之。”

汉武帝：“这样不吉利的乐器你也称宝贝？”

唐蒙有些惊惧：“这样具有惊心动魄故事的乐器，出现在夜郎僻地，是奇迹，这琴象征的是一种崇高的友情。”

汉武帝：“从这个角度看，击筑琴的确是宝贝。朕一定会让它复活。”

唐蒙：“陛下胸襟宽广，令天下人敬仰！”

汉武帝：“国家的统一首先是人心的统一，朕担忧，从长安到夜郎的路虽然修通了，但夜郎人的心却没有与汉相通。”唐蒙：“卑臣认为人心的沟通，不仅是物质与物质的简单交换，而是文化认同，以达到精神愉悦。大汉送给夜郎濮人的财物丰厚，却难沟通。而南越国没有什么送给夜郎，他们之间却十分友好，这就是文化认同。”

汉武帝问道：“何为文化认同？”

唐蒙：“南越国与夜郎国之间，能够彼此尊重对方的习俗，没有歧视？”

汉武帝看着唐蒙问：“难道朕歧视他们吗？朕不但免去对他们的赋税，还用大量的财物救助他们。”

唐蒙：“我认为不是陛下对他们不好，是陛下离他们遥远，这和月亮比星星更容易让我们记住一样的道理。”

汉武帝：“爱卿言之有理。”

唐蒙：“夜郎国的国花是百合花，他们崇尚的‘合’文化就是儒家的‘和’

文化，他们尊崇的道法自然，与老子思想一脉相承。”

汉武帝：“那为何难以沟通？”

唐蒙：“同一文化思想，受地域的影响，表达形式不同。我们的‘和文化’已经演变成了千篇一律的外交礼仪，而夜郎十九个小国与南越国的‘和’，是‘和’而不同，不同的民俗可以同处。”

汉武帝：“‘和’而不同？是何意？”

唐蒙：“油盐柴米酱醋茶的味道不同，但‘和’在一起，味道各自保存，却很鲜美。”

汉武帝：“他们的枸酱酒也是‘和’出来的？”

唐蒙：“夜郎枸酱酒是天人合一最好的写照。他们没有过多由人制定的规则，他们的规则是按照天地自然运行的规律酿制，不是人让他们这样做，是自然而然地做：端午踩曲，重阳投料，九次蒸煮，八次发酵，七次取酒，分型储放，五年后出坛。”

汉武帝接着询问：“上次朕派到夜郎仙山炼丹的道士，可有收获？”

唐蒙：“炼丹道士没有怠慢，夜郎濮地仙山虽然藏有不老丹，但很隐秘，天上七鹰看着，地上八兽把守，需得夜郎王亲自出面才能到达。但夜郎竹王被妖狐迷惑，将王后囚禁在仙山，微臣虽然用钩吻花帮助夜郎除掉迷惑竹王的白面狸妖，但要等夜郎竹王解除对王后的囚禁，道士才能到达仙山。我等正在帮助夜郎王恢复神智。”

汉武帝听了十分失望：“等竹王醒悟，朕早就归天了。朕命大使持符节即刻回到夜郎，命竹王为道士开放仙山炼不老丹。”

唐蒙：“陛下，卑臣尽力而为，因为夜郎濮人自恃天高皇帝远，反复无常。他们得到陛下赏赐的财物高兴几天，等财物用完，激情又减退。这就是不用精神而是用物质鼓励的负面作用。”

汉武帝：“也不能完全怪他们这样，夜郎山多地少，收获微薄。这次，你多带些财物送给夜郎人。”

唐蒙：“平夷道基本修通，接到牂牁江，到南越国的路程可减少五百里。”

汉武帝：“要尽快疏通到南越国的河道，沿牂牁江可通海外。听说南越王病危，不能入朝觐见，朕命你前往探望，再辗转到夜郎修通通往滇国的道路。”

唐蒙：“遵旨！谢陛下！”唐蒙转身出宫。

南越国王宫内，豆叶扶着赵婴齐坐在城墙上观赏珠江。豆叶一边为赵婴齐擦汗，一边说：“大王，您气色好多了！”

赵婴齐：“谢谢你细心照顾！”

豆叶：“不要担忧入朝觐见的事，身体健康才是最重要的。”宫女端中药进来，豆叶接过药："我来。"宫女站在一旁看着。赵婴齐闻着中药的香味，内疚地说："王后，对不起，让你为我担心了。"

豆叶："安心养病，别多想。天子得知实情是会理解的。"豆叶一勺一勺地给赵婴齐喂药。中药很苦，苦得让人恶心，赵婴齐被苦涩的味道弄得眉头紧锁。只听得唐蒙高声道："南越王赵婴齐接旨！"豆叶一听，中药颤抖在地上。豆叶搀扶赵婴齐起来，很无力，赵婴齐没有跪下，而是站立接旨。唐蒙："作为汉朝的藩国，理应按照汉朝的典章下跪接旨。"赵婴齐咳了几声，脸色惨白，豆叶扶他慢慢跪地接旨。

奉天承运，皇帝诏曰：

忠孝之家，世代兴盛。归附汉朝，臣之本分。南越汉之藩国，应照朝纲，入朝觐见。越王体病，由王后携太子入朝尽忠。钦此！

赵婴齐："谢陛下隆恩！"豆叶扶赵婴齐接过圣旨，赵婴齐受刺激晕了过去。唐蒙对豆叶道："王后，大王身体不适，唐蒙改日拜访，告辞！"

豆叶："大使走好！"唐蒙带随从离去。

豆叶："快！传太医。"太医手忙脚乱，用了针灸，赵婴齐也没有醒过来。

豆叶："大王，您醒醒。"

六月，南越国丞相府花园中开满了鲜花，婢女在一旁伺候吕嘉喝养生茶。甲臣进来禀道："丞相，大王接到圣旨，当即昏迷。"吕嘉好像被椅子弹了起来，手中的茶洒了一地："大王昏迷了！"但他很快转入平静："知道了！"侍卫退了出去。

吕嘉思考了一会儿："来人！"

吕嘉密室阴暗潮湿，霉味刺鼻，但吕嘉像小虫子一样很喜欢这样密不透风的地方。他说："上次密定，侍卫扮成山盗刺杀妖女，一直没有找到机会。如今，大王身心疲惫，昏迷不醒。我们不能看到南越国的王权落入那个妖女手中，事不宜迟，必须尽快下手。"

吕嘉的孙子吕观说："很明显，太子赵兴是汉朝的傀儡，我认为对待这事必须小心谨慎，弄不好必然引起巨浪风波。"吕嘉："当断不断必有后患，灭掉妖后是当务之急。"吕观说："我认为不必伤及她性命，把她赶回汉朝就是了。"吕嘉："我自有安排。"

豆叶看着皇宫里那些奇珍异宝黯然失色，一切美丽变得冷漠无情，赵婴齐与自己虽然是政治联姻，但在异域也是靠山，现如今靠山摇摇欲坠，她感到生在异乡的孤独与恐惧。豆叶看着昏迷不醒的赵婴齐对卫姬说："我要亲自到寺庙去为大王祈祷。"

卫姬："王后，您不能去，危险！"

豆叶："别阻拦我，如果大王去世了，我活着还有什么意义。"

卫姬："王后别忘了，您的使命是要使南越国臣服汉朝。您出宫是很危险的。"

豆叶："我要用我的真诚去感动上苍。"

仁威寺高大宽敞，供奉着玉皇大帝，塑像使用楠木雕刻的，有三丈高，一只耳朵就可以容下四个小孩，塑像的腹中可以放下一张八仙桌，容下十几人。豆叶跪在神像面前，与神像相距十丈，她口中念念有词。神像后面有一支竹箭对着王后的心脏，她丝毫没有察觉四周的阴森恐怖。一旁的卫姬却警惕着四周，她发现神像旁的帘子有动静，准备起身到神像后看看动静，刹那间，一支竹箭从神像旁边飞出。卫姬以迅雷不及掩耳之势上前抓住了竹箭："有刺客！"卫姬迅速追到玉皇大帝神像后，不见人影，她带随从四下搜寻无果，用手无意扶在后墙上，摸到一个机关，玉皇大帝塑像身后打开了一扇门。

卫姬："你们照顾好王后，我下去看看。"豆叶走来阻止道："不能下去，刺客可能就在下面，这可能是一个秘密通道，下去很危险。"

卫姬："想不到吕嘉会费尽心机下毒手。王后，回去吧，这里太危险了。"

豆叶："世上最危险的地方是名利场！"

卫姬："王后，听说夜郎仙山有一种叫石斛的仙草，何不请汉使唐蒙入夜郎携带来救大王。"

豆叶："这也好！"

两人来到汉使驿馆。

卫姬："请问唐大使在吗？"

驿役："唐大使今早离开南越国到夜郎国去了！"

# 第六十一章　吃人肉见怪不怪

唐蒙在南越国宣布了汉武帝的圣旨，沿珠江过西江、寻江、红河，一路跋山涉水，披荆斩棘终于来到夜郎。唐蒙头顶烈日炎炎，满头是汗，对若愚说："经历了长途跋涉我真是腰酸腿痛，饥肠辘辘。"

若愚："大人，前面树林里有炊烟，肯定有酒店。我腿脚抽筋，已经走不动了。"

唐蒙："这该死的路又不好走！"

若愚："大人，一会儿好好饱餐一顿。"

唐蒙："夜郎这地方是个好地方，就是路难行啊！"

若愚："大人，你累了就骑上马！"

唐蒙："这马更疲惫，不能骑，牵着走！"两人牵马走在羊肠小道上，后面的随从拖拖拉拉打不起精神。

若愚："如果路好走，夜郎的宝贝早被人们掠光了。上帝都是把宝物藏在险要的地方。"

唐蒙："上帝是谁？"

若愚："上帝就是造字的仓颉、尝百草的神农、发现八卦的伏羲，上帝是老祖的老祖！上帝是尧帝和舜帝他爹的爹！就是上古时代的皇帝！"

唐蒙："你就瞎编吧。"远看炊烟近在眼前，谁知走近炊烟却很远。下了一个坡，上了一个坡，又下了一个坡，再上一个坡，在感觉命归西天的时候，眼前终于是柳暗花明一片开阔地，一棵榕树下有栋茅草屋，酒旗在炊烟里招展。店主迎上来："客官请！"唐蒙坐下，幸福地叫喊起来："哎哟哟哟哟哟！骨头终于舒服舒服了！好酒好肉尽管端上来！"店主："客官先舒坦舒坦！好酒好菜马上来！"困倦袭来，唐蒙无力抵挡，倒在长条凳上呼呼大睡，鼾声震天响。

店主端酒菜上来："酒菜来喽！"唐蒙忘记饥饿地大睡。若愚对着唐蒙叫道："大人，吃饭了。"呼噜声继续响彻云霄。若愚又喊："大人，喝酒了！"唐蒙翻了一个身，从长条凳上摔倒在地，继续大睡。随从狼吞虎咽吃饱了，东倒西歪躺在草地上睡去。若愚："让他睡吧，我也困了。"两人大睡。土人吹着唢呐来路过酒店，把唐蒙一帮人马吵醒。唐蒙问店主："谁把我吵醒了？"

店主答非所问：“今日吃新节！”

唐蒙：“何为吃新节？”

店主：“迁徙到夜郎国的南越人，喜欢在水边种稻子。如今，稻谷成熟了，我们濮人到地里割新稻来祭祖。”

唐蒙：“稀奇事了，南越人在你们地盘上种出稻谷，你们享受？”

店主：“是有规矩的，夜郎人只能站在田埂上割，手臂有多长，就割到什么地方。要是下到地里割，南越人不允许！”

夜郎祭台前，人山人海，在祭台左边的木桩上拴着一头牛，牛角弯弯，眼睛鼓鼓，朝天的鼻孔长在嘴上方。牛善良地流着泪，没有惊恐，大鼻孔被绳子拴着，强健的肌肉外裹着灰色的皮，它将要被当作祭品。两个祭师戴着面具，念完咒语，牛听到咒语后不再恐惧，变得安详一些。屠夫手里拿着长刀砍向牛的肩部，然后跑到一旁见牛深深的血口冒着热气，滴着鲜血，牛带着伤口企图逃跑，但挣脱不了绳索，全身颤抖着。另一个祭师上前对着他的脖子下了一刀，伤口顿时血肉模糊冒着热气滴着血，第六刀后，牛无力支撑，终于听天由命地倒下，倒在了血泊中。

在祭师的经营下，一头牛变成了飘香的肉汤锅，熬上几个小时，再用它来祭奠开荒辟草的夜郎濮祖。在一片欢呼声中，唐蒙看完杀牛，又来看十九个部落酋长首领轮流刀山表演，唐蒙仰视着令人胆寒的刀梯，见竹王像一只雄鹰，光着脚板，踩在锋利的刀刃上，一步一步地向上攀爬。唐蒙被吓得头冒虚汗，腿脚发软。

竹王光脚丫踩着刀刃上到梯子顶端，唐蒙被吓瘫软坐在地上，见竹王又踩着刀梯下到地面，唐蒙捏着一把汗，竹王平安着地，赢得一片喝彩。

侍卫禀报：“大王，大使唐蒙到。”

竹王很高兴过走来，从地上扶起唐蒙：“唐大使，你不计前嫌，不远万里来到夜郎，欢迎欢迎！感谢唐大使给吃新节增添光彩！”

唐蒙：“感谢竹王盛请！”竹王哈哈大笑站起来，拉着唐蒙坐在自己的身边：“来得正好，一起观看酋长上刀山。”唐蒙见酋长光脚上刀山，吓得魂飞魄散，满头大汗，心惊肉跳说道：“竹王，你们这游戏太危险了，应该取消。”唐蒙的话惹得众人哈哈大笑。

一位酋长道：“汉官，这不算什么，下面是下火海。”十几个部落酋长光脚在炭火上跳舞。炭火通红，在夜郎濮人的脚下火花飞溅。竹王过来拉唐蒙起来：“来，一起跳。”然后，整个群体发出“噢！噢！噢！”的欢呼声。竹王让人把唐蒙的马靴脱下，扔出好远说道：“大使不必顾虑，入乡随俗，跳！跳！跳！”唐蒙跳进火坑，脚掌被炭火烧起水疱，痛得嗷嗷直叫。夜郎人却哈哈大笑！唐蒙急忙跳出火坑，若愚搀扶着唐蒙回到驿馆，躺在床上痛苦呻吟，若愚给唐蒙上药。唐蒙骂道：“等我好起来，收拾这帮浑蛋。”若愚：“大人，算了吧，好起来还得求他们疏通河道呢。”唐蒙：“是呀，活得真累。也不知道桑弘羊的枸酱酒酿造出来没有？否则我是出力不讨好，陛下怪罪下来，我是白费劲了。”

若愚：“大人，别想多了，安心养伤！”

汉朝酒作坊飘着酒香，桑弘羊走到甑子前用土碗接刚刚烤出的酒对酒师说：“一年了，我一直处在兴奋和焦虑之中，唐蒙带来的枸酱酒秘方终于出酒了！”酒师：“是啊！”桑弘羊迫不及待喝了两口，感觉有些烈，辣味中带苦味，让他的感官刺激强烈，对酒师说：“这酒怎么没有枸酱酒那样温润？”

酒师：“酿造酒，不能急，听说要窖上五年。”

桑弘羊对酒师说：“即使需要窖几年，也要胚子正中，现在刚出的酒胚又苦又辣。”

酒师：“酿酒过程是要符合天地运行规律的，时候不到，急也没用。老子说了，凡事，顺道而生，逆道而亡。”

桑弘羊认为酒师说话有理：“虽然你说得在理，但皇帝不这样认为，我命你带一帮人必须连夜赶到夜郎国，购买那里的枸酱酒来冒充我们的酒。”

酒师：“大人，万一被陛下知道，犯欺君之罪。再说，这笔经费难以筹措。”话音刚落，只听得公公高声宣道：“皇帝陛下驾到！”桑弘羊急忙走出作坊，跪下迎驾：“臣恭候陛下驾到！”

汉武帝：“平身！”

桑弘羊：“谢陛下！”

汉武帝走进酒作坊：“听说枸酱酒已经酿造出来，朕前来品尝。”汉武帝见到酒作坊里的工人光着身子正在制料，蒸酒的甑子散发着高粱的香味，心情愉悦，之前空虚的心，现在变得饱满充实。桑弘羊极度不安地迎上：“陛下不必亲自到！”

汉武帝：“朕要亲自品尝夜郎酒方酿出的枸酱酒。”

桑弘羊满头大汗，一声不吭。酒师接了一碗酒，手有些微微发抖，将碗递给汉武帝：“陛下，请品尝！”

汉武帝轻轻喝了一口，有点辣，再连喝几口，有点苦，最后一大碗全喝下，开始头晕目眩，身子摇晃起来。汉武帝问桑弘羊：“这是怎么回事？按照茅台的秘方酿造出来的酒怎么是这味道？还没有西凤酒味道醇正？”桑弘羊：“陛下，可能是秘方有错。”汉武帝一听，怒火万丈：“来人，即刻将献假秘方的夜郎人抓来试问。”汉武帝背着手气愤地徘徊：“唐蒙怎会带一个假的酒方来欺骗朕？”苏公公：“这不能怪唐蒙！”汉武帝：“怪谁？”

苏公公：“陛下，酿酒的方子就像种子，发不发芽还需要雨水、温度、季节呢。再说了，现如今国库已经空虚，折腾不起。”

汉武帝对桑弘羊道：“朕命你带上符节即刻出使夜郎，记录下制酒的全过程。”

桑弘羊跪下："遵旨！"桑弘羊离去，汉武帝回到王宫。苏公公见汉武帝情绪不佳，觉得汉武帝太任性，冒死进谏道："陛下，如今国库空虚，开拓南疆投入太大，收效甚微，老奴以为应放弃对南疆的经营。"

汉武帝烦躁的时候听了苏公公说的真话，更加烦躁："朕知道你在想什么，你以为朕派桑弘羊出使夜郎又耗资了？"

苏公公："陛下天之骄子，什么都知道，但陛下也应该知道国库的真实情况。"汉武帝在苏公公的提醒下亲自查看国库，大吃一惊，果然空虚，之后，急出一场大病，突然想起让爱说真话的大臣汲黯入宫。汉武帝靠在床榻上，用焦虑的口气问道："如今国库空虚，前辈积累的财富几乎亏空，爱卿有什么办法让国库快速恢复到从前的殷实状态？"

汲黯实话实说："陛下已经采纳了桑弘羊的建议，用算缗法充实国库好。"

汉武帝："这个办法只能解决眼下的燃眉之急，治标不治本，不是长久之计。爱卿有何良策？"

汲黯："陛下，几年一直挥霍无度，货币贬值，人浮于事，导致今天的物产短缺。"

汉武帝："不是让你来教训朕的，是让你来献计献策的！"

汲黯："文景时期采用黄老思想治国，人与人的关系就如同围棋盘上的黑子和白子，他们是平等的。"

汉武帝："别说这些废话！说说如何丰盈国库的事！"

汲黯："短期就用桑弘羊的策略。治国的长久之计是收取富人的赋税去鼓励耕作，让人人自力更生，改变如今人们不劳而获的风气。"汉武帝听了汲黯的话，有些绝望："你这叫什么良策，分明是反对算缗法。"

汲黯不慌不忙地回道："人的机体没有营养，反而会虚胖。一个国家离开实业，就会出现表面上的繁荣。"

汉武帝："难道，你想让朕减少开支吗？"

汲黯："陛下心中藏着许多的欲望，用财物四处笼络人心，结果是过度挥霍，国库空虚。用钱财笼络人心不如像尧舜时代，用古人的仁义礼智信去教导人们。如今钱币贬值，国库空虚是在预料之中的事情。听说一个依靠劳动致富的卜式不但没有得到表彰，反而被抓来关起，这是什么逻辑？"

汉武帝开始沉默不语，终于忍耐不住，勃然大怒："你既然为百姓着想，朕命你到南越国去用仁义教化土著。"

汲黯不慌不忙地跪下："遵旨！"汲黯站起来，便退了出去。汉武帝知道汲黯最怕出使南越国、夜郎国之地，就用这个办法来整治他。汲黯出长安城，见很多人围着算缗法布告议论纷纷，有人说："家里有一只维持生计的船都要上税？哎呀，怎么活呀。"有人叹息："不如文景喽！"汲黯对侍从说："国家在富足的时候懂得节制，就不会有今天的怨声载道，这就是桑弘羊的急功近利。”

汲黯骑着一匹瘦马，十分沮丧，一路向南，走到巴郡的时候，烈日炎炎，旷野上看不到一棵树、一棵草。汲黯对随从说：“这里有些不对劲。”随从：“大人，我没有发现有什么不对劲。”汲黯：“难道你没有见到大地龟裂，蝗虫飞舞，方圆百里见不到一棵绿色的庄稼吗？百姓都放弃土地经商去了。”随从：“小奴还以为大地本来就是这个样子。”见前面一个村子，走近，传来嘈杂声，一群衙役装束的人要砍一棵古树。村民不准砍，寨老上前制止，被衙役拳打脚踢。衙役打累了凶神恶煞地说道：“我们是砍树建造王宫，你们竟敢阻止！给我打！”衙役一窝蜂上前打村民。

汲黯亮出符节：“住手！”混乱的场面停止。

众人见到符节跪下高呼：“官爷，救命！”汲黯：“我奉陛下之命宣布，此树吸天地之精华，抗风霜雨雪千年，理应受到保护，砍伐者当场处斩！”百姓跪下感激汲黯：“谢大人救命之恩！”汲黯：“各位乡亲请起，告辞！”汲黯往前走，沿途随处可见尸抛荒野。走进巴郡县城，四处是乞讨哀求声，与皇城的富贵繁荣大相径庭。汲黯走进一家旅店，店主皮包骨头地走出来迎道：“客官，请进！”店主用骨瘦如柴的手接过缰绳递给店奴说：“给客官的马多喂些草料！”

汲黯对随从说：“在如此荒凉之地还能说出这样人情话，让我心酸。”

随从：“大人，您就是一位高贵的大人！”

对随从道：“别奉承我，一会儿多给几文钱。”

随从：“是，大人！”

最后一缕夕阳消失在天边，天黑了，旅店里的汲黯成了油灯下的影子。汲黯看着影子，想起夫人和孩子，心中阵阵凄凉。店主端着一盆热气腾腾的水进来，殷勤地说：“客官洗漱一下，先休息片刻，我随后给你们上菜。”

汲黯：“谢掌柜！”汲黯洗去脸上的汗渍，轻松很多，心情稍稍好些。侍从给汲黯换上被汗液浸湿的衣裳。

店奴高喊：“客官上座，开饭喽！”

汲黯与侍从坐在八仙桌上，一碗红烧肉，一碗烧胡萝卜，一碟泡菜。汲黯在长安府上吃饭很费劲，在这里吃饭狼吞虎咽。

汲黯：“这饭菜香啊，你们多吃点。”酒足饭饱，大家从堂屋回到西侧厢房通铺，倒下呼呼大睡，鼾声震天。一只跳蚤闻到陌生人的汗味，兴奋得四处蹦跶，精神抖擞跳到汲黯的大腿上，贪婪地吸了一口血，很陶醉。汲黯惊醒后，奇痒疼痛，挠挠就起了一个大红包，尿又胀，心烦起来出屋，在繁星下撒完尿，听到东面的竹林中隐隐约约有人哭泣声。汲黯没有了睡意，好奇心让他循声而至。借着月光，汲黯走近一间蘑菇顶茅草屋，从窗户往里一瞧，幽暗的油灯下，一个男孩被捆绑在柱子上，已经死亡，杀手一边开膛破肚一边说：“对不起，不要埋怨我，你爹也正在杀我儿子，没有办法，饥荒年，我们只能交换孩子充饥了。”汲黯睁大惊恐的眼睛，一阵恶心，暗道：“原来刚才吃的红烧肉是人肉。”汲黯迅速离开茅草屋，回到通铺，彻夜难眠。汲黯不恨杀孩子的这个人，他认为真正可恨的人是桑弘羊那样为了自己升迁又怕麻烦只得走捷径麻痹陛下粉饰太平的人，恨当地的县官。汲黯见怪不怪，就像什么也没有看见，等到天亮。

汲黯拿着汉武帝给他的符节，闯进巴郡太守府，守门追在汲黯的身后：“站住！站住！你给我站住！”郡守听到嘈杂声，打着哈欠出来：“你们在吵什么？”郡守站在高高的台阶上定眼一看，见一个人正往里快步走来，指着汲黯问道：“你是什么人，敢私闯本府，真是无法无天。”

汲黯：“我要喝水！”

郡守：“喝尿都没有！给我滚出去！”说完衙役一哄而上。汲黯举起符节：“本人是朝廷命官汲黯，谁敢动？”

郡守凶脸即刻转为笑脸，急忙跪下：“大人饶命！大人饶命！”

汲黯：“开仓救民，既往不咎！”

郡守：“误会！误会！大人请坐！”然后对着手下吼道，“即刻开仓放粮。”灾民一个个互相转告喜讯，满怀天下掉馅饼的激动心情，来到郡府粮仓背粮回家，个个喜上眉梢。看着百姓背着粮食回家，汲黯高兴，上马启程。百姓下跪相送：“谢汲大人救命之恩啊！”

汲黯：“各位父老乡亲保重！”乡亲们异口同声：“汲大人一路走好！”汲黯骑上马，继续南下。

汲黯对随从道：“听说唐蒙已经将五尺道修通到了夜郎牂牁江，这匹夫真有两下子。”随从：“大人，我们何不从平夷道辗转牂牁江到南越国番禺？”

汲黯：“不可！”

随从：“为何？”

汲黯：“虽说道路近，但听说都是依山而筑，很多小道都是挂在绝壁上，如在刀刃上行走，让人胆战心惊。”

随从：“听说从长安经夜郎道到番禺，可以节约三百里路程。”

汲黯：“不可，不可。命都没有了，节约路程有何意义？”汲黯带随从策马南下。

# 第六十二章　汲黯难过梅岭关

人的弱点就是不见棺材不掉泪，赵婴齐总认为自己可以主宰一个南越国，主宰所有的臣民，主宰丞相，主宰一切。但是，这一刻他发现对自己都无法主宰，死神彻底打败了他的骄傲并在暗地悄无声息地吸他的气血。赵婴齐在与死神较量，王宫笼罩在鬼魅恐怖的阴影之中。

豆叶寸步不离地守在赵婴齐身边。赵婴齐时而昏迷，时而清醒，已经躺在病床上一年。公元前 113 年的正月，家家户户辞旧迎新之时，窗外传来的声声鞭炮，驱走了鬼魅，赵婴齐醒来。豆叶异常惊喜："大王，您醒了！"

赵婴齐醒来见到消瘦的豆叶，用微弱的声音说道："王后，你瘦了！"说完眼角上挂有泪滴。豆叶用手巾为赵婴齐擦去眼角上的泪珠，看着虚弱的赵婴齐说："大王！"赵婴齐伸出干枯的手，紧紧握住豆叶的手，异常平静地说："王后，抱歉！如果没有我出现，你会很幸福！"

豆叶泣不成声，泪如泉涌，眼前的一切变得模糊不清。豆叶擦去自己眼中的泪说："大王，别离开我，别离开孩子，我们需要您。"

赵婴齐无力地闭上眼睛流着泪说道："天命不可违！死鬼每天都来缠着我，现在死鬼被鞭炮暂时吓跑了，一会儿它又要回来。"豆叶将赵婴齐的手放在自己的脸上："大王，别走！您走了我怎么办？"赵婴齐："我已经跟丞相说了，让他厚待你们母子。按照天子的旨意，带赵兴入朝觐见。到了长安去找安国少季，别再回来！"人之将死，其言也善。豆叶心碎了，泪水让赵婴齐变得模糊，整个世界都浸泡在泪水中，活着的、即将死去的生命，都在生离死别、痛不欲生中模糊混沌，仿佛回到洪荒的时代。

豆叶："大王一片苦心，我永生难忘。我真想随您而去。"

赵婴齐："不，不，你要为孩子好好活着，他还年幼，需要你的照顾。"豆叶和赵兴的哭声惊动了所有的人，包括丞相吕嘉。在众目睽睽之下，赵婴齐让公公将玉玺拿了出来，就在这一刻，所有人都好像没有了呼吸，哭闹的宫廷瞬间变得鸦雀无声。赵婴齐的声音越来越弱，贴在公公耳边说："让赵兴……过来……"赵兴走到床前，赵婴齐亲手将玉玺交给了赵兴。一旁的橙子和赵建德用无声表达着对豆叶母子的仇恨。吕嘉站在一旁大声叫道："大王！大王！您不能糊涂啊！"但一切都已经尘埃落定，大王不是糊涂，是被死鬼抓走了！赵婴齐永远地闭上了眼睛，离开了这个争权夺利物欲横流的纷争世界，安安静静地休息了，从此不再疲惫恐惧，不再内疚忧郁，不再担惊受怕，不再瞻前顾后，最重要的是不用入朝觐见了！更不知道大臣汲黯将要来到南越国。

汲黯行到梅岭，人困马乏。远远见一青一白的酒旗迎风招展，汲黯一阵宽心，快马加鞭来到在驿道旁的酒肆停下。汲黯对侍从道："下马，饮酒！"店主殷勤出来迎接："客官稍等片刻，好酒好肉即刻上来。"酒肆人来人往，热热闹闹，但汲黯感到无限凄凉，从朝廷落入红尘的恍惚，让他如同在墓穴中呼吸。店主端上酒菜："客官慢用！"饥饿中的酒菜胜过宫廷御宴。

汲黯不语，坐下喝酒吃肉。

乡野酒桌旁一双双带有原始欲望的眼睛，让汲黯有些恐惧。旁边酒桌前乡野人窃窃私语："朝廷官员，有油水。"然后做了一个杀猪的动作。汲黯装昏对侍从故意说道："正月天的南方，怎么还这样热？"随从："是的，大人，天气太热啊！"然后将衣服一件一件脱下，扔在地上，穿着背心吃饭喝酒。汲黯对随从道："将包袱拿来。"当着众人打开包袱，将几个碎银子放在酒桌上，高声道："店主，收银。"乡野人斜着眼睛看，没有什么值钱的东西，一双双欲望的眼睛恢复正常。汲黯听到酒桌旁矮个儿土人对另一个高个儿土人说："今朝有酒今朝醉，唉，人生短暂啊！"

高个儿："今天怎么有闲心感叹人生？"

矮个儿："你不知道啊，昨夜南越王赵婴齐升天了。年纪轻轻，王后年轻着呢，又是汉朝女人，南越国有好戏看咯。"

高个儿："听说赵婴齐大王脾气暴躁，生性多疑，整日魂不守舍，怎会不死。"矮个儿："生死由命，富贵在天。人啊，嘲笑什么都行，不能笑死。"高个儿："怎么啦？"汲黯正在往酒筒杯倒酒，听得南越王升天的消息，酒溢出酒杯。随从："大人，酒满了！"汲黯醒过神来将酒一饮而尽。汲黯小声说："赵婴齐仙逝了！"随从："大人，赵婴齐仙逝，我们打道回府吧。"汲黯："既然来了，理应前去悼念！"随从："大人说得有理！"

汲黯行到梅岭关，出示通关文牒。守将高声说道："丞相有令，外国人一律不得入境，境内的人一律不得出境。"

汲黯："一个小小藩国竟然不准大汉国使臣入境，反了？"说完，汲黯骑马强行闯关。守将："慢！强行闯关休怪我无礼！"说完用竹箭对着汉朝来的人马。随从："汲大人，跟他们拼了！"手下为护汲黯闯关，与南越守将厮打起来。汲黯看到几个随从倒地身亡，寡不敌众，下命令："撤！"守将哈哈大笑："几个毛人，竟敢闯关，鸡蛋碰石头，自不量力。”汲黯平时心高气傲，怎受得这般冤屈，用剑指着守将，站在远处高声说道：“回去告诉你们那个混账丞相吕嘉，我等回朝禀报天子，定来报仇！”

汉朝王宫内，汉武帝与卫子夫正在享用早餐。汉武帝吃了一个拇指大的花卷，半碗小米粥，三粒花生，两片咸菜，五根像丝线一样的油炸鸡枞。

卫子夫问：“皇上，这是什么东西，鲜香味美？”汉武帝：“这是唐蒙从夜郎仙山带来的山珍。”卫子夫：“皇上，我想每天都能吃到鸡枞。”汉武帝：“如果每天都能吃到，就不叫山珍了。”卫子夫：“那叫什么？”

汉武帝：“叫大白菜。哦，我想起一件重要的事情。”卫子夫：“什么事？”

汉武帝：“上次司马相如还带来一种叫山苕的东西，说吃了可以长生不老。”

卫子夫：“在什么地方？让我看看。”

汉武帝：“我种在了后花园里，朕带你去看看？”汉武帝牵着卫子夫来到菜园，见上次种下的山苕没有发芽的迹象，俯身将覆盖的泥土轻轻扒开，一看傻眼了，腐烂了。汉武帝对苏公公说道：“招董仲舒！”

董仲舒在菜园中挽着裤腿，穿着草鞋，头戴草帽种菜。他从厕所舀出大粪，粪便太浓稠，糊状，怕把菜浇死了。董仲舒用井水冲进去搅拌成汤状，再用长柄木瓢舀起，细心地给菜浇粪，给菜浇粪水的时候小心谨慎，不浇在菜叶上，也不直接浇在根须上。自从独尊儒术以后，人们都热衷买官卖官，光宗耀祖。为了做耕读的表率，董仲舒给汉武帝请示，亲自率耕，白天种地，晚上读书。

侍卫来到菜园传旨：“陛下宣董仲舒即刻进宫！”

董仲舒种菜的快乐暂时告一段落，他用松鼠吃松子的速度在井旁洗完澡，换上官袍，骑上大马向宫中奔去。董仲舒来到汉宫后花园：“微臣拜见陛下！”汉武帝闻到董仲舒身上的大粪味，不悦地说道：“以后做官就好好做官，率什么耕，朕不可能经常等你更衣。商量国家大事，激励别人去耕作才是最重要的，以后停止耕种。”

董仲舒：“微臣遵旨！”

汉武帝指着腐烂的山苕问董仲舒：“这是司马相如从夜郎带来的长生不老药，名叫山苕，种下后，怎么没有发芽？”董仲舒仔细看了又看禀道：“陛下，山苕有思念故土的特性，离开故土像人一样不吃不喝，不吸收营养，被饿死了。”汉武帝：“它凭什么被饿死？朕命你将它救活！”

董仲舒：“山苕和人一样，死不能复生。微臣建议，命人到夜郎寻找山苕，然后将泥土一同带到这里试种。”汉武帝十分惋惜地说：“只能这样了！”董仲舒：“微臣告辞！”汉武帝来回到长乐央宫，卫子夫妩媚地迎上来：“陛下，山苕能救治吗？”卫子夫秀美风流，一举一动让汉武帝柔肠百结。

汉武帝："不能！"然后将她搂进怀中。

卫子夫依偎在怀中道："陛下不必为这点小事伤心。"汉武帝说道："唉，治国无小事啊。"卫子夫柔情蜜语道："陛下，我为您温了酒。"两人对饮，酒香浮动，诗情画意。卫子夫："陛下，这是董偃送来的南越酒。"

汉武帝："世上没有比夜郎枸酱酒更美味的了！"卫子夫："臣妾不知，听说，陛下颁布禁酒令后，好酒越来越少。臣妾还听说榷酒令颁布后，有人写诗横加指责。"

汉武帝："如何指责？"

卫子夫饮完一杯酒说道："县官自酤榷卖酒，小民不复得酣也。"

汉武帝："让人说话天不会塌下来！"

卫子夫："还有人说官方低价买酒，高价卖出。"

汉武帝："事实也是如此。只是那些小文人视野狭窄，不懂纵观国家全局，纸上谈兵。他们怎么会知道，一个国家的获利是用来充实国库，用于巩固边塞，抵御外敌入侵，修筑商道驿路。没有利，一个国家如何强大？"卫子夫："这些文人如同蚊子，嗡嗡叫嚷，将他们抓起来。"

汉武帝："治国需要大气，几个文人翻不了天，他们也是忧国忧民的！只是视野狭隘，思想局限罢了。美人，咱不谈国事。"卫子夫风情万种，娇声羞涩："陛下！"两人陶醉在酒色中。

翌日，汉武帝早朝，神清气爽。早朝结束，汉武帝急匆匆往卫子夫寝宫走，苏公公拦截道："陛下，密探来报，汲黯去南越国的途中，遇到民间旱灾，假借陛下圣旨擅自令当地郡守开仓放粮。另外，他没有到南越国就半道逃回来了。"

汉武帝问苏公公："你认为怎么处治？"

苏公公："假传圣旨，按法令处斩。"

汉武帝又问身边的安国少季："你说怎么处置？"

安国少季："开仓放粮救济灾民，这是给陛下积仁义的好事啊。尧舜用仁爱统治天下，平民就跟着实行仁爱，秦始皇凶暴统治天下，最后也必将被凶暴推翻。汲黯的做法不但不能惩罚，理应当奖励。"

苏公公："汲黯目中无人，胆大妄为，平时不尊重陛下，现在又假借天子威名为自己显耀，理应处斩！"

汉武帝怒上心头："是的，他的行动也太过分了，应严惩。"

安国少季："天子立公卿不是用来阿谀奉承的，汲黯虽然脾气古怪不近人情，一根筋，但他所做的事都不是为了自己，而是对朝廷忠心耿耿，接近社稷之臣的标准。"汉武帝态度略有和缓，说话也柔和下来："爱卿言之有理。汲黯说真话时常刺伤朕，恨不得将他五马分尸，但考虑他所作所为的确符合社稷之臣的标准，就赦免他，但绝不能表彰他的行为。他抗旨不入南越，这又如何处治？"安国少季："至于没有到南越国，一路情况复杂，这还需要查明实情再作处理。"汉武帝："言之有理。汲黯做事遵守根本制度，但又不拘泥法令条文，灵活处理，一切以解救人为准则，理应鼓励。"

汲黯回到长安，一边浇花一边对夫人说："我这次出使南越国，又擅自回长安，陛下就算放过我，桑弘羊也借机在陛下面前进谗言。我装病在家真是闷得慌。"夫人："官人，躲得了初一躲不过十五，还是主动进宫面见陛下，把事情的前因后果说清楚。"话音刚落，听得门外侍卫高声叫道："宣汲黯即刻进宫！"

汲黯来到未央宫："微臣叩见皇帝陛下！"

汉武帝："免礼！"

汲黯："谢陛下！"

汉武帝："听说你抗旨，可有此事？"

汲黯皮包骨头地站起来说道："臣出使南越，路途中见巴县闹灾荒，民间互相交换孩子吃，臣冒死命郡守开仓放粮救济灾民，微臣对灾民说是圣上之命。民众千谢万谢陛下，长跪不起！"

汉武帝："做得对，朕恩准你一月在家休养。"

汲黯："谢陛下！"

汉武帝："听说你行到半路就回来了。"汲黯："臣到南越国的途中，听说南越王赵婴齐升天，前往吊唁。丞相吕嘉封关绝道，不让我等入境，厮杀一阵，寡不敌众，只得转回。"

汉武帝一听，怒道："竟然有这等事？吕嘉藐视我大汉的通关文牒。朕一定得打击叛臣吕嘉嚣张气焰。"汲黯："还听说王后废除南越国在犯人脸上刺字和割鼻子的酷刑，改用汉朝的法律，强制使用汉字，与内地诸侯国相同，南越国人非常拥戴。但是，丞相吕嘉极力阻止，四处造谣说王后贩卖南越人到汉朝当奴隶惨无人道，王后目前处境十分危险。"

汉武帝："我知道了，你回去休息吧。"

汉武帝对身边的安国少季说道："爱卿，现在豆叶的处境十分危险，朕命你带人前往南越国助阵！"

安国少季："微臣理应为国家肝脑涂地。"

汉武帝："南越王赵婴齐已经离世，将王位传给赵兴，这表明他是倾向汉朝的。但也听说南越国丞相吕嘉极力反对，他们想立南越人橙子生的长子赵建德为王。这样，赵兴母子必有难处，希望你带人前去稳定南越。如有危险，不可久留，带豆叶和赵兴速速回到中原。"

安国少季："微臣一定尽力！"

汉武帝："朕，年少轻狂，不懂得姻缘既定，神仙也不能逃。当初，我心存私心，以为你消失了，朕就可得到豆叶的心。殊不知，姻缘若勉强维持，犹如夸父逐日，精卫填海，自己徒劳，又毁坏了别人的幸福。”

安国少季：“陛下心思，上可包容天地，下可明察秋毫。从古到今，能反省的帝王能有几人？微臣能为陛下分忧，死不足惜。”

汉武帝：“不，你一定要活着回来，而且是带着豆叶母子回来！”

安国少季：“谢陛下！臣告辞！”安国少季日夜兼程，快马加鞭直奔南越国。

# 第六十三章　丞相有权最快感

晨，安静得令人迷茫，豆叶睡意蒙眬想用左手推醒赵婴齐，失重的空洞让她惊醒过来。再摸，落空，睁开眼睛，翻身起来看看旁边的枕头空空无人，她叫道："大王！"没有回应，只见帷帐在清晨的风中孤零零地飘动，异域的孤独伴着恐惧袭来，她才真正清醒过来叹息道："大王已经走了！永远地走了！"自从赵婴齐离开人世，宫里的侍从态度放肆了许多。

侍女将洗脸水放在盆架上，对豆叶冷冰冰地说："太后，洗漱了。"然后就走了。豆叶正在洗脸，从铜镜里看自己的鹅蛋脸消瘦了一圈，清纯的眼睛里游动着忧伤，泪从高高的鼻梁流下进到嘴里，又咸又苦。虽说表面上做了南越国的王太后，却如坐针毡。太后的位置像沧海一叶，漂浮不定，毕竟才二十余岁，豆叶对赵婴齐的幽魂说："大王，兴儿年幼，无法抽身，待他成人，随您而去。"

赵婴齐死了，豆叶活着的意义被终止了；假如豆叶先死，赵婴齐活着的意义也会被终止的。因为，两人之间在走过的时光里诞生的故事只有两人知道，旁人不会去在乎你们两人的故事。当其中一个人死了，旁人也把活着的那个人看作是会走路的鬼。不信，御膳房中就出现了捉弄活鬼的稀奇事，厨娘将早点放在桌上，像木头一样站在一旁等候，见豆叶进来应付道："太后，早安！"然后又恢复僵尸表情。豆叶走到桌前，准备吃早点。卫姬揭开钵盖，用银勺将粥舀进玉婉，见一只煮熟的癞蛤蟆瞪着眼睛看她，恐惧地尖叫起来，碗也掉在地上，稀粥一地，溅了一身。

豆叶惊叫道："怎么了？"

卫姬指着砂锅："太后！别，别吃！"

豆叶："叫什么，我看看。"豆叶走进一看，缸钵里有一只癞蛤蟆，吓晕了过去。卫姬站起来扶豆叶坐下，转身问站在门旁的侍女："这是怎么回事？"侍女皮包骨头地冷笑："我怎么知道是怎么回事？自投瓮中，我怎知。"

卫姬看着厨娘放肆得意的表情，说道："你们懂不懂规矩？"

侍女："不懂！我们只懂看谁能给我们好处。怎样？你们觉得南越不好过，可以走啊，何必像癞蛤蟆做瓮中之鳖。"

卫姬重重扇了侍女一耳光。侍女目光凶险回道："敢打我，你要后悔的。"

然后又指着刚刚苏醒的豆叶说，“你以为你是谁？你以为你是王太后？这南越国的王太后不是你，是橙子！”说完哭着跑开了。这时，卫姬才发现，这些仕女虽然是从中原带来的，但灵魂一夜之间全变了。

豆叶阻止道：“卫姬不要冲动！”但晚了，一切不可收拾的局面已经无法挽回。侍女几乎全走光了。

卫姬对豆叶说：“太后，我感觉不对啊，怎么侍女一夜之间灵魂全变了？”

豆叶：“听说巫师有一种药，让人吃了，灵魂出窍，丧失辨别是非的能力，留下躯壳，可任人摆布。”

卫姬：“这一定是吕嘉干的。”

豆叶：“俗话说，官弃如花谢，势败奴欺主。如今，大王去世，兴王还小，权力都在吕嘉手里，他又极力推举赵建德为王，橙子为后。侍女只是吕嘉的帮手，我们境况极其危险。”

侍女哭着跑到吕嘉府上：“丞相，今早太后用膳，卫姬借口说味道腥臭，扇我耳光。”吕嘉：“大胆，来人。”侍卫进来：“丞相请吩咐。”

吕嘉：“卫姬竟敢打人，藐视我南越国国法，来人，将她给我拿下，按南越国法律处治，在脸上刺字。”侍卫：“是，丞相！”

侍卫气势汹汹冲进宫，太后见他们就像一具具僵尸，没有正义，没有思维，没有情感，像冷漠的铁石，吼道：“你们给我滚出去，没有我的允许不得私自闯宫！”僵尸侍卫说：“太后，卫姬打人，奉丞相之命前来捉拿。”豆叶：“卫姬是我的人，就算犯了法，也得由我惩罚，不得无理。”侍卫不听，抓了卫姬就走。卫姬回头呼救：“太后，救我！”豆叶急匆匆来到赵兴的宫里，见兴王正在伏案审阅奏章。赵兴见豆叶进来急忙站起来：“母后！”豆叶：“王子，侍女今早在粥里放进一只癞蛤蟆，卫姬教训她，被丞相抓走了，兴王救救她。”

赵兴：“母后，别急，儿臣即刻召见丞相。”豆叶此刻才注意到十三岁的赵兴，还是个孩子，稚气未脱就承受艰险，面对如此复杂的局面，心痛无助。赵兴看着母亲无助的背影走出宫，告诫自己要强大起来：“来人，召见丞相！”

吕嘉走进宫，露出藐视的神情，声音散漫道：“臣，参见大王。”吕嘉阴阳怪气。

赵兴：“丞相，听说太后的侍女卫姬被捕，请丞相网开一面。”

吕嘉：“大王，应该将心思用在治国方略上，怎能为这些鸡毛蒜皮的小事分心。”

赵兴：“治国无小事！”

吕嘉：“卫姬她不就是一个侍女，犯了国法按南越国法律处治，可以震慑国人。”

赵兴：“怎么处治？卫姬是王太后身边忠臣的侍女，如果将她杀了，太后可就伤心了。”赵兴太幼稚了，与敌对势力说人情话，就如同猫给老鼠谈人生哲理，可笑！吕嘉听到这幼稚的话，十分得意：“在额头上刺字！”

赵兴：“刺什么字？”

吕嘉：“刺凶字。”

赵兴：“处置太后的人，这是对本王的藐视。”赵兴终于没有耐心，摆出王者的样子，激怒了吕嘉。吕嘉：“大王，恕臣直言，国人心中真正的王太后是橙子。”赵兴：“丞相，本王继承王位是遵照我父王遗嘱，并非本王谋逆，乃顺应天意。”吕嘉：“自古都是立长子为王，如何解释？”

赵兴：“父王自小到汉朝做人质，保护南越平安，为南越国立下汗马功劳。本王自幼陪伴父王，得其传授治国之道，懂治国之根本，广招天下贤才，振兴南越国。不立新政，如何强国？”吕嘉当然不懂得这些道理，他板着面孔不说话。兴王接着说：“按本王新颁布的法律，伤人者用谷物赔偿对方即可，怎可处黥刑？”吕嘉用一种无可商议的口气回道：“我南越国虽有严酷的法令，但却无人冒犯，路不拾遗，夜不闭户。自从大王颁布新法律以来，偷盗、伤人者增多，淳朴的民风遭到破坏。”

兴王：“这不是因为新法破坏了民风，而是礼部不实行儒学教化的结果。用酷刑替代教化，民不知理，不能使国力增强，就连闽越国也不能抵抗。”

吕嘉：“大王悲观了，夜郎国不是已称臣于我南越国吗？”

赵兴：“丞相，我国要与发达国家看齐，不要在夜郎国面前称霸王。闭关锁国，加速南越国危险之境地。”

吕嘉：“大王，为了震慑国人，卫姬受到惩罚的事实已经不能改变。”

赵兴：“必须改变！”

吕嘉：“大王的王位能改变吗？这个位置可是你哥哥赵建德的！”

赵兴气得全身发抖，用手指着吕嘉：“丞相，你！你！你！来人！”侍卫进来。

赵兴：“给我将吕嘉拿下！”侍卫上前。

吕嘉手握宝剑说道：“谁敢动我一根毫毛，我兄弟把你们全剁了。”吕嘉说完头都不回地离去。吕嘉藐视兴王的神情，深深刺痛了赵兴。而吕嘉感觉到，权在手中很快感，权力不仅可以推行私欲，还可维护暴力与错误。赵兴看着丞相吕嘉老而不衰、瘦而不败的背影，长叹一声：“唉！”便跌坐在王椅子中。赵兴如同螳螂，无法撼动眼前这棵古树。他受了委屈，突然忘记自己是南越国的大王，孩子般地放声大哭起来，边哭边喊：“我要父王，我要父王！我要父王！”

宫女急忙上前劝道：“您是大王，是不能哭的！”

赵兴：“不，我不要当大王，我要父王，我要父王。”赵兴的哭声惊动了赵婴齐的灵魂。赵婴齐的灵魂飘到赵兴的面前说道：“兴儿，别哭，你和你的母亲要尽快到汉朝觐见天子，他会帮助你们的！如果有不测，沿珠江到夜郎国求竹王保护你们。”

赵兴：“父王，我要您和我们一起回长安！”

赵婴齐的灵魂：“我已经不能回长安了，我的房子就在南越国！我不能让灵魂四处飘荡。记住，尽快回汉朝！如不能回汉朝，沿牂牁江到夜郎去找竹王。”赵兴见到父王的灵魂后，显得非常安详。他停住了哭声，但父王的灵魂一会儿就被风吹走了，突然消失了。

夜郎国牂牁江静静流淌，竹王带着随从在牂牁江捕鱼。巫卜站在岸边喊话：“大王，急件！”竹王拿着鱼叉，光着身子上岸。巫卜递丝绸给竹王：“大王，给！”竹王看完丝绸上的字，对巫卜说道：“南越国王赵婴齐去世了，他在临终前写了此信，如果兴王有难，请我接纳他们。”

巫卜：“南越国的老国王活一百多岁，后面的王咋都这样短命？”

竹王：“南越国为争夺王位，纷争不断，这是短命的根源。”

巫卜：“听说现在立的兴王还小。”

竹王：“他们如果来避难，本王是会接纳的。”

赵兴急匆匆来到后宫：“母后，母后。”豆叶从表面快乐的声音中听出了内心的焦虑与悲伤。豆叶正在织丝绸，放下手中的活，走下机床问道：“王子，有什么结果？”

赵兴：“母后，别急！丞相说过几天就放卫姬出来。不过……”

豆叶：“孩子，不要隐瞒真相。说真话，痛苦会减轻些，掩盖痛苦会更加痛苦。把真话说出来吧，我能承受。”

赵兴：“母后，丞相违抗王命，他要对卫姬处黥刑，在脸上刺字。母后，如果我们连一个侍女都保护不了，这样的南越王不是要被天下人笑话。”

豆叶：“被人笑话的不是我们，而是大汉王朝。”

赵兴：“母后，我见到了父王的灵魂。”

豆叶：“父王的灵魂说什么？”

赵兴：“他说我们可以尽快到汉朝觐见天子，他会帮助我们的！如有不测，沿江逆流而上到夜郎国寻求保护！竹王很包容！”

豆叶：“只怕是远水解不了近渴。南越国百姓不明真相，有人拥戴赵建德为王，我们孤儿寡母在南越国是孤掌难鸣。”

赵兴：“母后不必焦虑，孩儿即刻给天子书信，一定会帮助我们的。”

汉朝长乐宫中，汉武帝在腰上系了一块白丝绸，裸身躺在庭院的棕床上晒太阳，两个宫女正在给他按摩。汉武帝感觉到飘飘欲仙，对宫女说：“这太阳照在身上真舒服！你们说，假如这个世界上没有了太阳，会是什么样子？”

宫女小声细气道：“陛下，不知道！”汉武帝无法和宫女在精神上交流，感到憋闷，对寸步不离的苏公公说道：“你说说！”

苏公公：“天天是晚上！”汉武帝还是不满意，转移了话题：“公公，桑弘羊到夜郎考察枸酱酒，可有消息？”话还没有说完，侍卫高声宣道：“桑弘羊求见！”汉武帝兴奋地坐起来，

桑弘羊：“参见陛下！”

汉武帝：“免礼！”

桑弘羊：“谢陛下！”

汉武帝：“爱卿可有收获！”

桑弘羊：“陛下，臣这次出使夜郎得到的枸酱酒酿制方子与唐蒙相同，并无区别。”

汉武帝：“那为何不能出枸酱酒？”

桑弘羊：“土著人说了，酿酒与时辰、与水、与温度、与地气、与阴阳有关，与一些看不见摸不着的小虫子有关，换了地方就造不出枸酱酒。”汉武帝：“照这样说来，我大汉王朝就酿制不出属于大汉的枸酱酒？”

桑弘羊：“陛下，恕我直言，一方水土孕育一方风物，这是天意，没有办法改变的，雍州的西凤贡酒才是真正属于中原的酒。枸酱酒不相信权力，就只属于夜郎。”汉武帝迷惑：“这就怪了，中原的水是水，夜郎的水依然是水，为何会如此？”

桑弘羊：“水同人一样，是有性格的，天地如父母。张家生的娃与李家生的娃秉性截然不同。”就在汉武帝为无法征服枸酱酒感到沮丧的时候，公公走过来，递给汉武帝一封书信：“陛下，南越国来信。”

汉武帝将丝帛书信慢慢展开，阅完，沉重地对桑弘羊说道：“南越王赵婴齐去世后，兴王与其母后多次想入朝觐见，遭到丞相吕嘉阻拦，这是对我大汉朝的藐视。”

桑弘羊：“臣听说，南越大权操控在丞相吕嘉手中，赵兴王位难以坐稳，吕嘉煽动国人拥戴赵建德。依臣看，往南越国多派一些重臣辅佐兴王，赵兴按照其他藩王入朝觐见才能得以实现。”

汉武帝：“朕已经派安国少季前往南越国辅佐赵兴。”

桑弘羊：“陛下高瞻远瞩，料事如神！”

汉武帝：“治大国如理小家，油盐柴米预先都得准备殷实，没有预见能力，就会把家弄得穷困潦倒！”

善于算计的桑弘羊说：“出使南越，不管是和平解决南越问题，还是动用军队，所需经费不是一个小的数目。”

汉武帝沉默片刻后说道："朕为经费整日忧心忡忡。想起来了，曾经是不是有一个放羊的人主动为朝廷捐款？此人现在在哪儿？"

桑弘羊："此人叫卜式，靠放羊积累家产万贯，当初捐款而不要封赏，因破坏法度被关在牢房。"

汉武帝对苏公公说："快，赐官服一套，将他放出，速来见朕。"

苏公公："诺！"

桑弘羊和苏公公来到土墙牢房，让牢役打开房门，里面早不见卜式人影。苏公公问衙役："放羊的人呢？"

衙役："一年前就被人劫走了。"

桑弘羊："怎么不上报朝廷？"

衙役："报了，此人德高望重，他依靠放羊救助的人上至达官贵人，下至黎民百姓。他不想在牢里享清闲，浪费光阴，想出去放羊。有一天，小人全都昏昏睡去，等醒来，卜式神不知鬼不觉地不见了。后来才发现，是监狱里面几个家伙挖地洞将他放走了！"

桑弘羊："他现在在哪儿？"

衙役："听说在放羊。民间传说，除了桑弘羊是卜式的天敌，谁都景仰卜式，把他看成是神仙。朝廷吏部睁一只眼闭一只眼，谁都不想抓他坐牢。"衙役不知道眼前这个自称洪督卫的人就是桑弘羊，桑弘羊听完话，给衙役一耳光："以后不准说桑大人的坏话。"转身走出阴暗的牢房，苏公公见桑弘羊前去，悄悄对衙役说："他就是桑弘羊。"刚才来的衙役捂住火辣辣的脸一阵迷茫。小衙役不知道世界的真相，跟着别人乱说。其实啊，桑弘羊是一个变色龙，把卜式送进牢房的是他，现在让卜式出钱的也是他。

牧场的秋天，天空高远，羊群有些悲秋，大多卧在地上不吃草，表情伤感沉默。卜式怕羊群因伤感而生病，坐在草地上吹笛子给羊群听，羊群听到悠扬的笛声，都站起来撒欢吃草。卜式远远见到骑马的队伍奔来，站起来，放下笛子等待。

桑弘羊一行翻身下马，疾步走来，拱手问道："请问你是卜式羊倌？"

卜式："小民正是！"

桑弘羊："请你跟我们走一趟。"卜式一头雾水："我越狱逃跑，我知道会有这一天的。"卜式对一旁正在玩耍的牧童说："小子，帮忙把羊群赶回村里。"

牧童："卜大哥放心！"

牧场间的河岸，卜式被侍卫带到河中，洗完澡，换上官服，被带走。

卜式："官爷，你们要带我上哪儿去？"谁也不回答他。卜式来到王宫，一副丈二和尚摸不着头脑的样子。

汉武帝高高在上。

卜式跪下："小民参见陛下！"

汉武帝："免礼！"

卜式："小民越狱，请陛下处罚！"汉武帝哈哈大笑道："奖罚并处。你越狱，朕罚你做官；你出去放羊，朕要嘉奖你勤劳！"

卜式："谢陛下不杀之恩！"

汉武帝："卜式忠君爱国，为国捐赠，朕不但不怪罪，还要给你封官晋爵！"

常言道，智者不惑，就是说有智慧的人，安心劳动有财富的人，什么都不担心。卜式宠辱不惊，平静地说道："小民，不懂做官之道，还是放羊好！"

汉武帝："能放羊就能做官！"

卜式："谢陛下隆恩！陛下雄才大略，北讨匈奴，南征南越，苦修夜郎驿道，安抚西南，小民愿意捐赠家产给朝廷，巩固我大汉疆土。"

汉武帝："为了激励天下王公贵族、平民百姓忠君爱国，朕任命你为太傅，赏黄金百两、丝绸百卷。"

卜式："谢陛下！不过小民真的不会做官！"

汉武帝："圣旨不可违，你做了太傅，继续放羊，做官牧羊两不误。"

卜式："小民谢主隆恩！"

第二天，卜式穿着官服，赶着羊群来到牧场，路过城墙，见很多人围在城墙脚下，议论纷纷。卜式走进一看，是号召全国人民向卜式学习的布告。卜式看到后，心中掠过一丝淡淡的忧伤而不是喜悦。

卜式将草帽压低遮住自己的脸，追赶等待他的羊群。

# 第六十四章　武帝征收黄金祭

汉朝御花园内，汉武帝沐浴在海棠果的香味中，拉满弓箭，瞄着远处的靶子问桑弘羊："朕向全国发出向卜式学习的诏令，有人回应否？"

桑弘羊沮丧着脸："这，那！那，这！"

汉武帝："说真话！"依然眯着眼睛，瞄准靶心。

桑弘羊："陛下，没人响应。"汉武帝一听，至高无上的尊严坍塌，放出箭，没有射中目标，压住心中怒火依然平静道："没有？真的没有？"桑弘羊："陛下，真的没有！"汉武帝又拉满弓问："离宗庙祭祀，还有几日？"

桑弘羊掐着手指算了算："整整一月。"汉武帝感觉有些孤独沮丧，因为自己在王公贵族心中分量并不重，亲戚朋友并没有人把他的丰功伟绩放在眼里，他要拿出点威严给王公贵族们看看，人就是这样，不打不佩服。汉武帝射出利箭轻声而有力地说道："颁诏天下，命王公诸侯进献黄金做祭品，筹集宗庙祭祀费用，按规定一点也不能少。"

桑弘羊："这恐怕有些难度。"

汉武帝拿着弓箭问："爱卿何出此言？"

桑弘羊："如今的王公贵族自认为他们的钱是靠自己的本事得来的，所以头脑里没有国家的概念，让他们出点钱就像要他们的命。"

汉武帝伸出右手，侍从将箭递给他，一边拉满弓一边说："难道他们连一个羊倌的觉悟都没有？"说完，放箭，这次射中了靶子。

桑弘羊："陛下好箭法！"汉武帝对桑弘羊的奉承没有兴趣，接着说："即刻颁诏，命王公贵族明日进献黄金百两，少一两都不行。"

桑弘羊："遵命！"

孟秋三日，少府内热热闹闹，一张几案，旁边放着几口大木箱，有上百卫兵把守。王公诸侯手里都拿着献祭的黄金来到少府，排着长队。李都尉威严坐在几案后，拿着进贡的金条左看右看，然后高声道："量足，成色佳，过。"侍卫接过金条放进木箱里。齐国列侯石庆抱着盒子走来，李都尉拿着金砖，左看右看，皱了皱眉头，道："成色好，但量不足，犯欺君之罪，带走！"收黄金的活动仍在继续。

未央宫中，汉武帝被南越国的问题困扰，躺在榻上，闭着眼睛，但无睡意，手里拿着南越国进贡的两颗南海夜明珠把玩。

苏公公进来道："陛下，有好事！好事！"

汉武帝坐起来："有什么好事？"

苏公公将折子呈上："陛下，王公贵族此次献黄金祭品数十万两！"

汉武帝兴奋地站起来："让他们主动为国捐赠，他们装聋作哑，非得用强制手段。"汉武帝看完奏折，兴奋异常，拿着奏折在原地走来走去。

苏公公："这下可让陛下挽回了尊严。"

汉武帝："怎讲？"

苏公公："因黄金量不足、成色不佳的进贡者，有一百零六人进到监狱。"

汉武帝："这帮家伙，平时拿着国家的俸禄养尊处优，现在国家边塞需要经费，却退避三舍，竟然没有一人向卜式学习主动为国捐款的，连一个牧羊人的境界都没有，何以强国。卜式都捐了一半家产，而他们却装昏，让他们在监狱里好好思过。"苏公公又递了一份奏折给汉武帝看，汉武帝看毕道："桑弘羊揭发丞相赵周包庇黄金不足者，真是胆大妄为！"

苏公公："陛下，丞相为人正直，会不会受冤枉？"

汉武帝毫不犹豫回道："赵周表面正直，暗地里结党营私，拉帮结伙，说朕挥霍国库。他还煽动人心，反对算缗法，必须拿下！"赵周此刻坐在监狱中的稻草上大骂桑弘羊："桑弘羊，你公报私仇，不得好死。你算缗，让多少人破产，他们的冤魂会来找你的，哈哈哈！"赵周骂人骂得蓬头垢面，桑弘羊却在家中读书。桑弘羊不管政务多忙，只要有丁点空闲便博览群书，要不他怎么会得到汉武帝的宠信。桑弘羊夫人端茶进来："官人，休闲会儿！喝杯茶！"

桑弘羊："谢谢夫人！"然后低头看书。夫人站在原地看着桑弘羊没有离去。桑弘羊像对待侍女一样的口气问道："还有事？"

夫人："官人，有一句话我不知道当讲不当讲？"

桑弘羊手里拿着竹简说道："讲！"

夫人："我觉得赵周虽然做事先对不起你，但放他一马，没有必要让他进监狱！"

桑弘羊："官场凶险，夫人不能理解，你就别管闲事了。"

夫人："还有，当今陛下在短短二十余年间，就把先祖殷实的国库挥霍一空，你用这些算缗法在民间收罗，导致中产者纷纷破产，这不是治国的长久之计。百姓越穷，你的算缗法越紧，这种做法，如同一个人在自己的身上割肉给自己吃，迟早会死的。"

桑弘羊十分紧张，赶紧将竹简扔在书桌上，站起来警惕地看看四周："小声点，你不要命了，妇人之见！”话音刚落，侍从进屋禀报：“大人，赵周进到监狱，大骂一阵后，撞墙自杀了。”夫人看了一眼桑弘羊，出去了。

桑弘羊：“死有余辜！”

桑弘羊急急忙忙来到未央宫禀报汉武帝：“陛下，赵周他……”

汉武帝挥挥手：“别说了，这事我已经知道。赵周，让他死去吧。说说南越国的事。”

桑弘羊：“微臣担忧，依安国少季的力量，不能震慑吕嘉，反而身陷泥潭。”

汉武帝：“爱卿何出此言？”

桑弘羊：“南越国如一片沼泽地，豆叶王后和赵兴已经陷入孤立无援的境地，安国少季如果没有力量拯救，自己反受其害。”

汉武帝：“那向南越派军队如何？”

桑弘羊：“派军队时机还没有成熟。”

汉武帝叹息道：“唉！”

桑弘羊：“陛下不必忧虑！”

汉武帝：“吕嘉闹独立，朕如何不忧虑？一旦南越国独立出去与夜郎国联盟，北方又有匈奴，我大汉王朝将腹背受敌。”

桑弘羊：“战争要等待时机。”

汉武帝：“为何？”

桑弘羊：“天下所有的事都需要讲机缘，欲速则不达！急也没用！”

汉武帝发脾气，将左腿跷起搭在龙椅扶手上，右手腕靠在龙椅扶手上，目光放着怒火的烈焰：“桑弘羊，为何等机缘？”

桑弘羊：“等安国少季将南越国的信息报送来，再酌情定夺！”

安国少季此时与随从人困马乏地走在驿道上，是死是活还不知道，天气太热了。酷暑的太阳将地面的水汽蒸发升腾，安国少季的队伍如同蒸笼里的包子，昏昏惨惨。终军牵着马，马上坐着安国少季。终军说：“大人，天气酷热，大伙快撑不住了，能否找一个阴凉的地方休息一会儿。”安国少季对眼前的湿热丝毫没有察觉，因为他一直沉浸在希望尽快见到豆叶的喜悦中，被终军一提醒，他才感觉到了闷热。安国少季命令道：“此地凹陷，四面都是森林，毒蛇出没，等到了梅岭驿站再休息。”

终军：“大人，离驿站还远着呢。”说话间，见到一缕炊烟，终军欣喜地说道：“大人，您看！”

安国少季：“前面有人家，可以换些吃的！”他们快马加鞭向有炊烟的地方奔去。安国少季思念豆叶的幸福足以抵挡酷热、毒蛇带来的恐惧。

豆叶在南越王宫闲得无聊，心慌意乱，在陌生的王宫里如坐针毡。为了让心平静下来，她上到织布机，织绸消遣，刚一坐下，侍卫进来禀报："禀太后，卫姬送回。"豆叶放下梭子，走到客厅，见卫姬半侧卧在地上流泪。豆叶扶起卫姬："卫姬，快起来！"卫姬抬起头来，豆叶见到卫姬的额头上刺有两个字：凶女！这两个字虽然是刺在卫姬的脸上，但仿佛就是刺在豆叶自己的脸上，她瞬间怒火中烧，大脑充血，晕眩过去。宫女扶豆叶坐下。

赵兴闻讯赶来："母后！"赵兴见豆叶昏过去叫道："传汉医。"

汉医诊治后，开了药方。赵兴问道："母后病情怎样？"

汉医："精神反复受到强烈刺激，引起虚脱，营养不良。等她醒来后，需要保持平静，最好不要见到卫姬。"

赵兴："怎么能不见？"

太医："那就遮挡一下？"这倒提醒了卫姬，她转身离去，回到寝室，用筷子咬在嘴里，一点一点将银蝴蝶刺进肉中，遮住了刺字，忍受剧痛，喝下又苦又涩的药水，伤口瞬间就愈合了。银蝴蝶永久和肉长在一起，十分美丽。

汉医收拾好药箱："大王，微臣告辞！"然后又转身补充道，"大王，太后近来心悸不安，失眠多梦，需要多饮百合莲子银耳羹，有助安神补脾。"

精神打击让豆叶十分虚弱，为了感动天地，十三岁的赵兴每天亲自下厨，为母后熬药、煮羹，亲自喂。

卫姬在一旁说道："兴王，让我来喂太后，您去休息吧！"

赵兴："不，我得亲自来照顾母后，她才能康复得快！"

豆叶："你们都别管我，我今天自己照顾我自己。"躺在榻上，接过银耳莲子羹，自己喝。

卫姬："太后康复了，我们都高兴啊！这是大王每天亲自侍奉的孝心，感动天地的回报。"

赵兴："母后！你要尽快好起来！"豆叶见赵兴每天侍奉身边，感动之余说道："王子孝心可嘉，但身为王子应把精力用于学习治国之道上。侍奉母后有宫女呢。"赵兴："王者不孝，怎能让天下的百姓行孝。王者不尊崇儒道，怎么能让天下人尊崇儒道？王者不讲仁义礼智信，怎么能让天下人讲仁义礼智信？王者不行大道，怎么让天下人行大道？这是不可能的。我不能只说，我要做出表率。"

豆叶："我儿有这样的想法母后就放心了。"豆叶说完见卫姬额头上的银蝴蝶，十分漂亮，闪烁如星辰，欣喜地说道："卫姬，你的银蝴蝶真美！"

卫姬："谢太后夸奖！"二十几岁的太后，依然带有少女的天真与健忘："卫姬，你跟着我来南越国后悔没有？"

卫姬："跟太后在一起我开心。太后安心养身体，不必操心！"

豆叶："怎能不操心，我担心汉武帝没有收到求救信？"

卫姬：“汉朝离南越路途遥远，需要时间，太后不必焦虑。”豆叶在南越国深宫里，感觉什么也看不见、听不到，像被一种无形的黑雾遮住前方的路，有力无处使，大臣们表面对她客客气气，实际上阳奉阴违，都是吕嘉的亲信。她的一举一动都会被人监视，再演绎成谣言传到吕嘉的耳朵里。但为了汉朝的统一，豆叶只得忍辱负重。

豆叶：“我要出宫去呼吸，否则快要死了！”卫姬给豆叶梳理头发，豆叶发现自己瘦了，对卫姬说：“我瘦了，憔悴了。”

卫姬说：“不管胖瘦，只要脸上没有愁云都是美丽的。”

豆叶：“可是我感到自己满脸都被乡愁笼罩，真想回到长安，回到达柏谷，自由自在地在田埂上跑，自由地采桑养蚕。”

卫姬：“太后不必过度忧伤，整天以泪洗面，这样下去身体吃不消。我相信陛下会派人来接应我们入朝的，到时候我们就可以去达柏谷。”

豆叶：“卫姬，我时常感觉乳房隐隐作痛，长了很多结节，消瘦跟这有关吧？”

卫姬：“是有关。对了，太后该吃药了。”卫姬将药递给豆叶。

豆叶很痛苦地问道：“这还是蒲公英？”

卫姬：“加了鸡血藤和三七，这样效果好些。”

豆叶：“我看没有什么效果。”

卫姬：“心诚则灵。太后要为兴王着想，心情愉悦可战胜疾病。”

豆叶：“卫姬，你从中原跟我来到这边远之地，委屈你了。”

卫姬：“能跟随太后是我的福分，太后待人好。”

豆叶：“我感到自己很自私，多年来都是你尽心尽力地照顾我，可我从来就没有考虑到你的孤独，你的忍耐，你默默的付出。直到婴齐大王仙逝，我才感觉到单身女人的难言之隐，真是饱汉不知饿汉饥，你也该出嫁了。”

卫姬：“没有合适的男人不如不嫁。嫁给王孙，门不当户不对。嫁给阿奴，不是我看不起他们，阿奴自己都看不起自己。他们的自卑会产生一种自大，这种自大演化为一种粗暴，打女人成了他们发泄卑贱的手段。”

豆叶：“你太人精了，所以嫁不出去。”

卫姬：“所以，我就不嫁了，一辈子跟在太后的身边。”

豆叶：“我不能保护你一辈子，我看安中郎身边的终军是个好心人。”豆叶将药喝下，如箭穿心。

卫姬：“他们飘忽不定，嫁给终军有何意义。”卫姬接过药碗：“我还要给太后调养一下身体，等太后康复，我再考虑。”

豆叶：“我近来感觉身体一天不如一天，十六岁嫁给赵婴齐，二十六岁就守寡。如今我有点像七十岁的老人，有些虚弱。更让我难言的是，自从大王去世后，我就绝了经期。”

卫姬："太后放宽心，听说夜郎仙山上生长一种调节阴阳的药。"

豆叶："真有神药？"

卫姬："听说竹王王后独居仙山，就是依靠仙草活命的。仙草是在春天采叶、夏天采花、秋天采籽、冬天采根才有药用，错过时辰采摘没有用。"

豆叶："这样说，派出去采仙草的人，需要等待一年的时间啊！"

卫姬："是的！太后。"豆叶突然看到一种活着的希望，麻木的脸生动起来，接着说："太好了，派谁去夜郎仙山采药好呢？"

卫姬说："南越国的将军杨一办这件事最合适，他有勇有谋。"

豆叶心底升起的希望又熄灭下来："唉！只可惜他是吕嘉的心腹，他们信奉忠臣不事二主。"

卫姬："可派两名汉军出使夜郎，悄悄找唐蒙。"

豆叶："这主意好！"

卫姬："太后只依靠吃药不行，还得出去晒晒太阳！"

豆叶："自从大王去世，我的四周都是窃视的目光，很想出宫去透透气。一个人生活在一个群体总是被当作异类，迟早是被压抑死的。"

卫姬："太后，我这样子可以出宫吗？"

豆叶："别怕，这银蝴蝶很美。"她们带上出宫的腰牌，装扮成民女出了王宫。卫姬跟随豆叶来到大夫山，这里的人随山洞而居。

渔贝姑娘住的山洞最正中，洞前有一块很平坦的草地，自然生长着很多花和橘树。六月，太阳很烈，渔贝正在草亭下舂米，没有穿上衣，两只丰满的乳房在阳光下摇动着，就像树上的椰子，很美。渔贝只穿着鱼皮筒裙，两条腿又黑又粗。见豆叶和卫姬到来，渔贝放下手中的木杵，迎接豆叶："豆叶姑娘终于来了，我天天都在盼你。"渔贝提高声音像海鸥一样地叫道："嗷——嗷——嗷！"不一会儿，珠江边上织渔网的姑娘、女人还有孩子都围了过来，看豆叶在古榕树下的织布机上织锦。卫姬送给每人一块丝绸，上面是菩提叶纹饰。织女们感到无比喜悦，围拢过来，看豆叶织丝绸，不时发出兴奋的感叹声："美，真美！"

渔贝用砍刀娴熟地将椰子破开一个杯口双手递给豆叶说："姑娘，请喝椰奶！"

豆叶接过椰子说："谢谢！"喝了一口笑着说，"噢，这椰奶真香甜。"

这时，豆叶才注意到渔贝的儋耳，两只耳垂上挂了十个银耳环，把耳肉坠到了肩下三寸。豆叶感觉他们的风俗不知道为什么掺杂了如此惊心动魄的痛苦历程。豆叶对渔贝说："你的丝绸织得真好。"渔贝只是憨憨地笑，露出一口雪白的牙。"天色已晚，我们该回去了。"渔贝抱着没有喝完的椰子说："吃了晚饭走！"

豆叶："谢谢，下次再来！"豆叶和卫姬离去。

走在郊外的林荫小道上，豆叶对卫姬说道："出宫真是快乐。"

吕嘉此刻正在密室秘密召集心腹大臣商量如何铲除赵兴王和太后的事。密室里点了一盏桐油灯，灯座是圆弧形，中间一根筷子粗的柱子，柱子上端是锅底形油盏，火焰在灯芯上燃着，将吕嘉的脸照成阴阳脸，左脸黑，右脸白。吕嘉说：“兴王年幼，任其母摆布。更可恨的是，赵兴居然上书讨好汉朝，主动请命与内地诸侯一样，三年一朝，解除边卡，向汉人开放，自由出入南越国。”

甲臣咬牙切齿地说道：“妖女卖国求荣，决不姑息。”右手握着拳头挥到胸前。

吕嘉：“更为可恶的是，妖女为了骗取人心，废除了南越国的劓刑、黥刑，一律行使汉朝的法律。”

乙臣：“这妖女不可能获得人心，即刻我就派人四处揭发妖女罪行，奸细，卖国求荣。”

吕嘉：“汉武帝已经颁诏，由汉朝向南越国委派丞相、中尉、太傅，其余官员才由南越国自行设置。这样的南越国已经丧失独立权限。”

甲臣：“如此，南越国已经名存实亡，彻底变成了汉朝的藩国。”

吕嘉：“我南越国今非昔比，虽然汉朝多年来一直不准铁器和母畜进入南越，但我国从夜郎国引进的兵器足以对付汉朝。”

甲臣：“我认为应该从精神上来摧毁那个妖女，让她在惶恐中生不如死，主动滚回中原。”

吕嘉：“不要小看了这个女人，她神出鬼没，不轻易让人知道她的行踪。她多疑，从中原带来的宠物狗精明凶悍，每天吃饭之前要先让狗吃。”

乙臣：“不用费尽心机，我知道的，女人没有了男人，阴阳失调后很快就会害葡萄病死去的，除非她精通巫术。”

# 第六十五章　青青子衿为谁来

农历三月三的南越国，处处春光明媚。阳光在林尖摇滚闪烁，豆叶和卫姬装扮成民女到郊外踏青，穿过竹林，在溪水旁采摘野花，她们的笑声惊动了枝头上的画眉鸟，啼落桃花，花瓣随清溪而去。柳烟中美人的香味温暖了寂寞的苔藓，天人合一的风景昭示着柔情蜜意的未来？还是狂风暴雨？豆叶恍惚在美丽中忘却了危险与阴谋。

一阵马蹄声惊醒豆叶，她站在道旁的野花从中，向林荫小道看过去。不一会儿，见一队人马过来，两人避开不及，被骑马走在前面的安国少季一眼认出。几乎在同时，豆叶认出了玉树临风的翩翩公子安国少季，不相信这是在现实：“卫姬，这是在梦中？”卫姬说：“太后，这一切都是真实的！”

安国少季翻身下马，漫长旅途疲惫顿消。他以猎豹的速度踏过野花丛向豆叶奔跑过去，在相隔两米远的地方，突然止步，一言难尽，欲说还休的尴尬，见一旁站着卫姬即刻收敛了如火山一般的情怀，急忙改口道：“参拜太后！”

豆叶掩饰着久别的委屈与心酸，面无表情地回道：“汉使不远万里来到南越，令山水一新，花姿多娇，欢迎大使到来！”

安国少季：“太后出宫赏景？”

豆叶：“今天到民间传授丝绸技艺，返程巧遇汉使。”这时，一只蝴蝶翩跹过来，又飞过去，卫姬假装追逐蝴蝶去了，只剩下安国少季和豆叶。

安国少季：“在这样美丽的地方遇见太后，天公安排。”

豆叶：“这里危险如虎穴，你不该来。”

安国少季：“为了国家，为了你，我愿赴汤蹈火！”说完，眼中玉质之爱的光芒，点燃豆叶心中沉睡的爱。

豆叶掩饰着耳热心跳的慌张，微微低头说：“不要做无谓的牺牲！”

安国少季：“能见到你，死不足惜！”

豆叶：“中郎长途跋涉，辛苦了，先休息。”

安国少季：“见到你，我的疲惫顿消。”说着安国少季靠近豆叶，豆叶唯恐真情暴露，冷漠地高声叫道：“卫姬！”卫姬没有抓到蝴蝶，空手回来问道：“请太后吩咐！”

豆叶："汉使远道而来，请到驿馆休息。后会有期！"

安国少季："谢太后！"说完转身离去。安国少季的突然到来，让身在异乡的豆叶惊喜异常，如见彩虹，但也让她充满了忧虑。

一大早，豆叶精神很好，来到未央宫想把汉朝大使的消息告诉兴王，见赵兴在读《大学》："所谓诚其意者，毋自欺也。如恶恶臭，如好好色，此之谓自谦。"豆叶不想打扰兴王，悄悄离去。

赵兴的伴读问道："大王，这是什么意思？"

赵兴："这就是说：心有诚意的人，是不会自己欺骗自己的，要像厌恶臭味一样厌恶欺骗，要像爱美色一样爱真诚。所以，有诚心的人，一个人独处的时候也不愿做让人厌恶的事情。"

伴读迷惘地问道："说得对。但对于一个君王来说，真诚要在明辨是非的前提下讲真诚。作为君王应多读《尚书》才是。"

赵兴："为什么？"

伴读："《尚书》会让大王明白，君王无需多少学问，但须懂得取用治国之良才。今汉朝天子没有多少学问，但懂得取用贤良仁德之才，使汉朝疆土扩大，人民生活殷实。"

赵兴："你小小年纪，就知道这些？"

伴读："这是我父亲告诉我的。"

赵兴："就算是你父亲告诉你的，本王也要给你奖励。"

伴读："奖励什么？"

赵兴："本王奖你女人。"

伴读："我不要女人。"

赵兴："为什么？"

伴读："我父亲奉天子之命来南越国任太傅，微臣作为大王的伴读，深感责任重大，须保持清醒的头脑，才能当好伴读。找女人让人头脑混沌。"

赵兴："你又没找过女人，怎么知道混沌？"

伴读："我想找女人跟吃饭的感受一样，人吃多了就混沌。私下猜想，女人如美食，每天吃太好，神志不清。"

赵兴："你可以做圣贤了。"

伴读："为什么？"

赵兴："未卜先知的人，没有做事之前，就知道事情的后果，这就是圣贤。"

侍卫进来禀报："大王，汉使安国少季求见！"

赵兴听说汉使到来，欣喜若狂："宣汉使！"

安国少季："汉使安国少季参见大王！"

赵兴："免礼！"安国少季指着侍从抬进来的箱子道："这是陛下赐给大王的物品。"赵兴："谢陛下隆恩。"赵兴用孩子见到亲人的天真走下宝座，来到安国少季身边指着侧面椅道："大使，坐下慢慢聊。"然后对侍卫道，"都退下！"

赵兴："安大使，一路辛苦了！"

安国少季："为国出力，甚是荣幸。"

赵兴："近来，南越国极不平静。围绕是否归附汉朝，风波不断，我想尽快入朝觐见陛下。"安国少季："陛下也正是这个意思，让我带随从接应你们前去。"赵兴："先祖遗训，南越归附汉朝，乃藩王之本，无奈南越丞相吕嘉百般阻挠，引起矛盾重重，人心分化，正邪不辨，人心浮动。"安国少季："其实，让南越国归附汉朝，是陛下的心愿。陛下考虑大王母子安全，特别派我等前来接应。"

赵兴："谢大使相助！"

安国少季："事不宜迟，谨防夜长梦多，本月就可启程入朝。"

赵兴："待我与母后商量后，尽快入朝！"

安国少季："大王保重，告辞！"

赵兴来到母后的寝宫："拜见母后！"

豆叶："王子怎么今天有空来看母后？"

赵兴："母后，孩儿告诉你一个好消息！"

豆叶："有什么好消息！"

赵兴："母后猜猜谁来了？"

豆叶故作无知："谁来了？"

赵兴："安大使！"

豆叶："安大使，这下我们可以回故乡长安了！"

赵兴："汉朝天子一定是收到我们发出的求救信，派安中郎来接应我们入朝觐见！"

豆叶："天助我们孤儿寡母！"

赵兴："母后尽快做好准备，在本月内我们入朝觐见！孩儿告辞！"

豆叶："王子，早睡早起，多吃点，让身体结实点好走远路！"

赵兴："谢母后！"

豆叶得知汉武帝宣兴王入朝觐见，脸上愁云散去，病体好转，身轻如燕。她将通透如月的玉盏、玉佩用丝绸小心翼翼地包好，放进檀香小木盒，然后抱着像枕头大小的木盒左看右看，卫姬也忙前忙后。豆叶突然问道："卫姬，我的翡翠手镯呢？"

卫姬："太后有十几副手镯，不知道是哪一副？"

豆叶："就是上次商人董偃出海，从身毒国带来的那一对。"卫姬走到檀香木衣柜前，打开柜子，找出小木盒，打开，见到里面的翡翠手镯，惊喜地问道：

“是这对吗？”

豆叶：“就是这个。玉器很多，只有这一副手镯能让我记住。它虽然不够通透但有灵性。”

卫姬：“有什么灵性？”

豆叶：“这镯子，每当雨天，就雾气沉沉；天晴时，通透无比，晴空万里的样子。”

卫姬：“这样灵气的镯子，太后怎么不随身戴着它？听说人养玉三年，玉养人一生啊。”

豆叶：“我现在身体虚弱，养不起它，等我回到汉朝再养。”

卫姬：“去到汉朝，也要很快回来的，太后不忍心让兴王一人回到南越国。”

豆叶：“是啊。一个女人，在娘家依靠父亲，在婆家依靠丈夫，如今我得依靠儿子。”

卫姬：“孔老夫子的三从四德真好，让我们女人有依靠。”

豆叶：“有时候，觉得春秋战国离我汉朝很遥远，一看到孔夫子说的话，就觉王朝与王朝之间的距离，像一根竹片，离我们很近，很近。”

卫姬：“跟太后在一起就是快乐。”

豆叶：“有时想来，天子把儒学理解得最准。”

卫姬迷茫地摇摇头：“依我看并没有理解！”

豆叶：“怎么能这样说呢？天子雄才大略，但对他的亲人、大臣和百姓体贴入微。天子不是把三从四德用来折磨女人，而是用来爱护女人。”

卫姬：“何以见得？天子不是对皇后阿娇不好，才让阿娇死了的？”

豆叶：“是阿娇太霸道，挥霍了大量的钱财医治不孕症，又不准天子找妃子，难道要让汉朝无皇子？孔子说了，不孝有三，无后为大。你说，如果天子没有孩子？与亡国有什么区别？”

卫姬：“是的，太后把天子说得这样好，那当初太后为什么不同意进宫？”

豆叶：“唉，我没有那个命，一个人爱上了谁身不由己啊。笼子里尽管有丰美的食物，鸟儿依然留恋山林。”

公公进来禀报：“太后，安国少季求见！”

# 第六十六章　梅岭边关知进退

盛夏，南越国梅岭边卡酷热难忍，瘴气令人窒息，神奇的是，轿子里的豆叶丝毫感觉不到残酷的气候，因为回家乡的快乐，抵御了一切残酷。豆叶坐在晃晃悠悠的轿子里，心情明媚，她掀帘往外看去，山重水复的旷野，林木葱茏，鲜花点缀，河流蜿蜒，古木参天，两旁小溪潺潺，蝴蝶蹁跹。

豆叶心旷神怡，对轿旁的卫姬道："我们终于可以回中原了！"

卫姬："是啊，我们盼了很久！不过，路途坎坷。"

豆叶："只要能回到家乡，何惧一路颠簸、虫害虎豹。"不知不觉，轿子已经到了边卡。兴奋过后的赵太后有些疲倦，刚刚闭上眼睛准备休息，便听到一阵嘈杂的声音。边卡士兵亮出刀剑横在路上："梅岭边卡，下轿检查！"话音刚落，驿道两旁士兵围了上来。

安国少季出示符节："汉朝大使！"

边卡士兵："丞相有令，不管是谁都得严查。"

安国少季："南越王赵兴王入朝觐见！"

赵兴下桥，指着士兵道："闪开！入朝觐见，你们也敢查。"

边卡士兵互相窃笑："南越国的兴王，如今正在王宫里，你等竟敢冒充南越兴王，格杀勿论！"士兵挥手一哄而上，准备刺杀兴王，安国少季眼明手快，从腰间拔剑挡住了铁戟，高声道："谁敢往前一步，我这剑就不长眼睛了。"豆叶听到吵闹声，下轿看个究竟，卫姬上前阻止："太后避一避。"

豆叶："别管我！"疾步上前，见一群士兵挡住去路，拿出铜质腰牌说道，"藩王入朝觐见，请各位让条路！"话音刚落，从驿道旁的深草丛中走出丞相吕嘉，他傲慢地回道："我敢阻拦！"然后眯着眼睛用藐视的表情看着豆叶。

豆叶："国有国法，家有家法，臣子犯上，这可是自掘坟墓。"

吕嘉："我三朝元老，没功劳有苦劳，轮不到你来教训我。"然后挥挥手道，"给我查！"

安国少季挥手让随从一百多人蜂拥而上："谁敢动？"吕嘉的兄弟握剑走出人群，说道："我敢动，为了谨防国宝被人盗走，严查！"说完亲自上前打开箱子，将箱子里的宝物拿了出来。吕嘉指着琥珀珍珠说道："赵婴齐大王尸骨未寒，你就带着他的东西去讨好汉朝天子，你有什么资格做南越国的太后？”

豆叶：“作为藩国，入朝觐见天经地义。这些送给汉朝天子的礼物，远远没有天子赐给南越国的多。来而无往非礼也。你闭关锁国，封关绝道，是置南越国的前途而不顾啊。”

吕嘉：“你说我封关绝道，我今天就要封关绝道，谁带走先王的宝物跨出关卡，就按叛国罪当场处决。”

豆叶：“天子赐予南越很多珍宝，难道我们就不懂得回赠？”

吕嘉：“请太后尊重民俗，先王的东西不能带走。太后离开可以，国不能一日无君，兴王有我南越国的血脉，必须留下。”

安国少季在一旁对赵兴道：“你看四周万人伏兵，好汉不吃眼前亏，回去，再从长计议。”赵兴领会安国少季的意图，解围道：“丞相言之有理，我有南越血统，带着父王的珍宝献给天子，也不恰当。空手觐见天子，更是藐视汉朝，我们这就转回，再筹贡品。”为了避免伤亡，豆叶忍下心中的委屈说道：“听兴王的指令，转回。”

南越国丞相吕嘉一辈子小心谨慎，不抽烟，不喝酒，节制女色，已经百岁了，依然精神焕发，红光满面。公元前203年，秦国大将赵佗征服了南越，建立南越国，为了使南越人接受汉政权，大胆起用土著吕嘉担任丞相。如今，吕嘉已经辅佐赵佗、赵眜、赵婴齐三朝国王，现在到第四朝国王赵兴，他已经没有了耐心。因为赵兴是赵婴齐和汉朝女子豆叶生的儿子，他想辅佐赵婴齐和南越女人橙子生的长子赵建德。如果除掉赵兴，南越国就彻底回到南越人的手里，这样的想法越来越强烈。所以，夜郎国的大使昨天来进贡铁器的时候，吕嘉安排赵建德接受了夜郎大使的贡品。

南越国太后寝宫，兴王对母亲豆叶说：“母后，侍卫来报，夜郎贡品被赵建德以南越王的身份接受。”豆叶一听，如五雷轰顶，但在兴王的面前故作冷静地回道：“兴王，现如今兵权掌握在吕嘉兄弟的手中，宫里上上下下都是吕嘉的亲信，这是丞相吕嘉在孤立我们，激怒我们，一旦我们质问，他就借口起兵。现在我们只能忍辱负重，咬紧牙关等待时机，再从长计议。”

赵兴：“母后，我们还是回汉朝去做一介平民，也不要在这里做王了。”

豆叶：“南越是华夏手足，我们不能放弃使命。中原的北面有匈奴虎视眈眈，南方有吕嘉控制的南越国威胁，天子重托，它需要统一到汉朝疆土中来。”

赵兴：“母后，现在吕嘉十分顽固，依靠我们的力量，说服吕嘉归附汉朝很艰难。”

豆叶：“我们的所为完全是为了国家的统一，属于是正义之举，心地坦荡，不必畏惧吕嘉。吕嘉整天耍阴谋，心神得不到安宁。”

赵兴："母后，我们即使是正义的，但我们可是强龙斗不过地头蛇啊！"

豆叶："别怕，天子会派人来帮助我们的。现在我们只能保持淡定，拖延时间，等待时机。这里到处都有吕嘉的耳目，说话小心。"

赵兴："母后保重，孩儿告辞！"豆叶看着儿子的背影，心中涌起阵阵心酸，这么小的孩子本该享受幸福的童年时光，如今却扮演着大人的角色，站到风口浪尖上，经受痛苦恐惧的煎熬。豆叶心痛，同时也感觉到烈火的炙烤。

安国少季扶剑走出驿馆，穿过熙熙攘攘的街道，准备进宫见王太后豆叶，身后传来令人作呕的童谣："汉使汉使脸皮厚，来到南越找太后，偷了宝物想带走，丞相吕嘉把他扣。"安国少季听到童谣，表面若无其事，却如万箭穿心，他想不到吕嘉已经布下陷阱。安国少季暗道：我这是怎么了？豆叶本来就是我青梅竹马的女人，现在被南越国掠夺了，我来找回属于我的东西，反倒脸皮厚了，成强盗了，可笑！

卫姬："太后，安大使求见！"

豆叶："请进！"

安国少季："拜见太后！"

豆叶："免礼！都退下！"两人心照不宣，长久地沉默。安国少季打破沉默："太后，我刚才得到消息，吕嘉与拥有兵权的弟弟密谋，准备行动，我们的境况十分危险。"

豆叶："别急，别急！我会想办法拖延时间，等待时机。"

安国少季："我今天上街，孩童躲在暗处唱童谣。"

豆叶："什么内容？"安国少季："难以启齿。"

安国少季："想不到吕嘉早已经在国中制造不利言论，谣言是谋反的征兆。"豆叶说："我们当前需要淡定。"

安国少季："如今，南越国的兵权掌握在吕嘉兄弟的手中。我方势孤力弱，要钱没钱，要人没人，不能控制当前不利局面，只能是孤注一掷，最后一搏了。"

吕嘉在府上静静等待豆叶暴跳如雷的消息，但却静得出奇，他想用兵灭之，一直没有机会，双方都在暗中较量。吕嘉十分得意地对弟弟说："妖女不知天高地厚，带先王的宝物去讨好汉朝天子，被我等押了回来。"

吕弟："他们不好好想想，在这天高皇帝远的地方，与我吕嘉兄弟对抗，简直就是鸡蛋碰石头。"

吕嘉："等待时机成熟，灭之。"

侍女进屋禀报："丞相，有人求见。"

吕嘉："谁！"

侍女："是太后身边的密探！"

吕嘉："让她进来！"

女探："奴婢参见丞相！"

吕嘉急切地问道："赵建德接受夜郎贡品后，妖女有什么言论？"

女探："丞相，这个女人很平静，她整天迷恋织丝绸，没有任何反应。太后用了一天一夜织出一段有菩提叶的丝绸，她反复欣赏，十分陶醉。"

吕嘉："她每夜通宵达旦织丝绸，怎么还如此光彩照人？"

女探："我从来就插不上手，一日三餐都是卫姬亲手给她做营养餐。她还每夜给太后煮银耳莲子羹。听说太后通过唐蒙在夜郎找到一种长生不老的仙药。"

这时，另一婢女进来禀报："丞相，太后求见。"

女探惊愕："妖女怎么来了？"

吕嘉："别急，到帘后躲一躲。"女探急转身躲避。豆叶打扮得端庄洁净，拿着丝绸来到吕嘉的官邸。"

吕嘉慌忙出来迎接："老臣理应拜见太后，怎敢劳驾太后？"

豆叶："闲得无聊，加上这朝廷上上下下有丞相操心，为了感谢丞相对兴王的辅佐之恩，我亲手织段丝绸送予丞相，请不要见笑。"

吕嘉："太后给我送丝绸，是折杀老臣。"

豆叶："丞相辅佐兴王操劳，尽一点微薄的心意。"

吕嘉："谢太后！请坐！"

豆叶："唉，兴王还小，不懂事，得到丞相的辅佐，不胜感激。"

吕嘉："太后亲临寒舍，老朽不胜感激，老朽早就不想过问朝中琐事，先王早逝，老朽无奈参与料理。兴王有您这样贤德的母亲辅佐，定能成为南越国有作为的明君。"

豆叶暗道，吕嘉真会口是心非啊，说道："丞相，我也不想绕弯子，就直说了，丞相德高望重，用你的聪明才智辅佐了几代南越王，使国家稳定，人民生活富足。为了答谢丞相，我和兴王设宴，请丞相明日赴宴。"

吕嘉："太后礼贤下士，亲自登门，谢太后诚意，老朽不敢推迟，明日一定赴宴。"

豆叶："谢丞相！哀家告辞！"

吕嘉："太后慢走！恕不远送！"豆叶离去。

吕弟进来："兄长，你不能被太后的虚情假意所迷惑，明天不能赴宴，要坚持自己的主张啊。"

吕嘉："贤弟不必多疑，明日我赴宴，如果妖女是诚心诚意，我也不损害什么；如果妖女图谋不轨，贤弟你手握兵权，正好找到借口，将他们一网打尽。"

吕弟："兄长高见！"

# 第六十七章　吕嘉海吃鸿门宴

南越王宫养生殿，灯火通明，音乐绕梁，香味扑鼻。吕嘉到了赵兴的宫殿，不是深入虎穴像是深入兔穴，镇定自若。

吕嘉身后跟着几十个侍卫，他的弟弟握着宝剑站在门外。吕嘉私自带着两个婢女进到厅堂，胸有成竹，趾高气扬，红光满面。吕嘉见养生殿完全是汉朝宫廷的摆设，中堂北面的条桌后是席地而坐的兴王，稚嫩如羔羊，几名宫女侍候身旁就像奶妈。中堂台阶下两侧是客座。西侧是安国少季以及汉朝使臣，东侧是吕嘉，豆叶太后左旁。安国少季坐在右旁。吕嘉刚坐下，汉朝的宫乐就响起。

赵兴："众爱卿举杯！"文武大臣举起酒杯高呼："吾王万岁！万岁！万万岁！"然后开始畅饮。吕嘉仿佛到了汉朝，由主人变为客人，他的神经受到强烈的刺激，抑制不住的妒忌让老脸变形。舞女在宴席中间翩翩起舞。

豆叶放下酒杯对身旁的吕嘉说："丞相容光焕发，精神饱满，养生有道，令哀家羡慕！"

吕嘉："谢太后吉言。"

豆叶趁吕嘉高兴的时候问："南越国内附汉朝，于国家大为有利，丞相为何总是不同意呢？"

吕嘉："太后，恕老臣直言，南越王理应由长子赵建德继承，但是先王将重任托兴王，我们也只能顺其自然。但是，这样扰乱朝纲的做法必然引起风波。"

豆叶："不管谁做王，只要招揽贤才，改革朝纲，使国家政治、经济、文化繁荣，百姓受益，可为明君。"

吕嘉："我老了，但我有一点不糊涂，就是越人治越，才是符合天意的。"

豆叶："当今天子推行大同思想，希望人人都为社会劳动，老弱病残得到社会的照顾，儿童由社会教养，察举制度举荐有才能的人参与劳动和社会管理，社会取消酷刑。这样可夜不闭户、道不拾遗、邻国之间友好往来讲诚信，没有战争和国之阴谋，这有什么不好？"

吕嘉："太后不必用这些虚无缥缈的理想国来糊弄南越人，这是不能实现的。"

豆叶："藩国归附于汉朝，这是所有藩国应尽的义务。"

吕嘉："太后，我们完全有能力独立，不必依附汉朝。"

豆叶：“丞相没有到过中原，那里人才济济，地大物博，人民富足，不是什么虚无，是真实的存在。封闭国门沾沾自喜，与汉朝抗衡，南越国如卵击石。”

吕嘉：“南越国今非昔比！”

豆叶：“国力不仅仅是用兵器的多少来衡量，主要是民心所向。汉朝有开明君主，有察举制度从工作实绩中推荐出来的贤能，有儒家思想武装起来的高素质国民。”豆叶见吕嘉不言，接着说：“丞相，不要只顾说话，尝尝这龙须燕丸。”吕嘉挟了一块放进嘴里，感到十分鲜美，接着又吃了菠萝鸡丁、珍珠南瓜、红烧猪手、荔枝甜饭、红焖海参、潮州烧雁鹅、酥炸花雀，胃口大开，海吃海喝。

吕嘉：“太后，老朽吃好了，告辞！”

豆叶：“丞相再听哀家唠叨几句。我认为，南越国需要君臣同心同德，谋求对外发展，只有顺应时势，才能保住藩国。”豆叶一直给安国少季暗示杀了吕嘉，但安国少季认为门外有吕嘉的弟弟，时机不成熟，迟迟没有下手。吕嘉见气氛诡异，对豆叶说道：“老朽还是那句老话，南越国不是汉朝分封的藩国，是赵佗王在秦朝时期，依靠自己的力量打下的天下，怎能轻易拱手交给汉朝。”

豆叶：“可是，有入侵者伤害南越国，汉朝从来就没有袖手旁观，上次闽越国侵犯南越国，天子不惜耗费库银鼎力相助。南越国入朝觐见，只能表明南越国履行藩国的义务。”

吕嘉：“一旦开了这个口子，以后就要年年入朝觐见，南越国与汉朝天遥路远，沿途毒蛇出没，虎狼成群，耗资巨大，就算国力能承受，王公大臣的身体也实难承受啊。”

豆叶：“丞相年迈，可安享晚年，治国重任可交给兴王。”

吕嘉：“老朽吃多了，身体不适，告退！”说着起身离席。豆叶跟着吕嘉站起身来，拔出安国少季腰间佩带的宝剑刺向吕嘉。吕嘉躲闪，剑刺落空，安国少季夺下豆叶手中的剑，再次刺向吕嘉。吕嘉身轻如燕，又刺空，但吕嘉摔倒在地，安国少季再刺，刹那间，赵兴上前拦住：“大使住手，不可！”

安国少季：“乱臣吕嘉不除，南越国永无宁日。”

赵兴：“吕嘉三朝元老，有恩于国于民，德高望重，杀有功之臣，必将本王置于不仁不义之地，我又如何在南越国称王？”

豆叶：“可是，丞相为了私利，不惜违背良心煽动国人，仇视兴王。”

安国少季：“兴王，除掉奸臣是替天行道，是仁义之举！”说完再度向倒在地上的吕嘉刺去。兴王伸手紧紧握住安国少季的宝剑，手掌流着血阻止说：“如果杀了有功于南越国的大臣才能做王，我宁愿不当这个大王！”

吕嘉咬牙切齿：“你们这群妖孽，就算杀了我，门外的兄弟一会儿进来将你们斩尽杀绝。”

豆叶：“为了国家，我死不足惜。你兄弟杀了我等，汉武帝一定会出兵征讨你们的叛乱之举。”

安国少季：“太后，看在兴王的分上，放了他吧！”门外的吕弟听到动静，破门而入：“你们干什么？”兴王之举感动了吕嘉，他阻止道：“都别动手，刚才一点误会！”兴王松开安国少季手中的宝剑，扶着吕嘉说道：“丞相受惊了，来人，送丞相回府休息。”

吕弟见状，怒抽宝剑刺向赵兴，吕嘉阻止道：“不得杀戮！是兴王救了我！”吕弟将抽出一半的宝剑送进刀鞘里，上前扶吕嘉离开养生殿。

在吕嘉府中，吕弟吼道：“大哥，他们竟敢设鸿门宴！你发话，兄弟即刻将这帮鸟人灭掉。”

吕嘉：“通过这件事，我发现兴王的确是一位仁君，他阻止妖人刺杀我，灭之，于心不忍。”

吕弟：“在政治上，不能讲仁义，只讲成败。”

吕嘉：“杀兴王易如反掌，妖妇说得对，杀了兴王，汉朝天子必然兴师问罪，为恐生灵涂炭。”

吕弟：“杀了兴王母子，南越立即封关绝道，与汉朝永世不相往来，可联盟夜郎国、东瓯国，还有海外一些国家与汉朝抗衡。”

吕嘉：“今日之事，令老朽无所适从，待我深思熟虑后再做决定。”

豆叶回到宫中，刚坐下来想休息会儿，却总是心神不宁，难安静下来，问正在沏茶的卫姬：“传兴王来见哀家！”

卫姬道：“太后，兴王被他兄长赵建德约去钓鱼了。”豆叶一听，背脊发凉，无力坐回椅子上：“天哪，他水性不好，怎么能去钓鱼，快出宫将他找回来。”安国少季侍卫急忙出宫去寻找。

平时赵建德对兴王一直很冷漠，爱搭不理，为了权力，一直仇视弟弟。今天，突然约弟弟赵兴去珠江钓鱼，赵兴受宠若惊。两兄弟来到珠江岸，赵建德说：“弟弟，虽然你当了大王，但我一直没有忘记兄弟情谊。以前都是我做得不对，今天我带你来钓鱼，向你赔罪。”

赵兴忘记了自己是南越国的王者，孩子般纯真地回答：“我早就想出宫行游，这段时间快被闷死了。为了开开心心玩个痛快，我把侍卫都虎回去了，咱兄弟俩今天好好玩个痛快！”一只小船在珠江上一摇一摇，兄弟俩逍遥自在。弟弟赵兴沉浸在兄弟相聚的快乐时光：“兄长，我以后带你到长安，那里可繁华了，什么都有。”赵建德心不在焉地回道：“是的，我什么都不想要，只想要父亲。”赵兴内疚地说：“兄长，我知道你没有父爱的痛苦，现在我们都一样的心情，我们可以互相关爱取暖。”赵建德心中只有仇恨，赵兴却不知道兄长赵建德心怀杀机。赵建德故作惊奇道：“弟弟，快看，水下有一条大鱼。”赵兴好奇地低头道：“兄长，没有大鱼啊，有许多小鱼。”赵建德趁弟弟兴王没有防备将其推进江中，兴王慢慢沉入江底，无影无踪。

安国少季与侍卫沿江四处寻找，不见兴王的影子。找到珠江边，什么动静也没有。安国少季焦急万分，准确地说，他是在为心爱的豆叶焦急。豆叶在宫中焦急等待，头冒虚汗，万箭穿心。安国少季进宫告诉实情。豆叶见到安国少季急切地问道：“安公子，兴王有消息没有？”安国少季：“太后，兴王溺水了！”豆叶一听昏倒在安国少季怀里。安国少季扶豆叶坐下：“太后醒醒！”豆叶慢慢苏醒过来欲哭无泪：“哀家怎么会这么大意。”安国少季：“太后，你安静修养，我等继续去寻找！”三天过去了，依然没有兴王的消息，吕嘉来探望病中的豆叶。

公公禀道：“太后，丞相吕嘉求见！”

豆叶强打精神，正襟危坐：“吕嘉是黄鼠狼给鸡拜年。”

吕嘉进殿按照汉朝的礼仪跪拜：“老臣拜见太后！”

豆叶：“免礼！”

吕嘉：“听说太后身体不适，特来探望。”

豆叶：“谢丞相！”

吕嘉：“兴王溺水，老臣万分悲痛，但国不可一日无君啊！”

豆叶：“没有查出真相，不得另立新君。哀家要活见人，死见尸。”

吕嘉：“太后是聪明人，兴王意外，天意不可违呀。这太子本来就是赵建德的。”

豆叶针锋相对：“什么天意不可违，南越国臣服汉朝，这才是天意。”

吕嘉：“一方水土养一方人，这都是上天的安排。”

豆叶：“来人，送丞相！”

兴王坠入江底，慌乱中找不到方向，一只神龟游过来，他被托出水面。赵兴：“请问神龟为什么要救我？”

神龟：“我是水龙宫的六太子霸下！你的曾祖父赵佗当年在番禺建造宫殿，见我被功德碑压住背不能行走，很是同情，命人抬走我背上的功德碑，我从此便自由了。”

赵兴：“谢六太子！”

神龟：“不用谢！能遇见兴王是我的荣幸！但我要劝兴王，世上最危险的地方是有名有利的地方，只有远离才能保平安。当年我治水有功，大禹给我颁发了一个功德碑，让我不能自由出入江河湖海，闷死！”

赵兴：“经历这次惊险，我成熟了。被算计的滋味就如同吃了毒药，感觉世界一片黑暗。谢六太子点醒，告辞！”

神龟：“后会有期！”赵兴自言自语：“母亲在宫中一定很危险，我要进宫带母后离开南越国！”赵兴来到宫门，侍卫用标枪阻止他前行：“小孩，站住！”

兴王：“我是兴王。”

侍卫面目狰狞：“开什么玩笑，走开，冒充兴王要被处死的。”

赵兴：“我真的是兴王！”侍卫凶神恶煞：“真的也不能进宫，滚，滚，滚远点！”兴王流浪在了街头。

兴王感觉到自己被兄长暗算，不是兄长猪狗不如，是自己猪狗不如，只恨自己太仁慈，没有听母亲的话，没有智慧，没有戒备心。母亲常说对自己说，害人之心不可有，防人之心不可无啊。人无伤虎意，虎有伤人心，兴王单纯天真，没有防备。兴王流浪街头，饥饿难耐，他走到一家包子店，阵阵香气让他感到饥肠辘辘。

兴王鼓起勇气乞讨：“大爷，求求您给我一个包子。”

包大爷：“滚开，别影响我生意。”

赵兴：“儒学说得好啊，别人求我三春雨，我去求人六月霜！”赵兴恐惧地离开包子店，没走几步，一个女孩追上来：“哥哥，给。”女孩塞了两个包子给兴王，兴王感觉到前所未有的温暖。兴王流着泪说：“谢谢！”女孩笑的时候，兴王见她眉骨突出，皮肤黝黑，扁鼻，嘴唇厚而前突，个子瘦小，与中原女孩相比，一点也不美，但此刻兴王觉得她很美很美。女孩披着长发，耳朵吊着大耳环好奇地问：“哥哥，你从中原来吧？你爸爸妈妈呢？”

兴王：“我爸爸患病死了，和妈妈走散了。”

女孩：“哦，那怎么办？”这时，女孩的妈妈催促道：“阿香，快走啊，别磨磨蹭蹭的。”

女孩：“来啦。哥哥再见！”兴王狼吞虎咽地吃下包子。

赵兴又对自己说：“世上还是有雪中送炭的人！”

# 第六十八章　有情人终成眷属

自从兴王失踪，豆叶的寝宫笼罩在阴森中。每天跪在地上擦地板的宫女太监不来打扫卫生了，宫里显得很零乱，装药的碗东倒西歪。卫姬小心翼翼地给豆叶喂药，卫姬劝道："太后，放宽心，尽快康复！"

豆叶咽下药说道："兴王不知道在何处。"

卫姬："吉人自有天相，兴王会脱离危险的。"

宫女进来禀道："太后，安大使到！"豆叶慌乱地捋捋头发："别，别让他进来见到我的模样！"安国少季急切地不顾一切走进来："太后！可好些？"然后接过卫姬手中的药，小心地喂药。卫姬没有说话，退了出去。不管豆叶装束怎样的凌乱，他都喜欢豆叶，见到豆叶，心中就安稳："豆叶，快好起来！"

豆叶："我可能好不起来了。"

安国少季："太后，恐有兵变，情况很危急，我们得尽快离开此地。"

豆叶："如果不找到兴王，我怎忍心离开。"

安国少季："危急关头，何须儿女情长。我等几百号人，怎敌南越数十万人。"

豆叶："你带汉使尽快离开，我留下来稳住吕嘉。一起走太危险！"

安国少季："天子让我来保护你们母子，我私自逃走，如何向天子交代。"

豆叶："安公子，你能来南越，虽然不能朝夕相处，远远见到你，我已经很知足了。"

安国少季："你是我生命的唯一，也是唯一活着的理由。我怎能丢下你独自离开？"

豆叶："吕嘉加紧对汉朝的封锁，信到边卡就会被扣下。我用信鸽送信给天子，如果没有意外，会派援兵前来相救。"

安国少季："但愿信鸽能将信平安送达。"

汉朝未央宫中，汉武帝接到了信鸽的求救信，召集文武大臣商量对策。

汉武帝席地而坐，双手扶在几案上，看了看文武大臣说道："朕刚才得到南越来信，说南越国丞相阻止兴王入朝觐见，并且，兴王失踪，下落不明。今召见各位爱卿出谋献策。"

董仲舒道："臣以为，南越区区小国，不必兴师动众，让庄助带兵两千，前去劝说吕嘉，同意南越王入朝觐见便是。至于他国内谁做大王，不必过问。"

庄助："微臣万不从命！"

汉武帝："这是为何？"

庄助："臣要是去好言相劝，带几人就足矣，但如果使用武力威慑，两千兵力又无能为力，恕臣不能前往。"

汉武帝："爱卿言之有理，朕准你不往。"

将军韩千秋自告奋勇说："一个弹丸之国，又有王太后和安国少季接应，只有吕嘉一人捣乱。给我三百勇士，必提吕嘉人头回报。"

汉武帝被韩千秋说动，热血沸腾："将军之言，说到朕的心头。三百人势单力薄，朕给你两千兵力前往。"

韩千秋："遵命！"韩千秋带兵两千人马急奔南越国。

南越丞相府中，橙子带着儿子赵建德来到吕嘉的府上，见吕嘉正在品茶："橙子携赵建德，拜见丞相！"

吕嘉："请坐！"

橙子："今夜郎使臣摩哥，带来仙丹置换海参。建德年轻，送丞相，望丞相长寿。"

吕嘉："太子的恩惠，老臣受之有愧啊。"

赵建德："丞相对建德的呵护，永生不忘。"赵建德的孝道给丞相吕嘉施加了很大的压力，激发了他迫切灭掉豆叶的决心。

吕嘉："夜郎使臣在何处？"

橙氏："夜郎驿馆。"吕嘉十分兴奋："真是天助我也。明日我要宴请夜郎使臣，请求他们助我南越一臂之力，灭掉汉使，立建德为南越王！"

橙子："谢丞相，哀家告辞！"

丞相府邸养生殿，夜宴幽暗隐蔽。吕嘉对夜郎使臣摩哥道："大使，请用！"面对丰盛佳肴，摩哥就近夹了一片海参放进嘴里，没有感觉到什么味。摩哥客气地称赞道："丞相盛情，令摩哥感激不尽！"

吕嘉："这海参是好东西，先王赵佗常吃海参，活到一百零三岁。"

摩哥："名不虚传，竹王吃了丞相送的海参，他的记忆完全恢复正常，已经能辨别善恶，与王后和好如初。"

吕嘉："如果我还活着，以后，我派使臣常给夜郎竹王送海参。"

摩哥："谢丞相！"

吕嘉："大使，如果我向竹王借兵，他会同意吗？"

摩哥："依竹王的性子，他会同意，但我得回国禀报！丞相为何借兵？"

吕嘉："一言难尽。南越王赵婴齐仙逝后，为了立新王，引起纷争。南越国得罪了当今汉朝天子，唯恐他派兵威胁南越。"

摩哥："丞相不用怕，我夜郎有十万精兵，到时可助丞相一臂之力。"

吕嘉："只需借兵二万。"

吕弟突然来报："丞相，汉兵已到梅岭关。"吕嘉简直不敢相信："怎么可能？没有任何预兆啊！"吕嘉真是老糊涂了，就在他阻止兴王入朝觐见天子那天起就是预兆。吕嘉顿时乱了方寸，但故作镇定。

吕弟："千真万确！"

吕嘉："我早已经封关绝道，怎么会走漏风声？"

吕嘉急切地问："多少人？"

吕弟："两千余人。"吕嘉突然哈哈大笑起来："这点兵力不足挂齿，派杨一诱敌深入，灭之。联络各郡主，速到南越国商量对策，立赵建德为南越新王。"

吕弟："是，丞相。"在赵建德的宫中，来自苍梧等部落的郡主，相聚一堂。丞相声音洪亮："各位郡主，感谢你们的到来，辛苦了！"

各郡主异口同声："应尽之责！"

吕嘉："赵兴失踪，国不能一日无主，今我代表先王，向全国号令，顺应天意，立长子赵建德为南越王。"

各郡主高呼："大王万岁！大王万岁！"赵建德终于当上了南越国的国王。

赵兴此时在街头乞讨流浪，见到很多人站在城墙前围观，从人缝里挤进前面，见布告上宣布哥哥赵建德为南越王，并见布告上有对母亲侮辱的言辞：

南越国王年幼，汉朝妖妇独断专横，与汉使通奸，一心想归附汉朝，将先王留下的宝物拿去讨好汉朝天子，还将大批南越人卖到中原为奴。他们只顾眼前的利益，却不顾赵氏江山社稷的前途，也不为子孙后代着想。赵兴失踪，国不能一日无主。群臣顺乎天意，代表民意，向全国号令，立长子赵建德为南越王。

赵兴当头一棒心痛难忍，骂道："一派胡言！"赵兴暗道：母亲此刻一定很伤心，我要想办法进宫告知母亲，自己还活着。赵兴蓬头垢面，转身向王宫方向跑去，到了王宫前，却无法进入。赵兴刚离开王宫大门，安国少季急匆匆进宫，两人错过。

安国少季来到宫中："太后，吕嘉已经立赵建德为王，我们必须即刻离开此地。"豆叶吃惊："这是真的？"

安国少季："别再犹豫，时间紧迫，此地不能久留！"

豆叶："你自己带人走吧，我不能拖累你们！"

安国少季："你要明白，当谣言像瘟疫一样迷惑着不明真相的群众，叛乱就要开始了。”安国少季拉着豆叶刚跨出门槛，吕弟带人冲了进来，几名侍卫、仆人、宫女已经倒在血泊中。

吕弟：“安国少季，放下你手中的剑，反抗没有用。”安国少季、豆叶、卫姬想退回到宫里，已经晚了，吕弟一挥手，万箭齐发，终军与十几个随从上前护卫，终军的胸膛上像刺猬一样插满竹箭。豆叶的左臂上被刺了一箭。随从与吕兵上前拼刀，安国少季搂着豆叶退回宫中，卫姬关上门，打杀声被暂时挡在门外。

豆叶：“别管我，你往后窗出去，往左拐有一城墙垛口，可逃生。”

安国少季：“要走一起走，要留一起留。”

豆叶感觉伤口剧痛道：“不要再纠缠，快走！”

安国少季：“见所爱的人今天这样，我已痛彻心扉，怎能离你而去，那我也不走了！”

豆叶：“你小时候常到我家换蚕种，那时我感到多快乐幸福啊。”

安国少季：“那时候，每天都盼望着春分到来，到你家换蚕种，想对你说很多很多的话，真见到你，我紧张成哑巴了。”

豆叶：“我们本可在一起，平平淡淡携手到老，但有缘无分，为了国家远离了国家，远离了你。”

安国少季：“我从不后悔我的等待，尽管此生分别，来生一定会再相遇。”

豆叶：“今天的死别，是我们永恒的相遇。”安国少季将豆叶紧紧搂在怀里，哽咽地说：“如果没有你，我会孤独死的。”豆叶吃力地为他抹去眼泪：“别哭！”

安国少季：“如果真爱一个人，一生的时间太短。没有你，就没有人知道我会种桑养蚕，没人知道我舞剑抚琴，没人知道我的慈悲情怀，没人愿意听我讲我和母亲父亲的故事，更没人知道我疾恶如仇！”

豆叶：“我先走了，保重！”说完闭上眼睛。吕弟破门而入，用剑指着安国少季：“安国少季，我今天要亲手宰了你这个瓮中之鳖。”安国少季站起身来，从容道：“我为了国家统一而死，无所畏惧。你杀了我，天子的兵马即刻就到，你会死无葬身之地。”然后从腰间拔出剑，与吕弟决一死战。两人拼刀舞剑，吕弟步步退让，两人打斗到了城墙上，刀光剑影，你死我活。安国少季感到体力不支，用轻功跳到城垛口上，跳过几个垛口，吕嘉紧逼不放，安国少季轻飞城外的江面上。杀红眼的吕弟跳下城墙，侍卫来报：“吕将军，别打了，汉军已经兵临城下！”

离南越王宫四十里营地，韩千秋异常兴奋，狂笑着对副将说：“我等率兵进入了南越国，没想到轻易就攻破几座小城。吕嘉叛臣，鼠辈！”

副将却高兴不起来：“将军，经打探，再行四十里就到番禺。我军一路畅通无阻，轻举直入，恐有诈，待我侦察清楚再前行。”

韩千秋："你别疑神疑鬼，影响士气。我军一鼓作气，捉拿吕嘉。命军队继续前进！"

副将："将军，需侦察以后再前行！"

韩千秋："兵贵神速！前进！"汉军被小胜冲昏头脑，孤军深入，中了南越军的圈套。杨一骑马阻截韩千秋："哪儿来的山匪狗盗？"

韩千秋："我乃大汉英雄豪杰，前来捉拿叛臣吕嘉。"

杨一："竟敢冒充汉军犯上作乱，给我上！"杨一挥手南越军一哄而上，双方短兵相接，南越军虚晃了几下，杨一故意装寡不敌众一声令下："撤！"迅速逃离。韩千秋贪功心切，被眼前的胜利冲昏头脑，高喊："给我追！"

副将："将军，且慢！恐中埋伏。"

韩千秋："你别给我动摇军心！"果然如副将所言，追到三里地，南越国杨一诱敌深入，伏军敲锣打鼓，鞭炮声声，万箭齐发。韩千秋两千兵马，置于南越军的包围圈，汉军人仰马翻，全军覆没，惨不忍睹，血流成河，加上炎热的天气，蚊蝇狂舞，腥味冲天。

杨一来到吕嘉府上传捷报："丞相，韩千秋骄傲轻狂，被我诱敌深入，一举歼灭。"吕嘉面无表情地回道："不容乐观，刘彻会为了挽回面子，再派重兵入南越，我国要做好迎战的准备。"

杨一："汉军远征长途跋涉，人马困顿，怎敌我南越国兵强马壮，粮草充足。"

吕嘉："我认为应该休战！汉军虽然远征，但有统一的忠君报国思想，不受利诱。我军将士意识粗野，不受管束，不听指挥，一旦汉军用小恩小惠收买将士，军队立即溃散。"

杨一："丞相言之有理！"

吕嘉："我猜想，刘彻也不愿长途征战。因此，派人将韩千秋等人的符节封好放在边界上，再写一封谢罪书，刘彻见了也许就会放弃对我国用兵。"

# 第六十九章　武帝大赦

丁丑夏季四月二十九日，汉武帝携嫔妃在御花园赏花饮酒。正在兴头上，太阳突然不见了。宫中一片恐慌，宫女叽啦鬼叫，酒杯粉碎一地，四散逃离。只有卫子夫安安静静陪伴在汉武帝身旁，汉武帝搂着卫子夫说："让她们乱去！"卫子夫："大王，没有太阳了怎么办？"汉武帝："别急，朕会想办法让它出来的！宣董仲舒！"

董仲舒提着灯笼急匆匆进御花园："参见陛下！"

汉武帝："天上的太阳怎么不见了？"

董仲舒："陛下，太阳被天狗吃了，命全城的人赶紧拿出锅碗瓢盆用力敲击，把天狗吓跑太阳才会出来。"

汉武帝："传朕旨意，全城王宫贵族市民百姓尽快敲击锅碗瓢盆，击退天狗。"全城响起敲击声，不一会儿太阳又出现了，一群嫔妃欢笑起来，争先恐后给汉武帝敬酒。汉武帝见到有几个嫔妃光着脚丫，鞋都在惊慌中不知道跑到什么地方去了。武帝喝了酒道："没有人之前就有了天地，天摇地动，就如同人类扔掉手中的酒杯一样简单，所以人类最重要的是对天地心怀敬意，遇到困难彼此不离不弃！"嫔妃内心有愧："陛下，贱妾恐惧。"

卫子夫："陛下，喝酒，贺太阳出来！"

汉武帝："为了庆幸太阳没有被天狗吃了，我要喝一壶！"汉武帝抱起酒壶一口气喝完，醉倒在地！

长乐宫中，汉武帝刚起床，全身无力，他坐在案前批阅奏章，怎么也看不进一个字，高声道："上茶！"卫子夫递茶过来："陛下！"汉武帝喝了一口清香的茶说道："人，真不能纵情声色，过后全是身心疲惫，批阅奏章都困难！"

卫子夫："陛下就是一位了不起的明君！"

汉武帝："别夸我了！我昨日把崆峒山道长的话抛到一边，只顾快乐纵情声色，今天朕的五脏六腑就如同被掏空一般。"

卫子夫："是啊，放纵快乐最伤身体！"

公公进来禀报："陛下，汉使送来书信。"

汉武帝霸气而自信地说："定是韩千秋捷报传到！"然后展开信，见是吕嘉的谢罪书，暗自吃惊，上面写道：

尊贵的大汉天子，大将军韩千秋深入南越，一路烧杀抢夺，边卡侍卫以为是山野草寇，愚臣吕嘉不明真相，将韩灭之。后来，方知是汉朝将军，酿成大错，愚臣悔恨交加，昼夜流涕，神昏智迷，为自己的行为忏悔，罪臣特向天子谢罪！

汉武帝阅看信后，大叫一声："啊！"勃然大怒，将信帛摔在地上，双目怒火喷射。这时，卫子夫递茶上来："陛下，息怒！保重身体！"汉武帝推开茶杯，呼地站起来，对公公说道："小小南越，竟敢藐视我大汉王朝，杀灭汉军，胆大包天。"

公公："这微不足道。"

汉武帝："何出此言？"

公公又递上另一封书信，汉武帝不接，命道："不阅，直报。"

公公念道："陛下，兴王失踪，太后、安国少季被杀害。"汉武帝受到强烈刺激，头脑一片空白，用了很长时间才恢复了定力，平静下来："吕嘉，逼人太甚，我不得不发兵南越，扬我国威，震慑诸侯！"

公公："陛下，南越国天遥路远，毒蛇猛兽横行，不宜用兵，派人前往持节和解为宜。"

汉武帝挥手让苏公公打住："不，告示全国，招募士勇，选在秋后，平定南越。"

公公："遵命！"

绿草萋萋的中原牧场，遍野春花。齐国丞相卜式在官服外披着蓑衣，赶着羊群走过草地，路过村庄。牵牛下地干活的农夫见到卜式，停下脚步，带着敬佩的目光笑着打招呼："丞相好！丞相好！"卜式温和勤劳的气场如春光温暖着身边的人。从他身边走过的妇女对自己的孩子说："孩子，长大以后，要向丞相学习，做了官还坚持牧羊。"

孩子点点头好奇地问："娘，做了官为什么还要放羊呢？"

女人："因为丞相担心如果不劳动的人多了，国家就会变得疲惫和贫穷。"卜式赶着羊群来到草地，羊在吃草，他找个树荫底下坐下看书简。

书童拿着告示来报："丞相，要打仗了！"

卜式："别急，慢慢说，谁和谁打？"

书童将布告递给卜式："南越吕嘉将汉军两千余人全部歼灭，杀了兴王和太后，还有汉朝使臣安国少季。陛下告示天下，招募勇士到南越国平定吕嘉叛乱。"

卜式："报效国家的时候到了！你给我将羊群看着，我去报名参加出征。"

书童劝阻道："丞相，您不能去。"

卜式："为什么？"

书童："丞相走了，齐国人就不幸福了。"卜式拍拍书童的脑壳，开心地笑起来："谁让你这样说的。"

书童："所有的齐国人都说自从齐国有了丞相您，人人都觉得依靠劳动可以富足，没有人再歧视劳动！"

卜式："如果人人都这样想，我就放心去捉拿叛臣吕嘉了。"卜式来到少府，不仅给自己报了应征南越的名，还给儿子也报了名。

汉朝长乐宫内，汉武帝召见董仲舒。汉武帝问："爱卿，朕今天请你来，是想让你说说，前天太阳没有了，但又回来了，是怎么回事？"

董仲舒："禀告陛下，这是月亮入侵太阳，并不是真正的天狗吃太阳。为了让老百姓敬畏天地，只能这样说了！"

汉武帝："你怎么知道这是月亮入侵太阳？"

董仲舒："上古，尧帝命令羲氏、和氏，居住在东方的旸谷，恭敬地迎接日出月落，推算日月星辰运行的规律。他们把月亮入侵太阳叫日全食，也叫日食。一次，两人沉迷酒肆，对日食没有预报，引起局部叛乱。作为皇家天文官员，引来杀身之祸。"

汉武帝："这是什么预兆？"

董仲舒："日食出现，是月亮入侵太阳，遮住光芒，天人合一，对应人间，有臣子想要遮住天子的光芒，将要发生叛乱。"

汉武帝："真有此事？"

董仲舒："南越吕嘉的叛乱就是对应了这样的现象。"

汉武帝："如果不平叛乱将会有怎样的结果？"

董仲舒："如不平定，其他诸侯争相效仿，以致又出现景帝时期的七国之乱。"

汉武帝："汉朝出兵，会不会被诸侯认为是强国入侵弱国？"

董仲舒："不会！因为这是正义之战。"

汉武帝："何为义战？"

董仲舒："孔子说，天下有道，则礼乐征伐自天子出；天下无道，则礼乐征伐自诸侯出。就是说，天子制定的礼乐和法令能畅通，说明世道清明。如果诸侯跳出来阻止法令，说明天下将要大乱。吕嘉所为如果不打击，其他诸侯将争相效仿，后果不堪设想。"

汉武帝："义，乃儒学的核心，如果发动战争，天下人会说我不义吗？"

董仲舒："救民于水火，维护大一统，为实施仁政开辟道路的战争，会得到天下人的拥护。吕嘉不履行诸侯国的义务，为了争名夺利、拉帮结伙、结党营私，不惜残杀汉朝使臣、谋害国中王子，陛下为禁暴除害，这是义战！"汉武帝对战争的态度十分慎重，放下天子的高位，礼贤下士地问道："在对南越作战前需要做何准备？"

董仲舒：“需要财力和人心。”

汉武帝：“爱卿一席话，令朕茅塞顿开！”

董仲舒：“微臣告辞！”

元鼎五年，汉武帝大赦天下，牢里面的人为了感激天子大赦，纷纷报名应征参加远征南越国。汉武帝大赦天下后，心情异常愉快，精神也异常饱满，青春焕发。他来卫子夫宫殿，卫子夫让宫女为汉武帝表演。汉武帝一边喝酒一边问：“爱妃，大赦天下，我感觉心情愉悦，你说这是为什么？”

卫子夫：“生命是天地灵物，爱护生命就是替天行道。很多犯罪的人，更多是为了吃饱肚子，有的是没有机会受到教育，因愚昧而犯罪。”

汉武帝：“爱妃乃红颜知己。”

卫子夫：“陛下整天为国事操心，月余没有到本宫，今天就别走了，我给陛下一个惊喜！”

汉武帝：“什么惊喜？”

卫子夫：“陛下不是一直盼望有皇子吗？”

汉武帝：“爱妃，真的？”

卫子夫点点头：“真的！”汉武帝激动流下眼泪：“爱妃，你真是我的大恩人。不，是大汉朝的恩人，我都盼了十几年了。十几年啊，终于盼来了皇子。”汉武帝抱起卫子夫：“我今天就不走了！”两人陶醉在得子的欢乐中，公务又来了，苏公公禀道：“启禀陛下！”

汉武帝：“有什么事明天再说！”

苏公公：“少府来报，前日，齐国丞相卜式父子报名参加南征。”汉武帝一听，放下卫子夫：“卜式？就是那个放羊的齐国宰相？”

苏公公：“是的！”

汉武帝兴奋起来：“好啊，卜式不仅为国捐款，还亲自带子上前线，他的爱国行为令朕高兴，比我喜得贵子还高兴。”

苏公公：“满朝文武都在议论这事，有赞赏的，有非议的，请陛下定夺！”

汉武帝：“朕为汉朝出了这样高尚的臣民感到神清气爽啊！要是汉朝有一半人有卜式的品格，匈奴算得了什么？南越算得了什么？可是，像卜式这样的人太稀少了，就如同山中玉石一样稀少。”

公公：“陛下不必忧虑，只要颁诏，让国人向卜式学习，卜式这样的人就不稀少了。”

汉武帝：“好，传朕旨意，命国人向卜式学习。赏卜式黄金六十斤、土地十顷。卜式虽有勇武精神，但只适合文官，不得上战场，不得南征。”

布告一贴出，杨仆、路博德等天下勇士纷纷响应。

卜式将得到的赏金，转分给了穷人。

# 第七十章 开疆终成大一统

南越丞相吕嘉派使臣出使夜郎国，用重金贿赂西南各部落，希望得到友好结盟。

竹王和王后阿纳两人历经坎坷，相濡以沫。阿纳刚生下小王子，竹王陪伴在王后阿纳的身边。竹王抱着小王子对王后说："我们的小王子真可爱，给他取名兴，希望他安邦兴国，你看咋样？"

王后："好，希望他长大后，振兴夜郎。"

侍卫进来禀报："大王，南越国大使杨一求见！"

夜郎王宫客厅，竹王正襟危坐。

杨一进来："杨一参见大王！"

竹王："免礼，将军请坐！"

杨一："谢大王！"

竹王："将军长途跋涉，一路鞍马劳顿，不必拘礼！"

杨一："得知竹王喜得王子，略带薄礼，特来祝贺！"竹王见珍珠、贝壳、海参，十分兴奋："谢谢将军！"杨一拿着海参说："这是丞相的一点心意。"竹王接过海参哈哈大笑着说："这怎么叫海参，我看黑乎乎的，就像毛毛虫，吃了有啥好处？"

杨一："吃了长寿，赵佗王吃了它活一百零三岁！"

竹王："那赵眛王、赵婴齐王吃了活多少岁？"

杨一："本来，后面两个王吃了海参也可以活一百岁的，但是后面两个王生活得不快乐，所以吃了海参也不会长寿！"

竹王："快乐是什么东西？"

杨一："快乐就是快乐！不是东西！"

竹王："不是东西是什么？"

杨一："大王，这个问题以后我慢慢跟你说，现在我南越国情况十分危急。前些日，南越国为立太子的事，惹怒了汉朝天子。天子派两千兵力来南越国，被我军歼灭。天子更生气了，对我南越用兵，请竹王看在盟国的情分上，借我国两万精兵。"

竹王："不瞒将军，汉使唐蒙也到我这里借兵，口气很大。"

杨一："是多少？"

竹王："十万精兵！"

杨一："十万？"

竹王："本王十分为难，假如借兵给汉朝，对南越国来说，我就是不仁不义之人。假如不借，汉朝必然依仗势力将我夜郎灭之。"

杨一："我倒有一计。"

竹王："将军请讲！"

杨一："大王可以表面上答应借兵给汉朝，将兵士带到半途，借口按兵不动。"

竹王："好主意！"

杨一："谢大王借我两万精兵，事后当重谢！时间紧迫，末将告辞！"

竹王："本王看在多年的交情上，借你二万精兵！"两人心照不宣，只是哈哈大笑。

公元前111年秋末，汉武帝在未央宫召集文武大臣，商议打击南越国吕嘉的军事计划。汉武帝高坐在上，文武大臣齐刷刷跪下："陛下万岁，万岁，万万岁！"

汉武帝："平身！"

众臣："谢陛下！"齐刷刷站起来，文官站左，武官站右。汉武帝气宇轩昂，声音洪亮："南越国吕嘉叛臣，自恃天高地远，拥兵自立，对抗朝廷，杀我使臣，阻止兴王入朝觐见。朕，为振国威，统领诸侯，时至今秋高气爽之时，出兵征讨南越叛乱！"

汲黯："陛下，听说南越丞相在当地德高望重，比兴王更得人心，人心向背是战争胜负的首要条件。长途征讨，劳民伤财，没有必要出征。让那些野蛮人去自相残杀，死一个好一个。"

桑弘羊："吕嘉得人心，不是真正得人心，人们是畏惧他手中的兵权。利用酷刑威迫得到的人心，不堪一击。"

董仲舒："臣以为，出征南越，是义战，可行。有三个理由：自古两国交战，不斩来使，吕嘉在没有战事的情况下，斩杀使臣安国少季等人，错上加错；谋害王者，违背天道，这是二错；诸侯国有觐见天子的义务，吕嘉却拥兵独立，阻止兴王入朝觐见，这是三错。如果不消灭吕嘉的叛逆之举，其他诸侯争相效仿，到时天下大乱，实难收拾！"

汲黯："南越国与夜郎蛮荒之地，粗野之人，不用费神去经营，而是放弃他们不用理会。既然尊崇儒学，就更不必用战争去对付一个吕嘉。"

董仲舒："运用儒学，不能断章取义，更不能迂腐。大一统观念是儒家社会理想的核心，反对分裂，实行仁爱，不是懦弱。相反，孔子的仁义忠勇观认为：仁者必勇，可谓是三军可夺帅，匹夫不可夺志也。为了道义，为了国之统一，不能惧怕叛逆而是勇往直前。”

汉武帝突然宣道：“来人，将汲黯的手和脚砍了！”

汲黯慌了，惊叫道：“陛下，不可！臣可死，但要死得明白。”

汉武帝：“朕告诉你，中原与边境，犹如心腹与肢体，肌肤寒于外，腹肠疾于内，内外相劳，肢体伤而心腹惨，故无手足肢体废，无边境则内国害。边境于内地，少数民族与汉族同是手足，血脉相连，汲黯怎能说放弃呢？”

汲黯猛然醒悟：“陛下，请原谅臣的愚笨，微臣不能没有手足啊！”

汉武帝：“大汉也不能没有手足啊！南越国、夜郎国都是华夏的手足，可你却说不用管它们，由它们乱去！大汉的手足没有了能行吗？”

汲黯：“微臣终于明白道理了！”汲黯的狼狈惹得大臣们哧哧发笑。

汉武帝：“依朕看，大臣是朕的手足，我砍了你的手足，就是砍了我的手足。我还要留你和朕一起治国，朕只是打个比方。”

汲黯对汉武帝这位表兄翻白眼说：“陛下的比喻也太残暴了。”

汉武帝：“朕知道你是不见棺材不掉泪的人，只能用这个暴力的比喻才能让你明白治国之道。”

汲黯：“箴言，让愚臣心明眼亮，谢陛下不杀之恩，请让愚臣出征赎罪。”

汉武帝：“爱卿体质欠佳，朕恩准你回家休养。”

汲黯：“谢陛下！”

汉武帝：“朕已下定决心，出征南越：命杨仆为楼船将军，率兵十万从豫樟出发，下湞水，从北面进击南越国。”

杨仆：“末将遵命！”

汉武帝：“路博德为伏波将军，出桂林，下湟水，由南进击南越。”

路博德：“末将遵命！”

汉武帝：“驰义侯率巴蜀罪犯、夜郎士兵出夜郎，沿牂牁江，从西面进击南越。”

驰义侯：“末将遵命！”

汉武帝：“闽越军余善从东面入南越。东南西北同时进兵南越，吕嘉这下真正成为瓮中之鳖，插翅难飞。”

余善：“遵命！”

众臣：“陛下英明。”

冬季，北方大平原千里冰封，万里雪飘，征南军越往南离冰雪越来越远。南方对南征军来说，尽管温暖如春，但湿气却很重，越往南关节越酸痛，士兵们很想喝酒。楼船将军杨仆，率兵迅速从北进入了南越国，首先攻破寻陋、石门，重创南越军。路博德将军率军从广西进入南越国。两军在梅岭边卡会师，在梅岭边卡安营扎寨。杨仆与路博德两人召集众将帐中饮酒。杨仆走出营帐举杯对士兵说："各位将士，一路英勇杀敌，势如破竹。今备薄酒，犒劳众将士，为擒吕嘉助兴。"

众将："谢将军！"众将陶醉美酒，尽情喝酒吃肉。杨仆对路博德将军道："路将军，为我们的胜利会师，干！"说完两人进入帐中。

路博德："干！"

杨仆饮完杯中酒说道："路将军，乘士气正旺，两军明日乘胜追击！"

路博德："按陛下的旨意，要等西面的夜郎军与东面的闽越军会师后才能进击。"

杨仆："将在外，君命有所不受。我看，夜郎军平日与南越国交往甚好，让他出兵，恐有诈。闽越军平时与南越国虽有仇怨，但是，他懂得唇亡齿寒的道理，一旦南越国灭亡，闽越国也就离亡不远了。所以，天子让闽越出兵，也只是考验他们的忠诚。你我必须全力以赴。"

路博德："明日出击，杨将军有何良策？"

杨仆："路将军屯兵番禺城西北，负责暗中招降南越国官兵。本将带兵攻城。软硬兼施，定能拿下吕嘉。"两人开怀大笑，碰杯一饮而尽。

南越国城楼上，安静得有些恐怖。新立的南越王赵建德和吕嘉站在城楼上感到一阵迷茫无助。吕嘉毕竟老了，阳气不足，有些力不从心。吕弟虽然手握兵权，但有勇无谋。赵建德从小缺少父爱的关怀，又没见过世面，内心一片茫然。他忧心忡忡问吕嘉："丞相，汉军已屯兵东南与西北，我军投降还来得及？"

吕嘉："这不像一个国王说出来的话！"

赵建德："做事须讲机缘，做王也讲水到渠成。"

吕嘉："你就是水到渠成的王子。"

赵建德："为争夺王位，我亲手杀了我的弟弟兴，我很内疚，不想做王了。"

吕嘉："别怕，一切都会过去。汉军远道而来，将士疲惫，只要坚守几日，他们粮草断绝，自会不战而退。上次韩千秋不就全军覆没？"

侍卫来报："大王，闽越王余善派使臣来访。"

赵建德："请到金殿。"

闽越使臣："参见大王！"

赵建德："免礼！"

闽越使臣："余善大王告知，闽越国虽上书朝廷，出兵八千，今日抵达揭阳，借风大浪急，按兵不动，望大王放心守城。胜战后，不计前嫌，结为盟国。"

赵建德甚为感动："请转达余善大王，感谢他的暗中相助。来人，封赏使臣。"

闽越使臣："谢大王，告辞！"

在黑夜的掩盖下，路博德将军派使臣带上汉武帝赐的印信、绶带暗中贿赂南越国的官兵。路博德不是韩千秋那样有勇无谋的将帅，他有勇，不怕千山万水的跋涉；有智，能在战争中瓦解敌人的精神壁垒；有仁，让将士吃肉喝酒吃饱饭；有信，不欺骗敌对将帅，授予的印信、绶带可是真的；有忠，对国家忠诚，不会在战争中谋私利。路博德把这五点做好了，他不用依靠人多势众，一切都在胜算中，吕嘉并不知道这点。

路博德派出的使臣庄助对守南城的都稽将军说："都将军，为避免生灵涂炭，将士伤亡，何不放弃这没有胜算的战争，吕嘉在这场战争中必败。"

都稽："为何？"

庄助："吕嘉不仁不义，为了他家族的小圈子利益，不管国家的前途命运以及百姓的利益，拉帮结伙，排除异己，发动叛乱，这样的战争必败！新王赵建德谋害亲弟弟赵兴，内心恐慌，又无战术，自古违背道义的事必败！"就在南越将军都稽犹豫的时候，汉使送上汉武帝亲赐印信，说道："都将军，吕嘉叛逆，大势已去，放去抵抗，何不接受汉武帝赐的印信，安安稳稳做个清官。"

都稽："谢陛下！大使，我这样做会不会算背信弃义之举？"

汉史庄助："不会，弃暗投明，天经地义！希望都将军将这几个印信交给其他守将，说服他们弃暗投明。"

都稽："尽力！"

汉使庄助回到营中，向路博德禀报："路将军，一切办妥！"

路博德将军警惕道："防备对方假投降，不可掉以轻心！"

庄助："南越官兵没有什么文化信仰，用财物、官位就把他们轻易招降。只有杨一将军信守节操，不要贿赂，其他的守将见风使舵，趁火打劫。"

路博德："这我就放心了。一个杨一的忠诚，如一杯水，扑不灭战火！"

翌日，杨仆率军进攻番禺城，昨日接受了贿赂的官兵，象征性地放了几箭便投降，番禺城不费吹灰之力就被攻下。南越国中的居民四处乱跑，鸡飞狗跳。南越降将都稽领兵投降。南越降军被纷纷赶到路博德的营中。在攻城的混乱中，安国少季潜回宫中找到豆叶想把她秘密安葬，见她像一尊白玉雕塑躺在地上。安国少季将她左臂上的箭拔出，抱起豆叶，沿城墙从缺口跳下，来到珠江岸净土上。安国少季将豆叶放在小溪岸的枯草丛中，说道："这下我们都安静了，这里没有纷争，没有阴谋，没有妒忌与仇恨，让我安安静静陪你在这山野听流水声，听鸟鸣，听风听雨。此时此刻，和你在一起，才是真正的人间仙境。"

安国少季坐在豆叶的身边吹起缥缈的《相合歌》，不一会儿枯草绿了，地上野花开了，树枝发出新芽。

青青子衿，悠悠我心。纵我不往，子宁不嗣音？青青子佩，悠悠我思。纵我不往，子宁不来？挑兮达兮，在城阙兮。一日不见，如三月兮。

奇迹出现了，安国少季见到豆叶的手指动了一下，他惊喜异常，但箫声停豆叶又没有了生命的迹象。安国少季接着吹箫，欣喜与悲痛交织成断肠的毒药，浸入五脏六腑，安国少季嘴角流出鲜血，安国少季吹了三天三夜的箫昏了过去。就在这瞬间，豆叶惊醒过来，感觉头痛恍惚，挣扎起来，见眼前手握竹箫的安国少季昏迷一旁，悲痛欲绝："安公子，安公子！这是怎么回事？"情急之中，豆叶俯身吻了安国少季嘴角上的鲜血："让我们一起离开这纷争的世界吧！"奇迹的是，安国少季苏醒过来，轻声唤道："豆叶，豆叶！"

豆叶："是你的箫声把我的灵魂从黄泉唤回，而你却受了重伤！"

安国少季："只要你能醒来，我死不足惜！"

豆叶："如果安公子死了，我活着有什么意义？"

安国少季："必须找个安静的地方躲起来！"

豆叶："能到哪里去？"

安国少季："听说夜郎那里的山高水深，花香四季，云雾缭绕，如仙境一般，我们到那里去，过着与世隔绝的生活，世世代代，远离争斗、妒忌、贪婪、自私。"

豆叶："远离混乱的日子，让太阳做我们的国王，让月亮做我们的侍卫，让山川河流花草树木供养我们的子子孙孙。"

安国少季："我们沿珠江逆流而上，到夜郎去！"

两人回头看了一眼浓烟滚滚南越国城楼，牵手离去。

南越王城，一片废墟。丞相吕嘉见番禺城被攻破，对赵建德说："大王，我等赶快离开此地。"赵建德："往何处？"这时，赵建德的母后橙子带着侍女赶来，哭哭啼啼："大王，带上我们吧。"吕嘉将橙子、女仆统统杀害，带着赵建德逃走。

闽越国的余善接应杨一、吕嘉、赵建德三人上了海船，向茫茫大海驶去。

杨仆率军攻下番禺城，不见吕嘉和赵建德，招来降将都稽问话："都将军，赵建德和吕嘉不见踪影，逃往何处？"

都稽："杨将军，有一种可能就是逃到海上！"

杨仆："都将军，命你带兵前去捉拿叛臣吕嘉！"

都稽："他们可能投奔到了闽越国余善帐下。"

杨仆："我给你一千兵马，将吕嘉速速追回。"

都稽："遵命！"都稽是本地人，熟悉地形，乘胜追击。

余善接应吕嘉带赵建德上了船，驶向大海，突然狂风大作，波涛汹涌，赵建德惊恐地说："大王，海上起风，不可前进。"

杨一："只能前进不能后退！"

吕嘉："我看，先回岸上避一避风浪再做打算！他们不知道我们会到海上来的！"

赵建德："这回我总算明白了，打仗就是打人心、打气节！"

吕嘉："我失策了！应沿珠江到夜郎投奔竹王，余善这家伙见风使舵，竟不真心相助。"

赵建德："南越国那些将帅，被汉军用官衔、金钱轻而易举就引诱叛变，在关键时刻放弃国家的安危不顾，卖国求荣。到夜郎进了这么多的兵器，毫无用处。"

吕嘉："现在说啥也晚了，我们还是另做打算吧。"

都稽带人赶到海边，随着脚印找到潜伏于海滩礁石后的吕嘉。都稽对着吕嘉喊话："尔等气数已尽，出来吧！"杨一将军从礁石后探出头来，举箭射向都稽。就在这千钧一发，早已经绕到侧面的都稽手下用箭射死杨一，赵建德和吕嘉束手就擒。

都稽将两人带回，交给路博德和杨仆将军。路博德将军说："将两人押往长安斩首！"

这时，路博德将军问起杨仆："杨将军，南越国已经平定，为何不见夜郎军到。"话音刚落，侍卫进帐禀报："禀两位将军，唐蒙求见。"

杨仆："请进！"

唐蒙掀帘进帐："禀杨将军，夜郎军屯军牂牁江畔几日，按兵不动。我被他们扣留，寻机逃脱。"

杨仆："我军已经攻克南越，擒拿吕嘉，不用夜郎军。只是从这件事上看出，他们是为了对盟国讲仁义，信奉和合，不愿打朋友，从人心所向来看，夜郎脚踏两只船，对汉朝不忠。"

唐蒙："将军所言极是。"

杨仆："大使，听说从长安通夜郎的平夷道已经修通，我军可否取道回长安？"

唐蒙："虽说从平夷道进长安距离缩短，但平夷道依山势而建，林深水险，道路多悬挂在断崖峭壁上，令人望而生畏。有的地方，马惊不前，神仙都望而生畏。"

路博德："本将深有体会。此次绕道由广西入南越，没有土著带路，极易迷失方向。"

侍卫进帐禀报："杨将军，闽越国余善突然倒戈反叛，派吞汉将军驺力率兵攻白沙、武林，梅岭等地，截断了我军回汉朝的去路，杀死汉军三位校尉，余善自称武帝。"

杨仆放下酒杯，突然站起来："守军张成现在何处？"

侍卫："他节节后退，现带兵退回到了安全地带。"

杨仆："凡畏惧闽越军的将士，一律处斩。"

杨仆斩首了不抵抗者，上书汉武帝。汉武帝命援兵渡海从东面进击闽越，另一援军从豫章出发，与被困南越的杨仆形成夹击之势，不出一月，灭了余善王统治的闽越国。汉武帝将南越和闽越两国辖地改设南海、苍梧、郁林、合浦、交趾、九真、日南、珠崖、儋耳九个郡，由汉朝派官吏任郡守。

处理完东南沿海的事，汉武帝回过头来处理西南的事。汉武帝以夜郎竹王违抗朝廷命令不出兵南越为由，废除夜郎国，设牂牁郡，另设越巂、沈黎、汶山、武都、益州、零陵、今川、犍为郡县。

从此，夜郎国变成了汉朝的一个郡县，由竹王儿子任郡守。竹王隐居山林，打猎为乐。十八个郡县，也只是汉朝的十八个军事据点。之外的广大地区，依然是土官“毋赋税，以其故素治”的方式统治。汉武帝对南方边境的治理，扩大了版图，稳定了边疆，出现了大一统的局面。

安国少季带着豆叶，沿牂牁江逆流而上，隐居在贵州西部一个叫天门的桃花源，过着恍若隔世的田园生活。

安国少季在牂牁江岸种上两棵菩提树，浇上水说：“豆叶，在这里种上两棵菩提树，做回家的路标，我外出打鱼，你外出采集回家就不怕迷路了。”

豆叶：“愿我们像这两棵树，生生死死在一起，永不分离！”

2017年9月6日12点2分缩写完毕（由39万字缩写到35万字）

2017年10月18日下午5点完成最后一次修改

# 后 记

## 名家推荐

许雯丽小说《汉朝那条牂牁江》出版了，祝贺！

小说的关键是塑造人物，许雯丽笔下的人物塑造有些另类，更倾向于生活化，突破了历史题材人物塑造的脸谱化。安国少季和豆叶的爱情故事，就像发生在我们身边的熟悉故事，他们两小无猜，本可以幸福地相守一生，无奈风云多变，安国少季尽管文武双全，足智多谋，也无法主宰爱恨情仇，人的宿命，就像一棵草的宿命，亘古不变。

在许雯丽的笔下，帝王也和常人一样。南越王要听鸡叫才能入眠、还喜欢种树；汉武帝也并不是常人想象的开疆拓土扩展霸权，而是想扩大疆域后让子民吃到更多的蔬菜瓜果。他派大使不仅仅是出使北方和西域，也派唐蒙进入南越国、夜郎国沟通关系，寻找丰富的物产。无奈唐蒙找到的山珍以及奇花异草没有种子，而是神出鬼没按照天意随意生长的东西，让汉武帝感到很无奈，在天地自然的神物面前，皇权也有无力的时候。汉武帝还命大臣用茅台酒的秘方，在汉朝酿制茅台酒，结果换了地方酒酿不出茅台酒，很沮丧，他终于明白，万物都有自己的秉赋，作家许雯丽通过人物的成功塑造，企图告诉人们儒家“和而不同”之道具有永恒魅力。

大臣奉承汉武帝说：“陛下是天地的主宰！”汉武帝却说，不，天地是我自己的主宰，自己是天地的儿子，叫天子。作家虽说是在写古人，总能让我们看到人世间的是是非非。小说中人与人的冲突，其实是文化价值观的冲突，是时间与空间的冲突，是梦想与现实的冲突。小说中的爱情、亲情、友情，在人物与宿命抗争较量中，有些无助，却又展示出生命蓬勃的力量。这部小说，填补了汉武大帝将南越国、闽越国与夜郎国纳入中国版图历史长篇小说创作的空白。

——文学评论家、贵州师范大学教授、博士、博士生导师谢廷秋

## 心灵的对话

“在人类把事情做得越来越复杂的今天，离简单就越来越远，这就意味着离科学本质规律的东西越来越远，人类就越疲惫。当人类疲惫的时候，才会想起朴素简单的生活方式。朴素简单不是贫穷，而是科学的生活方式。”这是许雯丽亲近大自然的感悟，是走进两千多年华夏文化精髓之后的感悟。作家所说的“朴素和简单的生活方式”是“一棵树很重要，一滴水很重要，一把泥土很重要，一只蝴蝶很重要，一缕清风很重要，一首情歌很重要，一座山很重要，一个人自由自在地唱歌很重要，祖先留下的文化很重要”。这就是作家对人生的颖悟。

对于城市人来说，乡村里一头耕牛被盗，多半没有兴趣说及，即便说及，也不过三言两语。许雯丽不过是上菜市偶尔认识的卖土鸡蛋的乡村女人。一个叫郑姑的女人家耕牛被偷了，找了很久没有找到，郑姑说她的牛一定是被杀了，“说着，她健康透明的眼里含着泪，但始终没有流出眼眶，她细腻的表情流露出的不仅仅是财产的损失，其间夹杂着对牛的怜悯，一种生离死别两茫茫的情感。郑姑复杂的表情，传递到我的心里，我几乎和她一样痛苦。”叩击心灵的文字，来源于作家善良、美好的心境，来源于作家灵动的艺术感知。

要读懂许雯丽，也必须和她做心灵的对话。她是常人，却常常不被常人所理解。庄周拒绝出仕，愿意“曳尾于涂”，是因为不愿意失去自由；陶渊明离开官场，是由于官场失意。许雯丽却是官场得意的时候离开的。就这一点，作家已超出常人，而颇具文人气质了，无鹤立群雄做皇帝的心思，却有春风暖雨、落花飞燕情怀的李后主意味。（摘自网络）

——荣膺全国少数民族文学骏马奖的著名作家袁仁琮

## 文化底蕴的知性流露

许雯丽为了贵州文化、旅游事业，拒绝各种诱惑，用孤独寂寞默默地释放着幽香。尽管她在现实生活中坚守着为人低调、不炒作的态度，但她的作品悄然受到读者与网络媒体的关注。（摘自网络）

——贵州大学教授黄俊杰

## 写作如吐丝

许雯丽说："选择写历史小说必然是长篇，中国的历史小说从开始就是长篇，历史小说也是中国长篇小说的大宗，第一部章回历史长篇小说就是罗贯中的《三国演义》。"的确是这样的，罗贯中没有写过短篇直接就写长篇。我问作家，把史料写成小说是什么味道？许雯丽说就像一条蚕吃掉几片桑叶后，吐出来就不再是桑叶了，而是丝。《汉朝那条牂牁江》是一部依靠体验写出的小说，小说不走套路，不迎合潮流，风格另类。不仅给人审美的享受，也能获得很多人生哲理的启示。

——文艺理论家、六盘水师范学院教授吕学琴

## 本土作家

许雯丽是有点儿佛性的本土作家，她完全是在照顾父母孩子的颠沛流离繁忙状态下用定力安静创作的。许雯丽擅长三维创作，用近乎虚拟的 VR 立体手法，让小说《汉朝那条牂牁江》给人听觉、触觉、味觉、视觉的奇异感知，获得一种走进虚拟空间的存在感。

——六盘水师范学院讲师王锡靓

## 颇具个性化的女性形象

许雯丽小说《汉朝那条牂牁江》中的女人因生存环境的不同，个性特征鲜明。女主人公豆叶纯善、貌美、柔情，被同伴妒嫉陷入孤独中，但她又智慧、正直、忠贞，与游手好闲的浪人斗智斗勇，因爱情遭遇挫折，痴迷纺织丝绸，名声远播，属于独立自主型。夜郎王后阿纳勤劳、美丽，但缺心眼，屡次被白面狸算计，导致爱情受挫，属于隐忍忠厚型女子。白面狸好高骛远、心灵空虚、飘忽不定，以给别人设置障碍为乐的肤浅女人。总之，这部小说在人物的塑造上，比前几部小说更加成熟，并具有寓言的特质，读起来轻松愉快，又引人思考。虽然情景设置

有些远古飘渺，但一人一事又仿佛在发生在我们身边。

——六盘水市范学院讲师吴丹

## 许雯丽小说的女性意识

许雯丽小说创作是以女性为写作主体，人物命运多舛，令人扼腕。在男权社会中，男人们把女性当做他们的附属品，因为具有生孩子的能力，所以被认为是他们传承香火的工具。不少女性的想法在这个时候发生了变化，她们渴望追求一个平等的社会关系，她们想作为独立的社会群体生活而不仅仅是依附男人，她们开始有自己的主见，她们有说“不”的权利。（摘自谢鸿儒毕业论文）

——学生：谢鸿儒　指导教授：许兴阳

## 冰冷的火焰

许雯丽的文学作品备受读者喜欢，特别是受大中学生的喜爱，散文集《冰冷的火焰》成为学生的床头读物。一位北师大学生说，当我迷糊茫然的时候，读读许雯丽老师的书，我便清醒过来，跟随她书中平和而又尖锐的元素去思考。

许雯丽在经历了生活的磨砺后，始终保持着天真乐观的性格。她总谦虚地说自己是一个好吃懒做、贪图享受的人。疑惑后才知，原来她好吃清水煮白菜，好吃米粥馒头；懒得欺负人，懒得抽烟喝酒，懒得化妆；贪图坦诚，贪图仁义，享受忠孝，享受悲悯。她说，有了这些好吃懒做、贪图享受，不再劳神算计，用简单的心情养颜，节约了大笔美容费。许雯丽对待生活看似冰冷，其实她对天地自然、花草树木、贫病弱者怀有一种火焰般浓烈的关爱与悲悯。她说，写作对我来说不是天赋而是天意。

许雯丽善于各种体裁的创作，她的诗歌写得很有灵气，一次，幻觉听见大地说呼吸很困难，她写了一首《呼吸》的诗，不久汶川大地震，巧合。可惜她诗歌的天赋被散文掩没了。原《女子文学》杂志社主编刘毅先生曾在给许雯丽约稿信中说，许雯丽的散文生活气息浓郁，一事一物的关照、审视都融进哲思、真情，是很有阅读价值的品种，终成大家。的确，她充满本土与哲理味的散文在报刊一发表，就被各大网站转载。遗憾的是，她散文的灵气又被长篇小说掩盖了。

许雯丽的长篇历史小说具有红木的质感，折射着慢功的光泽。红木因生长缓慢，花纹美观，材质密度高。许雯丽的第一部长篇历史小说《夜郎素女》十八万字写了两年，是中国第一部反映清朝乾隆年间对西南土司制度实行“改土归流”的作品；第二部长篇历史小说《城门》三十五万字，从构思到完成用了十年时间，填补了贵州省建省六百年长篇小说创作的空白，是中国第一部反映朱元璋调北征南的历史长篇小说；第三部长篇历史小说《汉朝那条牂牁江》三十六万字，六年创作完成，是中国第一部表现汉武大帝将南越国、闽越国与夜郎国纳入中国版图的历史长篇小说。

人生没有几个六年，与现在几个月出一部网络长篇的快餐小说相比，许雯丽的小说《汉朝那条牂牁江》很有红木质感。作家长期行走在南疆边远之地，亲眼看到遗落在村庄的钻木取火，这个活化石在她的小说中复活了。

我因为帮助作家校对，首先读到作品的精神实质。许雯丽把盘根错节、一波三折的故事情节打理得井井有条，就像她在繁杂的工作和生活中，把事情做得井井有条，表现出高超的驾驭情节结构的能力。密集的人物在汉朝、南越国、夜郎国之间得体地出场，如闪电般的情节让人接应不暇，却有条不紊。我感觉到，许雯丽坚持每天晨练太极剑的功夫全用在了小说创作中。从作品中可以看到作家深厚的传统历史文化修养与写作功力。她的作品充满了道义的精神与思辨的气质，这些感悟多是来自对现实生活的体验而不仅仅是书本。她希望通过写作引起人们对生命的关注，对天地人生的思考。她救助贫困儿童，出于悲悯的情怀；她给年迈的父母擦鼻涕，料理父母的吃穿可以写几本书；独自一人耐心地陪伴孩子成长，耐心等待孩子对人生哲理的感悟。

她说，做一名真正的作家要具有福尔摩斯的洞察力，有孙悟空的火眼金睛。一次和妹妹上街，钱包被小偷偷了，她敏锐的眼光从茫茫人海中将小偷揪出来，用太极手轻轻捏住小偷手腕，小偷痛得嗷嗷叫唤，将钱包交出来，非凡的洞察力，让妹妹敬佩，说姐姐有孙悟空的火眼，有猪八戒的温情，有唐僧的善心，有沙和尚的厚道，可以做一名女侦探。她说，有工夫的人不能随便炫耀功夫，这才是真正的修炼。许雯丽能喝一斤酒不醉，却不喝，正如她在处女作《冰冷的火焰》中所言：酒，是神奇的东西，它让快乐的人更快乐，让忧愁的人更有愁，让智慧的人更智慧，让愚蠢的人更愚蠢。

这是作家经历了残酷生活后的大彻大悟。

她写的《中国情人节》收集在《冰的激情》一书中，此书被盗版商弄到淘宝网上热销后，中国情人节风靡全国。她写了《夜郎一锅容天下》的散文，一口可以围坐下几十人的大锅在旅游区诞生。她把自己几百万字的创作体会写成《灵感与写作》一书，在一家报纸上连载后，被清华大学主办的《中国学术期刊（光盘版）》电子杂志转载，网上爆红，之后，网上关于灵感与写作的文章铺天盖地，激发了千千万万人的写作激情与欲望，她的“心灵种上鲜花，灵感如蝶自飞。”“冬天的鸟儿像肉做的果实。”“双乳峰让男人心跳，让女人自信。”“花朵应开在自己的花期”广为流传。

作家许雯丽人文素养渊博，除了从小受书香之家的熏陶，更重要的是她曾在图书室工作过，读了许多古今中外的名著，如今家里藏书三千余册。许雯丽看上去很平凡，朋友经常在背后议论她不修边幅，许雯丽说，心灵的化妆，叫人宁静。作家可谓大巧若拙。中国有鲁、粤、闽、川等八大菜系，作家发明了一个菜系，叫词系：一丛花甘蓝蒸肉丸，二郎神炒胡萝卜丝，九回肠血豆腐，春光好青豆腐，贫也乐淡菜，相思子拔丝土豆，丁香结蘑菇汤，天香乳鸽天麻汤、一碗金小米扣、一碗银糯米扣，春色满一锅香，梦魂香补元蛋，这十二道菜是词牌与烟火的完美结合。作家烹饪，不用味精，朴素鲜香，在烹饪指导思想上采儒、道、佛各家的优势，在选材上用道家的自然生态，在技术上用儒家的积极进取，以焖、炖、炒、蒸见长，在颜值和口味上，用佛家的清、淡、鲜、嫩、脆、香。小说中，从皇帝到平民都是美食家。

双鱼星座的许雯丽，像美人鱼无声地在创作的深海中默无声息地遨游。她的创作成就收入家乡的《盘州文化志》，编撰人、盘州市作协主席唐宗舜说，许雯丽是家乡人的骄傲。

我认为她是中国女人的经典，是中国女人的骄傲。

——作家、六盘水市作协常务理事、钟山区作协主席孙国典

**图书在版编目（CIP）数据**

汉朝那条牂牁江 / 许雯丽著. — 北京 : 金城出版社, 2018.5

ISBN 978-7-5155-1662-2

Ⅰ. ①汉… Ⅱ. ①许… Ⅲ. ①长篇小说—中国—当代 Ⅳ. ①I247.5

中国版本图书馆CIP数据核字(2018)第070534号

**汉朝那条牂牁江**

| | |
|---|---|
| 作　　者 | 许雯丽 |
| 责任编辑 | 王秋月 |
| 开　　本 | 710毫米×1000毫米　1/16 |
| 印　　张 | 25.75 |
| 字　　数 | 490千字 |
| 版　　次 | 2018年5月第1版　2018年5月第1次印刷 |
| 印　　刷 | 北京市金星印务有限公司 |
| 书　　号 | ISBN 978-7-5155-1662-2 |
| 定　　价 | 72.00元 |

| | |
|---|---|
| 出版发行 | 金城出版社　北京市朝阳区利泽东二路3号 100102 |
| 发 行 部 | （010）84254364 |
| 编 辑 部 | （010）84250838 |
| 总 编 室 | （010）64228516 |
| 网　　址 | http：//www.jccb.com.cn |
| 电子邮箱 | jinchengchuban@163.com |
| 法律顾问 | 北京市安理律师事务所 18911105819 |